플래너리 오코너

12 세계문학 단편선

플래너리 오코너

고정아 옮김

H
현대문학

차례

제라늄

The Geranium

더들리 영감은 차츰 자기 몸의 형태로 빚어지는 의자에 앉아서, 창 밖으로 4~5미터 거리에 있는 더럼 탄 붉은 벽돌집의 창문을 바라보았다. 그는 제라늄을 기다렸다. 그 집 사람들은 매일 아침 10시 무렵에 제라늄을 내놓고 오후 5시 30분에 도로 들여놓았다. 고향의 카슨 부인도 창가에 제라늄을 두었다. 고향에는 제라늄이 풍성했고, 그 제라늄들은 이것보다 더 예뻤다. 우리 제라늄은 진짜배기지. 녹색 종이 리본을 단 이 연분홍색 제라늄하고는 전혀 달라, 하고 더들리 영감은 생각했다. 그 집 창가의 제라늄을 보면 영감은 소아마비에 걸린 고향의 그리스비 소년이 생각났다. 사람들은 매일 아침 소년을 휠체어에 태워서 데리고 나갔고 소년은 햇빛 속에 가만히 앉아 눈을 깜박였다. 루티샤가 그 집의 제라늄을 가져다 땅에 심으면 몇 주 지나지 않아 보아 줄 만한 꽃이 될 것이다. 맞은편 집 사람들은 제라늄을 키울 권리가 없었다. 그 사람들은 그걸 내놓아서 하루 종일 뜨거운 태양을 쬐게 했고, 창턱에 너무 바짝 붙여서 바람이 불면 떨어질 것만 같았다. 그들은 제라늄을 키울 권리가 없었다. 권리가 없었다. 그것은 거기 있으면 안 되었다. 더들리 영감은 목이 조이는 것 같았다. 루티샤는 어떤 것도 튼튼하게 키울 수 있었다. 레이비도 그랬다. 그는 목이 뻣뻣해졌다. 그래서 고개를 뒤로 기대고 머릿속을 비우려고 했다. 하지만 그가 생각할 수 있는 것들 가운데 목을 그렇게 만들지 않는 것은 별로 없었다.

딸이 들어와서 물었다. "산책 나가실래요?" 기분이 좋지 않아 보였다.

그는 대답하지 않았다.

"네?"

"아니." 그는 딸이 언제까지 거기 서 있을까 생각했다. 딸을 보니 눈도 목과 비슷한 느낌이 들었다. 눈에 눈물이 차오를 테고, 딸이 그걸 볼 것이다. 전에 그런 모습을 보았을 때 딸은 아버지가 안타깝다는 표정을 했다. 그리고 그녀 스스로도 안타까운 것 같았다. 딸이 자기를 가만두었다면—고향에 그냥 두고 그 망할 자식 된 도리에 구애되지 않았다면 아무 문제 없었을 것이다. 그녀는 한숨을 쉬며 방을 나갔고, 그 소리는 그에게 불현듯 뉴욕에 가서 딸과 함께 살고 싶다고 생각한 단 한 순간을—그것은 딸의 잘못이 아니었다—떠올리게 했다.

그는 여기 오지 않을 수 있었다. 완고한 태도로 자신은 평생을 산 그곳에서 여생을 보내겠다고, 매달 용돈을 주건 안 주건 상관없이 자신은 연금과 품일로 살아갈 거라고 말할 수 있었다. 그러니 돈을 아끼라고 말할 수 있었다. 돈은 자기보다 딸에게 더 간절했다. 그러면 딸은 아버지가 자식들에게서 멀리 떨어진 곳에서 죽으면 그건 다 아버지 책임이라고 말했을 것이다. 아버지가 병에 걸렸을 때 돌봐 줄 사람이 없어도 다 아버지 탓이라고 말했을 것이다. 하지만 그는 마음속에 뉴욕을 보고 싶다는 작은 욕망이 있었다. 그는 어렸을 때 애틀랜타에 한 번 가 보았고, 뉴욕은 영화로 보았다. 〈대도시의 리듬〉이라는 영화였다. 대도시는 세상의 중심이었다. 그의 마음속 작은 욕망이 딱 한 순간 그를 흔들었다. 영화에서 본 그런 도시 한가운데에 그가 지낼 곳이 있었다! 세상의 중심 한 곳에 자기 자리가 있었다! 그는 좋다고, 가겠다고 했다.

그 말을 했을 때 그는 아팠던 게 분명하다. 건강한 상태로 그런 말을 했을 리가 없었다. 몸이 아팠고, 딸이 그 망할 자식 된 도리에 사로잡혀 그를 꾀었다. 딸이 애초에 왜 거기 내려와서 자기를 괴롭혔는지 그 이유가 이해되지 않았다. 그는 잘 지내고 있었다. 연금이 끼니를 해결해 주었고, 하숙비는 품일로 댈 수 있었다.

하숙방 창가에서는 강이 보였다. 강은 탁하고 붉은 물결로 바위들을 타 넘으며 구불구불 흘렀다. 그는 붉고 느리다는 것 말고 강에 어떤 특징이 있었는지 생각해 보았다. 양쪽 강변에는 초록색 나무들이 있었고, 상류 어딘가에는 갈색 쓰레기가 있었다. 그는 수요일마다 레이비와 함께 평저선을 타고 거기서 낚시를 했다. 레이비는 그 강의 30킬로미터 구역을 꿰고 있었다. 코 카운티에서 레이비만큼 강에 훤한 검둥이는 없었다. 레이비는 강을 사랑했지만 더들리 영감에게 강은 아무것도 아니었다. 그가 쫓은 것은 물고기였다. 그는 밤에 물고기를 죽 꿰어다가 싱크대에 던져 놓는 걸 좋아했다. "몇 마리 잡았수다." 그는 그렇게 말했다. 하숙집 할멈들은 낚시 솜씨가 대단하다고 입을 모았다. 수요일이면 영감과 레이비는 아침 일찍 출발해서 하루 종일 고기를 잡았다. 레이비가 장소를 찾고 노를 저으면 더들리 영감이 물고기를 잡았다. 레이비는 낚시에는 관심이 없었다. 그가 사랑하는 것은 강이었다. "거기서 줄을 내려 봐야 소용없어요. 거기에는 고기가 없어요. 강 이 부분은 아무것도 감추지 않거든요." 레이비는 그렇게 말하고 킬킬거리며 배를 하류로 몰고 갔다. 그게 레이비였다. 도둑질 솜씨가 족제비보다도 좋았지만 어쨌건 물고기가 있는 곳을 알았다. 더들리 영감은 늘 그에게 작은 고기들을 주었다.

아내가 죽은 1922년 이후로 더들리 영감은 줄곧 그 하숙집의 2층 모퉁이 방에 살았다. 그는 하숙집 할멈들을 보호했다. 그는 그 집의 남자였고, 집에서 남자가 하는 일들을 했다. 밤에는 지루했다. 할멈들이 응접실에서 남들을 흉보고 뜨개질을 할 때 그 집의 남자가 할 일은 이야기를 들으며 이따금 벌어지는 사소한 시비를 중재해 주는 게 전부였다. 하지만 낮에는 레이비가 있었다. 레이비와 루티샤는 지하실에 살았다. 루티샤는 요리를 했고, 레이비는 집 안을 청소하고 텃밭을 가꾸었다. 하지만 일을 절반쯤 마치면 살그머니 빠져나와서 더들리 영감이 그때그때 몰두하는 일을 도왔다. 그것은 닭장을 짓거나 문을 칠하거나 하는 등의 일이었다. 레이비는 이야기 듣는 것을 좋아했다. 더들리 영감이 한 번 다녀온 애틀랜타 이야기도 좋아했고, 총의 내부 구조를 비롯해서 영감의 온갖 지식을 전해 듣는 걸 좋아했다.

그들은 밤에 주머니쥐 사냥을 나가기도 했다. 주머니쥐는 한 마리도 못 잡았지만, 더들리 영감은 잠시라도 할멈들을 벗어나고 싶었고, 사냥은 좋은 핑계였다. 레이비는 주머니쥐 사냥을 좋아하지 않았다. 그들은 주머니쥐를 잡지 못했고, 제대로 쫓은 적도 없었다. 게다가 레이비는 말하자면, 강의 검둥이였다. "오늘 밤은 주머니쥐 사냥 안 나가죠, 영감님? 할 일이 좀 있네요." 더들리 영감이 사냥개가 어쩌고 총이 어쩌고 하며 이야기를 시작하면 레이비는 그렇게 말했다. "어느 집 닭을 훔치려고? 오늘 밤에도 주머니쥐 사냥을 나갈 거야." 더들리 영감이 웃으며 말했고, 레이비는 한숨을 쉬었다.

더들리 영감은 총을 꺼내서 분해할 때면, 레이비가 부품을 닦는 동안 그 구조와 작동법을 설명해 주었다. 그런 뒤 다시 그것을 조립했다. 레이비는 영감이 그것을 다시 조립하는 모습에 늘 감탄했다. 더들리 영감은 레이비에게 뉴욕을 말해 주지 못하는 것이 안타까웠다. 레이비에게 그 이야기를 해 줄 수 있었다면, 그것은 이렇게 크지 않았을 테고, 거기 나갈 때마다 위압감을 받지 않았을 것이다. "그렇게 크지도 않아." 그는 그렇게 말했을 것이다. "주눅 들 거 없어, 레이비. 다른 도시들하고 똑같고, 도시란 게 그렇게 복잡한 것도 아냐."

하지만 도시는 복잡했다. 뉴욕은 한 순간 정신없이 밀려오고 밀려가다가 다음 순간에는 더러움과 정적만 남았다. 딸이 사는 곳은 집도 아니었다. 딸은 건물에 살았다. 너나없이 똑같이 더럼 탄 붉은색과 회색 건물 중간에 목소리가 거친 사람들과 함께 살았다. 사람들은 창밖으로 고개를 내밀어 다른 집 창문을 보았고, 다른 사람들도 똑같이 그들을 보았다. 그 건물 안에 들어가면 위로 올라가거나 아래로 내려갈 수 있고, 층마다 줄자 같은 복도가 뻗어서 한 치 단위로 문이 총총 박혔다. 거기 온 첫 주에 그 건물에 현기증을 일으켰던 일이 떠올랐다. 밤이면 복도가 변할 거라는 생각에 자다 일어나 현관 밖을 내다보기도 했지만, 그것은 그저 길쭉한 닭장처럼 뻗어 있을 뿐이었다. 길거리도 똑같았다. 그는 그 길들을 계속 걸어가면 어디가 나올지 궁금했다. 그러던 어느 날 밤 꿈에서 그렇게 걸어갔는데 그 건물 끝이 나오고 거기서 끝이었다.

일주일이 지나자 영감은 딸과 사위와 손자에게 신경이 쓰였다. 그들의 동선에서 벗어날 길이 없었다. 사위는 이상한 사람이었다. 트럭 운전사인데 주말에만 왔다. 그는 말투도 이상했고, 주머니쥐라는 건 들어 본 적도 없었다. 더들리 영감은 손자와 한방에서 잤다. 손자는 열여섯 살이었고, 대화가 불가능했다. 하지만 때로 집에 딸과 영감 둘만 있으면, 딸은 아버지 곁에 앉아서 이야기를 했다. 먼저 딸이 이야깃거리를 꺼내야 했다. 그러나 그것은 대개 그녀가 일어나서 다른 일을 하기 적절하다고 생각되는 시간 전에 동이 났고, 그러면 그가 무언가 말해야 했다. 그는 언제나 전에 말한 적이 없는 것을 생각해 내려고 했다. 딸은 같은 이야기를 두 번 듣지 않았다. 그녀는 아버지가 여생을 낡은 하숙집에서 머리를 떠는 노파들과 보내지 않고 가족과 함께 보내도록 하고 있었다. 자식 된 도리를 행하고 있었다. 다른 형제자매는 그러지 않았다.

한번은 딸이 영감을 데리고 장을 보러 갔는데 그가 너무 느렸다. 그들은 '지하철', 그러니까 동굴 같은 땅속을 달리는 철도를 탔다. 사람들은 열차 밖으로 흘러넘쳐서 계단을 오르고 길거리로 나갔다. 또 길거리에서 계단을 내려가 열차를 탔다. 흑인, 백인, 황인이 수프 속 채소처럼 뒤섞여 있었다. 모든 것이 부글부글 끓었다. 열차들은 터널을 나와 운하를 달린 뒤 갑자기 멈춰 섰다. 사람들은 타는 사람들을 밀치며 내렸고, 시끄러운 소리가 울리자 기차는 다시 떠났다. 더들리 영감과 딸은 그런 열차를 세 번이나 타고서야 목적지에 도착했다. 그는 사람들이 왜 집 밖으로 나오는지 이해가 되지 않았다. 혀가 위장 속으로 미끄러져 들어간 것 같았다. 딸은 영감의 소매를 잡고 사람들 틈을 지나갔다.

그들은 고가 열차도 탔다. 딸은 그것을 '엘'이라고 불렀다. 그들은 그 열차를 타기 위해 높은 승강장으로 올라가야 했다. 더들리 영감이 난간 아래를 굽어보니 발밑에서 사람들이 달리고 자동차가 달리고 했다. 그는 속이 울렁거려서 한 손으로 난간을 잡고 승강장의 나무 바닥에 주저앉았다. 딸이 비명을 지르고 영감을 구석으로 끌고 가서 소리쳤다. "거기서 떨어져 돌아가시고 싶어요?"

널빤지 틈새로 자동차들이 도로 위를 헤엄치는 것이 보였다. "상관없어. 죽건 말건 상관없어." 그가 중얼거렸다.

"집에 돌아가면 괜찮으실 거예요." 딸이 말했다.

"집?" 그가 말했다. 자동차들이 발밑에서 리듬을 이루어 움직였다.

"여기 기차가 오네요. 빨리 움직이지 않으면 놓쳐요." 딸이 말했다. 그들은 항상 무언가를 놓치지 않기 위해 서둘러야 했다.

그들은 그 열차를 탔다. 그리고 그 건물과 그 집으로 돌아왔다. 아파트는 너무 좁았다. 혼자 있을 수 있는 공간이 없었다. 부엌은 화장실과 통하고, 화장실은 다른 모든 곳과 통하고, 어디를 가도 금세 제자리였다. 고향 집에는 2층이 있고 지하실이 있고 강도 있고 프레이저스 앞의 시내도 있었다…… 망할 놈의 목구멍.

제라늄은 오늘 늦었다. 벌써 10시 30분이었다. 평소에는 10시 15분이면 나왔다.

복도에서 어떤 여자가 길에 대고 알아들을 수 없는 소리를 빽 질렀다. 라디오 연속극의 식상한 배경음악이 들렸다. 그러더니 쓰레기통이 비상계단으로 굴러떨어지는 소리가 났다. 옆집 문이 탕 열리더니 복도에 급한 발소리가 울렸다. "그 검둥이일 거야. 반짝이는 구두를 신은 검둥이." 더들리 영감이 중얼거렸다. 영감이 거기 간 지 일주일 되었을 때 그 검둥이가 옆집으로 이사했다. 그 목요일에 영감이 닭장 같은 복도를 내다보고 있을 때 그 검둥이가 옆집으로 이사를 들어왔다. 그는 회색 줄무늬 정장을 입고 갈색 넥타이를 맸다. 빳빳한 흰색 옷깃이 목 옆에 또렷한 선을 그리고 있었다. 반짝이는 갈색 구두가 넥타이며 피부 색깔과 잘 맞았다. 더들리 영감은 머리를 긁었다. 이런 아파트에 복닥거리고 살면서 하인을 둔다는 것이 이해되지 않았다. 그는 웃었다. 좋은 옷을 입은 검둥이들 가운데에는 하인 일을 하는 자들이 많을 것이다. 이 검둥이는 근처의 시골을 알 것이다. 아니면 거기 가는 방법이라도. 그들은 사냥할 수 있을지도 모른다. 어딘가 강도 있을 것이다. 영감은 문을 닫고 딸의 방으로 가서 큰 소리로 말했다. "얘야, 옆집 사람들이 검둥이를 들였구나. 청소부로 쓰려는 모양이야. 검둥이가 매일 일을 올까?"

딸은 침대를 정돈하다 그를 올려다보았다. "무슨 말씀이세요?"

"옆집에서 하인을 들였다고, 검둥이를. 옷을 잘 입었는걸."

딸은 침대 반대편으로 돌아가서 말했다. "무슨 말씀이세요? 옆집은 빈집이고, 거기다 이 아파트에 하인을 둘 만한 사람은 없어요."

"내가 봤는걸. 넥타이를 매고 흰 깃을 댔어. 구두는 코가 뾰족하고." 더들리 영감이 키득거리며 말했다.

"그렇다면 여기 들어와서 살려는 사람이겠죠." 딸이 말하고 옷장으로 가서 그 안의 물건들을 뒤적였다.

더들리 영감은 웃었다. 저 애는 가끔 웃기는 말도 잘한다니까. "그러면 내가 가서 언제가 휴가인지 알아보마. 낚시의 즐거움을 알려 줄 수 있을 거야." 영감은 그렇게 말하고 주머니를 탁 쳐서 동전 두 개를 짤랑거렸다. 하지만 그가 복도로 나가기도 전에 딸이 달려와서 그를 잡고 소리쳤다. "제 말 안 들리세요? 저는 사실 그대로 말한 거예요. 그 사람이 거기 왔다면 이 아파트에 살려고 오는 거라니까요. 제발 거기 가서 뭘 묻거나 말을 걸거나 하지 마세요. 검둥이들하고 말썽 나는 거 싫어요."

"그렇다면 그 검둥이가 우리 옆집에 살 거라는 거냐?" 더들리 영감이 힘없이 물었다.

딸은 어깨를 으쓱하고 말했다. "아마도요. 그리고 아버지는 엉뚱한 일에 신경 쓰지 마세요. 그 사람하고 절대 엮이면 안 돼요."

딸은 정확히 그렇게 말했다. 그가 아무런 분별력도 없는 것처럼. 하지만 그는 바로 그 자리에서 딸을 꾸짖었다. 자신의 분명한 생각을 딸에게 이해시켰다. "나는 너를 그런 식으로 키우지 않았다!" 그가 천둥처럼 말했다. "네가 클 때 나는 저희가 꽤 잘난 줄 아는 검둥이들하고도 친하게 지내지 못하게 했어. 그런데 너는 내가 검둥이들하고 어울릴 거라고 생각하는 거냐! 내가 그자들하고 엮일까 봐 걱정하다니 제정신이냐." 거기서 영감은 목이 조여서 말을 늦추었다. 딸은 뻣뻣하게 서서 자신들은 형편이 허락하는 곳에서 사는 것이며 그게 자기들 최선이라고 말했다. 그렇게 자신에게 설교를 했다! 그러더니 딸은 한 마디도 더 하지 않고 뻣뻣하게 걸어 나갔다. 그게 딸아이였다. 어깨를 둥글리고 고개를 숙여 경건한 척하는 모습. 마치 그가 바보라는 듯이. 그는 북부 양키들이 검둥이를 집에 들이고 소파에 앉히고 한다는 걸 알았지만, 제대로 교육시킨 자신의 딸이 기꺼이 검둥이 옆집에 살 줄은 몰랐다. 거기다 자신이 분별없이 그들과 어울리고 싶어 할 거라고 생각하다니. 더들리 영감 자신이!

영감은 일어나서 다른 의자에 놓인 신문을 집어 들었다. 딸이 다시 왔을 때 신문 읽는 모습을 하고 있는 것도 좋을 듯했다. 그녀가 자신을 바라보며 어떻게 하면 아버지에게 소일거리를 마련해 줄까 고민하는 것이 싫었다. 그는 신문 너머로 골목길 맞은편의 창문을 바라보았다. 제라늄은 아직 나오지 않았다. 이렇게 늦은 적은 없었다. 그것을 처음 본 날 그는 원래 다른 창문을 보던 중이었고, 아침 식사를 한 지 얼마나 지났나 확인하려고 손목시계를 보았다. 그런 뒤 고개를 들었더니 꽃이 있었다. 그는 깜짝 놀랐다. 그는 꽃을 좋아하지 않았지만, 그 제라늄은 꽃 같지 않았다. 그것은 고향의 병든 소년 그리스비 같았고, 색깔은 할멈들이 있는 응접실의 커튼 색깔 같았으며, 거기 묶은 종이 리본은 루티샤가 일요일에 입는 제복의 등에 달린 것과 비슷했다. 루티샤는 리본과 띠를 좋아했다. 검둥이들이 대개 그렇지, 더들리 영감은 생각했다.

딸이 돌아왔다. 딸이 들어왔을 때 그는 신문을 보고 있으려고 했다. "부탁 하나 들어주실래요?" 딸은 아버지한테 부탁할 만한 일이 방금 생각난 것처럼 물었다.

영감은 다시 식품점에 가라는 것이 아니기를 바랐다. 지난번에 그는 길을 잃었다. 번쩍이는 건물들은 다 똑같아 보였다. 그는 고개를 끄덕였다.

"3층에 내려가서 슈미트 부인 남편의 셔츠 옷본을 빌려다 주세요."

왜 딸아이는 자기를 그냥 앉아 있게 하지 못하는 걸까? 그녀는 셔츠 옷본이 필요하지 않았다. "알았다. 몇 호냐?" 그가 물었다.

"10호예요. 우리 집하고 똑같아요. 여기서 딱 세 층 아래예요."

더들리 영감은 닭장 같은 복도에 나갈 때마다 어느 집 문이 벌컥 열리고 속셔츠 바람으로 창턱에 기대 있는 매서운 인상의 남자가 "여기서 뭘 하는 겁니까?" 하고 고함칠까 봐 겁이 났다. 검둥이 집 문이 열려 있어서 여자가 창가에 앉은 모습이 보였다. "양키 검둥이야." 영감이 중얼거렸다. 여자는 테 없는 안경을 쓰고, 무릎에 책을 올려놓고 있었다. 검둥이들은 옷을 갖춰 입을 땐 꼭 안경을 쓰지, 더들리 영감은 생각했다. 루티샤의 안경이 떠올랐다. 그녀는 그것을 사려고 13달러를 모았다. 그런 뒤 병원에 가서 시력을 봐 달라고, 안경을 쓰려면 눈이 얼마나 나빠야 하느냐고 물었다. 의사는 그녀에게 거울 속 동물 그림을 보게 하고, 눈에 빛을 쏘고 그 안쪽도 들여다본 뒤 안경이 필요 없다고 말했다. 루티샤는 화가 잔뜩 나서 그 뒤로 사흘 내리 옥수수 빵을 태웠지만, 어쨌건 10센트 상점에 가서 안경을 사 썼다. 안경은 겨우 1달러 98센트짜리였지만, 그녀는 일요일마다 그것을 썼다. "검둥이들이 그래." 더들리 영감이 킬킬 웃었다. 그러다 자신이 소리 내서 말했다는 걸 깨닫고 손으로 입을 막았다. 사람들이 자기 말소리를 들었을지도 몰랐다.

그는 계단을 한 층 내려갔다. 그런 뒤 다시 한 층을 내려가는데 누군가가 올라오는 발소리가 들렸다. 난간 밖으로 보니 여자였다. 앞치마를 두른 뚱뚱한 여자였다. 위에서 보니 고향의 벤슨 부인과 비슷했다. 여자가 자신에게 말을 걸까 궁금했다. 여자가 계단 네 칸 앞에 다가왔을 때 영감이 여자에게 힐끔 눈길을 던졌지만 여자는 다른 데를 보았다. 두 사람이 같은 칸에 나란히 섰을 때 그가 여자를 획 보았더니 여자가 그를 정면으로 보고 있었다. 하지만 그러고는 그냥 지나쳐 갔다. 말은 걸지 않았다. 그는 가슴에 묵직한 느낌이 들었다.

더들리 영감은 계단을 한 층 더 내려가서 2층까지 갔다가 다시 위로 올라와 10호로 갔다. 슈미트 부인은 좋다고, 잠시만 기다리시면 옷본을 가져오겠다고 했다. 그리고 아이 한 명을 시켜 그것을 현관으로 가져다주었다. 아이는 아무 말도 하지 않았다.

더들리 영감은 다시 계단을 올라갔다. 걸음이 느려졌다. 올라가는 것은 피곤했다. 그는 모든 게 피곤한 것 같았다. 고향에서처럼 레이비에게 대신 뛰게 할 수도 없었다. 레이비는 발이 가벼운 검둥이였다. 그는 닭장에 들어가서 닭들도 모르는 새 꼬꼬댁 소리 한 번 울리지 않고 가장 통통한 닭을 들고 나올 수 있었다. 거기다 빨랐다. 더들리는 예나 지금이나 걸음이 느렸다. 뚱뚱한 사람들이 그렇다. 레이비와 함께 몰턴 근처에서 메추라기 사냥을 하던 때가 떠올랐다. 그들에게는 그 어떤 이름난 사냥개보다 메추라기 떼를 더 잘 찾는 사냥개가 있었다. 새를 물어 오는 솜씨는 별로였지만 찾는 건 귀신이었고 새 떼를 찾으면 사람들이 겨냥하는 동안 나무토막처럼 조용히 앉아 있었다. 한번은 개가 자리에 딱 멈추고 얼어붙은 듯 조용해졌다. "큰 떼가 있어요. 느낌이 와요." 레이비가 속삭였다. 더들리 영감은 총을 천천히 들어 올리며 길을 갔다. 솔잎을 조심해야 했다. 숲 바닥을 덮은 솔잎은 미끄러웠다. 레이비는 본능적으로 몸의 중심을 잡으며 솔잎 위를 신중하게 디뎠다. 그리고 앞을 똑바로 보면서 신속하게 움직였다. 더들리 영감은 한 눈은 앞을 보고 한 눈은 땅을 보았다. 땅이 경사져서 앞으로 위험하게 고꾸라지기도 하고 위로 올라가다가 미끄러지기도 했다.

"이번에는 제가 새를 잡는 게 좋지 않을까요, 영감님? 월요일에는 걸음이 흔들리시잖아요. 총을 들고서 비탈에서 미끄러지면 새들이 다 흩어져요." 레이비가 말했다.

더들리 영감은 자신이 새를 잡고 싶었다. 네 마리 정도는 쉽게 잡을 수 있었다. "내가 잡을 거야." 그가 말하고 총을 든 채 허리를 굽혔다. 하지만 발밑이 미끄덩하면서 그는 뒤꿈치로 주르륵 미끄러져 내려갔다. 그사이에 총이 탕 발사되고 새들은 흩어졌다.

"좋은 새 떼였는데 놓쳤어요." 레이비가 한숨 쉬었다.

"새들은 또 있을 거야. 이 구덩이에서 나를 꺼내 줘." 더들리 영감이 말했다.

넘어지지 않았다면 다섯 마리는 잡았을 것이다. 울타리에 세워 놓은 깡통처럼 가볍게 맞혔을 것이다. 영감은 한 손을 다시 귀에 대고 다른 손은 앞으로 뻗었다. 사격 연습용 진흙 접시처럼 가볍게 쏘았을 것이다. 탕! 계단이 삐거덕거리는 소리에 그는 빙글 돌아섰다. 두 손은 여전히 보이지 않는 총을 잡고 있었다. 그 검둥이가 계단을 올라오고 있었다. 빙긋이 지은 웃음에 말끔한 콧수염이 옆으로 벌어졌다. 더들리 영감은 입이 벌어졌다. 검둥이가 웃음을 참듯 입술을 아래로 당겼다. 더들리 영감은 움직일 수 없었다. 그는 가만히 서서 검둥이의 옷깃이 목에 그린 깨끗한 선을 바라보았다.

"뭘 사냥하시는 건가요, 어르신?" 깜둥이가 한편으로는 검둥이의 웃음 같고 한편으로는 백인의 조롱 같은 목소리로 물었다.

더들리 영감은 장난감 권총을 든 아이가 된 느낌이 들었다. 입이 벌어지고 혀가 입안에서 굳었다. 무릎 아래에서 힘이 빠져나갔다. 발이 삐끗하더니 그는 계단 세 칸을 미끄러져 엉덩방아를 찧었다.

"조심하세요. 계단은 위험해요." 깜둥이가 말하고 더들리 영감에게 손을 내밀었다. 길고 갸름한 손이었고, 손톱은 깨끗하고 네모꼴로 깎여 있었다. 손톱 줄로 다듬은 것 같았다. 더들리 영감의 두 손은 무릎 사이에 걸려 있었다. 검둥이가 그의 팔을 잡아당기며 말했다. "휴우! 무거우시네요. 조금 도와주세요." 더들리 영감은 무릎을 굽히지 않고 비틀거리며 일어섰다. 검둥이가 그의 팔을 계속 잡고 말했다. "어쨌건 저도 올라가거든요. 제가 도와 드릴게요." 더들리 영감은 사나운 눈으로 주변을 둘러보았다. 등 뒤에서 계단이 다가오는 것 같았다. 그는 검둥이와 함께 계단을 올라갔다. 검둥이는 계단을 한 칸 오를 때마다 그를 기다렸다. "사냥을 하시나 봐요." 검둥이가 말했다. "저도 한때 사슴 사냥을 했답니다. 38구경 도드슨 총을 썼지요. 어르신은 어떤 총을 쓰시나요?"

더들리 영감은 반짝이는 갈색 구두를 바라보며 웅얼웅얼 말했다. "나는 권총을 써."

"저는 사냥보다 총 만지는 게 더 좋습니다." 검둥이가 말했다. "죽이는 걸 잘 못하거든요. 사냥터에 동물들이 줄어드는 게 좀 안타까워요. 그래도 시간과 돈이 있으면 총을 수집할 겁니다." 그는 더들리 영감이 한 칸 한 칸 발을 올리는 것을 기다리며 총들과 그 구조를 설명했다. 그는 검은 점무늬가 박힌 회색 양말을 신고 있었다. 어느새 계단을 다 올라왔다. 검둥이가 영감의 팔을 잡고 복도를 걸었다. 영감의 팔이 검둥이의 팔에 아물린 것처럼 보였다.

그들은 더들리 영감의 집 앞까지 갔다. 검둥이가 물었다. "이 지역 출신이신가요?"

더들리 영감은 문을 바라보며 고개를 저었다. 그는 아직 검둥이를 바라보지 않았다. 계단을 올라오는 내내 검둥이를 보지 않았다. "좋은 곳이죠, 익숙해지면요." 검둥이가 말했다. 그리고 더들리 영감의 등을 토닥인 뒤 자기 집으로 들어갔다. 목의 통증이 이제 얼굴 전체에 퍼져서 눈으로 흘러나왔다.

그는 창가로 비척비척 걸어가서 그 앞의 의자에 주저앉았다. 목이 터질 것 같았다. 그 검둥이 때문이었다. 그 망할 검둥이가 자기 등을 두드리고, 자신을 '어르신'이라고 불렀다. 그런 일은 있을 수 없다는 것을 아는 자신을. 좋은 곳 출신인 자신을. 좋은 곳. 그런 일은 있을 수 없는 곳. 영감의 눈과 눈구멍이 이상하게 느껴졌다. 눈이 점점 부풀어 올라 눈구멍이 좁아질 것 같았다. 그가 갇혀 지내는 이곳은 검둥이들이 자기를 '어르신'이라고 부를 수 있는 곳이었다. 하지만 계속 갇혀 있지 않을 것이다. 절대로. 영감은 조여든 목을 펴기 위해 의자 등받이에 대고 머리를 굴렸다.

한 남자가 영감을 보고 있었다. 골목 건너편 창문에서 한 남자가 그를 바라보았다. 그가 우는 것을 보았다. 제라늄이 있어야 하는 자리에 속셔츠 바람의 남자가 앉아서 그가 우는 모습을 보며 그의 목이 터지기를 기다리고 있었다. 더듬리 영감도 남자를 보았다. 제라늄이 나와야 했다. 그곳은 그 남자가 아니라 제라늄의 자리였다. "제라늄은 어디 있소?" 더듬리 영감이 조여든 목구멍으로 외쳤다.

"왜 우시죠? 남자가 그렇게 우는 건 처음 봅니다." 남자가 말했다.

"제라늄은 어디 있소? 거기엔 그게 있어야 해요, 당신이 아니라." 더듬리 영감이 목소리를 떨었다.

"여긴 내 집 창문이에요. 나는 여기 나와 있을 권리가 있어요." 남자가 말했다.

"그건 어디 있소?" 더듬리 영감이 새된 소리로 외쳤다. 그의 목에는 이제 아주 작은 공간밖에 남지 않았다.

"영감님과 무슨 상관인지는 모르겠지만 아래로 떨어졌습니다." 남자가 말했다.

더들리 영감은 일어나서 창밖을 내려다보았다. 6층 아래 골목에 화분이 떨어져 깨지고 흙이 흩어졌으며, 분홍색 물체가 녹색 종이 리본에서 튀어나와 있었다. 꽃은 6층 아래 있었다. 6층 아래에서 깨졌다.

더들리 영감은 껌을 씹으며 자신의 목구멍이 터지기를 기다리는 남자를 바라보았다. 그리고 말했다. "창턱에 그렇게 가깝게 둔 게 잘못이었소. 왜 내려가서 줍지 않는 거요?"

"영감님이 직접 하시지 그래요?"

더들리 영감은 제라늄이 있어야 할 자리에 있는 남자를 보았다.

그는 그렇게 할 것이다. 내려가서 꽃을 주울 것이다. 그걸 자기 창가에 두고 원한다면 하루 종일 볼 것이다. 그는 창가에서 돌아서서 방을 나갔다. 그리고 천천히 닭장 같은 복도를 걸어 계단으로 갔다. 계단은 바닥에 팬 깊은 상처 같았다. 동굴처럼 입을 벌리고 아래로 아래로 뻗어 있었다. 아까 그는 검둥이를 따라 그 계단을 올라왔다. 검둥이는 그를 일으켜 세운 뒤 그의 팔을 잡고 함께 계단을 오르며, '어르신' 저도 사슴 사냥을 했답니다 하고 말했다. 그리고 그가 있지도 않은 총을 든 모습과 아이처럼 계단에 주저앉은 모습을 보았다. 검둥이는 반짝이는 갈색 구두를 신었고, 웃지 않으려고 했지만 온몸이 웃음을 보여 주었다. 저 계단 모든 칸에 검은 점무늬 양말을 신은 검둥이들이 웃지 않으려고 입꼬리를 아래로 당기고 있을지도 몰랐다. 계단은 아래로 아래로 뻗어 있었다. 그는 그리 내려갔다가 검둥이가 등을 두드려 주는 일을 당할 수 없었다. 그는 도로 집으로 돌아와 창밖으로 제라늄을 내려다보았다.

그것이 있어야 할 자리에는 남자가 앉아 있었다. "안 주워 오셨네요." 남자가 말했다.

더들리 영감은 남자를 빤히 바라보았다.

"전부터 영감님을 봤어요." 남자가 말을 이었다. "날마다 그 의자에 앉아서 우리 창문을 보고, 우리 집 안을 들여다보시더군요. 내가 내 집에서 뭘 하건 왜 상관하시죠? 사람들이 내 집을 들여다보는 건 원치 않습니다."

꽃은 골목길에 뿌리를 하늘로 쳐들고 쓰러져 있었다.

"나는 같은 말을 두 번 하지 않아요." 남자가 말하고 창문을 떠났다.

이발사

The Barber

딜턴은 자유주의자에게 가혹한 곳이다.

민주당 백인 예비선거가 끝난 뒤 레이버는 이발사를 바꾸었다. 그
석 주 전에 레이버가 이발소에 갔는데 면도를 해 주던 이발사가 물었
다. "손님은 누구한테 투표하실 겁니까?"

"다먼입니다." 레이버가 말했다.

"검둥이 옹호가세요?"

레이버는 의자에 앉은 채 깜짝 놀랐다. 그렇게 노골적으로 반응할
줄은 몰랐다. "아뇨." 그가 대답했다. 그렇게 당황하지 않았다면 그는
이렇게 대답했을 것이다. "저는 깜둥이 옹호자도 백인 옹호자도 아닙
니다." 전에 그는 철학자 제이콥스에게 똑같은 말을 했는데, 제이콥스
는—딜턴은 자유주의자에게 이렇게 가혹하다—고등교육을 받은 남자

인데도 "그건 참 딱한 처지로군" 하고 대꾸했다.

"왜지?" 레이버는 에두르지 않고 물었다. 그는 논쟁에서 제이콥스를 이길 자신이 있었다.

제이콥스는 "넘어가지" 하고 말했다. 수업이 있다고 했다. 그의 수업은 레이버가 그를 논쟁에 끌어들이려 할 때 자주 나타난다는 것을 레이버는 알았다.

"저는 깜둥이 옹호자도 백인 옹호자도 아닙니다." 레이버는 이발사에게 그렇게 말했을 것이다.

이발사는 거품 속에 깨끗한 길을 내고 레이버에게 면도기를 대며 말했다. "지금은 백인 편, 흑인 편 두 쪽밖에 없어요. 이 선거가 그렇다는 건 삼척동자도 알아요. 호크슨이 뭐라고 했는지 아세요? 150년 전에 그들은 서로를 잡아먹고, 새를 잡겠다고 보석을 던지고, 이로 말가죽을 벗긴 자들이라고 했어요. 검둥이가 애틀랜타의 백인 이발소에 가서 '이발 좀 해 주세요' 합니다. 물론 바로 쫓겨났지만 일부러 가는 거예요. 지난달에 멀퍼드에서 더러운 검둥이 세 명이 백인을 쏘고 그집 물건 절반을 털어 갔는데, 지금 그자들이 어디 있는지 아세요? 감옥에서 대통령처럼 잘 먹고 있어요. 그자들이 사슬에 묶여 일하느라 더러워지면 어떤 얼어 죽을 검둥이 옹호자가 가서 보고 그자들이 노동하는 데 가슴 아파 할지 모르죠. 어쨌거나 우리가 그자들의 마더 허바드*를 없애고 검둥이들에게 제자리를 찾아 줄 사람을 뽑지 않는 한 좋은 시절은 오지 않을 겁니다."

그리고 이발사는 세면대 주변의 바닥을 청소하는 흑인 청년에게 소

---

* 전래 동요의 주인공. 주변에 호의를 베풀려 하나 계속 실패한다.

리쳤다. "들었니, 조지?"

"네." 조지가 말했다.

레이버는 무슨 말인가 해야 할 것 같았지만 적당한 말이 떠오르지 않았다. 그 말은 조지가 이해할 수 있는 말이어야 했다. 이발사가 조지를 그런 대화에 끌어들였다는 것이 놀라웠다. 제이콥스가 일주일 동안 흑인 대학에서 수업했을 때의 일을 이야기해 준 것이 기억났다. 거기서는 깜둥이, 검둥이, 유색인, 흑인 같은 말을 쓸 수 없었다. 그래서 제이콥스는 매일 밤 집에 와서 뒤창 밖에다 대고 "검둥이 검둥이 검둥이" 하고 소리쳤다고 했다. 레이버는 조지의 성향이 궁금했다. 청년은 깔끔한 생김이었다.

"검둥이가 우리 이발소에 와서 머리를 깎겠다는 둥 어쩌겠다는 둥 건방진 소리를 하면, 바로 쫓아낼 겁니다." 이발사는 잇새로 흠 소리를 내더니 물었다. "손님은 마더 허바드신가요?"

"저는 다면에게 투표할 겁니다. 그게 궁금하신 거라면." 레이버가 말했다.

"호크슨의 연설을 들어 보신 적 있나요?"

"있습니다." 레이버가 말했다.

"마지막 연설을 들었나요?"

"아뇨, 하지만 그 사람이 어딜 가도 특별히 다른 내용을 말하지 않는다는 건 압니다." 레이버가 무뚝뚝하게 말했다.

"무슨 말씀이세요? 지난번 연설은 대박이었어요! 호크슨은 마더 허바드들을 제대로 꾸짖었어요." 이발사가 말했다.

"호크슨을 선동가라고 하는 사람이 많습니다." 레이버가 말했다. 조지가 선동가라는 말을 알까 싶었다. '거짓말쟁이'라고 말해야 했다.

"선동가라고요!" 이발사가 무릎을 치며 소리쳤다. "호크슨도 바로 그렇게 말했어요! 기가 막히네요. 이렇게 말했어요. '여러분, 마더 허바드들이 저를 선동가라고 부릅니다.' 그러고는 살짝 물러나서 부드럽게 말했어요. '제가 선동가입니까, 여러분?' 그러자 사람들이 소리쳤죠. '아뇨, 호크슨 씨, 당신은 선동가가 아닙니다!' 그러자 그가 강력하게 외쳤어요. '하지만 맞습니다. 저는 선동가입니다. 우리 주에서 제일가는 선동가입니다!' 함성이 얼마나 대단했는지! 휴우!"

"쇼맨십이 대단하죠." 레이버가 말했다. "하지만 본질은 그저……"

"손님은 마더 허바드들한테 제대로 걸렸어요." 이발사가 말했다. "한 가지 말씀드리죠……" 그리고 그는 호크슨의 독립기념일 연설을 전해 주었다. 그 연설은 시 낭송으로 끝났고, 역시 대박이었다고 했다. 다먼이 누군가요? 호크슨이 물었다. 다먼이 누군가요? 군중이 외쳤다. 다들 아시지 않나요? 그 사람은 뿔 나팔을 부는 리틀 보이 블루*입니다. 그렇습니다. 아기들은 초원에 있고, 검둥이들은 밀밭에 있어야 합니다. 아! 손님도 그 연설을 들었어야 합니다. 그 연설을 들으면 어떤 마더 허바드도 견딜 수 없었을 겁니다.

레이버는 이발사에게 혹시 몇 가지 글을 읽어 보셨다면…… 하고 말을 꺼냈다.

아뇨, 저는 무얼 읽을 필요가 없습니다. 그냥 생각만 하면 됩니다. 요즘 사람들 문제가 그겁니다. 사람들이 생각을 안 해요. 상식이 없죠. 왜 손님은 생각을 하지 않나요? 손님의 상식은 어디 갔나요?

왜 내가 신경을 곤두세우는 거지? 레이버는 짜증이 났다.

* 전래 동요의 주인공인 뿔 나팔을 부는 어린 목동. 청색은 미국 민주당의 상징 색깔이다.

"소용없어요! 번지르르한 말들은 아무 소용 없어요. 그건 생각을 대신할 수 없어요." 이발사가 말했다.

"생각이라고요! 지금 댁이 생각을 한다는 겁니까?" 레이버가 소리쳤다.

"호크슨이 틸퍼드에서 뭐라고 했는지 아시나요?" 이발사가 말했다. "틸퍼드에서 호크슨은 제자리를 지키는 검둥이들은 얼마든지 좋아하지만 그 자리를 벗어나는 자들은 어디로 보내야 할지 안다고 했습니다. 그건 어떻습니까?"

레이버는 그게 생각과 무슨 상관이 있느냐고 물었다.

이발사는 그게 생각과 상관있다는 건 소파에 돼지가 앉은 것처럼 금세 알 수 있다고 말했다. 그는 다른 생각도 많이 한다고 했다. 그리고 손님은 호크슨이 멀린스 오크, 베드퍼드, 치커빌에서 한 연설도 꼭 들었어야 했다고 덧붙였다.

레이버는 다시 의자에 깊숙이 앉아서 이발사에게 자신은 면도를 하러 왔음을 상기시켰다.

이발사는 면도로 돌아갔다. 손님은 스파타스빌의 연설을 들으셨어야 해요. "마더 허바드는 모조리 사라졌어요. 보이 블루들의 뿔은 다 부러졌고요. 호크슨은 그런 자들을 관에 넣고 뚜껑에 못질할 때가 왔다고 말했어요……"

"전 약속이 있고 바쁩니다." 레이버가 말했다. 왜 내가 여기 앉아서 저 헛소리를 계속 들어야 하는 거지?

헛소리가 분명했는데도 그 바보 같은 대화는 하루 종일 그를 떠나지 않았고, 그날 밤 잠자리에 든 그의 머릿속을 세밀하게 지나갔다. 그는 어이없게도 그 대화를 되새기면서 자신이 준비가 되어 있었다면 대응했을 말들을 떠올렸다. 제이콥스라면 어떻게 했을까 생각해 보았다. 제이콥스는 주변 사람들에게 자신이 레이버가 생각하는 것보다 더 똑똑하다고 알리는 재주가 있었다. 제이콥스의 직업에서 그것은 나쁜 속임수가 아니었다. 레이버는 재미로 자주 그것을 분석해 보았다. 제이콥스라면 이발사를 침착하게 다루었을 것이다. 레이버는 다시 한 번 대화를 떠올리면서 제이콥스라면 어떻게 했을지 생각해 보았다. 하지만 결국은 자신의 생각으로 돌아갔다.

다시 이발소에 갔을 때 그는 지난번 논쟁을 잊었다. 이발사도 잊은 것 같았다. 날씨 이야기를 끝으로 더 말을 하지 않았다. 레이버는 저녁으로 무얼 먹을지를 생각했다. 아, 오늘은 화요일이구나. 화요일에 아내는 통조림 고기를 준비한다. 통조림 고기를 치즈와 함께 구웠다. 얇은 고기 한 장과 치즈 한 장을 구우면 줄무늬가 되어 나오지. 왜 우리는 화요일마다 그걸 먹어야 하지? 그게 싫다면 굳이—

"아직도 마더 허바드신가요?"

레이버의 머리가 움찔했다. "네?"

"아직도 다면을 지지하시나요?"

"그렇습니다." 레이버는 말했고, 그의 두뇌는 준비해 둔 재료들로 달려갔다.

"저기, 손님 같은 선생님들은 그러니까……" 이발사가 말을 얼른 잇지 못했다. 레이버는 그가 지난번만큼 확신에 차 있지는 않다는 것을 알았다. 아마 이번에는 다른 것을 강조해야 한다고 생각하는 듯했다. "손님 같은 분들은 호크슨의 교사 봉급에 대한 공약 때문에 호크슨에게 투표하시겠지요? 당연하죠. 돈이란 많을수록 좋으니까요."

"돈이라고요!" 레이버가 웃었다. "썩어 빠진 주지사 아래서는 돈을 얼마를 받아도 결국 잃는 돈이 더 많다는 걸 모르나요?" 그는 자신이 드디어 이발사와 같은 수준에 섰다는 걸 깨달았다. "그 사람은 너무 많은 부류의 사람들을 배척해요. 그 사람은 내 돈을 다먼보다 배는 더 빨아먹을 겁니다."

"그러면 좀 어떤가요? 저는 좋은 일에는 돈을 아끼지 않습니다. 좋은 일에는 언제든지 돈을 낼 겁니다." 이발사가 말했다.

"제 말은 그런 뜻이 아니에요! 그건……" 레이버가 입을 열었다.

"호크슨이 약속한 임금 인상은 이분 같은 선생님에게는 적용되지 않아." 방 뒤편에서 누군가 말했다. 그러더니 기업가 같은 태도의 뚱뚱한 남자가 다가왔다. "이분은 대학 선생님이시지?"

"맞아요. 이분은 호크슨이 말하는 임금 인상에 해당이 안 돼요. 하지만 다먼이 돼도 봉급은 안 올라요." 이발사가 말했다.

"그래도 무언가 얻겠지. 학교는 모두 다먼을 지지해. 나름대로 얻는 건 있지. 무상 교과서, 새 책상 같은 것 말이야. 그게 게임의 규칙이야."

"학교 환경 개선은 모두에게 이익이 됩니다." 레이버가 침을 튀기며 말했다.

"정말 오래된 이야기군요." 이발사가 말했다.

"학교보다 중요한 건 아무것도 없다, 그게 그들이 하는 말입니다. 모두에게 이익이 된다는 것." 남자가 말했다.

이발사는 웃었다.

"이걸 생각해 보셨다면……" 레이버가 입을 열었다.

"아마 선생의 방에도 새 책상이 있을 거요." 남자가 웃더니 이발사의 옆구리를 쿡 찌르고 말했다. "어떤가, 조?"

레이버는 남자의 턱에 발길질을 하고 싶었다. "추론이라는 걸 아시나요?" 그가 물었다.

"하고 싶은 말씀 다 하십시오." 남자가 말했다. "선생이 깨닫지 못하는 건 우리가 그걸 싫어한다는 거예요. 선생이 수업하는 교실에 까만 얼굴 두엇이 섞여 있는 게 좋습니까?"

레이버는 한순간 거기 없는 어떤 것이 자신을 땅에 때려눕히는 느낌을 받았다. 조지가 들어와서 세면대를 닦았다. "배우고 싶은 사람은 누구든, 흑인이건 백인이건 가르칠 겁니다." 레이버가 말했다. 혹시 조지가 고개를 들었는지 궁금했다.

"그건 좋아요." 이발사가 동의했다. "하지만 한데 섞여 사는 건 다르죠. 조지, 너는 백인 학교에 가고 싶으냐?" 그가 소리쳐 물었다.

"아뇨, 싫어요." 조지가 말했다. "파우더가 떨어졌어요. 지금 이게 마지막이에요." 조지는 그것을 세면대에 털어 넣었다.

"가서 사 오렴." 이발사가 말했다.

"호크슨이 말했듯이 이제 때가 왔어요. 관 뚜껑에 못을 탕탕 박아야 할 때가." 기업가가 말하고 호크슨의 독립기념일 연설을 전해 주었다.

레이버는 그 남자를 세면대에 처박고 싶었다. 날은 덥고 파리도 많아서 그런 바보 같은 소리를 듣지 않아도 이미 짜증스러웠다. 그는 청록색으로 칠한 유리창 밖으로 법원 광장을 내다보았다. 그리고 속으로 이발사를 욕하며, 관심을 바깥에 고정하고 자신이 있는 곳은 나무들의 움직임으로 보건대 미풍이 살랑살랑 부는 거기라고 생각했다. 한 무리의 남자가 법원 앞길을 걸어갔다. 자세히 보니 거기 제이콥스도 있었다. 그런데 제이콥스는 오후 수업이 있었다. 하지만 그건 제이콥스가 맞았다. 내가 제대로 본 건가? 제이콥스가 맞는다면 그 옆에서 함께 이야기하는 사람은 누구지? 블레이클리? 아니면 저 사람이 블레이클리인가? 레이버는 눈을 찌푸렸다. 멋쟁이 양복을 입은 흑인 청년 세 명이 이발소 바깥을 유유히 걸었다. 한 청년이 길에 앉아서 레이버에게 머리만을 보였고, 다른 두 청년은 그 옆에서 이발소 창문에 기대 레이버의 시야를 가렸다. 이 친구들은 왜 하필 여기 멈춰 선 거지? 레이버는 화가 났다. "빨리해 주세요. 약속이 있습니다." 그가 이발사에게 말했다.

"무슨 일로 바쁘신 겁니까? 여기 남아서 보이 블루를 옹호해 보세요." 뚱뚱한 남자가 말했다.

"손님은 다면을 찍는 이유를 말씀해 주시지 않았어요." 이발사가 웃으며 레이버의 목에서 덮개 천을 풀었다.

"좋은 정부가 어쩌고 하는 말은 빼십시오." 뚱뚱한 남자가 말했다.

"약속이 있어요. 계속 여기 있을 수는 없어요." 레이버가 말했다.

"선생이 여기 남아서 다면을 옹호해 주실 수 없다니 다면이 안됐군요." 뚱뚱한 남자가 조롱했다.

"다음 주에 다시 오죠. 그때 다면을 찍는 이유를 원하시는 만큼 말씀드리겠습니다. 당신들이 호크슨을 찍는 것보다 더 훌륭한 이유들입니다." 레이버가 말했다.

"정말 기대되네요. 그런 일은 불가능하니까요." 이발사가 말했다.

"좋아요, 나중에 보죠." 레이버가 말했다.

"잊지 말아요. 좋은 정부라는 말은 하면 안 돼요."

"두 분이 이해 못 할 말은 하지 않겠습니다." 레이버가 말했고, 이어 그렇게 짜증을 낸 것이 바보처럼 느껴졌다. 뚱뚱한 남자와 이발사는 웃었다. "화요일에 봅시다." 레이버는 말하고 떠났다. 그는 그들에게 이유를 설명하기로 한 것에 화가 났다. 그는 이유들을 체계적으로 정리해야 했다. 그 사람들처럼 생각나는 대로 말할 수 없었다. 그도 그럴 수 있다면 좋을 것 같았다. 하지만 애석하게도 '마더 허바드'에게는 논리가 중요했다. 그리고 다면 역시 애석하게도 씹는담배를 하면서 침을 찍찍 뱉는 사람이 아니었다. 그는 이유를 정리해야 했다. 시간과 수고를 들여서. 도대체 내가 왜 이러지? 정리하면 되잖아. 마음만 먹으면 나는 이발소 사람들 모두를 꼼짝 못하게 할 수 있어.

집에 도착했을 때 그는 이미 논지의 초안을 작성하고 있었다. 쓸데없는 말도, 어려운 말도 없어야 했다. 그게 쉬운 일이 아니라는 걸 곧 깨닫게 되었다.

그는 바로 작업에 착수했다. 그리고 저녁 식사 때까지 문장 네 개를 만들었다가 다 지웠다. 그는 식사를 하다 말고 한 번 책상 앞에 가서 문장 하나를 바꾸었다. 저녁을 먹고 나서는 고친 것을 지웠다.

"당신 왜 그래?" 아내가 물었다.

"아무것도 아니야. 할 일이 좀 있어서 그래." 레이버가 말했다.

"알아서 해." 아내가 말했다.

아내가 나가자 그는 책상 아래쪽을 뻥 차서 널빤지를 헐렁하게 만들었다. 11시가 되자 한 면이 찼다. 다음 날 아침에는 작업이 쉬워져서 정오에 모든 것이 완성되었다. 그 정도면 확실할 것 같았다. 그 글은 이렇게 시작했다. "우리가 선거를 통해 누군가에게 권력을 주는 데는 두 가지 이유가 있다." 그리고 이렇게 끝났다. "관념을 사용하면서 그것을 평가하지 않는 것은 허공을 걷는 것이다." 그는 마지막 문장이 아주 효과적이라고 생각했다. 그리고 전체적으로도 상당히 효과적이라고 생각했다.

그는 오후에 그것을 가지고 제이콥스의 연구실로 갔다. 블레이클리가 있었지만 곧 떠났다. 레이버는 적어 간 글을 제이콥스에게 읽어 주었다.

"그래서?" 제이콥스가 말했다. "지금 자네가 무슨 일을 하고 있다고 생각해?" 그는 레이버가 글을 읽는 내내 성적 기록부에 숫자를 적었다.

레이버는 자기가 바쁜 때 온 걸까 싶었다. "이발사에게 내 논지를 펴는 거지. 자네는 이발사하고 논쟁해 본 적 있어?" 그가 물었다.

"나는 논쟁을 안 해." 제이콥스가 대답했다.

"그건 자네가 이런 무지를 몰라서 그래. 자네는 경험해 본 적이 없거든." 레이버가 말했다.

제이콥스는 콧방귀를 뀌었다. "무슨 소리야. 당연히 있어."

"그런데?"

"나는 논쟁을 안 한다니까."

"하지만 자네가 옳다고는 생각하잖아." 레이버가 추궁하듯 말했다.

"어쨌건 나는 논쟁을 안 해."

"하여간 나는 논쟁하게 되었어." 레이버가 말했다. "그 사람들이 틀린 말을 퍼붓는 속도에 뒤지지 않게 옳은 말을 할 거야. 이건 속도가 중요해. 그 사람들 생각을 바꾸기 위해서가 아니라 내 견해를 옹호하기 위해서야."

"그래, 이해해. 잘해." 제이콥스가 말했다.

"이미 했어! 이걸 읽어 줬잖아. 여기 있어." 레이버는 제이콥스가 멍청한 건지 딴생각을 하는 건지 의아했다.

"그럼 거기 두고 가. 이발사랑 논쟁하며 얼굴빛을 망가뜨리진 마."

"걱정 마." 레이버가 말했다.

제이콥스는 어깨를 으쓱했다.

레이버는 제이콥스가 그것을 함께 자세히 검토해 줄 줄 알았다. "그럼 나중에 보세." 그가 말했다.

"그래." 제이콥스가 말했다.

레이버는 애초에 왜 그에게 글을 읽어 주었을까 싶었다.

이발소에 가기로 한 화요일 오후, 레이버는 불안했고, 아내 앞에서 그 내용으로 연습을 해 보기로 했다. 그가 아는 것이라고는 아내가 호크슨을 지지한다는 사실뿐이었다. 그가 선거 이야기를 꺼낼 때마다 아내는 분명히 밝혔다. "당신이 학생들을 가르친다고 모든 걸 아는 건 아니야." 자신이 무얼 안다고 말한 적이 있던가? 아니 아내를 부르지 않는 게 좋을 것 같았다. 하지만 그 내용을 실제로 말하면 어떻게 들릴지 궁금했다. 분량은 길지 않았다. 아내의 시간을 많이 잡아먹지 않을 것이다. 아내는 아마 자신이 부르는 걸 싫어할 것이다. 그래도 어쩌면 자기 말에 영향을 받을 수도 있었다. 그는 아내를 불렀다.

아내는 부탁은 들어주겠지만, 하던 일을 마칠 때까지 기다리라고 했다. 무슨 일을 시작할 때마다 방해하는 일이 꼭 생긴다는 모양이었다.

레이버는 하루 종일 기다릴 수는 없다고 했다. 이발소 문 닫을 시간이 이제 45분밖에 안 남았어. 그러니 서둘러 줘.

아내는 손을 닦으며 와서 말했다. 좋아, 왔어. 시작해 봐.

그는 시선을 아내의 머리 너머에 두고, 쉽고 가볍게 이야기를 시작했다. 전달하는 목소리는 나쁘지 않았다. 그런 소리가 나는 게 말 자체 때문일까 어조 때문일까 궁금했다. 그는 문장 중간에 말을 멈추고 아내의 얼굴에서 반응을 살폈다. 아내는 고개를 의자 옆 탁자로 살짝 돌리고 있었는데, 그 탁자에는 잡지 한 권이 펼쳐져 있었다. 그가 다시 말을 잇지 않고 가만히 있자 아내는 일어섰다. "아주 좋아." 그리고 부엌으로 돌아갔다. 레이버는 이발소로 떠났다.

그는 천천히 걸으면서 할 말을 생각하고 또 이따금 멈춰 서서 상점의 진열창들을 멍하니 바라보았다. 블록스 피드 상점은 자동 닭 도축기를 진열해 두었다. '심장이 약한 분도 자기 집 닭을 잡을 수 있습니다.' 도축기 위에 그런 광고문이 붙어 있었다. 레이버는 과연 심장 약한 사람들이 저 기계를 쓸까 싶었다. 이발소가 가까워지자 문 안으로 기업가 같은 남자가 한구석에 앉아 신문을 읽는 모습이 삐딱하게 보였다. 레이버는 안에 들어가서 모자를 들어 인사했다.

"안녕하십니까. 오늘이 올해 최고로 더운 것 같습니다!" 이발사가 말했다.

"상당히 덥군요." 레이버가 말했다.

"이제 사냥철도 곧 끝날 거예요." 이발사가 말했다.

좋아요, 일을 시작하죠. 레이버는 말하고 싶었다. 그는 그들의 말을 토대로 자신의 논지를 펼칠 것이다. 뚱뚱한 남자는 아직 그를 보지 못했다.

"지난번에 메추라기 사냥을 나갔을 때 우리 집 개가 얼마나 잘했는지 보셨어야 하는데." 레이버가 자리에 앉는데 이발사가 말했다. "새들이 처음 날아오를 때 네 마리를 잡고 또 한 번 날아오를 때 두 마리를 잡았죠. 훌륭하지 않습니까?"

"메추라기 사냥을 해 본 적이 없네요." 레이버가 꺼칠한 목소리로 대꾸했다.

"검둥이와 사냥개를 데리고 총 한 자루 둘러메고 메추라기 사냥을 하는 것만 한 일은 세상에 없습니다. 그걸 안 한다면 인생에서 큰 손해를 보시는 겁니다." 이발사가 말했다.

레이버는 목을 가다듬었고, 이발사는 일을 했다. 구석의 뚱뚱한 남자가 신문을 넘겼다. 도대체 내가 여기 왜 왔다고 생각하는 거지? 잊었을 리는 없어. 그는 파리들 붕붕거리는 소리와 남자들 수다 소리를 들으며 기다렸다. 뚱뚱한 남자가 다시 신문을 넘겼다. 조지의 빗자루가 이발소 어딘가의 바닥을 천천히 쓸다가 멈추었다가 다시 쓰는 소리가 들렸다. "아직도 호크슨을 지지하시나요?" 레이버가 이발사에게 물었다.

"그렇습니다!" 이발사가 웃었다. "제가 잊었군요. 손님은 오늘 다면을 찍는 이유를 설명해 주려고 오셨지요. 로이!" 이발사가 뚱뚱한 남자를 불렀다. "이리 와서, 우리가 보이 블루에게 투표해야 하는 이유를 들어 봐요."

로이는 끙 소리를 내더니 다시 신문을 넘기며 나직이 말했다. "먼저 이 기사를 마저 읽고."

"그분이 누구야, 조? 좋은 정부 어쩌고 하는 사람들 중 한 명인가?" 뒤쪽의 남자 한 명이 말했다.

"그렇습니다. 이분이 연설을 하실 겁니다." 이발사가 말했다.

"그런 건 이미 지겹게 들었어." 남자가 말했다.

"이분의 말은 듣지 않았잖아요. 레이버 선생님은 좋은 분이에요. 투표할 줄은 모르지만 사람은 괜찮아요." 이발사가 말했다.

레이버는 얼굴이 빨개졌다. 남자 두 명이 다가왔다. "연설이 아니에요. 그저 이 일을 논하고 싶을 뿐이에요—이성적으로요." 레이버가 말했다.

"이리 와요, 로이." 이발사가 소리쳤다.

"왜 그러십니까?" 레이버가 나직이 말하다가 갑자기 열을 올렸다. "사람들을 전부 부를 거면 조지는 왜 안 부르시나요? 그 친구가 듣는 게 두려운가요?"

이발사가 잠시 말없이 레이버를 보았다.

레이버는 아까 집에서 자신을 과대평가했다는 생각이 들었다.

"조지도 들을 수 있어요. 그 애가 있는 뒤쪽에서도 다 들려요." 이발사가 말했다.

"그냥 그 친구도 관심 있을지 모른다는 생각이 들었습니다." 레이버가 말했다.

"조지도 들을 수 있어요. 여기서 하는 말을 다 들을 수 있고, 두 배로 들을 수도 있어요. 손님이 하는 말뿐 아니라 하지 않는 말도 들으니까요." 이발사가 말했다.

로이가 신문을 접으면서 다가왔다. "안녕하십니까. 그 연설을 들어봅시다." 그가 레이버의 머리에 손을 대면서 말했다.

레이버는 자신이 그물을 빠져나가려고 발버둥 친다는 느낌이 들었다. 사람들이 붉은 얼굴에 웃음을 띠고 그를 내려다보았다. 말들이 그에게서 끌려 나오는 소리가 들렸다. "저는 이렇게 봅니다. 선출되는 자들은……" 그 말들은 그의 입에서 화물차처럼 덜컹거리며 끌려 나와서 가로막고 우뚝 섰다가 미끄러졌다가 부딪쳤다가 흔들렸다 하더니 출발할 때만큼이나 갑자기 덜컹하고 멈추었다. 연설은 끝났다. 레이버는 그것이 너무 빨리 끝난 데 당황했다. 사람들은 잠시, 그러니까 그가 말을 이을 거라 생각하는 듯이 말없이 기다렸다.

그러더니 이발사가 "이 중에 보이 블루에게 투표할 사람!" 하고 외쳤다.

몇몇 사람이 돌아서서 키득거렸다. 한 사람은 아예 포복절도했다.

"나야. 지금 당장 달려가서 내일 아침에 일착으로 보이 블루에게 투표할 거야." 로이가 말했다.

"이봐요! 내가 한 말은 그게 아니……" 레이버가 소리쳤다.

"조지, 너도 이 손님 연설 들었니?" 이발사가 외쳤다.

"네." 조지가 말했다.

"너는 누구를 뽑을 거니, 조지?"

"내가 한 말은……" 레이버가 외쳤다.

"제가 투표할 수 있을지 모르겠지만, 할 수 있다면 호크슨 씨를 뽑을 거예요." 조지가 말했다.

"내가 여러분의 우둔한 정신을 바꾸려 한다고 생각합니까? 나를 뭘로 보시는 겁니까?" 레이버가 소리치고 돌연 이발사의 어깨를 잡아당겼다. "내가 여러분의 무지에 간섭하려는 것 같습니까?"

이발사는 어깨에서 레이버의 손을 떼어 내며 말했다. "진정하세요. 훌륭한 연설이었습니다. 제가 늘 말하던 거예요. 사람은 생각을 해야……" 레이버가 그를 때리자 그는 뒤로 휘청거리다 옆자리의 발 받침대에 주저앉았다. "좋은 연설이었어요. 제가 늘 말하는 겁니다." 그는 거품을 칠한 하얀 얼굴로 자신을 노려보는 레이버를 바라보며 말했다.

레이버의 목 안쪽에서 피가 불끈거렸다. 그는 돌아서서 주변에 서 있던 사람들을 밀치고 밖으로 나갔다. 바깥에는 태양이 모든 것을 열기의 웅덩이에 가두고 있었다. 레이버는 거의 뛰듯이 걸었지만, 그가 첫 번째 모퉁이에 닿기도 전에 거품이 옷깃 속과 덮개 천 위로 흘러내려서 무릎에 매달렸다.

살쾡이
Wildcat

I

게이브리얼 영감은 지팡이를 양옆으로 천천히 흔들며 방을 걸어갔다.

"누구지? 검둥이 네 놈의 냄새가 나는군." 그가 문을 열면서 속삭였다.

그들의 부드럽고 애잔한 웃음이 개구리 울음 위로 솟아오르더니 목소리가 되었다.

"그렇게밖에 못해요, 게이브?"

"할아버지도 같이 가나요?"

"우리가 누군지도 냄새로 아실 수 있지 않나요?"

게이브리얼은 툇마루로 나갔다. "매슈, 조지, 윌리 마이릭. 나머지 하나는 누구냐?"

"분 윌리엄스예요, 할아버지."

게이브리얼은 지팡이로 툇마루 가장자리를 더듬었다. "뭘 하는 거야? 잠깐 들어왔다 가렴."

"모즈하고 루크를 기다리고 있어요."

"살쾡이를 잡으러 갈 거예요."

"뭘로 잡을 거냐?" 게이브리얼 영감이 물었다. "너희는 살쾡이를 잡을 만한 게 없어." 그는 툇마루 가장자리에 앉아서 두 발을 옆으로 늘어뜨렸다. "모즈와 루크한테도 그렇게 말했다."

"할아버지는 살쾡이를 몇 마리나 잡았나요?" 어둠 속에서 올라오는 목소리에는 온화한 놀림이 가득했다.

"내가 어렸을 때 살쾡이가 한 마리 있었지." 게이브리얼이 입을 열었다. "피를 찾아 여기 왔어. 어느 날 밤 오두막 창문으로 들어와서는 침대에 누워 있던 검둥이가 비명 지를 새도 없이 목을 그어 버렸어."

"숲에 있는 이 살쾡이는 그냥 소를 잡으러 오는 거예요. 주프 윌리엄스가 제재소 가는 길에 놈을 봤어요."

"그래서 어떻게 했대?"

"도망쳤대요." 웃음소리가 다시 밤의 소리 위로 울려 퍼졌다. "살쾡이가 자기를 노리는 줄 알았대요."

"그건 맞아." 게이브리얼 영감이 중얼거렸다.

"아니에요, 소를 노리고 온 거였어요."

게이브리얼이 콧방귀를 뀌었다. "놈이 숲에서 나온 건 고작 소를 잡기 위해서가 아니야. 두고 봐. 그리고 너희는 곧 그만둘 거야. 다 소용

없거든. 놈은 직접 사냥을 하지. 나는 전부터 계속 냄새를 맡았어."

"그게 그 살쾡이 냄새인지 어떻게 알아요?"

"살쾡이 냄새는 다른 것하고 착각할 수 없어. 어릴 때 이후 여기 살쾡이는 한 마리도 없었거든. 잠깐 들어와." 그가 말했다.

"여기서 혼자 지내기 무섭지 않아요, 할아버지?"

게이브리얼은 몸이 뻣뻣해졌다. 그는 일어서려고 손을 더듬어 기둥을 찾으며 말했다. "모즈와 루크를 기다리는 거라면 그냥 가는 게 좋아. 둘은 한 시간 전에 너희 집으로 갔으니까."

II

"들어오렴! 당장 들어와!"

눈먼 소년이 혼자 현관 계단에 앉아 앞을 보며 소리쳤다. "남자들 전부 갔어요?"

"히저만 빼고 다 갔어. 들어와."

그는 여자들 틈에 들어가기 싫었다.

"그 냄새가 나요." 그가 말했다.

"들어오렴, 게이브리얼."

그는 들어가서 창가로 갔다. 여자들이 그에게 나직이 말했다.

"너는 여기 있어라."

"밖에 나가 있으면 살쾡이를 이 방으로 꾀게 돼."

창문으로 바람 한 줄기 들어오지 않았고, 게이브리얼은 창문을 열려고 덧창의 빗장 근처를 긁었다.

"창문 열지 마. 살쾡이가 들어오면 안 되니까."

"나도 같이 갈 수 있었어요. 냄새 맡아 주는 일을 할 수 있었어요. 나는 겁 안 나요." 그는 부루퉁하게 말했다. 자기도 여자인 것처럼 이렇게 여자들하고 같이 갇혀 있다니.

"리바 할머니도 그 냄새를 맡을 수 있대요."

구석에서 노파가 끙 소리를 내고 말했다. "잡으러 가 봐야 소용없어. 놈은 여기 있어. 이 근방에. 놈이 이 방에 뛰어들면 가장 먼저 나를 죽일 거야. 그다음에 저 아이를 죽이고, 그다음에는……"

"그런 소리 말아요, 리바. 내 아이는 내가 지켜요." 그의 어머니가 말했다.

그는 자신을 지킬 수 있었다. 겁나지 않았다. 그는 놈의 냄새를 맡을 수 있었다. 그와 리바는 그럴 수 있었다. 놈은 먼저 그들에게 뛰어들 것이다. 먼저 리바에게, 그러고 나서 자신에게. 놈은 보통 고양이와 똑같이 생겼고 덩치만 더 크다고 어머니가 말했다. 그리고 집고양이 발톱이 따끔한 정도라면 살쾡이의 발톱과 이빨은 칼과 같다고 했다. 놈은 입김이 뜨겁고 젖은 석회를 뱉었다. 게이브리얼의 어깨에는 놈의 발톱이, 목에는 놈의 이빨이 느껴졌다. 하지만 그렇게 당하고 있지만은 않을 것이다. 팔로 놈을 꽉 안고 목을 찾은 뒤 머리를 뒤로 당겨서 함께 바닥을 뒹굴며 놈을 떼어 낼 것이다. 탕, 탕, 탕 머리를 때리고, 탕, 탕, 탕……

"히저는 누구하고 같이 있지?" 여자 한 명이 물었다.

"낸시뿐이야."

"다른 사람이 있어야 돼요." 어머니가 나직하게 말했다.

리바가 신음했다. "나가는 사람은 거기 도착하기도 전에 당할 거야.

놈은 여기 있어. 점점 가까워져. 놈은 분명히 나를 칠 거야."

게이브리얼은 그 냄새를 강하게 맡았다.

"그게 어떻게 이 안에 들어와요? 공연히 안달하지 말아요."

그 말을 한 사람은 홀쭉이 미니였다. 미니는 무적이었다. 그녀는 어릴 때 여자 주술사가 넣어 준 마법이 있었다.

"마음만 먹으면 쉽게 들어와. 저 고양이 구멍을 찢고 들어올 거야." 리바가 코웃음 쳤다.

"그때쯤이면 우리는 낸시에게 가 있을 거예요." 미니가 콧방귀를 뀌었다.

"너희는 그렇지." 노파가 중얼거렸다.

자신과 노파는 그럴 수 없다는 걸 그는 알았다. 자신은 남아서 싸울 것이다. 너 그 눈먼 소년 봤어? 그 애가 살쾡이를 죽였어!

리바가 신음 소리를 냈다.

"조용히 해요!" 그의 어머니가 명령했다.

신음이 노래로 바뀌어서 목구멍 깊은 곳에서 나직이 흘러나왔다.

"주여, 주여,
주님의 순례자를 오늘 보겠네.
주여, 주여,
주님의 순례자를……"

"조용! 저 소리 뭐죠?" 그의 어머니가 나직하게 소리쳤다.

게이브리얼은 침묵 속에 몸을 숙였다. 긴장되었지만 준비되어 있었다.

쿵쿵 소리, 이어 희미한 으르렁 소리가 들리더니 멀리서 비명이 울렸다. 그 소리는 점점 크고 가까워져서 언덕 기슭을 넘어 마당으로, 이어 툇마루로 다가왔다. 무언가 문에 몸을 쾅 부딪쳐서 오두막 전체가 흔들렸다. 방 안이 소란스러워지고 비명 소리가 났다. 낸시였다!

"히저가 당했어요! 놈이 창문으로 들어와서 목을 깨물었어요. 히저. 히저." 그녀가 울부짖었다.

밤늦게 남자들이 토끼 한 마리와 다람쥐 두 마리를 잡아 가지고 돌아왔다.

Ⅲ

게이브리얼은 어둠 속을 더듬어 침대로 갔다. 의자에 앉을 수도 있고 침대에 누울 수도 있었다. 그는 침대에 누워서 코를 누비이불의 감촉과 냄새 속으로 밀어 넣었다. 그 아이들이 숲에 가 봐야 소용없었다. 그는 이 살쾡이의 냄새도 똑같이 잘 맡을 수 있었다. 사람들이 그 이야기를 시작한 뒤로 계속 그 냄새를 맡았다. 어느 날 저녁 그 냄새가 났다. 주변의 다른 냄새들, 그러니까 검둥이 냄새, 소 냄새, 땅 냄새하고는 달랐다. 살쾡이 냄새였다. 털 윌리엄스는 놈이 황소에게 달려드는 걸 보았다고 했다.

그러다 게이브리얼은 벌떡 일어나 앉았다. 그것이 가까이 왔다. 그는 침대에서 일어나 문 앞으로 갔다. 그 문에는 이미 빗장을 채워 놓았다. 다른 문은 열려 있을 것이다. 바람이 들어왔고, 그는 밤공기가 얼굴에 정면으로 오는 지점을 찾아 바람 속을 서성였다. 다른 문이 열려 있었다. 그는 그 문을 쾅 닫고 빗장을 질렀다. 하지만 무슨 소용인가? 살쾡이가 마음만 먹는다면 충분히 들어올 것이다. 그는 다시 의자로 돌아가 앉았다. 원한다면 놈은 동쪽으로 들어올 것이다. 사방에 가벼운 외풍이 일었다. 문 옆에는 사냥개도 드나들 만한 구멍이 있었다. 살쾡이는 그것을 갉아서 그가 도망칠 새도 없이 안에 들어올 수 있었다. 뒷문 옆에 앉아 있다면 더 빨리 도망칠 수 있을 것이다. 그는 일어나서 의자를 뒷문으로 끌고 갔다. 냄새가 가까웠다. 수를 세는 게 좋을 것 같았다. 그는 천까지 셀 수 있었다. 그렇게 큰 수를 셀 줄 아는 검둥이는 20리 안에 없었다. 그는 수를 세기 시작했다.

모즈와 루크는 여섯 시간 후에야 돌아올 것이다. 그들은 내일 밤에는 가지 않을 것이다. 하지만 살쾡이는 오늘 밤 그를 공격할 것이다. 내가 같이 가서 냄새로 녀석을 찾아 주마. 이 근방에 나처럼 냄새를 잘 맡는 사람은 없어.

그들은 숲에 가면 그를 잃어버릴 거라고 말했다. 살쾡이 사냥은 그에게 어울리지 않는다고.

나는 살쾡이도 숲도 두렵지 않아. 나를 데리고 가다오, 나를.

여기 혼자 있다고 겁먹지 마세요, 그들은 웃었다. 아무것도 할아버지를 공격하지 않아요. 겁이 나면 매티네 집에 데려다 줄게요.

매티네 집! 나를 매티네 집에 데려다 준다고! 여자들만 있는 곳에. 날 대체 뭘로 보는 거야? 나는 살쾡이는 겁나지 않아. 하지만 어쨌건 놈은 오고 있어. 놈은 숲에 없어. 여기 올 거야. 숲에 가는 건 시간 낭비야. 여기 있으면 놈을 잡을 수 있어.

그는 수를 세던 중이었다. 어디까지 셌지? 오백오, 오백육…… 매티네 집이라니! 나를 도대체 뭘로 보는 거야? 오백이, 오백……

게이브리얼은 무릎에 가로놓인 지팡이를 두 손으로 꼭 잡고 의자에 뻣뻣하게 앉아 있었다. 내가 여자처럼 놈에게 당하는 일은 없을 거야. 셔츠가 젖어서 몸에 달라붙자 후각이 더 날카로워졌다. 그날 밤늦게 남자들은 토끼 한 마리와 다람쥐 두 마리를 가지고 돌아왔다. 그는 그때의 살쾡이가 떠올랐고, 그러자 자신이 있던 곳이 여자들 집이 아니라 히저의 오두막이었다는 생각이 들었다. 그는 의아했다. 내가 히저인가? 나는 게이브리얼이야. 나는 히저처럼 당하지 않을 거야. 내가 놈을 찢어 죽일 거야. 놈을 떼어 낼 거야. 나는…… 어떻게 그렇게 하지? 나는 4년 전부터는 닭 목도 비틀지 못했어. 놈이 나를 칠 거야. 할 수 있는 건 기다리는 것뿐이야. 냄새가 가까워. 노인들은 기다리는 것밖에 할 게 없어. 놈은 오늘 밤 칠 거야. 이빨은 뜨겁고 발톱은 차가울 거야. 발톱은 부드럽게 박히고 이빨은 살을 베고 그 안의 뼈를 긁을 거야.

게이브리얼은 땀이 솟았다. 놈은 내가 놈의 냄새를 맡는 만큼 내 냄새를 맡을 수 있어. 나는 여기 앉아서 냄새를 맡고, 놈은 여기 오면서 냄새를 맡아. 이백사. 어디까지 셌더라? 사백오……

그때 벽난로 근처에서 무언가 긁는 소리가 났다. 그는 몸을 숙였다. 몸이 굳고 목이 조였다. 그가 속삭였다. "어서 와. 내가 여기서 기다리고 있어." 움직일 수는 없었다. 수족에 움직이라는 명령을 내릴 수 없었다. 또 한 번 긁는 소리가 났다. 그가 원치 않는 고통이었다. 하지만 그는 기다리는 것도 원치 않았다. "나 여기 있어." 그가 말할 때 다시 한 번 작은 소리가 들리고 이어 파닥거리는 소리가 났다. 박쥐였다. 지팡이를 잡은 손이 느슨해졌다. 그것이 이제 헛간 앞까지 온 것을 알아야 했다. 내 코가 왜 이러지? 내가 왜 이러지? 근방 400리 안에 나처럼 냄새를 잘 맡는 흑인은 없어. 다시 긁는 소리가 들렸다. 이번에는 다른 데였다. 집 모퉁이의 고양이 구멍이었다. 사각…… 사각…… 사각…… 그건 박쥐였다. 그는 그것이 박쥐라는 걸 알았다. 사각…… 사각…… "여기 있다." 그가 속삭였다. 박쥐는 없을 거야. 그는 일어서려고 발에 힘을 주며 속삭였다. "주님이 나를 기다리고 계셔. 주님은 내가 얼굴이 찢겨서 오는 걸 원치 않으셔. 계속하렴, 살쾡아, 왜 나를 원하는 거니?" 그는 이제 서 있었다. "주님은 내가 살쾡이 자국이 박혀서 오는 걸 원하지 않으셔." 그는 고양이 구멍 쪽으로 움직였다. 강둑 너머 주님이 천사들과 함께 그의 황금 옷을 준비해 놓고 기다리고 있었고, 그는 거기 가면 그 옷을 입고 주님과 천사들 곁에 서서 인생을 심판할 것이다. 근방 200리 안에 그보다 심판을 더 잘할 흑인은 없었다. 사각. 그는 멈추어 섰다. 집 바로 밖에서 그것이 코로 구멍을 쑤시는 냄새가 났다. 어딘가 올라가야 했다! 그것을 향해 갈 필요는 없었다. 어딘가 높은 곳에 올라가야 했다! 벽난로 위에 못으로 박은 선반이 있었다. 그는 급하게 돌아서다가 의자에 부딪혔고, 그 의자를 벽난로까지 밀고 갔다. 그는 선반을 잡고 의자에 올라선 뒤 위로 뛰어올라 좁은 선반에 잠시 앉아 있었지만 곧 그것이 가라앉는 게 느껴졌다. 두 발을 번쩍 들었지만 선반이 벽에서 갈라지는 것 같았다. 뱃속이 요동치다 멈추었고, 선반이 발 위로 떨어졌으며, 의자 등받이가 그의 머리를 때렸다. 짧은 정적이 이어진 뒤에 그는 낮고 숨 가쁜 동물 울음소리가 두 언덕을 넘어와서 그를 지나가는 것을 들었다. 그런 뒤 그 고통의 울음 위로 짧고 격렬한 으르렁 소리가 들렸다. 게이브리얼은 바닥에 뻣뻣하게 앉았다.

"소야, 소." 그가 마침내 숨을 쉬었다.

그는 차츰 근육의 긴장을 풀었다. 나보다 소한테 먼저 갔어. 오늘은 그냥 갈 거야. 하지만 내일 밤에 다시 올 거야. 그는 덜덜 떨며 의자에서 일어나 비틀비틀 침대로 갔다. 살쾡이는 걸어서 10분 거리까지 왔다. 그는 전만큼 예리하지 않았다. 노인을 혼자 두면 안 된다. 그는 그들에게 숲에 가 봐야 아무것도 없을 거라고 말했다. 놈은 내일 밤 다시 올 것이다. 내일 밤 그들은 여기서 기다리다 놈을 죽일 것이다. 그는 이제 자고 싶었다. 그들에게 숲에는 살쾡이가 없다고 말했다. 살쾡이가 있을 곳을 일러 준 것은 그였다. 그들이 자기 말을 들었다면 지금쯤 살쾡이를 잡았을 것이다. 그는 침대에서 잠을 자다 조용히 죽고 싶었다. 살쾡이에게 얼굴을 뜯긴 채 바닥에 쓰러져 죽고 싶지는 않았다. 주님이 기다리시는데.

그가 깼을 때 어둠은 아침 분위기로 가득했다. 모즈와 루크가 스토브 앞에서 움직이는 소리가 났고, 냄비에서 베이컨 냄새가 났다. 그는 씹는담배를 집어 입에 넣었다. "뭘 잡았니?" 그가 날카롭게 물었다.

"어젯밤에는 아무것도 못 잡았어요." 루크가 게이브리얼의 손에 접시를 들려 주며 말했다. "여기 베이컨 있어요. 선반은 어쩌다가 부수었나요?"

"내가 부순 거 아니야." 게이브리얼이 중얼거렸다. "바람에 선반이 떨어져서 나도 밤중에 깼어. 그건 떨어질 때가 되었어. 너희가 만들어 놓은 것 중에 지금까지 멀쩡한 게 하나도 없어."

"살쾡이 덫을 놓았어요. 오늘 밤에 놈을 잡을 거예요." 모즈가 말했다.

"그래." 게이브리얼이 말했다. "놈은 오늘 밤 여기 올 거야. 어젯밤 여기서 한 10분 거리에서 놈이 소 한 마리를 죽이지 않았니?"

"그렇다고 여기로 온다는 뜻은 아니에요." 루크가 말했다.

"여기로 와." 게이브리얼이 말했다.

"할아버지는 살쾡이를 몇 마리나 잡으셨어요?"

게이브리얼이 멈추었다. 베이컨 접시가 손에서 바르르 떨렸다. "나는 알아."

"곧 잡을 거예요. 포즈 숲에 덫을 놓았어요. 놈은 그 근방에 있었을 거예요. 우리가 밤마다 덫을 놓은 곳 근처 나무에 올라가서 기다리다가 놈을 잡을 거예요."

주석 쟁반을 긁는 그들의 포크 소리가 돌에 부딪치는 칼날 이빨 같은 소리를 냈다.

"베이컨 더 드릴까요, 할아버지?"

게이브리얼은 누비이불 위에 포크를 내려놓고 말했다. "아니, 베이컨은 이제 됐다." 그를 둘러싼 어둠은 텅 비었고, 그 깊은 곳에서 동물들의 울음이 그의 목구멍 속 고동 소리와 섞여 들었다.

작물
The Crop

 월러턴 양은 항상 식탁 치우는 일을 했다. 그것은 그녀의 특별한 가사의 성취였고, 그녀는 그 일을 아주 꼼꼼하게 했다. 루시아와 버사는 설거지를 했으며, 가녀는 응접실로 들어가서 《모닝 프레스》지에 실린 십자말풀이를 했다. 그러면 식당에는 월러턴 양 혼자 남았지만 그녀는 괜찮았다. 휴우! 그 집의 아침 식사는 늘 고역이었다. 루시아는 다른 식사처럼 아침 식사 시간도 규칙적이어야 한다고 했다. 루시아는 아침 식사를 규칙적으로 하면 다른 습관도 규칙적이 된다고, 가녀의 반항기 때문에 그들은 식사에 체계가 필요하다고 했다. 그렇게 해서 그녀는 또한 그가 밀죽에 꼭 한천을 넣도록 했다. 마치 50년 동안 그런 일을 하면 그가 다른 어떤 일도 할 수 있다는 듯이. 아침 식탁의 분쟁은 언제나 가녀의 밀죽으로 시작해서 월러턴 양의 파인애플 음료수

세 숟가락으로 끝났다. "너 위산 과다 있잖아, 윌리. 위산 과다." 루시아 양은 언제나 그렇게 말했다. 그러면 가녀가 눈을 굴리며 기분 나쁜 말을 하고, 버사는 벌떡 일어나고, 루시아는 괴로운 표정이 되고, 윌러턴 양은 이미 삼킨 파인애플 음료수의 맛을 음미했다.

식탁 치우기는 위안이었다. 식탁 치우기는 생각할 시간을 주었고, 윌러턴 양은 단편소설을 쓸 때면 먼저 그 내용을 생각해야 했다. 생각은 타자기 앞에 앉아 있을 때 가장 잘 났지만 당분간 이 방법도 괜찮았다. 먼저 이야기의 소재를 생각해야 했다. 소재가 너무 많아서 윌러턴 양은 한 가지도 생각할 수 없었다. 그게 소설 쓰기의 가장 힘든 부분이라고 그녀는 항상 말했다. 그녀는 실제로 쓰는 일보다 쓸 것을 생각하는 일에 더 많은 시간을 보냈다. 때로는 이 소재, 저 소재를 연달아 폐기해서 결정을 내리는 데 1~2주가 걸리기도 했다. 윌러턴 양은 은색 식탁 청소 도구를 꺼내서 식탁을 치웠다. 제빵사를 주인공으로 하면 어떨까? 외국 제빵사라면 멋진 그림이 될 것 같았다. 머틀 필머 숙모가 그녀에게 버섯 모자를 쓴 프랑스 제빵사의 컬러사진 네 장을 주고 갔다. 그들은 키가 크고, 금발 머리에……

"윌리!" 루시아 양이 소금 그릇을 들고 식당으로 들어오며 소리쳤다. "식탁 부스러기를 긁어낼 때는 밑에 부스러기 받기를 대야지. 부스러기가 깔개로 다 떨어지잖아. 지난주에 카펫을 네 번이나 청소했는데 또 하란 말이야?"

"네가 카펫을 청소한 건 내가 식탁 부스러기를 흘려서가 아니야. 나는 부스러기가 떨어지면 항상 주워. 그리고 떨어뜨리는 일도 거의 없고." 윌러턴 양이 단호하게 말했다.

"그리고 이번에는 식탁 긁개를 꼭 씻어서 둬." 루시아 양이 되받아쳤다.

윌러턴 양은 식탁 부스러기를 자기 손에 받아서 창밖으로 던졌다. 그리고 식탁 긁개와 부스러기 받기를 부엌에 가져가서 차가운 물로 헹구고, 이어 물기를 닦아 서랍에 다시 넣어 두었다. 그걸로 끝이었다. 이제 타자기 앞에 앉을 수 있었다. 저녁 식사 때까지 계속 거기 있을 수 있었다.

윌러턴 양은 타자기 앞에 앉아서 숨을 훅 내쉬었다. 자! 아까 내가 무슨 생각을 했지? 그래. 제빵사. 흐음. 제빵사. 아냐, 제빵사는 안 돼. 색채가 없어. 제빵사를 통해서 사회적 갈등을 조명할 수는 없어. 윌러턴 양은 타자기를 뚫어져라 바라보았다. A S D F G…… 눈이 자판을 훑었다. 흐음. 교사는 어떨까? 안 돼. 절대 안 돼. 교사를 생각하면 윌러턴 양은 언제나 기분이 안 좋아졌다. 그녀가 다닌 윌로폴 대학의 교사들은 괜찮았지만 모두 여자였다. 그러니까 정확히 윌로폴 여자대학이었다. 그 이름은 마음에 들지 않았다. 윌로폴 여자대학. 무언가 생물학적인 느낌이었다. 그녀는 언제나 윌로폴 졸업생이라고만 말했다. 남자 교사를 생각하면 윌러턴 양은 자신이 무언가 엉뚱한 말을 할 것만 같은 느낌이 들었다. 교사들은 적절하지 않았다. 그 사람들은 사회적 문제도 아니었다.

사회적 문제. 사회적 문제. 흐음. 소작농! 윌러턴 양은 소작농과 아무런 관계도 없었지만, 그들은 어떤 사람들 못지않게 예술적인 소재가 될 수 있었고, 또 그녀가 참여하고자 하는 집단이 중요하게 여기는 사회적 관심을 불어넣을 수 있는 소재 같았다! "기생충은 언제든지 활용할 수 있어." 그녀가 중얼거렸다. 느낌이 왔다! 확실했다! 그녀의 손가락이 흥분해서 자판 위를 뛰놀았지만, 실제로 치지는 않았다. 하지만 잠시 후 그녀는 갑자기 빠른 속도로 자판을 두드리기 시작했다.

'롯 모턴은 개를 불렀다'라는 문장이 종이에 찍혔다. 하지만 '불렀다' 뒤에 정적이 이어졌다. 월러턴 양은 언제나 첫 문장에 가장 심혈을 기울였다. "첫 문장은 섬광처럼 다가와!" 그녀는 늘 말했다. "섬광처럼!" 그녀는 손가락을 튀기며 그렇게 말했다. 그리고 거기서 소설을 쌓아나갔다. '롯 모턴은 개를 불렀다'는 자동적으로 나왔고, 그녀는 그 문장을 다시 읽어 보면서 '롯 모턴'은 소작농에게 좋은 이름이고, 개를 부른 것은 소작농이 할 만한 훌륭한 일이라고 판단했다. '개는 귀를 쫑긋 세우고 롯에게 어슬렁어슬렁 다가왔다.' 월러턴 양은 그렇게 새기고 나서 잘못을 깨달았다. 한 문단에 '롯'이라는 이름이 두 번이나 나온다. 반복은 귀에 거슬린다. 타자기가 뒤로 덜그럭덜그럭 돌아가서 '롯' 위에 X 표를 새겼다. 그리고 그 위에 연필로 '그'라고 썼다. 이제 다시 준비가 되었다. '롯 모턴은 개를 불렀다. 개는 귀를 쫑긋 세우고 어슬렁어슬렁 그에게 다가왔다.' '개'라는 표현도 두 번 나오네. 으음. 하지만 그건 '롯'이 두 번 나오는 것만큼 귀에 거슬리지 않는다고 그녀는 판정을 내렸다.

월러턴 양은 자칭 '음성 예술'이라는 것을 신봉했다. 독서에는 눈만큼이나 귀도 중요한 역할을 한다는 것이었다. 그녀는 '남부연합의 딸들*의 한 모임에서 이렇게 말했다. "눈은 추상적인 그림을 형성하고, 문학적 모험의 성공은 (월러턴 양은 '문학적 모험'이라는 표현을 좋아했다) 정신에 생성되는 추상과 귀에 새겨지는 음조 감각에 의존합니다." (월러턴 양은 '음조 감각'이라는 말도 좋아했다.) '롯 모턴은 개를

* 남군 노병들의 여자 후손들로 이루어진 단체.

불렀다'라는 문장은 강렬하고 예리했다. 그리고 이어진 문장 '개는 귀를 쫑긋 세우고 어슬렁어슬렁 그에게 다가왔다'와 함께 문단을 산뜻하게 출발시켰다.

'그는 개의 짧고 앙상한 귀를 잡고 개와 함께 진흙 속을 굴렀다.' 이건 너무 나간 건지도 몰라, 윌러턴 양은 생각했다. 하지만 소작농은 진흙 속을 굴러도 별로 이상할 게 없었다. 그녀는 한 번 그런 사람이 나오는 소설을 읽었는데, 거기서 그 사람들은 그 못지않게 형편없는 일을 했고 전체 분량의 4분의 3 동안에는 훨씬 더 고약한 일을 했다. 루시아는 윌러턴 양의 책상 서랍을 청소하다가 그 책을 발견했고, 몇 쪽을 들추어 본 뒤 엄지와 검지로 책을 들고 가서 벽난로에 던져 넣었다. "윌리, 오늘 아침에 네 책상을 청소하다가 책을 한 권 봤어. 아무래도 가녀가 장난으로 거기 넣어 둔 모양이야." 루시아 양이 나중에 말했다. "고약한 책이었지만 너도 가녀가 어떤지 잘 알잖아. 내가 책을 태워 버렸어." 그런 뒤 킬킬거리며 덧붙였다. "네 책일 리가 없을 것 같았어." 윌러턴 양은 자기 책이 분명하다고 생각했지만, 선뜻 그 말을 하지 못했다. 그녀는 그 책을 도서관에 부탁하기 싫어서 출판사에 우편 주문 했다. 우편료 포함 3달러 75센트였고, 마지막 네 장章은 읽지 못했다. 하지만 어쨌건 그 책을 읽은 결과 롯 모턴이 개와 함께 진흙 속을 구르는 게 이상할 것 없다고 말할 수 있게 되었다. 그가 그렇게 행동하면 기생충도 더 예리하게 두드러질 것 같았다. '롯 모턴은 개를 불렀다. 개는 귀를 쫑긋 세우고 어슬렁어슬렁 그에게 다가왔다. 그는 개의 짧고 앙상한 귀를 잡고 함께 진흙 속을 굴렀다.'

윌러턴 양은 뒤로 기대앉았다. 좋은 시작이었다. 이제 사건을 만들어야 했다. 물론 여자가 있어야 한다. 롯은 그 여자를 죽일 수도 있다.

그런 유형의 여자는 문제를 일으키게 마련이다. 그가 여자의 방탕한 생활에 화가 나서 여자를 죽이고 양심의 가책에 빠질 수도 있다.

경우에 따라 그에게도 원칙이 필요할 수 있지만 그런 걸 만드는 것은 쉬운 일이다. 이제 그녀는 소설의 연애 요소에 그것을 어떻게 엮어 넣을까를 생각했다. 자연을 배경으로 한 격렬한 장면이 있어야 하고, 그 계급과 연관되는 가학적 요소가 있어야 한다. 그것은 문제였으나 월러턴 양은 그런 문제를 좋아했다. 그녀는 열정적인 장면을 구상하는 것이 가장 좋았지만, 막상 쓰고 나면 언제나 기분이 이상해져서 식구들이 그 대목을 읽으면 뭐라고 할까 생각했다. 가녀는 기회가 날 때마다 손가락을 튀기며 윙크를 할 것이다. 버사는 끔찍하다고 할 테고 루시아는 그 바보 같은 목소리로 말할 것이다. "너 대체 우리한테 뭘 감추고 있던 거니, 월리? 뭘 감추고 있던 거야?" 그리고 또 언제나처럼 키득거릴 것이다. 하지만 월러턴 양은 지금은 그것을 생각할 수 없다. 등장인물을 구상해야 했다.

롯은 키가 크고 구부정하고 털이 텁수룩하지만, 눈이 슬퍼서 노동자의 육체와 크고 거친 손에도 불구하고 신사 같은 분위기를 풍길 것이다. 이는 가지런하고, 활기찬 사람임을 나타내기 위해 머리는 붉은색이어야 했다. 옷은 늘어졌지만 피부의 일부인 양 무심하게 걸쳤다. 어쩌면 그 사람은 개와 함께 구르지 않는 편이 나을지도 몰랐다. 여자는 그럭저럭 예쁠 것이다. 노란 머리, 통통한 발목, 진흙빛 눈.

여자는 오두막에서 그에게 저녁을 차려 주고 그는 앉아서 여자가 소금을 빼먹은 거친 식사를 하면서 여기 없는 좋은 것을 생각할 것이다. 그것은 새 암소일 수도 있고, 페인트를 칠한 집, 깨끗한 우물, 더 나아가 자기 소유의 농장일 수도 있다. 여자는 그가 취사용 장작을 충분히 패 놓지 않았고, 자기는 허리가 아프다고 투덜거린다. 그리고 그의 옆에서 그가 맛없는 식사를 하는 모습을 보며 당신이 용기가 없어서 먹을 것을 훔치지 못한다고 말한다. "당신은 그냥 거지야!" 여자가 조롱하자 그가 소리친다. "입 다물어! 내가 가져올 건 다 가져왔어." 여자는 비웃음을 담아 눈을 굴리더니 웃는다. "나는 당신 같은 사람은 전혀 겁나지 않아." 그러자 그가 의자를 물리고 여자에게 다가간다. 여자는 식탁에서 칼을 집어 든 채—윌러턴 양은 여자가 참 멍청하다고 생각했다—뒷걸음질을 친다. 그가 여자에게 달려들지만 여자는 야생마처럼 달아난다. 그런 뒤 그들은 다시 서로를 마주 보고—서로의 눈에 미움이 끓어오른다—앞뒤로 왔다 갔다 한다. 윌러턴 양은 바깥의 함석지붕에 초秒가 떨어지는 소리가 들릴 지경이었다. 그가 다시 여자에게 달려들지만 여자는 칼을 들었고 그것으로 그를 찌른다. 이 대목에서 윌러턴 양은 더 이상 참지 못하고 여자의 뒤통수를 후려쳤다. 칼이 여자의 손에서 떨어지고, 여자는 안개에 휩싸여 사라졌다. 윌러턴 양이 롯을 보고 말한다. "내가 당신에게 따뜻한 음식을 가져다줄게." 그리고 스토브 앞에 가서 접시에 부드럽고 흰 음식과 버터를 담아다 주었다.

"아, 고마워." 롯이 말하고 가지런한 이를 드러내며 웃었다. "넌 언제나 잘못된 걸 바로잡아 줘. 그리고 말이야, 그동안 생각을 좀 해 봤는데 우리가 이 소작 농장을 떠나는 게 어떨까? 우리도 좋은 농장을 가질 수 있어. 올해 돈을 좀 벌면 소를 사서 그걸로 시작하는 거야. 무슨 뜻일지 생각해 봐, 윌리. 생각해 봐."

윌러턴 양은 옆에 앉아서 그의 어깨에 손을 얹고 말했다. "그래. 올해는 다른 때보다 잘될 거고 봄이면 소를 살 수 있을 거야."

"너는 언제나 내 마음을 잘 알아, 윌리. 예전부터 늘." 그가 말했다.

그들은 오랫동안 그들 둘이 얼마나 서로를 잘 이해하는지를 생각했다. "식사 마저 해." 그녀가 마침내 말했다.

그가 식사를 마친 뒤 그녀는 그와 함께 스토브의 재를 긁어내고, 뜨거운 7월 저녁 공기 속에 개울 쪽으로 목초지를 산책하며 그들이 언젠가 가질 농장에 대해 이야기했다.

3월 말이 되어 우기가 가까워졌을 때 그들은 믿을 수 없을 만큼 많은 일을 했다. 지난 한 달 롯은 매일 아침 5시에, 월리는 그보다 한 시간 전에 일어나서 날씨가 좋은 동안 할 수 있는 모든 일을 했다. 롯은 다음 주에 비가 시작되니 그때까지 수확을 하지 않으면 작물을 다 잃고 지난 몇 달 동안의 노력이 헛수고가 될 거라고 말했다. 그들은 그 말뜻을 알았다. 그것은 다시 한 해를 올해와 같이 보내야 한다는 뜻이었다. 그리고 내년에는 소 대신 아기가 생길 것이다. 롯은 소를 원했다. "아이들을 먹이는 데는 돈이 별로 들지 않아. 또 소가 있으면 아이를 먹이는 데 도움도 되지." 그가 말했지만 월리는 확고했다. 소는 나중에 사도 된다고, 무엇보다 아이가 먼저라고. "어쩌면 두 가지 다 해낼 수 있을지 모르지." 롯이 말하고 새로 일군 땅을 보러 나갔다. 밭이랑을 보고 수확량을 알 수 있다는 듯이.

소득은 적었지만 훌륭한 한 해였다. 월리는 오두막을 청소하고 롯은 굴뚝을 고쳤다. 현관 계단 옆에는 피튜니아가 넘쳐 나고, 창문 밑에는 금어초가 한가득이었다. 평화로운 한 해였다. 하지만 이제 그들은 작물이 걱정이었다. 비가 오기 전에 그것을 거둬야 했다. "한 주가 더 지나야 해." 롯이 밤에 돌아와서 말했다. "한 주가 더 지나야 할 수 있어. 당신도 수확하고 싶어? 당신까지 나서게 하는 건 잘못이야. 하지만 일손을 구할 수가 없어." 그가 한숨지었다.

"나는 괜찮아. 나도 수확할 거야." 그녀가 떨리는 손을 뒤로 감추며 말했다.

"오늘 밤은 날이 흐려." 롯이 우울하게 말했다.

다음 날 그들은 밤이 올 때까지 일했다. 더 이상 일할 수 없을 때까지 일한 뒤 오두막으로 비틀거리며 돌아와서 침대에 쓰러졌다.

윌리는 밤중에 통증을 느끼며 깨었다. 부드러운 녹색 고통 속을 자주색이 관통했다. 그녀는 자신이 정말로 잠을 깬 건지도 알 수 없었다. 머리가 이쪽저쪽으로 굴렀고, 그 안에서 형체들이 중얼거리며 돌덩이들을 갈았다.

롯이 일어나 앉아서 떨리는 목소리로 물었다. "몸이 안 좋아?"

그녀는 팔꿈치로 몸을 일으켰다가 다시 쓰러지며 한숨 쉬듯 말했다. "시냇가의 애나를 깨워."

중얼거리는 소리가 더 커졌고 형체는 더 우중충해졌다. 통증은 처음에는 그것들과 몇 초 동안, 얼마 후부터는 끊이지 않고 섞였다. 통증은 자꾸자꾸 왔다. 중얼거리는 소리는 점점 커졌고, 아침이 되자 그녀는 그것이 빗소리라는 것을 알았다. 얼마 후 그녀가 갈라진 목소리로 물었다. "비가 언제부터 왔어?"

"이틀 됐어." 롯이 대답했다.

"그러면 우리는 다 잃었네." 윌리는 빗방울 떨어지는 나무들을 기운 없이 내다보았다.

"안 끝났어. 우리는 딸이 생겼잖아." 그가 부드럽게 말했다.

"당신은 아들을 원했잖아."

"아니, 이게 바로 내가 원하던 거야. 두 명의 윌리. 이건 소보다 훨씬 좋아." 그가 웃었다. "내가 어떻게 해야 이런 복을 누릴 자격을 갖출까,

윌리?" 그가 몸을 숙여 그녀의 이마에 입을 맞추었다.

"나는? 내가 어떻게 해야 당신에게 더 도움이 될까?" 그녀가 천천히 물었다.

"네가 장을 보러 가는 게 어떠니, 윌리?"

윌러턴 양은 롯을 밀치고 더듬거리며 말했다. "뭐, 뭐라고 그랬어, 루시아?"

"이번에는 네가 장을 보러 가지 않겠느냐고 물었어. 나는 이번 주 내내 아침마다 장을 봤고 지금 바쁘거든."

윌러턴 양은 타자기 앞에서 물러났다. "좋아. 뭘 사야 돼?" 그녀가 날카롭게 물었다.

"달걀 스물네 개하고 토마토 1킬로그램—익은 걸로. 그런데 너 당장 병원에 가야겠다. 감기에 걸려서 눈에 눈물이 차고 목소리도 쉬었는걸. 욕실에 엠피린이 있어. 물건 값은 수표로 지불해. 그리고 코트 입어. 추워."

윌러턴 양은 눈을 위로 굴리며 말했다. "나는 마흔네 살이야. 내 몸은 내가 돌볼 수 있어."

"잊지 마, 익은 토마토로 사야 돼." 루시아 양이 말했다.

윌러턴 양은 코트 단추를 아무렇게나 잠그고 브로드로路를 터덜터덜 걸어서 슈퍼마켓에 갔다. "이번에는 뭐였지? 달걀 스물네 개하고 토마토 500그램. 그래." 그녀가 중얼거리며 야채 통조림과 크래커 앞을 지나 달걀 상자를 두는 곳으로 갔다. 하지만 달걀은 없었다. "달걀은 어디 있나요?" 그녀는 깍지 콩 무게를 달고 있는 청년에게 물었다.

"우리는 영계 달걀밖에 없어요." 청년이 콩을 또 한 줌 집어 들며 말했다.

"네, 그건 어디 있나요? 그리고 두 가지가 어떻게 다른 거죠?" 윌러턴 양이 물었다.

청년은 콩 몇 개를 도로 빼서 통에 넣고, 달걀 상자로 어기적거리며 가서 한 팩을 건네주었다. "사실 별 차이는 없어요. 청소년 닭이 낳은 달걀인가 봐요. 잘 몰라요. 드릴까요?" 청년이 위쪽 잇몸을 드러내고 말했다.

"네, 그리고 토마토 1킬로그램. 익은 걸로요." 윌러턴 양이 덧붙였다. 그녀는 장보기를 좋아하지 않았다. 점원들은 왜 이렇게 삐기는 걸까. 청년은 루시아한테는 그렇게 꾸물거리지 않았을 것이다. 그녀는 달걀과 토마토 값을 치르고 얼른 가게를 나왔다. 그곳은 어쩐 일인지 그녀를 우울하게 했다.

식품점에서 우울해지다니 어리석기도 하지. 거기는 온통 사소한 집 안일들뿐인걸. 콩을 사는 여자, 쇼핑 카트에 올라탄 아이, 호박 한두 개를 둘러싼 흥정, 사람들이 거기서 무얼 얻는 건지 윌러턴 양은 궁금했다. 거기 어디에 자기표현, 창작, 예술의 가능성이 있을까? 사방이 똑같았다. 거리에는 두 손에도, 머리에도 꾸러미가 가득한 사람들이 종종걸음으로 오갔다. 한 여자는 상점 유리창 속 호박 등을 바라보는 아이를 잡아당겼다. 저 여자는 아마 평생토록 아이를 저렇게 잡아당길 것이다. 다른 여자는 길바닥에 장바구니를 쏟고, 또 다른 여자는 아이의 코를 닦아 주고, 길 저쪽에서는 한 노파가 깡충거리는 손주 셋을 데리고 걸어왔고, 그 뒤에는 한 부부가 품위 없을 만큼 바짝 달라붙어서 오고 있었다.

윌러턴 양은 그 부부가 자기 앞으로 다가왔다가 지나가는 모습을 보았다. 여자는 통통한 몸집에 노란 머리였고, 발목이 두꺼웠으며, 진흙빛 눈동자였다. 하이힐에 파란색 발목 양말을 신고, 너무 짧은 면 원피스와 체크무늬 재킷을 입었다. 피부는 얼룩덜룩했고, 고개는 희미한 냄새라도 맡는 듯 앞으로 내밀고 있었다. 얼굴은 멍한 미소를 짓고 있었다. 남자는 키가 크고 지친 표정이었으며 털이 텁수룩했다. 어깨가 굽고, 볕에 탄 굵은 목에는 누르스름한 혹이 몇 개 돋아 있었다. 그는 구부정하게 걸으면서 여자의 손을 바보같이 더듬었고, 한두 번 여자에게 멍청한 미소를 지었다. 월러턴 양은 그의 이가 가지런하고 눈이 슬프고 이마에 뽀루지가 있는 것을 보았다.

"으." 월러턴 양은 몸을 떨었다.

월러턴 양은 식탁에 장 본 물건을 내려놓고 타자기 앞으로 돌아갔다. 그리고 거기 끼워 넣은 종이를 보았다. '롯 모턴은 개를 불렀다.' 종이에는 그렇게 찍혀 있었다. '개는 귀를 쫑긋 세우고 어슬렁어슬렁 그에게 다가왔다. 그는 개의 짧고 앙상한 귀를 잡고 함께 진흙 속을 굴렀다.'

"형편없어!" 월러턴 양이 중얼거렸다. "어쨌건 좋은 소재가 아냐." 그녀는 판정을 내렸다. 좀 더 색채감 있는 것, 좀 더 예술적인 것이 필요했다. 월러턴 양은 한참 동안 타자기를 바라보았다. 그러더니 갑자기 기쁨에 차서 주먹으로 책상을 몇 차례 두드리며 소리쳤다. "아일랜드인! 아일랜드인!" 월러턴 양은 예전부터 아일랜드인을 칭송했다. 그들의 사투리는 음악적이고 그들의 역사는 눈부셨다! 그리고 사람들, 아일랜드 사람들! 그들은 붉은 머리에 어깨가 넓고 큼직한 콧수염이 아래로 늘어진 활기찬 사람들이었다.

칠면조
The Turkey

그의 총들이 나무의 갈빗대 틈에서 강철 빛을 냈고, 그는 입을 살짝 벌리고 소리를 내는 듯 마는 듯 말했다. "좋아, 메이슨, 넌 여기까지야. 장난은 끝났어." 메이슨의 허리띠에 6연발 권총들이 대기 중인 화물열차처럼 불룩했지만 그는 그것들을 공중에 휙 던졌고, 그것이 발치에 떨어지자 송아지 해골처럼 뒤로 뺑 차 버렸다. "이런 벌레 같은 놈." 그가 중얼거리며 포로의 발목을 감싼 밧줄을 꼭 조였다. "이제 네 인생에 도둑질은 끝났어." 그는 뒤로 세 걸음을 걸어가서 총 한 자루를 바라보았다. "좋아, 이것은……" 그는 차갑고 느리고 정확하게 말했다. 그러다가 보았다. 저편 덤불 속의 가벼운 움직임, 황동색의 작은 바스락거림, 그리고 다른 틈새로 보이는 작은 눈, 머리를 감싸고 목을 따라 늘어져서 바르르 떨리는 붉은 주름. 그는 아주 조용하게 서 있었고, 칠면조는 한 걸음을 내딛더니 한 다리를 들고 서서 귀를 쫑긋 기울였다.

　아 나한테 총만 있었다면! 총만 있었다면! 그랬다면 그 자리에서 바로 놈을 겨냥해 쏠 수 있을 것이다. 하지만 놈은 이제 금세 덤불을 지나가서 그가 방향을 알아챌 틈도 없이 나무 위로 올라갈 것이다. 그는 머리는 움직이지 않고 눈만 땅으로 내려서 근처에 돌멩이가 있는지 살펴보았지만, 땅바닥은 청소한 방처럼 깨끗했다. 칠면조는 다시 움직였다. 공중에 어정쩡 들었던 다리를 내리고 날개가 그 위로 내려와 날개 끝에 튀어나온 기다란 깃털들이 보였다. 자신이 덤불로 뛰어들어 놈을 덮친다면…… 그렇지만 새는 다시 움직였고, 날개가 다시 올라갔다가 내려갔다.

　그런데 다리를 저는걸, 그는 재빨리 생각했다. 그는 눈길을 끌지 않으려고 조심하면서 조금 더 가까이 다가갔다. 새의 머리가 난데없이 덤불 밖으로 튀어나오더니—그는 새와 3미터 정도 떨어져 있었다—다시 휙 덤불 속으로 들어갔다. 그는 팔에 힘을 주고 손가락을 구부린 채 더 가까이 다가갔다. 놈은 몸이 성치 않았다. 날지 못할지도 몰랐다. 놈은 다시 고개를 내밀었다가 그를 보고는 덤불 속으로 도로 당겼다가 이번에는 반대편으로 내밀었다. 움직임이 삐딱하고, 왼쪽 날개가 땅에 끌렸다. 그는 새를 잡기로 했다. 놈을 쫓아 카운티 경계선을 넘게 되더라도 잡기로 했다. 덤불 속으로 기어들어 갔더니 새는 6미터 정도의 거리에 있었다. 놈도 목을 위아래로 움직이며 주의 깊게 그를 보았다. 놈은 몸을 숙이고 날개를 펴려고 했다가 다시 숙이고 옆으로 조금 간 뒤 다시 숙이고 날아오르려고 했다. 하지만 날 수 없었다. 그는 놈을 잡기로 했다. 놈을 쫓아 주 경계선을 넘게 되더라도 잡기로 했다. 놈을 어깨에 둘러메고 집에 갔을 때 식구들이 소리치는 모습이 그려졌다. "룰러가 야생 칠면조를 잡았어! 룰러! 그 야생 칠면조를 어디서 잡은 거니!"

아, 숲에서 잡았지. 한 마리 잡아 오면 식구들이 좋아할 것 같아서.

"바보 같은 새. 너는 못 날아. 나는 이미 너를 잡았어." 그가 중얼거리고, 새의 뒤쪽으로 가려고 큰 원을 그리며 돌았다. 잠시, 그냥 가서 잡을 수도 있겠다는 생각이 들었다. 놈이 다리 하나를 옆으로 뻗고 털썩 주저앉았기 때문이다. 하지만 그가 덮칠 만한 거리에 닿자 벌떡 일어나서 깜짝 놀랄 만한 속도로 달아났다. 그는 칠면조를 따라서 600평에 이르는 죽은 목화밭으로 나갔다. 놈은 거기서 울타리 밑을 지나 다시 어떤 숲으로 갔고, 그는 칠면조를 놓치지 않고 셔츠도 찢어지지 않게 하면서 울타리 밑을 기어 지나야 했다. 그런 뒤 약간 어지럼증을 느끼며 다시 돌진했는데, 이번에는 그사이에 벌어진 거리 때문에 더 빨리 뛰어야 했다. 숲에서 놈을 놓치면 영원히 놓치는 것이었다. 놈은 반대편 덤불로 가고 있었다. 그런 뒤에는 도로로 나갈 것이다. 그는 놈을 잡을 것이다. 놈이 풀숲을 뚫고 가기에 그리로 갔더니 놈은 다시 튀어나가서 순식간에 산울타리 밑으로 사라졌다. 그도 얼른 산울타리 밑을 지났지만 셔츠 찢어지는 소리가 났고, 서늘한 느낌이 들면서 팔이 긁혔다. 그는 잠시 멈춰 서서 찢어진 소매를 보았지만 칠면조는 바로 앞에 있었다. 놈이 언덕 기슭을 넘어 다시 넓은 곳으로 내려가는 것을 보고 그는 계속 돌진했다. 칠면조를 잡아 가면 식구들은 셔츠에 신경을 쓰지 않을 것이다. 헤인은 칠면조를 잡은 적이 없었다. 헤인은 어떤 것도 잡은 적이 없었다. 식구들이 자신을 보면 깜짝 놀랄 것이다. 잠자리에서도 이야기를 할 것이다. 부모님은 늘 그와 헤인에 대해서 이야기를 했다. 헤인은 몰랐다. 밤에 깨지 않았기 때문이다. 룰러는 밤마다 부모님이 이야기를 시작할 때 잠에서 깼다. 그와 헤인이 한방을 썼고, 어머니와 아버지가 그 옆방을 썼는데, 방 사이 문이 열려 있어서 룰러는 밤마다 두 사람의 이야기를 들었다. 아버지가 "애들은 어때?" 하고 물으면 어머니가 말했다. 아이고, 애들 때문에 힘들어 죽겠어, 걱정하면 안 된다는 걸 알지만 헤인을 보고 어떻게 걱정을 안 해? 헤인은 어렸을 때부터 특이했어. 어른이 돼서도 특이할 거야. 그러면 아버지는 그래, 교도소에 가지 않으면, 이라고 말했고, 그러면 어머니는 어떻게 그렇게 말할 수 있느냐고 말했고, 그런 뒤 두 사람은 룰러와 헤인처럼 싸웠고, 그러면 룰러는 때로 여러 가지 생각에 잠을 이룰 수 없었다. 그런 이야기를 다 들으면 늘 피곤했지만 매일 밤 잠에서 깨어 똑같이 들었고, 부모님이 자기 이야기를 할 때마다 더 잘 들으려고 침대에 일어나 앉았다. 한번은 아버지가 왜 룰러는 그렇게 혼자서만 노느냐고 물었는데, 어머니가 자기가 어떻게 알겠느냐고, 자기만 좋다면 혼자서 노는 게 무슨 문제냐고 대꾸했다. 그러자 아버지는 자기는 걱정이라고 말했고 어머니는 당신 걱정이 그게 전부라면 그만해도 좋다고 말했다. 그리고 헤인을 에버레디에서 본 사람들이 있다고 했다. 거기 가면 안 된다고 우리가 말했잖아?

다음 날 아버지가 룰러에게 요새 뭘 하느냐고 묻자 룰러는 "혼자 놀고 있어요"라고 말한 뒤 다리를 저는 것처럼 걸어갔다. 아버지의 표정에는 걱정이 가득했다. 그가 어깨에 칠면조를 메고 가면 아버지는 감탄할 것이다. 칠면조는 도로와 그 옆의 배수로를 향해 갔다. 그런 뒤 배수로 옆을 달렸고 룰러는 점점 거리를 좁히다가 튀어나온 뿌리에 걸려 넘어지는 바람에 주머니에 든 것을 흘려서 그걸 주워야 했다. 다시 일어났을 때 놈은 보이지 않았다.

"빌, 너는 수색대를 데리고 사우스캐니언으로 가. 조, 너는 협곡으로 둘러 가서 앞을 막아." 그가 수하들에게 소리쳤다. "나는 이리로 놈을 쫓아가겠어." 그리고 다시 배수로 옆을 달렸다.

칠면조는 배수로에 있었고, 그와 6미터도 안 되는 곳에서 목을 땅에 대고 숨을 헐떡였지만, 그가 1미터 앞에 오자 다시 달아났다. 배수로 끝에 이르자 놈은 도로로 올라가서 맞은편 산울타리 밑으로 빠져나갔다. 그는 산울타리 앞에 서서 가쁜 숨을 다스려야 했고, 나뭇잎 사이로 칠면조가 산울타리 안쪽에서 목을 땅에 대고 온몸을 들썩이며 숨을 헐떡이는 것을 보았다. 놈의 혀가 벌린 부리 안을 오르락내리락했다. 산울타리 안으로 팔을 뻗으면, 놈이 기력을 찾기 전에 잡을 수 있을 것 같았다. 그는 산울타리 앞으로 가서 그 안으로 손을 뻗어 칠면조 꽁지를 잡았다. 칠면조는 아무런 움직임이 없었다. 아마 죽어 쓰러진 건지도 몰랐다. 그는 산울타리 안쪽을 보려고 이파리들에 얼굴을 붙였다. 그리고 한 손으로 나뭇가지를 밀쳤지만 나뭇가지들은 가만히 있지 않았다. 그는 칠면조를 놓고 다른 손으로도 나뭇가지를 잡았다. 그렇게 두 손으로 벌린 구멍으로 보니 새는 술 취한 것처럼 비틀비틀 달아나고 있었다. 그는 산울타리 시작 지점으로 달려가서 그 안쪽으로 들어갔다. 나는 놈을 잡을 거야, 놈이 자기가 똑똑한 줄 알면 착각이야, 하고 그는 중얼거렸다.

새는 들판에서 방향을 획 꺾어서 다시 숲을 향해 갔다. 숲으로 들어가면 안 돼! 그러면 놈을 잡을 수 없어! 그가 칠면조를 주시하며 따라 달리는데 갑자기 무언가 가슴을 강타해서 잠시 숨을 쉴 수가 없었다. 그는 바닥에 쓰러졌고 가슴의 통증 때문에 칠면조를 잊었다. 그는 한동안 누워 있었고, 세상이 양옆에서 흔들렸다. 그는 마침내 일어나 앉았다. 자신이 부딪친 나무가 앞에 있었다. 그는 두 손으로 얼굴과 팔을 문질렀다. 길게 긁힌 상처들이 따가워졌다. 그가 칠면조를 어깨에 메고 가면 식구들이 펄쩍펄쩍 뛰면서 "세상에나, 룰러를 봐! 룰러를! 어디서 그 야생 칠면조를 잡았니?" 하고 소리쳤을 테고, 아버지는 "그거야말로 진짜 새로구나!" 하고 말했을 것이다. 그는 발치의 돌맹이를 툭 찼다. 이제 칠면조는 보이지 않았다. 잡지도 못할 칠면조를 애초에 본 게 잘못이었다.

치사한 장난에 걸려든 것 같았다.

그렇게 죽어라 달린 게 다 헛수고였다. 그는 자리에 앉아서 바지통에서 나와 신발로 들어간 흰 발목을 부루퉁하게 바라보았다. "제기랄." 그는 중얼거리고 바닥에 엎드려서 한쪽 뺨을 땅에 댔다. 더러워도 상관없었다. 셔츠가 찢어지고 팔이 까지고 이마에 혹이 났는데—지금 혹이 솟는 게 느껴졌다, 아주 클 것 같았다—그게 다 헛수고였다. 얼굴에 닿는 땅은 서늘했지만 자갈이 까끌거려서 그는 돌아누웠다. 이런 젠장.

"이런 젠장." 그가 조심스레 말했다.

그리고 잠시 후에 말했다. "젠장."

그리고 그 말을 헤인처럼 했다. 발음을 길게 늘이며 헤인의 눈빛을 흉내 내려 했다. 언젠가 헤인이 "하느님 맙소사!" 하고 말하자 어머니가 헤인을 따라가서 말했다. "다시는 내 앞에서 그런 말 하지 마라. 하느님의 이름을 헛되이 부르면 안 돼. 알았어?" 그래서 헤인은 입을 다문 것 같았다. 하! 아마 어머니가 단단히 꾸짖은 모양이었다.

"하느님 맙소사!" 그가 말했다.

그리고 가만히 바닥을 바라보며 손가락으로 흙에 동그라미를 그리고 다시 말했다. "하느님 맙소사!"

"하느님 맙소사!" 그가 나직하게 말했다. 얼굴이 달아오르고 가슴이 갑자기 쿵쾅거렸다. "염병할 하느님 맙소사." 그는 거의 들리지 않는 목소리로 말했다. 등 뒤를 보았지만 아무도 없었다.

"예루살렘의 염병할 하느님 맙소사." 그가 말했다. 그의 숙부는 "예루살렘의 하느님"이라는 말을 했다.

"하느님 아버지, 마당에서 닭을 몰아내 주세요." 그가 말하고 키득거렸다. 얼굴이 빨개졌다. 그는 일어나 앉아 바지통 아래에서 구두 속으로 들어간 하얀 발목을 바라보았다. 자기 발목 같지가 않았다. 그는 두 손으로 발목을 하나씩 잡고 무릎을 당겨서 턱을 한쪽 무릎에 댔다. "하늘에 계신 우리 아버지, 여섯 놈을 쏘고 일곱 놈을 뭉개 줘요." 그는 다시 키득거렸다. 어머니가 들으면 그의 머리를 후려갈길 것이다. 그는 폭소를 터뜨리며 데굴데굴 굴렀다. 하느님 맙소사, 그를 꾸짖고, 그의 염병할 목을 염병할 닭처럼 비틀 것이다. 웃으니 옆구리가 아팠고 이제 그만 웃으려 했지만 염병할 목을 생각하면 자꾸 몸이 다시 흔들렸다. 그는 땅에 누웠다. 웃느라 얼굴이 빨개졌고 몸에 힘도 없었지만, 어머니가 그의 염병할 머리를 때리는 생각을 멈출 수가 없었다. 그는 그 말을 계속 되풀이했고, 얼마 후 웃음이 멈추었다. 이제 그 말을 다시 해도 웃음은 떠났다. 그 말을 다시 해도 웃음은 돌아오지 않았다. 그렇게 죽어라 달린 게 다 헛수고였다는 생각이 다시 들었다. 집에 가는 게 좋을 것 같았다. 여기 앉아서 뭘 하겠는가? 갑자기 사람들이 자기를 비웃는 것 같았다. 우라질, 그가 그들에게 말했다. 그리고 일어나서 누군가의 다리를 강하게 뻥 차면서 "이거나 받아라, 멍청아" 하고 소리치고는 숲으로 들어가 집으로 가는 빠른 길에 올랐다.

그가 집에 가면 식구들이 소리를 지를 것이다. "옷은 어디서 찢어 먹고 이마의 혹은 어디서 난 거야?" 그는 구덩이에 떨어졌다고 말할 것이다. 그거나 이거나 무슨 차이가 있는가? 하느님 맙소사, 무슨 차이가 있는가?

그는 걸음을 멈출 뻔했다. 그런 식으로 생각하는 건 처음이었다. 그 생각을 취소해야 할까 싶었다. 그건 나쁜 생각 같았다. 하지만 어쨌건 그는 그렇게 느꼈다. 그렇게 느끼지 않을 수 없었다. 젠장…… 우라질. 그렇게 느꼈다. 어쩔 수 없는 것 같았다. 그는 계속 그 생각을 하면서 걸었다. 갑자기 자신이 '나쁜 물'이 들고 있는 건가 싶었다. 헤인처럼. 헤인은 포켓볼을 치고 담배를 피우고 12시 반에 슬그머니 집에 오고 자기가 대단한 사람인 줄 알았다. 할머니가 아버지에게 말했다. "어쩔 수 없어. 그럴 나이야." 그럴 나이라는 게 뭐지? 룰러는 궁금했다. 나는 열한 살이야. 꽤 어린 나이지. 헤인은 열다섯 살 때부터 그렇게 되었다. 나는 더 나쁜 것 같아. 내가 맞서 싸울까. 할머니가 헤인과 이야기를 하면서 악마를 이기려면 악마와 맞서 싸워야 한다고 했다. 그러지 않으면 이제 할머니의 손자가 아니라고 했다. 룰러는 나무 그루터기에 앉았다. 그리고 할머니는 헤인에게 기회를 한 번 더 주겠다고, 그러기를 원하느냐고 했고, 헤인은 아뇨! 날 그냥 내버려 둬요 하고 말했으며, 할머니는 네가 나를 사랑하지 않아도 나는 너를 사랑하고 너는 어쨌건 내 손자고 룰러도 마찬가지라고 했다. 그 말을 듣고 룰러는 생각했다. 아니에요, 나는 아니에요. 나한테 그런 걸 강요하지 말아요.

아, 할머니를 완전히 혼내 줄 수 있는데. 할머니가 수프에 이를 빠뜨리게 할 수 있는데. 그는 키득거렸다. 다음에 할머니가 그에게 파치지 놀이*를 하고 싶으냐고 물으면 이렇게 말할 것이다. 아뇨, 이런 염병할, 아는 게임이 그것뿐이에요? 할머니의 그 얼어 죽을 카드를 내놔 봐요, 제가 몇 개를 보여 드릴게요. 그는 폭소를 터뜨리며 땅바닥을 굴렀다. "술 마시자. 냄새 풍기자." 그는 말할 것이다. 그러면 할머니는 완전 기절하겠지! 그는 웃느라 벌게진 얼굴로 앉아서 계속 새로운 웃음을 터뜨렸다. 목사님이 오늘날 젊은이들이 떼를 지어 악마에게 갈 거라고 말한 것이 떠올랐다. 온유한 길을 버리고 사탄의 길로 간다고, 그들은 후회할 거라고, 목사님은 말했다. 슬피 울며 이를 갈 거라고. "슬피 울며." 룰러가 중얼거렸다. 남자는 슬피 울지 않는다.

이를 가는 건 어떻게 하는 거지? 그는 턱을 비틀고 얼굴을 찌그러뜨려 보았다. 그렇게 몇 번을 해 보았다.

나는 도둑질은 할 수 있어.

그런 뒤 칠면조를 쫓아 헛수고한 일이 생각났다. 그건 치사한 장난이었어. 나는 보석 도둑이 될 수 있을 거야. 보석 도둑은 똑똑해. 나는 온 경찰을 꽁무니에 달고 다닐 수 있어. 젠장.

그는 일어섰다. 하느님은 우리 앞에 무언가 툭 던져 놓고 우리가 오후 내내 땀을 빼며 그것을 쫓다가 지치게 할 수 있었다.

그러나 하느님을 그렇게 생각하면 안 된다.

하지만 그렇게 느꼈다. 그렇게 느낀다면 그러지 않을 방법은 없었다. 그는 누가 덤불에 숨어 있기라도 한 것처럼 얼른 주변을 둘러보았다. 그러다가 깜짝 놀라 달려갔다.

놈이 풀숲가에 쓰러져 있었다. 헝클어진 황동색 몸체와 붉은 머리가 바닥에 힘없이 뒹굴었다. 룰러는 멍하니 그것을 바라보았다. 그런

---

* 인도에서 유래한 보드 게임으로 하나 또는 두 개의 주사위를 던져 말을 움직인다.

뒤 미심쩍은 표정으로 허리를 굽혔다. 여기 손대지 않을 거야. 왜 나더러 집어 가라는 듯 여기 이렇게 있는 거지? 나는 여기 손대지 않을 거야. 거기 그렇게 있으라고 해. 하지만 자신이 칠면조를 어깨에 둘러메고 집에 들어가는 모습이 다시 떠올랐다. 룰러가 칠면조를 잡아 왔네! 세상에, 룰러를 봐! 그는 새 옆에 쪼그리고 앉아서 손을 대지 않고 눈으로만 살폈다. 날개가 어떻게 된 건지 궁금했다. 그는 날개 끝을 잡고 들어서 안쪽을 보았다. 깃털이 피에 젖어 있었다. 총에 맞았다. 무게가 4킬로그램도 넘을 것 같았다.

룰러, 칠면조가 정말로 크구나! 그는 이걸 어깨에 메면 어떤 느낌일지 궁금했다. 아마 가져가야 할 것 같았다.

룰러가 칠면조를 가져왔어. 룰러가 숲에서 가져왔어. 추격해서 잡았어. 맞아, 정말로 특이한 아이야.

룰러는 갑자기 자신이 특이한 아이인지 궁금했다.

다음 순간 그는 깨달았다…… 자신은…… 특이한…… 아이란 걸.

자신은 헤인보다 더 특이한 것 같았다.

자신은 헤인보다 아는 게 많았기 때문에 헤인보다 걱정할 것도 많았다.

때로 그가 밤에 귀를 기울이면 부모님이 서로를 죽일 듯 다투는 소리가 들렸다. 그러면 다음 날 아버지는 일찍 떠나고 어머니는 이마에 핏줄이 파랗게 불거진 채 언제 천장에서 뱀이 튀어나올지 모를 것 같다는 표정을 지었다. 자신은 세상에서 가장 특이한 아이 같았다. 그래서 칠면조가 온 것 같았다. 그는 목을 위아래로 문질렀다. 어쩌면 칠면조는 그가 나쁜 물이 들지 않게 하려고 온 것일지 모른다. 어쩌면 하느님은 그가 나쁜 물이 들지 않기를 바랄 것이다.

어쩌면 하느님은 그가 일어났을 때 바로 그 장소에서 칠면조를 쓰러뜨렸을지도 모른다.

어쩌면 하느님은 지금 덤불에 숨어서 그가 결심하기를 기다릴 것이다. 룰러는 얼굴을 붉혔다. 하느님도 자신이 특이한 아이라고 생각할지 궁금했다. 그럴 것이다. 그는 자신도 모르게 빨개진 얼굴로 미소를 지었고, 그러지 않으려고 손으로 얼굴을 문질렀다. 하느님께서 제가 저걸 갖도록 허락해 주시면 저는 기쁠 거예요. 칠면조를 발견하는 건 징표일지 몰라. 어쩌면 하느님은 내가 설교자가 되기를 바라는지도 몰라. 그는 빙 크로스비와 스펜서 트레이시를 떠올렸다. 어쩌면 나쁜 물이 드는 소년들에게 쉼터를 마련해 줄 수 있을지도 몰라. 그는 칠면조를 들어서 어깨에 메었다. 꽤 무거웠다. 그것을 걸친 자기 모습을 보고 싶었다. 집까지 먼 길로 둘러 가도—그러니까 시내를 지나서—될 것 같았다. 시간은 많았다. 그는 칠면조가 잘 자리 잡도록 어깨 위에서 위치를 조정한 뒤 천천히 출발했다. 그리고 칠면조를 발견하기 전에 자신이 했던 생각들을 떠올렸다. 그건 나쁜 생각들이었다.

하느님이 늦기 전에 그런 생각을 중단시킨 거야. 나는 감사드려야 해. 고마워요, 그는 말했다.

가자, 얘들아. 이 칠면조를 집에 가지고 가서 먹을 거야. 우리 모두 정말 감사드립니다, 그는 하느님에게 말했다. 이 칠면조는 4킬로그램이 넘어요. 당신은 정말로 너그러운 분이세요.

그러자 하느님이 말했다. 괜찮아. 그래, 좋아하니 기쁘구나. 그리고 이 아이들 이야기를 좀 하자. 아이들은 모두 네 손안에 있지? 나는 이 일을 오직 너에게만 맡기겠다. 나는 너를 믿는다, 맥파니.

믿으셔도 좋아요, 약속을 지킬게요. 룰러가 말했다.

그는 칠면조를 어깨에 메고 시내로 들어갔다. 하느님을 위해 무슨 일인가 하고 싶었지만 그게 무슨 일인지 몰랐다. 누가 길에서 아코디언을 연주한다면 그 사람에게 동전을 줄 것이다. 있는 것은 10센트 동전 하나뿐이지만 그걸 줄 것이다. 하지만 더 좋은 게 있을지도 모른다. 그 동전은 갖고 있다가 다른 일에 쓰려던 것이었다. 할머니가 동전을 하나 더 줄지도 모른다. 동전 하나 줄까? 그는 입술을 경건하게 당겨 미소를 지었다. 이제 그런 생각은 하지 않을 것이다. 그리고 할머니에게서 동전을 받지도 못할 것이다. 할머니에게 다시 돈을 달라고 했다가는 어머니한테 맞을 것이다. 어쩌면 그가 할 수 있는 일이 나타날지도 모른다. 하느님이 그가 무슨 일을 하기를 바란다면, 무언가 할 일을 만들어 줄 것이다.

그는 상업 지구에 들어섰고, 사람들이 자신을 보는 모습이 눈꼬리에 걸렸다. 멀로즈 카운티의 인구는 8천 명이었는데, 토요일에는 모두가 상업 지구의 틸퍼드에 나왔다. 룰러가 지나가자 사람들은 고개를 돌려 그를 보았다. 그는 상점 창문에 자기 모습을 비추어 보고 칠면조의 위치를 살짝 바꾼 뒤 계속 걸어갔다. 누가 부르는 소리가 들렸지만, 귀먹은 것처럼 계속 걸었다. 어머니의 친구 앨리스 길라드였다. 나와 이야기하고 싶다면 따라와야 해.

"룰러! 그 칠면조 어디서 난 거니? 대단한 새로구나. 네 사냥 솜씨가 훌륭한 모양이야." 그녀가 소리치며 재빨리 따라와서 그의 어깨에 손을 얹었다.

"총을 쏴서 잡은 게 아니에요. 추격해서 잡았어요." 룰러가 쌀쌀맞게 말했다.

"세상에나. 나중에 나도 한 마리 잡아 주렴?"

"시간이 있으면요." 룰러가 말했다. 저 아줌마는 자기가 귀여운 줄 알아.

남자 두 명이 다가와서 칠면조를 보며 휘파람을 불었다. 그리고 모퉁이의 다른 남자들에게 이것 좀 보라고 소리를 쳤다. 어머니 친구 또 한 명이 왔고, 보도 가장자리에 앉아 있던 시골 소년들이 일어나서 별로 관심 없는 척하면서 보러 왔다. 사냥 복장을 하고 총을 든 남자가 룰러를 보더니 등 뒤로 돌아가서 칠면조를 보았다.

"무게가 얼마나 나갈 것 같니?" 어떤 여자가 물었다.

"4킬로는 넘을 것 같아요." 룰러가 대답했다.

"얼마나 추격했니?"

"한 시간 정도요." 룰러가 말했다.

"대단한 악동인걸." 사냥 복장의 남자가 중얼거렸다.

"정말 훌륭하구나." 여자가 말했다.

"그 정도 걸렸어요." 룰러가 말했다.

"피곤하겠구나."

"아뇨. 이제 갈게요. 바빠서요." 룰러가 말하고 무언가 깊이 생각하는 표정으로 걸음을 재촉해서 사람들 시야를 벗어났다. 아주 훌륭한 일이 곧 일어나거나 이미 일어난 것처럼 온몸이 후끈하고 상쾌했다. 뒤를 한 번 돌아보니 시골 소년들이 따라오고 있었다. 하느님은 정말 훌륭하신 분 같았다. 하느님을 위해 무슨 일을 하고 싶었다. 그런데 상업 지구가 끝나 가는데도 아코디언을 연주하거나 연필을 파는 사람이 보이지 않았다. 어쩌면 주거지역으로 들어가기 전에 한 명쯤 나올지도 몰랐다. 그러면 10센트 동전을 줄 것이다. 당분간 10센트를 받을 수 없는 게 분명해도. 그는 구걸하는 사람이 나타나기를 소망했다.

시골 아이들은 계속 그를 따라왔다. 걸음을 멈추고 아이들에게 칠면조를 보고 싶으냐고 물어볼까 하는 생각도 들었지만 아이들이 아무 대답 없이 자신을 가만 바라보기만 할지도 몰랐다. 그들은 소작농의 아이들이었고, 소작농의 아이들은 때로 사람을 빤히 바라보기만 한다. 자신이 소작농의 아이들에게 쉼터를 마련해 줄 수 있을지도 몰랐다. 혹시 놓치고 못 본 거지가 있는지 시내로 돌아갈까 하는 생각도 들었지만 그러면 사람들이 자기가 칠면조를 자랑한다고 느낄 것 같았다.

하느님, 제게 거지를 보내 주세요. 그는 기도했다. 제가 집에 도착하기 전에 하나 보내 주세요. 그는 이전까지 혼자 기도하는 일을 생각해 본 적이 없었지만, 그건 좋은 생각이었다. 하느님은 칠면조를 보냈다. 거지도 보내 줄 것이다. 그는 하느님이 거지를 보내 줄 것을 믿어 의심치 않았다. 길은 이제 힐로^路로 접어들었고 힐로에는 주택들뿐이었다. 거지를 만나기 힘든 구역이었다. 집 앞 길들에는 아이 몇 명과 세발자전거뿐이었다. 룰러는 뒤를 돌아보았다. 시골 소년들은 아직도 그를 따라왔다. 그는 걸음을 늦추기로 했다. 그러면 아이들이 자신을 따라잡을 테고 거지에게 시간도 더 줄 수 있을 것이다. 거지가 온다면. 거지가 올지 어떨지 알 수 없을 것 같았다. 거지가 온다면 하느님이 특별한 수고를 기울였다는 뜻일 것이다. 거기에 각별한 관심이 있다는 뜻일 것이다. 갑자기 거지가 오지 않을 것 같다는 생각에 공포심이 들었다. 아주 강력한 공포심이었다.

올 거야. 그는 생각했다. 내가 아주 특이한 아이니까 하느님은 나한테 관심이 있어. 그는 계속 길을 걸었다. 길에는 이제 사람이 없었다. 거지는 오지 않을 것 같았다. 어쩌면 하느님은 그를 믿지 않—아니다, 하느님은 믿었다. 하느님, 제발 거지를 보내 주세요! 그는 간청했다.

얼굴을 찌푸리고 온 근육을 긴장시키고서 말했다. "제발! 지금요." 그 말을 한 순간—바로 그 순간—헤티 길먼이 길 앞쪽 모퉁이를 돌아 그에게 걸어왔다.

그는 아까 나무를 들이받을 때와 비슷한 느낌이 들었다.

헤티 길먼은 그를 향해 다가왔다. 그것은 칠면조가 땅에 쓰러져 있던 것과 같았다. 마치 헤티가 그를 기다리며 어느 집 뒤에 숨어 있던 것 같았다. 헤티는 거지 노파였지만, 사람들은 그 노파가 20년 동안의 구걸 생활로 인근의 누구보다 돈이 많다고 말했다. 노파는 사람들 집에 살그머니 들어가서 무얼 받아 낼 때까지 나가지 않았다. 아무것도 받지 못하면 노파는 욕을 퍼부었다. 어쨌거나 노파는 거지였다. 룰러는 더 빨리 걸었다. 그리고 얼른 건네기 위해 주머니에서 동전을 꺼냈다. 심장이 가슴 안쪽에서 쿵쿵거렸다. 그는 자기가 말할 수 있는지 확인하려고 소리를 내 보았다. 두 사람이 가까워지자 그가 손을 내밀고 소리쳤다. "여기요! 여기!"

노파는 키가 컸고 길쭉한 얼굴은 죽은 닭 살 색이었다. 몸에는 검은색의 낡은 망토를 입었다. 헤티는 그를 보더니 나쁜 냄새를 맡은 듯한 표정이 되었다. 그는 노파에게 달려가서 그 손에 동전을 쥐여 주고 뒤도 돌아보지 않은 채 달려갔다.

심장이 천천히 진정되자 그에게 새로운 감정이 밀려왔다. 기쁘고도 쑥스러운 감정이었다. 어쩌면 내 돈을 다 줄 수 있을지도 몰라, 그는 얼굴을 붉히며 생각했다. 이제 발이 땅에 닿지도 않는 것 같았다. 그러다 문득 시골 소년들의 발소리가 뒤에 바짝 다가온 것을 알아차리고, 아무 생각 없이 돌아서서 너그럽게 물었다. "칠면조 보고 싶어?"

아이들은 자리에 서서 그를 바라보았다. 앞쪽의 한 명이 침을 뱉었다. 룰러가 힐끗 내려다보니 담뱃진이 섞여 있었다! "칠면조 어디서 났어?" 침 뱉은 아이가 물었다.

"숲에서 잡았어." 룰러가 말했다. "한참 추격했더니 죽어서 쓰러졌어. 날개 아래 총을 맞았어." 그가 어깨에서 칠면조를 내려서 아이들 눈앞에 들었다. "두 방 맞은 것 같아." 그가 날갯죽지를 들어 올리며 신이 나서 말했다.

"좀 보자." 침을 뱉은 아이가 말했다.

룰러는 아이에게 칠면조를 건네고 말했다. "여기 총알구멍 보이지? 같은 데 두 방을 맞은 것 같아. 아마……" 칠면조 머리가 그의 얼굴로 날아들더니 침 뱉은 아이가 그것을 홀쩍 들어 올려서 자기 어깨에 둘러메고 돌아섰다. 다른 아이들도 함께 돌아서서 온 길을 되짚어 달려갔다. 칠면조가 침 뱉은 아이의 등에 불룩했고 새의 머리는 아이의 걸음에 따라 천천히 원을 그리며 흔들렸다.

룰러는 아이들이 다음 블록에 갔을 때에야 움직였다. 아이들은 이제 보이지 않았다. 이미 멀어져 있었다. 그는 숨을 죽이고 집을 향해 돌아섰다. 네 블록을 걸은 뒤에는 날이 어두워진 것을 깨닫고 뛰기 시작했다. 그는 점점 속도를 붙였고, 집과 이어진 도로에 올랐을 때에는 심장도 다리만큼이나 빨리 뛰었다. 무시무시한 어떤 것이 팔에 힘을 주고 손가락을 구부린 채 자신에게 달려든다고 그는 확신했다.

기차
The Train

그는 짐꾼을 생각하다가 침대를 잊을 뻔했다. 그는 위 칸 침대였다. 기차역의 직원은 아래 칸을 줄 수 있다고 했지만 헤이즈는 위 칸은 없느냐고 물었다. 직원은 위 칸을 원하시면 아무 문제 없다고 말하고 위 칸을 주었다. 헤이즈는 좌석에 앉아 머리 위를 둥글게 지나가는 천장을 바라보았다. 위 칸 침대는 천장 안에 있었다. 천장을 내리면 침대가 나왔고, 승객은 사다리를 타고 올라가야 했다. 사다리는 보이지 않았다. 아마 보관함에 있을 것 같았다. 보관함은 출입문 근처에 있었다. 처음 기차에 탔을 때 그는 짐꾼이 보관함 앞에 서서 짐꾼 재킷을 입는 모습을 보았다. 헤이즈는 거기 멈춰 섰다. 바로 그 자리에.

그는 두상도 비슷하고 목덜미도, 짧은 팔도 비슷했다. 그가 보관함에서 돌아서서 헤이즈를 보자 헤이즈는 그 눈도 똑같다는 걸 알았다.

그런데 첫눈에는 캐시 영감의 눈과 똑같았지만 다시 보니 달랐다. 그가 보는 가운데 달라졌다. 무심하게 변했다. "혹시 저…… 침대는 언제 내리나요?" 헤이즈가 말을 더듬으며 물었다.

"한참 남았습니다." 짐꾼이 다시 보관함 안으로 손을 뻗으며 말했다.

헤이즈는 더 무슨 말을 해야 할지 몰랐다. 그래서 자기 자리로 돌아갔다.

기차는 이제 땅거미 속에 반대 방향으로 사라지는 나무들과 들판과 움직임 없는 하늘을 지나 달려갔다. 헤이즈는 머리를 좌석에 대고 창밖을 내다보았다. 기차의 노란 등이 그를 미지근하게 내리비추었다. 짐꾼은 두 번 지나갔다. 두 번 뒤로, 그리고 두 번 앞으로, 그리고 두 번째 앞으로 갈 때 잠시 헤이즈에게 예리한 시선을 던졌지만 말은 하지 않았다. 헤이즈는 고개를 돌려 아까처럼 그의 뒤를 빤히 바라보았다. 걸음걸이도 비슷했다. 협곡의 검둥이는 모두 비슷했다. 그런 부류의 검둥이가 따로 있는 것 같았다. 체격은 육중하고 머리는 대머리, 온몸이 단단했다. 캐시 영감은 한창때 체중이 90킬로그램이었고—하지만 군살은 없었다—키는 155센티미터 정도밖에 되지 않았다. 헤이즈는 짐꾼과 이야기하고 싶었다. 나는 이스트로드 사람입니다만? 하고 말을 걸면 짐꾼은 뭐라고 할까?

기차는 에번스빌에 닿았다. 중년 부인이 기차에 올라 헤이즈 맞은편에 앉았다. 그것은 부인이 헤이즈의 침대 아래 칸을 차지할 거라는 뜻이었다. 부인은 비가 올 것 같다고 말했다. 남편이 기차역까지 태워다주면서 자기가 집에 다시 돌아가기도 전에 눈이 올 게 분명하다고 말했다고 했다. 집까지는 16킬로미터였다. 그들은 교외에 살았다. 부인은 플로리다로 딸을 보러 간다고 했다. 평생 가장 멀리 가는 여행이었다. 세상일이라는 게 워낙 꼬리에 꼬리를 무는 데다, 시간이 너무 빨리 흘러서 자신이 늙었는지 젊은지도 모르겠다고 했다. 부인의 얼굴은 부인이 잠들어서 미처 못 보는 사이에 시간이 두 배로 달린 것 같은 모습이었다. 헤이즈는 대화 상대가 생긴 것이 기뻤다.

그는 어렸을 때 어머니와 형제들과 함께 테네시 철도를 타고 채터누가에 갔던 일이 떠올랐다. 어머니는 기차에 타면 늘 다른 승객과 대화를 했다. 마치 우리에서 막 풀려난 사냥개가 돌멩이란 돌멩이, 막대기란 막대기를 다 킁킁거리고 사방의 공기를 들이마셔 보는 것 같았다. 내릴 때쯤이면 기차 안에는 어머니와 대화를 하지 않은 승객이 없었다. 어머니는 또 그 사람들을 기억했다. 오랜 세월이 지난 뒤 어머니는 그때 포트웨스트로 가던 그 여자는 어디 살까, 또 성경 책을 팔던 남자는 아내가 퇴원했을까 하는 일들을 궁금해했다. 어머니는 사람에 대한 열망이 있었다. 대화 상대에게 일어난 일들이 어머니에게 직접 일어난 것 같았다. 어머니는 잭슨가 출신이었다. 애니 루 잭슨.

우리 어머니는 잭슨가 출신이야, 헤이즈는 생각했다. 그는 이제 부인의 이야기를 듣지 않았지만 눈은 계속 부인을 보았고, 부인은 그가 듣는다고 생각했다. 제 이름은 헤이즐 위커스예요, 그가 말했다. 나이는 열아홉 살이에요. 어머니는 잭슨가 출신이셨어요. 테네시 주 이스트로드에서 자랐습니다. 그는 다시 짐꾼을 생각했다. 짐꾼에게 물어볼 생각이었다. 어쩌면 짐꾼이 캐시의 아들일 수도 있었다. 캐시는 가출한 아들이 있었다. 헤이즈가 태어나기 전의 일이었다. 그랬다 해도 짐꾼은 이스트로드를 알 것이다.

헤이즈는 획획 검게 지나가는 창밖을 바라보았다. 눈을 감고 모든 것을 밤의 이스트로드로 생각할 수도 있었다. 길을 사이에 두고 마주한 집 두 채, 상점, 검둥이들 집, 하나뿐인 창고, 목초지로 들어가는 울타리 부분이 떠올랐다. 목초지는 달빛이 비치면 회백색이 되었다. 그는 울타리 위에 노새처럼 단단한 얼굴을 걸어 두고 밤을 느낄 수 있었다. 그는 밤이 사방에서 자신을 가볍게 건드리는 것을 느꼈다. 어머니가 앞치마를 벗어 손을 닦으며 길을 걸어오는 것이 보였다. 어머니는 밤의 변화를 느낀 표정이었고, 이어 문간에 서 있었다. 헤이즈으으으, 헤이즈으으, 이리 오렴. 기차가 그에게 말했다. 그는 일어나서 짐꾼을 찾고 싶었다.

"그러면 젊은이는 집에 가는 거야?" 호즌 부인이 물었다. 부인의 이름은 윌러스 벤 호즌이었다. 결혼 전 성은 히치콕이었다.

"아! 저는 톨키넘에서 내려요." 헤이즈가 깜짝 놀라서 말했다.

호즌 부인은 톨키넘에 친척이 있는 에번스빌 사람을 좀 안다고 했다. 헨리스 씨인데 젊은이가 톨키넘 사람이면 그분을 알지 않을까. 혹시 그 이름을……

"저는 톨키넘 사람이 아니에요." 헤이즈가 머뭇거리며 말했다. "톨키넘에 대해 아는 게 없습니다." 그의 눈길은 호즌 부인을 향하지 않았다. 부인의 다음 질문이 뻔했고 과연 그 질문이 왔다. "그러면 젊은이는 어디서 살지?"

그는 부인에게서 벗어나고 싶었다. "거기요." 그는 몸을 꼼지락거리며 웅얼거리다가 말했다. "사실 잘 몰라요. 거기에 살았지만…… 이번이 세 번째로 톨키넘에 가는 거예요." 부인의 얼굴이 그를 빤히 바라보았다. "여섯 살 때 이후로 처음이에요. 저는 거기에 대해 아는 게 없어요. 한 번 거기서 서커스를 보았지만……" 객차 끝에서 쩔그렁 소리가 나서 그는 무슨 소리인지 그쪽을 돌아보았다. 짐꾼이 끝 쪽 칸의 벽을 밀고 있었다. "잠깐 짐꾼을 만나고 와야겠어요." 그리고 그는 복도로 달아났다. 무슨 말을 할지는 몰랐다. 짐꾼 앞에 왔는데도 아직 무슨 말을 해야 할지 몰랐다. "침대를 설치하시려는 건가요?" 그가 말했다.

"맞습니다."

"침대 하나당 시간이 얼마나 걸리나요?" 헤이즈가 물었다.

"7분입니다." 짐꾼이 말했다.

"저는 이스트로드 사람이에요. 테네시 주 이스트로드요." 헤이즈가 말했다.

"이 노선은 그리 안 가는데요. 거기 갈 목적이라면 열차를 잘못 타셨습니다." 짐꾼이 말했다.

"저는 톨키넘에 가요. 하지만 이스트로드에서 자랐어요." 헤이즈가 말했다.

"침대를 지금 설치해 드릴까요?" 짐꾼이 물었다.

"테네시 주 이스트로드를 모르시나요?" 헤이즈가 물었다.

짐꾼은 좌석을 잡아당겨 납작하게 펴고 말했다. "저는 시카고 출신입니다." 그리고 양쪽 창문에 차양을 내리고 다른 좌석도 당겨서 폈다. 그의 목덜미마저 비슷했다. 그가 허리를 숙였을 때, 목이 세 덩이를 이루어 불룩해졌다. 시카고 출신이라고. "그렇게 복도에 서 계시면 안 됩니다. 통행에 방해가 되니까요." 그가 헤이즈를 휙 돌아보며 말했다.

"가서 앉아 있을게요." 헤이즈가 얼굴을 붉히고 말했다.

자기 구역으로 갈 때 그는 사람들의 시선을 느꼈다. 호즌 부인은 창밖을 보고 있었다. 부인은 고개를 돌리고 그를 의심스럽게 바라보았다. 그러더니 아직 눈 안 오지? 하고 다시 수다를 쏟아 냈다. 우리 남편은 오늘 저녁 식사를 자기 손으로 차려 먹을 거야. 점심을 요리해 줄 여자는 구했지만 저녁은 남편이 차려 먹어야 해. 가끔 그런 일을 한다고 남자의 자존심이 상하는 건 아냐. 그게 남편한테 좋을 거야. 월러스가 게으른 건 아니지만 하루 종일 살림을 하는 데 뭐가 필요한지 전혀 몰라. 내가 플로리다에 가서 다른 사람의 시중을 받으면 기분이 어떨지 모르겠네.

그 사람은 시카고 출신이었다.

이건 5년 만의 휴가야. 5년 전에는 그랜드래피즈로 언니를 보러 갔지. 시간이 참 빨라. 우리 언니는 그 뒤로 그랜드래피즈를 떠나서 워털루로 이사했어. 지금 길에서 언니의 아이들을 보면 아마 못 알아볼 거야. 언니가 편지로 아이들이 아빠만큼 컸다고 했거든. 세상은 참 빨리 변해. 형부는 그랜드래피즈 상수도 공사에서 일했지. 좋은 직장이었어. 하지만 워털루에서는……

"지난번에 거기 갔어요. 그게 거기 있다면 톨키넘에 가지 않을 거예요. 그건 흩어졌어요……"

호즌 부인이 얼굴을 찌푸리고 말했다. "젊은이는 다른 그랜드래피즈를 생각하는 것 같아. 내가 말하는 그랜드래피즈는 큰 도시고, 언제나 그 자리에 있었어." 부인은 잠시 그를 바라보다 말을 이었다. 언니네는 그랜드래피즈에서는 잘살았지만 워털루에 간 뒤로 형부가 술에 손을 댔어. 언니가 일해서 생계를 유지하고 애들을 가르쳤지. 형부가 벌써 몇 해째 어떻게 그렇게 뻔뻔하게 버티는지 나는 도저히 이해가 안 가.

헤이즈의 어머니는 기차에서 그렇게 말을 많이 하지 않았다. 주로 듣는 쪽이었다. 어머니는 잭슨가 출신이었다.

잠시 후 호즌 부인은 배가 고프다고 하더니 식당차에 함께 가지 않겠느냐고 물었다.

식당차는 붐볐고 사람들이 밖에 줄을 서 있었다. 헤이즈와 호즌 부인은 좁은 복도에서 흔들리며 30분을 기다렸고, 그러는 동안 몇 분에 한 번씩 옆으로 바짝 붙어 서서 사람들을 통과시켜 주어야 했다. 호즌 부인은 옆에 선 여자와 이야기를 시작했다. 헤이즈는 멍하니 벽을 바라보았다. 혼자서는 식당차에 올 용기가 안 났을 것이다. 호즌 부인을 만난 것은 좋았다. 부인이 계속 말하지 않았다면 그는 자신이 지난번에 거기 갔고 짐꾼은 거기 출신이 아니지만 생김이 협곡 검둥이와 너무 비슷하다고, 그리고 캐시 영감의 아들 같다고 말했을 것이다. 함께 식사를 하는 동안 부인에게 말했을 것이다. 그가 선 곳에서는 식당차 안이 보이지 않았다. 그는 그 안이 어떨지 궁금했다. 식당 같겠지. 그는 침대칸을 생각했다. 식사를 마치면 침대가 설치되어 있을 테고 그는 거기 들어가 누울 수 있을 것이다. 자신이 기차 침대칸에 탄 모습을 보면 어머니가 뭐라고 할까! 어머니는 그런 일은 상상도 못 했을 것이다. 식당차 입구가 가까워지자 안이 보였다. 시내의 식당과 똑같았다! 어머니는 그런 줄 짐작도 못 했을 것이다.

누군가—때로는 한 사람이, 때로는 여러 사람이—나갈 때마다 식당차 관리인이 줄 맨 앞의 사람들을 불렀다. 그가 두 사람을 부르는 신호를 하자 줄이 앞으로 움직여서 헤이즈와 호즌 부인과 부인의 대화 상대가 줄 맨 앞이 되었다. 잠시 후 두 사람이 더 나갔다. 관리자가 손짓을 해서 호즌 부인과 여자가 들어갔고, 헤이즈가 따라갔다. 관리인이 헤이즈를 멈춰 세우고 "두 사람만 됩니다"라고 말하며 그를 다시 문 밖으로 밀었다. 헤이즈의 얼굴은 흉한 붉은빛이 되었다. 그는 다음 사람 뒤로 가려고 하다가 아예 줄을 뚫고 자기 객차로 돌아가려고 했지만, 통로에 사람이 너무 많았다. 그는 모두의 시선을 받으며 거기 서 있어야 했다. 한동안 아무도 나가지 않았고, 그는 계속 거기 서 있었다. 호즌 부인은 그에게 눈길을 주지 않았다. 마침내 식당차 안쪽의 여자가 일어났고 관리인이 손짓을 했다. 헤이즈는 망설였지만 관리인이 다시 손짓하자 비틀거리며 복도를 걸어서 중간의 식탁 두 곳에 부딪히고 누군가의 커피에 손을 적셨다. 그는 자신과 식탁에 동석한 사람들을 보지 않았다. 그리고 메뉴판 맨 위의 식사를 주문하고 그것이 오자 그게 무슨 요리인지 생각도 하지 않고 먹었다. 동석자들은 이미 식사를 끝냈지만 자리에 남아 그가 먹는 모습을 지켜보고 있었다.

식당차를 나갈 때 그는 기운이 하나도 없었고 두 손이 제멋대로 움찔거렸다. 식당차 관리인이 그에게 앉으라고 손짓한 게 1년 전 같았다. 그는 두 객차 사이에 서서 머리를 맑게 하려고 찬 공기를 들이마셨다. 그것은 도움이 되었다. 그가 자기 칸으로 돌아왔을 때 침대는 모두 설치되었고, 복도는 무거운 초록빛에 어둡고 음침하게 잠겨 있었다. 그는 자신은 위 칸 침대고, 지금 거기 올라갈 수 있다는 걸 깨달았다. 거기 누워서—계획한 대로—기찻길 옆 밤 풍경이 어떤지 보일 만큼만 차양을 올릴 수 있었다. 그는 기차와 함께 달리며 밤을 내다볼 수 있었다.

그는 배낭을 들고 남자 화장실로 가서 잠옷으로 갈아입었다. 위 칸 침대로 올라갈 때는 짐꾼의 도움을 받으라는 안내문이 적혀 있었다. 짐꾼은 협곡 검둥이들의 친척일 것 같았다. 이스트로드, 아니면 그냥 테네시 주에 친척이 있느냐고 물어볼 수 있을 듯했다. 그는 짐꾼을 찾아서 복도를 걸었다. 침대에 들기 전에 짧은 대화를 할 수 있을지도 몰랐다. 짐꾼은 그쪽에 없었고, 그는 다른 쪽 끝으로 갔다. 그리고 모퉁이를 돌다가 진분홍색 물체에 부딪쳤다. 물체가 놀라더니 "둔하기는!"

하고 말했다. 분홍색 실내복을 입고 매듭지은 머리를 얼굴 위로 빙 두른 호즌 부인이었다. 그는 부인을 잊고 있었다. 머리를 뒤로 넘겨 얼굴 주변에 검은 버섯 같은 매듭을 총총 두른 부인의 모습은 섬뜩했다. 부인은 그의 옆을 지나가려 하고 그는 비켜 주려고 했지만, 두 사람은 자꾸 같은 쪽으로 움직였다. 부인의 얼굴은 흰 얼룩 자국들만 빼고 전체가 자주색으로 달아올랐다. 부인은 몸이 굳어서 서더니 말했다. "도대체 왜 그래, 젊은이?" 그는 부인 곁을 지나쳐서 급하게 복도를 걷다가 짐꾼에게 쾅 부딪쳤다. 그 바람에 짐꾼이 쓰러지고 그가 그 위로 넘어져서 짐꾼과 얼굴을 위아래로 마주했다. 그 얼굴은 캐시 시먼스 영감이었다. 그는 이 사람이 캐시 영감이라는 생각에 잠시 몸을 일으키지 못했다. 그가 "캐시" 하고 말하자 짐꾼이 그를 밀고 일어나서 복도를 급히 걸어갔고, 헤이즈도 일어나서 그를 따라가며 자신을 침대에 올려 달라고 말했다. 그리고 속으로 이 사람은 캐시의 핏줄이 맞는다고 생각했다. 그랬더니 새로운 생각이 돌멩이처럼 날아와 그를 강타했다. 이 사람은 달아난 캐시의 아들이야, 이스트로드를 알지만 그곳을 싫어해. 그 이야기를 하고 싶어 하지 않아. 캐시 이야기를 하고 싶어 하지 않아.

그는 가만히 서서 짐꾼이 위 칸 침대로 사다리를 설치하는 모습을 보았고 사다리를 올라가면서도 계속 짐꾼을 보았지만 눈을 들여다보지는 않았다. 여전히 캐시의 모습이—약간 다르지만—보였다. 그는 사다리 중간쯤에서 계속 짐꾼을 바라보며 말했다. "캐시는 죽었어요. 돼지한테 콜레라가 옮았어요." 짐꾼은 입을 아래로 당기더니 눈을 가늘게 뜨고 헤이즈를 바라보며 말했다. "저는 시카고 출신입니다. 제 아버지는 철도 회사에서 일했습니다." 헤이즈는 짐꾼을 보다가 웃었다. 검둥이가 철도 '회사'를 다닌다니. 그는 한 번 더 웃었고, 짐꾼이 사다리를 잡아떼자 담요를 잡으며 침대로 뛰어들었다.

그는 침대에 엎드려서 자신이 거기 들어온 과정을 생각하며 떨었다. 캐시의 아들. 이스트로드 출신. 하지만 이스트로드를 원하지 않고 싫어한다. 그는 한동안 꼼짝 않고 그렇게 엎드려 있었다. 복도에서 짐꾼의 몸 위로 쓰러진 뒤로 1년은 지난 것 같았다.

그는 잠시 후 자신이 실제로 침대에 누웠다는 것을 떠올리고 돌아누워 램프를 찾고 주변을 둘러보았다. 창문은 없었다.

옆벽에는 창문이 없었다. 밀어 올리는 창문도, 벽 안에 숨겨진 창문도 없었다. 벽 전체에 그물 같은 게 쳐져 있었지만 창문은 없었다. 그는 잠시 짐꾼이 일부러 그렇게 했다는 생각이 들었다. 자기가 미워서 창문이 없고 벽면 전체에 그물이 쳐진 침대를 주었다는 생각이. 하지만 다른 침대칸도 다 똑같을 것이다.

침대칸 꼭대기는 낮고 둥글었다. 그는 누웠다. 둥근 꼭대기는 꽉 닫힌 것 같지 않았다. 닫히는 중인 것 같았다. 그는 한동안 가만히 누워 있었다. 목구멍에 달걀 맛 나는 스펀지 같은 게 걸려 있었다. 그는 저녁에 달걀을 먹었다. 그것이 목구멍 속 스펀지에 걸려 있었다. 목 바로 안쪽에. 그게 움직일까 봐 몸을 뒤집고 싶지 않았다. 그는 램프를 끄고 싶었다. 어둠을 원했다. 그는 몸을 돌리지 않고 손을 뻗어서 더듬더듬 스위치를 찾았고, 그것을 딸깍 끄자 어둠이 내려왔지만, 덜 닫힌 아래쪽으로 복도의 빛이 새어 들어왔다. 그는 아주 캄캄한 것을 원했다. 빛이 새어 들어오는 건 싫었다. 복도를 걸어오는 짐꾼의 발소리가 들렸다. 바닥의 깔개를 부드럽게 밟으며 천천히 다가왔다가 녹색 커튼들을 스치며 반대편으로 갔다. 이스트로드 출신이야. 이스트로드 출신인

데 그 사실을 싫어해. 캐시 영감도 저 사람이 아들이라고 주장하지 않았을 거야. 저 사람을 원하지 않았을 거야. 흰색 코트를 입고 주머니에 솔빗을 가지고 다니는 사람은 절대 원하지 않았을 거야. 캐시의 옷은 바윗돌 밑에 두었다 꺼낸 것 같았지. 그리고 검둥이 냄새가 났어. 그는 캐시의 냄새가 어떤지 생각했지만, 실제로 코에 들어오는 건 기차 냄새였다. 이스트로드에 이제 협곡 검둥이는 없어. 이스트로드에. 굽이를 돌았을 때 희미한 어둠 속에서 문에 못을 박은 상점과 어둠이 가득한 열린 창고가 보였다. 두 채의 집 중 더 작았던 집은 절반쯤 허물어져 있었다. 툇마루도 사라지고 안에는 바닥재도 없었다. 조지아 주의 캠프에서 마지막 휴가를 나왔을 때 그는 톨키넘의 누나 집에 가기로 되어 있었지만 톨키넘에 가고 싶지가 않아서 이스트로드가 어떤지 알면서도 그곳으로 갔다. 두 가족은 여러 도시로 흩어졌고 일대의 검둥이들도 멤피스와 머프리스보로 등지로 갔다. 그는 집으로 들어가 부엌 바닥에서 자다가 지붕의 널빤지가 떨어지는 바람에 얼굴을 다쳤다. 그는 깜짝 놀라 널빤지를 만졌고, 기차는 덜커덩거리면서 다시 갔다. 그는 집을 샅샅이 훑고서 가져갈 것은 아무것도 없다는 것을 확인했다.

어머니는 항상 부엌에서 잤고 거기 어머니의 밤색 옷장이 있었다. 서랍장과 옷걸이장이 결합된 그런 옷장은 그 근방에 없었다. 어머니는 잭슨가 출신이었다. 어머니는 30달러를 주고 그 옷장을 샀고 그 뒤로는 그렇게 비싼 것을 사지 않았다. 그것은 남아 있었다. 트럭에 실을 공간이 없었을 것이다. 그는 서랍을 모두 열어 보았다. 맨 위 서랍에 노끈 두 토막이 있고, 다른 서랍에는 아무것도 없었다. 그는 아무도 거기 와서 그 옷장을 훔쳐 가지 않았다는 데 놀랐다. 그는 노끈을 꺼내 옷장 다리들을 마룻널 틈에 묶고 모든 서랍에 쪽지를 남겼다. '이 옷장은 헤이즐 위커스의 것임. 훔쳐 가는 자는 요절을 내겠음.'

옷장에 약간의 방비를 해 놓았다는 걸 알면 어머니는 더 편히 쉴 수 있을 것이다. 어머니가 밤에 와서 본다면 알 수 있을 것이다. 어머니가 밤에 거기 와 볼까 하는 생각이 들었다. 불안하고 걱정스러운 표정으로 와서 집 앞길을 걷고 열린 창고를 지나 문에 못을 박은 상점 옆 그늘에 멈춰 섰다가, 땅속으로 내려가는 틈새로 보였던 그 불안한 표정을 지을까. 그는 사람들이 어머니 위로 뚜껑을 덮을 때 틈새로 그 얼굴을 보았다. 얼굴이 그림자에 덮이자 어머니의 입이 아래로 내려갔다. 어머니는 휴식에 만족할 수 없는 것 같았다. 벌떡 일어나서 뚜껑을 열고 만족을 찾아 영혼처럼 날아갈 것 같았다. 하지만 사람들은 뚜껑을 닫았다. 어머니는 관 밖으로 날아갈지도 몰랐다. 벌떡 일어날지도 몰랐다. 그의 눈앞에 어머니가 거대 박쥐처럼 닫히는 관 뚜껑 밖으로 튀어나오는 끔찍한 모습이 보였다. 그러나 어둠은 어머니 위로 계속 내려오고 내려오고 또 내려왔다. 그는 안에서 그것이 자꾸자꾸 내려와서 빛을 차단하는 것과, 창밖으로 틈새 밖으로 보이는 방과 나무들이 점점 더 빨리, 점점 더 어둡게 내려오는 것을 보았다. 그는 눈을 떴다가 그것이 닫히는 것을 보고 벌떡 일어나 그 틈새에 몸을 끼워 넣고 매달려 어지럽게 흔들렸고, 기차의 침침한 빛은 천천히 바닥의 깔개를 드러내며 어지럽게 흔들렸다. 그는 거기서 땀에 젖어 떨며 객차 반대편 끝에 짐꾼이 있는 것을 보았다. 그는 어둠 속에 하얗게 서서 움직이지 않고 짐꾼을 바라보았다. 철로가 곡선을 그릴 때, 그는 열병에 휩싸여 기차의 질주하는 고요 속으로 빨려 들어갔다.

감자 깎는 칼
The Peeler

헤이즐 모츠는 시내를 걸었다. 상점 창문들에 바짝 붙어 걸었지만 안을 들여다보지는 않았다. 그는 어떤 희미한 냄새라도 맡으려는 듯 목을 앞으로 쭉 빼고 있었다. 그가 입은 청색 양복은 낮에는 번쩍거렸지만, 밤 조명 아래서는 자주색 비슷해 보였고, 모자는 설교자들이 쓰는 것 같은 고지식한 검은색 모직 모자였다. 톨키넘의 상점들은 목요일 밤에도 영업을 했고, 많은 사람이 쇼핑을 나왔다. 헤이즈의 그림자는 헤이즈의 뒤에 있다가 앞에 있다가 이따금 다른 그림자들과 섞이다가 했지만, 뒤에 혼자 뻗어 있을 때는 여위고 불안한 모습으로 뒷걸음질을 쳤다.

잠시 후 그는 앙상한 얼굴의 남자가 러너 드레스 숍이란 상점 앞에 카드 탁자를 펴고 감자 깎는 칼을 선보이는 곳에 멈추었다. 남자는 작은 돛천 모자를 쓰고 꿩과 메추라기와 황동색 칠면조가 뒤집혀 그려진 셔츠를 입었다. 그는 거리의 소음 속에서 목소리를 높여, 지나가는 사람 모두가 자기 말을 옆 사람 말처럼 또렷이 들을 수 있게 했다. 몇몇 사람이 모여들었다. 카드 탁자에는 양동이 두 개가 놓여 있었다. 하나는 비었고 하나는 감자가 가득했다. 양동이 사이에는 녹색 종이 상자가 피라미드 모양으로 쌓이고, 그 꼭대기에 감자 칼 하나가 전시되어 있었다. 남자는 이 제단 앞에 서서 그 너머로 이 사람 저 사람을 가리켜 보였다. "그쪽은 어때?" 남자가 젖은 머리에 여드름이 난 청년을 가리키며 말했다. "이걸 놓치고 싶지는 않겠지." 남자는 전시된 칼 한쪽에 갈색 감자를 넣었다. 칼은 정사각형 주석 몸통에 빨간 손잡이가 달린 것이었고, 그가 손잡이를 돌리자 감자가 통 안에 들어갔다가 새하얗게 벗겨져서 반대편으로 나왔다. "이걸 놓치고 싶지는 않을 거야!" 남자가 말했다.

청년이 웃음을 터뜨리고 모여 선 다른 사람들을 보았다. 청년의 머리는 매끄러운 노란색이고, 얼굴은 여우상이었다.

"이름이 뭐지?" 남자가 물었다.

"이녹 에머리예요." 청년이 말하고 코를 킁킁거렸다.

"그렇게 이름이 예쁜 젊은이는 이걸 사야지." 남자가 분위기를 띄우려고 눈을 장난스레 굴리며 말했다. 그때 헤이즐 모츠 맞은편에 서 있던 남자가 웃었다. 키가 크고 연한 녹색 안경을 썼고 검은 정장에 설교자의 모자 같은 검은 모직 모자 차림이었는데 하얀 지팡이를 짚고 있었다. 웃음소리는 부대 자루 속에서 나는 것 같았다. 그는 맹인인 게 분명했다. 골격이 굵은 여자아이의 어깨에 손을 얹고 있었는데, 아이는 이마 위로 깊이 눌러쓴 검은 뜨개 모자 양옆으로 주황색 머리칼이 비죽비죽 튀어나와 있었다. 얼굴은 길고 코는 짧고 뾰족했다. 사람들이 일제히 감자 칼 상인에게서 두 사람에게로 눈길을 돌렸고, 이 일은 감자 칼 상인을 짜증 나게 했다. "거기 젊은이는 어때요? 어떤 가게에 가도 이렇게 싸게 살 수는 없어요." 남자가 헤이즐 모츠를 가리키며 말했다.

"이봐!" 이녹 에머리가 어떤 여자 앞으로 손을 뻗어 헤이즈의 팔을 툭 치며 말했다. "저분이 그쪽한테 이야기하잖아!" 헤이즈는 맹인 남자와 아이를 보고 있었다. 이녹 에머리가 그를 다시 쳤다.

"아내에게 사다 주면 좋을 겁니다." 감자 칼 상인이 말하고 있었다.

"전 아내가 없어요." 헤이즈가 맹인 남자를 계속 바라보며 말했다.

"하지만 어머니는 있겠지?"

"아뇨."

"그러면 이분에게는 친구가 되어 줄 감자 칼이 필요합니다." 남자가 손나발을 하고 사람들에게 말했다.

이녹 에머리는 그것이 아주 재미있다는 듯 허리를 접고 무릎을 쳤지만, 헤이즐 모츠는 그 말을 들은 것 같지도 않았다. "첫 구매를 하시는 분께는 깐 감자 여섯 알을 드리겠습니다." 남자가 말했다. "어느 분이 1번 타자가 되시겠습니까? 여기서는 단돈 1달러 50센트지만 다른 가게에 가면 3달러를 주셔야 합니다!" 이녹 에머리는 주머니를 뒤졌다. "오늘 이곳을 지나가게 된 것에 감사하시게 될 겁니다. 잊지 못하실 겁니다. 이 칼을 구매하는 분 누구라도 잊지 못하실 겁니다."

맹인 남자가 앞으로 움직였고, 감자 칼 상인은 그에게 녹색 상자 하나를 건네려고 했지만 그는 카드 탁자를 지나치더니 직각으로 돌아서 다시 사람들 틈으로 들어갔다. 그러더니 무언가를 나누어 주었다. 아이도 역시 흰 전단을 나누어 주었다. 모인 사람도 많지 않았는데, 그 사람들마저 흩어지기 시작했다. 상인이 카드 탁자 위로 몸을 굽히고 눈을 부라리며 맹인 남자에게 소리쳤다. "이봐요! 지금 뭘 하는 거야? 당신이 뭔데 여기서 사람들을 몰아내는 거야?"

맹인 남자는 그에게 전혀 신경 쓰지 않고 계속 전단을 나누어 주었다. 그는 이녹 에머리에게도 한 장을 주고 흰 지팡이를 땅에 탁탁 짚으며 헤이즈 앞으로 다가왔다.

"당신 대체 뭐 하는 거야? 이 사람들은 내가 모은 사람들이야. 어떻게 감히 여기 끼어드는 거지?" 감자 칼 상인이 고함쳤다.

맹인 남자는 부스럼이 많이 난 붉은 얼굴이었다. 그가 전단 하나를 헤이즈 약간 옆쪽에 내밀었고 헤이즈는 그것을 받았다. 종교 소책자였다. 표지에는 '예수님이 당신을 부르십니다'라는 말이 적혀 있었다.

"당신 뭐냐니까!" 감자 칼 상인이 악을 썼다. 아이는 다시 카드 탁자 옆을 지나가서 상인에게 소책자를 건넸다. 그는 잠시 입술을 비틀고 그것을 보더니 탁자 옆을 돌아서 달려 나왔고, 그 바람에 감자 양동이가 쏟아졌다. "우라질 예수쟁이 광신도들." 그가 소리치며 맹인 남자를 찾아 눈을 부라렸다. 소동이 벌어지자 사람들이 모여들었고, 맹인 남자는 그 틈으로 사라졌다. "이런 염병할 공산당 예수쟁이 외국인들!" 상인이 소리쳤다. "내가 모은 사람들이야!" 그러더니 사람들이 많이 모인 것을 보고 고함을 멈추었다.

"여러분, 한 번에 한 분씩 오세요." 그가 말했다. "준비한 물건이 충분하니까 밀지 마세요. 첫 구매자에게 깎은 감자 여섯 알을 드립니다." 그는 다시 카드 탁자 앞으로 가서 제품 상자를 들었다. "한 분씩 오세요. 물건은 충분합니다. 밀치고 달치고 하시지 않아도 됩니다."

헤이즐 모츠는 소책자를 펼치지 않았다. 겉만 훑어보고 반으로 쭉 찢었다. 그리고 찢은 조각을 모아서 다시 한 번 찢었다. 그리고 그 조각들을 다시 모아서 찢고 또 찢고 해서 손바닥에 종이 가루가 한가득이 되었다. 그는 손을 뒤집어 찢어진 종잇조각을 땅바닥에 떨구었다. 그러고 나서 고개를 들어 보니 맹인 남자의 아이가 1미터도 안 되는 거리에서 그를 보고 있었다. 아이의 입이 벌어졌고, 그를 바라보는 두 눈은 녹색 유리병 조각처럼 반짝였다. 옷은 검은 원피스 차림이었는데, 어깨에는 흰 삼베 자루를 멨다. 헤이즈는 얼굴을 찌푸리고 끈적한 손을 바지에 문질렀다.

"난 봤어요." 아이가 말했다. 그러더니 아이는 맹인 남자가 서 있는 곳으로 갔다. 그는 이제 카드 탁자 옆에 있었다. 사람들은 거의 떠나고 없었다.

상인 남자는 탁자 위로 몸을 굽히고 맹인 남자에게 말했다. "이봐요! 이제 알겠지. 감히 끼어들려고 하다니." 하지만 맹인 남자는 사람들 머리 뒤쪽을 보는 듯 턱을 위로 살짝 들고 있었다.

"저기요, 저는 1달러 16센트밖에 없지만……" 이녹 에머리가 말했다.

"그래." 상인은 맹인 남자가 자기를 보게 만들려는 듯 말했다. "이제 남의 일에 끼어들면 안 된다는 걸 알았을 거요. 감자 칼 여덟 개를 팔았어요, 여덟 개를……"

"그거 하나만 주세요." 아이가 감자 칼을 가리키며 말했다.

"뭐라고?" 상인이 말했다.

아이는 주머니에서 길쭉한 동전 지갑을 꺼내서 열었다. "그거 하나 주세요." 그리고 50센트 동전 두 개를 내밀었다.

상인이 돈을 보고 입 한쪽을 일그러뜨리며 말했다. "1달러 50센트 야."

아이는 손을 도로 당기더니 빙글 돌아서서 헤이즐 모츠가 무슨 소리라도 낸 것처럼 그를 노려보았다. 맹인 남자는 그곳을 떠나고 있었다. 아이는 잠시 상기된 얼굴로 헤이즈를 노려보다가 돌아서서 맹인 남자를 따라갔다. 헤이즈는 흠칫했다.

"저기요, 저는 1달러 16센트밖에 없는데 그걸 사고 싶어요……"

"돈을 아껴. 여기는 마구잡이 할인 판매점이 아니야." 상인이 카드 탁자에서 양동이를 내리며 말했다.

헤이즐 모츠는 그 자리에 서서 맹인 남자의 뒷모습을 바라보며 손을 주머니에 넣었다 뺐다 했다. 그 모습은 꼭 앞으로 가는 동시에 뒤로 가고 싶은 것 같았다. 그러더니 갑자기 감자 칼 상인에게 지폐 두 장을 내밀고 탁자 위의 감자 칼 상자를 하나 집어 들더니 길을 걸어갔다. 잠시 후 이녹 에머리가 숨을 헐떡이며 옆에 와 섰다.

"그쪽은 돈이 많아 보이네요." 이녹 에머리가 말했다. 헤이즈가 모퉁이를 돌자 한 블록 정도 앞쪽에 그들이 보였다. 그는 걸음을 약간 늦추고 이녹 에머리를 보았다. 이녹은 노란빛 도는 흰색 정장에 분홍빛 도는 흰색 셔츠를 입고 연두색 넥타이를 맸다. 얼굴은 웃고 있었다. 가벼운 피부병에 걸린 착한 사냥개 같았다. "여기 온 지 얼마나 됐죠?" 그가 물었다.

"이틀 됐어요." 헤이즈가 말했다.

"나는 두 달 됐어요. 시립 기관에서 일해요. 그쪽은 어디서 일하죠?" 이녹이 말했다.

"나는 일 안 해요." 헤이즈가 말했다.

"안됐군요. 나는 시립 기관에서 일해요." 이녹이 말하고 한 발짝 깡충 뛰어 헤이즈 옆에 나란히 서서 다시 말했다. "나는 열여덟 살이고 여기 온 지 두 달밖에 안 됐지만 벌써 시립 기관 직원이에요."

"좋네요." 헤이즈가 말하고 모자를 이녹 에머리가 서 있는 쪽으로 더 내려 쓰고 걸음을 빨리했다.

"그쪽 이름을 못 들었어요." 이녹이 말했다.

헤이즈는 이름을 일러 주었다.

"저 촌뜨기들을 따라가는 건가요? 그쪽도 예수쟁이예요?" 이녹이 물었다.

"아뇨." 헤이즈가 말했다.

"나도 별로 아니에요." 이녹이 말했다. "나는 넉 주 동안 로드밀 소년 성경 학교에 있었어요. 아빠한테서 나를 산 아줌마가 그리 보냈어요. 복지 단체 여자였어요. 우아, 거기서 넉 주를 지내다가 거룩하게 미치는 줄 알았어요."

헤이즈가 블록 끝에 이를 때까지 이녹은 계속 따라오면서 숨을 헐떡이며 떠들었다. 헤이즈가 길을 건너려고 하자 이녹이 소리쳤다. "저 신호등 봐요! 기다리라는 뜻이에요!" 경찰이 호루라기를 불었고 자동차가 경적을 울리며 덜컹 섰다. 헤이즈는 블록 중간에 있는 맹인 남자에게 시선을 고정하고 길을 건넜다. 경찰이 계속 호루라기를 불더니 길을 건너서 헤이즈를 멈춰 세웠다. 그는 여윈 얼굴에 눈이 노란 타원형이었다.

"저기 달린 게 뭐 하는 건지 알죠?" 경찰이 교차로 위의 신호등을 가리키며 물었다.

"못 봤습니다." 헤이즈가 말했다.

경찰은 아무 말도 하지 않고 그를 바라보았다. 몇몇 사람이 멈춰 섰다. 경찰은 사람들에게 눈을 굴렸다. "빨간불은 백인이 건너라는 뜻이고, 파란불은 흑인이 건너라는 뜻인 줄 아나 보군요."

"네, 그런 줄 알았습니다. 손 떼세요." 헤이즈가 말했다.

경찰은 손을 떼서 자기 허리에 짚고 한 걸음 물러서서 말했다. "가서 친구들한테 말해요. 빨간불은 서라, 파란불은 가라라고. 남자, 여자, 백인, 검둥이 다 똑같아요. 당신 친구들이 시내에 나오면 길을 제대로 다닐 수 있도록 그렇게 일러 줘요." 사람들이 웃었다.

"제가 챙길게요." 이녹 에머리가 경찰 옆으로 밀고 들어와서 말했다. "이 사람은 여기 온 지 이틀밖에 안 됐어요. 제가 챙길게요."

"그쪽은 얼마나 되는데?" 경찰이 물었다.

"저는 여기서 나고 자랐어요." 이녹이 말했다. "여기는 내 고향이에요. 제가 경관님 대신 이 사람을 챙길게요. 이봐, 기다려!" 그가 헤이즈에게 소리쳤다. 그리고 사람들을 밀고 나가서 헤이즈를 따라잡았다. "조금 전에 내가 그쪽을 도와준 걸로 아는데." 그가 말했다.

"고마워." 헤이즈가 말했다.

"별거 아니긴 해." 이녹이 말했다. "월그린에 가서 음료수 한잔 어때? 나이트클럽은 아직 문을 안 여니까."

"나는 잡화점은 싫어. 그럼 안녕." 헤이즈가 말했다.

"좋아. 내가 계속 같이 가면서 동행이 돼 주겠어." 이녹이 말하고 앞쪽의 부녀를 보았다. "이런 시간에 촌뜨기들하고 얽히기는 싫어. 특히 예수쟁이들하고는. 그런 자들은 벌써 넘칠 만큼 겪었어. 나를 아빠한테서 데려간 아줌마는 기도밖에 하는 일이 없었어. 나하고 아빠는 대형 톱을 가지고 여기저기 옮겨 다니며 일했는데, 어느 해 여름 분빌 외곽에 있을 때 그 아줌마가 왔지." 그는 헤이즈의 코트를 잡았다. "내가 톨키넘에 가진 불만은 길에 사람이 너무 많다는 것뿐이야." 그는 은밀한 목소리로 말했다. "여기 사람들은 남을 굴복시켜야 직성이 풀리는 것 같아. 그 아줌마는 나를 좋아했던 것 같아. 나는 열두 살이었고, 검둥이한테 배운 찬송가를 잘 불렀지. 그래서 아줌마는 나한테 호감을 품고 아빠한테서 나를 사서 자기가 사는 분빌로 데리고 갔어. 아줌마는 벽돌 주택에 살았는데, 하루 종일 예수 예수뿐이었어." 그는 말하면서 헤이즈의 얼굴을 살폈다. 그러다가 낡은 작업복에 파묻힌 듯한 작은 남자와 탕 부딪쳤다. "앞 좀 보고 다녀요!" 그가 소리쳤다.

작은 남자는 멈춰 서더니 그에게 악의적인 동작으로 팔을 들고 사나운 개 같은 표정을 지었다. "지금 누구한테 뭐라고 하는 거야?" 그가 으르렁거렸다.

"봤지." 이늑이 헐레벌떡 헤이즈를 따라잡으며 말했다. "여기 사람들은 다 남을 굴복시키려고 해. 이렇게 인정머리 없는 동네는 처음이야. 그 아줌마도 그랬어. 나는 그 아줌마하고 그 집에서 두 달을 지냈어. 그런데 가을에 아줌마는 나를 로드밀 소년 성경 학교에 보냈고, 나는 이제 좀 편해질 줄 알았어. 아줌마는 정말 같이 살기 힘든 사람이었거든. 나이는 별로 많지 않아. 마흔 살 정도였던 것 같아. 하지만 못생겼지. 갈색 안경을 끼고 머리는 숱이 얼마나 없는지 고기 국물을 쓱 발라놓은 것 같아. 나는 그 성경 학교에 가면 좀 편해질 줄 알았어. 아줌마 집에서 한 번 도망을 쳤다가 잡혔는데, 그때 아줌마가 내 서류를 가지고 있어서 내가 아줌마랑 같이 지내지 않으면 아줌마가 나를 교도소에 보낼 수 있다는 걸 알게 됐어. 그러니 성경 학교에 가게 된 게 기뻤지. 넌 성경 학교에 가 본 적 있어?"

헤이즈는 질문을 듣지 못한 것 같았다. 그는 여전히 다음 블록에 있는 맹인 남자에게 시선을 고정하고 있었다.

"하지만 그건 구원이 아니었어." 이녹이 말했다. "오, 하느님, 그건 구원이 아니었어. 나는 넉 주 만에 거기서 도망쳤는데, 그랬더니 그 우라질 아줌마가 다시 잡아다가 자기 집으로 데려갔어. 하지만 어쨌건 거기서 빠져나왔지." 그는 잠시 기다렸다가 말했다. "어떻게 했는지 알아?"

그는 잠시 후 말을 이었다. "아줌마를 기겁하게 만들었거든. 나는 계속 방법을 연구했어. 심지어 기도도 했어. '예수님, 이 아줌마를 죽이지 않고 교도소에 가지도 않고 여기를 빠져나갈 방법을 알려 주세요.' 그랬더니 예수님이 정말 알려 줬어. 어느 날 새벽에 바지를 안 입고 아줌마 방에 가서 이불을 벗기고 아줌마를 기절시켰지. 그런 뒤 아빠한테 돌아갔고 그 뒤로는 그 아줌마 낯짝을 안 봤어."

그러더니 그가 헤이즈의 옆얼굴을 보며 말했다. "넌 턱만 씰룩거려. 한 번도 안 웃어. 네가 진짜 부자가 아니라고 해도 난 안 놀랄 거야."

헤이즈는 샛길로 접어들었다. 맹인 남자와 여자아이는 한 블록 앞의 모퉁이에 있었다.

"우리는 저 두 사람을 따라잡을 거야." 이녹이 말했다. "어쨌거나 여자애 참 못생겼지? 그 애 신발 봤어? 남자 신발 같아. 넌 여기 아는 사람 많아?"

"아니." 헤이즈가 말했다.

"앞으로도 안 생길 거야. 여기도 친구를 사귀기 어려운 곳이야. 나는 여기 두 달을 있었지만 아는 사람이 없어. 여기 사람들이 원하는 건 남을 굴복시키는 게 전부인 것 같아. 너는 돈이 많을 것 같아. 나는 하나도 없거든. 돈이 있다면 아주 잘 쓸 자신이 있는데." 남자와 소녀는 모퉁이에 서서 왼쪽으로 돌았다. 이녹이 말했다. "우리는 잘 따라가고 있어. 조심하지 않으면 어느 모임에서 저 부녀하고 같이 찬송가를 부르고 있을지도 몰라."

다음 블록 중간에 기둥이 죽 늘어서고 둥근 지붕에 덮인 큰 건물이 있었다. 맹인 남자와 아이는 그곳으로 갔다. 건물 주변과 길 건너편, 근처 다른 길들에 자동차가 빼곡히 주차되어 있었다. "저건 영화관이 아니야." 이녹이 말했다. 맹인 남자와 소녀가 건물 앞 계단을 올랐다. 계단은 그 폭이 건물 전체 폭과 같았고, 양편에 받침대에 놓인 사자 석상이 있었다. "교회도 아냐." 이녹이 말했다. 헤이즈는 계단 앞에 멈춰 섰다. 그는 무언가 확실한 표정을 지으려고 하는 것 같았다. 그러더니 검은 모자를 앞으로 삐딱하게 내려 쓰고 두 사람에게 다가갔다. 두 사람은 모퉁이의 사자 석상 옆에 앉아 있었다.

그들이 다가가자 맹인 남자가 발소리를 듣는 듯 몸을 기울이더니 자리에서 일어나 종교 책자를 내밀었다.

"앉아요. 그 두 청년일 뿐이에요." 아이가 큰 소리로 말했다.

"우리뿐이에요. 우리 둘이 여기까지 1킬로미터도 넘게 따라왔어요." 이녹 에머리가 말했다.

"누가 날 따라온다는 걸 알았어. 앉게." 맹인 남자가 말했다.

"우릴 놀리러 온 거예요." 아이가 말했다. 아이는 나쁜 냄새라도 맡은 듯한 표정이었다. 맹인 남자는 그들을 만져 보려고 손을 내밀었다. 헤이즈는 그의 손 바로 바깥에 서서 맹인 남자의 녹색 안경 안쪽의 텅 빈 눈구멍이라도 보려는 듯 눈에 힘을 주었다.

"제가 아니라 이 친구가 한 일이에요." 이녹이 말했다. "이 친구가 그 감자 칼 팔던 데서부터 여기까지 두 사람을 쫓아왔어요. 우리는 감자 칼을 하나 샀어요."

"누가 날 따라온다는 걸 알았어! 거기서부터 알았어." 맹인 남자가 말했다.

"아저씨를 따라온 게 아니에요." 헤이즈가 말했다. 그는 감자 칼을 만지작거리며 소녀를 보았다. 검은 뜨개 모자가 눈 위까지 내려와 있었다. 나이는 열셋 또는 열넷 정도로 보였다. "아저씨를 따라온 게 아니에요. 아이를 따라왔어요." 그가 부루퉁하게 말하고 아이에게 감자 칼 상자를 내밀었다.

아이는 펄쩍 뒤로 물러서더니 두 뺨을 홀쭉하게 빨아들이고 말했다. "난 그거 필요 없어요. 내가 그걸로 뭘 할 거라고 생각하나요? 가져가요. 그건 내 게 아니에요. 갖고 싶지 않아요!"

"내가 아이 대신 감사히 그걸 받지." 맹인 남자가 말하고, 이어 아이에게 말했다. "네 자루에 넣어라."

헤이즈는 감자 칼을 아이에게 다시 내밀었지만, 눈은 계속 맹인 남자를 바라보았다.

"싫어요." 아이가 말했다.

"시키는 대로 해." 맹인 남자가 엄격하게 말했다.

잠시 후 아이는 그것을 받아서 종교 책자가 든 자루에 쑤셔 넣고 말했다. "이건 내 것이 아니에요. 저는 이걸 원하지 않아요. 받았지만 내 건 아니에요."

"고맙다는 말일세. 누가 나를 따라오는 건 알고 있었어." 맹인 남자가 말했다.

"저는 아저씨를 따라온 게 아니에요." 헤이즈가 말했다. "제가 이 아이를 따라온 건 아까 거기서 이 아이가 제게 사나운 눈길을 던졌는데 저는 그런 눈길을 받을 만한 일을 하지 않았다는 말을 하고 싶어서였어요." 그의 시선은 아이가 아니라 맹인 남자에게 향해 있었다.

"무슨 말이에요?" 소녀가 소리쳤다. "나는 아저씨를 사납게 본 적이 없어요. 아저씨가 책자를 찢는 걸 본 거예요. 저 아저씨는 전단을 조각조각 찢었어요." 아이는 맹인 남자의 어깨를 밀면서 말했다. "그걸 갈기갈기 찢어서 길바닥에 소금처럼 뿌리고 손을 바지에 닦았어요."

"저 사람은 나를 따라왔어." 맹인 남자가 말했다. "너를 따라올 사람은 없어. 저 친구 목소리에서 예수님을 향한 열망이 들린다."

"예수님이라니. 이런 젠장." 헤이즈가 중얼거리고 소녀의 다리 옆에 앉았다. 그의 머리가 아이 무릎 옆에 왔고, 그의 손이 아이 발 옆의 계단에 놓였다. 아이는 남자 신발과 검은색 면 스타킹을 신었다. 구두끈은 꽉 조여서 정교한 리본 매듭으로 묶여 있었다. 아이는 거칠게 움직여서 맹인 남자 뒤에 가서 앉았다.

"저 사람 욕하는 걸 들어 봐요. 저 사람은 아버지를 따라오지 않았어요." 아이가 나직하게 말했다.

"이보게." 맹인 남자가 말했다. "예수님에게서 달아날 수는 없어. 예수님은 명백한 사실이야. 자네가 예수님을 찾는다면 자네 목소리에 들어 있을 거야."

"이 친구 목소리에는 아무것도 없어요." 이녹 에머리가 말했다. "나는 예수님에 대해 아주 잘 알아요. 그 아줌마가 날 로드밀 소년 성경학교에 보냈거든요. 이 친구 목소리에 예수님이 조금이라도 있었다면 내가 분명 들었을 거예요." 그는 사자 등에 올라타고 옆으로 앉아 다리를 꼬았다.

맹인 남자는 다시 손을 뻗었고, 이번에는 두 손으로 헤이즈의 얼굴을 덮었다. 헤이즈는 잠시 움직이지도 않고 아무 소리도 내지 않았다. 그런 뒤 손을 쳐 내며 약한 목소리로 말했다. "그만해요. 아저씨는 나를 모르잖아요."

"자네는 은밀하게 그분을 원해." 맹인 남자가 말했다. "예수님을 아는 사람은 결국 그분을 피해 갈 수 없어."

"저는 그분을 몰라요." 헤이즈가 말했다.

"조금은 알잖아." 맹인 남자가 말했다. "그 정도면 충분해. 자네는 그분의 이름을 알고 표시가 되었어. 예수님이 표시를 한 자는 달리 방법이 없어. 한번 안 사람은 모르는 상태가 될 수 없어." 그는 몸을 굽혔지만 방향이 잘못되어서 헤이즈의 발밑 계단에 대고 말하는 것처럼 되었다. 헤이즈는 검은 모자를 얼굴 쪽으로 내리고 뒤로 기대앉았다.

"우리 아빠가 딱 예수님처럼 생겼어요." 이녹이 사자 등에 앉아서 말했다. "머리가 어깨까지 내려와요. 차이점은 아빠는 턱에 흉터가 있다는 것뿐이에요. 나는 엄마는 본 적이 없어요."

"자네는 앎으로 표시를 받았어." 맹인 남자가 말했다. "자네는 죄가 뭔지 알고, 죄가 뭔지 아는 사람만이 죄를 저지를 수 있지. 나는 여기 오는 내내 누가 나를 따라온다는 걸 알았어. 자네는 아이를 따라온 게 아니야. 이 아이를 따라올 사람은 없어. 나는 예수님에 대한 열망을 간직한 사람이 가까이 있는 걸 느꼈어."

"우리 고통에는 예수님밖에 답이 없어요." 소녀가 불쑥 말했다. 아이는 몸을 숙이고 손을 뻗어 헤이즈의 어깨를 가리켰지만, 그는 계단에 침을 뱉고 아이를 보지 않았다. 아이가 소리를 더 높여 말했다. "여기 이 남자와 여자는 아기를 죽였어요. 자기들 아이였지만 못생겼다고 여자는 아기를 사랑하지 않았어요. 아이에게는 예수님이 있었지만 여자에게 있는 건 아름다운 외모와 죄 속에 함께 사는 남자뿐이었어요. 여자가 아이를 내보냈지만 아이는 돌아왔고, 또 내보냈지만 또 돌아왔고, 아무리 내보내도 아이는 여자가 그 남자와 죄 속에 함께 사는 곳으로 돌아왔어요. 두 사람은 실크 스타킹으로 아이를 목 졸라서 벽난로 굴뚝에 매달았어요. 그 뒤로 여자에게는 평화가 없었어요. 눈길 돌리는 데마다 아이가 있었어요. 예수님이 그렇게 만들었어요. 여자가 남자와 누울 때마다 아기가 벽난로 굴뚝에서 자신을 노려보았어요. 아기는 한밤중에 벽돌을 뚫고 빛을 냈어요." 아이가 발을 움직여서 다리를 감싼 치마 밑으로 발끝만 살짝 나오게 하고 크고 빠른 목소리로 말했다. "그 여자한테 있는 건 아름다운 외모뿐이었어요. 그것만으로는 안 돼요, 분명히."

"아이고 하느님." 헤이즈가 말했다.

"그것만으로는 안 돼요." 아이가 말했다.

"그것들이 안에서 발을 긁는 소리가 들리는구나." 맹인 남자가 말했다. "책자를 꺼내 다오. 그것들이 나오려고 한다."

"이제 뭘 할 거죠? 이 건물 안에는 뭐가 있나요?" 이녹이 물었다.

"프로그램이 곧 끝나." 맹인 남자가 말했다. 아이는 자루에서 책자 두 뭉치를 꺼내 그에게 건넸다. "너하고 이녹 에머리는 저쪽에 가서 나눠 주어라. 나하고 이 청년은 여기 있겠다." 남자가 아이에게 말했다.

"이 사람은 이걸 만질 자격이 없어요. 그저 이걸 찢고 싶어 할 뿐이에요." 아이가 말했다.

"시키는 대로 해." 맹인 남자가 말했다.

아이는 잠시 얼굴을 찌푸리고 서 있다가 이녹 에머리에게 말했다.

"따라오려면 오세요." 이녹 에머리는 사자 등에서 뛰어내려 아이를 따라 반대편으로 갔다.

맹인 남자가 몸을 숙였다. 헤이즈가 옆으로 피했지만, 맹인 남자는 그의 옆에서 한 손으로 그의 팔을 꽉 잡고 있었다. 남자는 몸을 숙여서 얼굴을 헤이즈의 무릎 앞에 대고 빠르게 속삭였다. "자네가 나를 따라온 건 죄 속에 살고 있기 때문이지만, 자네도 주님께 신앙고백을 할 수 있어. 참회하게! 계단 꼭대기로 가서 죄와 인연을 끊고 사람들에게 이 책자를 나누어 주게." 그리고 헤이즈의 손에 소책자 뭉치를 밀어 넣었다.

헤이즈는 팔을 뒤로 뺐지만 남자를 더 가까이 당기는 결과만 빚었다. "저는 아저씨 못지않게 깨끗해요." 그가 말했다.

"간음." 맹인 남자가 말했다.

"그건 그냥 말일 뿐이에요." 헤이즈가 말했다. "내가 죄 속에 산다면 나는 아무 죄도 저지르기 전부터 죄 속에 살았어요. 나한테 달라질 건 없어요." 그는 자기 팔을 잡은 손을 떼어 내려고 했지만 맹인 남자는 손에 힘을 더 꽉 주었다. "저는 죄라는 걸 안 믿어요. 손 좀 놔요." 그가 말했다.

"자네는 죄를 믿어. 자네는 표시되었어." 맹인 남자가 말했다.

"나는 아무 표시도 없어요. 나는 자유예요." 헤이즈가 말했다.

"너는 자유로운 표시가 되었어." 맹인 남자가 말했다. "예수님은 너를 사랑하고 너는 그분의 표시를 피할 수 없어. 계단 꼭대기에 가서……"

헤이즈는 팔을 떨치고 벌떡 일어서서 말했다. "나는 그걸 가져다가 덤불에 버릴 거예요. 보세요! 볼 수 있거든 보세요."

"너보다 더 똑똑히 볼 수 있어! 너는 눈이 있어도 못 보지만 예수님이 널 보게 만들 거야!" 맹인 남자가 소리쳤다.

"볼 수 있거든 보세요!" 헤이즈가 말하고 계단을 달려 올라갔다. 사람들이 강당 밖으로 나오기 시작했고, 어떤 사람들은 벌써 계단 중간까지 내려갔다. 그는 팔꿈치를 날카로운 날개처럼 휘두르며 사람들을 헤치고 갔지만, 계단 꼭대기에 이르자 인파에 밀려서 도로 본래 자리 근처까지 내려갔다. 그가 다시 사람들을 헤치며 가는데 누가 소리쳤다. "저 바보한테 길을 내줘!" 그러자 사람들이 그를 비켜 갔다. 그는 꼭대기로 가서 사람들을 뚫고 건물 옆으로 간 뒤 숨을 헐떡이며 앞을 노려보았다.

"나는 저 남자를 따라오지 않았어요. 나는 저런 눈먼 바보를 따라다니지 않아요. 하느님 맙소사." 그가 말했다. 그는 소책자 뭉치를 끈으로 들고 건물 앞에 서 있었다. 뚱뚱한 남자가 옆에 서서 시가에 불을 붙이는데, 헤이즈가 그의 어깨를 밀고 말했다. "저기 아래를 봐요. 맹인 남자가 사람들에게 종교 책자를 나눠 주고 있어요. 보세요. 그 사람한테는 어른 여자 것 같은 옷을 입은 못생긴 딸이 있는데, 그 아이도 책자를 나눠 주고 있어요. 오, 하느님."

"광신도는 어디나 있죠." 뚱뚱한 남자가 말하고 길을 갔다.

헤이즈는 머리칼이 주황색이고 목에는 붉은 나무 구슬 띠를 한 노부인에게 다가가며 말했다. "저쪽으로 가시는 게 좋을 겁니다. 아래쪽에 어떤 바보가 종교 책자를 나눠 주고 있거든요." 뒤쪽의 군중이 부인을 밀었지만, 부인은 반짝이는 밤색 눈으로 잠시 그를 보았다. 그는 사람들을 뚫고 부인에게 가려고 했지만 부인은 금세 멀리 밀려갔고, 그도 아까 있던 벽 앞으로 밀려갔다. "오 하느님 맙소사." 그렇게 말하는

데, 가슴속에서 무언가 빙글빙글 돌았다. 군중은 빠른 속도로 움직였다. 사람들은 커다란 포목의 올이 하나하나 풀려서 사라지듯 어두운 길 아래로 남김없이 사라졌고, 그는 강당 현관 앞에 혼자 남았다. 소책자는 계단 곳곳에, 보도에, 큰길에 어지럽게 흩어져 있었다. 맹인 남자는 계단 맨 밑 칸에 서서 허리를 굽히고 구겨진 소책자들을 더듬어 줍고 있었다. 반대편에는 이녹 에머리가 사자 머리 위에 서서 몸의 중심을 잡고 있었고, 아이는 비교적 덜 구겨져서 다시 쓸 만한 소책자를 삼베 자루에 주워 담고 있었다.

나는 예수님이 필요 없어, 아무 필요 없어. 나한테는 리어라 워츠가 있어. 헤이즈가 말했다.

그는 계단을 내려가서 맹인 남자 앞에 섰다. 맹인 남자는 발소리를 듣고 다시 그에게 손을 뻗었지만, 그는 그 살짝 바깥에 잠시 서 있다가 길을 건넜다. 그가 길을 다 건넜을 때 날카로운 목소리가 뒤를 따라왔다. 돌아보니 맹인 남자가 도로 중간에 서서 소리를 지르고 있었다. "슈라이크! 슈라이크! 내가 필요하면 에이서 슈라이크를 찾아!" 자동차 한 대가 그를 치지 않으려고 급커브를 틀었다.

헤이즈는 고개를 숙이고 어깨도 숙인 채 빠른 속도로 걸었다. 그러다가 뒤에 발소리가 들려 돌아보았다.

"이제 그 사람들하고 헤어졌으니 재미있는 데 가 볼까?" 이녹 에머리가 숨을 몰아쉬며 말했다.

"난 내 할 일이 있어. 그리고 너는 더 이상 보고 싶지 않아." 헤이즈가 거칠게 말하고 아주 빠른 걸음으로 걸었다.

이녹은 계속 깡충거리며 그를 따라왔다. "나는 여기 온 지 두 달 됐어. 그런데 아는 사람이 아무도 없어. 여기 사람들은 친절하지 않아.

방을 하나 구했는데 같이 살 사람이 없어. 아빠가 이리 보냈어. 아빠가
보내지 않았으면 안 왔을 거야. 널 본 적이 있는 것 같아. 스톡웰 출신
은 아니지?"

"아냐."

"멜시 출신도 아니고?"

"아냐."

"전에 거기서 벌목 일을 했거든. 얼굴이 왠지 낯익은 것 같아." 이녹
이 말했다.

그들은 아무 말도 없이 걷다가 다시 시내 중심에 이르렀다. 인적은
거의 끊어져 있었다. "안녕." 헤이즈가 말하고 다시 걸음을 재촉했다.

"나도 그쪽으로 가." 이녹이 샐쭉한 목소리로 말했다. 왼쪽의 극장이
전기 간판을 바꿔 달고 있었다. "그 촌뜨기하고 헤어졌으니 같이 영화
를 보는 건 어때." 이녹은 헤이즈의 옆에서 중얼거리듯 칭얼거리듯 말
했다. 한번은 소매를 잡아 그를 늦추려고 했지만 헤이즈가 털어 냈다.
"아빠가 나를 여기 보냈어." 이녹이 갈라진 목소리로 말했다. 헤이즈
가 보니 그는 울고 있었다. 얼굴이 젖어 일그러지고 불그죽죽해져 있
었다. "나는 겨우 열여덟 살이야." 그가 소리쳤다. "아빠가 가라고 해서
왔는데 아는 사람이 없어. 여기 사람들은 남한테 신경을 안 써. 친절하
지 않아. 아빠는 여자가 생겨서 나를 여기 보냈지만 여자는 금세 떠날
거야. 아빠는 여자를 두드려 패서 의자에서 일어나지도 못하게 만들
거야. 너는 내가 두 달 만에 처음으로 본 친숙한 얼굴이야. 전에 널 본
적이 있어. 어디선가 본 적이 있어."

헤이즈는 굳은 얼굴로 앞만 바라보았고 이녹은 계속 훌쩍거리며 말
했다. 그들은 교회, 호텔, 골동품 상점을 지나 어둠 속에서 모두 똑같

아 보이는 벽돌 주택의 거리로 돌아들었다.

"네가 원하는 게 여자라면 엉뚱한 데를 다닐 필요 없어." 이녹이 말했다. "2달러짜리 여자들이 잔뜩 있는 집이 있다고 들었어. 거기 가서 놀까? 돈은 다음 주에 갚을 수 있어."

"나는 내 집으로 가고 있어." 헤이즈가 말했다. "이 집 옆의 옆집이야. 나는 여자가 있어. 여자가 있다고, 알아들어? 너하고 같이 갈 필요가 없어."

"다음 주에 갚을 수 있어. 나는 시립 동물원에서 일해. 거기서 경비로 일하고 꼬박꼬박 주급을 받아." 이녹이 말했다.

"내 앞에서 꺼져." 헤이즈가 말했다.

"이곳 사람들은 친절하지 않아. 여기 출신이 아닌 너도 친절하지 않아."

헤이즈는 대답하지 않았다. 그리고 추위라도 느끼는 듯 어깨 속에 목을 묻고 다시 걸었다.

"넌 여기 아는 사람이 아무도 없어." 이녹이 말했다. "넌 여자도 없고 할 일도 없어. 널 처음 봤을 때 아는 사람도 없고 할 일도 없다는 걸 알았어. 딱 보고 알았어."

"나는 이 집에서 살아." 헤이즈가 말하고 이녹을 돌아보지도 않은 채 집으로 들어섰다.

이녹이 서서 소리쳤다. "그래. 아, 그래." 그런 뒤 콧물을 막으려고 셔츠 소매를 코 밑에 대고 다시 소리쳤다. "그래, 네 집으로 가. 하지만 이것 봐." 그는 주머니를 탁 치고 달려와서 헤이즈의 소매를 잡고 그에게 감자 칼 상자를 흔들었다. "그 아이가 나한테 이걸 줬어. 이건 네가 어쩔 수 없는 일이야. 아이가 너 말고 나한테 다시 와 달라고 했는데,

그 사람들을 따라간 건 너였어." 이녹의 눈이 눈물에 젖어 빛났고, 그의 얼굴에는 심술궂은 미소가 번졌다.

헤이즈의 입이 씰룩거렸지만 그는 아무 말도 하지 않았다. 그리고 현관 앞 계단에 잠시 서 있다가 손을 들어서 여태 들고 온 소책자 뭉치를 던졌다. 책자 뭉치가 이녹의 가슴에 맞자 그는 입을 딱 벌렸다. 그는 계속 입을 벌린 채 가격당한 부분을 바라보았고, 그러다가 돌아서서 길을 달려 내려갔다. 헤이즈는 집으로 들어갔다.

그 전날 밤 그는 리어라 워츠와 처음으로, 아니 그 어느 여자와도 처음으로 잠자리를 했다. 그 일은 별로 성공적이지 않았다. 일을 마쳤을 때 그는 그녀라는 해변에 밀려온 표류물 같았고, 그녀는 그를 두고 외설적인 말을 했으며, 그 말은 그날 하루가 지나는 동안 그에게 꾸준히 떠올랐다. 그는 그녀에게 돌아오는 일이 불안했다. 그녀가 문을 열고 자신을 보면 뭐라고 할지 알 수 없었다.

그녀가 문을 열고 그를 보더니 "하하" 했다. 체격이 좋은 금발 여자인 리어라는 녹색 실내복을 입고 있었다. "뭘 원하는 거지?" 그녀가 물었다.

그는 모든 걸 다 아는 듯한 표정을 지으려고 했지만 그 표정은 한쪽에 살짝 떠오를 뿐이었다. 검은 모직 모자는 이마에 똑바로 얹혀 있었다. 리어라는 문을 열어 둔 채 침대로 돌아갔다. 그는 모자를 그대로 쓰고 안에 들어갔다가 모자가 전구에 닿자 벗었다. 리어라는 턱을 괴고 그를 보았다. 그는 방 안을 돌아다니며 이것저것 살폈다. 목이 말랐고, 심장은 원숭이가 우리 창살을 움켜잡듯이 조여들었다. 그는 모자를 손에 들고 침대 가장자리에 걸터앉았다.

리어라의 눈이 살짝 가늘어졌고, 입이 벌어졌다가 칼날처럼 얇아졌다. "그 예수쟁이 모자!" 그녀가 말하고 일어나 앉더니 실내복을 엉덩이 밑에서 빼내 벗었다. 그리고 그의 모자를 벗겨 자기 머리에 쓰고는 허리에 손을 짚고 그를 바라보았다. 헤이즈는 멍한 얼굴로 잠시 바라보다가 짧은 소리를 세 번 냈는데 그것은 웃음이었다. 그는 펄쩍 뛰어 전등선을 뽑고, 어둠 속에서 옷을 벗었다.

어렸을 때 그는 아버지와 루비 누나를 따라 멜시에서 열린 카니발에 간 적이 있다. 그런데 행사장 약간 구석진 곳에 있는 천막 하나가 다른 곳보다 비쌌다. 얼굴은 쪼글쪼글하지만 목소리는 쩌렁쩌렁한 남자가 호객을 했다. 그 안에 뭐가 있는지는 말하지 않았다. 그저 그 유혹적인 천막에 들어가려면 35센트를 내야 한다고만 말했다. 그리고 손님을 엄격히 가려 받아서 한 번에 열다섯 명만 들어갈 수 있다고 했다. 아버지는 그와 루비를 원숭이 두 마리가 춤추는 천막에 보내고 그리로 갔다. 헤이즈는 원숭이들을 떠나 아버지를 따라갔지만 35센트가 없었다. 그래서 호객꾼에게 안에 뭐가 있느냐고 물었다.

"꺼져. 여기는 탄산 음료수도 없고, 원숭이도 없어." 남자가 말했다.

"그건 벌써 봤어요." 헤이즈가 말했다.

"어쨌건 그럼 꺼져." 남자가 말했다.

"15센트는 있어요. 반만 볼게요." 그가 말했다. 화장실과 관련된 걸 거라고 그는 생각했다. 남자들이 화장실에서 무언가를 하는 거야. 그러다가 어쩌면 화장실에 남자와 여자가 같이 있을지도 모른다는 생각이 들었다. 여자는 그가 들어오는 걸 원하지 않을 것이다. "15센트는 있어요." 그가 말했다.

"벌써 반도 더 지났어. 어서 가." 남자가 밀짚모자로 부채질을 하며 말했다.

"그러면 15센트어치 남았겠네요." 헤이즈가 말했다.

"당장 못 가?" 남자가 말했다.

"검둥이예요? 검둥이한테 무슨 일을 하는 거예요?" 헤이즈가 물었다.

남자가 단에서 내려와 쪼글쪼글한 얼굴로 그를 노려보았다. "어디서 그런 소리를 들었니?"

"몰라요." 헤이즈가 말했다.

"너 몇 살이야?" 남자가 물었다.

"열두 살요." 실제로는 열 살이었다.

"15센트 이리 주고 들어가 봐." 남자가 말했다.

그는 단 위에 돈을 내려놓고 얼른 안으로 들어갔다. 천막 입구의 덮개 천을 열고 들어가니 안에 천막이 하나 더 있었고 그는 그 안으로 들어갔다. 얼굴이 달아올라 뒤통수까지 뜨거웠다. 보이는 것은 남자들 뒷모습뿐이었다. 그는 벤치에 올라가서 그 머리들 너머를 내다보았다. 그들은 낮게 설치된 장소를 내려다보고 있었고 거기에는 검은 안감을 댄 상자 안에 하얀 것이 누워서 꼼지락거리고 있었다. 처음에는 가죽을 벗긴 동물인 줄 알았지만 다시 보니 여자였다. 여자는 뚱뚱했고 얼굴은 입술 한쪽의 사마귀를 빼면 평범한 얼굴이었다. 사마귀는 여자가 웃으면 움직였다. 옆구리에도 사마귀가 있었는데, 그것도 움직였다. 헤이즈는 머리가 너무 무거워져서 여자에게서 고개를 돌릴 수가 없었다.

"저런 건 상자마다 하나씩 다 있었어. 더 빨리해." 아버지가 앞쪽에서 말했다.

그는 보지 않고도 그 목소리를 알았다. 그는 벤치에서 내려와 천막을 빠져나왔다. 호객꾼을 만나고 싶지 않아 바깥 천막 옆면으로 기어 나왔다. 그리고 트럭 짐칸에 올라가서 구석에 앉았다. 바깥에서 카니발은 요란하게 울렸다.

집에 가자 어머니가 마당의 세탁 솥 옆에 서서 그를 보았다. 어머니는 늘 검은 옷을 입었고, 그 옷은 다른 여자들보다 길었다. 어머니는 똑바로 서서 그를 보았다. 그는 나무 뒤로 가서 어머니의 눈길을 피했지만, 어머니가 나무를 뚫고 자신을 보는 걸 느꼈다. 그는 천막의 낮은 무대와 상자를 보았고, 상자 안에 들어갔지만 몸이 너무 길어서 거기 다 들어가지 않았던 가녀린 여자를 보았다. 여자의 머리는 한쪽 끝으로 튀어나왔고, 두 무릎은 상자 길이에 맞추어 당겨져 있었다. 여자는 얼굴이 십자가 모양이었고, 머리칼을 얼굴 옆에 바짝 붙였으며 몸을 비틀어 남자들 눈앞에서 자신을 가리려고 했다. 그는 나무에 납작 붙었고 목이 바짝 말랐다. 어머니가 세탁 솥 앞을 떠나 막대기를 들고 그에게 다가와서 말했다. "뭘 봤니?"

"뭘 봤니?" 어머니가 말했다.

"뭘 봤니?" 어머니가 똑같은 목소리로 계속 물었다. 어머니가 막대기로 종아리를 때렸지만 그는 나무의 일부가 된 것 같았다. "너를 구원해 주시려고 예수님이 돌아가셨다." 어머니가 말했다.

"그분한테 그런 부탁 안 했어요." 그가 말했다.

어머니는 더 이상 그를 때리지 않았지만 가만히 서서 그를 바라보았고, 그는 자기 안의 이름 모를 죄로 인해 천막의 죄를 잊었다. 잠시 후 어머니는 막대기를 던지고 입을 다문 채 세탁 솥으로 돌아갔다.

다음 날 그는 신발을 몰래 꺼내서 숲으로 갔다. 그것은 부흥회 때나 겨울에만 신는 신발이었다. 그 신발을 상자에서 꺼내 구두 바닥에 돌멩이를 가득 채우고 신었다. 그런 뒤 끈을 꽉 조이고 숲길을 1.5킬로미터도 넘게 걸어 시냇가에 다다랐다. 그리고 거기 앉아 신발을 벗고 발을 젖은 모래에 묻고 달랬다. 그러면 하느님이 만족하실 거라고 생각했다. 아무 일도 없었다. 돌멩이라도 떨어졌다면 하느님의 표시로 받아들였을 것이다. 얼마 후 그는 모래에서 발을 빼서 말린 뒤 여전히 돌이 든 신발을 신고 걸었지만 절반쯤 길을 간 뒤 신발을 벗었다.

공원의 중심
The Heart of the Park

이녹 에머리는 잠에서 깨자 그날 자신이 그것을 보여 줄 사람이 올 것을 알았다. 그는 그것을 자기 피로 알았다. 그는 그의 아빠처럼 피가 현명했다.

그날 오후 2시에 그는 교대조 정문 경비와 인사했다. "15분밖에 안 늦었네요." 그가 짜증이 묻은 목소리로 말했다. "하지만 나는 기다렸어요. 갈 수도 있었지만 기다렸어요." 그가 입은 녹색 제복은 목과 소매에 노란 띠가 둘리고 바지통 바깥쪽에도 노란 세로줄이 있었다. 거친 피부에 턱이 튀어나오고 입에는 이쑤시개를 문 교대조 경비 젊은이도 같은 옷을 입었다. 그들이 경비를 서는 문은 철창으로 만들어졌고 나무 두 그루처럼 꾸민 콘크리트 아치를 그 위에 두르고 있었다. 휘어진 나뭇가지들로 이루어진 아치의 천장에는 '시립 산림 공원'이라는 글자가 새겨져 있었다. 교대조 경비는 그 두 그루 중 한 그루에 기대서 이 쑤시개로 이를 쑤셨다.

"나는 매일같이 여기서 널 기다리면서 15분을 낭비하는 것 같아." 이녹이 투덜거렸다.

그는 매일 근무를 마치면 공원으로 들어갔고, 거기서 매일 똑같은 일을 했다. 먼저 수영장으로 갔다. 그는 물은 무서웠지만 수영장에 여 자들이 있으면 근처 제방에 앉아서 여자들 구경하는 게 좋았다. 월요 일마다 오는 한 여자는 양쪽 엉덩이 위쪽이 터진 수영복을 입었다. 처 음에 그는 여자가 모르는 줄 알고 제방에서 대놓고 보지 못하고 덤불 에 숨어서 키득거리며 보았다. 수영장에는 구멍 이야기를 해 줄 사람 이 아무도 없었기에—사람들은 대개 4시가 넘어야 왔다—여자는 물 속을 첨벙거리다가 수영장가에 누워서 거의 한 시간을 잤지만 누가 덤불에 숨어서 자기 수영복 터진 부분을 본다는 의심은 하지 않았다. 그러던 어느 날 그는 조금 더 늦게까지 있다가 수영복이 터진 여자 세 명을 보았는데, 그때는 수영장에 사람이 가득한데도 아무도 거기 신 경을 쓰지 않았다. 그 도시는 그렇게 언제나 그를 놀라게 했다. 그는 여윳돈이 2달러만 생겨도 어김없이 매춘부를 찾아갔지만 이렇게 공 개적으로 단정치 못한 모습을 보이는 사람들에게는 끊임없이 놀랐다. 그는 뻔뻔하지 못해서 덤불로 숨어들었다. 여자들은 자주 어깨 끈을 내리고 누웠다.

공원은 도시의 중심에 있었다. 그는—핏속에 앎을 품고—그 도시에 왔고 그 중심에 자리를 잡았다. 그리고 매일 도시의 중심을 보았다. 매 일. 그것은 너무도 놀랍고 압도적이라 그는 생각만 해도 땀이 흘렀다. 공원 중심에서 그는 무언가를 발견했다. 그것은 모두가 볼 수 있는 유리 상자에 들었고, 깔끔하게 타자기로 친 안내문이 앞에 붙어 있었지만, 그래도 그것은 수수께끼였다. 그 안내문이 전할 수 없는 것이 있었고, 그것이 전할 수 없는 것은 그에게 있었다. 어떤 말로도 할 수 없는 끔찍한 지식, 그의 안에서 자라나는 어떤 큼직한 신경 같은 끔찍한 지식이었다. 그 수수께끼를 아무에게나 보여 줄 수는 없었지만 누군가에게는 보여 주어야 했다. 그 사람은 특별한 사람이었다. 그 사람은 그 도시 사람이 아닐 게 분명했지만 이유는 몰랐다. 그는 어쨌건 자신이 그 사람을 보면 바로 알아볼 것을 알았다. 그 사람을 빨리 봐야지 안 그러면 신경이 너무 커져서 은행을 털든지 여자를 덮치든지 훔친 차를 몰고 건물로 돌진하든지 해야 할 것 같았다. 오전 내내 그의 피는 그날 그 사람이 올 거라고 말해 주었다.

그는 교대조 경비와 헤어진 뒤 여자 탈의실 뒤쪽의 조용한 소로를 걸어 수영장 전체가 한눈에 보이는 작은 빈터로 갔다. 수영장에는 아무도 없었지만—물은 청록색이고 고요했다—어떤 여자가 어린 소년 두 명을 데리고 탈의실 쪽으로 가는 모습이 보였다. 여자는 이틀에 한 번꼴로 왔고, 늘 두 아이를 데리고 왔다. 그리고 수영장에 오면 아이들과 함께 물에 들어가 수영을 하고 밖에 나와 일광욕을 했다. 여자는 헐렁하고 얼룩 묻은 흰색 수영복을 입었고, 이녹은 지금까지 몇 차례 여자를 즐겁게 바라보았다. 그러다 빈터에서 비탈을 올라 꽃댕강나무 덤불로 들어갔다. 나무 아래 훌륭한 터널이 있었고, 그는 그리로 기어 들어가 가서 그에게 익숙한 좀 더 넓은 자리를 찾았다. 그리고 거기 자리를 잡고 꽃댕강나무들을 움직여 밖이 제대로 보이게 했다. 거기 들어 가면 그는 언제나 얼굴이 빨개졌다. 바로 그 장소에서 꽃댕강나무 가지를 양옆으로 갈라 본 사람은 누구라도 자신이 악마를 보았다고, 이제 자신은 비탈을 미끄러져 수영장에 빠질 거라고 생각할 것이다. 여자와 두 소년은 탈의실에 들어갔다.

이녹은 한 번도 공원의 어두운 비밀의 장소로 곧장 가지 않았다. 그 일은 오후의 정점이었다. 다른 일은 그 일을 위한 준비 작업이었고, 그 과정은 정교하고 필수적인 형식을 띠게 되었다. 덤불을 나가면 그는 '프로스티 보틀'*로 갔다. 그곳은 오렌지 음료수 병 모양을 한 핫도그 판매대로, 꼭대기에 파란 물감으로 서리가 그려져 있었다. 그는 거기서 초콜릿 밀크셰이크를 먹었고, 자신을 사랑한다고 속으로 믿는 웨이트리스에게 몇 마디 은근한 말을 건넸다. 그다음에는 동물을 보러 갔다. 동물들은 영화에서 본 앨커트래즈 교도소처럼 길쭉한 강철 우리에 갇혀 있었다. 우리는 겨울에는 전기 난방을 하고 여름에는 에어컨을 틀었으며, 동물들은 직원 여섯 명의 시중을 받으며 티본스테이크를 먹었다. 동물들은 누워 있는 것밖에 하는 일이 없었다. 이녹은 매일 경탄과 미움의 눈길로 동물들을 보았다. 그런 뒤 그는 '그곳'에 갔다.

두 소년이 탈의실에서 달려 나와 물에 뛰어들었고 동시에 수영장 맞은편 자동차 진입로에서 덜덜거리는 소리가 났다. 이녹의 머리가 덤불 밖으로 튀어 나갔다. 높직한 쥐색 자동차가 모터가 끌리는 듯한 소리를 내며 지나갔다. 자동차가 지나간 뒤에도 달리는 소리는 계속 들렸다. 그는 혹시 차가 멈춰 설지 귀를 기울였다. 소리가 점점 작아지다가 다시 커졌다. 자동차가 다시 나타나서 지나갔다. 이녹은 이번에는 그 안에 사람이 한 명뿐인 것을 보았다. 자동차 소리가 다시 사라졌다가 다시 커졌다. 세 번째로 나타난 자동차는 수영장을 사이에 두고

---

* '서리가 긴 병'이라는 뜻.

이녹의 정 맞은편이라고 할 수 있는 곳에 섰다. 자동차 속 남자가 창밖으로 눈길을 돌려 풀밭 아래, 두 소년이 물을 튀기며 소리를 지르는 수영장을 내려다보았다. 이녹은 머리를 덤불 밖으로 최대한 빼고 눈에 힘을 주었다. 운전석의 문은 줄로 묶여 있었다. 남자는 반대편 문으로 나온 뒤 자동차 앞을 돌아 수영장으로 내려가는 비탈길에 들어섰다. 그리고 반쯤 내려가다가 누군가를 찾는 듯 잠시 서 있더니 풀밭에 뻣뻣하게 앉았다. 남자는 광택이 있어 보이는 정장 차림이었다. 남자가 무릎을 당겼다. "놓치지 않겠어. 절대." 이녹이 말했다.

그는 바로 덤불에서 기어 나왔다. 심장이 어찌나 빨리 뛰는지 박람회에서 본, 벽을 타고 달리는 자동차 같았다. 그는 남자의 이름도 기억했다. 헤이즐 위버였다. 그는 무릎으로 기어 꽃댕강나무 덤불 밖으로 나온 뒤 수영장 건너편을 보았다. 파란 옷의 남자는 아직도 같은 자세로 앉아 있었다. 보이지 않는 손이 자기를 거기 붙잡아 두고 있다는 듯한 얼굴이었고, 그 손이 사라지면 표정 하나 변하지 않고 한걸음에 수영장을 건너뛸 것 같았다.

여자가 탈의실에서 나오더니 다이빙대로 갔다. 여자가 팔을 양옆으로 벌리고 몸을 몇 번 튕기자 보드가 묵직하게 출렁거렸다. 여자는 몸을 뒤로 빙글 돌려 물속으로 사라졌다. 헤이즐 위버는 고개를 아주 천천히 돌려서 수영장의 여자를 보았다.

이녹은 일어나서 탈의실 뒤쪽 소로로 갔다. 그리고 살금살금 반대편에 있는 헤이즈를 향해 다가갔다. 비탈 꼭대기 능선을 타고 보도 옆 풀밭 위를 소리 없이 움직였다. 그러다가 그 남자의 바로 뒤쪽에 이르자 보도 가장자리에 앉았다. 그의 팔 길이가 3미터였다면 헤이즈의 어깨에 손을 얹을 수도 있었을 것이다. 그리고 조용히 남자를 관찰했다.

여자는 수영장 가장자리에 턱을 대고 몸을 끌어 올렸다. 먼저 여자의 길고 창백한 얼굴이 나왔다. 머리에는 붕대 같은 수영 모자를 눈 위까지 눌러썼고, 뾰족한 이가 입 밖으로 튀어나왔다. 여자는 이어 두 손으로 몸을 들어 올려 큰 발과 다리를 하나하나 끌어 올린 뒤 밖으로 나와서 숨을 헐떡이며 쪼그려 앉았다. 그리고 어정쩡한 자세로 몸을 흔들고 발을 굴러 물을 떨구었다. 여자는 그들을 마주 보고 웃었다. 이녹은 헤이즐 위버의 얼굴 일부가 여자를 보는 것을 알았다. 그 얼굴은 여자의 미소에 답하지 않았지만 여자가 햇빛을 찾아 그들 바로 아래쪽에 자리를 잡을 때까지 계속 여자를 바라보았다. 이녹은 앞을 보려고 옆으로 약간 비껴 앉았다.

여자는 햇빛 속에 앉아 수영 모자를 벗었다. 헝클어진 짧은 머리는 적갈색에서 더러운 레몬색까지 온갖 색이 다 섞여 있었다. 여자는 고개를 흔들더니 다시 헤이즐 위버를 올려다보고 뾰족한 이를 드러내며 웃었다. 이어 햇빛 속에 몸을 뻗고 무릎을 당겨서 등뼈를 콘크리트 바닥에 댔다. 수영장 반대편 끝의 두 아이는 서로의 머리를 수영장 옆벽에 갖다 박고 있었다. 여자는 몸 전체를 다시 바닥에 뻗은 뒤 수영복 끈을 어깨에서 내렸다.

"하느님 맙소사!" 이녹이 속삭였고, 그가 여자에게서 눈을 떼기도 전에 헤이즐 위버가 벌떡 일어나서 자기 차로 돌아갔다. 여자는 수영복 절반을 앞에 늘어뜨린 채 일어나 앉았고, 이녹은 양쪽을 동시에 보았다. 그러다가 여자에게서 눈길을 돌려 헤이즐 위버를 보았다.

"기다려!" 이녹이 소리치고, 이미 덜컹거리며 출발하려고 하는 자동차 앞으로 달려가 두 팔을 흔들었다. 헤이즐 위버는 시동을 껐다. 차창 안으로 보이는 얼굴은 부루퉁하고 개구리 같았다. 고함치고 싶은 걸 참는 것 같았고, 갱 영화에 나오는 닫힌 문, 그러니까 문을 열면 의자에 묶이고 입에 수건이 물린 사람이 있는 그런 문 같았다.

"헤이즐 위버 맞지? 안녕, 헤이즐?" 이녹이 말했다.

"경비가 수영장에 가면 널 만날 수 있다더군. 네가 덤불에 숨어서 수영객들을 본다고." 헤이즐 위버가 말했다.

이녹은 얼굴을 붉혔다. "나는 옛날부터 수영을 좋아했어." 그런 뒤 자동차 안에 고개를 더 들이밀고 소리쳤다. "나를 찾아온 거야?"

"모츠 부녀 있잖아. 그 아이가 너한테 자기들이 사는 곳을 일러 줬어?" 헤이즈가 물었다.

이녹은 그 말이 들리지 않는 것 같았다. "나를 보러 일부러 여기 온 거야?"

"에이서하고 새버스 모츠, 아이가 너한테 감자 칼을 줬잖아. 너한테 자기들 사는 곳을 말해 줬어?"

이녹은 자동차에서 머리를 뺐다. 그리고 문을 열고 헤이즈 옆자리에 앉았다. 그는 잠시 입술에 침을 바르며 헤이즈를 가만 바라보다가 나직하게 말했다. "너한테 보여 줄 게 있어."

"나는 그 사람들을 찾고 있어. 그 남자를 만나야 돼. 그 아이가 자기들 사는 곳을 알려 줬어?" 헤이즈가 말했다.

"너한테 그걸 보여 줘야 돼. 여기서 오늘 너한테 보여 줘야 돼, 반드시." 이녹이 말하고 헤이즐 위버의 팔을 잡고 흔들었다.

"그 아이가 자기들 사는 곳을 알려 줬어?" 헤이즈가 다시 물었다.

이녹은 계속 입술에 침을 발랐다. 이녹의 얼굴에 있는 자주색 열병 물집 자국만 빼면 두 사람의 얼굴은 모두 창백했다. 이녹이 말했다. "그랬어. 아이가 나한테 하프를 가지고 찾아오라고 했어. 나는 너한테 그걸 보여 줘야 해. 그걸 본 다음 알려 줄게."

"그게 뭔데?" 헤이즈가 물었다.

"내가 너한테 보여 줘야 하는 거. 이 길을 똑바로 가서 내가 세우라고 하는 데 세워." 이녹이 말했다.

"나는 너한테서 보고 싶은 거 없어. 필요한 건 그 집 주소야." 헤이즐 위버가 말했다.

"네가 거기 안 가면 나는 기억 못 할 거야." 이녹이 말했다. 시선은 헤이즐 위버가 아니라 창밖을 향하고 있었다. 잠시 후 차가 출발했다. 이녹의 피가 빠르게 뛰었다. 그는 '프로스티 보틀'과 동물원에 먼저 들러야 했고, 헤이즐 위버를 그리 데려가는 게 몹시 힘들 것을 예견했다. 하지만 돌멩이로 머리를 내리쳐서 끌고 가야 한다고 해도 그를 거기 데려가야 했다.

이녹의 머리는 두 부분으로 나뉘었다. 피와 통하는 부분이 궁리와 고안을 했지만 그것은 아무 말도 하지 않았다. 다른 부분은 온갖 말과 표현으로 가득했다. 첫 번째 부분이 어떻게 헤이즐 위버를 '프로스티 보틀'과 동물원으로 데려갈 수 있을까를 궁리하는 동안 두 번째 부분이 물었다. "어디서 이렇게 좋은 차가 났어? 글이라도 써 붙이지그래, '타요, 아가씨' 같은 거. 그렇게 쓴 차를 봤어. 그리고……"

헤이즐 위버의 얼굴은 바위에 박힌 것 같았다.

"우리 아빠는 노란 포드 자동차가 당첨된 적이 있어." 이녹이 말했다. "개폐식 지붕에 안테나가 두 개 달리고 다람쥐 꼬리까지 있었어. 하지만 바꿔 버렸지. 여기야, 여기! 여기 서!" 그가 소리쳤다. 그곳은 '프로스티 보틀'이었다.

"그게 어디 있어?" 그 안에 들어가자 헤이즐 위버가 물었다. 그들이 들어간 어두운 방은 뒤쪽에 카운터가 있고 그 앞에 갈색 스툴 의자들이 독버섯처럼 놓여 있었다. 문 맞은편 벽에는 소가 주부 옷을 입은 아이스크림 광고가 큼직하게 붙어 있었다.

"그건 여기 없어. 우리는 먼저 여기 들러서 뭘 좀 먹어야 돼. 뭘 먹을래?" 이녹이 말했다.

"아무것도 안 먹어." 헤이즈가 중얼거렸다. 그는 두 손을 주머니에 찔러 넣고 목을 옷깃에 파묻은 채 뻣뻣하게 서 있었다.

"앉아. 나는 뭘 좀 마셔야 해." 이녹이 말했다.

카운터 안쪽에서 소리가 나더니 머리를 남자처럼 짧게 자른 여자가 신문을 읽던 의자에서 일어나 카운터 앞으로 왔다. 여자는 딱딱한 얼굴로 이녹을 보았다. 여자의 유니폼은 한때는 하얬지만 지금은 갈색 얼룩이 점점이 박혀 있었다. "뭘 드릴까?" 여자는 이녹이 귀라도 먹은 것처럼 그에게 몸을 숙이며 큰 소리로 물었다. 얼굴도 남자 얼굴이었고 팔은 근육이 울퉁불퉁했다.

"초콜릿 밀크셰이크요, 아가씨. 아이스크림을 듬뿍 넣어서." 이녹이 나긋나긋하게 말했다.

여자는 고개를 홱 돌려서 헤이즈를 보았다.

"이 친구는 아무것도 안 먹고 그냥 앉아서 아가씨 얼굴만 보고 싶다네. 배도 안 고프고 그냥 아가씨만 보고 싶대." 이녹이 말했다.

헤이즈는 굳은 얼굴로 여자를 보았고, 여자는 그에게 등을 돌리고 밀크셰이크를 만들었다. 그는 맨 끝의 의자에 앉아 손가락을 꺾었다.

이녹은 그를 한참 동안 주의 깊게 바라보더니 말했다. "너 좀 변한 것 같아."

헤이즈는 주변을 휙휙 둘러보다가 다시 앞을 보고 말했다. "그 사람들 주소를 알려 줘, 당장."

그때 이녹은 번쩍 깨달았다. 경찰 때문이구나. 그의 얼굴에 돌연 비밀 지식이 차올랐다. "전처럼 도도하지 않아. 예전만큼 당당하지 않아." 그는 훔친 자동차라고 생각하며 말했다.

헤이즐 위버는 뒤로 물러앉았다. 얼굴에는 아무 표정이 없었지만 불쾌해 보이는 젖은 눈에서 무언가 움직였다. 그는 이녹에게서 고개를 돌렸다.

"그 수영장에서 왜 갑자기 그렇게 벌떡 일어났던 거지?" 이녹이 물었다. 여자가 손에 밀크셰이크를 들고 그를 돌아보았다. "물론 나 같으면 그렇게 못생긴 여자하고는 얽히지 않았겠지만." 그가 사악하게 말했다.

여자가 밀크셰이크를 카운터에 탕 내려놓으며 소리쳤다. "15센트야."

"우리 예쁜 아가씨는 15센트 정도가 아니지." 이녹이 말하고 키득거린 뒤 빨대로 밀크셰이크에 바람을 불어 넣었다.

여자가 헤이즈 앞으로 걸어가서 소리쳤다. "왜 저런 개자식하고 여기 온 거지? 댁처럼 조용하고 착한 남자가 어쩌다 개자식하고 같이 온 거야? 친구를 잘 사귀어야 돼." 여자의 이름은 모드였고 하루 종일 카운터 밑에 둔 큰 유리병에서 위스키를 마셨다. "기가 막혀서." 여자가 손으로 코 밑을 닦더니 헤이즈 앞의 등받이 의자에 팔짱을 끼고 앉았다. "매일 와. 저 개자식은 여기 매일 와." 여자가 이녹을 보면서 헤이즈에게 말했다.

이녹은 동물들을 생각하고 있었다. 그들은 다음에 동물을 보러 가야 했다. 그는 동물을 싫어했다. 동물 생각만 해도 밀크셰이크가 머릿속으로 올라가는 듯 얼굴이 초콜릿 빛깔이 되었다.

"댁은 좋은 남자야." 여자가 말했다. "깨끗한 사람이란 걸 알 수 있어. 계속 깨끗하게 살고 저런 개자식하고 어울리지 마. 나는 깨끗한 남자는 바로 알아봐." 여자는 이녹에게 소리쳤지만, 이녹은 헤이즐 위버를 보았다. 헤이즐 위버는 겉으로는 손도 까딱하지 않았지만 속에서 무언가 팽팽하게 조여드는 것 같았다. 그는 청색 양복을 입은 채 눌려 있는 것 같았고, 그 안쪽의 조여드는 것이 점점 빡빡해지는 것 같았다. 이녹의 피가 서두르라고 명령했다. 이녹은 밀크셰이크를 급하게 빨아 마셨다.

"그래." 여자가 말했다. "깨끗한 남자보다 좋은 건 없지. 하느님은 잘 아실 거야. 나는 깨끗한 남자도 바로 알아보고 개자식도 바로 알아봐. 그 차이는 엄청나. 시끄럽게 빨대 소리를 내는 저 종기쟁이 놈은 천하의 개자식이고 댁은 깨끗한 남자야. 그러니 친구를 잘 사귀어야 돼. 나는 깨끗한 남자는 바로 알아봐."

이녹의 빨대가 유리잔 바닥에서 삐이익 소리를 냈다. 그는 주머니에서 15센트를 꺼내 카운터에 놓고 일어섰다. 하지만 헤이즐 위버는 이미 일어나서 카운터 위로 여자에게 몸을 굽히고 있었다. 여자는 이녹을 보느라 그를 얼른 보지 못했다. 헤이즐은 두 손을 카운터에 놓더니 여자에게 얼굴을 바짝 들이댔다. 여자는 고개를 돌리고 그를 보았다.

"어서 가. 여자랑 노닥거릴 시간이 없어. 그걸 당장 너한테 보여 줘야 해. 나는……" 이녹이 말했다.

"나는 깨끗하지 않아." 헤이즈가 말했다.

그가 그 말을 다시 한 번 했을 때에야 이녹은 그 말을 들었다.

"나는 깨끗하지 않아." 그가 아무 표정 없는 얼굴과 목소리로 여자를

126

나무토막처럼 바라보면서 다시 말했다.

여자는 놀라서 그를 보다가 화를 내며 소리쳤다. "그러건 말건 무슨 상관이야! 댁이 어떤 사람인지 내가 왜 신경을 써야 해?"

"어서 가. 안 그러면 그 사람들이 어디 사는지 안 가르쳐 줄 거야." 이녹이 재촉하고 헤이즈의 팔을 잡아 카운터에서 문 앞으로 끌고 갔다.

"망할 놈! 너희 더러운 놈들을 내가 신경이나 쓸 것 같아?" 여자가 소리쳤다.

헤이즐 위버는 문을 열고 나갔다. 그는 다시 차에 탔고 이녹이 따라 타서 말했다. "좋아. 이 길을 똑바로 가."

"어떻게 하면 말해 줄 거야?" 헤이즈가 말했다. "나는 여기 더 있고 싶지 않아. 나가야 돼. 여기 더 있을 수 없어."

이녹이 몸을 떨었다. 그리고 다시 입술에 침을 바르고 갈라진 목소리로 말했다. "그걸 너한테 보여 주어야 해. 그밖에 아무한테도 보여 줄 수 없어. 네 차가 수영장으로 올 때 신호를 받았어. 오늘 아침부터 누가 올 거라는 걸 알았고, 너를 수영장에서 봤을 때 신호를 받았어."

"네가 신호를 받았건 말건 상관 안 해." 헤이즈가 말했다.

"나는 매일 그걸 보러 가." 이녹이 말했다. "매일 가지만 다른 사람은 아무도 데려갈 수 없었어. 신호를 기다려야 했어. 네가 그걸 보면 바로 그 사람들 주소를 알려 줄게. 너는 그걸 봐야 돼. 그걸 보면 무슨 일이 생길 거야."

"아무 일도 안 생겨." 헤이즈가 말했다.

그는 다시 차에 시동을 걸었고 이녹은 앉은 자세로 몸을 굽히고 중얼거렸다. "동물들. 먼저 동물들한테 가야 돼. 별로 오래 안 걸려. 1분도 안 걸려." 이녹은 동물들이 사악한 눈으로 그에게서 시간을 해제해 주려고 기다리는 것을 보았다. 혹시 자신이 그에게 그걸 보여 주기 전에 경찰이 사이렌을 울리며 순찰차를 몰고 와서 헤이즐 위버를 잡아가면 어떻게 하나 걱정이 되었다.

"그 사람들을 만나야 돼." 헤이즈가 말했다.

"여기 세워! 여기!" 이녹이 소리쳤다.

왼쪽에 반짝이는 강철 우리들이 길게 줄지어 있고 창살 안에 검은 형체들이 앉아 있거나 어슬렁거리거나 했다. "나와. 1초도 안 걸려." 이녹이 말했다.

헤이즈가 나왔다가 멈춰 서서 말했다. "나는 그 사람들을 만나야 돼."

"좋아, 좋아. 어쨌건 가자." 이녹이 채근했다.

"너도 그 사람들 주소를 모르는 것 같아."

"아냐! 알아!" 이녹이 소리쳤다. "번지수가 2로 시작해. 이제 가자!" 그는 헤이즈를 우리 앞으로 끌고 갔다. 첫 번째 우리에는 검은 곰 두 마리가 있었는데, 두 부인이 차를 마시는 것처럼 서로 마주 보고 앉아 있었다. 표정이 아주 점잖고 차분했다. 이녹이 말했다. "저놈들은 하루 종일 저기 앉아서 악취를 풍기는 것밖에 하는 일이 없어. 매일 아침 사람이 와서 호스로 우리를 청소하지만 하나 마나야." 그곳의 모든 동물은 상류 사교계 인사들이 벼락 출세자를 보는 것처럼 거만하게 그를 경멸했다. 그는 동물들을 보지도 않으면서 곰 우리 두 개를 더 지났고, 이어 눈이 노란 늑대 두 마리가 콘크리트 가장자리를 쑤시고 다니는 다음 우리 앞에 멈추었다. "하이에나야. 나는 하이에나가 정말 싫어." 그가 말하더니 우리에 바짝 붙어서 그 안으로 침을 뱉었고 그것은 늑대 한 마리의 다리에 맞았다. 늑대는 옆으로 가면서 그에게 고약하게 눈을 흘겼다. 이녹은 잠시 헤이즐 위버를 잊었다. 그러다가 얼른 고개를 돌려 그가 곁에 있는 걸 확인했다. 그는 바로 뒤에 있었다. 그는 동물을 보지 않았다. 경찰을 걱정하고 있어, 이녹은 그렇게 생각하고 말했다. "가자, 다음은 원숭이인데 다 볼 필요는 없어." 평소에 이녹은 모든 우리 앞에 멈춰 서 혼자 음란한 말들을 중얼거렸지만, 오늘 동물은 거쳐 가야 하는 형식일 뿐이었다. 그는 서둘러 원숭이 우리 앞을 지나면서 두세 번 고개를 돌려 헤이즐 위버가 뒤에 따라오는 것을 확인했다. 그러나 마지막 원숭이 우리 앞에 이르자 어쩔 수 없다는 듯 멈춰 섰다.

"저 원숭이를 봐." 그가 눈을 크게 뜨고 말했다. 유인원은 등을 돌리고 있었는데, 회색 몸통에 엉덩이 일부만 분홍색이었다. 이녹이 새침한 목소리로 말했다. "내 엉덩이가 저렇다면 나는 가만히 앉아 있을 거야. 이 공원의 입장객에게 저렇게 다 보여 주지 않을 거야. 가자, 다음 번은 새인데 안 봐도 돼." 그는 새 우리 앞을 달려 지났고, 동물원은 그걸로 끝이었다. "이제는 차가 필요 없어. 저기 저 나무들 사이로 언덕을 내려갈 거야." 그러다 그는 헤이즐 위버가 마지막 새 우리 앞에 멈추어 있는 것을 보았다. "아 뭐야." 그가 신음하듯 말하고 두 팔을 격렬하게 흔들며 소리쳤다. "뭐 해!" 하지만 헤이즈는 꼼짝도 하지 않고 우리 안을 들여다보았다.

이녹이 달려가서 팔을 잡았지만, 헤이즈는 그를 툭 밀치고 우리 안을 계속 들여다보았다. 우리는 비어 있었다. 이녹이 보고 소리쳤다. "아무것도 없잖아! 빈 우리를 뭐하러 보고 있어? 가자." 하지만 헤이즈는 벌게진 얼굴로 땀을 흘리고 있었다. "아무것도 없다니까!" 이녹이 소리쳤다가 거기 뭐가 있다는 것을 깨달았다. 우리 한쪽 구석에 눈이 있었다. 그 눈은 자루걸레 같은 것 속에 있었고, 그 자루걸레는 낡은 헝겊 위에 놓여 있었다. 이눅이 눈에 힘을 주고 보니 자루걸레처럼 보인 것은 눈을 한쪽만 뜬 올빼미였다. 그것은 헤이즐 위버를 바라보고 있었다. "겨우 올빼미잖아. 올빼미 처음 봐?" 그가 탄식했다.

"나는 깨끗하지 않아." 헤이즈가 그 눈에게 말했다. '프로스티 보틀'에서 여자에게 말할 때와 똑같은 목소리였다. 눈은 조용히 감겼고 올빼미는 머리를 벽으로 돌렸다.

헤이즈가 누구를 죽인 건지도 몰라, 이눅은 생각했다. "아, 제발, 어서 가자! 너한테 그걸 당장 보여 줘야 돼." 이눅이 소리치며 그를 끌고 갔지만 헤이즈는 겨우 몇 걸음을 걷고는 다시 멈춰 서서 먼 곳을 바라보았다. 이눅은 시력이 나빴다. 그래서 눈에 잔뜩 힘을 주고 보니 뒤쪽 먼 곳에 어떤 형체가 보였다. 양옆에 작은 형체 두 개가 깡충깡충 뛰고 있었다.

헤이즐 위버가 돌아서서 말했다. "그게 어디 있어? 지금 당장 보여 줘. 가자."

"지금 그리로 가는 길이야." 이눅이 말했다. 땀이 말라서 피부가 따끔거렸다. 두피마저 따끔거렸다. "걸어가야 돼." 그가 말했다.

"왜?" 헤이즈가 물었다.

"몰라." 이눅이 말했다. 그는 자신에게 무슨 일이 생길 거라는 걸 알았다. 자신에게 무슨 일이 생길 게 분명했다. 그의 피가 고동을 멈추었다. 지금까지 내내 북소리처럼 고동치던 그 움직임이 멈추었다. 그들은 언덕을 내려갔다. 언덕은 경사가 급했고, 나무들은 땅 위 1미터 높이까지 하얀 페인트가 칠해져 있었다. 발목 양말을 신은 것 같았다. 이눅이 헤이즐 위버의 팔을 잡았다. "내려갈수록 축축해져." 그가 말하고 모호한 눈길로 주변을 둘러보았다. 헤이즐 위버는 그의 손을 뿌리쳤다. 잠시 후 이녹이 다시 팔을 잡아 헤이즈를 세우고 아래쪽 나무들 틈을 가리켰다. "박물관." 그가 말하고 그 이상한 말에 몸을 떨었다. 그가 그 말을 소리 내서 한 건 그때가 처음이었다. 그가 가리킨 곳에는 커다란 회색 건물의 일부가 보였다. 건물은 언덕을 내려갈수록 점점 커졌지만, 그들이 숲을 나와 자동차 진입로에 들어서자 갑자기 쪼그라드는 것 같았다. 건물은 둥근 모양에 검댕 색깔이었다. 전면에 기둥들이 있고, 기둥 사이에는 눈 없는 여자들이 머리에 단지를 이고 있었다. 그리고 기둥 위를 가로지르는 콘크리트 띠에 '박물관'이라는 글씨가 새겨져 있었다. 이녹은 그 말을 다시 발음하기가 두려웠다.

"계단을 올라가서 정문으로 들어가야 돼." 그가 속삭였다. 계단은 모두 열 칸이었다. 정문은 크고 검은색이었다. 이녹은 조심스레 문을 밀고 틈새로 고개를 내밀었다가 금세 도로 빼내고 말했다. "좋아. 들어가서 조용히 걸어. 늙은 경비를 깨우고 싶지 않거든. 그 사람은 나한테 별로 친절하지 않아." 그들은 어두운 홀로 들어섰다. 리놀륨 냄새와 크레오소트 냄새가 진동했고, 다른 냄새도 하나 있었다. 세 번째 냄새는 미묘했고, 이녹이 아는 어떤 냄새와도 달랐다. 홀에는 단지 두 개와 벽 앞의 의자에 잠든 노인을 빼고는 아무것도 없었다. 노인은 이녹과 똑같은 제복을 입었고, 그 모습은 바짝 말라서 그 자리에 굳어 버린 거미 같았다. 이녹은 헤이즐 위버도 미묘한 냄새를 느끼는지 보았다. 그런 것 같았다. 이녹의 피가 다시 고동쳤고, 이제 그 소리도 가까워졌다. 북소리가 500미터 이상 더 전진한 것 같았다. 이녹은 헤이즈의 팔을 잡고 까치발로 걸어서 홀 끝에 있는 다른 문 앞으로 갔다. 그리고 그 문을 살짝 열고 틈새로 고개를 들이밀었다가 잠시 후 고개를 빼고 손가락으로 헤이즈에게 따라오라는 표시를 했다. 그들은 아까하고 똑같지만 그것과 직각 방향을 이룬 다른 홀로 들어갔다. "저 첫 번째 문 안에 있어." 이녹이 작은 목소리로 말했다. 그들은 유리 상자가 가득한 어두운 방으로 들어갔다. 유리 상자들이 벽 전체를 둘렀고, 방 중간에는 관처럼 생긴 상자 세 개가 놓여 있었다. 벽 앞의 상자들에는 니스칠 한 막대기에 삐딱하게 올라앉아 장난스러운 표정으로 아래를 내려다보는 메마른 새들이 가득했다.

"가자." 이녹이 속삭였다. 핏속의 북소리는 점점 가까워졌다. 그는 방 중간의 상자 두 개를 지나서 세 번째 상자 앞으로 갔다. 그리고 거기 서서 고개를 빼고 두 손을 맞잡은 자세로 내려다보았다. 헤이즐 위버가 옆에 왔다.

두 사람은 거기 서 있었다. 이녹은 굳어 있었고 헤이즐 위버는 고개를 살짝 숙였다. 상자에는 그릇 세 개가 줄지어 놓여 있고, 뭉툭한 무기들이 있고, 한 남자가 있었다. 이녹이 보는 건 남자였다. 남자는 키가 90센티미터 정도였다. 벌거벗은 몸은 푸석한 노란색이었고, 위에서 강철 덩어리라도 떨어지는 듯 눈은 질끈 감고 있었다.

"거기 안내문을 봐." 이녹이 남자의 발치에 놓인 타자 글씨의 안내문을 가리키며 조심스럽게 속삭였다. "이 사람은 전에는 키가 우리만 했대. 아랍 사람들이 6개월 만에 이렇게 만들었대." 그는 고개를 살그머니 돌려 헤이즐 위버를 보았다.

이녹이 알 수 있는 것은 헤이즐 위버가 그 쪼그라든 남자를 보고 있다는 것뿐이었다. 그가 고개를 숙이자 상자의 유리에 얼굴이 비쳐 보였다. 그 영상은 창백했고, 두 눈은 깨끗한 총알구멍 같았다. 이녹은 뻣뻣하게 서서 기다렸다. 홀에서 발소리가 들렸다. 오 하느님, 그는 기도했다. 이 친구가 자기 할 일을 하게 해 주세요! 발소리가 문으로 다가왔다. 두 아이를 데리고 온 여자였다. 여자는 아이들을 양손에 한 명씩 잡고 웃고 있었다. 헤이즐 위버는 쪼그라든 남자에게서 눈을 떼지 않았다. 여자가 다가왔다. 여자는 상자 맞은편에 서서 안을 들여다보았고 유리에 비친 헤이즐 위버의 얼굴 위로 여자의 웃음 띤 얼굴이 겹쳐졌다. 여자는 즐겁게 웃으며 두 손가락을 이에 댔다. 남자아이들의 얼굴은 여자에게서 넘쳐흐르는 웃음을 받기 위해 양옆에 놓인 냄비 같았다. 헤이즈가 목을 당기고 소리를 냈다. 이녹이 못 들어 본 소리였다. 상자 안의 남자가 낼 것 같은 소리였다. 잠시 후 이녹은 그 소리가 거기서 왔다는 걸 알았다. "잠깐!" 그가 소리치고 헤이즐 위버를 따라 급하게 그 방을 나갔다.

그는 언덕 중간에서 헤이즈를 따라잡았다. 그가 팔을 잡아 헤이즈를 돌려세웠지만 그런 뒤 갑자기 풍선처럼 약하고 가벼워진 모습으로 헤이즈를 바라보았다. 헤이즐 위버가 그의 어깨를 잡고 흔들며 소리쳤다. "주소가 뭐야! 주소를 알려 줘!"

이녹이 주소를 알았다 해도 그때 그것을 기억해 낼 수는 없었을 것이다. 그는 서 있는 일마저 할 수 없었다. 헤이즐 위버가 그를 놓자 이녹은 뒤로 쓰러져 흰 양말을 신은 나무 한 그루에 털썩 부딪혔다. 그리고 데굴데굴 구르다 땅바닥에 뻗었지만 얼굴에는 환희가 가득했다. 자신이 공중에 떠 있는 것 같았다. 먼 곳에서 파란 형체가 펄쩍 뛰며 돌멩이를 집어 들더니 그를 향해 격렬하게 돌아섰고, 이어 그에게 돌멩이가 날아왔다. 그는 미소 짓고 눈을 감았다. 다시 눈을 떴을 때 헤이즐 위버는 사라지고 없었다. 그는 손을 이마에 댔다가 눈앞에 들었다. 붉은 얼룩이 져 있었다. 고개를 돌려 보니 땅바닥에 피가 한 방울 떨어져 있었다. 그것을 바라보면서 그는 그것이 샘처럼 넓어진다고 생각했다. 그는 피부가 얼어붙은 채 일어나 앉아서 거기 손가락을 넣었다. 자신의 피가, 비밀의 피가, 도시의 중심에서 고동치는 소리가 희미하게 들렸다.

행운

A Stroke of Good Fortune

.

루비는 아파트 정문으로 들어가서 콩 통조림 네 개가 든 종이봉투를 현관 입구 탁자에 내려놓았다. 피곤한 나머지 거기서 팔을 뗄 수도 허리를 펼 수도 없어서 그녀는 엉덩이가 아래로 내려앉았고, 머리는 봉투 위쪽의 불그레한 채소처럼 탁자 위에 얹혀 흔들렸다. 그녀는 탁자 위에 걸린 검고 얼룩진 거울 속의 얼굴을 모르는 얼굴처럼 멍하니 바라보았다. 오른쪽 뺨에는 오는 길에 달라붙은 꺼끌거리는 콜라드 잎이 있었다. 루비는 그것을 거칠게 떨어내고 몸을 펴며 "콜라드, 콜라드" 하고 분노를 억누르며 말했다. 그녀는 허리를 펴도 키가 작았고, 전체적으로 항아리와 비슷한 모습이었다. 자주색 머리를 소시지 빵처럼 돌돌 말아서 정수리 위로 둘렀지만 매듭 몇 개는 더위와 오랜 걸음에 풀려져서 사방으로 흩날리고 있었다. "콜라드 잎!" 그녀는 독이 든 씨앗을 뱉듯 그 말을 내뱉었다.

그녀와 빌 힐은 지난 5년간 콜라드 잎을 먹지 않았고, 이제 와서 그 요리를 하고 싶은 생각도 없었다. 그녀가 그걸 산 것은 루퍼스 때문이었지만 이번이 끝이 아니었다. 루퍼스는 2년 만에 군 생활을 마치고 제대했으니 누구 못지않게 음식을 탐할 것 같았지만 아니었다. 그녀가 '특별히' 먹고 싶은 게 없느냐고 물었을 때 그는 문명화된 음식을 생각해 내지 못하고 콜라드가 먹고 싶다고 했다. 그녀는 루퍼스가 번 듯한 사람이 되고 기백도 얻어서 올 줄 알았다. 하지만 그의 기백의 두 께는 자루걸레 정도밖에 되지 않았다.

그녀의 동생 루퍼스는 2차 대전 때 유럽 전장에서 싸웠다. 고향 피 트먼이 이제 없어졌기에 그는 그녀의 집에 살러 왔다. 피트먼에 살던 사람들은 모두 분별 있게 사망하거나 도시로 이주하는 방법으로 그곳을 떠났다. 그녀는 빌 B. 힐과 결혼했다. 그는 그 도시로 이주한 플로리다 출신의 미러클 프로덕츠 세일즈맨이었다. 피트먼이 없어지지 않았다면 루퍼스는 피트먼으로 갔을 것이다. 닭 한 마리가 남아서 피트먼을 돌아다녔다면, 루퍼스는 거기 가서 닭과 함께 살았을 것이다. 그녀는 가족, 특히 친동생에 대해 그런 마음을 품고 싶지는 않았지만, 돌아온 동생은 아무짝에도 쓸모가 없었다. "그 애를 만나고 딱 5분 후에 알게 됐어." 그녀가 빌 힐에게 말했고 빌 힐은 무표정한 얼굴로 말했다. "나는 3분 걸렸는걸." 그런 남편에게 그런 동생을 보여 주는 것은 굴욕스러운 일이었다.

그녀는 어쩔 수 없다고 여겼다. 루퍼스는 다른 형제들과 똑같았다. 가족 가운데 달랐던 사람, 기백이 있던 사람은 그녀뿐이었다. 그녀는 핸드백에서 몽당연필을 꺼내 봉투 옆면에 썼다. '빌, 이걸 집으로 가지고 올라가 줘.' 그런 뒤 그녀는 4층까지 올라갈 힘을 끌어모았다.

계단은 건물 중앙부를 검은 틈새처럼 가르고 올라갔고, 거기 깔린 사마귀 빛깔 카펫은 바닥에서 돋아나는 것 같았다. 계단은 그녀에게 뾰족탑의 계단처럼 가팔라 보였다. 거기다 벌떡 일어섰다. 그녀가 계단 앞에 선 순간 벌떡 일어서서 더욱 가팔라졌다. 그녀는 그것을 바라보며 입을 벌렸다가 짜증스레 입꼬리를 내렸다. 그녀는 지금 어떤 것도 올라갈 상태가 아니었다. 그녀는 아팠다. 마담 졸리다가 말해 주었지만 그 전에도 알고 있었다.

마담 졸리다는 87번 간선도로 변의 손금쟁이였다. 마담은 "오래 아프겠어"라고 말하더니 '나는 알지만 말해 주지 않을 거야' 하는 듯한 표정으로 속삭였다. "그게 행운을 가져다줄 거야!" 그러고는 빙긋 웃으며 물러앉았다. 마담은 눈에 기름이라도 칠한 듯 초록색 눈이 눈구멍 속을 미끌미끌 움직이는 뚱뚱한 여자였다. 루비는 여자에게 들을 필요가 없었다. 행운이 뭔지 이미 알았다. 그것은 이사였다. 두 달 전부터 그녀는 그들이 이사할 거라는 확실한 느낌을 받았다. 빌 힐도 이제 버틸 수 없었다. 그녀를 죽일 수 없었다. 그녀가 원하는 곳은—그녀는 몸을 기울여 난간을 잡고 계단을 오르기 시작했다—동네에 약국과 식품점과 영화관이 있는 지역이었다. 지금 사는 지역에서는 중심 상업 지구까지 여덟 블록을 걸어가야 했고, 슈퍼마켓은 그보다 더 멀었다. 지난 5년 동안은 아무런 불평을 하지 않았지만, 이렇게 젊은 나이에 건강에 위험이 닥쳤으니 그녀가 어쩌길 바라겠는가? 자살이라도 하라고? 그녀는 메도크레스트 하이츠라는 곳에 한 집을 봐 두었다. 노란 차양이 달린 연립 목조 주택이었다. 그녀는 다섯 번째 칸에 서서 숨을 몰아쉬었다. 그토록 젊은 그녀가—서른넷이었다—계단을 다섯 칸

오르고 숨을 헐떡일 거라고 생각하는 사람은 별로 없을 것이다. 걱정하지 마, 너는 망가지기에는 아직 너무 젊어.

서른넷은 늙은 나이가 아니고 그 어떤 나이도 아니었다. 그녀는 어머니의 서른넷 시절을 떠올렸다. 어머니는 쪼그라든 노란 사과 같았다. 찌무룩한 표정, 어머니는 언제나 찌무룩한 표정이었고, 어떤 일에도 만족하지 못하는 표정이었다. 그녀는 서른넷의 자신과 그 나이의 어머니를 비교해 보았다. 어머니 머리는 반백이었지만, 루비의 머리는 손을 대지 않았다 해도 반백은 아니었을 것이다. 어머니는 많은 아이들에 지쳤다. 모두 여덟이었다. 둘은 사산되었고, 하나는 첫해에 죽었으며, 하나는 잔디 깎는 기계에 깔려 죽었다. 어머니는 그런 일이 있을 때마다 몸에 죽음이 쌓였다. 무엇 때문에? 다른 방법을 몰랐기 때문이다. 완전한 무지. 순전하고 완전한 무지!

그리고 두 여동생이 있었다. 둘 다 결혼해서 각자 네 아이를 두었다. 그녀는 동생들이 어떻게 견디는지 알 수가 없었다. 늘 병원에 가서 의사가 기구로 몸을 쑤시게 하다니. 그녀는 어머니가 루퍼스를 낳았을 때를 기억했다. 형제 중에 그 일을 못 견딘 것은 그녀뿐이었고, 그녀는 비명을 피하려고 그 뜨거운 날씨에 멜시의 영화관까지 15킬로미터를 걸어가서 서부영화 두 편과 공포 영화 한 편과 연속물 한 편을 보고 다시 그 길을 걸어 돌아왔는데, 일이 그제야 시작되어서 결국 밤새 그 소리를 들었다. 루퍼스 때문에 겪은 고통이었다! 그리고 그 아이는 책임감이라고는 눈곱만큼도 없었다. 아이는 태어나기 전부터 배 속에서 마냥 꾸물거려서 겨우 서른넷이던 어머니를 할머니로 만들었다. 그녀는 난간을 꽉 잡고 다시 한 칸을 오르며 고개를 저었다. 아, 그 애한테 얼마나 실망했는지! 친구 모두에게 동생이 유럽에서 싸우고 왔다고 말했는데, 돌아온 동생은 돼지우리 밖을 나가 본 적이 없는 사람 같았다.

동생은 거기다 나이 들어 보였다. 루비보다도 나이 들어 보였는데, 실제 나이는 열네 살이나 어렸다. 그녀는 나이에 비해 젊어 보였다. 서른넷은 아무 나이도 아니고 어쨌건 그녀는 결혼했다. 그 생각을 하면 그녀는 미소를 지어야 했다. 자신이 여동생들보다 훨씬 결혼을 잘했기 때문이다. 여동생들은 근처의 남자들과 결혼했다. "아 숨차." 그녀는 중얼거리며 다시 섰다. 그리고 자리에 앉기로 했다.

계단은 한 층이 스물여덟 칸이었다. 스물여덟 칸.

그녀는 앉았다가 깜짝 놀랐다. 엉덩이 밑에 무언가 있었기 때문이다. 조심스레 꺼내 보니 하틀리 길피트의 권총이었다. 20센티미터 길이의 제법 그럴듯한 주석 총! 하틀리는 5층에 사는 여섯 살짜리 사내아이였다. 그 아이가 자기 아이였다면 공용 계단을 어지럽히지 않도록 단단히 가르쳤을 것이다. 그녀가 이 계단에 털썩 앉았다가 몸을 다칠 수도 있었다! 하지만 멍청한 아이 엄마는 이야기를 해 줘도 아이에게 아무것도 가르치지 않을 것이다. 그녀가 하는 일은 아이에게 소리지르고 사람들에게 자기 아이가 얼마나 똑똑한지 자랑하는 것뿐이었다. 그녀는 아들을 '행운 군'이라고 불렀다. "이 아이는 아이 아빠가 남겨 준 유일한 유산이에요!" 아이 아빠가 죽음을 앞두고 "당신한테 이 아이밖에 남겨 줄 게 없군" 하고 말하자, 그녀는 "로드먼, 당신은 내게 행운을 남겨 주었어" 하고 대답했으며, 그 뒤로 아들을 행운 군이라고 부른다고 했다. "내가 아이의 행운의 장소를 닮게 하겠군!" 루비가 중얼거렸다.

계단은 그녀를 가운데 품고 시소처럼 오르락내리락했다. 그녀는 구역질하고 싶지 않았다. 다시는 그러고 싶지 않았다. 이제는 절대 안 가. 그녀는 눈을 감고 몸을 똑바로 세워서 어지러움이 가라앉고 구토 감이 잠잠해지기를 기다렸다. 아니, 다시는 병원에 안 가, 그녀가 말했다. 안 가, 절대로. 날 병원에 보내려면 때려눕혀서 신고 가야 돼. 지난 세월 그녀는 자기 몸을 알아서 잘 돌봤다. 크게 아픈 적도 없었고, 이를 뽑지도 않았고, 아이도 낳지 않았고, 모든 것을 스스로 했다. 주의하지 않았다면 그동안 아이를 다섯은 낳았을 것이다.

그녀는 이 숨 가쁨이 심장 질환 때문인지 여러 번 생각해 보았다. 숨을 헐떡이며 계단을 오를 때 이따금 가슴에 통증이 일었다. 그녀는 심장 질환이기를 바랐다. 심장은 쉽게 제거할 수 없다. 그녀를 병원 근처에 데려가려면 머리를 탕 쳐서 쓰러뜨려야 할 것이다. 그런데 병원에 안 가서 그녀가 죽는다면?

그녀는 죽지 않을 것이다.

죽는다면?

그녀는 이 섬뜩한 생각을 중단했다. 자신은 겨우 서른넷이었다. 지병 같은 것은 없었다. 그녀는 뚱뚱하고 혈색이 좋았다. 그녀는 다시 서른넷의 어머니와 자신을 비교하며 팔을 꼬집고 미소 지었다. 어머니나 아버지나 인물이 없던 편이었던 걸 생각하면 그녀는 아주 잘 자랐다. 그들은 바짝 말라 쪼그라드는 유형이었다. 피트먼이 말라붙어 그들이 되고, 그들과 피트먼이 함께 쪼그라들었다. 하지만 그녀는 거기서 빠져나왔다! 얼마나 훌륭한가! 그녀는 난간을 붙들고 일어섰지만 얼굴에는 미소가 있었다. 그녀는 따뜻하고 아름답고 적당히 뚱뚱했다. 빌 힐이 그런 상태를 좋아했기 때문이다. 그녀는 체중이 약간 늘었지만 그는 알아차리지 못했고, 이유는 몰라도 어쨌건 최근에 더 즐거워했다. 그녀 자신의 몸 전체가 느껴졌다. 그 전체가 계단을 올라갔다. 이제 한 층을 올라와서 뿌듯함 속에 뒤를 돌아보았다. 빌 힐이 이 계단에서 한 번 넘어진다면 그들은 곧장 이사를 갈 것이다. 하지만 어쨌건 그 전에 이사를 갈 것이다! 마담 졸리다는 알았다. 그녀는 소리 내서 웃고 복도를 걸었다. 저거 씨 집 문이 삐걱 열려서 그녀를 깜짝 놀라게 했다. 아, 그분이야. 그는 2층에 사는 조금 이상한 사람이었다.

그는 복도의 그녀를 빼꼼 내다보았다. "안녕하세요!" 그가 문 밖으로 고개를 숙여 인사했다. "안녕하십니까!" 그는 염소처럼 생겼다. 작은 눈은 건포도 같고, 턱수염은 끈 같았으며, 재킷은 검은색 같은 녹색 또는 녹색 같은 검은색이었다.

"안녕하세요. 잘 지내시죠?" 그녀가 말했다.

"좋아요! 날도 참 좋아요!" 그가 소리쳤다. 그는 일흔여덟 살이고, 얼굴은 흰 곰팡이가 핀 것 같았다. 오전에는 공부를 했고 오후에는 길을 오가며 아이들을 세우고 질문을 했다. 또 복도에 사람 소리가 나면 어김없이 문을 열고 내다보았다.

"네, 좋은 날이에요." 그녀가 기운 없이 말했다.

"역사 속의 오늘이 무엇의 생일인지 아나요?" 그가 물었다.

"어……" 루비가 말했다. 그는 항상 그런 질문을 했다. 아무도 모르는 역사 질문. 그는 그런 질문을 하고 그에 대해 연설을 늘어놓았다. 그는 예전에 고등학교 교사였다.

"생각해 봐요." 그가 재촉했다.

"에이브러햄 링컨." 그녀가 말했다.

"하! 생각도 안 해 보네요. 생각을 좀 해 봐요." 그가 말했다.

"조지 워싱턴." 그녀가 다시 계단을 오르면서 말했다.

"부끄러운 줄 아세요! 남편이 거기 출신이면서!" 그가 소리쳤다. "플로리다! 플로리다! 플로리다 주가 태어난 날이에요. 이리 와 봐요." 그가 방으로 들어가서 긴 손가락으로 그녀를 불렀다.

그녀는 계단을 두 칸 내려가서 말했다. "저는 가야 돼요." 그리고 문 안으로 고개를 내밀었다. 방은 벽장처럼 좁았고, 벽은 온통 인근 지역 건물의 그림엽서로 도배되어 있었다. 그것 때문에 공간이 넓은 것 같은 착각을 일으켰다. 천장에 매달린 투명한 전구 하나가 저거 씨와 작은 탁자를 비추었다.

"이걸 봐요." 그가 책을 내려다보며 손가락으로 글을 따라갔다. "'1516년 3월 3일 부활절에 그는 이 대륙 끝에 도착했다.' 그가 누군지 아나요?" 다시 질문이 왔다.

"네, 크리스토퍼 콜럼버스죠." 루비가 말했다.

"폰세 데 레온이에요! 플로리다 공부 좀 하셔야겠어요. 남편이 플로리다 사람이잖아요." 그가 말했다.

"네, 마이애미에서 태어났죠. 테네시 출신은 아니에요." 루비가 말했다.

"플로리다는 고결한 주는 아니에요. 하지만 중요해요." 저거 씨가 말했다.

"네, 중요해요." 루비가 말했다.

"폰세 데 레온이 누군지 아나요?"

"플로리다 주를 만든 사람요." 루비가 밝은 목소리로 말했다.

"스페인 사람이에요. 그 사람이 무얼 찾아다녔는지 아나요?" 저거 씨가 말했다.

"플로리다요." 루비가 말했다.

"폰세 데 레온은 젊음의 샘을 찾아다녔어요." 저거 씨가 눈을 감으며 말했다.

"아, 그래요?" 루비가 말했다.

"그 물을 마시면 영원히 젊음을 유지할 수 있다는 샘. 다시 말해서 그 사람은 평생 젊음을 유지하고 싶어 했어요." 저거 씨가 말을 이었다.

"그걸 찾았나요?" 루비가 물었다.

저거 씨는 계속 눈을 감고 잠시 침묵을 지키다가 말했다. "찾았을 것 같나요? 그걸 찾았을 거라고 생각해요? 그 사람이 그걸 찾았으면 다른 사람들이 거기 못 갔을 거라고 생각해요? 그 물을 마시지 않은 사람이 지구상에 한 명이라도 남아 있을 거라고 생각해요?"

"별생각 안 했어요." 루비가 말했다.

"요즘 사람들은 생각을 안 해요." 저거 씨가 투덜거렸다.

"저는 이만 갈게요."

"네, 샘을 찾았어요." 저거 씨가 말했다.

"어디서요?" 루비가 물었다.

"내가 마셨어요."

"그게 어디에 있나요?" 그녀가 물었다. 그녀가 몸을 안으로 좀 더 기울이자 저거 씨의 공기가 훅 풍겨 왔는데, 그것은 말똥가리 날갯죽지 아래에 코를 들이댄 것 같은 느낌이었다.

"내 심장 속." 그가 거기 손을 얹고 말했다.

"아." 루비는 뒤로 물러섰다. "저는 갈게요. 동생이 집에 있을 거예요." 그녀는 문지방을 넘어섰다.

"남편에게 오늘이 무엇의 생일인지 물어봐요." 저거 씨가 쑥스러운 듯 그녀를 보며 말했다.

"네, 물어볼게요." 그녀는 돌아서서 문 닫는 소리가 날 때까지 기다렸다. 그리고 문이 닫혔는지 돌아보고 숨을 훅 내쉰 뒤 남아 있는 어둡고 가파른 계단을 마주했다. "신이시여." 그녀는 말했다. 계단은 위로 갈수록 더 어둡고 가팔라졌다.

다섯 칸을 올라가자 더 이상 숨을 쉴 수 없었다. 그래도 씨근덕거리며 몇 칸을 더 올라갔다. 그러다 멈춰 섰다. 배에 통증이 일었다. 그것은 어떤 조각이 다른 것을 밀어내는 듯한 통증이었다. 전에도, 그러니까 며칠 전에도 그런 느낌을 받았다. 그것이 가장 두려운 것이었다. 예전에 그녀는 '암'이라는 단어를 떠올렸다가 바로 털어 버렸다. 자신에게 그런 일은 일어날 리 없으므로 그런 공포를 느낄 수 없었기 때문이었다. 통증과 함께 그 말이 돌아왔지만 그녀는 마담 졸리다와 함께 그걸 토막 내 버렸다. 그것은 결국 행운이 될 것이다. 그녀는 그것을 토막 내고 또 토막 내서 결국 아무도 알아볼 수 없는 작은 조각들로 만들었다. 3층에 올라가면 잠시 멈춰 서—하느님, 거기 도착할 수 있다면—래번 워츠와 이야기할 것이다. 3층에 사는 래번 워츠는 족질환 전문의의 비서였고 그녀의 특별한 친구였다.

루비는 숨을 몰아쉬고 무릎에 거품이 찬 느낌 속에 3층에 올라가서, 하틀리 길피트의 총으로 래번의 집 문을 두드렸다. 문틀에 기대어 쉬는데 양옆의 바닥이 꺼져 내렸다. 벽이 검게 변했고 숨이 꽉 막혔다. 그녀는 추락의 공포에 사로잡힌 채 공중에서 휘청거렸다. 그때 멀리서 문이 열리더니, 래번이 10센티미터 크기로 서 있었다.

키가 크고 밀짚 색깔 머리를 한 래번은 폭소를 터뜨리며 옆구리를 두드렸다. 무심히 현관문을 열었는데 이렇게 웃기는 장면을 보다니 하는 것 같았다. "그 총! 그 총! 그 표정!" 래번이 소리치며 소파로 비틀거리면서 돌아가 주저앉았다. 두 다리가 엉덩이보다 높이 솟구쳤다가 다시 떨어져 내렸다.

무너졌던 바닥은 루비의 시야로 돌아와서 약간 아래쪽에 머물렀다. 그녀는 다시 악착같이 정신을 집중해서 거기 발을 올렸다. 그리고 방 안의 의자를 보고 한 발 한 발 신중히 그리로 갔다.

"서부 시대 쇼에 나가야 돼! 정말 웃긴다." 래번 워츠가 말했다.

루비는 의자로 가서 천천히 앉으며 갈라진 목소리로 말했다. "그러지 마."

래번은 몸을 기울이고 그녀를 보다가 다시 폭소로 몸을 흔들며 소파에 기대앉았다.

"그만해! 나 아파." 루비가 소리쳤다.

래번이 일어나서 큰 걸음으로 두세 걸음 걸어왔다. 그러더니 루비 앞에 몸을 굽히고 열쇠 구멍을 들여다보듯 가늘게 뜬 눈으로 그녀의 얼굴을 살폈다. "얼굴이 붉으락푸르락하네." 래번이 말했다.

"많이 아파." 루비가 얼굴을 찌푸렸다.

래번은 선 채로 그녀를 보더니 잠시 후 팔짱을 끼고 배를 비죽 내밀어 앞뒤로 흔들며 물었다. "그 총은 뭐하러 가져온 거야? 어디서 났어?"

"계단에서 깔고 앉았어." 루비가 대답했다.

래번은 계속 배를 내밀고 흔들었고 얼굴에는 알겠다는 표정이 떠올랐다. 루비는 의자에 퍼져 앉아서 발치를 내려다보았다. 방이 조용해졌다. 그녀는 다시 몸을 세우고 발목을 바라보았다. 발목이 부어 있었다! 나는 병원에 안 가, 아무 데도 안 가. 안 갈 거야. "안 가. 병원에는 안 가……" 그녀가 중얼거렸다.

"언제까지 피할 거야?" 래번이 중얼거리고 키득거렸다.

"지금 내 발목 부은 거야?" 루비가 물었다.

"평소하고 똑같아. 약간 통통해." 래번이 다시 소파에 앉으며 말했다. 그리고 자기 발목을 소파 끝 쿠션에 얹어서 살짝 돌렸다. "이 구두 어때?" 래번이 물었다. 메뚜기 색깔에 굽이 높고 가는 구두였다.

"부은 것 같아. 2층에서 3층으로 올라올 때 몸이 너무 안 좋았어. 온몸이……" 루비가 말했다.

"너는 병원에 가야 돼."

"그럴 필요 없어. 내가 알아서 할 수 있어. 여태까지 그렇게 해 왔어." 루비가 말했다.

"루퍼스는 집에 있어?"

"몰라. 나는 평생 병원을 피했어. 왜?"

"뭐가 왜야?"

"왜 루퍼스가 집에 있느냐고 물은 거야?"

"루퍼스는 귀엽잖아. 루퍼스한테 이 구두 어떠냐고 물어볼까 하고." 래번이 말했다.

루비는 일어나 앉았고, 얼굴은 사납고 불그죽죽해져 있었다. "왜 루퍼스를 물어? 그 애는 어린애야. 여자들 구두 같은 거 신경 안 써." 그녀가 성을 냈다. 래번은 서른 살이었다.

래번은 몸을 일으켜 신발 한 짝을 벗고 그 안을 들여다보며 말했다. "사이즈 9 B. 루퍼스는 이 신발 안에 든 걸 좋아할걸."

"루퍼스는 어린애라니까!" 루비가 말했다. "네 발을 들여다보고 있을 시간이 없어. 그럴 시간은 없어."

"하지만 시간이 많잖아." 래번이 말했다.

146

"그래." 루비는 중얼거렸고, 다시 그의 모습이 떠올랐다. 태어나기도 전에 마냥 꾸물거려서 어머니의 몸에 죽음을 쌓은 아이.

"네 발목 부은 거 맞는 것 같아." 래번이 말했다.

"응." 루비가 발목을 비틀며 말했다. "조이는 느낌이 들어. 계단을 오르기가 아주 힘들었어. 숨이 막히고 온몸이 조이고 그런…… 정말 힘들어."

"병원에 가야 한다니까."

"싫어."

"가 보기는 했어?"

"열 살 때 사람들이 데려간 적이 있어. 하지만 나는 달아났어. 세 명이 잡고 있어도 소용없었어." 루비가 말했다.

"그때는 뭐였는데?"

"왜 나를 그렇게 보는 거야?" 루비가 말했다.

"내가 어떻게 보길래?"

"그렇게. 배를 흔들면서." 루비가 말했다.

"그때는 뭐였냐고 물었잖아."

"부스럼이었어. 그런데 동네의 검둥이 아줌마가 시키는 대로 했더니 나았어." 그녀는 의자 모서리에 구부정하게 앉아서, 옛날을 떠올리는 듯 멍한 얼굴이 되었다.

래번은 방 안을 서성거리며 웃기는 춤을 추는 것처럼 움직였다. 무릎을 구부리고 한 방향으로 두세 걸음 천천히 걷다가 돌아서서 느리고 힘들게 발길질을 하며 반대 방향으로 갔다. 그리고 눈을 굴리며 목을 긁는 소리로 우렁차게 노래를 불렀다. "그런 사람을 모두 모으면 어머니가 된다네! 어머니가 된다네!" 그러더니 무대에 선 것처럼 두 팔을 벌렸다.

루비는 말없이 입을 벌렸고 그 얼굴에서 강렬한 표정은 사라졌다. 그녀는 잠시 가만히 앉아 있다가 의자에서 일어나서 소리쳤다. "난 아냐! 난 아냐!"

래번은 멈춰 서서 다 안다는 표정으로 그녀를 보았다.

"난 아냐! 난 절대로 아냐! 빌 힐은 알아서 잘해! 빌 힐은 5년 동안 알아서 잘했어! 그런 일은 나한테 있을 수 없어!" 루비가 소리쳤다.

"너덧 달 전에 빌 힐은 실수했어. 실수했어······" 래번이 말했다.

"네가 그 일을 뭘 안다고 그래. 너는 결혼도 안 했잖아. 거기다······"

"하나가 아니라 둘인 것 같아. 병원에 가서 몇 명인지 알아봐." 래번이 말했다.

"아냐!" 루비가 비명을 질렀다. 저 애는 자기가 똑똑한 줄 알아! 아픈 여자를 보고 아픈 줄도 모르면서. 저 애가 할 수 있는 건 자기 발을 들여다보는 것과 그걸 루퍼스한테 보여 주는 것뿐이야. 그런데 그 애는 어린애고 나는 서른네 살이야. "루퍼스는 어린애야!" 그녀가 부르짖었다.

"그러면 아이가 둘이 되네!" 래번이 말했다.

"그만 좀 해! 그만해. 나는 어떤 아기도 필요 없어!" 루비가 소리쳤다.

"하하." 래번이 웃었다.

"네가 왜 그렇게 아는 척하는지 모르겠어." 루비가 말했다. "너는 처녀잖아. 내가 처녀라면 결혼한 사람들한테 당신들은 이렇다 저렇다 떠들지 않을 거야."

"너는 발목만 부은 게 아냐. 온몸이 다 부풀었어." 래번이 말했다.

"여기 앉아서 계속 이런 소리를 듣고 싶지는 않아." 루비가 말하고 문 앞으로 걸어갔다. 몸을 꼿꼿이 세우고, 애써 배를 내려다보지 않으며.

"내일은 네 몸 전체가 나아지기를 바랄게." 래번이 말했다.

"내일은 내 심장이 나아질 거야. 하지만 얼른 이사를 갔으면 좋겠어. 심장이 이 모양이라 계단 다니기가 힘들어." 루비가 말하고, 엄숙한 눈빛으로 덧붙였다. "루퍼스는 네 큰 발은 신경 안 써."

"그 총 치워라. 그러다 사람 쏘겠다." 래번이 말했다.

루비는 문을 탕 닫고 얼른 자기 몸을 내려다보았다. 그곳이 부풀어 있었지만, 그녀는 예전부터 배가 나왔다. 그곳이 다른 곳에 비해 유난히 더 튀어나온 건 아니었다. 살이 찌면 배에 살이 붙는 건 당연한 일이고, 빌은 그녀가 뚱뚱한 걸 싫어하지 않았다. 오히려 더 좋아했지만 이유는 몰랐다. 그녀는 빌의 길쭉한 얼굴이 눈을 내리깔고 웃는 모습이 떠올랐다. 눈과 이가 가까워지면 더 행복한 표정이 된다는 듯이. 그는 실수하지 않을 것이다. 그녀는 치마허리를 만져 보고 치마가 조이는 걸 느꼈지만, 그런 일은 전에도 있었다. 그랬다. 치마가 문제였다. 자주 입지 않는 꼭 끼는 치마를 입었다. 그런데 그 치마는…… 꼭 끼는 치마가 아니었다. 그것은 헐렁한 치마였다. 그런데 별로 헐렁하지 않았다. 하지만 그건 아무 상관 없었다. 그냥 살이 찐 것이다.

루비는 손가락을 배에 대고 눌렀다가 얼른 뗴었다. 그러고는 바닥이 발밑에서 움직이기라도 하는 듯 천천히 계단으로 걸어갔다. 그리고 계단을 오르기 시작했다. 즉시 통증이 찾아왔다. 첫 칸부터 찾아왔다.

"안 돼. 안 돼." 그녀는 신음했다. 그것은 그녀의 일부가 안에서 굴러다니는 것 같은 가벼운 느낌이었지만, 그것 때문에 숨이 막혔다. 그녀의 몸 안에는 굴러다닐 게 아무것도 없었다. "겨우 한 칸인데. 겨우 한 칸인데 이러다니." 그녀가 속삭였다. 암은 아닐 것이다. 마담 졸리다는 그것이 행운을 가져다줄 거라고 말했다. 그녀는 울음을 터뜨렸다. "겨우 한 칸인데." 그리고 자신에게 아무 문제가 없는 것처럼 무턱대고 계단을 올라갔다. 그러다 여섯 번째 칸에서 털썩 주저앉았다. 손이 난간을 주르륵 미끄러져서 바닥에 떨어졌다.

"안 돼." 그녀는 말하고 가까운 난간 기둥 두 개 사이에 둥글고 붉은 얼굴을 댔다. 그리고 계단 아래를 향해 길고 공허한 울음을 울었고 그 소리는 아래로 내려가면서 점점 크게 메아리쳤다. 동굴 같은 계단은 암녹색과 사마귀색이었고, 울음은 계단 맨 밑에서 자신에게 응답하는 것 같았다. 그녀는 숨을 몰아쉬고 눈을 감았다. 아냐, 아냐. 아기일 리 없어. 내 안에서 꾸물거리면서 내게 죽음을 쌓아 주는 건 싫어. 빌 힐은 실수하지 않았어. 그는 그것이 확실한 것이라고 말했고, 여태껏 아무 문제 없었다. 그럴 리 없었다. 그녀는 몸을 떨고 손으로 입을 막았다. 얼굴이 쪼그라드는 것 같았다. 둘은 사산되고 하나는 첫해에 죽고 하나는 바짝 마른 노란 사과처럼 치여 죽었고, 어머니는 겨우 서른넷에 늙어 버렸다. 마담 졸리다는 그게 사라지지는 않을 거라고 말했다. 마담 졸리다는 아, 결국 행운을 안겨 줄 거야! 하고 말했다. 이사 가는 거야. 행운이란 이사를 가리키는 걸 거라고 그녀는 그때 말했다.

루비는 약간 침착함을 되찾았다. 잠시 후에는 꽤 침착해져서 자신이 너무 신경질적이라고 생각했다. 아냐, 그건 헛소리야. 마담 졸리다는 틀린 적이 없어, 누구보다 잘 알아……

그녀는 벌떡 일어났다. 계단 맨 밑에서 쿵쿵거리는 소리가 나더니 우당탕퉁탕 소리가 루비가 있는 곳까지 올라왔다. 난간 기둥 사이로 보니 하틀리 길피트였다. 아이는 권총 두 개를 겨누고 달렸고, 루비의 머리 위에서 째지는 목소리가 울렸다. "하틀리, 조용히 좀 해! 집이 흔들리잖아!" 하지만 아이는 더 요란하게 1층 굽이를 돌아 복도를 달렸다. 그때 저거 씨의 방문이 홀렁 열리고 저거 씨가 손가락을 굽히고 뛰어들어서 아이의 셔츠 자락을 움켜쥐었지만 아이는 홱 돌아서서 높은 목소리로 "그냥 좀 놔둬요, 염소 할아버지!" 하고 소리치고 달아났다. 루비 바로 아래쪽의 계단이 쿵쿵거리더니, 이내 다람쥐 얼굴이 그녀에게 돌진해서 탕 부딪쳤다가 그녀의 머리 위로 솟구쳐서 어둠 속으로 사라졌다.

계속 난간을 붙들고 앉아 있으니 숨이 눈곱만큼씩 돌아오고 계단의 시소 움직임이 멈추었다. 그녀는 눈을 뜨고 어두운 계단을 내려다보았다. 자신이 까마득히 오래전에 오르기 시작했던 계단의 맨 아래쪽을. "행운." 그녀는 공허한 목소리로 말했고, 그 소리는 동굴 같은 계단의 모든 층에 울렸다. "아기."

"행운, 아기." 두 마디 말이 조롱하듯 메아리쳤다.

그런 뒤 그녀는 무언가 배 속을 가볍게 구르는 느낌을 다시 받았다. 그것은 자기 배 속에 없는 것 같았다. 그것은 알 수 없는 어느 곳에 있고, 시간이 아주 많아서 꾸물거리고 또 꾸물거리는 것 같았다.

이녹과 고릴라

Enoch and the Gorilla

이녹 에머리는 집주인에게서 우산을 빌렸는데, 약국 입구에서 펼치다가 우산의 나이가 집주인의 나이와 비슷하다는 것을 깨달았다. 하지만 결국 그것을 펼쳐 들고는, 선글라스를 내려 쓰고 다시 쏟아지는 빗속으로 들어갔다.

우산은 집주인이 마지막으로 쓴 지 15년이 지난 것이었고 (주인이 빌려 준 유일한 이유가 그것이었다) 비가 그 지붕을 두드리자 곧바로 삐걱대며 접혀서 그의 목덜미를 찔렀다. 이녹은 그것을 머리 위에 들고 몇 걸음 달려 다른 가게 입구로 갔다. 거기서 우산을 다시 펴려고 우산 꼭지를 땅에 대고 발로 세게 밟았다. 그리고 우산이 다시 접히지 않도록 우산살 아래를 바짝 잡고 달려 나갔는데, 그러자 폭스테리어 머리 모양을 한 손잡이가 몇 초가 멀다 하고 그의 배를 쿡쿡 찔렀다.

이런 식으로 4분의 1 블록을 갔을 때 천이 우산살에서 휙 떨어져서 폭풍이 옷깃으로 밀어닥쳤다. 이녹은 영화관 천막 아래로 뛰어들었다. 토요일이었고 매표소 앞에 많은 아이들이 삐뚤빼뚤 줄을 서 있었다.

이녹은 아이들을 좋아하지 않았지만, 아이들은 항상 그를 보는 걸 좋아하는 것 같았다. 줄을 서 있는 스물 혹은 서른 개의 눈이 그를 흥미롭게 바라보았다. 우산은 반은 위로 솟고 반은 아래로 꺼진 괴상한 모양이었고, 위로 솟은 절반은 곧 다시 내려와서 그의 옷깃에 물을 끼얹을 태세였다. 결국 그 일이 일어나자 아이들은 깔깔거리며 재미있어했다. 이녹은 아이들을 노려보고 뒤돌아서서 선글라스를 벗었다. 그랬더니 눈앞에 실물 크기의 4도 인쇄 고릴라 그림이 보였다. 고릴라 머리 위에는 붉은 글씨로 '공가! 정글의 왕, 정글의 스타를 직접 만날 기회!!!'라고 적혀 있었다. 고릴라 무릎 높이에는 글씨가 더 많았다. '오늘 오전 12시에 공가가 우리 극장에 직접 옵니다! 용기 있게 공가와 악수하는 선착순 열 명에게 무료 입장권을 드립니다!'

이녹은 운명이 그에게 발길질을 하려고 준비할 때 정신을 다른 데 두고 있는 경우가 많았다. 그가 네 살 때 아버지는 교도소에서 주석 상자를 가져다주었다. 주황색 상자는 바깥에 땅콩 과자가 그려져 있고 녹색 글씨로 '놀라운 땅콩!'이라고 적혀 있었다. 이녹이 그것을 열자 안에 눌려 있던 용수철이 튀어나와서 앞니 두 개를 깨뜨렸다. 그의 인생에는 그런 일이 워낙 많아서, 그가 위험한 시기를 예민하게 감지하지 못한 게 잘못인 것 같았다. 그는 그 앞에 서서 포스터를 두 번 꼼꼼히 읽었다. 하늘의 섭리가 그에게 성공한 유인원을 모욕할 기회를 준다는 생각이 들었다.

이녹은 돌아서서 옆에 있는 아이에게 지금 몇 시냐고 물었다. 아이는 12시 10분이라고, 공가는 이미 10분 늦고 있다고 말했다. 다른 아이가 아마 비 때문인 것 같다고 했다. 또 다른 아이는 비 때문이 아니라고, 그 영화감독이 할리우드에서 비행기를 타고 온다고 했다. 이녹은 이를 갈았다. 첫 번째 아이가 고릴라와 악수하려면 자기들처럼 줄을 서야 한다고 말했다. 이녹은 줄을 섰다. 아이가 이녹에게 몇 살이냐고 물었다. 다른 아이가 형 이빨 웃기게 생겼다고 말했다. 그는 최선을 다해 이런 말을 다 무시하고 우산살을 정돈했다.

몇 분 후에 검은 트럭이 장대비를 뚫고 모퉁이를 돌아 천천히 다가왔다. 이녹은 우산을 겨드랑이에 끼고 선글라스 낀 눈에 힘을 주었다. 극장이 가까워지자 트럭 안의 전축이 "타라라 붐 디 아예" 하는 음악을 틀었지만, 빗소리 때문에 잘 들리지 않았다. 트럭 바깥에는 큼직한 금발 미녀 그림이 고릴라 영화가 아닌 다른 영화를 광고하고 있었다.

트럭이 영화관 앞에 멈추었을 때 아이들은 줄을 잘 유지했다. 트럭 뒷문에는 죄수 호송차처럼 창살이 쳐진 창이 나 있었지만 유인원이 거기 나와 있지는 않았다. 우비 입은 남자 두 명이 운전칸에서 욕을 하며 나오더니 뒤로 가서 문을 열었다. 그중 한 명이 안에 고개를 들이밀고 말했다. "좋아, 빨리해, 알았지?" 다른 사람은 아이들에게 엄지를 까딱이며 말했다. "물러서, 뒤로 물러서."

트럭 안에서 레코드판이 떠들었다. "공가가 왔습니다, 여러분. 인기 폭발 대스타 공포의 고릴라! 공가에게 큰 박수 부탁합니다!" 하지만 그 목소리는 빗소리에 가로막혀 희미하게 들릴 뿐이었다.

트럭 문 옆에서 기다리던 남자가 다시 안에 고개를 들이밀고 말했다. "좋아, 이제 나와."

트럭 안에서 희미한 쿵 소리가 났다. 잠시 후 털이 숭숭 난 시커먼

팔뚝이 나와서 비를 살짝 맞더니 도로 안으로 들어갔다.

"젠장." 천막 밑의 남자가 말했다. 그는 우비를 벗어서 문 옆의 남자에게 던졌다. 2~3분이 더 지난 뒤 고릴라가 문 앞에 나타났다. 고릴라는 우비 단추를 턱 밑까지 채우고 깃을 세우고 있었다. 목에는 쇠사슬이 묶여 있었다. 남자는 쇠사슬을 잡아 고릴라를 끌어 내렸고, 둘은 천막 밑으로 뛰어갔다. 온화하게 생긴 여자가 유리 매표소에 앉아 열 명의 용감한 어린이에게 줄 무료 입장권을 준비하고 있었다.

고릴라는 아이들을 무시하고 남자를 따라서 입구 다른 쪽에 있는 높이 30센티미터 정도의 작은 연단으로 갔다. 그리고 거기 올라서서 아이들을 향해 돌아서더니 으르렁거리는 소리를 냈다. 그 소리는 크진 않지만 악의적이었다. 검은 심장에서 나오는 것 같았다. 이녹은 겁이 났고 아이들에게 둘러싸여 있지 않았다면 달아났을 것이다.

"누가 가장 먼저 나올 거니? 누가 일등으로 나올 거야? 가장 먼저 나오는 아이는 무료 입장권을 받을 거야." 남자가 말했다.

아이들은 움직이지 않았다. 남자는 아이들을 노려보며 소리쳤다. "왜 그래? 다들 겁쟁이야? 내가 이렇게 사슬을 잡고 있으니 걱정할 것 없어." 그는 손에 힘을 꽉 주고 안전하다는 걸 보여 주기 위해 사슬을 쩔그렁쩔그렁 흔들었다.

잠시 후 한 여자아이가 앞으로 걸어 나왔다. 긴 머리가 대팻밥처럼 꼬불거리고 세모진 얼굴은 사나웠다. 아이는 스타 고릴라 1미터 정도 앞까지 갔다.

"좋아 좋아. 빨리해." 남자가 사슬을 쩔그렁거리며 말했다.

유인원이 손을 뻗어서 아이와 짧은 악수를 했다. 뒤를 이어 다른 여자아이 한 명과 남자아이 두 명이 나갔다. 줄이 새로 만들어져서 움직였다.

고릴라는 계속 손을 뻗고 있었지만 얼굴은 지루한 표정으로 비를 바라보았다. 이녹은 이제 두려움을 극복하고 고릴라를 모욕할 만한 더러운 말을 열심히 생각했다. 평소에는 그런 말을 생각해 내는 데 아무런 어려움이 없었는데, 지금은 아무것도 생각나지 않았다. 그의 두뇌는 왼쪽 오른쪽 모두 텅 비어 있었다. 매일 쓰던 모욕의 말조차 생각나지 않았다.

이제 그의 앞에는 아이가 두 명밖에 없었다. 첫 번째 아이가 악수를 하고 비켰다. 이녹의 심장은 격렬하게 뛰었다. 이녹 앞의 아이가 악수를 마치고 비켜서자 그는 유인원을 마주했고 유인원은 자동적으로 그의 손을 잡았다.

그것은 이녹이 그 도시로 와서 처음으로 잡아 본 손이었다. 그것은 따뜻하고 부드러웠다.

그는 잠시 손을 잡고 가만히 서 있었다. 그런 뒤 더듬거리며 말했다. "내 이름은 이녹 에머리야. 나는 로드밀 소년 성경 학교에 다녔어. 지금은 시립 동물원에서 일해. 네 사진 두 개를 봤어. 나는 겨우 열여덟 살이지만 벌써 시립 기관에서 일해. 우리 아빠가 나를 여기로⋯⋯" 거기서 그의 목소리가 갈라졌다.

스타 고릴라는 몸을 앞으로 살짝 굽혔고 그 눈에 변화가 있었다. 셀룰로이드 눈 안쪽에 있는 못생긴 인간의 눈이 가까이 다가와서 이녹을 노려보았다. "꺼져, 새꺄." 험악한 목소리가 고릴라 탈에서 흘러나왔다. 낮지만 또렷한 목소리였고, 손은 이미 뒤로 빠져 있었다.

이녹은 너무도 고통스러운 굴욕감에 방향을 세 번이나 바꾼 뒤에야 자신이 가야 하는 방향을 깨달았다. 그는 빗속을 전속력으로 달려 나갔다.

　그러지 않으려고 해도 이녹은 자신에게 무슨 일이 일어나리라는 기대가 자꾸만 생겨났다. 이녹에게 희망이란 3분의 2의 막연한 느낌과 3분의 1의 욕망으로 이루어져 있었다. 그것은 그날 종일토록 작동했다. 자신이 뭘 원하는지는 불분명했지만 그는 야심 없는 청년이 아니었다. 그는 유명한 사람이 되고 싶었다. 지금의 상태를 개선하고 싶었다. 언젠가 사람들이 자신과 악수하려고 줄을 서게 만들고 싶었다.

　그는 오후 내내 자기 방에서 빈둥거리며 손톱을 씹고 집주인의 우산에 그나마 남아 있던 천을 찢었다. 우산을 완전히 발가벗긴 뒤에는 우산살을 떼어 냈다. 이제 남은 것은 한쪽 끝에 뾰족한 강철 꼭지가 달리고 다른 쪽 끝에는 개 얼굴이 달린 검은 막대기뿐이었다. 그것은 유행이 지나 버린 어떤 특수한 고문 도구 같았다. 이녹은 그것을 겨드랑이에 끼고 방 안을 서성거리다가 그렇게 하고 길에 나가면 사람들의 눈길을 끌겠다는 생각을 했다.

　저녁 7시 무렵 그는 코트를 입고 막대기를 들고 두 블록 떨어진 식당에 갔다. 어떤 영광을 얻으러 간다는 느낌이 들었지만 불안했다. 그것을 그냥 받는 게 아니라 강탈해야만 할 것 같았다.

　그는 무슨 일을 할 때 항상 먼저 식사를 했다. 식당은 패리스 다이너라는 곳이었다. 폭이 1.8미터 정도 되는 터널 같은 식당으로 구둣방과 세탁소 사이에 있었다. 이녹은 거기 들어가서 카운터 맨 끝의 스툴 의자에 앉아 완두콩 수프와 초콜릿 밀크셰이크를 주문했다.

　키 큰 웨이트리스는 노란 의치를 했고, 같은 색깔의 머리는 돌돌 말아서 검은 그물로 감쌌다. 한 손은 허리를 떠나지 않았으며 다른 손으로 주문받은 음식을 만들었다. 이녹이 매일 밤 왔지만 그녀는 이녹을 좋아하지 않았다.

그녀는 그가 주문한 음식을 준비하지 않고 베이컨을 튀겼다. 다른 손님은 한 명뿐이었는데, 식사를 마치고 신문을 읽고 있었다. 베이컨을 먹을 사람은 그녀 자신뿐이었다. 이녹은 카운터 위로 몸을 숙이고 막대기로 그녀의 엉덩이를 찌르며 말했다. "이봐요, 나 얼른 가야 돼요. 바빠요."

"그럼 가." 그녀가 말하고 턱을 씰룩거리며 프라이팬에서 눈을 떼지 않았다.

"거기 그 조각 케이크 하나만 줘요." 그가 둥근 유리 스탠드에 든 분홍색과 노란색의 케이크를 가리키며 말했다. "일이 있어서 빨리 가야 돼요. 저 사람 옆자리에 놔 줘요." 그가 신문을 읽는 손님을 가리키며 말했다. 그리고 의자들을 넘어가서 남자가 들고 있는 신문의 곁면을 읽었다.

남자는 신문을 내리고 그를 보았다. 이녹이 웃었다. 남자는 다시 신문을 들었다. "지금 안 읽는 면을 잠깐 빌려 주실 수 있나요?" 이녹이 물었다. 남자는 다시 신문을 내리고 그를 바라보았다. 남자의 진흙색 눈은 꿈쩍하지 않았다. 그는 종잇장을 신중하게 넘기더니 만화가 있는 면을 빼내서 이녹에게 주었다. 이녹이 가장 좋아하는 면이었다. 그는 매일 저녁 기도를 하듯 그것을 읽었다. 웨이트리스가 카운터에 케이크를 탕 내려놓자 그는 그것을 먹으면서 신문을 읽었고 마음속에 친절과 용기와 힘이 밀려드는 것을 느꼈다.

한 면을 다 읽자 그는 신문을 뒤집어서 뒷면에 가득한 영화 광고를 훑었다. 그의 눈은 광고 세 칸을 지나간 뒤, 정글의 왕 공가의 광고에 멈추었다. 거기에는 고릴라가 방문할 극장과 시간의 목록이 적혀 있었다. 고릴라는 30분 후에 57번로의 빅토리 극장에 올 것이고, 이 도시의 일정은 그곳이 마지막이었다.

그때 누가 이녹을 관찰했다면, 그 얼굴에 어떤 변화가 이는 것을 보았을 것이다. 그 얼굴은 아직도 만화를 읽은 재미로 빛났지만 그 위로 다른 것도 떠올랐다. 깨어나는 표정이었다.

웨이트리스는 그가 떠나지 않았는지 뒤를 돌아보고 말했다. "너 왜 그래? 뭐 잘못 먹었어?"

"나는 내가 원하는 걸 알아요." 이녹이 중얼거렸다.

"나도 내가 원하는 걸 알아." 그녀가 무뚝뚝한 얼굴로 대꾸했다.

이녹은 막대기를 찾아 들고 카운터에 동전을 내려놓았다. "가야겠어요."

"안 잡아." 그녀가 말했다.

"날 다시 못 볼지도 몰라요—지금 모습으로는요." 그가 말했다.

"어떤 모습으로 못 봐도 나는 괜찮아." 그녀가 말했다.

이녹은 떠났다. 쾌적하고 습기 찬 저녁이었다. 보도에 물웅덩이들이 반짝였고, 수증기 어린 상점 창문들은 잡동사니들로 환했다. 그는 옆 길로 들어가서 도시의 어두운 샛길을 빠른 속도로 걸었고, 중간에 쉰 것은 골목 끝에 한두 번 멈춰 서 양쪽을 바라본 게 전부였다. 빅토리는 비교적 가까운 곳에 자리 잡고 가족의 요구에 부응하는 작은 극장이었다. 그는 불 밝힌 지역을 연달아 지나고 이어 골목과 뒷길을 더 지나서 마침내 극장이 있는 상업 지구에 이르렀다. 거기서 그는 걸음을 늦추었다. 그것이 한 블록 앞의 어둠 속에서 반짝이는 것이 보였다. 그는 극장 쪽으로 건너지 않고 계속 맞은편 길을 걸었지만 시선은 그 빛의 지점을 떠나지 않았다. 그러다 극장 맞은편에 오자 걸음을 멈추고 어느 건물의 좁은 계단으로 숨어들었다.

공가를 실은 트럭이 건너편에 서 있고, 고릴라 스타는 천막 아래 서서 노부인과 악수하고 있었다. 노부인이 비키자 폴로셔츠 차림의 신사가 나와서 운동선수처럼 열렬하게 공가와 악수를 했다. 그 뒤를 이어 세 살 정도 된 소년이 나왔다. 높은 카우보이모자가 아이 얼굴을 거의 가리다시피 했다. 아이는 줄에 밀려 앞으로 갔다. 이녹은 질투에 일그러진 얼굴로 한동안 그 광경을 바라보았다. 어린 소년에 이어 반바지 차림의 여자가 나왔고, 그 뒤에는 한 노인이 점잖게 걷지 않고 춤을 추며 나와서 사람들의 눈길을 끌었다. 그때 이녹은 후다닥 길을 건너서 열려 있는 트럭의 뒷문 안으로 살그머니 들어갔다.

악수는 영화가 시작되기 직전까지 계속되었다. 그런 뒤 스타 고릴라는 짐칸으로 돌아갔고 사람들은 극장으로 들어갔다. 운전사와 사회자가 운전칸으로 가자 트럭은 출발했고, 금세 시내를 빠져나가서 간선도로를 달렸다.

짐칸에서 쿵쿵 소리가 났고 그것은 평범한 고릴라 소리가 아니었지만 모터 소리와 바퀴 소리에 묻혔다. 밤은 창백하고 조용했다. 이따금 울리는 올빼미 소리와 멀고 희미한 화물열차 소리만 빼면 아무것도 밤의 평화를 해치지 않았다. 달리던 트럭이 건널목에서 속도를 늦추었고, 짐칸이 철로 위를 덜컹덜컹 움직일 때 문밖으로 무언가 떨어지듯 나와서 절뚝거리며 숲으로 달려갔다.

어두운 소나무 숲에 들어서자 그는 손에 든 막대기와 겨드랑이에 낀 크고 북슬북슬한 것을 내려놓고 옷을 벗었다. 벗은 옷은 모두 말끔하게 접어서 차곡차곡 쌓았다. 그가 입고 온 옷 전부가 그 더미에 올라가자, 그는 막대기로 땅을 파기 시작했다.

소나무 숲의 어둠 사이로 비치는 창백한 달빛은 그가 이녹이라는 것을 보여 주었다. 그의 자연 그대로의 모습은 한쪽 입가에서 쇄골로 이어지는 깊은 상처와 둔하고 무감각한 인상을 주는 눈 밑의 혹 때문에 훼손되었다. 하지만 그건 완전히 잘못된 인상이었다. 그는 지금 더없이 큰 행복감에 싸여 있었기 때문이다.

그는 빠른 속도로 땅을 파서 폭과 깊이가 30센티미터 정도 되는 구덩이를 만들었다. 그는 그 안에 옷 더미를 넣고 옆에 선 채로 잠시 쉬었다. 이전까지의 자신을 묻는다는 상징으로 옷을 묻은 것이 아니었다. 그저 자신에게 그것이 더는 필요하지 않다는 걸 알았기 때문이었다. 숨이 돌아오자 그는 파낸 흙을 구멍 위에 뿌리고 발로 다졌다. 그러다 보니 자신이 아직도 신발을 신고 있다는 걸 알았고, 그래서 일이 끝나자 신발을 벗어서 멀리 던졌다. 그런 뒤 그 크고 북슬북슬한 물체를 집어 들어 맹렬히 흔들었다.

흐릿한 빛 속에서 그의 희고 여윈 다리 하나가 사라지더니 이어 나머지 다리도 사라지고 두 팔도 차례로 사라졌다. 그리고 그 자리에 검고 두껍고 텁수룩한 형체가 나타났다. 한순간 그것에는 하얀 머리와 검은 머리 두 개가 있었지만, 잠시 후 검은 머리가 하얀 머리를 집어삼켰다. 그리고 보이지 않는 단추와 후크를 채우고 사소한 매무새를 다듬는 것으로 보이는 행동을 했다.

그런 뒤 그것은 한동안 아무것도 하지 않고 가만히 서 있었다. 그러더니 돌연 고함을 치며 가슴을 두드렸다. 쿵쿵 뛰며 두 팔을 휘두르고 고개를 내밀었다. 고함 소리는 처음에는 가늘고 약했지만 곧 커졌다. 그 소리는 낮고 사나워졌다가 다시 크게 울렸다가 다시 낮고 사나워졌다. 그러더니 갑자기 모든 것이 멈추었다. 그것은 한 손을 앞으로 뻗어 허공을 잡고 격렬하게 흔들었다. 이어 팔을 뒤로 잡아 뺐다가 다시 허공을 잡고 흔들었다. 그것은 이런 행동을 너덧 번 반복했다. 그런 뒤 막대기를 집어 들어 겨드랑이에 삐딱하게 끼운 뒤 간선도로를 향해 출발했다. 아프리카나 캘리포니아나 뉴욕 그 어디에도 그보다 더 행복한 고릴라는 없었다.

간선도로 변의 한 바위에 붙어 앉은 남자와 여자는 긴 계곡 너머 멀찌감치 떨어진 도시를 보고 있어서 털북숭이 형체가 다가오는 것을 보지 못했다. 컴컴한 굴뚝과 네모진 건물 지붕들이 조금 더 밝은 하늘을 등지고 오르락내리락했고, 여기저기 뾰족탑이 쐐기 모양으로 구름을 뚫고 나왔다. 젊은이는 고개를 돌렸다가 몇 발짝 앞에 흉측하고 검은 고릴라가 손을 내밀고 서 있는 것을 보았다. 남자는 여자에게 둘렀던 팔을 풀고 말없이 숲으로 사라졌다. 여자는 고개를 돌렸다가 비명을 지르며 간선도로 변을 달렸다. 고릴라는 놀란 듯 서 있다가 팔을 옆으로 떨구었다. 그리고 남녀가 앉았던 바위에 앉아 계곡 너머 울퉁불퉁한 도시의 스카이라인을 바라보았다.

좋은 사람은 드물다
A Good Man Is Hard to Find

할머니는 플로리다에 가고 싶지 않았다. 할머니는 테네시 주 동부의 친척들을 보러 가고 싶어서, 베일리의 마음을 바꾸려고 온갖 노력을 다했다. 베일리는 할머니와 함께 사는, 할머니의 외아들이었다. 그는 식탁 앞 자기 의자 끝에 엉덩이를 걸치고 앉아 《저널》의 주황색 스포츠 섹션을 읽고 있었다. "이걸 보렴, 베일리. 이걸 읽어 봐." 할머니가 말했다. 그리고 한 손으로 앙상한 골반을 짚고 서서 다른 손으로는 아들의 벗어진 머리에 신문을 대고 흔들었다. "자칭 '부적응자'라는 친구가 연방 교도소를 탈출해서 플로리다 쪽으로 갔대. 이자가 사람들에게 무슨 짓을 했는지 여기 다 나와 있으니 읽어 봐. 나라면 아이들을 데리고, 탈옥한 범죄자와 같은 방향으로 가지 않을 거야. 그런 건 내 양심에 맞는 일이 아니야."

베일리가 스포츠 섹션에서 고개를 들지 않자, 할머니는 빙글 돌아서 아이들 엄마를 마주했다. 아이들 엄마는 바지를 입은 젊은 여자로 얼굴이 양배추처럼 넓고 순진했으며, 머리에는 정수리 부분을 토끼 귀처럼 뾰족하게 묶은 녹색 두건을 쓰고 있었다. 그녀는 소파에 앉아 아기에게 병에 든 살구를 먹이고 있었다. "아이들은 전에 플로리다에 다녀왔어." 노부인이 말했다. "색다른 곳에 데려가야 해. 세상의 여러 부분을 보고 견문을 넓혀야 해. 아이들은 테네시 동부에 간 적이 없잖아."

아이들 엄마는 그 말을 듣는 것 같지 않았지만 여덟 살 소년 존 웨슬리, 그러니까 안경을 쓴 뚱뚱한 아이가 말했다. "플로리다에 가기 싫으면 할머니는 그냥 집에 계시면 되잖아요?" 소년과 여동생 준 스타는 바닥에 앉아 신문의 만화 섹션을 읽고 있었다.

"할머니는 일일 여왕이 된다 해도 집에 안 계실 거야." 준 스타가 노란 머리를 들지도 않고 말했다.

"그렇지 않아. 너는 이 부적응자한테 잡히면 어떻게 할 거니?" 할머니가 물었다.

"얼굴을 갈기죠." 존 웨슬리가 말했다.

"수백만 달러를 준대도 할머니는 집에 안 계실 거야. 허전해서 견디지 못하실걸. 우리가 가는 곳은 꼭 따라오시잖아." 준 스타가 말했다.

"그래, 좋아." 할머니가 말했다. "다음번에 나한테 머리를 말아 달라고 하려면 먼저 그 말을 떠올리렴."

준 스타는 자기 머리는 원래 곱슬머리라고 했다.

다음 날 아침 할머니는 가장 먼저 준비를 마치고 자동차에 올랐다. 할머니는 한쪽 모퉁이에 하마 머리 장식이 있는 검은색의 큰 여행 가방을 챙겼고, 그 밑에 고양이 피티싱이 든 바구니를 숨겼다. 할머니는 고양이를 집에 사흘이나 혼자 두고 싶지 않았다. 고양이가 자신을 보고 싶어 할 것도 걱정이었고, 실수로 가스버너를 건드려서 질식해 죽을 것도 걱정이었다. 아들 베일리는 고양이를 데리고 모텔에 가는 것을 좋아하지 않았다.

할머니는 자동차 뒷좌석에 앉았고 존 웨슬리와 준 스타가 양옆에 앉았다. 베일리와 아이들 엄마와 아기는 앞 좌석에 앉았으며, 그들은 8시 45분에 주행 기록이 89,983킬로미터인 자동차를 타고 애틀랜타를 떠났다. 할머니는 이것을 기록했다. 돌아와서 얼마나 먼 길을 다녀왔나를 말하면 재미있을 거라고 생각했기 때문이다. 도시 외곽까지 가는 데 20분이 걸렸다.

노부인은 편안하게 앉은 뒤 흰 면장갑을 벗어 뒤 창문 앞 선반 위의 핸드백 옆에 두었다. 아이들 엄마는 오늘도 바지를 입고 머리에 역시 녹색 두건을 둘렀지만, 할머니는 가장자리에 흰 제비꽃을 꽂은 남색 나들이 모자를 쓰고 잘고 하얀 물방울무늬가 찍힌 남색 원피스를 입었다. 옷깃과 소맷부리는 얇은 모슬린 천에 레이스가 장식되고, 목선에는 향기 나는 가루를 담은 제비꽃 모양 장식을 달았다. 만약 사고가 나 할머니가 간선도로 위에서 죽는다 해도 그 시신을 본 사람은 누구라도 이분이 살아생전 숙녀였다는 것을 알 것이다.

할머니는 운전하기 좋은 날 같다고 말했다. 덥지도 춥지도 않았다. 그리고 베일리에게 제한속도가 시속 90킬로미터고, 교통경찰은 광고판이나 풀숲 같은 데 숨어 있다가 속도를 늦출 새도 없이 쫓아온다는 사실을 되새겨 주었다. 이어 할머니는 눈앞을 지나가는 흥미로운 풍경들을 설명했다. 스톤 산, 간선도로 양편에 이따금 나타나는 푸른 화강암, 자주색 줄이 희미하게 박힌 반짝이는 붉은 흙둑. 땅 위에 녹색

레이스를 뜨는 온갖 작물들. 나무들은 은백색 햇빛을 가득 품었고, 가장 못난 놈들조차 반짝거렸다. 아이들은 만화 잡지를 읽었고, 아이들 엄마는 잠이 들었다.

"조지아 주를 빨리 벗어나요. 별로 보고 싶지 않거든요." 존 웨슬리가 말했다.

"내가 어린아이라면 자기가 태어난 주를 그런 식으로 말하지 않을 거다. 테네시 주는 산이 있고 조지아 주는 언덕이 있지." 할머니가 말했다.

"테네시 주는 촌뜨기 집합소예요. 조지아 주도 구질구질하고요." 존 웨슬리가 말했다.

"맞아." 준 스타가 말했다.

"내 시절에 아이들은 자기 고향 주와 부모와 모든 것을 사랑했어." 할머니가 핏줄이 보이는 앙상한 손가락을 구부리며 말했다. "그 시절에 사람들은 올바르게 살았어. 아 저 귀여운 꼬마 검둥이를 보렴!" 할머니가 오두막 문간에 서 있는 깜둥이 아이를 가리키며 말했다. "그림 소재로 좋지 않니?" 할머니가 물었고 모두가 고개를 돌려 뒤창으로 깜둥이 꼬마를 보았다. 아이는 손을 흔들었다.

"바지를 안 입었어요." 준 스타가 말했다.

"바지가 없어서 그랬을 게다. 시골 검둥이 꼬마들은 우리처럼 많은 걸 누리지 못해. 내가 그림을 그린다면 저 장면을 그릴 거야." 할머니가 말했다.

아이들은 만화책을 서로 교환했다.

할머니가 아기를 안아 주겠다고 했고, 아이들 엄마는 아기를 앞 좌석 너머로 할머니에게 넘겨주었다. 할머니는 아기를 무릎에 앉히고 어르며 아기에게 지나간 시절을 이야기했다. 눈도 굴리고 입술도 오므리고, 자신의 주름지고 여윈 얼굴을 매끈하고 평온한 아기 얼굴에 대기도 했다. 이따금 아기는 할머니에게 멍한 미소를 보였다. 그들은 넓은 목화밭을 지나갔는데, 목화밭 가운데 무덤 대여섯 기가 무슨 섬처럼 울타리를 두르고 있었다. 할머니가 그곳을 가리키며 말했다. "저 묘지를 보렴! 저곳은 유서 깊은 가문의 매장지였어. 대농장 가문이었지."

"대농장은 어디 있나요?" 존 웨슬리가 물었다.

"바람과 함께 사라졌단다. 하하." 할머니가 웃었다.

가지고 온 만화책을 다 읽자 아이들은 도시락을 꺼내서 먹었다. 할머니는 땅콩버터 샌드위치와 올리브를 먹으며 아이들이 도시락 상자와 종이 냅킨을 창밖에 버리지 못하게 했다. 달리 할 일이 없자 그들은 한 사람이 구름을 가리키면 다른 두 사람이 그 모양을 맞히는 놀이를 했다. 존 웨슬리가 소 모양 구름을 가리켰고, 준 스타가 소라고 하자 존 웨슬리가 아냐, 자동차야 했다. 준 스타는 거짓말하지 말라고 했고, 아이들은 할머니를 사이에 두고 서로를 때렸다.

할머니는 아이들에게 조용히 하면 이야기를 해 주겠다고 했다. 이야기를 할 때 할머니는 눈을 굴리고 고개를 흔들고 하면서 극적인 분위기를 만들었다. 예전에 할미가 처녀였을 때 조지아 주 재스퍼에 사는 에드가 앳킨스 티가든이라는 남자가 할미 마음을 사려고 했지. 그 남자는 잘생겼고 신사인 데다 매주 토요일 오후면 껍질에 자기 이름 이니셜 E. A. T.를 새긴 수박을 가져왔어. 그러던 어느 토요일, 티가든 씨가 마차를 타고 수박을 가지고 왔다가 집에 아무도 없는 걸 보고 그걸 그냥 현관에 두고 돌아갔는데 그날 나는 수박을 못 먹었단다. 검둥이 아이가 그 이니셜 E. A. T.를 보고 수박을 먹어 버린 거야! 존 웨슬리는 그 이야기가 재미있어서 키득거렸지만 준 스타는 별로 재미있어하지 않았다. 준 스타는 토요일에 수박만 가지고 오는 남자하고는 결혼하지 않을 거라고 했다. 할머니는 티가든 씨하고 결혼했으면 좋았을 거라고, 그 사람은 신사였고 코카콜라 주식이 처음 나왔을 때 그걸 산 데다 불과 몇 년 전에 아주 많은 돈을 남기고 죽었다고 했다.

그들은 바비큐 샌드위치를 먹으려고 타워에 멈추었다. 타워는 티모시 외곽에 석회와 목재로 지은 주유소 겸 댄스홀이었다. 레드 새미 버츠라는 뚱뚱한 남자가 운영했고, 건물 곳곳뿐 아니라 간선도로 곳곳에도 안내문을 붙여 놓았다. '레드 새미의 소문난 바비큐를 먹어 보세요. 그 무엇도 따라잡을 수 없는 레드 새미의 바비큐! 레드 새미! 유쾌한 뚱보 레드 새미! 퇴역 군인 레드 새미는 여러분의 친구입니다.'

레드 새미는 타워 바깥에 있는 트럭 밑에 머리를 넣고 누워 있었고, 옆에는 키가 30센티미터 정도 되는 회색 원숭이 한 마리가 작은 멀구슬나무에 묶여 재잘거렸다. 원숭이는 아이들이 차에서 내려 달려오는 것을 보자 즉시 나무로 뛰어들어 꼭대기로 올라갔다.

타워는 넓고 어두운 공간으로, 한쪽 끝에는 카운터가 있고 다른 쪽 끝에 테이블이 있었으며, 그 중간에 춤추는 공간이 있었다. 그들은 모두 주크박스 옆 보드 테이블에 앉았고, 레드 새미의 아내인 갈색 피부에 키가 크고 머리와 눈 색깔이 피부색보다 연한 여자가 와서 주문을 받았다. 아이들 엄마는 주크박스에 10센트 동전을 떨구고 〈테네시 왈츠〉를 틀었는데, 할머니는 저 노래를 들으면 늘 춤을 추고 싶어진다고 말했다. 할머니는 베일리에게 춤을 추고 싶지 않으냐고 물었지만, 그는 할머니를 빤히 바라보기만 했다. 그는 할머니만큼 밝은 성격이 아니었고 여행을 할 때면 늘 신경이 곤두섰다. 할머니의 갈색 눈은 밝게 빛났다. 할머니는 고개를 까딱이며 의자에 앉은 채로 춤을 추는 흉내를 냈다. 준 스타가 탭댄스를 출 수 있는 음악을 틀어 달라고 하자, 아이들 엄마는 다시 동전을 넣어 빠른 곡을 틀었고, 준 스타는 댄스 플로어로 나가서 탭댄스를 추었다.

"아이고 귀여워라. 내 딸 안 할래?" 레드 새미의 아내가 카운터 너머로 몸을 기울이고 말했다.

"절대 안 돼요." 준 스타가 말했다. "백만 달러를 줘도 이렇게 낡은 집에서는 안 살아요!" 그리고 아이는 다시 테이블로 뛰어갔다.

"정말 귀여워." 여자가 예의 바르게 입을 잡아 늘이며 다시 말했다.

"부끄러운 줄 아세요." 할머니가 나직하게 화를 냈다.

레드 새미가 들어오더니 아내에게 카운터에서 빈둥거리지 말고 빨리빨리 주문을 처리하라고 말했다. 그의 카키색 바지는 허리가 골반에 걸쳐졌고, 그 위로 배가 곡식 자루처럼 늘어져서 흔들렸다. 그가 가까운 테이블에 앉더니 한숨과 요들이 섞인 듯한 소리를 냈다. "방법이 없어요, 방법이." 그가 말하고, 회색 손수건으로 붉은 얼굴의 땀을 닦았다. "요즘은 누구를 믿어야 할지 알 수가 없다니까요. 그렇지 않습니까?"

"확실히 사람들이 예전처럼 친절하지 않아요." 할머니가 말했다.

"지난주에 여기 두 사람이 크라이슬러 자동차를 타고 왔어요." 레드 새미가 말했다. "낡기는 했지만 좋은 차였고 사람들은 괜찮아 보였습니다. 제분소에서 일한다고 하길래 휘발유 값을 알아서 내라고 했죠. 내가 도대체 왜 그랬을까요?"

"좋은 분이라서 그런 거죠!" 할머니가 즉시 대답했다.

"네, 그런 것 같습니다." 레드 새미는 그 대답이 마음에 드는 듯 말했다.

새미의 아내가 주문한 음식을 가져왔다. 쟁반도 없이 접시 다섯 개를 들고 왔다. 한 손에 두 개씩 들고 하나는 팔에 얹어서. "하느님이 만든 이 푸른 세상에 믿을 수 있는 사람이 하나도 없어요. 한 사람도 예외가 없어요. 한 사람도." 여자는 레드 새미를 바라보며 말했다.

"신문에서 탈옥한 죄수 부적응자 기사를 봤나요?" 할머니가 물었다.

"그자가 여기를 공격한다고 해도 난 놀라지 않을 거예요." 여자가 말했다. "그자가 이곳에 대해 이야기를 듣는다면 여기 나타나더라도 놀라운 일은 아닐 거예요. 그자가 여기 금전등록기에 2센트가 있다는 말을 들으면……"

"그만하고 이분들에게 콜라를 가져다 드려." 레드 새미가 말했다. 여자는 남은 음식을 마저 가지러 갔다.

"좋은 사람은 참 드물어요." 레드 새미가 말했다. "모든 게 험악해지고 있어요. 외출하면서 집에 빗장도 안 걸던 시절이 있었는데. 그런 시절은 갔죠."

그와 할머니는 좋았던 옛날을 이야기했다. 노부인은 오늘날 이런 사태는 모두 유럽 탓이라고 했다. 유럽은 미국 사람은 무조건 갑부인 줄 안다고 했고, 레드 새미는 말해 무엇하겠느냐고, 사모님 말씀이 정말 맞는다고 했다. 아이들은 하얀 햇빛 속으로 달려 나가서 레이스 같은 멀구슬나무 위의 원숭이를 보았다. 원숭이는 아이들은 신경도 쓰지 않고 자기 몸에서 벼룩을 잡아 별미 음식처럼 조금씩 입에 넣었다.

그들은 다시 차에 올라타고 뜨거운 오후 속으로 들어갔다. 할머니는 쪽잠을 자다가 자기 코 고는 소리에 놀라 깨었다 했다. 그러다가 톰스

보로 외곽에서 잠이 깨고는 젊은 시절에 이 지역의 대농장을 방문했던 일을 떠올렸다. 그 집은 전면에 하얀 기둥이 여섯 개 있고, 참나무 길이 집 앞까지 뻗었으며, 집 양옆에 작은 목조 정자가 있어서 구혼자와 함께 정원을 산책하다가 앉아서 쉴 수 있었다고 했다. 할머니는 거기로 가는 길을 정확히 기억하고 있다고 했다. 베일리는 옛날 집을 보는 데 시간을 낭비하고 싶지 않겠지만, 이야기를 할수록 그 집을 다시 보고 싶다고, 두 개의 쌍둥이 정자가 아직도 있는지 궁금하다고 했다. "그 집에는 비밀의 벽이 있어." 할머니가 교활하게 말했다. 그것은 진실이 아니었지만, 할머니는 그게 진실이기를 바랐다. "셔먼이 왔을 때 집안의 은그릇이 모두 거기 숨겨져 있다는 이야기가 돌았는데 발견되지 않았지……"

"거기 가요!" 존 웨슬리가 말했다. "가서 보물을 찾아요! 나무 벽을 전부 쑤시고 다녀서 찾아요. 거기 누가 살아요? 어디로 나가야 되죠? 아빠, 거기 가면 안 돼요?"

"비밀 벽이 있는 집은 본 적이 없어요!" 준 스타가 소리 질렀다. "비밀 벽이 있는 집에 가요! 아빠, 비밀 벽이 있는 집에 가요!"

"여기서 멀지 않아. 20분도 안 걸려." 할머니가 말했다.

베일리는 앞만 바라보았다. 턱이 말편자처럼 딱딱했다. "안 돼." 그가 말했다.

아이들은 비밀 벽이 있는 집이 보고 싶다고 소리를 지르며 난리를 피웠다. 존 웨슬리는 앞 좌석 등받이를 발로 찼고 준 스타는 엄마의 어깨에 매달려서 자기들은 휴가 여행이 하나도 재미없다고, 자기들이 원하는 건 아무것도 못 한다고 거세게 불평했다. 아기도 울음을 터뜨렸고, 존 웨슬리가 의자 등받이를 하도 세게 차서 베일리는 콩팥이 흔들릴 지경이었다.

"좋아!" 그가 소리를 지르고 도로변에 차를 세웠다. "조용히 좀 못하니? 조용히 좀 해 봐. 입 안 다물면 아무 데도 안 갈 거야."

"거긴 아이들한테 아주 교육적일 거야." 할머니가 나직하게 말했다.

"좋아. 하지만 이걸 잊지 마. 이런 일로 중간에 서는 건 이번이 처음이자 마지막이라는 걸. 처음이자 마지막이야."

"그리 가는 비포장도로로 들어서려면 여기서 1.5킬로미터를 다시 돌아가야 해." 할머니가 말했다. "아까 지나칠 때 기억해 두었어."

"비포장도로라." 베일리가 불만스럽게 말했다.

그들이 뒤로 돌아서 그 비포장도로를 향해 갈 때 할머니는 그 집의 다른 점들도 기억해 냈다. 현관부의 아름다운 유리 지붕, 현관 안쪽의 초롱. 존 웨슬리는 비밀 벽은 아마 벽난로 안에 있을 거라고 말했다.

"집 안에 들어가면 안 돼. 누가 사는지 모르잖아." 베일리가 말했다.

"어른들이 현관에서 그 집 사람들이랑 이야기할 때 제가 뒤쪽으로 가서 창문으로 들어갈게요." 존 웨슬리가 말했다.

"우리는 모두 차 안에 있을 거야." 아이들 엄마가 말했다.

그들은 비포장도로에 들어섰고 자동차는 분홍 먼지구름을 뚫고 덜컹덜컹 달렸다. 할머니는 이 세상에 포장도로라는 것이 없던 시절, 50킬로미터를 가는 데 하루가 걸리던 시절을 이야기했다. 비포장도로는 언덕길이었고 중간에 물웅덩이들도 불쑥불쑥 튀어나왔으며, 위험한 제방 위의 급커브도 많았다. 어느 순간 그들은 언덕 꼭대기에 올라서 사방 수 킬로미터를 뻗은 푸른 숲을 내려다보게 되었다. 그리고 길 앞쪽에는 먼지 덮인 나무들이 늘어선 붉은 함몰 지대가 있었다.

"1분 후에도 그 집이 안 나타나면 차를 돌리겠어요." 베일리가 말했다.

　길은 여러 달 동안 아무도 다니지 않은 것 같았다.

　"별로 안 멀어." 할머니가 말했는데, 그 순간 끔찍한 생각이 떠올랐다. 그 생각이 너무도 당황스러워서 할머니는 얼굴이 빨개지고 동공이 풀렸으며 두 발이 튀어 올라 구석의 여행 가방을 쳤다. 가방이 떨어지자 그 밑의 바구니를 덮은 신문지가 그르릉 소리와 함께 솟아오르더니 고양이 피티싱이 베일리의 어깨로 뛰어올랐다.

　아이들은 바닥으로 떨어졌고, 아이들 엄마는 아기를 안고 문 밖으로 튀어 나가 바닥을 굴렀다. 할머니는 앞 좌석으로 튀어 나갔다. 자동차는 한 번 굴러서 도로변 협곡에 오른쪽 옆면을 위로 하고 착지했다. 베일리는 운전석에 있었고 고양이—넓적하고 하얀 얼굴, 주황색 코를 가진 회색 줄무늬 고양이—는 송충이처럼 그의 목에 매달렸다.

　아이들은 팔다리를 움직일 수 있게 되자 자동차 밖으로 나가면서 "사고가 났어요!" 하고 소리쳤다. 할머니는 대시보드 밑에 몸을 웅크리고 차라리 자기가 다쳐서 베일리의 분노가 자신에게 쏟아지지 않기를 소망했다. 사고 직전에 부인에게 떠오른 끔찍한 생각은 그렇게 생생하게 기억하는 그 집이 조지아 주가 아니라 테네시 주에 있다는 것이었다.

　베일리는 두 손으로 고양이를 떼어 내서 창밖의 소나무를 향해 던졌다. 그런 뒤 자동차 밖으로 나가서 아이들 엄마를 찾았다. 그녀는 빽빽 우는 아기를 안고 붉은 도랑벽에 기대앉아 있었지만, 얼굴이 한 곳 베이고 어깨가 부러졌을 뿐이었다. "사고가 났어요!" 아이들이 신이 나서 소리쳤다.

　"하지만 아무도 안 죽었어." 준 스타가 할머니가 절뚝거리며 차에서 나오는 모습을 보고 실망해서 말했다. 모자는 핀으로 계속 머리에 고정되어 있었지만 망가진 앞쪽 챙은 경쾌한 각을 이루어 섰고 제비꽃이 옆으로 늘어졌다. 식구들은 아이들을 빼고 모두 도랑에 앉아서 충격을 다스렸다. 모두가 떨고 있었다.

"지나가는 차가 있을 거야." 아이들 엄마가 갈라진 목소리로 말했다.

"몸속을 다친 것 같아." 할머니가 옆구리를 누르며 말했지만 아무도 대답하지 않았다. 베일리는 이를 떨었다. 그는 파란 앵무새가 그려진 노란 스포츠 셔츠를 입었는데, 얼굴이 셔츠 색깔만큼 노랬다. 할머니는 그 집이 테네시 주에 있다는 말을 하지 않기로 결심했다.

도로는 3미터 정도 위에 있었고, 그들의 눈에는 도로 건너편의 숲 꼭대기밖에 보이지 않았다. 그들이 앉은 도랑 뒤쪽도 크고 검고 깊은 숲이었다. 그런데 몇 분 후에 자동차 한 대가 언덕 저편에 나타나서 그들을 본 듯 천천히 다가오는 모습이 보였다. 할머니는 일어서서 자동차의 눈길을 끌기 위해 격렬하게 두 팔을 흔들었다. 자동차는 천천히 다가오더니 굽이를 돌아 사라졌다가 훨씬 느린 속도로 그들이 넘어온 언덕에 나타났다. 그것은 크고 낡은 검은색 장의차 같은 자동차였다. 차 안에는 세 사람이 있었다.

자동차가 그들을 약간 지나친 곳에 멈춰 섰고, 운전자는 몇 분 동안 무표정하게 그들 쪽을 내려다보았지만 말은 하지 않았다. 그가 고개를 돌리고 다른 두 사람에게 뭐라고 말을 하자 두 사람이 차에서 내렸다. 한 사람은 뚱뚱한 청년으로, 검은 바지를 입고 앞에 은색 말이 그려진 빨간 스웨터를 입었다. 청년은 그들 오른편으로 왔는데, 살짝 벌린 입이 느슨한 미소 같은 것을 띠었다. 다른 한 사람은 카키색 바지와 청색 줄무늬 코트를 입었고, 회색 모자로 얼굴 대부분을 가렸다. 그는 천천히 왼쪽으로 왔다. 둘 다 말은 하지 않았다.

운전자도 차에서 내리더니 그 자리에 서서 먼저 내린 두 사람을 내려다보았다. 두 사람보다 나이가 많았다. 머리에 흰머리가 섞였고, 학자 같은 분위기의 은테 안경을 썼다. 긴 얼굴은 주름이 졌고, 셔츠도 속셔츠도 입지 않았다. 지나치게 끼는 청바지를 입었고 검은 모자와 총을 들고 있었다. 먼저 내린 두 청년도 총이 있었다.

"사고가 났어요!" 아이들이 소리쳤다.

할머니는 안경 낀 남자를 아는 것 같은 이상한 느낌이 들었다. 평생 동안 알고 지낸 듯 익숙했는데, 누군지는 기억나지 않았다. 그는 차 옆을 떠나더니 미끄러지지 않도록 조심하며 천천히 제방을 내려왔다. 신발은 갈색과 흰색이 섞인 구두였고, 양말은 신지 않았으며 발목은 붉고 가늘었다. "안녕하십니까. 사고가 난 것 같군요." 그가 말했다.

"두 번 굴렀어요!" 할머니가 말했다.

"한 번이에요." 남자가 지적했다. "우리가 직접 봤어요. 하이럼, 이분들 차가 달릴 수 있는지 한번 점검해 봐." 그가 회색 모자를 쓴 청년에게 조용히 말했다.

"총은 왜 가지고 있어요? 총으로 뭘 할 거예요?" 존 웨슬리가 물었다.

"사모님." 남자가 아이들 엄마한테 말했다. "아이들을 옆에 불러 앉혀 주시지 않겠습니까? 저는 아이들이 있으면 불안해집니다. 모두 지금 그 자리에 함께 앉아 있기 바랍니다."

"아저씨가 뭔데 우리한테 이래라저래라 해요?" 준 스타가 말했다.

그들 뒤쪽에는 숲이 검은 입을 벌리고 있었다. "이리 오렴." 아이들 엄마가 말했다.

"저희가 곤경에 처했습니다! 저희는······" 베일리가 말했다.

할머니가 비명을 질렀다. 그리고 벌떡 일어나서 남자를 노려보았다. "당신, 그 부적응자지! 바로 알아봤어!"

"맞습니다." 남자는 자신이 유명하다는 사실이 어쩔 수 없이 기쁜 듯 살짝 웃으며 말했다. "하지만 여러분 모두를 위해 사모님이 저를 못 알아보는 편이 좋았을 겁니다."

베일리는 고개를 돌리고 어머니에게 뭐라고 말했고, 그 말에 아이들조차 놀랐다. 노부인은 울음을 터뜨렸으며, 부적응자는 얼굴이 빨개졌다.

"사모님, 기분 나빠 하지 마세요." 그가 말했다. "남자들은 때로 생각과 다른 말을 하는 법입니다. 그 말이 저분의 진심이라고는 생각하지 않습니다."

"설마 숙녀를 쏠 건 아니겠죠?" 할머니가 말하고 소맷부리에서 깨끗한 손수건을 꺼내서 눈자위를 찍었다.

부적응자는 구두코를 땅속에 박아 작은 구멍을 냈다가 다시 메우고 말했다. "그러고 싶지는 않습니다."

"난 알아요." 할머니가 비명을 지르듯이 말했다. "당신은 좋은 사람이에요. 당신은 평민의 피가 흐르는 사람 같지 않아요. 품위 있는 가문 출신이 틀림없어요!"

"그렇습니다. 아주 품위 있는 가문 출신이죠." 그가 말했고, 튼튼하고 하얀 이를 드러내며 미소를 지었다. "우리 어머니처럼 품위 있는 여성은 세상에 다시없었고, 우리 아버지의 심장은 고결하기가 순금 같았습니다." 빨간 스웨터의 청년이 그들 뒤로 와서 총을 허리에 대고 섰다. 부적응자는 땅바닥에 쪼그려 앉아서 말했다. "애들을 잘 봐, 보비

리. 내가 애들을 보면 불안해지는 거 알지?" 그는 한데 뭉쳐 앉은 여섯 명을 보았고, 당황스러워서 무슨 말을 할지 모르겠다는 표정이 되었다. "하늘에 구름 한 점 없네요. 해는 안 보이지만 구름도 안 보여요." 그가 하늘을 보고 말했다.

"네, 아름다운 날이에요." 할머니가 말했다. "이봐요. 당신 같은 사람이 스스로 부적응자라는 이름을 붙이면 안 돼요. 내가 볼 때 당신은 본래 좋은 사람이니까요. 딱 보면 알아요."

"조용히 해요! 모두 입 다물고 나한테 맡겨요!" 베일리가 소리쳤다. 그는 곧 경주를 시작할 육상 선수처럼 쪼그려 앉아 있었지만 움직이지는 않았다.

"말씀 고맙습니다, 사모님." 부적응자가 말하고 총의 개머리로 바닥에 작은 원을 그렸다.

"고치는 데 30분 걸릴 것 같아요." 하이럼이 자동차 보닛을 열고 안을 들여다보며 소리쳤다.

"너하고 보비 리는 먼저 저 남자와 남자애를 데리고 저리로 가." 부적응자가 베일리와 존 웨슬리를 가리키며 말하고 이어 베일리에게 말했다. "제 수하들이 선생께 무언가 요구할 겁니다. 수하들과 같이 숲으로 잠시 가 주시지 않겠습니까?"

"우리는 곤경에 처했어요! 아무도 지금 우리 상황을 몰라요." 베일리가 말했고 그의 목소리가 갈라졌다. 그의 눈은 셔츠에 그려진 앵무새만큼 짙은 파란색이 되었고, 그는 얼어붙은 듯 꼼짝하지 않았다.

할머니는 자기도 같이 숲으로 들어가려는 듯 모자를 바로잡았지만 모자는 손으로 떨어졌다. 할머니는 잠시 그것을 바라보다가 그냥 땅으로 떨구었다. 하이럼이 노인을 부축하듯 베일리의 팔을 잡았다. 존 웨슬리는 아버지의 손을 잡았고 보비 리가 그 뒤를 따랐다. 그들은 숲으로 갔고, 어두운 숲가에 이르자 베일리가 돌아서서 회색 소나무 줄기에 기대고 소리쳤다. "금방 갈게요, 어머니. 기다려요!"

"지금 바로 와!" 그의 어머니가 소리쳤지만 그들은 모두 숲으로 사라졌다.

"베일리!" 할머니가 비극적인 목소리로 외쳤지만 자기 눈앞에는 지금 부적응자가 쪼그려 앉아 있다는 것을 깨달았다. "당신은 좋은 사람이에요. 절대 평민이 아니에요!" 할머니가 필사적으로 말했다.

"나는 좋은 사람이 아니에요." 부적응자가 그 말을 꼼꼼히 생각해 보는 듯 약간 뜸을 들이고는 덧붙였다. "하지만 세상에서 가장 나쁜 놈도 아닙니다. 우리 아빠는 내가 형제자매들과 품종이 다르다고 하셨죠. 이렇게 말씀하셨어요. '어떤 사람은 인생에 대해 아무것도 묻지 않으면서도 평생을 살 수 있지만 어떤 사람은 그 이유를 물어야 해. 그리고 이 아이는 후자야! 이 아이는 엄청난 놈이 될 거야!' 하고요." 그는 검은 모자를 머리에 쓰고 고개를 번쩍 들더니 다시 당황한 듯 숲 깊은 곳으로 시선을 돌렸다. "숙녀분들 앞에서 상의를 벗고 있는 걸 사과드립니다." 그가 어깨를 약간 웅크리고 말했다. "우리가 탈출할 때 입었던 옷은 묻었고, 상황이 좋아질 때까지 겨우 버티고 있습니다. 이것도 중간에 만난 사람들에게 빌린 것이죠."

"그러셔야죠. 베일리는 가방에 여분의 셔츠가 있을 거예요." 할머니가 말했다.

"보면 알겠죠." 부적응자가 말했다.

"두 사람을 어디로 데려간 건가요?" 아이들 엄마가 소리쳤다.

"우리 아버지는 재미있는 사람이었어요." 부적응자가 말했다. "누구에게도 이용당하지 않을 분이었죠. 하지만 당국과 마찰을 빚은 적은 한 번도 없어요. 그쪽 사람들을 다룰 줄 알았어요."

"당신도 노력하면 정직하게 살 수 있어요." 할머니가 말했다. "늘 누군가에게 쫓기는 삶이 아니라 정착해서 편안하게 사는 게 얼마나 좋을지 생각해 봐요."

부적응자는 개머리로 계속 땅바닥을 긁는 것이 마치 그 제안을 생각해 보는 듯했다. "맞아요, 늘 누군가에게 쫓기죠." 그가 중얼거렸다.

할머니는 일어선 채로 그를 내려다보았기에 모자 아래로 보이는 그의 빗장뼈가 아주 가늘다는 걸 알아차렸다. "기도해 본 적 있나요?" 할머니가 물었다.

그는 고개를 저었다. 부인이 본 것은 검은 모자가 빗장뼈 사이에서 흔들리는 모습뿐이었다. "아뇨." 그가 말했다.

숲에서 탕 총소리가 나고 이어 다시 한 방이 울렸다. 그리고 침묵이 흘렀다. 노부인의 고개가 획 돌아갔다. 우듬지들 틈에 바람이 길고 만족스러운 들숨처럼 움직였다. "베일리!" 부인이 소리쳤다.

"성가대에 있던 적이 있어요." 부적응자가 말했다. "사실 안 해 본 게 없어요. 군에도 있었어요. 육군에도 있고 해군에도 있고 국내에도 있고 해외에도 있었어요. 결혼도 두 번 했고, 장의사에서도 일하고 철도에서도 일했고, 대지를 경작한 적도 있어요. 토네이도에도 휩쓸려 봤고, 산 채로 불탄 남자도 봤어요." 그리고 고개를 들어 한데 뭉쳐 앉은 아이들 엄마와 여자아이를 보았다. 두 사람의 얼굴은 하얗고, 눈은 멍했다. "심지어 매 맞는 여자도 봤어요." 그가 말했다.

"기도하세요. 기도를……" 할머니가 입을 열었다.

"내가 기억하는 나는 나쁜 소년이 아니었어요." 부적응자가 꿈꾸는 듯한 목소리로 말했다. "하지만 어쩌다가 잘못된 일을 해서 교도소에 갔죠. 거기 산 채로 묻혀 있었어요." 그러더니 고개를 들고 차분한 눈길로 할머니의 눈길을 자신에게 고정시켰다.

"그때 기도를 시작했어야 해요." 할머니가 말했다. "애초에 교도소에 간 건 무슨 일 때문이었나요?"

"오른쪽도 벽이고 왼쪽도 벽이었어요." 부적응자가 구름 없는 하늘을 다시 올려다보며 말했다. "위를 보면 천장이고 아래를 보면 감방 바닥이었죠. 무슨 일로 간 건지는 잊었습니다, 사모님. 내가 어쩌다 거기 가게 됐는지 기억해 보려고 했지만 지금도 생각이 안 나요. 이따금 기억날 것 같을 때도 있었는데, 결국 안 나더군요."

"어쩌면 당국의 실수였는지도 몰라요." 노부인이 어물쩍 말했다.

"아뇨. 실수가 아니었어요. 서류가 있었어요." 그가 말했다.

"무언가 훔쳤을 거예요." 할머니가 말했다.

부적응자가 가볍게 비웃고 말했다. "내가 원하는 건 아무도 갖고 있지 않았어요. 교도소의 수석 의사는 내가 아버지를 죽였다고 했지만 그건 거짓말이에요. 우리 아버지는 1919년에 유행성 독감으로 죽었고 나는 그 일과 아무 상관 없어요. 아버지는 마운트 호프웰 침례교회 묘지에 묻혔어요. 지금도 가면 볼 수 있어요."

"기도를 하면 예수님이 당신을 도와줄 거예요." 노부인이 말했다.

"그래요." 부적응자가 말했다.

"그러면 기도를 해 봐요." 부인이 갑자기 기쁨에 떨리는 목소리로 말했다.

"나는 도움이 필요 없어요. 혼자서도 잘해요." 그가 말했다.

보비 리와 하이럼이 숲에서 돌아왔다. 보비 리의 손에는 파란 앵무새가 그려진 노란 셔츠가 들려 있었다.

"그 셔츠 이리 줘, 보비 리." 부적응자가 말했다. 셔츠가 그에게 날아가 어깨에 내려앉았고 그는 그것을 입었다. 할머니는 그 셔츠를 보고 무엇이 떠올랐는지 말할 수 없었다. 부적응자가 단추를 채우며 말했다. "아뇨, 사모님. 범죄가 뭐였는지는 중요하지 않아요. 한 가지 일을 할 수 있으면 다른 일도 해요. 사람을 죽이는 일이건 자동차의 타이어를 빼내는 일이건. 사람들은 자기가 한 일을 금세 잊지만 어쨌건 그 일로 벌을 받죠."

아이들 엄마는 숨 쉬기가 곤란한 듯 씨근덕거렸다. 부적응자가 말했다. "사모님, 이 아이와 함께 보비 리와 하이럼을 따라 숲 속의 남편에게 가시지 않겠습니까?"

"네, 고마워요." 아이들 엄마가 희미하게 말했다. 왼팔은 힘없이 늘어져 있고, 다른 팔로는 잠든 아기를 안고 있었다. "사모님을 도와 드려, 하이럼." 아이들 엄마가 도랑에서 나오려고 할 때 부적응자가 말했다. "그리고 보비 리, 너는 여자애 손을 잡아."

"손잡기 싫어요. 꼭 돼지같이 생겼어." 준 스타가 말했다.

뚱뚱한 청년이 얼굴을 붉히고 웃더니 아이의 팔을 잡고 하이럼과 아이들 엄마를 뒤따라 숲으로 끌고 갔다.

부적응자와 둘이 남은 할머니는 목소리가 나오지 않는다는 사실을 깨달았다. 하늘에는 구름 한 점 없고 해도 보이지 않았다. 주변은 온통 숲이었다. 할머니는 그에게 기도해야 한다고 말하고 싶었다. 그래서 입을 여러 번 벌렸다 닫았다. 마침내 할머니가 한 말은 "예수님, 예수님"이었다. 그것은 예수님이 당신을 도와줄 거라는 뜻이었지만, 그 말투는 한탄하는 것 같았다.

"그래요." 부적응자가 자기도 그렇게 생각한다는 듯 말했다. "예수님이 모든 것을 흔들었어요. 그 사람도 나하고 똑같았어요. 다른 점이라면 그 사람은 범죄를 안 저질렀고 나는 저지른 증거가 있다는 것뿐이에요. 나한테는 서류가 있으니까요. 물론 사람들은 나한테 서류를 보여 주지 않았어요. 그래서 지금은 내가 서명을 합니다. 오래전에 나는 말했어요. 서명을 만들어서 자신이 하는 모든 일에 서명을 하고 사본을 보관하라고요. 그러면 자기가 무슨 일을 했는지 알고 범죄를 처벌에 부치고 또 그 둘이 잘 맞는지 확인하고 결국 자기가 올바른 취급을 받지 않았다는 걸 증명할 수 있으니까요. 나는 내게 부적응자Misfit라는 이름을 붙였습니다. 내가 저지른 잘못하고 내가 받은 벌하고 계산을 맞출 수가 없거든요."

숲에서 귀청을 찢는 비명이 울리고 바로 총성이 이어졌다. "누구는 엄청난 벌을 받고 누구는 전혀 벌을 받지 않는 게 옳은 일 같습니까, 사모님?"

"오, 예수님!" 노부인이 소리쳤다. "당신은 좋은 핏줄이에요! 숙녀를 쏠 사람이 아니에요. 품위 있는 집안 출신이에요! 기도하세요. 숙녀를 쏘면 안 돼요. 가진 돈을 전부 줄게요!"

"사모님, 시체는 장의사에게 팁을 주지 않습니다." 부적응자가 할머니 너머 숲 속을 멀리 바라보며 말했다.

두 발의 총성이 더 울렸고 할머니는 목이 말라 물을 찾는 칠면조처럼 고개를 쳐들고 심장이 으스러지는 듯 소리쳤다. "베일리, 내 아들! 베일리!"

"죽은 자를 일으킨 사람은 예수님밖에 없어요." 부적응자가 말했다. "그리고 그건 잘못이에요. 그 사람이 모든 것을 흔들었어요. 그 사람이 자기 말대로 한다면 우리는 모든 걸 버리고 그 사람을 따라가는 것밖에 할 게 없죠. 그런데 그 사람이 안 그러면 우리는 남아 있는 짧은 시간을 힘껏 즐기는 수밖에 없어요. 사람을 죽일 수도 있고 불을 지를 수도 있고 다른 나쁜 짓을 할 수도 있어요. 나쁜 짓만큼 재미난 게 없거든요." 그의 목소리는 거의 으르렁거리는 것 같았다.

"어쩌면 그분이 죽은 자를 일으키지 않았을지도 몰라요." 노부인이 중얼거렸지만 자기가 뭐라고 하는지도 몰랐고, 너무 어지러워서 비틀린 두 다리를 깔고 도랑에 털썩 주저앉았다.

"내가 직접 본 게 아니니 안 그랬다고 말 못 해요. 직접 봤으면 좋았겠지만." 부적응자가 말하더니 주먹으로 땅을 내리치며 목소리를 높였다. "내가 직접 못 본 건 잘못이에요. 직접 봤다면 확실히 알았을 텐데. 직접 봤다면 확실히 알았을 테고 지금처럼 되지 않았을 거예요." 그의 목소리가 갈라질 것 같았고 할머니는 잠시 머리가 맑아졌다. 할머니는 남자가 울음이라도 터뜨릴 듯 일그러진 얼굴을 자신에게 바짝 들이대자 중얼거리듯 말했다. "너도 내 아기들 중 하나야. 내 새끼들 중 하나!" 할머니가 손을 내밀어 그의 어깨를 만졌다. 부적응자는 뱀에 물린 듯 뒤로 펄쩍 물러나서 할머니의 가슴에 총을 세 방 쏘았다. 그런 뒤 총을 땅에 내려놓고 안경을 벗어서 닦았다.

숲에서 돌아온 하이럼과 보비 리는 도랑 옆에 서서 할머니가 아이처럼 두 다리를 엉덩이 밑에 엇갈려 접고 흥건한 핏물 속에 기대앉아 있는 모습을 보았다. 얼굴은 구름 없는 하늘을 보며 웃고 있었다.

안경을 벗은 부적응자의 눈은 충혈되고 창백하고 힘없어 보였다. "저 할머니를 다른 사람들 곁에 데려다 놔." 그가 말하고 자기 다리에 몸을 비비는 고양이를 집어 들었다.

"할머니가 참 말도 많았어." 보비 리가 말하고 요들을 부르며 도랑으로 내려갔다.

"평생 누가 옆에서 1분에 한 번씩 총을 쏴 주었다면 좋은 여자가 됐을 거야." 부적응자가 말했다.

"재미있겠는걸!" 보비 리가 말했다.

"헛소리하지 마, 보비 리. 인생에 진짜 즐거움은 없어." 부적응자가 말했다.

황혼의 대적
A Late Encounter with the Enemy

새시 장군은 104세였다. 장군은 62세의 손녀 샐리 포커 새시와 함께 살았고, 그녀는 매일 밤 무릎을 꿇고 자기가 대학을 졸업할 때까지 할아버지가 살아 있게 해 달라고 기도했다. 장군은 그녀의 졸업을 크게 격려하지 않았지만 자신이 그때까지 살 것은 전혀 의심하지 않았다. 그는 살아 있는 일에 너무도 익숙해서 다른 상태를 상상할 수 없었다. 설령 손녀딸이 말하는 대로 군복을 입고 무대에 앉아 있게 된다고 해도 졸업식은 그가 생각하는 즐거운 일이 아니었다. 손녀는 교사와 학생이 가운을 입고 길게 행진하겠지만, 군복 입은 할아버지에 비할 것은 아무것도 없을 거라고 말했다. 그것은 손녀가 말하지 않아도 알 수 있었고, 그 우라질 행진이라면 지옥까지 갔다 와도 그에게는 상관없었다. 그는 미스 아메리카, 미스 데이토나 비치, 목화 아가씨를 태운 꽃마차 퍼레이드를 좋아했다. 하지만 다른 행진은 전혀 보고 싶지 않았고, 교사들의 행진이란 저승의 검은 강물만큼이나 고약했다. 그래도 자신이 군복을 입고 무대에 앉은 모습을 사람들에게 기꺼이 보여 주기로 했다.

샐리 포커는 할아버지가 졸업식까지 살아 계실지 할아버지만큼 확신이 들지 않았다. 그는 지난 5년 동안 눈에 띄는 변화가 없었지만 자신이 승리감에 빠져서 착각했을지도 몰랐다. 그녀는 자주 그랬기 때문이다. 그녀는 지난 20년 동안 해마다 여름 학기를 다녔다. 그녀가 교사 생활을 시작했을 때는 학위 같은 게 없었기 때문이다. 그 시절에는 모든 게 정상이었지만 열여섯 살 때 이후로는 정상적인 게 없다고 그녀는 말했다. 그래서 지난 스무 번의 여름 동안 집에서 쉬지 못하고 뜨거운 더위 속에 트렁크를 끌고 주립 교육대학에 가야 했다. 그런 뒤 가을에 돌아오면 항상 그렇게 가르치지 말라고 배운 대로 가르쳤지만, 그렇게 소심한 복수를 해도 그녀의 정의감은 충족되지 않았다. 그녀는 장군이 졸업식에 오기를 바랐다. 자신이 표상하는 것, 아니 그녀의 표현을 빌리자면 그들의 역사가 아닌 '자신들의 역사'를 보여 주고 싶었기 때문이다. '그들'이란 특정인이 아니었다. 세상을 뒤집어 놓고 품위 있는 삶의 방식을 흔들어 버린 모든 벼락 출세자를 가리키는 말이었다.

그녀는 8월에 휠체어에 앉은 장군을 뒤에 두고 무대에 서서 "저분을 보라! 저분을 보라! 세상의 모든 벼락 출세자들아! 영광되고 고결한 노인이 옛 전통을 위해 서 있다! 존엄! 명예! 용기! 저분을 보라" 하고 말하듯 고개를 쳐들 생각이었다. 어느 날 밤 그녀는 꿈속에서 "저분을 보라! 저분을 보라!" 하고 소리를 질렀다. 그리고 돌아보니 그는 휠체어에 앉아 끔찍한 표정을 짓고 있었고, 옷이라고는 장군 모자밖에 착용하고 있지 않았다. 그녀는 잠에서 깨어나서 그날 밤 다시는 잠들지 못했다.

장군은 손녀가 반드시 무대에 앉혀 주겠다고 약속하지 않았다면 졸업식에 참석할 생각조차 하지 않았을 것이다. 그는 무대를 좋아했다. 그는 자신이 아직도 잘생겼다고 생각했다. 꼿꼿이 설 수 있었을 때 그는 163센티미터의 싸움닭이었다. 흰머리는 어깨까지 내려왔고, 틀니는 끼지 않는 게 옆모습을 더 인상적으로 만들어 줄 거라 생각해서 끼지 않기로 했다. 장군 군복 일습을 완전히 갖추어 입었을 때, 자신에 견줄 만한 것은 아무것도 없다는 걸 그는 잘 알았다.

그것은 그가 남북전쟁 때 입은 군복이 아니었다. 사실 그는 그 전쟁 때 장군도 아니었다. 아마 보병이었을 것이다. 그는 잘 기억하지 못했다. 사실 전쟁 자체를 기억하지 못했다. 그것은 쪼그라들어 몸 끝에 달라붙은 것이 마치 그의 발과 비슷했다. 그 발은 아무것도 느끼지 못하고 샐리 포커가 어려서 뜬 청회색 모포를 두르고 있었다. 그는 아들 하나를 잃은 미국-스페인 전쟁도 기억하지 못했다. 그 아들도 기억하지 못했다. 그는 역사에 관심이 없었다. 그것과 다시 마주칠 일이 없었기 때문이다. 그의 머릿속에 역사는 행진과 연결되고 인생은 퍼레이드와 연결되었으며, 그는 퍼레이드를 좋아했다. 사람들은 그에게 늘 이런저런 일을 기억하느냐고 물었다. 과거에 대한 그런 질문의 행렬은 따분하고 음울했다. 그에게 얼마간이라도 중요하고 그가 이야기하고 싶은 과거의 사건은 단 하나, 12년 전 그가 장군 군복을 받고 영화 시사회에 갔을 때의 일이었다.

"애틀랜타에서 열린 시사회에 갔어." 그는 현관 툇마루에 앉아서 손님들에게 말했다. "예쁜 여자가 가득했지. 그건 지역 행사가 아니었어. 지역색은 전혀 없었어. 잘 들어. 그건 전국 행사였고 거기 나를 세운 거야. 무대 위에. 양아치는 한 명도 없었어. 입장료가 10달러고 모두 턱시도를 입어야 했으니까. 나는 이 군복을 입었어. 어느 예쁜 여자가 그날 오후 호텔 방에서 이걸 주었어."

"그 호텔 방은 스위트룸이었고 저도 같이 있었어요, 할아버지." 샐리가 손님들에게 눈을 찡긋해 보이며 말했다. "할아버지가 젊은 여자분하고 호텔 방에 단둘이 계신 일은 없었어요."

"단둘이 있었어. 나는 해야 할 일을 잘 알았어." 노장군이 정색을 하고 말했고, 그러면 손님들은 폭소했다. 그가 말을 이었다. "할리우드 여자였어. 할리우드 출신이었는데 영화의 배역은 맡지 못했어. 거기는 일이 없는 미인이 너무 많은데 그 사람들을 엑스트라라고 해. 그 사람들은 물건을 전달해 주는 역할만 하지. 나는 그 여자하고 사진을 찍었어. 아니, 둘이었어. 내 양옆에 한 명씩 있었고 나는 두 사람의 허리를 안았어. 그 여자들 허리는 개미허리 같았지."

샐리 포커가 다시 말을 막았다. "할아버지한테 군복을 드린 건 고비스키 씨였고, 그분이 저한테 아주 예쁜 코르사주를 주셨어요. 할아버지가 그걸 보셨다면 좋았을 텐데. 글라디올러스 꽃잎을 따서 금색으로 칠하고 장미 모양으로 붙여서 만든 거였어요. 정말 예뻤어요. 할아버지가 보셨으면 좋았을 텐데, 그것은……"

"크기가 네 머리통만 했지." 장군이 화를 냈다. "내가 말하고 있다. 사람들이 내게 군복과 칼을 주고 이렇게 말했어. '장군님, 저희와 전투를 벌이지는 말아 주십시오. 장군님은 무대에 올라가서 소개를 받고 몇 가지 질문에 대답만 하시면 됩니다. 하실 수 있겠습니까?' 그 말에 내가 대답했지. '할 수 있어! 나는 자네들이 태어나기도 전에 세상을 살았어.' 그러자 사람들이 고함을 쳤지."

"할아버지는 그 행사의 최고 인기인이었어요." 샐리 포커가 말했지만, 그녀는 그때 자기 발에 생긴 일 때문에 시사회를 별로 기억하고 싶지 않았다. 그녀는 그 행사를 위해 새 드레스를 샀고—검은 크레이프 천으로 만든 롱 디너 드레스로, 인조 다이아몬드 버클이 달리고 볼레로를 곁들인 것이었다—거기 맞춰 신을 은색 구두도 샀다. 장군이 쓰러지는 걸 막기 위해 그녀도 함께 무대에 오르기로 되어 있었기 때문이다. 모든 일정이 그들에게 맞추어서 진행되었다. 8시 10분 전에 진짜 리무진이 와서 그들을 태우고 극장으로 갔다. 리무진은 제시간에 극장 앞에 섰다. 그러니까 유명 스타와 감독과 작가와 주지사와 시장과 조연급 배우들이 온 직후에. 경찰은 교통이 엉키지 않게 했고, 아무나 들어오지 못하게 밧줄이 쳐져 있었다. 그들은 거기 못 들어가는 사람들 앞에서 리무진에서 내려 불빛 속으로 걸어 들어갔다. 그런 뒤 붉은색과 금색으로 치장한 로비를 걷자 남부연합 모자를 쓰고 짧은 치마를 입은 안내원이 그들을 특별 좌석으로 안내했다. 객석은 이미 차 있었다. '남부연합의 딸들' 회원들이 군복 입은 장군을 보자 박수를 쳤고, 그러자 모두가 박수를 쳤다. 유명 인사가 몇 명 더 왔고, 그런 뒤 문이 닫히고 불이 꺼졌다.

영화계 대표로 나왔다는 젊은 금발 남자가 모두를 소개했고, 소개받은 사람들은 한 명씩 무대에 올라 이런 훌륭한 행사에 초대를 받아서 정말로 기쁘다고 말했다. 장군과 손녀는 열여섯 번째로 소개되었다. 샐리 포커가 고비스키 씨에게 장군의 본래 이름은 조지 포커 새시고 실제로는 소령에 불과했다고 말했지만 그는 남군 장군 테네시 플린트록 새시라고 소개되었다. 그녀는 할아버지가 자리에서 일어나는 것을 부축해 주었지만 심장이 너무 뛰어서 그 일을 제대로 해냈는지 어떤 지 몰랐다.

노인은 새하얀 머리를 빳빳이 든 채 모자를 가슴에 대고 복도를 천천히 걸어갔다. 관현악단은 〈공화국 전승가〉를 나직하게 연주했고 '남부연합의 딸들' 회원은 단체로 일어서서 장군이 무대에 오를 때까지 서 있었다. 샐리가 뒤쪽에서 그를 인도해 무대 중앙에 이르자 관현악단은 전승가를 힘차게 바꾸어 연주했고, 노인은 진정한 무대 감각을 발휘해서 떨리지만 힘찬 경례를 하고 음악이 끝날 때까지 꼿꼿이 서 있었다. 그의 뒤에서는 남군 모자를 쓰고 짧은 치마를 입은 안내양 두 명이 남군과 북군의 기를 엇갈려 들었다.

장군은 스포트라이트 한복판에 서 있었고, 그 불빛은 샐리 포커 양의 일부—코르사주, 모조 다이아몬드 버클, 흰 장갑과 손수건을 말아 쥔 손—도 잘린 달 모양으로 비추었다. 금발의 청년이 둥근 빛 속으로 들어와 오늘 이렇게 멋진 행사에 이제 곧 스크린에 펼쳐질 용맹한 전투에서 실제로 싸우고 피를 흘린 분을 소개하게 되어서 정말로 말할 수 없이 기쁘다고 말했다. "장군님, 올해 연세가 어떻게 되시나요?" 그가 물었다.

"아흔두우울!" 장군이 소리쳤다.

젊은이는 그날 저녁 그토록 감동적인 말은 처음 들은 것 같은 표정이 되었다. "신사 숙녀 여러분, 장군님께 뜨거운 박수 부탁드립니다!" 그의 말에 즉시 갈채가 일었고 금발 청년은 샐리 포커에게 엄지손가락을 움직여서 이제 다음 사람 차례니 노인을 데리고 자리로 돌아가라는 신호를 보냈다. 하지만 장군의 이야기는 아직 끝나지 않았다. 그는 스포트라이트의 정중앙에 꼼짝 않고 서서, 목을 내밀고 입을 벌린 채 탐욕스러운 회색 눈으로 사람들의 눈길과 갈채를 들이마셨다. 그는 팔꿈치로 손녀를 거칠게 밀고 소리쳤다. "내가 젊음을 유지하는 비결은 예쁜 여자들하고 키스를 해서지!"

그 말에 우레 같은 갈채가 일었다. 그 순간 샐리 포커는 발치를 내려다보았다가 자신이 흥분 속에 그날을 준비하면서 신발을 갈아 신지 않았다는 걸 알게 되었다. 드레스 밑으로 둔한 갈색 옥스퍼드화가 튀어나와 있었다. 그녀는 장군을 잡아당기고 뛰다시피 무대를 내려왔다. 장군은 거기 참석한 기쁨을 말할 기회를 잃은 데 몹시 분개했고, 자리에 돌아온 뒤 내내 목청을 높여 말했다. "이 시사회에 예쁜 여자들이 많아서 아주 좋아!" 하지만 객석 한편으로 다른 유명 인사가 걸어가자, 사람들은 이제 그에게 관심을 기울이지 않았다. 그는 영화를 상영하는 내내 잠을 잤고, 이따금 성난 목소리로 잠꼬대를 했다.

그 뒤로 그의 인생은 별로 흥미롭지 않았다. 두 다리는 이제 완전히 죽었고, 무릎은 낡은 경첩처럼 되었으며, 신장은 작동하고 싶을 때만 작동했지만 그래도 심장은 악착같이 뛰었다. 그에게는 과거와 미래가 똑같았다. 과거는 잊었고 미래는 떠올리지 못했다. 그는 고양이보다 더 죽음을 잘 피했다. 해마다 남군 추모일이 되면 그는 온몸을 싸매고 주 의회 박물관에 가서 옛날 사진, 군복, 대포, 역사 문서 등을 전시한 퀴퀴한 방에 1시부터 4시까지 전시되었다. 전시품은 모두 아이들이 손을 대지 못하도록 유리 상자에 들어 있었다. 그는 시사회 때 입은 장군의 군복 차림으로 얼굴을 찌푸리고 밧줄을 두른 작은 공간에 앉아 있었다. 이따금 희뿌연 눈이 움직이는 것을 빼면 그가 살아 있다는 표시는 전혀 보이지 않았지만, 한 번 대담한 아이가 그의 칼에 손을 대자 그는 즉시 팔을 뻗어 아이의 손을 때렸다. 고저택들이 순례자들에게 문을 여는 봄철이면 그는 군복을 입고 눈에 잘 띄는 곳에 앉아서 그 시절의 분위기를 만들어 달라는 요청을 받았다. 그러면 그는 어쩔 때는 손님들에게 으르렁거렸지만 또 어쩔 때는 시사회와 예쁜 여자들 이야기를 했다.

샐리 포커는 할아버지가 졸업식 전에 죽으면 자신도 죽을 거라고 느꼈다. 여름 학기가 시작할 때, 그러니까 이번에는 통과할 수 있을지 아직 알지도 못할 때 그녀는 학장에게 자신의 할아버지인 남군 장군 테네시 플린트록 새시가 졸업식에 참석할 거라고, 그분은 백네 살이며 총명하기가 유리알 같다고 말했다. 졸업식에 유명 인사는 언제나 환영이었고 무대에 앉아 있다 소개를 받을 수 있었다. 그녀는 보이스카우트 대원인 조카 존 웨슬리 포커 새시에게 장군의 휠체어를 밀게 했다. 노인이 남군 용사의 회색 군복을 입고 깨끗한 보이스카우트 단복을 입은 어린 소년과 함께 있으면 참 보기 좋을 것 같았다. 그것은 지난 시대와 새 시대를 나타낸다고 그녀는 생각했다. 그들은 그녀가 학위를 받을 때 무대 안쪽에 있을 것이다.

모든 것이 거의 그녀의 계획대로 흘러갔다. 여름에 그녀가 학교에 다니느라 집을 떠나 있을 때 장군은 다른 친척 집에서 지냈는데, 그 친척들이 장군과 보이스카우트 존 웨슬리를 졸업식에 데리고 왔다. 기자가 그들의 호텔에 와서 장군 양옆에 샐리 포커와 존 웨슬리를 두고 사진을 찍었다. 지난날 예쁜 여자들과 사진을 찍었던 장군은 이 일을 대단치 않게 여겼다. 그는 자신이 참석할 행사가 무슨 행사인지도 잊었지만 군복을 입고 칼을 차야 한다는 것은 기억했다.

졸업식 날 아침, 샐리 포커는 초등교육학 학사들과 행진을 해야 했고, 장군이 무대에 오르는 모습을 직접 볼 수 없었다. 하지만 자신 있는 표정의 열 살짜리 뚱뚱한 소년 존 웨슬리는 모든 것을 잘 해낼 게 분명했다. 그녀는 학사 가운을 입고 호텔에 가서 노인에게 군복을 입혔다. 그는 바짝 마른 거미처럼 연약했다. 그녀가 말했다. "들뜨지 않으세요, 할아버지? 저는 정말이지 미치게 흥분돼요!"

"칼을 무릎에 내려놔, 멍청아. 거기서 반짝이게." 노인이 말했다.

그녀는 칼을 거기 놓고 물러서서 그를 바라보며 말했다. "할아버지, 정말 멋있어요."

"이런 우라질. 염병하지 마." 노인이 자기 심장박동에 맞추는 듯 느리고 단조로운 어조로 말했다.

"가요." 그녀가 말하고 기쁘게 그의 곁을 떠나 행렬로 들어갔다.

졸업생들은 과학관 뒤에 줄을 서 있었고, 그녀는 줄이 막 움직일 때 자기 자리를 찾았다. 전날 잘 자지 못했고, 잠이 들었을 때는 졸업식 꿈을 꾸면서 "저분을 보라!" 하고 잠꼬대를 했지만 항상 고개를 돌려 그를 보기 직전에 잠이 깼다. 졸업생들은 검은 모직 가운을 입고 뜨거운 태양 아래 세 블록을 걸어야 했으며, 그녀는 무감각하게 걷다가 이런 졸업 행진이 멋있다고 생각하는 사람이 있다면 이제 노장군이 옛 용사의 회색 군복을 입고 단정한 보이스카우트 대원이 미는 휠체어에 앉아 무대에 자리를 잡는 모습과 그의 무릎에서 칼이 햇빛에 반짝이는 모습을 봐야 한다고 생각했다. 존 웨슬리가 무대 뒤에서 할아버지를 준비시키는 모습이 그려졌다.

검은 행렬은 구불구불 두 블록을 걸어 강당을 향한 본 행진을 시작했다. 손님들은 풀밭에 서서 자신들의 졸업생을 찾았다. 남자들은 모자를 뒤로 밀고 이마를 닦았고, 여자들은 드레스가 등에 달라붙지 않도록 어깨를 들었다 내렸다 했다. 무거운 가운을 입은 졸업생들은 무지의 땀방울을 모조리 다 흘려서 버리려는 것 같았다. 태양은 자동차 펜더에서 이글거리고 건물 기둥에서 튀어나오며 사람들의 눈을 이곳 저곳의 섬광으로 끌어당겼다. 샐리 포커의 눈도 그렇게 움직이다 강당 옆에 서 있는 빨간색 코카콜라 기계로 향했다. 거기 장군이 찌푸린 얼굴로 땡볕에 모자도 쓰지 않은 채 앉아 있었고, 존 웨슬리는 스카우트복 셔츠 뒷자락을 늘어뜨린 채 빨간 기계에 엉덩이와 뺨을 대고 콜라를 마시고 있었다. 그녀는 줄에서 뛰어나가 소년에게서 콜라를 빼앗았다. 그리고 소년을 흔들고 튀어나온 셔츠 자락을 바지 속에 욱여 넣은 뒤 노인의 머리에 모자를 씌웠다. "이제 저리 모시고 들어가!" 그녀는 뻣뻣한 손가락으로 건물 옆문을 가리켰다.

장군은 정수리에 작은 구멍이 뚫려서 점점 커지는 느낌이 들었다. 소년은 얼른 그를 밀고 가서 건물로 들어가는 경사로에 올라섰고 덜컹거리며 무대 입구로 가서 지시받은 곳에 세워 놓았다. 그리고 장군은 눈앞에 한 덩어리로 흘러가는 것 같은 머리들과 이 얼굴 저 얼굴로 옮겨 다니는 눈을 노려보았다. 검은 가운을 입은 사람 몇 명이 와서 그의 손을 잡고 악수를 했다. 검은 행렬이 객석 복도를 채우며 흘러 들어와서 웅장한 음악에 맞추어 장군 앞에 웅덩이를 이루었다. 음악은 작은 구멍을 통해 그의 머리로 들어오는 듯했고 그는 잠시 이 행렬도 그리 들어올 거라고 생각했다.

그는 이것이 무슨 행렬인지는 몰랐지만 무언가 친숙한 느낌은 들었다. 그에게 찾아왔으니 친숙한 행렬이 분명했지만, 그는 검은 행렬은 좋아하지 않았다. 자신을 찾아오려면 시사회 때처럼 예쁜 여자들이 탄 꽃마차가 있어야 한다고 그는 짜증스럽게 생각했다. 이것은 늘 그랬듯이 역사와 관련된 일 같았다. 하지만 그는 역사에 아무 관심 없었다. 그때 일어난 일은 지금 살아 있는 사람에게 아무 의미도 없었고, 그는 지금 살아 있었다.

행렬 전체가 흘러 들어와 검은 웅덩이를 이루었을 때 그 앞에서 검은 형체 하나가 연설을 시작했다. 그 사람은 역사에 대해서 말했고, 장군은 듣지 않기로 했지만 말이 머리의 구멍으로 계속 들어왔다. 연설자가 그의 이름을 언급하자 휠체어가 앞으로 덜컹 밀려갔고 뚱뚱한 소년이 허리를 깊이 숙여 경례했다. 사람들이 그의 이름을 불렀고 뚱뚱한 소년이 경례했다. 우라질, 노인은 말하고 싶었다. 비켜, 난 일어설 수 있어! 하지만 그가 일어나서 답례를 할 새도 없이 휠체어가 다시 뒤로 당겨졌다. 그는 이 소음이 자신을 위한 거라고 생각했다. 자기 몫이 끝나면, 더는 그 소음을 듣고 싶지 않았다. 정수리의 구멍이 아니라면 그 말들은 그에게 하나도 들어오지 않았을 것이다. 그는 손가락으로 그 구멍을 막을까 하는 생각이 들었지만, 구멍은 손가락 굵기보다 약간 넓었고, 깊이도 점점 깊어지는 것 같았다.

또 다른 검은 가운이 첫 번째 검은 가운의 뒤를 이어 이야기를 시작했고, 그는 다시 자기 이름이 언급되는 걸 들었지만 그들은 그의 이야기를 하지 않았다. 그들은 여전히 역사를 이야기했다. 연설자가 말했다. "우리가 과거를 잊으면, 우리는 미래를 떠올리지 못할 테고 과거가 없는 것이나 마찬가지가 될 것입니다." 장군은 이런 말들을 조금씩 들었다. 그는 역사를 잊었고, 그것을 기억하고 싶은 마음도 없었다. 그는 아내의 이름과 얼굴을 잊었고, 자녀들 이름과 얼굴도 잊었으며 심지어 아내와 자녀가 있었다는 사실도 잊었고, 수많은 장소의 이름과 장소들 자체와 그 장소에서 일어난 일들을 잊었다.

그는 머리의 구멍 때문에 상당히 피곤했다. 이런 행사에서 머리에 구멍이 날 줄은 몰랐다. 거기 구멍을 뚫은 것은 그 느리고 검은 음악이었고, 음악은 바깥에서는 거의 그쳤지만 구멍에는 약간 남아서 점점 깊이 생각을 휘저으며 그가 들은 말을 머릿속 어두운 장소들로 보냈다. 그는 치카모가, 샤일로, 존스턴, 리* 같은 말을 들었고, 사람들이 그 의미 없는 말들을 하는 것이 자기 때문이라는 걸 알았다. 자신이 장군이었던 게 치카모가였는지 리였는지 생각해 보았다. 그런 뒤 그는 자신과 말[馬]이 가운데 선 꽃마차가 예쁜 여자들을 가득 태우고 애틀랜타 시내를 천천히 지나가는 모습을 떠올리려고 했다. 그런데 그 대신 오래된 말[言]들이 자꾸 머릿속에서 꿈틀거렸다. 말들이 그곳을 벗어나 살아나려고 하는 것 같았다.

연설자는 그 전쟁을 끝내고 다음 전쟁으로 넘어갔다가 또 다른 전쟁을 향해 갔고, 그의 모든 말은 검은 행렬처럼 어렴풋하게 친숙하고 짜증스러웠다. 장군의 머릿속에 음악의 길쭉한 손가락이 들어와서 말들의 지점을 쑤시면서 그 말에 빛을 비추고 말들이 살아나는 것을 도와주었다. 말들이 그에게 다가왔고 그는 우라질! 하고 말했다. 이런 것 다 싫어! 그리고 거기서 비켜서려고 조금씩 뒤로 물러났다. 그때 검은 가운이 자리에 앉는 것이 보였고, 다시 한 번 소음이 일더니 앞의 검은 웅덩이가 우르릉거리며 검고 느린 음악에 맞추어 양쪽에서 그를 향해 흘러오기 시작했고, 그는 말했다. 우라질, 멈춰! 나는 한 번에 한 가지밖에 못 해! 그는 말을 막는 일과 행렬에 신경 쓰는 일을 동시에 할 수 없었고, 말들은 그에게 빠른 속도로 다가왔다. 자신이 뒤로 달리는

---

* 앞의 둘은 남북전쟁과 관계된 지명, 뒤의 둘은 남북전쟁과 관련된 인명이다.

데, 말들이 머스킷 총알처럼 빠르게 다가오는 것 같았다. 그것은 빗나가면서도 점점 가까워졌다. 그는 돌아서서 전속력으로 달렸지만 다시 보니 자신이 말들을 향해 달려가고 있었다. 그것들의 일제사격이 규칙적으로 닥쳤고, 그는 빠른 욕설로 거기 응수했다. 음악이 그를 향해 부풀어 오르면서 과거 전체가 그의 앞에 입을 벌렸다. 그는 온몸 수백 곳이 고통스럽게 찔리는 것 같았고, 모든 타격에 욕설로 응수하며 쓰러졌다. 둥근 금테 안경을 쓴 아내의 여윈 얼굴이 자신을 못마땅하게 내려다보았다. 눈을 찌푸리고 자신을 보는 대머리 아들도 보였다. 어머니가 걱정스러운 얼굴로 그에게 달려왔다. 그러더니 여러 장소—치카모가, 샤일로, 마사스빌—가 과거가 유일한 미래고, 이제 그는 그걸 참아야 한다는 듯 밀려들었다. 그때 그는 검은 행렬이 자기 앞에 바짝 다가온 것을 보았다. 그는 그것을 알아보았다. 하루 종일 자기를 따라다녔기 때문이다. 그가 그 너머를 보려고, 과거 뒤에는 무엇이 오는지 보려고 안간힘을 쓰다가 손으로 칼을 꽉 움켜잡아서 칼날이 뼈에 닿았다.

졸업생들은 졸업장을 받고 학장과 악수하기 위해서 줄을 지어 무대를 지나갔다. 샐리 포커는 줄 거의 끝 부분에서 지나가다가 장군에게 눈길을 던졌고, 그가 눈을 크게 뜨고 꼿꼿하게 앉아 있는 모습을 보았다. 그녀는 다시 고개를 앞으로 돌려 살짝 치켜든 채 졸업장을 받았다. 모든 것이 끝나고 햇빛 쏟아지는 강당 밖으로 나왔을 때, 그녀는 친척들을 만났고 그들과 함께 그늘 속 벤치에 앉아서 존 웨슬리가 노인의 휠체어를 밀고 나오기를 기다렸다. 하지만 그 영악한 스카우트 대원은 뒷길로 그를 덜컹덜컹 밀고 나가서 포석 덮인 길을 빠른 속도로 달린 뒤 시체와 함께 코카콜라 앞의 긴 줄에 합류해 있었다.

당신이 지키는 것은 어쩌면 당신의 생명
The Life You Save May Be Your Own

노부인과 딸이 툇마루에 나와 앉아 있을 때 시프틀릿 씨가 처음으로 그 집 앞의 길을 걸어왔다. 노부인은 의자 끝으로 미끄러져 앉아 고개를 내밀고 강렬한 노을빛을 손으로 가렸다. 딸은 먼 곳을 보지 못해서 손가락 장난만 계속했다. 노부인은 이 황량한 곳에 딸과 둘이 살았고, 시프틀릿 씨는 처음 보는 사람이었지만 멀리서도 그가 떠돌이고 겁낼 필요가 없는 사람이라는 걸 알았다. 왼쪽 코트 소매가 위로 접혀서 그쪽 팔이 절반뿐이라는 걸 알려 주었고, 앙상한 몸매는 바람에 밀리는 듯 옆으로 살짝 기울어졌다. 그는 검은 정장을 입고, 앞 챙이 뒤집히고 뒤 챙은 내려간 갈색 펠트 모자를 썼으며 주석 연장 통을 들었다. 그는 태양을 향해 고개를 돌린 채 천천히 길을 걸어왔다. 태양은 작은 산꼭대기에 자기 몸을 얹으려고 하는 것 같았다.

노부인은 그가 마당 앞에 올 때까지 자세를 바꾸지 않았다. 그러다가 한쪽 허리에 주먹을 댄 채 일어났다. 청색 모슬린 재질의 짧은 원피스를 입은 뚱뚱한 딸은 그를 보더니 벌떡 일어나 발을 구르고 손가락질을 하며 흥분한 소리를 냈다.

시프틀릿 씨는 마당 안에 살짝 들어와서 바닥에 연장 통을 내려놓고는 딸의 그런 행동이 아주 자연스럽다는 듯 모자를 살짝 기울여 인사했다. 그리고 노부인을 돌아보고 큰 동작으로 모자를 벗어 인사했다. 가운데 가르마를 탄 검은색의 매끄럽고 긴 머리는 양쪽 귀 뒤에 납작하게 달라붙어 있었다. 얼굴은 이마가 절반 이상이고, 눈 코 입은 튼튼한 돌출 턱 위쪽에 간신히 자리 잡고 있었다. 그는 젊어 보였지만, 인생을 꿰뚫어 본 듯한 허무의 기운을 띠고 있었다.

"안녕하시오." 노부인이 말했다. 부인은 나무 말뚝처럼 호리호리했고 머리에는 회색 남자 모자를 낮게 내려 쓰고 있었다.

떠돌이는 가만히 서서 부인을 바라볼 뿐 대답은 하지 않았다. 그러더니 노을을 향해 돌아서서 온전한 팔과 짧은 팔 양쪽을 모두 뻗어 하늘을 가리켜 자기 몸을 구부러진 십자가 같은 모양으로 만들었다. 부인은 태양의 주인은 자신이라는 듯 가슴 앞에 팔짱을 끼고 그를 바라보았고, 딸은 고개를 내밀고 뚱뚱한 두 손을 힘없이 늘어뜨린 채 그를 보았다. 딸은 붉은빛 도는 긴 금발 머리였고 눈은 공작의 목처럼 파랬다.

떠돌이는 그 자세를 거의 50초 동안 유지하더니 연장 통을 들고 현관 앞으로 와서 계단 밑에 내려놓았다. 그리고 비음이 섞였지만 흔들림 없는 목소리로 말했다. "사모님, 매일 저녁 저런 노을을 보는 곳에 살 수 있다면 저는 전 재산이라도 바치겠습니다."

"매일 저런 노을이 뜨지." 노부인이 말하고 뒤로 기대앉았다. 딸도 의자에 앉아서 가까이 다가온 새를 보듯 주의 깊게 그를 살폈다. 그는 한쪽으로 몸을 기울이고 바지 주머니에서 껌 한 통을 꺼내더니 딸에게 껌 한 개를 건넸다. 딸은 그것을 받아 들어 포장을 벗기고는 그를 바라보며 씹었다. 그는 노부인에게도 껌을 주었지만 부인은 윗입술을 들어 올려 이가 없다는 것을 보여 주었다.

시프틀릿 씨의 날카로운 눈은 이미 마당의 모든 것을 훑고—한쪽 모퉁이의 펌프, 닭 서너 마리가 잠을 자려고 올라앉은 큰 무화과나무—헛간으로 갔다. 녹슨 자동차의 각진 뒷모습이 보였다. "두 분이 운전을 하시나요?" 그가 물었다.

"그 차는 멈춘 지 15년 됐어. 남편이 죽고 차도 멈췄지." 노부인이 말했다.

"세상 모든 것이 변합니다. 세상은 거의 다 썩었어요." 그가 말했다.

"그래, 맞아. 젊은이는 이 지역 사람인가?" 노부인이 물었다.

"톰 T. 시프틀릿이라고 합니다." 그가 자동차 타이어를 바라보며 말했다.

"만나서 반갑네." 노부인이 말했다. "내 이름은 루시넬 크레이터고, 여기 내 딸 이름도 루시넬 크레이터야. 여기는 어쩐 일로 오신 건가, 시프틀릿 씨?"

그는 자동차가 1928년 아니면 1929년식 포드라고 판정했다. "사모님." 그가 말하고 돌아서서 부인을 주의 깊게 바라보았다. "한 가지 사실을 말씀드리죠. 애틀랜타의 의사들 가운데 칼을 들고 사람 심장을 도려내는—사람 심장을 도려내서 손에 들고," 그는 몸을 굽히고 정말로 사람 심장을 들고 있는 듯 손바닥을 앞으로 내밀었다. "무슨 병아리처럼 연구하는 이가 있습니다." 그가 말하고 의미심장한 분위기로 한참 동안 입을 다물었다. 그러는 사이 고개가 앞으로 나오고 진흙색 눈동자가 밝아졌다. "하지만 그 사람은 심장에 대해서 우리보다 아는 게 없습니다."

"맞는 말이야." 노부인이 말했다.

"칼을 들고 심장 구석구석을 잘라 봐도 우리보다 더 잘 알지 못해요. 제 말씀을 보증해 주시겠습니까?"

"아니, 그렇게는 하지 않겠어." 노부인이 현명하게 말했다. "시프틀릿 씨는 어디 분이신가?"

그는 대답하지 않았다. 그 대신 주머니에서 담배 자루와 담배 종이를 꺼내 한 손으로 능숙하게 담배를 만 뒤 한쪽 끝을 윗입술에 댔다. 그리고 주머니에서 나무 성냥을 꺼내 구두에 대고 켰다. 그는 불이 위험할 만큼 가까이 타들어 올 때까지 신비의 불꽃을 연구하듯 성냥을 들고 있었다. 딸이 꽥꽥 소리를 지르며 그의 손을 향해 손가락을 흔들었고, 그는 불꽃이 손에 닿기 직전에 코에 불을 붙일 듯 고개를 숙이고 손으로 불꽃을 가린 채 담뱃불을 붙였다.

그런 뒤 그는 꺼진 성냥을 던지고 저녁 공기 속으로 잿빛 연기를 날렸다. 그의 얼굴에 교활한 표정이 떠올랐다. "사모님, 요즘 사람들은 어떤 일이든 합니다. 제 이름은 톰 T. 시프틀릿이고 제 출신지는 테네시 주 타워터지만 사모님은 저를 처음 보십니다. 제 말이 거짓인지 아닌지 어떻게 아시겠습니까? 제가 조지아 주 싱글베리 출신의 애런 스파크스인지, 앨라배마 주 루시 출신의 조지 스피즈인지, 미시시피 주 툴러폴스 출신의 톰슨 브라이트인지 아닌지 어떻게 아시겠습니까?"

"나는 젊은이에 대해 아무것도 몰라." 노부인이 짜증스럽게 말했다.

"사모님, 사람들은 거짓말을 신경 쓰지 않습니다. 제가 확실히 말씀드릴 수 있는 건 제가 남자라는 겁니다. 하지만 사모님." 그가 말을 멈추었다가 더욱 불길하고 차분한 어조로 덧붙였다. "남자가 뭡니까?"

노부인은 잇몸으로 씨를 씹다가 물었다. "그 주석 통에는 뭐가 들었나, 시프틀릿 씨?"

"연장입니다. 저는 목수입니다." 그가 잠시 뜸을 들이고 말했다.

"젊은이가 여기서 일을 해 주면 숙식은 대 줄 수 있지만 돈은 줄 수 없어. 미리 말해 두지." 부인이 말했다.

답은 곧바로 오지 않았고 그의 얼굴에 이렇다 할 표정도 떠오르지 않았다. 그는 현관 지붕을 지탱하는 각목 기둥에 몸을 기대고 느릿하게 말했다. "사모님, 어떤 남자들에게는 돈보다 소중한 것이 있습니다." 노부인은 아무 말도 없이 몸을 흔들었고, 딸은 그의 목에서 오르락내리락하는 방아쇠를 바라보았다. 그는 이어 부인에게 대부분의 사람은 돈에만 관심이 있다며 남자가 무엇을 위해 사느냐고 물었다. 남자는 돈을 위해 삽니까 아니면 무엇을 위해 삽니까 하고 물었다. 그리고 사모님은 무엇을 위해 사시느냐고도 물었지만 부인은 대답하지 않았다. 그저 몸을 흔들며 외팔이 남자가 정자에 지붕을 달아 줄 수 있을까 하는 것만 생각했다. 그는 많은 질문을 했지만 부인은 대답하지 않았다. 그는 자신이 스물여덟 살이고 많은 인생 경험을 했다고 말했다. 한때는 복음성가 가수였고, 철도 노동자로도 일하고, 장의사 조수로도 일했으며, 석 달 동안 엉클 로이가 이끄는 레드 크리크 랭글러스와 함께 라디오에도 출연했다고 했다. 조국의 군대에 들어가 피를 흘리며 싸웠고 외국도 안 가 본 데가 없으며 가는 곳마다 사람들이 세상에 신경 쓰지 않는 모습을 보았다고 했다. 하지만 자신은 그렇게 배우지 않았다고 했다.

노랗고 통통한 달이 닭들 곁에서 잠을 자려는 듯 무화과나무 가지 사이에 나타났다. 그는 남자는 세상을 제대로 보기 위해 시골에 가야 한다고, 자신은 매일 저녁 애초에 하느님이 설계하신 것과 같은 노을이 지는 이런 외딴곳에 살고 싶다고 말했다.

"결혼은 했나?" 노부인이 물었다.

오랜 침묵이 흐른 뒤 그가 말했다. "사모님, 요즘 어디서 정직한 여성을 찾을 수 있나요? 손만 뻗으면 집을 수 있는 쓰레기는 원하지 않습니다."

딸은 몸을 깊이 숙여 머리를 무릎 사이에 넣고 쏟아진 머리 사이에 생겨난 삼각형 틈새로 그를 보았다. 그러다가 바닥에 털썩 쓰러져서 훌쩍거렸다. 시프틀릿 씨가 딸을 일으켜서 다시 의자에 앉혔다.

"따님인가요?" 그가 물었다.

"무남독녀지." 노부인이 말했다. "세상에서 우리 애만큼 착한 애는 없어. 세상 무엇보다도 소중한 애야. 거기다 아주 똑똑해. 청소도 하고 요리도 하고 설거지도 하고 닭 모이도 주고 괭이질도 해. 보석을 한 상자 갖다 준대도 이 애하고 바꿀 수 없어."

"그럼요. 어떤 남자에게도 따님을 빼앗기지 마십시오." 그가 다정하게 말했다.

"우리 아이를 원하는 남자는 이 집에서 같이 살아야 해." 노부인이 말했다.

시프틀릿 씨의 눈은 어둠 속에서 반짝이는 자동차 범퍼에 가 있었다. 그러더니 그가 짧은 쪽 팔을 들어서 집과 마당과 펌프를 가리키는 듯한 동작을 하며 말했다. "사모님, 제가 외팔이일지 몰라도 이 농장의 부서진 물건 중 고치지 못할 것은 없습니다." 그가 침울한 위엄을 갖추고 말했다. "제가 온전치 않다 해도 저는 남자입니다." 그리고 손마디로 바닥을 두드려서 자신이 하는 말을 강조했다. "저는 도덕적 지성이 있습니다!" 그의 얼굴이 어둠을 벗어나 현관에서 비치는 불빛 속으로 들어갔고, 그 자신도 이런 불가능한 진실에 놀란 듯 부인을 바라보았다.

노부인은 그 말에 감동받지 않고 무덤덤하게 대꾸했다. "여기서 일하면 밥은 줄 수 있다고 이미 말했어. 차 안에서 자는 것도 괘념치 않는다면."

"사모님, 지난날 수도사들은 관 속에서도 잤습니다!" 그가 기쁜 미소를 짓고 말했다.

"그때 세상은 지금 세상만큼 개명하지 않았으니까." 노부인이 말했다.

다음 날 아침 그는 정자 지붕을 수리하기 시작했고 딸 루시넬은 바위에 앉아서 그가 일하는 모습을 지켜보았다. 그 뒤로 일주일도 지나지 않아 그가 만드는 변화들이 눈에 확연히 드러났다. 그는 앞문과 뒷문 계단을 수선했고, 돼지우리를 새로 짓고, 울타리를 고치고, 귀가 멀어 평생 말이라곤 해 본 적 없는 루시넬에게 '새'라는 말을 가르쳤다. 장밋빛 얼굴의 뚱뚱한 처녀 루시넬은 어디나 그를 따라다니며 "스에에 스에에" 하고 박수를 쳤다. 노부인은 멀리서 그 모습을 지켜보며 은근히 흡족해했다. 사윗감을 탐내고 있었기 때문이다.

시프틀릿 씨는 좁고 딱딱한 자동차 뒷좌석에서 두 발을 창밖으로 내밀고 잤다. 상자에 면도기와 물통을 담아 협탁처럼 썼고, 뒤창에 거울을 세워 두었으며, 코트는 단정하게 옷걸이에 걸어 창문 한 곳에 걸어 두었다.

저녁이면 그는 현관 계단에 앉아 이야기를 했고, 노부인과 루시넬은 양옆의 흔들의자에 앉아 몸을 흔들었다. 노부인이 늘 바라보는 세 봉우리는 검푸른 하늘을 컴컴하게 등지고 섰고, 이따금 행성들이나 닭들 곁을 떠난 달이 그곳을 방문했다. 시프틀릿 씨는 자신이 이 농장을 보수하는 이유는 여기 개인적인 관심이 있어서라고 말했다. 그리고 자동차도 다시 달릴 수 있게 하겠다고 말했다.

그는 자동차 보닛을 열고 안의 구조를 살피더니 자동차를 제대로 만들던 시절에 만든 차라는 걸 알 수 있다고 했다. 오늘날에는 한 사람이 볼트 하나를 끼우고 다른 사람이 다른 볼트를 끼우고 또 다른 사람이 다른 하나를 끼워서 볼트 하나당 사람이 하나씩이라고 했다. 그래서 요새 자동차 값이 그렇게 비싼 겁니다. 그 사람들 품삯을 죄 줘야 하니까요. 한 사람 품삯만 줘도 된다면 차 값도 싸지고 일꾼도 자동차에 진짜 관심을 갖게 될 거라고, 그러면 차도 더 좋아질 거라고 했다. 노부인은 그렇다고 동의했다.

시프틀릿 씨는 이 세상의 문제는 사람들이 신경을 안 쓰거나 수고를 들이지 않아서라고 했다. 자신이 신경을 쓰지 않았다면, 또 오랜 수고를 들이지 않았다면 루시넬에게 말을 한 마디도 가르칠 수 없었을 것이라고 했다.

"다른 말도 가르쳐 봐." 노부인이 말했다.

"무슨 말을 가르치고 싶으신가요?" 시프틀릿 씨가 물었다.

노부인의 합죽이 미소는 은근했다. "'자기야'라는 말을 가르쳐 봐."

시프틀릿 씨는 진작부터 부인의 속마음을 알았다.

다음 날 그는 자동차를 손보기 시작했고, 그날 저녁 부인에게 팬 벨

트만 사 오면 차를 달리게 할 수 있다고 말했다.

노부인은 돈을 주겠다고 하고 루시넬을 가리키며 말했다. "저기 우리 애 보이지?" 루시넬은 그에게서 30센티미터 정도 떨어진 바닥에 앉아서 그를 바라보고 있었다. 어둠 속에서도 두 눈이 파랗게 반짝였다. "어떤 남자가 저 애를 데려가려고 하면 나는 '이 세상 누구도 내게서 우리 예쁜 딸을 빼앗아 가지 못해!' 하고 말할 거야. 하지만 남자가 '사모님, 저는 따님을 데려가지 않겠습니다. 여기서 따님과 함께 살고 싶습니다' 하고 말하면, 나는 '자네를 나무랄 수 없군. 나라도 이 튼튼한 집에서 세상에서 가장 사랑스러운 여자하고 같이 살 기회를 저버리지 않을 테니까. 자네는 똑똑해' 하고 말하겠어."

"따님이 몇 살인가요?" 시프틀릿 씨가 가볍게 물었다.

"열다섯인가 열여섯인가 그래." 노부인이 말했다. 루시넬은 서른이 다 되었지만 너무도 천진해서 나이를 짐작하기 힘들었다.

"자동차에 페인트칠도 하는 게 좋을 것 같습니다. 녹이 슬어 삭으면 아까우니까요." 시프틀릿 씨가 말했다.

"그건 나중에 생각하세." 노부인이 말했다.

다음 날 그는 시내로 걸어가서 필요한 부품과 휘발유 한 통을 사 가지고 돌아왔다. 오후가 저물어 갈 무렵 헛간에서 굉음이 터져 나왔고, 노부인은 루시넬이 어디서 발작을 일으켰나 하고 집에서 달려 나왔다. 루시넬은 닭 상자에 앉아 발을 구르며 "스에에에! 스에에에!" 하고 비명을 질렀다. 하지만 그 법석도 자동차 소리에 묻혔다. 자동차는 소음을 뿜으며 헛간에서 당당하게 나왔다. 시프틀릿 씨는 운전석에 꼿꼿하게 앉아 있었다. 얼굴 표정은 지금 막 죽은 자를 일으키기라도 한 듯 진지하고 조심스러웠다.

그날 밤 노부인은 툇마루의 흔들의자에 앉아 몸을 흔들면서 즉시 계획을 작동시켰다. "자네는 순수한 여자가 좋지? 쓰레기 따위는 싫지?" 부인이 다정하게 물었다.

"그렇습니다." 시프틀릿 씨가 말했다.

"말을 못하는 여자는 말대꾸도 안 하고 욕도 안 해." 부인이 말했다. "자네한테는 바로 그런 여자가 필요해. 바로 저기." 그리고 부인은 의자에 책상다리로 앉아 두 손으로 두 발을 잡고 있는 루시넬을 가리켰다.

"맞습니다. 루시넬은 제게 어떤 괴로움도 끼치지 않을 겁니다." 그가 인정했다.

"토요일에 셋이 함께 자동차를 타고 시내에 나가서 결혼식을 올리세." 노부인이 말했다.

시프틀릿 씨는 계단에서 자세를 늦추었다.

"저는 당장은 결혼할 수 없습니다. 사모님이 원하시는 일에는 돈이 드는데 저는 돈이 없습니다." 그가 말했다.

"자네에게 돈이 무슨 필요야?" 부인이 물었다.

"돈이 필요합니다." 그가 말했다. "요즘은 모든 일을 아무렇게나 하는 사람들이 있습니다. 하지만 저는 아내에게 멋진 여행을 시켜 줄 수 있기 전에는 누구와도 결혼하지 않을 생각입니다. 호텔에 데리고 가서 좋은 음식을 대접하는 그런 것 말입니다. 저는 호텔에 데려가서 좋은 음식을 대접할 수 없다면 원저 공작 부인하고도 결혼하지 않을 겁니다. 저는 그렇게 배우며 자랐기에 어쩔 수 없습니다. 제 어머니는 저를 그렇게 키우셨습니다."

"루시넬은 호텔이 뭔지도 몰라." 노부인이 웅얼거렸다. "이봐, 시프틀릿 군." 부인은 의자에 앉아서 몸을 앞으로 미끄러뜨렸다. "그러면 자네는 집이 생기고 깊은 우물도 생기고 세상에서 가장 순수한 여자도 생겨. 돈은 필요 없어. 한 가지 말한다면, 세상은 사고무친으로 떠도는 불구자에게 그렇게 만만하지 않아."

그 추악한 말은 말똥가리 무리가 나무 꼭대기에 내려앉듯 시프틀릿 씨의 머리에 내려앉았다. 그는 곧바로 대답하지 않았다. 그 대신 담배를 한 대 말아 불을 붙인 뒤 흔들림 없는 목소리로 말했다. "사모님, 남자는 정신과 육체 두 부분으로 나뉘어 있습니다."

노부인은 잇몸을 앙다물었다.

"정신과 육체요." 그가 다시 말했다. "육체는 집과 같습니다. 아무 데도 가지 않아요. 하지만 정신은 자동차와 같습니다. 언제나 움직입니다. 언제나……"

"시프틀릿 군." 부인이 말했다. "내 우물은 어떤 가뭄에도 마르지 않고 우리 집은 겨울에도 따뜻하고 저당도 없어. 법원에 가서 확인해 봐. 그리고 헛간에는 훌륭한 자동차가 있어." 부인은 신중하게 미끼를 놓았다. "토요일 전에 페인트를 칠하게 해 주지. 돈을 주겠어."

어둠 속에서 시프틀릿 씨의 미소가 불가에서 깨어나는 지친 뱀처럼 몸을 폈다. 잠시 후 그가 정신을 차리고 말했다. "제 말은 그저 남자에게 정신은 다른 어떤 것보다 중요하다는 뜻입니다. 저는 비용 걱정 없이 아내와 주말여행을 갈 수 있어야 합니다. 저는 제 정신의 명령을 따라야 합니다."

"주말여행에 15달러를 주겠어. 그게 내가 할 수 있는 최선이야." 노부인이 뒤틀린 목소리로 말했다.

"그건 기름 값과 호텔비 정도밖에 되지 않습니다. 식사비는 안 돼요." 그가 말했다.

"17달러 50센트. 그게 내가 가진 전부니까 더 이상 짜내려고 해 봐야 소용없어. 그 돈이면 점심을 먹을 수 있을 거야." 노부인이 말했다.

시프틀릿 씨는 '짜낸다'는 말에 상처 받았다. 그는 부인이 매트리스 밑에 돈을 더 감추고 있다고 믿었지만, 어쨌건 이미 자신은 부인의 돈에 관심이 없다고 말했다. "그 정도면 될 것 같습니다." 그는 그렇게 말하고 일어서서 더 이상의 협상 없이 자리를 떠났다.

토요일에 세 사람은 페인트도 채 마르지 않은 자동차를 타고 시내로 나갔고 시프틀릿 씨와 루시넬은 노부인을 증인으로 세우고 지방법원에서 결혼했다. 법원을 나설 때 시프틀릿 씨는 목을 이리저리 비틀었다. 그리고 누구한테 붙들려 욕이라도 듣는 듯 침울하고 불만스러운 표정으로 말했다. "저는 여기 만족하지 못해요. 그저 사무적인 서류 작성과 피검사뿐이죠. 그 사람들이 내 피에 대해 뭘 알아요? 설령 내 심장을 도려내서 들여다본다고 해도 나에 대해 아무것도 몰라요. 저는 절대 여기 만족하지 못해요."

"법은 거기 만족해." 노부인이 날카롭게 말했다.

"법이라고요. 법은 저를 만족시키지 못합니다." 시프틀릿 씨가 말하고 침을 뱉었다.

그는 차를 진녹색으로 칠하고 창문 아래쪽에 노란 띠를 둘렀다. 세 사람이 앞 좌석에 타자 노부인이 말했다. "우리 루시넬이 예쁘지 않아? 아기 인형 같아." 루시넬은 어머니가 트렁크에서 찾아낸 흰 드레스를 입었고, 머리에는 빨간 나무 버찌를 꽂은 파나마모자를 썼다. 이따금 노부인의 평온한 표정에 교활한 생각이 사막의 새싹처럼 빠르게 떠올랐다 사라졌다. "자네는 횡재했어!" 그녀가 말했다.

시프틀릿 씨는 부인을 보지도 않았다.

그들이 집에 도착하자 노부인이 들어가서 도시락을 가지고 나왔다. 그들이 떠나려고 할 때 부인은 자동차 유리창 가장자리를 움켜쥐고 안을 들여다보았다. 눈물이 나와서 더러운 주름살을 타고 흘러내렸다. "이때껏 이 아이랑 이틀도 떨어져 본 적이 없는데."

시프틀릿 씨는 차에 시동을 걸었다.

"나는 자네가 아니라면 누구에게도 딸을 주지 않았을 거야. 하지만 나는 자네 행동거지가 제대로 된 것을 보았어. 잘 가, 아가야." 부인은 흰 드레스 소매를 붙들고 말했다. 루시넬은 부인을 똑바로 보면서도 전혀 보지 못하는 것 같았다. 시프틀릿 씨가 차를 움직였고, 부인은 손을 떼었다.

이른 오후는 맑고 넓고 하늘은 푸르렀다. 자동차의 속도는 시속 50킬로미터에 그쳤지만, 시프틀릿 씨는 차가 오르막길과 내리막길과 굽잇길을 눈부시게 달린다는 상상으로 오전의 괴로움을 잊으려고 했다. 그는 오래전부터 자동차를 원했지만 전에는 형편이 되지 않았다. 그는 늦어도 해 질 녘에는 모빌에 도착하고 싶었기 때문에 속도를 올렸다.

그는 이따금 생각을 멈추고 옆자리의 루시넬을 바라보았다. 루시넬은 차가 집 마당을 벗어나자마자 도시락을 먹었고, 이제는 모자의 버찌를 하나하나 떼어서 창밖으로 던졌다. 그는 자동차가 있는데도 우울해졌다. 160킬로미터 정도를 갔을 때 그는 루시넬이 다시 배가 고파졌을 거라고 생각하고, 인근 소도시에서 은색 칠을 한 핫스팟이라는 식당 앞에 차를 세우고 햄과 오트밀을 주문해 주었다. 그녀는 자동차 여행에 피곤해져서 식당의 높은 스툴 의자에 앉자마자 고개를 카운터에 얹고 눈을 감았다. 핫스팟에는 시프틀릿 씨와 카운터 안쪽에 서 있는 창백한 청년뿐이었다. 청년은 어깨에 기름 헝겊을 두르고 있었다. 청년이 음식을 내기도 전에 루시넬은 부드럽게 코를 골았다.

"여자분이 잠에서 깨면 음식을 주세요. 돈은 지금 드리죠." 시프틀릿 씨가 말했다.

청년은 고개를 숙이고 루시넬의 붉은빛 도는 금발 머리와 반쯤 감은 눈을 들여다보았다. 그러더니 고개를 들어 시프틀릿 씨를 보고 말했다. "하느님의 천사 같네요."

"히치하이커예요. 깨어날 때까지 기다릴 수가 없네요. 터스컬루사까지 가야 하거든요." 시프틀릿 씨가 말했다.

청년은 다시 고개를 숙여 손가락으로 그녀의 금빛 머리를 살살 만졌고 시프틀릿 씨는 떠났다.

혼자 가는 자동차 길은 전보다 더욱 우울했다. 오후가 저물어 가며 날이 무더워졌고 시골길은 평탄하게 펼쳐졌다. 하늘 저 멀리서 폭풍이 천둥도 없이 천천히 일어나면서 폭발하기 직전에 지상의 모든 공기를 다 빨아들이려는 것 같았다. 시프틀릿 씨는 이따금 동승객이 있으면 좋겠다는 생각이 들었다. 거기다 자동차가 있는 사람은 다른 사람들을 도와야 한다고도 느껴서 혹시 히치하이커가 있을지 계속 길을 살폈다. 이따금 경고 표지판이 지나갔다. "조심 운전으로 내 생명을 지키자."

좁은 도로 양옆은 메마른 들판이었고, 여기저기 빈터에 오두막이나 주유소가 있었다. 앞쪽에서 해가 지기 시작했다. 앞창 밖으로 지나가는 태양은 위아래가 살짝 눌린 빨간 구체였다. 도로변에 작업복을 입고 회색 모자를 쓴 청년이 보여서 그는 그 옆에 차를 세웠다. 청년은 손을 들어 차를 세워 달라는 표시도 하지 않고 그냥 가만히 서 있었을 뿐이지만, 작은 여행 가방이 있었고 모자를 쓴 품이 어딘가를 영원히

떠나는 것 같았다. "히치하이크를 원하는 것 같아서." 시프틀릿 씨가
말했다.

청년은 그렇다는 말도 그렇지 않다는 말도 없이 자동차 문을 열고
안에 탔고 시프틀릿 씨는 출발했다. 청년은 가방을 무릎에 놓고 그 위
로 팔짱을 꼈다. 그리고 고개를 돌려 시프틀릿 씨 반대 방향을 바라보
았다. 시프틀릿 씨는 무언가 답답했다. 그가 잠시 후에 말했다. "친구,
우리 어머니가 세계에서 가장 좋은 어머니니까 자네 어머니는 세계에
서 두 번째로 좋은 어머니일 것 같군."

청년은 그에게 어두운 눈길을 던지더니 곧 다시 창밖을 바라보았다.

"아들한테 어머니만큼 좋은 게 없지." 시프틀릿 씨가 말을 이었다.
"어린 시절에 기도를 가르쳐 주고 아무도 나를 사랑하지 않을 때 사랑
을 주고, 옳고 그른 것을 가르치고, 아들이 올바로 살게 하니까. 친구,
내 인생에서 어머니를 떠난 그날만큼 서글픈 날이 없었어."

청년은 좌석에 앉은 채 몸을 움직였지만 시프틀릿 씨를 보지는 않
았다. 그리고 팔짱을 풀어 한 손을 문손잡이에 얹었다.

"우리 어머니는 하느님의 천사였어." 시프틀릿 씨가 조여드는 듯한
목소리로 말했다. "하느님이 어머니를 천국에서 보내 주셨는데, 내가
어머니 곁을 떠났지." 그의 눈이 눈물로 흐려졌다. 차는 거의 움직이지
않았다.

청년은 성난 얼굴로 그를 돌아보며 소리쳤다. "빌어먹을! 우리 어머
니는 똥개고 당신 어머니는 스컹크야!" 그러더니 문을 홀렁 열어 여행
가방을 들고 배수로로 뛰어내렸다.

시프틀릿 씨는 너무 놀라서 30미터 정도를 계속 문을 연 채로 갔다.
청년의 모자와 색깔이 같고 순무처럼 생긴 구름이 태양 앞으로 내려

왔고, 그보다 더 괴상한 모양의 다른 구름이 자동차 뒤로 기어왔다. 시프틀릿 씨는 더러운 세상이 자신을 집어삼키려 한다고 느꼈다. 그는 팔을 들었다가 가슴에 털썩 떨어뜨리고 기도했다. "오 하느님! 폭우를 퍼부어서 지상의 모든 더러움을 씻어 주소서!"

순무는 천천히 내려왔다. 몇 분 후 뒤에서 요란한 천둥소리가 울리며 굵은 빗방울이 자동차 뒤쪽을 주석 깡통처럼 두드렸다. 그는 얼른 액셀러레이터를 밟고 짧은 팔을 창밖으로 내밀고는 질주하는 소나기와 경주를 하며 모빌로 달려갔다.

강
The River

아이는 어두운 거실 한가운데 침울하게 서 있었고, 아이 아버지는 아이에게 체크무늬 코트를 입혔다. 아이의 오른팔이 소매에서 다 나오지 않았는데도 아버지는 단추를 채우고 아이를 반쯤 열린 문 안으로 들어온 얼룩얼룩한 손을 향해 밀고 갔다.

"옷을 제대로 안 입었네요." 현관 입구에서 큰 목소리가 말했다.

"그러면 제대로 입혀 주세요. 오전 6시예요." 아이 아버지가 말했다. 그는 목욕 가운 차림에 맨발이었다. 아이를 문 앞에 데리고 가서 문을 닫으려고 할 때 여자가 안으로 우뚝 들어섰다. 점박이 해골이 긴 녹두색 코트를 입고 펠트 모자를 쓴 것 같았다.

"차비를 주셔야 해요. 차를 두 번 타야 돼요."

그가 다시 방으로 들어가 돈을 꺼내 가서 보니 여자와 아이가 모두 집 안에 들어와 있었다. 여자는 집을 살펴보고 있었다. "제가 여기 오래 있고 싶다고 해도 담배꽁초 냄새 때문에 그럴 수가 없겠네요." 여자가 아이의 코트를 흔들어 매무시를 고쳐 주며 말했다.

"여기 차비 있습니다." 아버지가 말하고 문 앞으로 가서 문을 활짝 열고 기다렸다.

여자는 돈을 세어서 코트 안쪽에 넣고는 전축 옆에 걸린 수채화 앞으로 갔다. "저는 지금이 몇 시인지 알아요." 여자는 강렬한 색깔의 평면들을 가르는 검은 선을 유심히 들여다보며 말했다. "당연히 알죠. 제 근무는 오후 10시에 시작해서 5시에 끝나니까요. 그리고 제가 바인로路에서 차를 타면 여기까지 한 시간이 걸려요."

"그렇군요. 그러면 오늘 밤 아이가 8시나 9시쯤 오는 건가요?" 그가 물었다.

"더 늦을 수도 있어요." 여자가 말했다. "우리는 치유를 위해 강에 갈 거예요. 설교자 선생님은 이쪽에 자주 오시지 않거든요. 저라면 저걸 돈 주고 사지 않겠네요." 여자는 그림을 보고 고개를 끄덕였다. "저런 그림은 저라도 그릴 수 있을 것 같아요."

"네, 코닌 부인, 그럼 저녁때 봅시다." 그가 문을 톡톡 두드리며 말했다.

방에서 단조로운 목소리가 흘러나왔다. "얼음 팩 좀 가져다줘."

"아이 엄마가 아프시니 안됐어요. 무슨 병인가요?" 코닌 부인이 물었다.

"모르겠어요." 그가 말했다.

"설교자 선생님께 부인을 위한 기도를 부탁드릴게요. 그분, 베벌 서머스 선생님은 아주 많은 사람을 고치셨어요. 언제 한번 선생님을 만나 보라고 하세요."

"네, 그러죠. 밤에 뵙겠습니다." 그가 말한 뒤 그들을 두고 방으로 들어갔다.

소년은 말없이 부인을 바라보았다. 눈물과 콧물이 흐르고 있었다. 나이는 네 살, 다섯 살 정도였다. 얼굴은 길고 턱이 튀어나오고 반쯤 감긴 두 눈 사이는 넓었다. 아이는 우리 밖으로 나가기를 기다리는 늙은 양처럼 조용하고 차분했다.

"너도 베벌 서머스 선생님을 좋아하게 될 거야. 그분 노래를 꼭 들어 봐야 해." 부인이 말했다.

그때 안방 문이 불쑥 열리더니 아버지가 고개를 내밀고 말했다. "잘 다녀오렴, 얘야. 재밌게 놀다 와."

"다녀올게요." 아이가 말하고 총에 맞은 듯 깜짝 놀랐다.

코닌 부인은 다시 한 번 수채화를 바라보았다. 그리고 그들은 복도로 나가 엘리베이터 벨을 울렸다. "나라면 그런 그림은 그리지 않을 거야." 부인이 말했다.

밖에 나오자 새벽녘의 잿빛 거리는 불 꺼진 건물들이 시야를 가로막고 있었다. "곧 날이 갤 거야." 부인이 말했다. "하지만 올해 강변에서 설교를 듣는 건 이번이 마지막이야. 코 닦아라, 아가야."

소년이 소매로 코를 문지르자 부인이 말렸다. "안 돼. 손수건은 어디 있니?"

소년은 주머니에 손을 넣어 찾는 척했고 여자는 기다렸다. "아이를 맡기면서 제대로 채비도 못 해 주는 사람들이 있다니까." 부인은 커피숍 창문에 비친 자기 모습을 보면서 말했다. "그런 건 네가 가져와야 돼." 부인은 자기 주머니에서 빨강-파랑 꽃무늬가 새겨진 손수건을 꺼내서 몸을 굽히고 아이 코에 댔다. "여기다 코를 풀어." 부인이 말했고 아이가 코를 풀었다. "이걸 빌려 줄 테니 주머니에 넣어 두렴."

아이는 손수건을 접어서 주머니에 조심스레 넣었고, 두 사람은 길모퉁이까지 간 뒤 문 닫은 약국 옆면에 기대어 전차를 기다렸다. 코닌 부인은 코트 깃을 세워서 깃과 모자가 닿게 했다. 눈꺼풀이 아래로 내려오자 부인은 벽에 기대 잠이 들 것 같았다. 소년은 여자를 잡은 손에 살짝 힘을 주었다.

"이름이 뭐니? 나는 네 성밖에 몰라. 이름이 뭔지 물었어야 하는데." 여자가 졸린 목소리로 물었다.

아이 이름은 해리 애시필드였고, 이전까지는 그걸 바꿀 생각을 한 적이 없었다. "베벌이에요." 아이가 말했다.

코닌 부인이 벽에서 몸을 일으키고 소리쳤다. "이런 우연이! 아까 내가 말했지? 그게 설교자 선생님 이름이라고!"

"베벌이에요." 아이가 한 번 더 말했다.

부인이 무슨 보물이라도 얻은 듯 아이를 내려다보며 말했다. "오늘 너를 꼭 선생님께 데리고 가야겠다. 그분은 평범한 설교자가 아니라 치유자야. 우리 남편한테는 소용없었지만. 우리 남편은 믿음이 없지만 어쨌건 아무거라도 한번 해 보겠다고 했어. 위장병이 심했거든."

전차가 사람 없는 길 저편 끝에 노란 점처럼 나타났다.

"그러다 공공 병원에 가서 위장의 3분의 1을 잘라 냈지." 부인이 말했다. "그나마 3분의 2가 남은 걸 예수님께 감사하라고 했지만 자기는 아무한테도 감사 못 하겠대. 세상에, 베벌이라니!"

그들은 선로로 나가 기다렸다. "그분이 저를 치료해 주실까요?" 베벌이 물었다.

"너는 뭐가 문젠데?"

"배가 고파요." 아이가 생각해 냈다.

"아침 안 먹었어?"

"아까는 배고플 시간이 없었어요." 아이가 말했다.

"집에 가면 우리 둘 다 뭔가 먹을 수 있을 거야. 자, 가자." 부인이 말했다.

그들은 전차에 올라서 운전사 몇 좌석 뒤에 앉았다. 코닌 부인은 베벌을 무릎에 앉혔다. "이제 얌전히 있으렴. 아줌마가 잠을 좀 자게. 내무릎에서 내려가지 마." 부인은 고개를 등받이에 댔고, 아이가 보는 앞에서 눈을 감고 입을 벌려 몇 개 남은 길쭉한 이를 보여 주었다. 몇 개는 금니고 몇 개는 얼굴색보다 더 까맸다. 부인은 음악 소리 나는 해골처럼 휘파람 소리와 숨소리를 냈다. 전차에는 그들과 운전사뿐이었고, 아이는 부인이 잠든 걸 보자 꽃무늬 손수건을 꺼내서 꼼꼼히 살펴보았다. 그런 뒤 다시 접어서 코트의 안주머니 지퍼를 열고 그 안에 넣은 뒤 자신도 잠이 들었다.

부인의 집은 전차 종점에서 800미터 정도 거리였고, 도로에서 안쪽으로 조금 들어간 곳에 있었다. 집은 타르지 벽돌로 지었고, 툇마루가 전면 벽 전체를 가로질렀으며, 주석 지붕을 이고 있었다. 툇마루에는 키는 각기 달라도 주근깨 얼굴이 똑같은 세 소년과 알루미늄 헤어 롤을 잔뜩 말아서 머리 전체가 지붕처럼 번쩍거리는 키 큰 소녀 한 명이 있었다. 세 소년은 두 사람을 따라 집 안으로 들어가서 베벌을 둘러쌌다. 그리고 웃음기 없는 얼굴로 말없이 아이를 바라보았다.

"이 아이는 베벌이야." 코닌 부인이 코트를 벗으며 말했다. "이름이 설교자 선생님이랑 똑같다니 놀랍지 않니? 이 아이들은 제이시, 스파비, 싱클레어고, 아까 현관에 있던 여자아이는 세라 밀드레드야. 코트를 벗어 침대 기둥에 걸어 두렴, 베벌."

세 소년은 아이가 단추를 풀고 코트를 벗는 모습을 지켜보았다. 그리고 아이가 코트를 침대 기둥에 걸자 코트를 바라보았다. 그런 뒤에는 돌아서서 밖에 나가더니 툇마루에서 회의를 했다.

베벌은 자리에 서서 방을 둘러보았다. 부엌 겸 침실이었다. 집은 방두 개와 툇마루 두 개가 전부였다. 희끄무레한 색깔의 개가 방바닥에 등을 긁었고, 그 꼬리가 소년의 발 근처 나무 널 두 개 사이를 왔다 갔다 했다. 베벌이 그 꼬리를 탁 밟았지만 단련된 개는 소년의 발이 내려왔을 때 이미 몸을 싹 뺐다.

벽에는 그림과 달력이 가득했다. 합죽이 노부부의 동그란 사진이 두개 있고, 덥수룩한 양쪽 눈썹이 콧대 위에서 만나는 남자의 사진도 하나 있었다. 눈썹 아래 얼굴은 아무것도 없는 절벽 같았다. "우리 남편이야." 코닌 부인이 말했다. 그리고 잠시 스토브 앞에 떨어져 서서 감탄하는 눈빛으로 그 얼굴을 바라보았다. "하지만 지금은 저렇게 멋있지 않아." 베벌은 코닌 씨 사진에서 침대 위의 컬러사진으로 눈길을 돌렸다. 남자는 몸에 하얀 천을 두르고 있었다. 머리가 길고 머리 위에 금색 고리가 떠 있었으며, 아이들 앞에서 톱질을 하고 있었다. 소년이 저 사람이 누구냐고 물어보려고 할 때 세 소년이 다시 들어와서 따라오라고 손짓했다. 소년은 침대 밑으로 기어 들어가 침대 다리를 붙들고 버틸까 생각했지만, 세 주근깨 소년은 아무 말도 하지 않고 서서 기다렸다. 잠시 후 소년은 그들과 약간 거리를 두고 뒤를 따라 툇마루로, 이어 집 모퉁이 옆으로 나갔다. 그들은 노란 잡초 밭을 지나 돼지우리로 갔다. 돼지우리는 널빤지로 벽을 두른 1.5미터 높이의 정사각형 우리로 새끼 돼지가 가득했는데, 그들은 소년을 그 안에 들여보내려고 했다. 돼지우리 앞에 이르자 그들은 그 벽에 기대서 조용히 기다렸다.

소년은 걷기가 힘든 것처럼 두 발을 일부러 툭툭 부딪치면서 아주 천천히 걸었다. 예전에 소년은 공원에 갔다가 보모가 한눈을 파는 사이 모르는 아이들에게 얻어맞은 적이 있었는데, 그때는 일이 다 끝날 때까지도 무슨 일이 일어날 거라는 것을 몰랐다. 고약한 오물 냄새가 났고 동물 소리가 들렸다. 소년은 우리 몇 걸음 앞에 서서 기다렸다. 얼굴은 창백했지만 고집이 어려 있었다.

세 소년은 움직이지 않았다. 무슨 일이 생긴 것 같았다. 그들은 소년의 뒤로 뭐가 오는 듯 소년의 머리 너머를 바라보았지만, 소년은 고개를 돌리기가 겁났다. 그들의 주근깨는 연했고, 눈은 유리처럼 차분한 회색이었다. 약간이라도 움직이는 건 귀뿐이었다. 아무 일도 없었다. 마침내 가운데 서 있는 소년이 말했다. "엄마가 우리를 가만두지 않을 거야." 그리고 낙심한 기색으로 돌아서더니 우리에 올라앉아 그 안을 들여다보았다.

베벌은 깊은 안도감 속에 땅바닥에 앉아 그들을 올려다보며 웃었다.

우리에 걸터앉은 소년이 베벌에게 엄격한 눈길을 던졌다. 그러더니 잠시 후에 말했다. "여기 올라와서 돼지를 보는 게 힘들면 맨 밑 널빤지를 들어 올리고 봐도 돼." 그는 친절을 베푸는 것 같았다.

베벌은 진짜 돼지우리를 본 적은 없지만 돼지는 책에서 보았기에 그것이 작고 통통한 분홍색 몸통에 꼬리는 꼬불꼬불하고 동그란 얼굴로 방글방글 웃으며 나비넥타이를 맨 동물이라는 걸 알았다. 소년은 몸을 숙여 널빤지를 열심히 잡아당겼다.

"더 세게 당겨. 다 썩어서 못만 빼내면 돼." 가장 작은 소년이 말했다.

소년은 부드러운 나무에서 붉게 녹슨 길쭉한 못을 빼냈다.

"이제 널빤지를 위로 밀고 얼굴을……" 조용한 목소리가 입을 열었다.

소년은 이미 그렇게 했는데, 다른 얼굴—젖고 시큼한 회색 얼굴이 그에게 들이닥쳐서 소년을 넘어뜨리고 널빤지 아래로 빠져나갔다. 무언가 소년에게 콧김을 뿜더니 소년을 뒤에서 밀고 앞으로 보내고 하다가 비명을 지르며 노란 들판으로 달려갔다.

코닌 부인의 세 아들은 가만히 서서 그 광경을 보았다. 울타리에 앉은 소년은 여윈 발로 못이 빠진 널빤지를 붙들고 있었다. 그들의 딱딱한 얼굴은 밝아지지는 않았지만 소망이 일부 충족된 듯 약간 누그러졌다. "저 애가 돼지를 풀어 준 걸 알면 엄마가 화낼 텐데." 가장 작은 아이가 말했다.

코닌 부인은 뒷문 툇마루에 있었고, 베벌이 다가오자 그를 잡았다. 돼지는 집 아래로 들어가서 거친 숨을 몰아쉬며 진정했지만 아이는 5분 동안 비명을 질렀다. 마침내 아이가 가라앉자 부인은 아침밥을 주고, 자기 무릎에 앉혀 먹였다. 돼지는 뒷문 계단을 두 칸 올라와서 부루퉁한 얼굴을 내리고 방충 문 안을 들여다보았다. 돼지는 다리가 길고 등이 굽고 한쪽 귀 일부가 잘려 있었다.

"저리 가!" 코닌 부인이 소리쳤다. "저놈은 주유소를 하는 패러다이스 씨를 좋아해. 오늘 치유 집회에 가면 그 사람을 볼 거야. 그 사람은 귀 위쪽에 암이 있대. 그 사람은 항상 자기가 안 나았다는 걸 보여 주려고 와."

새끼 돼지는 눈을 찌푸리고 잠시 더 서 있다가 천천히 떠났다. "그 사람을 보고 싶지 않아요." 베벌이 말했다.

그들은 강변까지 걸어갔다. 코닌 부인이 소년의 앞에 서고 세 소년이 뒤에 한 줄을 이루었으며, 키 큰 소녀 세라 밀드레드는 아무도 달아나지 못하도록 맨 뒤를 지켰다. 그들의 모습은 양쪽 끝이 튀어나온 낡은 배가 간선도로 변을 천천히 항해하는 것 같았다. 하얀 일요일 태양이 그 약간 뒤에서 따라오다가 그들을 따라잡기로 마음먹은 듯 더껑이 같은 잿빛 구름을 뚫고 빠르게 하늘을 올라갔다. 베벌은 코닌 부인의 손을 잡고 길 가장자리를 걸으며, 콘크리트 길 옆으로 뚝 떨어져 내려가는 주황색과 자주색의 협곡을 내려다보았다.

소년은 코닌 부인을 만난 것이 행운으로 느껴졌다. 다른 보모들은 집에 앉아 있거나 공원에 데려가는 게 전부였는데 코닌 부인은 이렇게 나들이를 데려갔다. 집을 떠나면 많은 걸 배울 수 있다. 소년은 오늘 아침에 벌써 예수 그리스도라는 이름의 목수가 자신을 만들었다는 것을 배웠다. 전에는 슬레이드월이라는 의사가 만든 줄 알았다. 의사는 노란 콧수염을 기른 뚱뚱한 남자로, 소년에게 주사를 놓고 그를 자꾸 허버트라고 불렀지만 그건 농담이 분명했다. 소년의 집에서는 많은 농담이 오갔다. 소년이 전에 예수 그리스도에 대해 생각해 보았다면, 오래전에 식구들한테 사기를 친 사람이라고 생각했을 것이다. 소년이 코닌 부인에게 침대 위 그림 속에 하얀 천을 두른 남자가 누구냐고 묻자 부인은 입을 벌리고 잠시 소년을 바라보았다. 그런 뒤 "예수 그리스도란다"라고 말하고 계속 소년을 바라보았다.

잠시 후 부인이 일어나더니 다른 방에 가서 책을 한 권 가져왔다. 그리고 표지를 넘기면서 말했다. "이 책은 우리 증조할머니 책이야. 세상 무엇하고도 바꿀 수 없지." 부인은 얼룩진 책장의 갈색 글씨 아래를 손으로 짚으며 말을 이었다. "에마 스티븐스 오클리, 1832년. 정말 귀중한 책 아니니? 그리고 이 책은 한 마디 한 마디가 다 복음이고 진리야." 부인은 다음 쪽으로 넘어가서 그에게 책 제목을 읽어 주었다. "12세 미만 어린이를 위한 예수 그리스도 이야기." 그런 뒤 부인은 책을 읽어 주었다.

그것은 작은 책이었다. 연갈색 표지에 책장 모서리가 금색이었고, 오래된 접합제 같은 냄새가 났다. 책에는 그림이 많았고, 그중 하나는 목수가 어떤 남자의 몸에서 돼지 떼를 몰아내는 것이었다. 그 돼지들은 심술궂게 생긴 진짜 회색 돼지들이었고, 코닌 부인은 그게 다 예수님이 이 사람에게서 몰아낸 것이라고 말했다. 부인이 책을 다 읽어 준 뒤, 소년은 바닥에 앉아서 다시 그림을 보았다.

치유 집회로 떠나기 전에 소년은 부인이 안 보는 틈에 그 책을 코트 안주머니에 넣는 데 성공했다. 그러자 코트 한쪽이 아래로 길게 늘어졌다. 길을 걷는 동안 소년의 정신은 꿈결처럼 차분했고, 간선도로를 떠나서 인동덩굴 사이로 구불구불 뻗은 붉은 흙길로 들어섰을 때 소년은 저만치 앞서 가는 태양을 잡고 싶기라도 한 듯 펄쩍펄쩍 뛰며 부인의 손을 잡아당겼다.

그들은 흙길을 한동안 걸었고, 그런 뒤 자주색 잡초가 총총 박힌 들판을 지나 숲 그늘로 들어섰다. 숲 바닥에는 솔잎이 두껍게 깔려 있었다. 소년은 숲이 처음이었고, 모르는 나라에 간 것처럼 사방을 두리번거리며 조심조심 걸었다. 그들은 바스락거리는 붉은 낙엽을 밟으면서 좁고 꼬불꼬불한 내리막길을 걸었는데, 소년은 한 번 미끄러지지 않으려고 나뭇가지를 붙잡다가 컴컴한 나무 구멍 속에 얼어붙은 금녹색 눈을 보았다. 언덕 밑에 이르자 갑자기 숲이 끝나면서 얼룩소들이 흩어진 목초지가 층을 이룬 채 내려갔고 그 끝에 햇빛이 다이아몬드처럼 반짝이는 넓은 주황색 강물이 있었다.

강물 이편 둑에 한 무리의 사람들이 서서 노래하고 있었다. 그 뒤로 긴 탁자들이 놓이고, 강변도로에 자동차와 트럭 몇 대가 서 있었다. 그들은 목초지를 바삐 지나갔다. 코닌 부인이 눈에 손차양을 하고서 설교자가 이미 물속에 서 있는 걸 보았기 때문이다. 부인은 탁자 한 곳에 바구니를 내려놓고 아이들이 그 안의 먹을거리 때문에 머뭇거리지 않도록 세 아들을 사람들 틈으로 밀어 넣었다. 그리고 베벌의 손을 계속 잡고 앞으로 갔다.

설교자는 강 속으로 3미터 정도 들어간 곳에 있었는데, 무릎까지 물에 잠겨 있었다. 그는 키 큰 젊은이였고, 카키색 바지는 물에 닿지 않도록 접어 올렸다. 파란 셔츠를 입고 붉은 스카프를 둘렀지만 모자는 쓰지 않았고, 금발에 가까운 머리는 움푹한 뺨 위의 구레나룻과 연결되어 있었다. 얼굴은 뼈밖에 없는 것 같았고, 강에서 붉은빛이 비쳐 올라왔다. 나이는 열아홉 살이라고 해도 될 것 같았다. 그는 높고 비음 섞인 목소리로 강둑의 목소리들을 뚫고 노래했으며, 두 손을 몸 뒤에 두고 고개도 뒤로 기울였다.

그는 높은 음으로 찬송가를 마치더니 가만히 서서 물을 내려다보며 발을 하나씩 들었다 내렸다 했다. 그런 뒤 강둑 위의 사람들을 올려다보았다. 사람들은 한데 모여 서서 기다렸다. 그들의 얼굴은 엄숙했지만 기대가 가득했고, 모든 눈이 그를 향했다. 그는 다시 발을 들었다 내렸다 했다.

"여러분이 왜 오셨는지 저는 알 것 같습니다. 하지만 어쩌면 모를 것도 같습니다." 그가 비음 섞인 목소리로 말했다.

"여러분이 예수님을 위해 온 게 아니라면 헛걸음하신 겁니다. 고통을 강물에 버릴 수 있을까 하고 왔다면, 예수님을 위해 오신 게 아닙니다. 여러분은 고통을 강물에 버릴 수 없습니다. 저는 누구에게도 그렇게 말하지 않았습니다." 그는 말을 멈추고 무릎을 내려다보았다.

"저는 전에 선생님이 어떤 여자를 고치는 걸 봤습니다! 절뚝거리며 걸어온 여자가 벌떡 일어나서 똑바로 걸어갔습니다!" 사람들 틈에서 누가 소리 높이 외쳤다.

설교자는 한 발을 들었다 내리고 다른 발을 들었다 내렸다. 그의 표정은 미소에 근접했지만 미소는 아닌 것 같았다. "그것을 위해 왔다면 집으로 돌아가시는 편이 좋습니다." 그가 말했다.

그러더니 그가 고개를 들고 이어 두 팔도 들고서 소리쳤다. "제 말씀을 들으십시오, 여러분! 세상의 강은 오직 하나뿐이니 그것은 예수 그리스도의 피로 만든 생명의 강입니다. 여러분이 고통을 내려놓아야 할 곳은 바로 그 강, 믿음의 강, 생명의 강, 사랑의 강, 예수 그리스도의 피로 이루어진 붉은 강입니다!"

그의 목소리가 부드러운 음악처럼 되었다. "모든 강은 그 하나의 강에서 시작해서 그리로 돌아갑니다. 그 강은 바다와도 같습니다. 믿음을 가지면 여러분은 그 강에 고통을 내려놓을 수 있습니다. 그 강은 죄를 싣고 가도록 된 강이기 때문입니다. 그 강은 고통으로 가득하고, 그리스도의 왕국으로 천천히, 여기 제 발밑의 이 붉은 강물처럼 천천히 흘러가면서 그 죄들을 씻어 줄 것입니다.

『마르코 복음』에 부정한 자의 이야기가 나옵니다. 『루가 복음』에는 눈먼 자의 이야기가 나옵니다. 『요한 복음』에는 죽은 자의 이야기가 나옵니다! 여러분, 들으십시오! 이 강을 붉게 만든 바로 그 피가 문둥이를 낫게 하고, 눈먼 자를 보게 하고, 죽은 자를 일으켜 세웠습니다!

삶에 고충을 안고 있는 여러분. 피의 강에, 고통의 강에 그것을 내려놓고 이 강이 그리스도의 왕국으로 흘러가는 것을 보십시오."

그가 설교하는 동안 베벌은 새 두 마리가 천천히 공중 높은 곳에 원을 그리는 모습을 몽롱하게 지켜보았다. 강 건너편에는 붉은색과 금색의 키 작은 사사프라스 숲이 있고, 그 뒤로는 검푸른 언덕이 있고, 이따금 소나무가 한 그루씩 비죽 튀어나왔다. 그 뒤로 멀리 산기슭에는 도시가 사마귀 덩어리처럼 솟아 있었다. 새들은 하늘에서 내려와서 가장 높은 소나무 꼭대기에 앉더니 하늘이라도 지탱하듯 날갯죽지를 으쓱 치켜들었다.

"여러분이 이 생명의 강에 고통을 내려놓고 싶다면 일어나십시오." 설교자가 말했다. "그리고 여러분의 슬픔을 여기 내려놓으십시오. 하지만 이것이 마지막이라고 생각하지 마십시오. 이 붉은 강물은 여기서 끝나지 않기 때문입니다. 이 붉은 고통의 강물은 천천히 그리스도의 왕국까지 갑니다. 이 붉은 강물은 세례를 주기에도 좋고, 믿음을 내려놓기에도 좋고, 고통을 내려놓기에도 좋지만, 여러분을 구원해 주는 것은 여기 이 흙탕물이 아닙니다. 저는 이번 주 내내 이 강변 곳곳을 다녔습니다. 화요일에는 포천레이크에, 다음 날은 아이디얼에, 금요일에는 병든 이를 보러 아내와 함께 룰라윌로에 갔습니다. 그 사람들은 치유를 보지 못했습니다." 그가 말했고, 잠시 얼굴이 더욱 빨갛게 타올랐다. "저는 치유를 장담하지 않았습니다."

그가 말하는 동안 어떤 사람이 나비와 비슷한 동작을 하면서 앞으로 갔다. 노부인이었는데 두 팔이 날개처럼 파닥이고 머리가 곧 떨어져 내릴 듯 격렬하게 흔들렸다. 노부인은 강둑 밑에 주저앉아 두 팔로 물을 휘저었다. 그러더니 몸을 더 숙여 얼굴을 담갔다가 물을 뚝뚝 흘리며 일어섰다. 그러고는 계속 팔을 퍼덕이며 한두 번 어지럽게 원을 그렸다. 마침내 누가 팔을 뻗어 부인을 잡아 다시 사람들 속으로 데리고 들어갔다.

"저런 지 13년 됐어." 누가 거친 목소리로 외쳤다. "모자를 돌려서 저 젊은이에게 돈을 모아 줘. 저 사람이 여기 온 목적이 그거니까." 그것은 강물 속의 청년을 가리키는 말이었고, 그렇게 외친 사람은 낡은 회색 자동차 범퍼에 묵직하게 앉은 거구의 노인이었다. 그의 회색 모자는 한쪽은 아래로 내려와 귀를 덮었고, 다른 쪽은 위로 올라가서 왼쪽 관자놀이의 검붉은 핏줄을 드러냈다. 그는 두 손을 무릎 사이에 떨구고 작은 눈을 반쯤 감은 채 몸을 숙이고 앉아 있었다.

베벌은 그를 한 번 보고는 코닌 부인의 코트 자락에 몸을 숨겼다.

강물 속의 청년은 노인을 힐끗 바라보더니 주먹을 들고 외쳤다. "예수 그리스도를 믿거나 악마를 믿으십시오! 둘 중 하나에게 신앙을 고백하십시오!"

"저는 제가 실제로 겪어서 압니다." 사람들 틈에서 어떤 여자의 수수께끼 같은 목소리가 올라왔다. "제가 실제로 겪었기에 선생님께 치유 능력이 있다는 걸 압니다. 저는 선생님 덕분에 눈을 떴어요! 예수님께 고백합니다!"

그러자 설교자가 두 팔을 들어서 지금까지 강에 대해서, 그리스도의 왕국에 대해서 한 말을 다시 반복해 했고, 범퍼 위의 노인은 계속 찌푸린 눈으로 그를 바라보았다. 이따금 베벌은 코닌 부인에게서 노인에게로 눈길을 돌렸다.

작업복과 갈색 코트 차림의 남자가 물속에 한 손을 담가서 흔들더니 뒤로 물러났고, 한 여자는 아기를 앞으로 내밀고 그 두 발을 물에 담가 튀겼다. 한 남자가 강둑으로 살짝 물러가서 신발을 벗고 물속으로 들어갔다. 그러더니 얼굴을 최대한 뒤로 기울이고 서 있다가 다시 걸어 나와서 신을 신었다. 그러는 내내 설교자는 주변에서 벌어지는 일이 전혀 보이지 않는다는 기색으로 목청 높여 설교를 했다.

그가 설교를 마쳤을 때 코닌 부인이 베벌을 일으켜 세우고 말했다. "선생님, 오늘 저는 시내에 사는 아이 한 명을 데리고 왔어요. 아이는 선생님께서 아픈 엄마를 위해 기도해 주십사 바라고 있습니다. 그리고 정말 우연인데, 이 아이 이름도 베벌이랍니다! 베벌요!" 부인이 고개를 돌려 뒤쪽의 사람들을 둘러보며 말했다. "선생님 이름하고 똑같아요. 신기하지 않나요?"

사람들이 약간 웅성거렸고, 베벌은 고개를 돌려 부인의 어깨 너머로 자신을 바라보는 다른 사람들의 얼굴을 보고 웃었다. 그리고 "베벌이에요" 하고 크고 경쾌한 목소리로 말했다.

"베벌, 너는 세례를 받은 적 있니?" 부인이 말했다.

아이는 웃기만 했다.

"아마 세례를 받지 않았을 거예요." 코닌 부인이 말하고 설교자에게 눈썹을 추켜세웠다.

"아이를 이리 주세요." 설교자가 말하고 앞으로 나와 아이를 잡았다.

그는 아이를 한 팔에 안고 아이의 웃음 띤 얼굴을 바라보았다. 베벌은 장난스레 눈을 굴리고 얼굴을 설교자 앞에 바짝 댔다. "내 이름은 베에에에벌이에요." 아이가 우렁차게 말하고 혀를 내밀어 입 끝에서 끝을 훑었다.

설교자는 웃지 않았다. 그의 앙상한 얼굴은 굳어 있었고 가느다란 회색 눈에는 색깔 없는 하늘이 비쳤다. 자동차 범퍼의 노인이 요란하게 웃었고, 베벌은 설교자의 옷깃 뒤쪽을 잡았다. 아이 얼굴에서는 웃음이 사라져 있었다. 이것은 농담이 아니라는 느낌이 들었기 때문이다. 자신의 집에서는 모든 게 농담이었다. 설교자의 얼굴을 보고 아이는 그의 말과 행동이 모두 농담이 아니라는 걸 알았다. "우리 엄마가 지어 줬어요." 아이가 말했다.

"세례는 받았니?" 설교자가 물었다.

"그게 뭐예요?" 아이가 물었다.

"내가 너에게 세례를 주면 너는 그리스도의 왕국에 갈 수 있어." 설교자가 말했다. "너는 고통의 강물에 씻겨서 깊은 생명의 강가에 가게 될 거야. 세례를 받고 싶니?"

"네." 아이가 말하고 생각했다. 좋아, 나는 집에 안 돌아가고 강 속으로 갈 거야.

"너는 이제 영원히 달라질 거야." 설교자가 말했다. "너는 명단에 들었어." 그러더니 사람들에게 고개를 돌리고 설교를 시작했으며 베벌은 그의 어깨 너머로 강물에 흩어진 하얀 햇빛 조각들을 보았다. 설교자가 불쑥 말했다. "이제 너에게 세례를 주마." 그러고는 준비하라는 말도 없이 손에 힘을 꽉 주고 아이를 뒤집어 머리를 물에 담갔다. 그런 상태로 세례의 말을 마치자 다시 아이를 들어 올려 헐떡이는 아이를 엄격한 눈으로 바라보았다. 베벌은 눈이 풀려 있었다. "너는 이제 명단에 올랐어. 이전까지 너는 명단에 없었어." 설교자가 말했다.

소년은 충격이 너무 커서 울지도 못했다. 입에서 더러운 물을 뱉고 젖은 소매로 눈과 얼굴만 문질렀다.

"아이 엄마를 잊지 마세요. 아이 엄마를 위해서 기도해 주세요. 지금 편찮으세요." 코닌 부인이 소리쳤다.

"주여." 설교자가 말했다. "우리는 이 자리에 나와 신앙고백을 하지 않는 병자를 위해 기도합니다. 네 어머니가 입원해 계시니? 많이 아프시니?" 그가 물었다.

아이는 그를 바라보았다. "아직 안 일어났어요. 술병이 났거든요." 아이가 얼떨떨한 목소리를 높여 말했다. 공기가 조용해서 햇빛 조각들이 물을 때리는 소리까지 들리는 것 같았다.

설교자는 분노하고 당황한 것 같았다. 얼굴에서 붉은빛이 빠져나가고 눈에 비친 하늘이 어두워졌다. 강둑에서 폭소가 터지면서 패러다이스 씨가 소리쳤다. "하! 술병으로 고통 받는 여자를 고쳐 주시오!" 그리고 주먹으로 무릎을 때렸다.

"고단할 거예요." 코닌 부인이 아이를 데리고 아파트 문간에 서서 말하고, 안쪽에서 벌어지는 파티를 날카롭게 들여다보았다. "아이가 평소에 잘 시간이 지난 것 같아요." 베벌은 한쪽 눈은 감고, 다른 눈은 반쯤 감고 있었다. 코에서는 콧물이 흘렀고 벌린 입으로 숨을 쉬었다. 젖은 체크무늬 코트는 한쪽이 축 처져 있었다.

저기 저 검은 바지를 입은 여자가 그 여자일 거야, 코닌 부인은 생각했다. 검은 새틴 바지를 입고 샌들을 신은 발의 발톱을 빨갛게 칠한 여자. 여자는 소파의 반을 차지하고 누워서 두 무릎을 공중에 엇갈린 채 고개를 팔걸이에 대고 있었다. 여자는 일어나지 않았다.

"안녕 해리, 재미있게 놀았니?" 여자가 말했다. 여자의 얼굴은 길고 창백하고 매끄럽고 생기 없었고, 적자주색 머리는 뒤에서 묶였다.

아버지가 돈을 가지러 갔다. 다른 남녀도 두 쌍 더 있었다. 금발 머리에 청보라색 눈동자를 한 남자가 의자에서 몸을 내밀고 말했다. "안녕 해리, 재미있게 놀았니?"

"이 아이 이름은 해리가 아니라 베벌이에요."코닌 부인이 말했다.

"해리예요. 베벌이라는 이름도 있어요?"소파의 여자가 말했다.

아이는 선 채로 잠이 든 것 같았다. 고개가 점점 더 수그러들었다. 그러다 갑자기 고개를 들더니 한쪽 눈을 떴다. 다른 눈은 계속 감고 있었다.

"오늘 아침에 자기 이름이 베벌이라고 했어요."코닌 부인이 당황해서 말했다. "우리 설교자 선생님이랑 같은 이름이라고요. 우리는 하루 종일 강가에서 그분의 설교를 듣고 치유받았어요. 아이가 자기 이름이 베벌이라고, 설교자 선생님 이름과 같다고 말했어요. 아이가 그렇게 말했어요."

"베벌이라니! 세상에나! 별 희한한 이름도 다 있네."아이 엄마가 말했다.

"우리 설교자 선생님 이름이 베벌이고 세상에 그분만 한 설교자는 없어요."코닌 부인이 그렇게 말하고 반항적인 어조로 덧붙였다. "그리고 그분이 오늘 아이에게 세례를 주었어요!"

아이 엄마가 똑바로 일어나 앉아서 중얼거렸다. "기가 막혀라!"

"게다가 그분은 치유자고 사모님의 치유를 위해 기도했어요."코닌 부인이 말했다.

"치유라고요? 내가 치유할 게 뭐가 있나요?"여자는 소리를 지르다시피 했다.

"사모님의 병요."코닌 부인이 차갑게 대꾸했다.

아버지가 돈을 가지고 와서 코닌 부인 앞에 서서 기다렸다. 그가 붉게 충혈된 눈으로 말했다. "계속하세요. 아내의 병 이야기를 더 듣고 싶군요. 그게 정확히 뭔지는……" 그러더니 지폐를 흔들고 작은 목소리로 말했다. "기도로 치유하는 건 돈이 안 드니까."

코넌 부인은 잠시 가만히 서서 모든 걸 보는 해골처럼 집 안을 들여다보았다. 그러더니 돈을 받지 않고 돌아서서 문을 닫았다. 아버지가 어정쩡하게 웃으며 돌아서서 어깨를 으쓱해 보였다. 다른 사람들은 모두 해리를 보았다. 소년은 자기 방으로 비틀비틀 걸어갔다.

"이리 오렴, 해리." 어머니가 말했다. 아이는 여전히 눈을 감은 채 자동적으로 방향을 바꾸어 어머니에게 갔다. "오늘 무슨 일을 했는지 말해 주렴." 아이가 다가오자 어머니가 말했다. 그녀는 아이 옷을 벗겼다.

"몰라요." 아이가 중얼거렸다.

"모르긴 뭘 몰라." 어머니가 말하다가 코트 한쪽이 무거운 걸 느끼고 안주머니를 열었다. 그리고 책과 더러운 손수건이 떨어지는 것을 얼른 잡았다. "이건 어디서 난 거야?"

"몰라요. 그거 내 거예요. 아줌마가 줬어요." 아이가 말하며 손을 뻗었다.

어머니는 손수건을 던져 버린 뒤 책을 아이 손이 닿지 않는 높이에 들고서 읽었다. 잠시 후 그 얼굴은 과장된 코미디 같은 표정을 띠었다. 다른 사람들이 와서 그녀의 어깨 너머로 그것을 보았다. "오, 하느님." 누군가 말했다.

두꺼운 안경을 낀 남자가 그것을 예리하게 보더니 말했다. "가치가 있어. 수집할 만한 물품이야." 그리고 그것을 들고 한갓진 곳의 의자로 갔다.

"조지한테 저걸 뺏기지 마요." 그 남자의 여자가 말했다.

"가치 있는 물품이라니까. 1832년 책이야." 조지가 말했다.

베벌은 방향을 바꾸어서 자기 방으로 들어가 방문을 닫았다. 어둠 속을 천천히 걸어 침대로 간 뒤 신발을 벗고 이불 안으로 들어갔다. 잠시 후 가느다란 빛줄기 속에 어머니의 길쭉한 실루엣이 들어왔다. 그녀는 깨금발로 방 안을 걸어가서 침대에 걸터앉았다. "그 멍청한 설교자가 나를 두고 뭐라고 말했니? 그리고 넌 오늘 무슨 거짓말을 했니?" 어머니가 속삭여 물었다.

아이는 한쪽 눈을 감았고, 어머니의 목소리를 아득하게 들었다. 자신은 물속에 있고 어머니는 물 위에 있는 것 같았다. 어머니가 아이 어깨를 흔들더니 몸을 숙여 귀에 대고 말했다. "해리, 그 사람이 뭐라고 그랬어?" 그녀는 아이를 일으켜 앉혔고, 아이는 강물 속에서 끌려나온 것 같았다. "말해 줘." 어머니가 속삭이며 아이 얼굴에 불쾌한 숨결을 끼얹었다.

아이는 어둠 속에서 희미한 타원이 자기 옆에 있는 것을 보았다. "제가 이제 영원히 달라졌다고 했어요. 명단에 들었다고요." 아이가 중얼거렸다.

잠시 후 그녀는 셔츠 앞자락을 잡아 아이를 베개에 눕혔다. 그리고 잠시 아이를 내려다보다가 이마에 입을 살짝 맞추고 일어나서 방을 나갔다. 엉덩이가 빛줄기 속에 가볍게 살랑거렸다.

아이는 잠이 일찍 깨지 않았지만, 깨어나 보니 아파트는 아직 어둡고 답답했다. 아이는 잠시 누워서 코를 후비고 눈을 비볐다. 그런 뒤 침대에 앉아서 창밖을 내다보았다. 창백한 태양은 잿빛 유리 너머 얼룩덜룩하게 떠올랐다. 길 건너 엠파이어 호텔 높은 객실에서 흑인 청소부 여자가 팔짱 낀 두 팔에 얼굴을 얹고 아래를 내려다보고 있었다.

아이는 일어나 신발을 신고 욕실에 갔다가 거실로 나갔다. 그리고 거실 탁자에 있는 크래커 두 개에 멸치 소스를 얹어서 먹고, 남은 진저에일을 마신 뒤 책을 찾았지만 보이지 않았다.

아파트는 냉장고 돌아가는 소리를 빼면 아주 조용했다. 아이는 부엌에 갔다가 거기 건포도 식빵 조각이 있는 것을 보고 땅콩버터 반 통을 바른 뒤 높은 부엌 의자에 앉아서 천천히 먹고 이따금 어깨로 코를 훔쳤다. 식빵을 다 먹었을 때 초코 우유가 보여서 그것도 마셨다. 진저에일도 보여서 먹고 싶었지만 병따개가 손이 닿지 않는 곳에 있었다. 아이는 잠시 냉장고에 남은 것들을 살펴보았다. 어머니가 잊어버린 시든 채소들이 있고 어머니가 샀다가 즙을 내지 않아 갈색이 된 오렌지가 여러 개 있었다. 서너 종류의 치즈가 있었고 종이봉투 속에 무언가 퀴퀴한 게 있었다. 그리고 돼지 뼈가 있었다. 아이는 냉장고 문을 닫지 않고 다시 어두운 거실로 가서 소파에 앉았다.

아이는 식구들이 1시 전에는 깨어나지 않을 것이고, 그런 뒤에는 밖에 나가서 점심을 사 먹을 거라고 생각했다. 아이가 아직 레스토랑 테이블에 제대로 앉을 수 있는 키가 아니라서 웨이터가 어린이용 의자를 가져다주었는데, 그 의자는 또 너무 작았다. 아이는 소파 중간에 앉아서 뒤꿈치로 소파를 찼다. 그러다가 일어나서 거실을 이리저리 돌아다니며 습관처럼 재떨이의 담배꽁초를 들여다보았다. 아이 방에는 그림책과 블록이 있지만 거의 찢어지거나 부서졌다. 아이는 새것을 얻으려면 옛것을 망가뜨려야 한다는 걸 알았다. 언제고 먹는 것밖에는 할 일이 별로 없었다. 그래도 아이는 살이 찌지 않았다.

아이는 재떨이를 바닥에 쏟기로 결심했다. 몇 개만 쏟으면 어머니는 재떨이가 떨어졌다고 생각할 것이다. 아이는 두 개를 쏟고 손가락으로 재를 깔개에 문질렀다. 그런 뒤 잠시 바닥에 누워 발을 공중에 쳐들고 바라보았다. 신발은 아직도 마르지 않았고, 아이는 강 생각이 났다.

아이의 표정이 천천히 변했다. 자신이 찾고 있는 줄도 모르던 것이 눈앞에 차츰 떠오르는 것 같았다. 마침내 아이는 자신이 무엇을 하고 싶은지 알았다.

아이는 일어났다. 그리고 깨금발로 부모의 방에 들어가서 희미한 빛 속에 어머니의 핸드백을 찾았다. 아이의 눈길은 어머니의 길고 하얀 팔이 침대에서 바닥으로 늘어진 모습과 아버지 몸이 두두룩하게 솟아오른 모습과 어지러운 책상을 훑고서 의자 등받이에 걸린 핸드백에 가닿았다. 아이는 거기서 전차 승차권과 과일 드롭스 한 통을 꺼낸 뒤 집을 나가 길모퉁이에서 전차를 탔다. 여행 가방은 가져오지 않았다. 거기에는 갖고 싶은 게 없었기 때문이다.

아이는 종점에서 전차를 내려서 전날 코닌 부인과 함께 갔던 길을 걸어갔다. 부인의 집에는 아무도 없을 거라는 걸 알았다. 세 소년과 키 큰 소녀는 학교에 갔고, 코닌 부인은 청소 일을 다닌다고 했기 때문이다. 종이 벽돌집들은 서로 뚝뚝 떨어져 있었고, 잠시 후 흙길이 끝나자 아이는 간선도로 변을 걸었다. 태양은 연노란색으로 하늘 높이 솟아 열기를 뿜었다.

아이는 주황색 주유기가 앞에 놓인 건물을 지났지만, 그 건물 문간에 한 노인이 멍하니 밖을 내다보고 있는 것은 보지 못했다. 패러다이스 씨는 오렌지 음료를 마시고 있었다. 그는 천천히 음료수를 다 마신 뒤 병 너머로 눈을 찌푸리고 체크무늬 코트를 입은 꼬마가 길 저편으로 사라지는 모습을 보았다. 그는 빈 병을 벤치에 내려놓고 계속 눈을 찌푸린 채 소매로 입을 닦았다. 그리고 안에 들어가 사탕 선반에서 길이가 30센티미터고 두께가 5센티미터인 박하 막대 사탕을 내려서 바지 뒷주머니에 넣었다. 그런 뒤 자동차를 타고 아이의 뒤를 따라 간선 도로 변을 천천히 달렸다.

자주색 잡초가 총총 박힌 들판에 이르렀을 때 베벌은 먼지와 땀으로 범벅이 되었지만 경쾌한 걸음으로 들판을 지나 빠르게 숲에 들어섰다. 숲에서는 이 나무 저 나무로 옮겨 다니며 어제 갔던 길을 찾아보았다. 그러다 마침내 아이는 솔잎 더미에 난 발자국을 따라 걸어서 언덕 아래로 꼬불꼬불 내려가는 가파른 길을 찾았다.

패러다이스 씨는 도로변에 차를 두고 자신이 매일같이 물속에 미끼 없는 낚싯줄을 드리우고 강물을 바라보는 장소까지 갔다. 멀리서 그를 보았다면 덤불에 반쯤 가려진 바윗덩이 같았을 것이다.

베벌은 그를 보지 못했다. 아이는 반짝이는 적황색 강만 보았고, 신발을 신고 코트를 입은 채 그리 뛰어들었다가 강물을 한입 들이켰다. 아이는 그 일부는 삼키고 나머지는 뱉고서 가슴까지 물속에 담그고 서서 주변을 둘러보았다. 파란 하늘은 끊긴 데 없이 이어져서—하늘을 가린 것은 태양뿐이었다—나무 꼭대기 위로 내려와 있었다. 코트가 수면으로 떠올라서 유쾌한 연잎처럼 아이를 감쌌고, 아이는 햇빛 속에 미소를 지었다. 아이는 다시 설교자들한테 장난칠 생각은 없었지만 스스로에게 세례를 주고 강물 속에 있는 그리스도의 천국을 찾아갈 작정이었다. 더 이상 시간을 낭비하고 싶지 않았다. 아이는 즉시 머리를 물에 담그고 앞으로 걸어갔다.

아이는 금세 숨을 헐떡이며 밖으로 나왔다. 다시 물에 들어갔지만 똑같은 일이 일어났다. 강이 자신을 받아들이지 않았다. 아이는 다시 시도했다가 콜록거리며 떠올랐다. 설교자가 자신을 물에 담갔을 때도 그랬다. 아이는 자기 얼굴을 미는 힘에 맞서 싸워야 했다. 불쑥 한 가지 생각이 들었다. 이것도 농담이구나. 이것도 농담이야! 그 먼 길을 온 게 다 헛수고라는 걸 깨닫자, 아이는 더러운 물을 손으로 때리고 발로 걷어찼다. 두 발은 어느새 키 높이가 넘는 물속에 들어서 있었다. 아이는 고통과 분노의 비명을 질렀다. 그런 뒤 고함 소리에 돌아보니 거인 돼지 같은 것이 빨강-하양 몽둥이를 흔들며 자신에게 달려오고 있었다. 아이는 즉시 물에 뛰어들었고 이번에는 물이 길고 부드러운 손길로 그를 잡아서 아래로 끌고 갔다. 잠시 아이는 놀라움에 사로잡혔다. 하지만 몸이 빠른 속도로 움직였고 자신이 어딘가로 간다는 걸 알았기에 분노와 공포를 다 버렸다.

패러다이스 씨의 머리가 물 표면에 떠올랐다 가라앉았다 했다. 마침내 노인은 하류로 한참 내려간 곳에서 고대 괴물처럼 일어섰다. 그는 빈손이었고, 탁한 두 눈으로 강물이 흘러가는 곳을 까마득히 바라보았다.

불 속의 원
A Circle in the Fire

숲의 맨 바깥쪽 나무들은 때로는 하늘보다 조금 더 어두운 검푸른 장벽을 이루었지만, 그날 오후에는 거의 검은색으로 보였고, 하늘은 그 뒤에서 푸르스름한 흰색으로 번쩍거렸다. "인공호흡실에서 아기를 낳은 여자 있잖아요." 프리처드 부인이 말했다. 프리처드 부인은 아이 어머니와 함께 창문 아래 있었고, 아이는 집 안에서 창밖을 내려다보고 있었다. 프리처드 부인은 굴뚝에 몸을 기대고 두 팔은 불룩한 배 위에 팔짱을 낀 채 한 발을 엇갈려서 발끝을 땅에 댔다. 그녀는 체격이 뚱뚱했고 얼굴은 작고 뾰족했으며 두 눈은 집요했다. 코프 부인은 그와 반대였다. 체격은 작고 여위었지만 얼굴은 크고 둥글었고, 안경을 쓴 검은 눈은 언제나 무언가에 놀라는 듯 휘둥그레졌다. 그녀는 쪼그리고 앉아서 집 경계의 화단에서 풀을 뜯고 있었다. 두 여자는 모두 한

때 똑같은 모양이었을 차양 모자를 썼는데, 프리처드 부인의 모자는 이제 색이 바래고 모양도 뒤틀렸지만 코프 부인의 모자는 여전히 빳빳했고 색깔도 선명한 녹색이었다.

"나도 기사 읽었어요." 코프 부인이 말했다.

"지금은 성이 브루킨스지만 처녀 적 성이 프리처드였다니 나하고 친척이에요. 그러니까 우리 남편하고 십몇 촌 될 거예요."

"아, 그래요." 코프 부인이 중얼거리며 큼직한 향부자 풀 한 뿌리를 등 뒤로 던졌다. 그녀는 잡초와 향부자 풀을 악마가 보낸 파괴의 사신인 것처럼 열심히 뽑아냈다.

"우리 친척이라서 시체를 보러 갔죠. 아기도 봤어요." 프리처드 부인이 말했다.

코프 부인은 아무 말도 하지 않았다. 그녀는 이런 재난 이야기에 익숙했지만 그런 이야기를 들으면 피곤하다고 말했다. 반면에 프리처드 부인은 다른 사람의 재난을 보는 즐거움을 위해서라면 50킬로미터 바깥도 찾아갈 사람이었다. 코프 부인은 언제나 화제를 유쾌한 쪽으로 바꾸었는데, 그러면 프리처드 부인의 기분만 나빠진다는 걸 아이는 전부터 알았다.

아이는 텅 빈 하늘이 숲으로 뚫고 들어가려고 나무의 장벽을 미는 것 같다고 생각했다. 집 인근 들판 건너편의 나무들은 회색과 황록색으로 얼룩덜룩했다. 코프 부인은 언제나 산불을 걱정했다. 밤에 바람이 세게 불면 아이에게 말했다. "산불이 나지 않게 해 달라고 기도하렴. 바람이 너무 강해." 그리고 아이는 책을 든 채 투덜거리거나 아예 대답하지 않았다. 부인이 바람 소리를 너무 자주 들었기 때문이다. 여름날 저녁에 툇마루에 나가 앉아 있으면 코프 부인은 마지막 빛을 잡으려고 빠른 속도로 책을 읽는 아이에게 말했다. "일어나서 노을을 보렴. 정말 멋지구나. 일어나서 저걸 좀 봐." 그러면 아이는 인상을 찌푸리고 아무 대답도 하지 않거나 잔디밭과 앞쪽 목초지 두 곳 저편에 보초를 선 검푸른 나무들을 힐끗 쳐다본 뒤 표정 변화 없이 책으로 돌아갔고, 때로는 심술이 발동해서 "불이 난 것 같아요. 냄새를 잘 맡아 보고 산불이 난 게 아닌가 확인해 보세요" 하고 말했다.

"여자는 관 속에서도 아기를 안고 있었어요." 프리처드 부인이 말을 이었지만, 그 목소리는 깜둥이 컬버가 창고에서 몰고 오는 트랙터 소리에 묻혔다. 트랙터에는 수레가 달려 있었고, 그 수레에 다른 깜둥이 한 명이 앉아서 발을 땅 위 30센티미터 높이에 덜렁거리고 있었다. 트랙터에 앉은 깜둥이는 트랙터를 몰고 왼쪽 들판의 출입문 앞을 지나갔다.

코프 부인은 고개를 돌렸다가 컬버가 그 문으로 들어가지 않았다는 걸 알았다. 게으른 나머지 트랙터에서 내려서 문을 열지 않은 것이다. 그는 코프 부인의 돈을 낭비하면서 먼 길로 돌아가고 있었다. "저 사람한테 잠깐 여기 오라고 그래요!" 그녀가 소리쳤다.

프리처드 부인은 굴뚝에서 몸을 떼고 요란하게 팔을 흔들었지만 깜둥이는 못 들은 척했다. 그녀는 잔디밭 가장자리로 가서 소리쳤다. "얼른 못 내려요? 사모님이 불러요!"

그는 트랙터에서 내리더니 한 걸음마다 고개와 어깨를 앞으로 내밀어 서두르는 시늉을 하며 굴뚝 앞으로 다가왔다. 높이 쳐든 머리에는 땀으로 다양하게 얼룩진 흰색 천 모자를 쓰고 있었다. 모자챙이 아래로 내려와서 불그스름한 눈이 아랫부분밖에 보이지 않았다.

코프 부인은 무릎으로 앉아 흙손을 땅에 꽂고 물었다. "왜 거기서 문을 열고 들어가지 않는 거지?" 그런 뒤 눈을 감고 입술을 다문 채 대답을 기다렸다. 어떤 어처구니없는 대답도 들을 준비가 되어 있다는 것 같았다.

"그러면 예초기의 날을 올려야 합니다." 그가 부인의 약간 왼쪽을 바라보고 말했다. 이 집의 깜둥이들은 향부자만큼이나 악의적이고 인정머리 없었다.

그녀는 눈을 떴고, 그 눈은 그녀의 안팎이 뒤집힐 때까지 커지는 것 같았다. "그러면 올려." 그녀가 말하고 흙손으로 그쪽을 가리켰다.

그는 떠났다.

"모든 걸 대충 하려고 해요." 코프 부인이 말했다. "책임감이 없어. 이런 일이 한꺼번에 일어나지 않는 것만도 하느님께 감사한 일이지. 그러면 난 쓰러질 거예요."

"맞는 말씀이에요." 프리처드 부인이 트랙터 소리를 뚫고 외쳤다. 깜둥이가 출입문을 열었고 예초기의 날을 올리고 들판으로 들어갔다. 트랙터가 사라지면서 소음도 줄어들었다. "그 여자가 거기서 어떻게 아이를 낳았는지 모르겠어요." 그녀가 보통 목소리로 돌아와서 말했다.

코프 부인은 허리를 굽히고 다시 향부자 풀을 맹렬히 잡아 뜯으며 말했다. "우리는 감사할 게 많아요. 날마다 감사 기도를 드려야 해요. 부인은 그렇게 하나요?"

"그럼요." 프리처드 부인이 말했다. "그 여자는 그렇게 되기 넉 달 전부터 거기 있었대요. 내가 거기 들어갔다면 나는…… 사모님은 어떻게 생각……?"

"나는 날마다 감사 기도를 해요. 우리가 가진 걸 생각해 봐요." 코프 부인이 말하고 한숨을 쉬었다. "우리는 모든 걸 갖고 있어요." 그리고 자신이 보유한 풍성한 목초지와 울창한 삼림을 돌아보면서 그것이 모두 등에서 떨구고 싶은 짐이라도 되는 듯 고개를 저었다.

프리처드 부인이 숲을 보았다. "제가 가진 건 뿌리가 곪은 이빨 네 개뿐이네요."

"그러면 다섯 개가 아니라는 데 감사하세요." 코프 부인이 말하고 풀한 뿌리를 등 뒤로 던졌다. "허리케인이 닥쳐서 우리 모두를 쓸어 버릴 수도 있어요. 나는 언제나 감사할 거리를 찾을 수 있어요."

프리처드 부인은 집 옆벽에 기대어 세운 괭이를 집어 들고 굴뚝 벽돌 틈새에 자라난 잡초를 찍었다. "사모님이라면 그럴 수 있겠죠." 그녀가 경멸감 때문에 평소보다 비음이 강해진 목소리로 말했다.

"불쌍한 유럽 사람들을 생각해 봐요." 코프 부인이 말했다. "소 떼처럼 화물열차에 실려 시베리아로 가잖아요. 우리는 하루의 절반을 무릎 꿇고 기도하면서 보내야 돼요."

"제가 인공호흡실에 들어간다면 절대로 하지 않을 일이 몇 가지 있어요." 프리처드 부인이 괭이 끄트머리로 맨발목을 긁으며 말했다.

"그 불쌍한 여자도 감사할 게 많았어요." 코프 부인이 말했다.

"자기가 죽지 않았던 걸 감사할 수 있었겠네요."

"그럼요." 코프 부인이 말하고 흙손으로 프리처드 부인을 가리켰다. "우리 농장은 우리 카운티 전체에서 가장 관리가 잘되어 있어요. 그 이유를 아나요? 내가 일하기 때문이에요. 나는 이 농장을 보존하기 위해 일하고 유지하기 위해서 일해요." 그녀는 흙손을 흔들며 한 마디 한 마디를 강조했다. "나는 아무것도 빠뜨리지 않지만 그렇다고 일부러 말썽을 찾는 건 아니에요. 나는 세상일을 있는 그대로 받아들이죠."

"만약 모든 일이 한꺼번에 닥치면." 프리처드 부인이 말했다.

"모든 일이 한꺼번에 닥치지는 않아요." 코프 부인이 날카롭게 대꾸했다.

아이가 있는 곳에서는 흙길과 간선도로가 만나는 곳이 보였다. 픽업 트럭이 농장 정문 앞에 세 소년을 내려놓는 모습과 소년들이 분홍빛 흙길을 걸어오는 모습이 보였다. 그들은 한 줄로 왔는데, 가운데 소년이 검은색의 돼지 모양 여행 가방을 들어서 몸이 한쪽으로 쏠려 있었다.

"만약 그런 일이 생기면, 그저 손을 치켜드는 것밖에 할 수 있는 일이 없을 거예요." 프리처드 부인이 말했다.

코프 부인은 그 말에 대답조차 하지 않았다. 프리처드 부인은 팔짱을 끼고 그 훌륭한 삼림이 허물어져서 아무것도 남지 않은 모습이 눈에 보인다는 듯 흙길을 내다보았다. 그러다 집 앞에 거의 다다른 세 소년을 보고 말했다. "저기 봐요. 저 아이들이 누구죠?"

코프 부인은 한 손으로 허리를 짚어 몸을 젖히고 그쪽을 바라보았다. 세 소년이 그리로 다가왔지만 집을 지나쳐서 그냥 걸어갈 것 같은 모습이었다. 이제 여행 가방을 든 소년이 맨 앞에 있었다. 마침내 코프 부인 서너 걸음 앞으로 다가오자 소년은 걸음을 멈추고 가방을 내려놓았다. 세 소년은 서로 비슷하게 생겼고, 가방을 든 중간 키의 소년만이 은테 안경을 썼다. 소년은 한쪽 눈이 약간 사시라서 시선이 두 군데에서 나와서 그들을 감싸는 것 같았다. 그는 빛바랜 구축함이 새겨진 스웨터를 입었는데, 가슴이 어찌나 폭 꺼졌는지 구축함도 가운데가 부서져서 금세 가라앉을 것 같았다. 머리는 땀에 젖어 이마에 달라붙어 있었다. 나이는 열세 살 정도로 보였다. 세 소년 모두 사람을 꿰뚫는 듯한 시선이었다. "사모님은 저를 기억 못 하실 겁니다." 소년이 말했다.

"얼굴은 낯이 익은데……" 코프 부인이 소년을 살피며 말했다.

"저희 아버지가 여기서 일하셨어요." 소년이 말했다.

"보이드? 너희 아버지가 보이드 씨고 네가 제이시니?"

"아뇨, 저는 둘째 파월이에요. 그때보다 키가 좀 컸어요. 아버지는 돌아가셨어요."

"세상에, 돌아가시다니." 코프 부인이 죽음은 언제나 특이한 일이라는 듯 말했다. "무슨 일로 돌아가신 거니?"

파월의 한쪽 눈은 집과 그 뒤의 하얀 물탱크 탑과 양계장과 집 양옆에서 멀리 삼림 초입까지 뻗은 목초지를 살펴보는 것 같았다. 다른 눈은 부인을 보았다. "플로리다 주에서 돌아가셨어요." 소년이 말하고 여행 가방을 툭툭 찼다.

"세상에." 코프 부인이 말했다. 그리고 잠시 후 다시 말했다. "어머니는 어떻게 지내시니?"

"재혼하셨어요." 그는 발을 내려다보며 가방을 툭툭 찼다. 다른 두 소년은 부인을 초조하게 바라보았다.

"그러면 너희는 지금 어디 사니?" 코프 부인이 물었다.

"애틀랜타요. 개발 주택에서요." 소년이 말했다.

"그렇구나." 부인이 말하고 잠시 후에 다시 "그렇구나" 하고 말했다. 그리고 마침내 물었다. "그러면 다른 두 아이는 누구니?" 그러면서 두 소년에게 미소를 보였다.

"여기는 가필드 스미스고 얘는 W. T. 하퍼예요." 소년이 말하고 고개를 뒤로 까딱여 먼저 큰 소년을, 이어 작은 소년을 가리켰다.

"안녕?" 코프 부인이 말했다. "이분은 프리처드 부인이야. 남편하고 같이 우리 농장에서 일하서."

소년들은 반짝이는 눈길로 그들을 바라보는 프리처드 부인을 무시했다. 그들은 그냥 코프 부인을 바라보며 기다리는 것 같았다.

"그래, 우리 집에 인사하러 들러 줘서 고마워." 그녀가 여행 가방을 힐끔 보며 말했다. "정말로 다 착한 아이들 같구나."

파월의 시선이 부젓가락처럼 그녀를 꼬집는 것 같았다. "어떻게 지내시는지 보려고 왔어요." 소년이 갈라진 목소리로 말했다.

"아버지는 살아 계실 때 여기 이야기를 많이 했어요." 가장 작은 소년이 말했다. "여기는 없는 게 없다고 했어요. 말도 있다고 했어요. 여기서 지낸 시간이 아버지 인생에서 최고였다고 하셨어요. 항상 여기 이야기를 했어요."

"늘 여기 이야기를 했어요." 큰 소년이 소리를 줄이려는 듯 팔로 코를 쓸며 불만스럽게 말했다.

"언제나 여기서 타던 말 이야기를 하셨어요. 우리도 말을 태워 주겠다고 했어요. 말 이름이 진이라고 했어요." 작은 소년이 다시 말했다.

코프 부인은 항상 누가 농장에서 다치고 자신의 모든 소유물에 소송을 걸까 겁냈다. "편자를 안 달았어." 그녀가 얼른 말했다. "진이라는 녀석이 있었지만 지금은 죽었고 너희가 말을 타는 건 안 될 것 같다. 다치면 안 되니까. 말은 위험해."

큰 소년이 실망스럽다는 듯 끙 소리를 내더니 바닥에 앉아서 테니스화에 들어간 돌을 골라냈다. 작은 아이는 빠른 눈으로 사방을 훑어보았고, 파월은 그녀를 가만히 바라볼 뿐 말은 하지 않았다.

잠시 후 작은 소년이 말했다. "사모님, 아버지가 뭐라고 말했는지 아세요? 죽으면 여기 오고 싶다고 했어요!"

코프 부인은 잠시 멍한 표정을 하고 있다가 얼굴을 붉혔다. 그런 뒤 아이들이 배가 고플 거라는 생각에 기이하게 고통스러운 표정을 지었다. 아이들이 자신을 빤히 바라본 것은 배가 고파서였다! 그녀는 아이들 얼굴에 대고 탄식을 할 뻔한 뒤 얼른 뭘 좀 먹겠느냐고 물었다. 소년들은 그러겠다고 했지만, 차분한 불만의 표정은 밝아지지 않았다. 자기들은 배고픈 데 익숙하고, 그건 그녀가 신경 쓸 일이 아니라고 하는 것 같았다.

위층 창가의 아이는 흥분으로 얼굴이 빨개졌다. 아이는 창가에 무릎을 꿇고 앉아서 창턱 위로 눈과 이마만 내놓고 있었다. 코프 부인은 소년들에게 집 반대편 벽 앞에 야외 의자가 있다고 말하고 소년들을 그리 데리고 갔고 프리처드 부인이 그 뒤를 따랐다. 아이는 오른쪽 방을 나가 복도 맞은편의 왼쪽 방으로 들어가서 하얀 야외 의자 세 개가 놓이고 개암나무 두 그루 사이에 붉은 해먹이 걸린 집 반대편을 내다보았다. 아이는 열두 살의 뚱뚱한 소녀로 눈을 자주 찌푸렸으며 커다란 입에는 보철을 했다. 아이는 창가에 무릎을 꿇고 앉았다.

집 모퉁이를 돌자, 큰 소년은 해먹에 몸을 던지고 담배에 불을 붙였다. 작은 소년은 검은 가방 옆 풀밭에 앉아서 가방에 머리를 얹었고, 파월은 의자 모서리에 앉아 그곳 전체를 삼킬 듯이 주변을 둘러보았다. 아이의 귀에 어머니와 프리처드 부인이 부엌에서 숨죽여 의논하는 소리가 들렸다. 아이는 복도로 나가 난간 위로 몸을 굽혔다.

코프 부인과 프리처드 부인의 다리가 뒤쪽 복도에서 서로를 마주 보고 있었다. "불쌍한 아이들이 배가 고파요." 코프 부인이 열의 없는 목소리로 말했다.

"여행 가방 보셨나요? 여기서 잠을 자고 갈 생각이면 어떻게 해요?"

프리처드 부인이 물었다.

코프 부인이 작은 비명을 지르고 말했다. "나하고 샐리 버지니아만 있는 집에 남자애 세 명을 들일 수는 없어요. 먹을 걸 주면 갈 거예요."

"어쨌건 내가 아는 건 그 애들이 여행 가방을 갖고 왔다는 거예요." 프라차드 부인이 말했다.

아이는 서둘러 창가로 돌아갔다. 큰 소년은 양 손목을 뒤통수에 엇갈리고 입에 담배꽁초를 문 채 해먹에 누워 있었다. 그러다 코프 부인이 크래커 쟁반을 들고 모퉁이를 돌아오자 꽁초를 획 뱉었다. 그녀는 뱀이라도 떨어진 것처럼 자리에 우뚝 서서 말했다. "애시필드! 도로 주워. 나는 불나는 게 싫어."

"가필드예요! 가필드요!" 작은 소년이 화를 냈다.

큰 소년이 말없이 일어나서 담배꽁초 앞으로 어슬렁어슬렁 걸어갔다. 그리고 그것을 주워 주머니에 넣고 그녀에게 등을 돌린 채 상박에 박힌 하트 문신을 살펴보았다. 프리처드 부인이 코카콜라 세 병을 한 손으로 잡고 와서 하나씩 건넸다.

"저는 이 농장의 모든 걸 다 기억해요." 파월이 콜라 병 입구를 내려다보며 말했다.

"여기를 떠난 뒤 모두 어디로 갔었니?" 코프 부인이 물으며 크래커 쟁반을 파월이 앉은 의자 팔걸이에 내려놓았다.

파월은 쟁반을 보았지만 크래커는 집어 들지 않고 말했다. "저는 기억해요. 진이라는 말이 있고 조지라는 말이 있었어요. 우리는 플로리다로 갔고 거기서 아버지가 돌아가셨고 우리는 누나네 집에 갔고 어머니가 재혼하고 우리는 계속 거기서 살아요."

"여기 크래커를 가져왔어." 코프 부인이 말하고 그 맞은편 의자에 앉왔다.

"형은 애틀랜타를 싫어해요." 작은 소년이 일어나 앉아서 열의 없이 크래커를 집어 들며 말했다. "형은 여기를 빼고는 다 싫어해요. 형이 어떠냐면요, 우리가 개발 주택 단지 안의 공놀이장에서 공놀이를 해요. 그러면 형은 공놀이를 하다 말고 이렇게 말해요. '빌어먹을, 거기는 진이라는 말이 있고 그 말이 여기 있으면 난 그걸 타고 이 콘크리트를 부숴 버릴 거야!' 하고요."

"파월이 정말로 그런 나쁜 말을 쓰는 건 아니겠지?" 코프 부인이 말했다.

"네, 안 써요." 파월이 말했다. 그는 들판에 말 달리는 소리가 들리는 것처럼 머리를 옆으로 완전히 돌리고 있었다.

"나는 이런 크래커 별로 안 좋아해요." 작은 소년이 말하고 크래커를 접시에 도로 내려놓은 뒤 일어섰다.

코프 부인은 의자에 앉은 채 몸을 움직였다. "그러니까 너희는 새로 지은 깨끗한 개발 단지에서 산다는 거로구나."

"자기 집을 찾아가는 방법은 냄새를 맡는 것밖에 없어요. 4층 건물이 모두 열 동 있어요. 말을 보고 싶어요." 작은 아이가 말했다.

파월은 꼬집는 듯한 시선을 코프 부인에게 돌리고 말했다. "이 집 창고에서 자고 갈 생각으로 왔어요. 삼촌이 픽업트럭으로 우리를 여기까지 데려왔고, 아침에 다시 데려갈 거거든요."

한순간 부인은 아무 말도 하지 않았고 창가의 아이는 생각했다. '엄마가 의자에서 뛰어나가서 나무를 칠 거야.'

"안타깝지만 그건 안 될 것 같구나." 부인이 자리에서 벌떡 일어서면서 말했다. "창고에는 건초가 가득한데 너희가 담배를 피우니 불이 날지도 몰라."

"담배 안 피울게요." 파월이 말했다.

"그래도 거기서 잘 수는 없어." 그녀가 깡패를 달래듯이 말했다.

"그러면 숲에서 노숙할게요. 모포를 가져왔어요. 저 여행 가방에 든 게 그거예요." 작은 소년이 말했다.

"숲에서 자다니!" 그녀가 말했다. "안 돼! 숲은 요즘 아주 건조해. 담배 피우는 사람을 우리 숲에 들일 수는 없어. 노숙을 한다면 들판에서, 저기 집 앞에 있는 저 들판에서 해야 돼. 거기는 나무가 없으니까."

"그래야 엄마가 너희를 감시할 수 있거든." 아이가 조그맣게 말했다.

"사모님의 숲." 큰 소년이 중얼거리며 해먹에서 내려왔다.

"들에서 잘게요." 파월이 말했지만 특별히 코프 부인에게 말하는 것 같지는 않았다. "오후 동안에는 형제들에게 이곳을 구경시켜 줄게요." 다른 두 소년은 이미 움직이고 있었고, 파월이 일어나서 그들을 따라 뛰어갔다. 두 여자는 검은 여행 가방을 사이에 두고 앉았다.

"사양할 줄도 모르고, 아무것도 모르네요." 프리처드 부인이 말했다.

"음식을 가지고 장난만 쳤어요." 코프 부인이 상처 받은 목소리로 말했다.

프리처드 부인은 그 소년들은 이런 싱거운 음료수는 좋아하지 않을 것 같다고 말했다.

"정말 배고파 보였는데." 코프 부인이 말했다.

그들은 해 질 무렵에 숲에서 먼지와 땀 범벅이 되어 나왔고, 뒷문으로 와서 물을 달라고 했다. 그들은 먹을 것을 달라고 하지 않았지만 코프 부인은 그들이 그걸 원한다는 것을 알고 말했다. "집에 있는 건 차가운 뿔닭 고기뿐이야. 뿔닭 고기하고 샌드위치를 먹을래?"

"저는 뽈닭 같은 대머리 짐승은 안 먹어요. 닭이나 칠면조는 먹지만 뽈닭은 싫어요." 작은 소년이 말했다.

"개도 그건 안 먹어요." 큰 소년이 말했다. 그리고 셔츠를 벗고 그것을 바지 뒤에 쑤셔 넣어 꼬리처럼 만들었다. 코프 부인은 소년에게서 눈길을 돌렸다. 작은 소년은 팔에 흉터가 있었다.

"내가 그러지 말라고 했으니 말을 타지는 않았겠지?" 그녀가 의심스럽게 묻자 소년들이 일제히 외쳤다. "안 탔어요!" 그것은 시골 교회의 아멘 소리 같았다.

그녀는 집으로 들어가 샌드위치를 만들었고, 그러는 동안 부엌에서 소리쳐 소년들과 대화했다. 아버지는 무슨 일을 하셨으며 그 집의 형제자매는 모두 몇 명이며 학교는 어디를 다녔느냐는 등의 질문이었다. 소년들은 서로 어깨를 밀치고 폭발하듯 짧은 문장으로 대답했다. 그런 질문에 그녀도 미처 모르는 의미가 있다는 것 같았다. "학교에는 남자 선생님들이 있었니? 여자 선생님들이 있었니?" 그녀가 물었다.

"둘 다 있었고, 어느 쪽인지 모를 분들도 있었어요." 큰 소년이 야유하듯 말했다.

"어머니는 일하시니, 파월?" 그녀가 얼른 물었다.

"형, 어머니가 일하시냐잖아!" 작은 소년이 소리쳤다. "형은 아까 본 말들에 정신이 팔려 있어요. 어머니는 공장에서 일하고 형한테 다른 형제를 돌보게 하지만 형은 신경을 안 써요. 한번은 동생을 상자에 넣고 잠근 뒤에 불을 질렀죠."

"설마 파월이 그럴 애는 아닐 거라고 믿어." 그녀가 샌드위치 접시를 들고 나와 계단에 내려놓으면서 말했다. 소년들은 즉시 접시를 비웠고 그녀는 접시를 들고 서서 태양이 나무들 꼭대기 위까지 내려온 것을 보았다. 불꽃 색깔로 부풀어 오른 태양은 그물처럼 구멍이 숭숭 뚫린 구름에 갇혀 있었지만 금세라도 그물을 태우고 나와 숲으로 떨어질 것 같았다. 위층 창가에서 아이는 어머니가 몸을 떨고서 두 팔을 양 옆구리에 대는 것을 보았다. "우리는 세상에 감사할 게 많단다." 그녀가 서글픈 경탄이 담긴 목소리로 말했다. "너희는 밤마다 하느님이 너희에게 주신 것들에 감사하니? 모든 일에 하느님께 감사하니?"

갑자기 정적이 찾아왔다. 소년들은 갑자기 입맛을 잃은 것처럼 샌드위치를 깨물었다.

"그렇게 하니?" 코프 부인이 다시 물었다.

소년들은 숨어 있는 도둑들처럼 조용했다. 그리고 말없이 샌드위치를 씹었다.

"어쨌건 나는 그렇게 한단다." 그녀가 마침내 말한 뒤 집으로 들어갔고, 아이는 소년들의 어깨가 내려가는 것을 보았다. 큰 소년은 덫에서 풀려나는 듯 다리를 뻗었다. 태양은 눈앞의 모든 것을 불태우려는 듯 훨훨 타올랐다. 하얀 물탱크 탑이 분홍색으로 물들고 풀들은 유리로 변한 것처럼 기이한 녹색을 띠었다. 아이는 갑자기 창밖으로 고개를 내밀고 큰 소리로 "으어어어" 하고 외친 뒤 두 눈을 엇갈려 사시로 만들고 토할 것처럼 혀를 쭉 내밀었다.

큰 소년이 고개를 들고 아이를 보더니 그르렁거렸다. "빌어먹을, 여자가 또 있네."

아이는 창가를 떠나서, 뺨을 맞았는데 누구한테 맞았는지 알 수 없는 사람 같은 표정으로 눈을 찌푸리고 벽에 기댔다. 소년들이 계단을 떠나자, 아이는 코프 부인이 설거지를 하고 있는 부엌에 내려가서 말했다. "저 애들 중 제일 큰 애를 저한테 주면 제가 먼지 나게 패겠어요."

"가까이 가지 마." 코프 부인이 예민해져서 말했다. "숙녀가 사람을 먼지 나게 패면 안 돼. 그리고 저 아이들 곁에 가지 마. 내일 아침이면 떠날 거야."

하지만 다음 날 아침 소년들은 떠나지 않았다.

코프 부인이 아침 식사를 하고 툇마루에 나갔을 때 소년들은 뒷문 앞에 서서 계단을 툭툭 차고 있었다. 그들은 그녀가 먹은 베이컨 냄새를 맡고 있었다. 그녀가 말했다. "오늘 삼촌이 온다고 하지 않았니?" 아이들은 어제 그녀를 안타깝게 만든 그 허기진 표정을 하고 있었지만, 오늘 그녀는 그 표정에 약간 화가 났다.

큰 소년은 얼른 등을 돌렸고 작은 소년은 쪼그리고 앉아 모래를 긁었다. "안 그러게 됐어요." 파월이 말했다.

큰 소년이 그녀가 간신히 보일 만큼만 고개를 돌리고 말했다. "이 집에 폐를 끼치지는 않을 거예요."

소년은 그녀의 눈이 커진 것은 보지 못했지만 의미심장한 침묵은 느꼈다. 잠시 후 코프 부인이 달라진 목소리로 말했다. "아침을 좀 먹겠니?"

"우리는 먹을 게 많아요. 이 집 물건은 아무것도 필요 없어요." 큰 소년이 말했다.

코프 부인은 파월을 보았다. 그의 여위고 흰 얼굴은 자신에게 대항할 뿐 실제로 자신을 바라보는 것 같지는 않았다. "나는 너희가 여기 찾아와서 기뻐. 하지만 너희가 예의를 지키고 신사처럼 행동했으면 좋겠어." 그녀가 말했다.

소년들은 가만히 서서 그녀가 떠나기를 기다리는 듯 각자 다른 방향을 바라보았다. 그때 그녀가 갑자기 목소리를 높여 말했다. "어쨌건 여기는 내 집이니까."

그러자 큰 소년이 알 수 없는 소리를 냈고 그들은 모두 돌아서서 헛간으로 갔다. 그녀는 한밤중에 탐조등에 얼굴이 잡힌 사람처럼 당황한 표정으로 그 자리에 서 있었다.

잠시 후 프리처드 부인이 와서 부엌 문간에 뺨을 대고 말했다. "저 아이들은 어제 오후 내내 말을 탔어요. 마구 보관실에서 고삐를 훔쳐서 안장도 없이 말이에요. 홀리스가 봤대요. 홀리스가 어젯밤 9시쯤에 헛간에서 내쫓았고 오늘 아침에는 우유실에서 내쫓았는데, 아이들이 우유 통에 직접 입을 대고 마신 것처럼 입가에 우유가 묻어 있었대요."

"그냥 둘 수 없네요." 코프 부인이 말하고 싱크대 앞에 서서 양 옆구리에 두 주먹을 불끈 쥐었다. "그냥 둘 수 없어요." 그 표정은 그녀가 향부자 풀을 뽑을 때와 똑같았다.

"하지만 방법이 없을 거예요." 프리처드 부인이 말했다. "제가 볼 때 아이들은 개학 때까지 일주일 정도 여기 있을 것 같아요. 시골에 놀러 오자고 생각한 거겠죠. 그냥 뒷짐 지고 바라보는 수밖에 없을 것 같아요."

"나는 뒷짐 지고 바라보지 않아요. 프리처드 씨한테 말들을 마구간에 넣어 두라고 해요." 코프 부인이 말했다.

"이미 그렇게 말했어요. 그 열세 살 소년은 성미가 어찌나 고약한지 나이가 저보다 갑절은 더 든 사람 같아요. 뭘 하려는 건지 알 수가 없어요. 어디로 갈지도 몰라요. 오늘 아침에 홀리스가 황소 우리 뒤에서 아이들을 봤는데, 큰 아이가 여기 씻을 수 있는 데가 있느냐고 묻더래요. 홀리스가 없다면서 자기 숲에 담배꽁초를 버리는 일은 누구라도 싫어한다고 하자 아이가 이렇게 말했대요. '이 숲의 주인은 사모님이 아니에요.' 그래서 홀리스가 말했어요. '아냐, 사모님이 주인이야.' 그러자 작은 아이가 말했어요. '이 숲과 사모님 다 하느님의 것이에요.' 그러자 안경 쓴 아이가 말했어요. '집 위의 하늘도 사모님 거겠네요.' 그러자 작은 아이가 말했어요. '하늘을 소유하고 자기 허락 없이는 비행기도 못 지나가게 해.' 그러자 큰 애가 말했어요. '이렇게 망할 여자들이 많은 집은 처음이야. 아저씨는 어떻게 견디세요?' 하지만 홀리스는 아이들의 헛소리를 더 이상 듣기 싫어서 거기 대꾸하지 않고 그냥 갔대요."

"가서 아이들한테 우유 트럭이 오면 그걸 타고 떠날 수 있다고 말하겠어요." 코프 부인이 말하고 뒷문으로 나가자, 부엌에는 프리처드 부인과 아이가 남았다.

"저 아이들은 내가 더 잘 다룰 수 있어요." 아이가 말했다.

"뭐라고? 네가 어떻게 저 애들을 다룬다는 거니?" 프리처드 부인이 말도 안 된다는 표정으로 아이를 바라보며 물었다.

아이는 두 손을 맞잡고 누군가의 목을 조르는 듯 얼굴을 일그러뜨렸다.

"네가 당해." 프리처드 부인이 흡족한 표정으로 말했다.

아이가 프리처드 부인을 피해 위층 창가로 갔더니 어머니가 소년들 곁을 떠나는 모습이 보였다. 소년들은 물탱크 탑 아래 쪼그려 앉아 크래커 상자에 든 것을 먹고 있었다. 어머니가 부엌문으로 들어와서 말하는 소리가 들렸다. "우유 트럭을 타고 갈 거래요. 배가 고프지 않은 것도 당연한 일이었네요. 여행 가방의 절반이 먹을 거예요."

"다 훔친 걸 거예요." 프리처드 부인이 말했다.

우유 트럭이 왔을 때 소년들은 보이지 않았는데, 트럭이 떠나자마자 송아지 축사 꼭대기 구멍에 그들의 얼굴이 나타났다. "세상에 이런 일이 있어?" 코프 부인이 허리에 손을 얹고 2층 창가에 서서 말했다. "저 아이들이 온 게 싫은 게 아니야. 애들 태도가 문제야."

"엄마는 누구의 태도도 마음에 안 들어 하잖아요. 제가 가서 아이들한테 5분 안에 떠나라고 할게요." 아이가 말했다.

"그 애들 곁에 가지 말라고 그랬지." 코프 부인이 말했다.

"왜요?" 아이가 물었다.

"내가 가서 따끔하게 혼을 내 주어야겠어." 코프 부인이 말했다.

아이는 창가 자리를 넘겨받았고, 금세 어머니가 뻣뻣한 녹색 모자를 햇빛에 번쩍이며 농장 길을 건너 송아지 축사로 가는 모습이 보였다. 세 얼굴이 구멍에서 사라지더니 잠시 후 큰 소년이 달려 나갔고, 이어 다른 두 소년이 그 뒤를 따라 달렸다. 프리처드 부인이 그리 갔고 두 여자는 함께 소년들이 사라진 숲을 향해 출발했다. 두 개의 차양 모자가 숲으로 사라졌고, 세 소년은 숲 왼쪽으로 나와서 여유롭게 들판을 걸어 다른 숲으로 들어갔다. 코프 부인과 프리처드 부인이 들판으로 나왔을 때 그곳에는 아무도 없었고, 그들은 집으로 돌아오는 것밖에 할 수 있는 일이 없었다.

코프 부인이 집에 돌아간 지 얼마 지나지 않아 프리처드 부인이 소리를 지르며 달려왔다. "애들이 황소를 풀었어요! 황소를 풀어 놨어요!" 잠시 후 검은 황소가 프리처드 부인의 뒤를 천천히 따라왔고, 그 뒤를 다시 네 마리 거위가 꽥꽥거리며 따라왔다. 황소는 온순했지만 사람들이 달려들자 돌변했고, 소를 다시 우리에 집어넣기 위해 프리처드 씨와 깜둥이 두 명이 30분 동안 씨름해야 했다. 남자들이 이 일을 하는 동안 소년들은 트랙터 세 대에서 기름을 빼내 다시 숲으로 사라졌다.

코프 부인의 이마 양옆에 파란 핏줄 두 개가 튀어나왔고, 프리처드 부인은 흡족한 표정으로 그것을 보며 말했다. "제가 말씀드렸죠. 할 수 있는 일이 없을 거라고요."

코프 부인은 차양 모자를 쓰고 있다는 사실도 잊은 채 급하게 점심을 먹었다. 그리고 무슨 소리가 날 때마다 펄쩍 뛰었다. 프리처드 부인이 점심 후에 바로 와서 말했다. "아이들이 지금 어디 있는지 알려 드릴까요?" 그리고 모든 것을 다 안다는 뿌듯한 미소를 지었다.

"빨리 말해요." 코프 부인이 군인처럼 긴장해서 말했다.

"도로에서 이 집 우편함에 돌을 던지고 있어요." 프리처드 부인이 문간에 편안히 기대며 말했다. "우편함이 벌써 기둥에서 거의 다 떨어졌어요."

"차에 타세요." 코프 부인이 말했다.

아이도 차에 탔고, 세 사람은 정문까지 농장 길을 달렸다. 소년들은 간선도로 맞은편 둑에 앉아서 길 건너 우편함에 돌을 던지고 있었다. 코프 부인은 소년들 바로 밑에 차를 세우고 창밖을 내다보았다. 세 소년은 모르는 사람을 보듯 그녀를 바라보았다. 큰 소년의 눈빛은 우울했고, 작은 아이의 눈빛은 미소 없이 반짝였으며, 파월은 안경 쓴 양방향 시선을 부서진 구축함 위 허공에 멍하니 걸어 놓고 있었다.

"파월. 어머니가 너희를 부끄러워하실 거야." 코프 부인은 그렇게 말하고 이 말의 효과를 증폭시키기 위해 잠시 침묵했다. 소년의 얼굴은 약간 비틀어지는 것 같았지만 계속 그녀 너머의 무언가를 초점 없이 바라보기만 했다.

"나는 견딜 만큼 견뎠어." 코프 부인이 말했다. "너희한테 잘해 주려고 했어. 내가 너희한테 잘해 주지 않았니?"

아이들은 석상처럼 움직임이 없었고, 큰 소년만이 입을 살짝 벌리고 말했다. "우리는 지금 사모님 집에 있지도 않아요."

"할 수 있는 게 없다니까요." 프리처드 부인이 큰 소리로 말했다. 아이는 뒷좌석에 있었고 옆쪽에 붙어 앉았다. 얼굴에 분노가 가득했지만 소년들이 자신을 보지 못하도록 고개를 창가에서 뒤로 빼고 있었다.

코프 부인은 한 마디 한 마디를 강조해서 천천히 말했다. "나는 너희한테 아주 잘해 준 것 같아. 식사도 두 번이나 줬어. 이제 나는 시내에 갈 거고, 내가 돌아왔을 때 너희가 아직 여기 있으면 보안관을 부르겠어." 그 말을 남기고 코프 부인은 차를 몰고 떠났다. 아이는 얼른 뒤창으로 고개를 돌려 소년들이 꼼짝도 않고 있는 것을 보았다. 그들은 고개조차 돌리지 않았다.

"사모님이 애들을 화나게 했어요. 이제 그 애들이 무슨 짓을 할지 몰라요." 프리처드 부인이 말했다.

"우리가 돌아오면 떠나고 없을 거예요." 코프 부인이 말했다.

프리처드 부인은 그런 허탈한 결말을 참을 수 없었다. 마음의 평정을 유지하려면 그녀는 시시때때로 피의 맛을 봐야 했다. "제가 아는 어떤 남자의 아내는 호의로 입양한 아이 때문에 인생을 망쳤어요." 그녀가 말했다. 그리고 시내에서 돌아왔을 때 소년들이 둑에 없는 것을 보고 말했다. "안 보이는 것보다 보이는 게 낫네요. 보이면 무얼 하는지는 아니까요."

"말도 안 돼요. 단단히 혼냈으니 떠났을 거고 이제 그 일은 잊어버리면 돼요." 코프 부인이 말했다.

"저는 잊지 않아요. 전 아이들 여행 가방에 총이 있어도 놀라지 않을 거예요." 프리처드 부인이 말했다.

코프 부인은 자신이 프리처드 부인 같은 심성의 소유자를 대하는 방식에 자부심을 품었다. 프리처드 부인은 사방에서 나쁜 신호와 불길한 징조를 보았지만 자신은 차분히 그것이 공상의 산물임을 보여주었다. 하지만 그날은 신경이 곤두서서 이렇게만 말했다. "이제 이 일은 겪을 만큼 겪었어요. 아이들은 갔고 그걸로 끝이에요."

"보면 알겠죠." 프리처드 부인이 말했다.

오후는 조용하게 지나갔지만 저녁때 프리처드 부인이 와서 돼지우리 근처 덤불에서 심술궂은 웃음소리가 들렸다고 말했다. 그것은 악의적인 술수에 찬 웃음이었고, 자기가 직접 세 번이나 들었다고 했다.

"나는 아무 소리도 못 들었어요." 코프 부인이 말했다.

"어둠이 내린 뒤에 움직일 거예요." 프리처드 부인이 말했다.

그날 밤 코프 부인과 아이는 거의 10시까지 툇마루에 나가 있었지만 아무 일도 없었다. 들리는 소리라고는 청개구리 소리와 어둠 속 똑같은 지점에서 점점 빨리 우는 쏙독새 소리뿐이었다. "애들은 갔어. 불쌍한 아이들." 코프 부인이 말했다. 그리고 그녀는 아이에게 세상에 감사할 게 얼마나 많은지를 이야기했다. 우리도 어쩌면 개발 주택 단지에 살아야 했을 수도 있고, 깜둥이로 태어났을 수도 있고, 인공호흡실에 들어가야 했을 수도 있고, 유럽에서 태어나 소 떼처럼 화물열차에 실려 갈 수도 있었다고 말한 뒤 불안한 목소리로 호칭기도를 했지만, 아이는 어둠 속의 비명 소리에 귀를 기울이느라 전혀 듣지 않았다.

다음 날 아침에도 소년들은 보이지 않았다. 숲의 요새는 화강암 같은 푸른빛이었고, 바람은 밤새 거세졌으며, 태양은 연한 금빛으로 떠올랐다. 계절이 바뀌고 있었다. 날씨의 작은 변화마저 코프 부인의 마음에 감사를 안겨 주었지만, 계절이 바뀔 때면 그녀는 여태껏 불운을 이렇게 잘 피해 다닌 자신의 행운에 거의 겁을 먹는 것 같았다. 그녀는 한 가지 일이 끝나고 다음 일을 시작할 때 가끔 그러듯 아이에게 관심을 돌렸다. 아이는 원피스 위에 작업복을 입고 낡은 남자용 펠트 모자를 깊이 눌러쓰고 권총 두 자루가 꽂힌 장식 총집을 허리에 두르고 있었다. 모자가 너무 작아서 아이 얼굴을 빨갛게 조이는 것 같았다. 모자는 안경 위까지 내려와 있었다. 코프 부인은 안타까운 표정으로 아이를 보고 물었다. "왜 그렇게 바보처럼 차려입은 거니? 극단이라도 올 줄 알아? 넌 대체 언제 철이 들 거니? 뭐가 되려고 그래? 널 보면 울고 싶어! 가끔 보면 너는 내 딸이 아니라 프리처드 부인 딸 같아!"

"신경 쓰지 말아요. 그냥 내버려 둬요. 나는 엄마가 아니에요." 아이가 짜증스레 말하고는 가슴을 내밀고 양손에 총을 잡고 적을 쫓듯 숲으로 들어갔다.

프리처드 부인은 보고할 재난이 없어서 우울한 얼굴로 왔다. "오늘의 고통은 제 얼굴에 있어요." 그녀가 그나마 건질 수 있는 재난에 매달려서 말했다. "치아 하나하나가 종기처럼 아파요."

아이는 숲으로 들어갔고, 발밑의 낙엽은 불길한 소리를 내며 밟혔다. 살짝 떠오른 태양은 무색의 바람을 풀어 놓기 위해서 연한 하늘에 뚫어 놓은 하얀 구멍 같았고, 나무 꼭대기는 햇빛 속에 컴컴했다. "너희를 모조리 잡아서 시퍼렇게 두들겨 주겠어. 줄을 서, 줄을!" 아이는 소리치고 자기보다 네 배는 더 큰, 껍질 벗겨진 소나무들을 향해 권총을 흔들며 그 앞을 지나갔다. 아이는 계속 중얼거리며 움직였고, 이따금 앞을 가로막는 가지를 총으로 때렸다. 때로는 걸음을 멈추고 치마에 달라붙은 가시덤불을 떼어 내며 말했다. "건드리지 마, 알았지. 건드리지 마." 그리고 덤불을 총으로 탕 치고 계속 갔다.

잠시 후 아이는 쉬려고 나무 그루터기에 앉았지만 두 발에 힘을 꽉 주고 있었다. 그리고 서너 차례 두 발을 들었다 내렸다 하고 무언가를 뭉개듯 발굽으로 흙 위를 사납게 문질렀다. 그때 어디선가 웃음소리가 들렸다.

아이는 허리를 세웠다. 소름이 쪽 끼쳤다. 소리가 다시 들렸다. 첨벙첨벙 하는 소리였다. 아이는 일어섰지만 방향을 알 수 없었다. 아이가 있는 곳은 그 숲이 끝나고 뒤편 목초지가 시작하는 지점과 가까웠다. 아이는 조심조심 소리를 죽이고 목초지를 향해 갔다. 숲 끝에 이르자 세 소년이 6미터도 떨어지지 않은 곳에서 길쭉한 가축 물통에 들어가 목욕하는 모습이 보였다. 옷은 물이 튀지 않을 거리에 둔 검은 가방 앞에 쌓여 있었다. 큰 소년이 서 있고 작은 소년은 그의 어깨로 올라가려고 했다. 파월은 물이 튀긴 안경을 쓰고 가만히 앉아서 앞을 바라보았다. 그는 다른 두 소년에게 신경을 쓰지 않았다. 젖은 안경을 쓰고 나무를 바라보면 초록 폭포처럼 보일 것 같았다. 아이는 소나무 줄기에 몸을 반쯤 가리고 서서 나무껍질에 빰을 바짝 댔다.

"난 여기 살고 싶어!" 작은 소년이 큰 소년의 머리를 두 무릎으로 꽉 붙들고 중심을 잡으며 소리쳤다.

"난 여기 안 살아서 우라지게 좋아!" 큰 소년이 숨을 헐떡이며 작은 소년을 떼어 내려고 펄쩍 뛰었다.

파월은 움직이지 않았다. 자기 뒤에 두 소년이 있는 것도 모르는 듯했고, 관에서 일어난 유령처럼 앞만 바라보며 말했다. "이곳이 여기서 없어지면 우리는 여기를 생각하지 않아도 돼."

큰 소년이 아직도 작은 소년을 어깨에 매달고 물속에 조용히 앉으면서 말했다. "여긴 누구의 소유도 아냐."

"이건 우리 거야." 작은 소년이 말했다.

아이는 나무 뒤에서 움직이지 않았다.

파월은 물통에서 뛰어나가 들을 달렸다. 누가 뒤에서 쫓아오기라도 하는 듯 들판 전체를 한 바퀴 달렸고, 그가 물통 앞을 다시 지날 때 다른 두 소년도 그를 따라 함께 달렸다. 태양이 그들의 길고 젖은 몸에서 반짝였다. 큰 소년이 가장 빨리 달려서 선두를 지켰다. 그들은 두 바퀴를 달린 뒤 마침내 옷 더미 곁에 쓰러져서 갈비뼈를 들썩거렸다. 잠시 후 큰 소년이 갈라진 목소리로 말했다. "만약 기회가 생긴다면 내가 이 집으로 뭘 할지 알아?"

"몰라, 뭔데?" 작은 소년이 말하고 일어나 앉아 큰 소년의 말에 귀를 기울였다.

"여기다 아주 큰 주차장 같은 걸 만들 거야." 그가 말했다.

그들은 옷을 입었다. 햇빛이 파월의 안경에 하얀 점 두 개를 찍어서 눈을 가렸다. "나는 할 일을 알아. 이제 하자." 파월이 말하고 주머니에서 조그만 물건을 꺼내 두 소년에게 보여 주었다. 그들은 파월이 손에 들고 있는 것을 1분은 족히 바라보았다. 그러더니 이제 의논은 다 끝났다는 듯 파월이 여행 가방을 집어 들었고, 모두 일어나서 아이와 3미터도 떨어지지 않은 곳을 지나 숲으로 들어갔다. 이제 나무에서 뗀 아이의 뺨에는 나무껍질 무늬가 붉고 흰색으로 새겨져 있었다.

아이는 소년들이 걸음을 멈추고 각자 가진 성냥을 모두 모은 뒤 덤불에 불을 붙이는 모습을 멍한 눈길로 바라보았다. 소년들은 환성과 고함을 지르며 입에 손을 대고 두드렸고, 잠시 후 아이와 소년들 중간에 생겨난 가느다란 불이 점점 넓어졌다. 불은 아이가 바라보는 눈앞에서 덤불 위로 뻗어 올라 나무들의 낮은 가지를 집어삼켰다. 바람이 불 조각을 위로 실어 날랐고, 소년들은 비명을 지르며 불 뒤로 사라졌다.

아이는 돌아서서 들판 저편으로 가려고 했지만 다리가 무거워서 가만히 서 있었다. 이전까지 느끼지 못한 낯선 고통이 아이를 무겁게 눌렀다. 하지만 아이는 결국 달리기 시작했다.

코프 부인은 프리처드 부인과 함께 창고 뒤쪽 들판에 있다가 목초지 건너편 숲에서 연기가 솟는 것을 보았다. 그녀는 비명을 질렀고, 프리처드 부인이 농장 길을 가리켰다. 아이가 소리를 지르며 쿵쿵 달려왔다. "엄마, 엄마, 그 애들이 여기다 주차장을 지을 거래요!"

코프 부인은 깜둥이들을 찾아 비명을 질렀고 프리처드 부인은 생기를 찾아 고함을 치며 길을 달려갔다. 프리처드 씨가 창고의 열린 쪽에서 나왔고 농장 마당에서 거름 살포기를 채우던 깜둥이 둘이 삽을 든 채 코프 부인에게 갔다. "얼른, 얼른! 바빠요! 저기 흙을 뿌려!" 그녀가 소리쳤다. 그들은 그녀에게 거의 눈길도 주지 않고 지나가서 들판 저편에 연기가 솟는 곳으로 갔다. 코프 부인은 약간 거리를 두고 그 뒤를 따라가며 악을 썼다. "서둘러, 서둘러. 저 모습 안 보여! 안 보여!"

"불이 어디 도망가지는 않을 겁니다." 컬버가 말했고, 그들은 어깨를 살짝 내밀고 변함없는 속도로 걸어갔다.

아이는 어머니 옆에 서서 낯선 얼굴을 보듯 어머니 얼굴을 올려다보았다. 아이가 느낀 새로운 고통이 담긴 표정이었지만 어머니의 얼굴에서 그 표정은 오래되어 보였고 어머니가 아닌 다른 모든 사람, 그러니까 깜둥이나 유럽 사람이나 파월의 표정 같았다. 아이가 고개를 돌려 보니 유유히 걸어가는 깜둥이들 너머 화강암 색깔의 숲 속에서 연기 기둥이 맹렬하게 솟아오르고 있었다. 아이는 꼿꼿이 서서 귀를 기울였고, 멀리서 몇 차례 기쁨의 함성이 울리는 것을 들었다. 그 소리는 마치 예언자들이 불의 용광로 속, 천사들이 비워 준 동그란 원 안에서 춤을 추는 것 같았다.

추방자
The Displaced Person

I

공작은 쇼틀리 부인을 따라 언덕을 함께 올라갔다. 한 줄로 걷는 그들은 하나의 완벽한 행렬 같았다. 쇼틀리 부인은 팔짱을 꼈고, 언덕을 오르는 그 모습은 위험 신호를 느끼고 나와서 뭐가 문제인지 살펴보는 시골의 거인 아낙 같았다. 부인은 웅대한 자신감을 품고 묵직한 다리로 좁아지는 화강암 언덕을 올라, 모든 것을 내려다보는 파란빛의 점 두 개를 향해 갔다. 그리고 너덜거리는 구름 뒤를 몰래 기어가는 오후의 하얀 태양을 무시하고, 간선도로에서 분기하는 붉은 흙길을 내려다보았다.

공작은 부인 바로 뒤에 멈추었다. 꽁지─햇빛에 금녹색과 청색으로 반짝이는―는 땅에 닿지 않을 만큼 살짝 들어 올려져 있었다. 꽁지는 긴 드레스 뒷자락처럼 양쪽으로 흘러 나갔고, 길고 파란 목에 달린 머리는 다른 누구도 볼 수 없는 먼 곳을 바라보는 듯 뒤로 젖혀져 있었다.

쇼틀리 부인은 검은 자동차가 간선도로에서 내려와 정문으로 돌아드는 것을 보았다. 4~5미터 거리의 연장 광 너머에서 깜둥이 애스터와 설크가 하던 일을 멈추고 그쪽을 바라보았다. 그들은 뽕나무에 가려서 보이지 않았지만 쇼틀리 부인은 그들이 거기 있다는 걸 알았다.

매킨타이어 부인이 자동차를 맞으려고 현관 계단을 내려왔다. 부인은 아주 밝은 웃음을 짓고 있었지만, 쇼틀리 부인은 약간 떨어진 거리에서도 거기에 불안이 깃든 것을 간파할 수 있었다. 지금 저 차로 오는 사람들은 쇼틀리 부부나 깜둥이들처럼 돈을 주고 산 일손일 뿐이었다. 그런데 농장 주인이 그들을 맞으러 나와 있었다. 부인은 가장 좋은 옷을 꺼내 입고 목걸이까지 둘렀으며 입꼬리를 당긴 채 앞으로 나갔다.

부인이 자리에 설 때 자동차가 진입로에 섰고, 이어 신부가 먼저 내렸다. 그는 다리가 긴 노인으로 검은 양복을 입고 하얀 모자를 썼으며 옷깃은 둘러서 댔는데, 신부들이 자신이 신부라는 걸 알리고자 할 때 그런 차림을 한다는 것을 쇼틀리 부인은 알았다. 이 사람들이 여기 오게 주선한 것이 이 신부였다. 그가 자동차 뒷문을 열자 남자아이 한 명과 여자아이 한 명이 튀어나왔고, 이어서 땅콩처럼 생긴 갈색 옷차림의 여자가 차분하게 나왔다. 그런 뒤 앞문이 열리면서 남자, 그러니까 추방자 본인이 나왔다. 그는 키가 작고 허리가 젖혀진 체형이었으며 금테 안경을 썼다.

쇼틀리 부인은 실눈으로 남자를 보았다가 다시 눈을 크게 뜨고 여자와 두 아이를 한눈에 담았다. 가장 이상한 것은 그들이 다른 사람들과 똑같다는 것이었다. 그들을 상상할 때 그녀는 매번 곰 세 마리가 네덜란드식 나막신을 신고 선원 모자를 쓰고 단추가 많은 밝은색 코트를 입고 한 줄로 걸어오는 모습을 떠올렸다. 하지만 여자는 자기도 입을 법한 옷을 입었고, 아이들도 인근 다른 아이들과 똑같은 차림이었다. 남자는 카키색 바지에 파란색 셔츠를 입었다. 매킨타이어 부인이 그에게 손을 내밀자 남자는 고개를 깊이 숙여 거기 입을 맞추었다.

쇼틀리 부인은 자기 손을 번쩍 들어 입에 댔고 잠시 후 다시 내려서 엉덩이에 맹렬하게 문질렀다. 만약 쇼틀리 씨가 매킨타이어 부인의 손에 입을 맞추려고 했다면 부인은 펄펄 뛰며 야단을 쳤을 것이다. 어쨌거나 쇼틀리 씨는 부인에게 입을 맞추려고 하지도 않았을 것이다. 그는 빈둥거릴 시간이 없었다.

그녀는 눈에 힘을 주고 자세히 보았다. 소년이 가운데 서서 이야기를 하고 있었다. 소년은 폴란드에서 영어를 약간 배워서 식구들 가운데 가장 영어를 잘했고, 여기서 아버지의 폴란드어를 영어로 옮겨 주고, 매킨타이어 부인의 영어를 다시 폴란드어로 옮겨 주는 일을 해야 했다. 신부는 전에 이미 매킨타이어 부인에게 소년의 이름이 루돌프고 나이는 열두 살이며, 소녀의 이름은 슬레트게비크고 나이는 아홉 살이라고 일러 주었다. 슬레트게비크라는 이름은 쇼틀리 부인의 귀에는 무슨 벌레 이름 같았다. 볼위블* 같은 느낌이 들었다. 그들 가족의 성은 그들과 신부만이 발음할 수 있었다. 그녀는 고블룩이라고만 알

* 목화 바구미라는 뜻.

았다. 지난 일주일 동안 그녀와 매킨타이어 부인은 그들을 맞을 준비를 하면서 그들을 고블룩 가족이라고 불렀다.

그들을 맞기 위해 할 일이 아주 많았다. 그들은 가진 게 아무것도 없었기 때문이다. 가구 한 점, 시트 한 장, 접시 한 개 없었기에, 매킨타이어 부인이 더는 쓰지 않는 물건들을 뒤져 모든 살림을 꾸려 냈다. 그들은 여기저기서 짝이 맞지 않는 가구들을 모았고, 꽃이 그려진 닭 사료 자루로 창문 커튼을 만들었다. 붉은색이 두 개고 녹색이 하나였는데, 붉은 자루가 모자랐기 때문이다. 매킨타이어 부인은 자기는 갑부가 아니며 커튼을 살 돈이 없다고 했다. 쇼틀리 부인도 말했다. "그 사람들은 말을 못해요. 그게 무슨 색인지나 알까요?" 그러자 매킨타이어 부인은 그런 고초를 겪은 사람들이니 아무거라도 있는 걸 감사해야 할 거라고 했다. 거기를 탈출해서 이런 곳에 오게 되었으니 얼마나 운이 좋은 거냐고 말했다.

쇼틀리 부인은 전에 본 뉴스 영화를 떠올렸다. 작은 방에 벌거벗은 시체가 산더미처럼 쌓여 있었다. 팔과 다리가 뒤엉키고, 여기저기 머리가, 발과 무릎이, 가려야 할 부위가 튀어나왔으며, 손은 허공을 그러쥐고 있었다. 그게 실제 사진이라는 것을 깨닫고 받아들이기 전에 장면은 다른 것으로 넘어가고 웅웅 울리는 목소리가 말했다. "시간은 흘러갑니다!" 그것은 이 나라만큼 발전하지 않은 유럽에서 매일 벌어지는 일이었고, 높은 곳에서 그들을 내려다보던 쇼틀리 부인은 쥐가 장티푸스 벼룩을 옮겨 오듯 고블룩 가족이 그런 흉악한 방식을 이 집에 가져왔을 거라는 느낌이 불쑥 들었다. 그들이 그런 일이 벌어지는 곳에서 왔다면 남에게 그런 일을 하지 않을지 어떻게 알겠는가? 이 질문이 포괄하는 많은 내용이 쇼틀리 부인에게 충격을 안겨 주었다. 산의 심장부에 작은 지진이 일듯 그녀의 위장이 떨렸고, 그녀는 자동적으로 그 고지에서 내려와 그들과 인사하러 갔다. 그들이 어떤 일을 할지 당장 알아내겠다는 듯이.

그녀는 배를 내밀고 머리는 젖히고 팔짱을 낀 채 굵은 다리로 부츠를 탁탁 부딪치면서 갔다. 그리고 손짓 발짓 하는 무리에게서 4~5미터 떨어진 곳에서 매킨타이어 부인의 목덜미에 시선을 고정하는 방법으로 자신의 존재를 알렸다. 매킨타이어 부인은 예순 살에 덩치가 작았으며, 동그랗고 주름진 얼굴에 붉은 앞머리가 높다란 주황색 눈썹까지 내려왔다. 입은 인형 입 같고, 눈은 크게 뜨면 부드러운 청색이지만 가늘게 뜨고 우유 통을 살펴볼 때는 강철색 또는 화강암색이었다. 부인은 한 번 사별하고 두 번 이혼했으며, 쇼틀리 부인은 매킨타이어 부인이 평생 누구에게도 이용당한 일이 없다는 점을 존경했다. 이용한 사람이 있다면, 하하, 아마도 쇼틀리 부부일 것이다. 부인은 쇼틀리 부인을 가리키고 루돌프 소년에게 말했다. "이분은 쇼틀리 부인이셔. 남편 쇼틀리 씨는 여기 낙농장에서 일하지. 쇼틀리 씨는 어디 있지?" 매킨타이어 부인은 쇼틀리 부인이 팔짱을 풀지 않은 채 다시 다가오는 것을 보고 물었다. "쇼틀리 씨도 귀작 가족을 만났으면 좋겠는데."

이제 그들의 성은 귀작이었다. 부인은 면전에서 그들을 고블룩이라고 부르지 않았다. "챈시는 창고에 있어요. 저기 깜둥이들처럼 숲에서 빈둥거릴 시간이 없죠." 쇼틀리 부인이 말했다.

그녀의 눈은 먼저 추방자들의 머리를 훑고 이어 아래로 천천히 내려갔다. 말뚝가리가 활강하다가 시체를 보고 급강하하는 것 같았다. 그녀는 남자가 자기 손에 입을 맞출 수 없을 거리에 서 있었다. 남자는 조그만 녹색 눈으로 그녀를 바라보며 밝게 웃었는데, 입 한쪽에 이가 없었다. 쇼틀리 부인은 웃지 않고 어머니 옆에 서 있는 여자아이에게 눈길을 돌렸다. 아이는 어깨를 양옆으로 흔들고 있었다. 긴 머리를 땋아서 동그란 고리 두 개를 만들었고, 이름은 벌레 같아도 얼굴은 예쁘다는 걸 인정하지 않을 수 없었다. 아이는 이제 열다섯, 열일곱이 되는 쇼틀리 부인의 두 딸 애니 모드와 세라 메이보다 예뻤다. 애니 모드는 키가 제대로 크지 않았고, 세라 메이는 눈에 사시가 있었다. 그녀는 폴란드 소년을 자기 아들 H. C.와 비교해 보았는데, H. C.가 훨씬 앞섰다. H. C.는 스무 살이고 그녀처럼 덩치가 크고 안경도 썼다. 그는 지금 성경 학교에 다녔고, 학교를 마치면 교회 일을 시작할 것이다. 그는 찬송가에 어울리는 강하고 따뜻한 목소리를 지녔으며 설득력이 대단했다. 쇼틀리 부인은 신부를 보고 이 사람들의 것은 발전된 종교가 아니라는 사실을 되새겼다. 그 사람들이 무엇을 믿는지는 알 수 없었다. 그것은 폐습을 개혁한 종교가 아니었기 때문이다. 그녀에게는 다시 시체가 가득 쌓인 방이 떠올랐다.

신부도 외국어 식으로 말했다. 영어는 맞았지만 목에 건초가 걸린 것 같은 발음이었다. 신부는 코가 크고 각진 얼굴에 대머리였다. 그녀가 신부를 바라보는데 신부가 큰 입을 딱 벌리고 그녀의 등 뒤를 보며 "아아아!" 하고 그쪽을 가리켰다.

쇼틀리 부인이 돌아섰다. 공작이 고개를 살짝 기울이면서 몇 걸음 뒤에 서 있었다.

"정말로 아름다운 새예요!" 신부가 말했다.

"저것도 먹여야 할 입이죠." 매킨타이어 부인이 공작을 보며 말했다.

"저 공작은 언제 멋진 꽁지를 펼치나요?" 신부가 물었다.

"자기 마음 내킬 때요." 부인이 말했다. "원래는 스무 마리에서 서른

마리 정도였는데, 그냥 하나둘 죽어 없어지게 했어요. 밤중에 꽥꽥거리는 게 싫어서요."

"정말 아름답습니다. 태양이 한가득 박힌 꽁지." 신부가 말하고 깨금발로 새에게 다가가 반들거리는 금색과 녹색 문양이 시작되는 곳을 내려다보았다. 공작은 어떤 높고 햇빛 가득한 곳에서 그들 모두에게 환상을 보여 주기 위해 내려온 것처럼 꼼짝 않고 서 있었다. 새를 굽어보는 신부의 수수한 붉은 얼굴은 기쁨으로 빛났다.

쇼틀리 부인이 입을 한쪽으로 실긋하고 말했다. "그저 공작 새끼일 뿐이에요."

매킨타이어 부인이 주황색 눈썹을 들어 쇼틀리 부인에게 이 노인이 다시 어린 시절로 돌아간 모양이라는 눈길을 던졌다. "귀작 씨 가족의 새집을 보여 주어야겠네요." 부인이 말하자 그들은 다시 차로 돌아갔다. 공작은 두 깜둥이를 감추고 있는 뽕나무 앞으로 갔고, 신부는 공작에게서 얼굴을 돌려 자동차에 타고 추방자들을 그들이 앞으로 살 오두막으로 싣고 갔다.

쇼틀리 부인은 차가 눈앞에서 완전히 사라질 때까지 기다렸다가 뽕나무 뒤로 둘러 가서 두 깜둥이 3미터 앞에 섰다. 한 명은 노인으로 송아지 사료가 반쯤 든 양동이를 들고 있었고, 다른 한 명은 진한 갈색 피부의 청년으로 우드척* 같은 머리를 둥근 펠트 모자에 욱여넣고 있었다. "봤지? 그 사람들을 어떻게 생각해?" 그녀가 물었다.

노인 애스터가 몸을 일으키고, 부인이 모르던 사실을 전하듯이 말했다. "우리도 봤어. 그자들이 누구지?"

* 다람쥣과 동물인 마멋의 일종. 나무를 갉아 먹는 짐승이란 뜻에서 이름이 유래했다고 한다.

"바다 건너 왔어. 추방자라네." 쇼틀리 부인이 손을 흔들며 말했다.

"추방자라니 그게 무슨 소리지?" 노인이 물었다.

"그러니까 살던 데를 떠났고 아무 데도 갈 데가 없다는 말이야. 당신들도 여기서 달아나면 누가 써 주겠어. 그런 것 같은 거지."

"하지만 그 사람들은 여기 왔잖아. 여기 왔으니 갈 데가 있는 거지." 노인이 진지한 목소리로 말했다.

"맞아요. 여기 왔어요." 청년이 맞장구쳤다.

흑인들의 무논리에 쇼틀리 부인은 짜증이 났다. "여기는 그 사람들 땅이 아니야. 그 사람들 땅은 바다 건너 있고 거기는 지금도 모든 게 예전과 똑같아. 여기는 그 사람들 땅보다 훨씬 발전한 곳이야. 어쨌건 이제 조심해야 돼." 부인이 말하고 고개를 끄덕였다. "저런 사람이 수백만, 수천만이니까. 사모님이 뭐라고 했는지 알아?"

"뭐라고 하셨는데요?" 젊은이가 물었다.

"요즘은 흑인이건 백인이건 살 데를 구하기가 힘들다고 했어. 그리고 또 뭐라고 했는지 알아?" 그녀가 낭랑한 목소리로 말했다.

"쇼틀리 부인은 못 듣는 말이 없는 것 같아." 노인이 말하더니 다른 데로 가고 싶지만 무언가 뒤에서 잡고 있는 것처럼 몸을 앞으로 구부렸다.

"사모님은 이렇게 말했어. '이제 게으른 깜둥이들도 하느님을 두려워하게 될 거야!' 하고." 쇼틀리 부인은 낭랑하게 말했다.

노인은 몸을 움직이며 말했다. "사모님은 그런 말을 잘하지. 하하. 정말로 그래."

"넌 얼른 창고에 가서 쇼틀리 씨를 도와 드려. 사모님이 너한테 왜 돈을 주겠니?" 그녀가 청년에게 말했다.

"쇼틀리 씨가 나를 보냈어요. 그분이 다른 일을 시켰어요." 깜둥이가 중얼거렸다.

"그러면 지금 그 일을 해." 그녀가 말하고, 청년이 움직일 때까지 가만히 서 있었다. 그런 뒤 눈앞의 공작 꽁지를 멍하니 바라보면서 한동안 생각에 잠겼다. 공작은 나무 위에 올라가서 그녀의 눈앞에 꽁지를 늘어뜨리고 있었다. 녹색 테두리의 눈 문양이 총총히 박힌 꽁지는 금색에서 연어 색깔로 변해 가는 햇빛 속에 늘어져 있었다. 어쩌면 그것을 보고 우주의 지도를 떠올릴 수도 있겠지만, 부인은 암녹색 숲으로 파고드는 하늘의 반점들을 알아차리지 못하듯 그것도 알아차리지 못했다. 대신 그녀는 내적 환영을 보았다. 그자들이 수백만, 수천만 떼를 지어 이곳으로 밀려들고, 집채만 한 날개의 거인 천사인 자신이 깜둥이들에게 당신들은 다른 곳을 찾아야 할 거라고 말하는 모습이었다. 그녀는 이 생각에 잠겨 창고 쪽으로 돌아섰다. 표정은 고고하고 뿌듯했다.

그녀는 비스듬히 창고로 다가갔고, 덕분에 아무도 모르게 문 안쪽을 볼 수 있었다. 챈시 쇼틀리는 입구 근처의 큰 얼룩소 뒤에 쪼그리고 앉아 마지막 착유기를 끼우고 있었다. 아랫입술 가운데에 1센티미터 조금 넘는 담배가 붙어 있었다. 그녀는 잠시 그 모습을 유심히 보다가 말했다. "사모님이 당신이 창고에서 담배 피우는 걸 알면 가만히 안 있을 거야."

쇼틀리 씨는 주름이 깊고 두 뺨이 움푹했으며 부르튼 입 양편에 긴 주름이 패어 있었다. "당신이 말할 거야?" 그가 얼굴을 들고 물었다.

"사모님도 촉이 있어." 쇼틀리 부인이 말했다.

쇼틀리 씨는 그런 능력을 전혀 신경 쓰지 않는 기색으로 혀끝으로 담배꽁초를 입안에 들인 뒤 입술을 다물고 일어나서 아내에게 만족스러운 눈길을 던지고 꺼져 가는 꽁초를 풀밭에 뱉었다.

"아, 챈시. 하하." 부인이 웃었다. 그리고 발끝으로 땅에 구멍을 파고 거기 담배꽁초를 묻었다. 쇼틀리 씨의 이런 장난은 그녀에게 애정을 표현하는 방식이었다. 그녀에게 구애를 할 때 그는 기타를 들고 오지도 예쁜 선물을 주지도 않았지만, 그녀의 집 현관 계단에 앉아서 아무 말도 없이 불구자가 등을 받치고 앉아 담배 피우는 시늉을 했다. 담배가 적절한 크기로 작아지면 그녀를 바라보며 입을 딱 벌려서 꽁초를 입안에 넣은 뒤 그것을 삼키는 척하고 세상에 다시없을 사랑의 눈길로 그녀를 바라보았다. 그가 그럴 때마다 그녀는 흥분되어 그의 모자를 눈 위로 끌어 내리고 그를 죽도록 끌어안고 싶었다.

그녀가 남편을 따라 창고로 들어가면서 말했다. "고블룩 가족이 왔고, 사모님이 당신더러 그 사람들을 만나 보래. 쇼틀리 씨는 어디 있느냐고 묻길래 내가 그이는 시간이 없다고 했어."

"짐이 더해지는군." 쇼틀리 씨가 말하고 다시 소 뒤에 쪼그려 앉았다.

"영어도 못하는 남자가 트랙터를 몰 수 있을까?" 그녀가 말했다. "그자는 돈값을 못할 거야. 아들은 말은 할 줄 알지만 약해 보여. 일할 수 있는 사람은 말을 못하고, 말할 수 있는 사람은 일을 못해. 깜둥이를 더 들인 것보다 나을 게 없어."

"나라면 깜둥이를 들이겠어." 쇼틀리 씨가 말했다.

"사모님 말로 그런 추방자가 수백 수천만이래. 그리고 원하기만 하면 신부가 그런 자들을 얼마든지 대 줄 수 있대."

"사모님은 그 신부하고 그만 노닥거려야 돼." 쇼틀리 씨가 말했다.

"그 사람은 별로 똑똑해 보이지 않아. 멍청해 보여." 쇼틀리 부인이
말했다.

"나는 로마 교황이 내게 낙농장 운영법에 대해 잔소리하게 두지 않
을 거야." 쇼틀리 씨가 말했다.

"그 사람들은 이탈리아 사람이 아냐. 폴란드 사람이야." 그녀가 말했
다. "시체가 산더미처럼 쌓인 폴란드에서 왔어. 그 시체들 알지?"

"석 주면 될 거야." 쇼틀리 씨가 말했다.

석 주 뒤에 매킨타이어 부인과 쇼틀리 부인은 귀작 씨가 목초 절단
기 사용을 개시하는 것을 보러 자동차를 타고 사탕수수 밭으로 나갔
다. 목초 절단기는 매킨타이어 부인이 새로 산 기계였는데, 이유는 드
디어 그것을 다룰 줄 아는 사람이 생겼기 때문이었다. 귀작 씨는 트랙
터, 회전식 건초단 제조기, 목초 절단기, 콤바인, 분쇄기, 그 밖에 농장
에 있는 어떤 기계도 다룰 줄 알았다. 그는 기계뿐 아니라 나무와 돌도
잘 다루었다. 거기다 알뜰하고 부지런했다. 매킨타이어 부인은 그 사
람이 절약해 주는 수리 비용만 해도 한 달에 20달러는 될 거라고 말했
다. 그를 들인 것은 자기 평생에 가장 잘한 일이라고 했다. 그는 착유
기를 쓸 줄 알았고 쓴 뒤에는 정성껏 세척했다. 그는 담배를 피우지 않
았다.

매킨타이어 부인은 사탕수수 밭가에 차를 세우고 쇼틀리 부인과 함
께 밖으로 나갔다. 깜둥이 청년 설크가 절단기에 수레를 달고, 귀작 씨
는 트랙터에 절단기를 달고 있었다. 귀작 씨가 먼저 일을 끝내고 설크
를 비키게 하더니 절단기와 수레도 직접 결합시켰다. 그리고 망치와
스크루드라이버가 필요해지자 열렬한 표정으로 손짓 발짓을 했다. 아

무엇도 그가 일하는 속도를 따라가지 못했다. 깜둥이들은 그를 불안하게 했다.

지난주의 어느 날 점심시간에 그는 설크와 마주쳤다. 설크는 마대자루를 들고 새끼 칠면조 우리로 살그머니 들어가고 있었다. 그는 설크가 중닭만 한 크기의 칠면조를 잡아 자루에 넣고 그 자루를 코트 안쪽에 넣는 것을 보았다. 귀작 씨는 설크를 따라 창고 옆을 돌아가서 그를 잡아 매킨타이어 부인의 집으로 끌고 간 뒤 그 집 뒷문 앞에서 부인에게 전체 사건을 연기로 설명했다. 그러는 동안 깜둥이는 자기가 칠면조를 훔친 거면 천벌을 받을 거라고, 자기는 칠면조 머리가 까져서 거기 구두약을 칠해 주려고 한 것뿐이라고 중얼거렸다. 그 말이 진실이 아니라면 자신은 천벌을 받을 거라고 했다. 매킨타이어 부인은 칠면조를 원래 자리에 갖다 놓으라고 말한 뒤 폴란드 남자에게 깜둥이들은 모두 도둑질을 한다고 오랜 시간을 들여 설명했다. 그러다 결국 루돌프를 불러서 영어로 말하고 그것을 폴란드어로 통역시켰다. 그러자 귀작 씨는 당황한 얼굴로 떠났다.

쇼틀리 부인은 절단기에 문제가 생기기를 희망하며 바라보았지만 아무 문제도 생기지 않았다. 귀작 씨의 모든 행동은 빠르고 정확했다. 그는 원숭이처럼 트랙터에 올라타서 주황색 절단기를 사탕수수 밭으로 몰고 갔다. 그러자 목초가 곧 녹색 물줄기처럼 파이프로 뿜어져 나와서 수레로 들어갔다. 그는 덜컹덜컹 사탕수수를 베며 멀어져 가서 마침내 시야에서 사라졌고 소음도 아득해졌다.

매킨타이어 부인이 기쁨의 한숨을 쉬었다. "드디어 내가 믿고 의지할 사람을 찾았어. 오랫동안 내게는 한심한 족속뿐이었어. 백인 쓰레기와 깜둥이가 다였고, 그자들은 내 피를 말렸지. 자네들 전에 여기엔 링필드네, 콜린스네, 재럴네, 퍼킨스네, 핑킨네, 헤린네, 그 밖에 누가 더 있었는지 모르지만, 그들 중에 이 농장을 떠나면서 여기 물건을 안 가져간 사람은 하나도 없어. 하나도!"

쇼틀리 부인은 이 말을 차분하게 들을 수 있었다. 만약 매킨타이어 부인이 자신을 백인 쓰레기로 본다면 자기 앞에서 쓰레기 이야기를 할 리가 없었기 때문이다. 쇼틀리 부인도 매킨타이어 부인도 백인 쓰레기를 좋아하지 않았다. 매킨타이어 부인은 쇼틀리 부인이 벌써 여러 번 들은 독백을 시작했다. "내가 이 농장을 운영한 지 벌써 30년인데, 언제나 빠듯하기만 해." 부인이 찌푸린 얼굴로 들판을 바라보며 말했다. "사람들은 내가 갑부인 줄 알아. 나는 세금도 내고 보험료도 내야 해. 수리도 하고 사료도 사야 해." 그 모든 것을 생각하면서 부인은 가슴을 들어 올리고 작은 손으로 양쪽 팔꿈치를 잡았다. 부인이 말을 이었다. "판사님이 돌아가신 뒤 항상 빠듯하게 꾸려 가는데, 떠나는 자들은 꼭 뭘 훔쳐 가. 깜둥이들은 여기 있으면서도 훔치고, 깜둥이는 돈 있는 사람한테서는 훔쳐도 된다고 생각하고, 백인 쓰레기는 돈이 있어 남을 부리는 사람들도 자기네하고 다를 바 없다고 생각해. 그래서 나한테 있는 건 온통 허섭스레기뿐이야!"

당신은 사람을 부리고 또 자르지, 쇼틀리 부인은 생각했지만 그 생각을 말로 옮기지는 않았다. 그녀는 옆에 서서 매킨타이어 부인이 말을 끝낼 때까지 기다렸지만 이번에는 평소와 달리 사설이 좀처럼 끝나지 않았다. "하지만 결국 구원이 왔어! 한 사람의 불행은 다른 사람의 이득이지. 저기 저 사람." 부인은 추방자가 사라진 곳을 가리켰다. "저 사람은 일이 몸에 배었어! 일을 안 하면 못 견뎌!" 부인은 주름진 얼굴을 빛내며 쇼틀리 부인을 돌아보고 말했다. "저 사람이 내 생명 줄

이야!"

쇼틀리 부인은 사탕수수 밭과 언덕을 지나 그 반대편까지 꿰뚫어 볼 듯이 앞을 노려보았다. "악마가 보낸 생명 줄 같네요."

"그게 무슨 소리야?" 매킨타이어 부인이 그녀를 쏘아보며 말했다.

쇼틀리 부인은 고개만 젓고 다른 말은 하지 않았다. 이런 통찰에 대해 자신이 더 할 말이 없다는 사실이 떠올랐다. 그녀는 악마에 대해 깊이 생각한 적이 없었다. 종교는 기본적으로 머리가 나빠서 종교 없이는 악을 피하지 못하는 사람들을 위한 것이라고 느꼈기 때문이다. 자신 같은 사람, 진취적인 사람에게 그것은 노래할 기회를 제공하는 사교의 장이었다. 하지만 그것을 깊이 생각해 보았다면 그녀는 악마가 종교의 우두머리고, 신은 그 부하라고 생각했을 것이다. 추방자들이 오면서 그녀는 많은 것을 새롭게 생각해야 했다.

"슬레트게비크가 애니 모드한테 그랬다더군요." 그녀가 말했지만 매킨타이어 부인은 뭐라고 했느냐고 묻는 대신 사사프라스 가지 하나를 입에 넣고 씹을 용도로 꺾었다. 그러자 쇼틀리 부인은 이것 말고도 더 있다는 암시를 담고 말했다. "네 식구가 한 달 70달러로는 부족하다고 했다네요."

"그 사람은 봉급을 올려 줘도 돼. 내 돈을 절약해 주니까." 매킨타이어 부인이 말했다.

그것은 챈시는 돈을 절약해 주지 않았다는 말이었다. 챈시는 벌써 2년 동안 추운 겨울이건 더운 여름이건 새벽 4시에 일어나 우유를 짰다. 그들은 예전의 어느 일꾼보다 이 농장에 오래 있었다. 그런데 그들에게 돌아온 것은 자신들은 돈을 한 푼도 절약해 주지 않았다는 이런 뒤통수를 때리는 말이었다.

"오늘 쇼틀리 씨는 좀 어때?" 매킨타이어 부인이 물었다.

쇼틀리 부인은 그 질문이 올 때가 되었다고 생각했다. 쇼틀리 씨는 이틀 전부터 병에 걸려 누워 있었다. 귀작 씨는 본래 하던 일에 낙농장 일까지 떠맡았다. "별로 안 좋아요. 의사 말로는 과로 때문이래요." 쇼틀리 부인이 말했다.

"쇼틀리 씨가 과로한다면 따로 하는 일이 있는 게로군." 매킨타이어 부인이 말하고 우유 통 바닥을 검사하듯 가늘게 뜬 눈으로 쇼틀리 부인을 바라보았다.

쇼틀리 부인은 거기 대꾸하지 않았지만, 어두운 의심은 검은 뇌운처럼 커졌다. 실제로 쇼틀리 씨는 따로 하는 일이 있었지만, 그것은 이 자유국가에서 매킨타이어 부인이 상관할 일이 아니었다. 쇼틀리 씨는 위스키를 만들었다. 농장 후미진 곳에 양조 시설을 조그맣게 차려 놓고 있었다. 물론 그곳이 매킨타이어 부인의 땅인 것은 맞았지만 그저 소유만 하고 있을 뿐 경작도 하지 않고 놀리는 땅이었다. 쇼틀리 씨는 일을 겁내지 않았다. 새벽 4시에 일어나 우유를 짜고 낮 동안의 휴식 시간에 술을 만들었다. 모든 남자가 그렇게 열심히 일하지는 않는다. 깜둥이들은 양조장을 알았지만 그 또한 그들의 비밀을 알았기에 그들 사이에는 아무 문제가 없었다. 하지만 농장에 외국인들―눈은 좋지만 머리는 아둔한 사람들이 왔다. 늘 싸우는 나라, 종교가 개혁되지 않은 지역에서 온 사람들 때문에 그들은 매 순간 주의를 기울여야 했다. 그녀는 추방자를 법으로 막아야 한다고 생각했다. 그 사람들은 자기네 나라에 계속 살면서 자기들의 전쟁과 살육으로 죽은 사람들의 자리를 차지할 수 있었다.

"슬레트게비크는 이렇게도 말했어요." 쇼틀리 부인이 불쑥 말했다.

"자기네가 돈을 모으면 바로 중고차를 살 거라고요. 차를 사면 그 사람들은 여기를 떠날 거예요."

"나는 그 사람이 저축할 만큼 봉급을 줄 수 없어." 매킨타이어 부인이 말했다. "난 그건 걱정 안 해. 물론 쇼틀리 씨가 일을 못 하게 되면 귀작 씨가 낙농장 일도 해야 하고 그러면 돈을 더 줘야겠지. 그 사람은 담배를 피우지 않아." 부인이 말했고, 그 지적은 이번 주만도 벌써 다섯 번이었다.

"챈시는 누구보다 일도 열심히 하고 소도 잘 다루고 신앙심도 깊어요." 쇼틀리 부인이 힘주어 말하고 팔짱을 낀 채 먼 곳을 바라보았다. 트랙터와 절단기 소음이 가까워졌고, 귀작 씨가 사탕수수 밭의 다른 쪽을 돌아서 왔다. "모든 사람이 다 그렇지는 않아요." 그녀가 말했다. 그녀는 폴란드 남자가 챈시의 양조장을 발견한다 해도 그게 뭔지 알기는 할까 싶었다. 이 사람들의 문제는 도대체 그자들이 무얼 알고 있는지 알 수가 없다는 것이었다. 귀작 씨가 미소 지을 때마다 쇼틀리 부인의 머릿속에는 유럽이 펼쳐졌다. 알 수 없고 사악한, 악마의 실험장으로.

트랙터 겸 절단기 겸 수레가 덜컹덜컹 부릉부릉 그들 앞을 지나갔다. "노새를 데리고 저 일을 한다면 시간이 얼마나 걸리겠어?" 매킨타이어 부인이 소리쳤다. "이 속도라면 사탕수수 줄기를 이틀이면 다 벨거야."

"아마도요, 사고가 안 난다면요." 쇼틀리 부인이 말했다. 그녀는 트랙터 때문에 노새가 무용지물이 된 것을 생각했다. 요즘은 노새가 팔리지도 않는다. 다음으로 떠날 것은 깜둥이들일 거라고 그녀는 생각했다.

그녀는 오후에 암소 목장에 가서 거름 살포기를 채우는 애스터와 설크에게 앞으로 벌어질 일들을 설명했다. 그녀는 작은 헛간 밑 소금 덩이 옆에 앉아서, 배를 무릎에 대고 두 팔을 무릎에 얹었다. "당신네 흑인들은 이제 조심해야 돼. 노새 값이 얼마인지 알아?"

"똥값이지, 똥값." 노인이 말했다.

"트랙터가 오기 전에는 노새도 괜찮았어." 그녀가 말했다. "추방자가 오기 전에는 검둥이도 괜찮았지. 하지만 이제 검둥이 이야기를 더 들을 수 없는 날이 올 거야." 그녀가 예언했다.

노인은 예의 바르게 웃으며 말했다. "그렇군, 그래. 하하."

젊은이는 아무 말도 하지 않았다. 그저 부루퉁한 표정만 하고 있었지만 그녀가 집으로 들어가자 말했다. "저 배불뚝이 아줌마는 왜 저렇게 아는 척을 하죠?"

"신경 쓸 것 없어. 네 천한 자리까지 들어오겠다고 다툴 사람은 없으니까." 노인이 말했다.

그녀는 양조장에 대한 불안을 혼자만 간직하고 있다가 쇼틀리 씨가 낙농장 일에 복귀하고 난 다음의 어느 날 잠자리에서 말했다. "그 남자가 어슬렁거려."

쇼틀리 씨는 앙상한 가슴에 두 손을 깍지 끼고 시체인 척했다.

"어슬렁거려." 그녀가 말하고 그의 옆구리를 무릎으로 꽉 찔렀다. "그 사람들이 뭘 알고 뭘 모르는지 아무도 몰라. 그 사람이 그걸 발견하면 사모님한테 가서 고자질할지 안 할지 어떻게 알아? 유럽에서 술을 안 만드는지 어떻게 알아? 그자들은 트랙터를 몰아. 온갖 기계가 다 있다고. 어떻게 할 거야."

"정신 사납게 하지 마. 나는 지금 시체야." 쇼틀리 씨가 말했다.

"그 사람의 그 작은 눈은 참 이상해. 그리고 그 어깻짓도." 그녀가 말하고 자신의 어깨를 몇 차례 들어 올렸다. "그 사람이 그렇게 어깨를 들썩일 일이 대체 뭐가 있어?"

"모든 사람이 나처럼 시체라면 아무 문제도 없을 거야." 쇼틀리 씨가 말했다.

"그 신부." 그녀가 말하고 잠시 입을 다물었다가 다시 말했다. "유럽 사람들은 아마 다른 방법으로 술을 만들겠지만 그래도 방법은 다 알 거야. 부정한 짓은 다 저지르잖아. 그 사람들은 발전도 개혁도 없으니까. 종교도 천 년 전하고 똑같아. 다 악마가 그렇게 만드는 거야. 늘 쌈박질하고 분란을 일으키고 우리까지 끌어들여. 벌써 두 번이나 우리를 끌어들이고, 우리는 거기 가서 그 사람들 문제를 해결해 주고 돌아왔어. 그랬더니 이제 그자들이 여기 건너와서 쑤시고 다니다가 양조장을 찾아내서 사모님한테 이르는 거야. 그리고 아무 때나 사모님 손에 입을 맞추고 말이야. 내 말 들어?"

"아니." 쇼틀리 씨가 말했다.

"다른 것도 있어. 그 사람이 당신 말을 다 알아듣는다고 해도 나는 별로 안 놀랄 거야. 그게 영어건 아니건." 그녀가 말했다.

"나는 영어밖에 못해." 쇼틀리 씨가 말했다.

"내가 볼 때 이제 곧 이 농장에서 검둥이들은 다 사라질 거야." 그녀가 말했다. "하지만 나라면 폴란드 사람보다는 검둥이를 쓰겠어. 거기다 때가 오면 나는 검둥이 편을 들어 줄 거야. 고블룩이 처음 왔을 때 검둥이들하고 악수했던 거 기억나지? 다를 게 없다는 것처럼 말이야. 자기가 흑인인 것처럼. 하지만 설크가 칠면조 훔치는 걸 보고는 당장 가서 일러바쳤지. 나도 그 애가 칠면조 훔치는 걸 알았어. 나도 사모님한테 일러바칠 수 있었어."

쇼틀리 씨는 잠이 든 것 같은 숨소리를 냈다.

"검둥이들은 누가 자기 친구인지 몰라." 그녀가 말했다. "그리고 또 있어. 슬레트게비크한테서 들은 말이 많아. 슬레트게비크가 폴란드에서 자기들은 벽돌집에 살았는데 어느 날 밤 누가 와서 동트기 전에 도 망치라고 말했대. 그 사람들이 벽돌집에서 살았다는 말을 믿어?

허풍이야. 죄다 허풍이야. 그 사람들은 목조 주택이면 충분해, 챈시. 나 좀 봐. 나는 검둥이들이 푸대접받고 쫓겨나는 게 싫어. 내가 늘 말 했잖아. 나는 언제나 검둥이와 가난뱅이의 친구라고.

때가 오면 나는 검둥이를 옹호할 거야. 신부가 검둥이를 전부 내쫓 는 걸 가만 보고 있지 않을 거야."

매킨타이어 부인은 기계 써레를 사고 강력 기중기가 달린 트랙터도 샀다. 처음으로 기계를 다룰 줄 아는 사람이 생겨서라고 했다. 매킨타 이어 부인은 쇼틀리 부인과 함께 자동차를 타고 그가 전날 써레질한 밭을 보러 뒤 들판으로 나갔다. "정말로 아름답군!" 매킨타이어 부인 이 붉은 구릉지대를 내려다보면서 말했다.

추방자가 와서 일하기 시작한 뒤 매킨타이어 부인은 달라졌고 쇼틀 리 부인은 그 변화를 면밀히 관찰했다. 부인은 아무도 모르게 돈이 쌓 이고 있는 사람처럼 행동했고, 예전처럼 쇼틀리 부인에게 속생각을 다 말하지 않았다. 쇼틀리 부인은 신부가 원흉이라고 생각했다. 신부 들은 교활한 작자들이다. 그는 먼저 부인을 자기네 교회에 끌어들일 테고, 그런 뒤에는 부인의 돈에 손을 댈 것이다. 아, 바보 같은 매킨타 이어 부인! 쇼틀리 부인에게도 비밀이 있었다. 그녀는 추방자가 매킨타이어 부인이 알면 기절할 일을 하고 있다는 것을 알았다. "그자가 언제까지 월급 70달러를 받고 일하지는 않을 거예요." 그녀는 그 비밀을 쇼틀리 씨를 뺀 누구에게도 말하지 않을 작정이었다.

"일꾼 수를 줄여서 그 사람 봉급을 올려 줘야 할 것 같아." 매킨타이어 부인이 말했다.

쇼틀리 부인은 고개를 끄덕여서 자신은 얼마 전부터 그 사실을 알고 있었다는 표시를 했다. "검둥이들 자업자득이 아니라고는 말 못 하겠네요. 하지만 그자들로서는 어쨌건 최선을 다하는 거예요. 검둥이들은 항상 할 일을 일러 주고, 일을 시작할 때까지 옆에서 지켜봐야 한다니까요."

"판사님도 그렇게 말씀하셨지." 매킨타이어 부인이 말하고 동의의 눈길을 보냈다. 판사는 부인에게 이 농장을 물려준 첫 남편이었다. 쇼틀리 부인은 매킨타이어 부인이 서른 살 때 남편이 죽은 뒤의 재산을 노리고 일흔다섯 살의 남편과 결혼했다는 말을 들었다. 하지만 남편은 불한당이었고, 유산을 정리하자 돈은 한 푼도 없었다. 부인에게 남은 것은 6만 평의 농장과 집뿐이었다. 그럼에도 부인은 언제나 존경을 담아 남편 이야기를 했고 그가 한 말들을 명언처럼 인용했다. '한 사람의 불행은 다른 사람의 이득'이라거나 '익숙한 악마가 모르는 악마보다 낫다' 같은 것이었다.

"하지만 익숙한 악마가 모르는 악마보다 나은 법이죠." 쇼틀리 부인이 말하고, 매킨타이어 부인이 자기 미소를 보지 못하도록 고개를 돌렸다. 그녀는 검둥이 노인 애스터를 통해서 추방자가 무슨 일을 꾸미는지 알게 되었고, 그 일을 쇼틀리 씨에게만 말했다. 쇼틀리 씨는 라자로*가 무덤에서 일어나듯이 침대에서 벌떡 일어났다.

"헛소리하지 마!" 그가 말했다.

"사실이야." 그녀가 말했다.

"아냐!" 쇼틀리 씨가 말했다.

"사실이야." 그녀가 말했다.

쇼틀리 씨는 다시 털썩 쓰러졌다.

"폴란드 사람들은 뭐가 뭔지 잘 몰라. 내가 볼 때는 다 신부가 조종하는 것 같아. 신부가 나쁜 사람이야." 쇼틀리 부인이 말했다.

신부는 귀작 가족을 보러 자주 찾아왔고 언제나 매킨타이어 부인에게도 들러 농장을 산책했다. 그러면 부인은 농장을 어떻게 고쳤는지 설명하며 그의 수다를 들었다. 쇼틀리 부인은 문득 그 신부가 농장에 또 다른 폴란드 가족을 들이려고 한다는 생각이 들었다. 두 가족이 들어오면 농장에서는 폴란드어만 쓰이게 될 것이다! 깜둥이들이 떠나면 쇼틀리 부부는 두 가족에 맞서야 할 것이다! 그녀는 단어 전쟁, 폴란드어 단어와 영어 단어가 서로에게 돌진하는 모습을 상상했다. 문장이 아니라 단어의 싸움이었다. 단어들이 어지럽게 돌진하고 서로 드잡이를 했다. 더럽고 잘난 척하고 개혁되지 않은 폴란드 단어들이 깨끗한 영어 단어에 진흙을 던져 서로 똑같이 진창이 되었다. 그들의 단어와 그녀의 단어가 모두 흙투성이로 죽어 뉴스 영화에서 본 벌거숭이 시체처럼 방 안에 산더미를 이루었다. 오 하느님, 추악한 악마에게서 우리를 구원하소서! 그녀는 말없이 탄원했다. 그리고 그날부터 새로이 성경을 읽었다. 『요한 묵시록』을 탐독하고 예언서의 구절을 읊었으며, 그 결과 자기 존재에 대한 이해가 깊어졌다. 그녀는 세상의 의미

* 죽은 지 나흘 만에 예수가 다시 살려 낸 사람.

284

는 수수께끼 같아도 이미 다 계획된 것이라는 걸 똑똑히 보았고, 자신은 강하기 때문에 그 계획에서 특별한 역할이 있다는 사실도 차분히 받아들였다. 그녀는 전능하신 하느님이 일을 맡기기 위해 강한 사람들을 창조했음을 알았고, 하느님이 부를 때 자신은 준비되어 있을 거라고 느꼈다. 그리고 지금 자신이 할 일은 신부를 감시하는 것이라고 생각했다.

신부의 방문은 그녀를 점점 더 화나게 했다. 지난번에 신부는 바다에 떨어진 깃털들을 주웠다. 공작 깃털 두 개와 칠면조 깃털 몇 개, 갈색 암탉 깃털 하나를 주워 꽃다발처럼 들고 떠났다. 하지만 쇼틀리 부인은 그런 어리숙해 보이는 행동에 속지 않았다. 그 사람은 외국인들을 남의 땅으로 몰고 와서 분란을 일으키고 검둥이를 내쫓고 의인들 가운데 탕녀 바빌론*을 심으려고 했다! 그가 농장에 올 때마다 그녀는 한구석에 숨어서 떠날 때까지 지켜보았다.

그러던 어느 일요일 오후에 그녀는 환상을 보았다. 무릎이 아픈 쇼틀리 씨 대신 소를 몰러 나간 길이었다. 그녀는 팔짱을 끼고 먼 하늘에 구름이, 해변에 밀려온 하얀 물고기 떼처럼 깔린 모습을 바라보며 천천히 목초지를 걸었다. 그녀는 비탈을 잠시 올랐다가 자리에 서서 숨을 골랐다. 그녀는 체중이 엄청났고 예전처럼 젊지 않았기 때문이다. 때로는 심장이 어린애 주먹처럼 가슴 안에서 쥐었다 풀었다 하는 느낌이 들었고, 그 느낌이 오면 그녀는 모든 생각을 멈추고 이유 없이 움직이는 거대한 선체처럼 걸어갔다. 하지만 그날은 아무런 불안 없이 언덕을 올라서 만족감 속에 꼭대기에 섰다. 그때 눈앞에서 하늘이 무

---

* 『요한 묵시록』 17~18장에 나오는데, '악'을 상징하는 은유적 표현으로 여겨진다.

대 막처럼 갈라지더니 어떤 거대한 형체가 나타났다. 그것은 한낮의 태양처럼 희뿌연 금빛이었다. 형체는 분명하지 않았지만 가장자리를 뺑 둘러서 검은 눈이 박힌 불의 바퀴들이 빠른 속도로 돌았다. 그녀는 눈이 너무 부셔서 그것이 앞으로 오려는 것인지 뒤로 가려는 건지도 알 수 없었다. 결국 그것을 보려고 눈을 감자, 그것은 핏빛이 되고 바퀴들은 흰색이 되었다. 우렁찬 목소리가 한마디 말을 전했다. "예언이다!"

그녀는 약간 흔들렸지만 계속 꼿꼿하게 서 있었다. 눈을 꼭 감고 주먹을 쥐고 밀짚모자는 이마 위로 깊이 내려 썼다. "사악한 민족의 아이들은 죽임을 당할 것이다." 그녀가 큰 소리로 말했다. "팔이 있을 곳에 다리가 있고 얼굴이 있을 곳에 발이 있고 손바닥에 귀가 있는 세상. 누가 온전함을 지킬 것인가? 누가 온전함을 지킬 것인가? 누가?"

그녀는 눈을 떴다. 하늘은 투명한 바람에 실려 게으르게 떠가는 하얀 물고기로 가득했고, 그 뒤로 점점이 보이는 태양의 조각들은 반대 방향으로 쓸려 가는 것 같았다. 그녀는 뻣뻣한 걸음으로 목초지를 지나 작업장 마당에 이르렀다. 하지만 멍한 상태로 창고를 지나갔고 쇼틀리 씨에게 말도 걸지 않았다. 길을 계속 걸었더니 매킨타이어 부인의 집 앞에 신부의 차가 주차된 것이 보였다. "또 왔어. 다 파괴하기 위해서." 그녀가 중얼거렸다.

매킨타이어 부인과 신부는 마당을 산책하고 있었다. 그녀는 그들과 마주치지 않기 위해 왼쪽으로 돌아 사료 창고로 갔다. 창고 한편에는 꽃무늬가 새겨진 닭 사료 자루가 쌓여 있었다. 한쪽 구석에는 굴 껍데기가 흩어지고, 벽에는 송아지 사료와 특허 의약품 광고가 실린 낡은 달력들이 걸려 있었다. 한 광고에는 프록코트를 입은 털보 신사가 병을 든 그림 밑에 이런 문구가 새겨져 있었다. '이 놀라운 물건이 나를 온전하게 만들었습니다.' 쇼틀리 부인은 언제나 이 남자가 친분 있는 유명인인 양 친근감을 느꼈지만, 지금 그녀의 정신은 위험한 신부에게 고정되어 있었다. 밖이 보이도록 널빤지 사이의 틈새가 난 곳에 앉았더니 신부와 매킨타이어 부인이 칠면조 보육 상자 앞으로 걸어오고 있었다. 그 상자는 사료 창고 바로 앞에 있었다.

"아아아! 저 귀여운 새들을 봐요!" 신부가 보육 상자 앞으로 다가오면서 말했다. 그리고 고개를 숙이고 철망 안을 들여다보았다.

쇼틀리 부인의 입이 뒤틀렸다.

"귀작 가족이 우리 집을 떠나고 싶어 할까요? 시카고나 그런 데로 갈까요?" 매킨타이어 부인이 물었다.

"지금 그럴 이유가 어디 있습니까?" 신부가 커다란 코를 철망에 바짝 대고 칠면조 한 마리에게 손가락을 흔들었다.

"돈 때문이죠." 매킨타이어 부인이 말했다.

"아아, 그러면 돈을 조금 더 주세요. 그 사람들도 살아야 하니까요." 그가 무심하게 대꾸했다.

"그건 나도 마찬가지예요. 그러려면 다른 일꾼을 몇 명 내보내야 해요." 매킨타이어 부인이 말했다.

"쇼틀리 부부는 괜찮습니까?" 신부는 부인보다 칠면조에 더 관심을 기울이며 물었다.

"지난달에 나는 쇼틀리 씨가 창고에서 담배 피우는 걸 다섯 번이나 봤어요. 다섯 번이나요." 매킨타이어 부인이 말했다.

"검둥이들은 좀 나은가요?"

"그자들은 거짓말과 도둑질을 일삼아서 늘 감시해야 해요." 부인이 말했다.

"저런 저런. 그러면 누구를 내보내실 겁니까?" 그가 물었다.

"내일 쇼틀리 씨한테 한 달 기한 통보를 줄 거예요." 매킨타이어 부인이 말했다.

신부는 철망 안에 손가락을 흔드느라 그 말을 거의 듣지 않는 것 같았다. 쇼틀리 부인은 개봉된 산란기 사료에 털썩 주저앉았고, 사료 가루가 구름처럼 그녀를 둘러싸고 솟아올랐다. 그녀의 시선은 맞은편 벽에서 놀라운 물건을 들고 있는 달력 위의 남자에게 닿았지만 그가 눈에 들어오지 않았다. 그녀는 아무것도 안 보이는 사람 같았다. 그러다 잠시 후 일어서서 집으로 달려갔다. 얼굴이 화산처럼 빨개져 있었다.

그녀는 집에 있는 서랍을 모두 열고 침대 밑의 상자와 낡은 여행 가방도 다 꺼내서는 잠시도 쉬지 않고 또 머리에 쓴 밀짚모자도 벗지 않고 서랍에 있는 것을 상자에 담았다. 두 딸에게도 똑같이 시켰다. 쇼틀리 씨가 왔을 때 그녀는 남편을 보지도 않고 한 손으로 그를 가리키며 다른 손으로는 계속 짐을 쌌다. "자동차를 뒷문 앞으로 가져와. 가만히 있다가 해고될 수는 없어!" 그녀가 말했다.

쇼틀리 씨는 평생 아내의 선견지명을 의심한 적이 없었다. 그는 곧장 모든 상황을 파악하고 말없이 얼굴만 찡그린 채 집을 나가 자동차를 뒷문 앞에 가져왔다.

그들은 자동차 꼭대기에 철제 침대 틀 두 개를 묶고 그 속에 흔들의자 두 개를 넣고 흔들의자 사이에 매트리스 두 개를 말아 넣었다. 그 위에는 닭장을 묶었다. 자동차 안에는 애니 모드와 세라 메이가 앉을 좁은 공간만 남기고 전부 여행 가방과 상자를 실었다. 이 일을 하는 데 오후 전체와 밤의 절반이 지나갔지만 쇼틀리 부인은 새벽 4시 전에 그곳을 떠나서 남편이 다시 한 번 그 농장에서 우유를 짜는 일이 없어야 한다고 굳게 결심했다. 일하는 내내 그녀의 얼굴은 붉은색에서 하얀색으로 변했다가 다시 붉은색이 되었다.

동트기 직전 이슬비가 뿌리기 시작할 때 그들은 준비가 끝났다. 그들은 모두 차에 타서 상자와 꾸러미와 침구 사이에 끼여 앉았다. 검은 자동차는 짐을 너무 많이 실었다고 항의하듯 평소보다 큰 소리를 내며 출발했다. 뒷자리에는 앙상한 노랑머리 소녀 둘이 상자들 위에 앉았고, 비글 하운드 강아지와 어미 고양이와 그 새끼 두 마리는 이불 밑 어딘가에 있었다. 자동차는 과적하고 누수 되는 방주처럼 느릿느릿 오두막을 떠나서 매킨타이어 부인이 곤히 잠든—그날 소젖을 짤 사람이 없어진 줄 짐작도 못 하고 있을 것이다—하얀 집을 지나고 언덕 위에 있는 폴란드인들의 오두막도 지났다. 농장 길을 달려 정문 앞으로 가니 깜둥이 두 명이 우유 짜는 일을 도우려고 한 줄로 걸어오고 있었다. 그들은 자동차와 그 안의 쇼틀리 가족을 보았지만 노란색의 침침한 전조등에 얼굴이 드러났을 때에도 그게 어떤 의미인지 모르는 듯 점잖은 무관심을 보였다. 짐을 가득 실은 자동차는 새벽 어스름을 지나가는 안개일지도 몰랐다. 그들은 뒤도 돌아보지 않고 흔들림 없이 가던 길을 계속 갔다.

암황색 태양이 간선도로만큼이나 말끔한 진회색 하늘에 떠올랐다. 뻣뻣한 잡초 가득한 들판이 길 양편에 뻗어 있었다. "어디로 가는 거지?" 쇼틀리 씨가 처음으로 물었다.

쇼틀리 부인은 한 발을 나무 상자에 얹어 놓아서 무릎이 배를 찔렀다. 쇼틀리 씨의 팔꿈치는 거의 그녀의 코 밑에 있었고, 양말을 신지 않은 세라 메이의 왼발은 앞 좌석 위로 튀어나와 그녀의 귀에 닿았다.

"어디로 가는 거지?" 쇼틀리 씨가 다시 물었고, 역시 대답이 없자 고개를 돌려 그녀를 보았다.

그녀의 얼굴에 맹렬한 열기가 마치 마지막 공격을 준비하는 듯 천천히 차올랐다. 그녀는 다리 하나는 몸 아래 깔리고 또 한 다리는 거의 목에 닿은 상태로도 꼿꼿이 앉아 있었지만, 차갑고 파란 눈은 기이할 만큼 탁해 보였다. 모든 시력이 안쪽으로 향해서 자기 내면을 들여다보는 것 같았다. 그녀는 갑자기 쇼틀리 씨의 팔꿈치와 세라 메이의 발을 동시에 붙들고 잡아당겼다. 마치 여분의 팔다리 두 개를 자기 몸에 붙이려고 하는 것 같았다.

쇼틀리 씨가 욕을 하며 차를 세웠고 세라 메이가 그만하라고 소리쳤지만 쇼틀리 부인은 자동차 전체를 새로 배치하려는 듯 앞뒤로 몸을 흔들며 손에 잡히는 것을 모두 잡아당겨 끌어안았다. 쇼틀리 씨 머리, 세라 메이 다리, 고양이, 흰 이불 뭉치, 보름달처럼 큼직한 자신의 무릎, 그러더니 갑자기 맹렬한 표정이 경악의 표정으로 바뀌면서 그녀의 손이 느슨해졌다. 한쪽 눈이 다른 눈에 끌려갔다가 조용히 무너지는 것 같았고 그녀는 조용해졌다.

어머니가 왜 그러는지 모르는 두 딸이 물었다. "우리 어디로 가는 거예요, 엄마? 어디로 가요?" 그들은 어머니가 장난을 친다고, 그리고 아버지는 어머니를 빤히 바라보며 시체인 척한다고 생각했다. 어머니가 엄청난 경험을 했다는 것, 그녀가 지배했던 세상에서 추방되었다는 사실을 몰랐다. 그들은 눈앞에 뻗은 매끈한 회색 길이 겁나서 목소리를 높여 물었다. "어디로 가는 거예요, 엄마? 어디로 가는 거예요?" 그러는 동안 그들의 어머니는 거대한 몸을 좌석에 털썩 기댄 채 조용히 앉아 있었다. 파란 페인트를 칠한 유리 같은 그녀의 눈은 처음으로 진정한 자기 나라의 무시무시한 변경을 생각해 보는 것 같았다.

II

"그 사람들이 없어도 문제없어. 사람은 왔다가 가, 흑인이건 백인이건." 매킨타이어 부인이 늙은 깜둥이에게 말했다. 부인은 깜둥이가 청소하는 송아지 축사에 갈퀴를 들고 서서 이따금 모퉁이의 옥수수 속대를 끌어내거나 그가 놓치고 간 쓰레기를 가리켜 보였다. 쇼틀리 가족이 떠났다는 걸 알았을 때 부인은 그들을 해고할 필요가 없어졌다는 사실이 기뻤다. 부인이 고용한 사람들은 언제나 떠났다. 그런 사람들이었기 때문이다. 추방자를 제외하면 부인의 집에서 일한 모든 가족 가운데 쇼틀리 가족이 최고였다. 그들은 딱히 쓰레기는 아니었다. 쇼틀리 부인은 좋은 여자였고 때로 생각이 나겠지만 판사가 예전에 말했듯이 파이를 먹으면서 간직하기까지 할 수는 없는 법이고, 부인은 추방자가 있는 데 만족했다. "사람들은 늘 왔다가 가니까." 부인은 만족스럽게 반복해 말했다.

"그런데 저하고 사모님은 여전히 여기 있네요." 노인은 허리를 굽혀 사료 보관대 아래에서 괭이를 꺼내며 말했다.

부인은 그의 어조가 전달하는 의미를 정확히 파악했다. 천장 틈새로 내려온 빛줄기들이 노인의 등에 떨어져서 그를 세 부분으로 나누었다. 부인은 그가 긴 손으로 괭이를 움켜쥐고 거기 쪼글쪼글한 얼굴을 바짝 댄 모습을 보고 생각했다. 자네가 나보다 여기 먼저 왔을지 몰라도 나는 자네가 떠난 다음에도 여기 있을 거야. "나는 반평생을 쓸모없는 사람들하고 씨름하면서 보냈지만 이제 그런 일은 끝났어." 부인이 차갑게 말했다.

"백인이나 흑인이나 다 똑같습니다." 그가 말했다.

"이제 다 끝났어." 부인이 다시 말하고, 망토처럼 두른 검은 웃옷의 목 부분을 잡았다. 부인이 쓴 검은 밀짚모자는 20년 전에 20달러를 주고 산 것으로 지금 부인은 그것을 차양 모자로 썼다. 부인이 말했다. "돈은 만악의 근원이야. 판사님은 늘 그렇게 말씀하셨지. 그분은 돈을 개탄한다고 하셨어. 자네 같은 검둥이들이 그렇게 도도한 것도 다 세상에 돈이 너무 많이 돌아서라고 그랬지."

늙은 깜둥이는 판사를 알았다. "판사님은 당신이 가난해져서 깜둥이 일꾼도 못 쓸 날이 오기를 바란다고 하셨죠. 그런 날이 오면 세상이 바로 설 거라고요."

부인은 두 손을 허리에 얹고 목을 뺀 채 허리를 숙이고 말했다. "그날이 거의 온 것 같아. 내가 모두에게 말하지만 정신 차려야 돼. 나는 이제 어리석은 짓은 그냥 두고 보지 않을 거야. 이제 일이 몸에 밴 사람이 있으니까!"

노인은 대답할 때와 하지 말아야 할 때를 알았다. 그가 잠시 후에 말했다. "사람들은 오고 가죠."

"하지만 쇼틀리네는 그렇게 나쁘지 않았어. 개릿네를 생각하면." 부인이 말했다.

"그다음에는 콜린스네였죠." 그가 말했다.

"아냐, 링필드네였어."

"아, 그 링필드네!"

"그 사람들은 일을 하나도 하려고 하지 않았어." 부인이 말했다.

"사람들은 오고 가죠." 노인이 후렴처럼 말했다. "하지만 지금 같은 사람들은 처음이에요." 그가 허리를 펴고 부인을 마주 보며 덧붙였다. 그의 계피색 눈동자는 세월에 흐려져서 앞에 거미줄이라도 쳐진 것 같았다.

부인이 노인에게 강렬한 눈길을 던졌고, 노인은 몸을 굽혀 두 손으로 괭이를 잡고 대팻밥 더미를 손수레 옆으로 긁어냈다. 부인이 뻣뻣하게 말했다. "그 사람은 쇼틀리 씨가 창고를 청소해야지 하고 마음먹는 동안 창고 청소를 마칠 사람이야."

"폴 남자요." 노인이 웅얼거렸다.

"폴란드야."

"폴은 여기하고는 달라요. 일하는 방식이 달라요." 노인이 말하더니 알아들을 수 없는 소리를 중얼거렸다.

"뭐라고 그러는 거야? 그 사람에 대해 할 말이 있다면 큰 소리로 해." 부인이 말했다.

그는 말없이 떨리는 무릎을 굽히고 갈퀴로 여물통 아래를 비스듬히 긁었다.

"그자가 혹시 하지 말아야 할 일을 하는 걸 보면 나한테 보고해." 부인이 말했다.

"그 사람이 해야 할 일이나 하면 안 되는 일 같은 게 아니에요. 다른 사람이 하지 않는 일입니다." 그가 중얼거렸다.

"그 사람한테 반감이 있는 건 아니겠지? 그 사람은 여기 계속 있을 거야." 부인이 잘라 말했다.

"전에는 그런 사람이 없어서 그래요." 그가 중얼거리고 예의 바르게 웃었다.

"시대가 변하고 있어." 부인이 말했다. "이 세상이 어떻게 되고 있는지 알아? 모든 게 폭증하고 있어. 사람이 너무 많아져서 똑똑하고 알뜰하고 부지런한 사람만 살아남을 수 있어." 그리고 똑똑하고 알뜰하고 부지런한이라는 말에 맞추어 손바닥을 두드렸다. 부인은 축사 저편 끝을 통해 추방자가 농장 길 저 아래쪽 창고 문간에 녹색 호스를 들고 서 있는 모습을 보았다. 그의 모습이 뻣뻣해 보여서 부인은 생각 속에서마저 그에게 천천히 다가가야 한다고 느꼈다. 그것은 그와 쉽게 대화를 할 수가 없기 때문이라고 부인은 판단했다. 그와 대화를 할 때마다 소리를 지르며 고개를 흔들고 하게 되었는데, 그럴 때마다 깜둥이 한 명이 번번이 가까운 헛간 뒤에 서서 그 모습을 보았다.

"정말이야!" 부인이 말하고 사료 보관대에 앉으며 팔짱을 꼈다. "내가 이 농장에서 여태껏 겪은 쓰레기들만으로도 충분해. 이제 나는 인생의 마지막 시기를 쇼틀리네나 링필드네, 콜린스네 같은 사람들과 얽히지 않을 거야. 세상에는 일이 몸에 밴 사람들이 가득하니까."

"어떻게 그렇게 사람들이 많이 남아돌게 됐나요?" 노인이 물었다.

"사람들이 이기적이라서 그래. 아이를 너무 많이 낳거든. 그건 이제 분별 있는 일이 아니야." 부인이 말했다.

노인은 손수레 손잡이를 집어 들고 뒷걸음으로 문을 나서다가 바깥 햇빛에 몸을 반쯤 걸친 채 어느 방향으로 가려는지 잊은 것처럼 껌을 씹으며 멈춰 섰다.

"자네 같은 흑인들이 깨닫지 못하는 건 내가 이곳을 움직이는 사람이라는 거야." 부인이 말했다. "자네들이 일을 안 하면 나는 돈을 못 벌고 자네들한테 봉급을 줄 수 없어. 자네들은 모두 내게 의존하고 있으면서도 그 반대인 것처럼 행동해."

노인의 얼굴을 보고 그가 그 말을 듣고 있는지 아닌지 판단하기란 불가능했다. 마침내 그는 손수레를 잡아끌었다. "판사님은 익숙한 악마가 모르는 악마보다 낫다고 말씀하셨죠." 그는 작지만 분명한 어조로 말하고 나갔다.

부인은 일어나서 그를 따라 나갔다. 부인의 이마 한가운데, 붉은 앞머리 아래쪽에 깊은 세로줄이 패었다. "판사님이 여기를 관리하시지 않은 지 이제 오래됐어." 부인이 날카로운 목소리로 말했다.

그는 판사를 알던 유일한 깜둥이고, 그 사실을 훈장처럼 여겼다. 그는 부인의 다른 남편들인 크룸스 씨와 매킨타이어 씨는 별로 좋아하지 않았고, 부인이 이혼할 때마다 드러나지 않게 축하의 뜻을 전했다. 그리고 필요하다고 느낄 때마다 부인이 있는 방 창문 아래에서 일하면서 혼잣말을 했다. 그것은 조심스러운 의견 개진, 질문, 대답 그리고 후렴이었다. 한번은 부인이 조용히 일어나서 창문을 쾅 세게 닫아서 그가 뒤로 넘어진 적도 있었다. 때로는 공작하고도 이야기했다. 수공작은 그의 뒷주머니에 박힌 옥수수를 보고 그를 따라다니거나 노인 근처에 앉아 모이를 쪼았다. 부인은 한번은 열린 부엌문을 통해 노인이 새에게 말하는 소리를 들었다. "너희 스무 마리가 여기를 돌아다니던 시절이 있었는데, 이제 너하고 암놈 두 마리뿐이구나. 크룸스 때는 열둘이었고, 매킨타이어 때는 다섯이었고, 이제는 너하고 암놈 둘뿐이야."

그때 부인은 문밖으로 나가서 말했다. "크룸스 씨, 매킨타이어 씨라고 해야! 두 분의 이름을 다시는 그렇게 부르지 말라고 부탁하겠어. 그리고 이걸 알아 둬. 그 새끼 공작이 죽으면 더는 공작을 들이지 않을 거라는 걸."

부인이 그 공작을 키우는 이유는 단 하나, 무덤 속 판사가 기분이 상할 것 같은 미신적 두려움 때문이었다. 그는 공작들이 농장을 활보하는 걸 좋아했다. 그걸 보면 자신이 부자라는 느낌이 든다고 했다. 세 명의 남편 가운데 사별한 사람은 판사뿐이었지만, 지금까지 부인의 마음에 살아 있는 사람도 판사뿐이었다. 그는 뒤편 옥수수 밭 중앙에 울타리를 둘러 만든 가족 묘지에 묻혔다. 거기에는 그의 어머니와 아버지, 할아버지와 세 명의 대고모, 그리고 어린 사촌 둘도 묻혔다. 두 번째 남편 크룸스 씨는 65킬로미터 떨어진 주립 정신병원에 있고, 마지막 남편 매킨타이어 씨는 아마도 플로리다 주의 어느 호텔 방에서 술에 취해 있을 것이다. 하지만 판사는 옥수수 밭의 가족 무덤에 묻혀서 언제나 옆에 있었다.

부인은 돈을 보고 노인이었던 그와 결혼했지만 그때는 자신에게도 인정하지 않았던 한 가지 이유가 더 있었다. 부인은 판사를 좋아했다. 그는 씹는담배를 달고 사는 더러운 법원 인물로, 돈이 많기로 온 카운티에 유명했다. 목이 높은 구두를 신고, 리본 넥타이를 매고, 검은 줄무늬의 회색 양복을 입었으며, 여름이고 겨울이고 누렇게 변한 파나마모자를 썼다. 치아와 머리는 담배 색깔이고, 탁한 분홍색 얼굴은 화석처럼 수수께끼의 태곳적 자국이 가득했다. 그에게서는 특이하게도 사람들 손을 많이 거친 지폐 냄새가 났지만 그는 돈을 가지고 다니는 일도 사람들 앞에 동전을 보이는 일도 없었다. 부인이 그의 비서로 몇 달 일하는 동안 노인의 예리한 눈은 자신을 인간으로 좋아하는 여자가 있다는 것을 알아차렸다. 두 사람이 결혼하고 판사가 죽을 때까지의 3년이 매킨타이어 부인의 인생에서 가장 행복하고 풍요로운 시절이었지만, 그가 죽자 영지가 파산 상태라는 사실이 드러났다. 그가 부인에게 남긴 것은 저당 잡힌 집과 죽기 전에 목재를 모조리 베어 낸 6만 평의 땅이 전부였다. 마치 그가 성공한 인생의 마지막 성과로 모든 소유물을 싹 가지고 떠난 것 같았다.

하지만 부인은 살아남았다. 판사조차 이겨 내지 못했을 소작인과 낙농장 일꾼들을 줄줄이 거치면서도 살아남았고, 우울하고 예측할 수 없는 깜둥이 부족의 끝없는 노략질에도 대처할 수 있었으며, 간헐적으로 닥치는 거머리들, 그러니까 소 장수, 벌목공, 땜질한 트럭을 타고 와서 마당에서 경적을 울리는 모든 구매자와 판매자에게도 맞서서 버틸 수 있었다.

부인은 웃옷 속에 팔짱을 낀 채 뒤로 살짝 몸을 젖히고 서서 추방자가 호스를 잠그고 창고로 들어가는 모습을 흐뭇하게 바라보았다. 그 불쌍한 남자가 폴란드에서 쫓겨난 뒤 유럽을 횡단하고 낯선 나라의 농장 일꾼으로 오게 된 것은 안타까운 일이었지만 부인은 그 일에 아무 책임이 없었다. 부인도 힘겨운 시절이 있었다. 분투가 무엇인지 알았다. 사람들은 분투해야 한다. 귀작 씨는 아마 유럽을 횡단하고 여기까지 오는 먼 길에서 많은 고난을 겪었을 것이다. 하지만 지독한 분투는 하지 않았는지도 모른다. 자신이 일자리를 주었기 때문이다. 그 사람이 감사하는지 어떤지도 부인은 몰랐다. 그 사람에 대해서는 일을 잘한다는 사실을 빼고는 아는 게 없었다. 솔직히 말하자면 부인은 아직도 그의 존재가 실감 나지 않았다. 그는 부인이 눈으로 보고 사람들에게 말하면서도 아직도 믿지 못하는 일종의 기적 같았다.

그가 창고에서 나오더니 작업장 마당 뒤쪽에서 나오는 설크에게 손짓하는 모습이 보였다. 설크가 다가가자 그가 주머니에서 무언가를 꺼냈고 두 사람은 함께 그것을 들여다보았다. 부인은 소로를 걸어 그들이 있는 곳으로 갔다. 깜둥이는 흐느적거리고 길쭉한 몸매였고, 둥근 머리를 늘 그러듯 바보처럼 앞으로 빼고 있었다. 그는 머리가 반편이와 온편이의 중간이었는데, 그런 자들은 언제나 일을 잘했다. 판사는 일꾼은 반편이 검둥이가 최고라고, 멍청해서 일을 그만둘 줄을 모른다고 말했다. 폴란드인은 빠른 동작으로 손짓을 했다. 그러더니 흑인 청년에게 그것을 주고 떠났고, 부인이 소로의 굽이를 돌기 전에 트랙터에 시동을 거는 소리가 났다. 그는 들판으로 떠났다. 깜둥이는 거기 계속 서서 입을 벌린 채 손에 든 것을 바라보고 있었다.

부인은 작업장 마당으로 가서 열린 창고 안을 걸으며 깨끗한 콘크리트 바닥에 뿌듯해했다. 이제 겨우 9시 30분이었다. 쇼틀리 씨는 11시 전에는 청소를 하는 법이 없었다. 창고 반대편으로 나가자 깜둥이는 창고 앞길에서 비스듬히 뻗은 샛길을 천천히 걷고 있었다. 눈은 여전히 귀작 씨가 준 것에 박혀 있었다. 그는 부인을 보지 못한 채, 길 위에 멈춰 서더니 무릎을 살짝 굽히고 손에 든 것을 굽어보며 혀로 작은 원을 그렸다. 손에 든 것은 사진이었다. 그는 한 손가락으로 사진 위를 가볍게 훑었다. 그런 뒤 고개를 들었다가 부인을 보고 어설픈 웃음을 지으며 손가락을 든 자세로 얼어붙었다.

"왜 들판에 안 나간 거니?" 부인이 물었다.

그는 한 발을 들고 입을 더 크게 벌리며 사진을 든 손을 뒷주머니 쪽으로 보냈다.

"그게 뭐야?" 부인이 말했다.

"아무것도 아니에요." 그가 말하고 자동적으로 그것을 부인에게 건넸다.

열두 살 정도 된 소녀가 하얀 원피스를 입고 있는 사진이었다. 금발 머리에 꽃 줄을 둘렀고, 연한 색깔의 차분한 눈동자로 앞을 보고 있었다. "이 아이가 누구야?" 매킨타이어 부인이 물었다.

"그 사람 사촌이래요." 청년이 높은 목소리로 말했다.

"왜 네가 이 사진을 갖고 있는 거야?" 부인이 물었다.

"저랑 결혼할 거거든요." 청년이 더 높은 목소리로 말했다.

"너랑 결혼한다고!" 부인이 소리를 질렀다.

"제가 이 아가씨가 여기 오는 돈의 반을 대고 있어요." 그가 말했다. "그 사람한테 매주 3달러씩 줘요. 지금은 더 커요. 그 사람 사촌이에요. 거기서 도망쳐 나올 수만 있다면 누구랑 결혼하건 상관하지 않아요." 청년의 목소리는 불안한 분수처럼 높이 솟구쳤다가 부인의 얼굴을 보자 뚝 떨어졌다. 부인의 눈은 빛을 받은 파란 화강암 색깔이었지만, 부인은 그를 바라보지 않았다. 부인은 트랙터 소리가 아득히 들리는 농장 길 저편을 내다보았다.

"그런데 여기 올 거 같지는 않아요." 청년이 중얼거렸다.

"네가 준 돈을 다 돌려받게 해 주마." 부인이 단조로운 목소리로 말하고 사진을 반으로 접어 든 채 그의 곁을 떠났다. 부인의 작고 빳빳한 몸 어디에도 충격을 받은 기미는 없었다.

집에 도착하자, 부인은 침대에 누워 눈을 감고는 심장을 제자리에 붙잡아 두려는 것처럼 가슴에 손을 댔다. 입이 벌어졌고, 부인은 짧고 건조한 소리를 두세 마디 냈다. 그러다가 곧 일어나 앉아서 "모두 똑같아. 늘 그랬어" 하고 말하고는 다시 누웠다. "20년을 당하고 살면서, 무덤까지 털렸어!" 그 일이 떠오르자 부인은 조용히 울면서 이따금 옷옷 자락으로 눈을 훔쳤다.

부인이 떠올린 것은 판사의 무덤을 굽어보던 천사였다. 판사는 어느 날 시내에 나갔다가 비석 상점 창문에 전시된 벌거벗은 화강암 케루빔 천사를 보고 반했다. 그 얼굴이 아내를 연상시키기도 했고, 자기 무덤가에 화강암 조각상을 세워 두면 좋겠다 싶기도 했다. 그는 그것을 녹색 플러시 천을 덮은 기차 옆 좌석에 태우고 집에 왔다. 매킨타이어 부인은 그게 자기와 어디가 닮았는지 알 수 없었다. 부인은 늘 그것이 못생겼다고 생각했지만, 헤린네가 그것을 떼어 갔을 때 충격과 분노에 휩싸였다. 헤린 부인은 그게 예쁘다며 묘지에 자주 보러 갔는데, 헤린네가 떠났을 때 천사도 발가락만 남겨 놓고 사라졌다. 헤린 씨의 도끼가 약간 높은 곳을 찍었기 때문이다. 매킨타이어 부인은 새것을 들여놓을 여유는 없었다.

울 수 있을 만큼 울자, 부인은 일어나서 뒷방으로 갔다. 그곳은 벽장처럼 좁고 경당처럼 어둡고 조용했다. 부인은 판사의 기계장치 의자에 걸터앉아 책상에 한쪽 팔꿈치를 얹었다. 그것은 거대한 접이식 책상으로, 작은 수납 칸이 총총 박히고 수납 칸마다 먼지 낀 서류가 가득했다. 옛 통장과 장부가 반쯤 열린 서랍들에 쌓여 있고, 아무것도 없지만 잠가 놓은 작은 금고가 그 중심에 신전처럼 앉아 있었다. 부인은 이 방은 판사의 시절과 똑같이 간직해 두었다. 이곳은 그의 기념실 같은 장소였고, 그가 거기서 업무를 수행했기 때문에 신성한 곳이었다. 의자는 이리저리 기울어지면서 녹슨 해골 같은 신음 소리를 냈고, 그 소리는 판사가 가난을 한탄하던 소리와 어딘가 비슷했다. 자신이 세상에서 가장 가난한 듯 말하는 것이 그의 첫 번째 원칙이었고, 부인도 그 원칙에 따랐다. 판사가 그래서만이 아니라 그게 사실이었기 때문이다. 얼굴을 찡그리고 앉아 빈 금고를 바라보니 세상에 자기보다 가난한 사람은 없다는 확신이 더 강해졌다.

부인은 책상 앞에 10분 또는 15분 정도 앉아 있었고, 그런 뒤 기운을 차리고 일어나서 자동차를 타고 옥수수 밭으로 갔다.

농장 길은 그늘진 소나무 숲을 지나 언덕 위에서 끝났다. 언덕은 부채꼴로 펼쳐지며 내려갔다가 다시 넓게 올라갔고, 그 오르막 부분에 푸른 옥수수 밭이 펼쳐져 있었다. 귀작 씨가 옥수수 밭 바깥쪽에서 안쪽으로 원을 그리며 옥수숫대를 베고 있었다. 밭 중심에 있는 묘지는 옥수수에 가려 보이지 않았고, 귀작 씨는 비탈 저편 높은 곳에서 절단기와 수레를 단 트랙터에 올라앉아 있었다. 그는 이따금 트랙터에서 내려 수레의 목초를 정돈했다. 깜둥이가 오지 않았기 때문이다. 부인은 웃옷 속에 팔짱을 끼고 검은 쿠페 차 앞에 서서 그가 천천히 들판 가장자리를 돌며 작업하는 모습을 초조하게 지켜보았다. 마침내 그가 부인이 손짓해 부를 만한 거리에 왔다. 그는 기계를 멈추고 뛰어내려서 붉은 턱을 기름천으로 닦으며 달려왔다.

"할 말이 있어." 부인이 말하고, 그를 그늘진 소나무 숲 가장자리로 손짓해 불렀다. 그는 모자를 벗고 웃음 띤 얼굴로 부인을 따라갔지만, 부인이 돌아서자 웃음이 사라졌다. 거미 다리처럼 가늘고 강한 부인의 눈썹이 불길하게 좁혀졌고, 앞머리에서 콧대 위로 세로줄이 깊게 패어 있었다. 부인은 주머니에서 접은 사진을 꺼내 그에게 건넸다. 그런 뒤 한 걸음 물러서서 말했다. "귀작 씨! 이 불쌍한 아이를 여기 데려와서 그 반편이에 좀도둑에 더러운 검둥이하고 결혼시키겠다고! 그런 어처구니없는 생각을 하다니 자네가 사람이야 괴물이야?"

그는 사진을 받아 들더니 다시 미소를 되찾고 말했다. "사촌. 여기 십이. 처음 영성체. 지금 십육."

괴물이야! 부인은 속으로 말하고 낯선 사람을 보듯 그를 바라보았다. 그의 이마는 모자를 쓰는 부분까지는 하얬지만, 얼굴의 나머지 부분은 붉은색이고 짧고 노란 털이 가득했다. 반짝이는 못 같은 두 눈은 이음매를 철사로 묶은 금테 안경 속에서 깜박였다. 얼굴 전체가 몇 개의 다른 얼굴을 땜질해서 조립한 것 같았다. "귀작 씨." 부인이 천천히 입을 열었지만, 말이 점점 빨라지고 숨도 가빠져서 단어 중간에 말을 끊었다. "그 검둥이가 유럽 출신 백인 여자를 아내로 삼는 건 절대 안 돼. 검둥이에게 그런 식으로 말하면 안 돼. 검둥이가 흥분할 테고 게다가 그런 일은 안 돼. 폴란드에서는 모르겠지만 여기서는 안 되니까 그 일을 당장 그만둬. 그런 바보짓이 어딨어. 그 검둥이는 분별력이라곤 눈곱만큼도 없는데, 자네는……"

"사촌 수용소 3년." 그가 말했다.

"자네 사촌은 여기 와서 우리 깜둥이하고 결혼할 수 없어." 부인이 단호하게 말했다.

"십육. 폴란드. 엄마 죽어, 아빠 죽어. 수용소 기다려. 3년 수용소." 그가 말하고 주머니에서 지갑을 찾아 그 소녀가 나이를 조금 더 먹은 사진을 꺼냈다. 검은색의 볼품없는 옷을 입고, 이가 다 빠진 것 같은 조그만 여자와 함께 벽 앞에 서 있었다. "엄마, 캠프 2 죽어." 그가 작은 여자를 가리키며 말했다.

"귀작 씨." 매킨타이어 부인이 사진을 다시 그에게 내밀었다. "나는 우리 검둥이들이 흥분하는 게 싫어. 검둥이들 없이는 농장 운영이 안 돼. 자네는 없어도 되지만 검둥이는 없으면 안 되고, 자네가 다시 설크에게 이 아가씨 이야기를 하면 우리 집에서 일 못 해. 알겠어?"

그의 얼굴에는 이해했다는 표시가 없었다. 그는 머릿속으로 말들을 조합해서 생각을 만들려고 하는 것 같았다.

매킨타이어 부인은 쇼틀리 부인의 말을 떠올렸다. "그 사람은 다 알아요. 그냥 모르는 척하고 자기 하고 싶은 대로 하는 거죠." 그러자 부인의 얼굴에는 애초의 충격과 분노의 표정이 다시 떠올랐다. "스스로 기독교인임을 자처하는 자가 어떻게 순진한 처녀를 여기 데려와서 그런 것하고 결혼을 시키려고 하는 거지? 이해할 수가 없어, 도저히!" 부인은 고개를 젓고, 고통에 빠진 파란 눈을 먼 곳으로 돌렸다.

잠시 후 그가 어깨를 으쓱해 보이더니 피곤한 듯 두 팔을 떨어뜨리고 말했다. "사촌 흑인 안 싫어. 수용소 3년."

매킨타이어 부인은 오금이 이상하게 저리는 느낌을 받았다. "귀작씨, 두 번 다시 자네한테 이런 일을 말하고 싶지 않아. 그렇게 되면 자네는 다른 일자리를 찾아봐야 할 거야. 알겠어?"

조립한 얼굴은 아무 말이 없었다. 부인을 보지 않는 것 같은 느낌이었다. "여기는 내 농장이야. 여기 누가 오고 안 오고는 내가 결정해." 부인이 말했다.

"네." 그가 말하고 다시 모자를 썼다.

"나는 이 세상 불행에 책임이 없어." 부인이 생각난 듯 말했다.

"네." 그가 말했다.

"여기는 좋은 일터고, 자네는 감사해야 돼. 그렇게 하는지 모르겠군." 부인이 덧붙였다.

"네." 그가 말하고 어깨를 살짝 으쓱한 뒤 트랙터로 돌아갔다.

부인은 그가 트랙터를 타고 다시 옥수수 밭으로 들어가는 모습을 보았다. 그가 부인 앞을 지나 굽이를 돌아간 뒤, 부인은 언덕을 올라 꼭대기까지 가서 팔짱을 끼고 우울한 얼굴로 옥수수 밭을 내려다보며 중얼거렸다. "모두 똑같아. 폴란드 사람이건, 테네시 사람이건. 하지만 나는 헤린네, 링필드네, 쇼틀리네를 겪었으니 귀작도 다룰 수 있어."
그리고 시야를 좁혀서 점점 작아지는 트랙터 속 형체에 집중했다. 마
치 사격 조준기로 그를 보는 것 같았다. 부인은 평생토록 세상의 잉여
들과 싸웠고, 그것은 새로이 폴란드인의 형태를 띠고 왔다. 부인이 말
했다. "자네도 결국 똑같아. 물론 똑똑하고 알뜰하고 부지런하기는 하
지만, 그건 나도 마찬가지야. 그리고 여기는 내 농장이야." 늙은 케루
빔 천사의 얼굴에 검은 모자를 쓰고 작은 체구에 검은 웃옷을 두른 부
인은 어떤 일도 감당할 수 있다는 듯 팔짱을 끼고 서 있었다. 하지만
심장이 어떤 내적 폭력이라도 당한 것처럼 쿵쿵 뛰었다. 부인은 다시
눈을 크게 뜨고 온 들판을 바라보았고, 넓어진 시야에 들어온 트랙터
운전사는 메뚜기만 했다.

　부인은 한동안 거기 서 있었다. 미풍이 불자 옥수수들이 비탈 양편
에서 크게 출렁거렸다. 대형 절단기가 단조로운 소음을 내며 여물이
될 옥수숫대를 꾸준히 수레에 쏟아부었다. 이 속도로 일하면 추방자
는 해 질 녘까지 옥수수 밭을 돌고 또 돌아서 두 언덕 사이에는 옥수
숫대 그루터기들과 그 가운데 섬처럼 솟은 묘지, 훼손된 비석 아래 판
사가 미소를 짓고 누운 그 묘지밖에 남지 않을 것이다.

Ⅲ

　신부는 길고 침착한 얼굴을 손가락 하나로 받친 채 10분 동안 연옥
을 이야기했고, 매킨타이어 부인은 맞은편 의자에 앉아 그를 보며 인
상을 찌푸렸다. 그들은 부인의 집 현관 툇마루에 앉아 진저에일을 마

시고 있었는데, 부인은 자꾸 방울을 흔드는 답답한 조랑말처럼 잔에 든 얼음을 달그락거리고, 구슬을 달그락거리고, 팔찌를 달그락거렸다. 그를 계속 맞아들일 도덕적 의무는 없다고, 절대 없다고 부인은 조용히 혼잣말을 했다. 갑자기 부인이 비틀거리며 벌떡 일어나서, 그의 구두 위로 기계톱의 드릴 같은 목소리를 떨구었다. "저는 신학을 몰라요. 그저 생활인일 뿐이죠! 신부님하고 현실과 관련된 이야기를 하고 싶어요!"

"아아아." 그가 신음하듯 말했다.

부인은 신부의 긴 방문을 견디기 위해 자신의 진저에일에 위스키를 탔고, 의자가 생각보다 가까이 있는 것을 보고 어색하게 앉았다. "귀작씨는 만족스럽지 않아요." 부인이 말했다.

노신부는 설마 하는 듯 눈썹을 추켜세웠다.

"그 사람은 외부인이에요. 여기랑 맞지 않아요. 나는 여기랑 맞는 사람이 필요해요." 부인이 말했다.

신부는 무릎 위에 얹은 모자를 조심스레 돌렸다. 그는 잠시 말없이 기다리다가 본래 하던 이야기로 돌아가는 술수가 있었다. 나이는 여든 살가량이었다. 부인은 추방자를 들이는 문제로 이 신부를 만나기 전까지는 아는 신부가 한 명도 없었다. 신부는 폴란드인을 거기 들인 뒤로 그 일을 이용해서 부인을 개종시키려고 했고, 그것은 부인이 딱 예상하던 바였다.

"조금 기다려 주세요. 곧 적응할 겁니다." 신부가 그렇게 말하고 물었다. "그 아름다운 새는 어디 있나요?" 그러더니 "아, 저기 있네요!" 하고 일어서서 수공작 한 마리와 암공작 두 마리가 뻣뻣하게 걸어 다니는 잔디를 내다보았다. 긴 목에 깃털이 부풀었고, 수놈의 강렬한 청색과 암놈의 은녹색이 늦은 오후 햇살에 반짝였다.

"귀작 씨는 일을 잘해요." 매킨타이어 부인이 힘이 실린 목소리로 나직하게 말했다. "그건 인정해요. 하지만 우리 집 검둥이들하고 지내는 법을 모르고 검둥이들은 그 사람을 싫어해요. 나는 검둥이들 없이는 안 돼요. 그리고 그 사람 태도도 마음에 안 들어요. 여기 있는 걸 전혀 감사하지 않아요."

신부는 방충 문을 열어 달아날 준비를 갖추고 말했다. "아, 저는 가 봐야겠습니다."

"깜둥이를 이해하는 백인 남자를 구하면 나는 귀작 씨를 내보낼 거예요." 부인이 말하고 다시 일어났다.

신부는 돌아서서 부인을 보고 말했다. "그 사람은 갈 데가 없어요. 제가 알고 있는 부인이라면 사소한 일로 그 사람을 내보내지는 않으시리라 믿습니다!" 그런 뒤 답을 듣지도 않고 손을 들어 급히 부인에게 축복을 했다.

부인은 쓴웃음을 짓고 말했다. "이런 상황은 내가 만든 게 아니에요."

신부는 새들에게 눈을 돌렸다. 새들은 잔디 한가운데 들어가 있었다. 그때 수놈이 갑자기 자리에 서서 목을 뒤로 젖히더니 꽁지를 들어 올렸다가 사르락 소리를 내며 쫙 펼쳤다. 수놈의 머리 위로 알을 품은 작은 태양들이 금녹색 안개를 배경으로 가득 떠올랐다. 신부는 입을 벌린 채 넋을 잃고 섰다. 매킨타이어 부인은 저렇게 멍청한 노인은 생전 처음이라고 생각했다. "그리스도는 그렇게 오실 겁니다!" 그는 낭랑한 목소리로 말하고 손으로 입을 닦은 뒤 계속 입을 벌리고 서 있었다.

매킨타이어 부인은 청교도처럼 엄격한 표정을 지었지만 얼굴이 새

빨개졌다. 신부에게서 그리스도라는 말을 듣자 부인은 자기 어머니에게서 섹스라는 말을 들었을 때처럼 당황스러웠다. "귀작 씨가 갈 데가 없는 건 내 책임이 아니에요. 나는 이 세상 모든 잉여 인력에 아무 책임이 없어요." 부인이 말했다.

노신부는 부인의 말을 듣는 것 같지 않았다. 그는 꽁지에 머리를 대고 뒤로 잔걸음을 걷는 수공작에 시선을 고정한 채 중얼거렸다. "저게 변모예요."

부인은 그게 무슨 소리인지 이해하지 못했다. "귀작 씨가 애초에 여기 온 게 잘못이에요." 부인이 신부를 냉랭하게 바라보며 말했다.

수공작은 꽁지를 내리고 풀을 쪼았다.

"그 사람이 애초에 여기 온 게 잘못이에요." 부인이 한 마디 한 마디를 강조해서 다시 말했다.

노신부는 멍하니 웃었다. "그는 우리를 구원하러 왔습니다." 신부는 그렇게 말하고 차분하게 손을 뻗어 부인과 악수하더니 그만 가 보겠다고 인사했다.

그 몇 주 뒤 쇼틀리 씨가 돌아오지 않았다면 부인은 새 일꾼을 찾아 나서야 했을 것이다. 부인은 그를 다시 쓰고 싶은 마음은 없었지만 그 익숙한 검은색 자동차가 와서 집 앞에 서는 것을 보자 부인 자신이 길고 힘든 여행 끝에 집으로 돌아온 것 같은 느낌을 받았다. 그리고 자신이 그리워했던 것은 쇼틀리 부인이었음을 깨달았다. 쇼틀리 부인이 떠난 뒤 부인에게는 대화 상대가 없었다. 매킨타이어 부인은 쇼틀리 부인이 현관 계단을 올라올 것을 기대하며 문으로 달려갔다.

쇼틀리 씨는 혼자 서 있었다. 검은 펠트 모자를 쓰고 빨강-파랑 야

자나무를 그린 셔츠를 입었지만, 그의 길고 찌들고 부르튼 얼굴은 한 달 전보다 더 깊이 패어 있었다.

"쇼틀리 부인은 어디 갔지?" 부인이 물었다.

쇼틀리 씨는 아무 말도 하지 않았다. 그의 얼굴이 변한 것은 내부의 변화 때문인 듯했다. 그는 오랫동안 물을 마시지 못한 사람 같았다. "집사람은 하느님의 천사가 되었습니다. 세상에서 가장 다정한 여자였습니다." 그가 소리 높여 말했다.

"어디 있는데?" 매킨타이어 부인이 물었다.

"죽었어요. 여기를 떠나던 날 뇌졸중이 왔습니다." 그가 말했고, 그 얼굴에 시체 같은 고요가 흘렀다. "폴란드 사람의 수작이에요. 집사람은 처음부터 그자의 정체를 알았어요. 악마가 보낸 자라는 걸요. 저한테 그렇게 말했습니다."

매킨타이어 부인이 쇼틀리 부인의 죽음이라는 충격을 극복하는 데는 사흘이 걸렸다. 남들이 보면 친척이 죽은 줄 알겠다고 부인은 생각했다. 부인은 쇼틀리 부인 없는 쇼틀리 씨는 원하지 않았지만 어쨌건 그를 농장에 복귀시켰다. 그리고 그달 말에 추방자에게 한 달 기한을 주며 해고 통보를 할 거고, 그러면 그가 낙농장 일에 복귀할 수 있을 거라고 말했다. 쇼틀리 씨는 자신은 낙농장 일을 선호하지만 기다릴 수 있다고 말했다. 폴란드 사람이 농장을 떠나는 것 자체가 기쁜 일이라고 했고, 매킨타이어 부인은 그 일은 자신에게도 아주 기쁠 거라고 말했다. 부인은 전부터 함께하던 일손에 만족하지 않고 다른 세상으로 손을 뻗은 게 잘못이라고 고백했다. 쇼틀리 씨는 자신은 1차 대전에 참전해서 외국인들을 봤기에 그들을 좋아하지 않는다고 말했다. 수많은 외국인을 봤지만, 우리 같은 사람들은 없다고 했다. 자신에게 수류탄을 던진 남자의 얼굴을 똑똑히 기억하는데, 그 사람도 귀작 씨처럼 동그란 안경을 쓰고 있었다고 말했다.

"하지만 귀작 씨는 폴란드 사람이야. 독일 사람이 아니라." 매킨타이어 부인이 말했다.

"두 나라는 별로 다르지 않아요." 쇼틀리 씨가 말했다.

깜둥이들은 쇼틀리 씨가 돌아온 것을 기뻐했다. 추방자는 그들이 자기만큼 열심히 일할 것을 기대했지만, 쇼틀리 씨는 그들의 한계를 알았다. 그는 쇼틀리 부인이 옆에서 챙겨 줄 때도 그다지 훌륭한 일꾼이 아니었는데, 이제 부인이 없으니 더욱 느리고 건망증이 심해졌다. 폴란드인은 언제나처럼 맹렬히 일했고 자신이 해고될 낌새를 전혀 알아차리지 못한 것 같았다. 매킨타이어 부인이 그렇게 빨리 해낼 수 없을 거라고 본 일들이 척척 이루어졌다. 그래도 그를 해고하겠다는 결심은 변하지 않았다. 그의 작고 빳빳한 몸이 바쁘게 돌아다니는 모습은 부인에게 농장에서 가장 보기 싫은 광경이 되었고, 부인은 노신부가 자신을 속였다고 느꼈다. 신부는 만약 추방자에게 불만이 있다면 그를 계속 고용할 법적 의무는 없다고 말했지만, 도덕적 의무라는 게 있다고 했다.

부인은 신부에게 자신의 도덕적 의무는 자기 사람들, 그러니까 자기 나라를 위해 세계 전쟁에 나가 싸운 쇼틀리 씨한테 있지, 한 일이라곤 기회를 잘 잡아 거기 온 게 전부인 귀작 씨에게 있지 않다고 말하려고 했다. 부인은 추방자를 해고하기 전에 신부에게 이 일을 확실히 말해 두고 싶었다. 그달 말이 지나고 다음 달 1일이 되었는데 신부가 오지 않자, 부인은 폴란드인의 해고 통보를 약간 미루었다.

쇼틀리 씨는 자기가 하겠다고 말한 대로 하는 여자는 아무도 없다는 걸 처음부터 알아야 했다고 혼자 중얼거렸다. 그는 부인이 어물거리는 걸 언제까지 참을 수 있을지 몰랐다. 부인은 폴란드인이 다른 일자리를 쉽게 찾지 못할 거라는 두려움에 마음이 약해져서 그를 바로 해고하지 못하는 것 같았다. 쇼틀리 씨는 폴란드인에 대해 부인에게 확실히 말할 수 있었다. 부인이 그를 내보내면 그는 3년 후에 자기 집을 갖고 지붕에 텔레비전 안테나를 달 거라고. 쇼틀리 씨는 가만히 있을 수가 없어서 매일 저녁 부인의 집 뒷문 앞에 가서 부인에게 여러 가지 사실을 주지시켰다. "때로는 백인이 검둥이만큼 배려를 못 받기도 해요. 하지만 상관없어요. 그래도 백인이니까. 하지만 때로는," 그는 여기서 말을 멈추고 먼 곳을 바라보았다. "조국을 위해 피 흘려 싸운 사람이 자기가 싸운 적만큼도 대우를 못 받아요. 그게 옳은 일입니까?" 이런 질문을 할 때 그는 부인의 얼굴을 보고 자신이 강한 인상을 준다는 걸 알았다. 요즘 부인은 얼굴이 좋지 않았다. 부인의 눈가에 자신과 아내가 농장의 유일한 백인 일꾼이던 시절에는 없던 잔주름이 생겨나 있었다. 아내를 생각할 때마다 그는 마른 우물에 낡은 양동이가 떨어지듯 심장이 덜컹 내려앉았다.

노신부는 지난 방문 때의 사건에 겁을 먹은 듯 한동안 농장과 거리를 두었지만, 추방자가 해고되지 않은 것을 보고는 용기를 내서 지난번에 못다 한 가르침을 재개하기 위해 찾아왔다. 부인은 가르침을 받을 생각이 없었지만, 그는 어쨌건 가르쳤고, 상대가 누구건 상관없이 모든 대화에 성사와 교리를 욱여넣었다. 그는 툇마루에 앉아 있었고, 부인의 얼굴에 떠오른 조롱과 분개의 표정을 알아차리지 못했다. 부인은 대화에 쐐기를 박을 기회를 노리고 발을 흔들고 있었다. "왜냐하면," 신부가 어제 시내에서 벌어진 사건을 전하듯 말했다. "하느님이 그 외아들 예수 그리스도를"—이 대목에서 그는 살짝 목례를 했다—"인류의 구원자로 세상에 보냈을 때……"

"플린 신부님!" 부인이 말했고, 그 목소리에 신부가 깜짝 놀랐다. "신부님께 진지하게 드리고 싶은 말씀이 있어요!"

노신부의 오른쪽 눈 밑이 바르르 떨렸다.

"제가 알기로는 그리스도도 그저 추방자 가운데 한 명이에요." 부인이 신부를 맹렬히 노려보면서 말했다.

신부는 손을 살짝 들었다가 무릎에 떨구었다. 그리고 그 말을 생각해 보는 듯 "아아아" 하는 소리를 냈다.

"저는 그 남자를 내보낼 거예요." 부인이 말했다. "저는 그 사람한테 아무런 의무가 없어요. 제 의무는 조국을 위해 일을 한 사람들한테 있지, 자기 이익을 찾아 남의 나라에 온 사람한테는 없어요." 부인은 이어 모든 논거를 떠올리며 빠른 속도로 말했다. 신부는 부인이 이야기를 끝낼 때까지 조용한 기도실에 물러가 있는 것 같았다. 그의 시선이 한두 번 탈출구를 찾는 듯 잔디 위로 돌아갔지만 부인은 쉬지 않았다. 저는 30년 동안 이 농장에 매달려 있었고, 그동안 느닷없이 나타났다 사라지는 사람들, 원하는 건 자동차밖에 없는 사람들 때문에 정말 힘들었어요. 폴란드 사람이나 테네시 주 사람이나 다 똑같아요. 귀작 씨 가족은 준비만 되면 언제든지 농장을 떠날 거라고 말했어요. 부자 같은 사람들이 실제로는 제일 가난해요. 유지 비용이 얼마나 많이 드는지 아세요? 신부님은 제가 어떻게 여길 유지한다고 생각하시나요? 집도 고치고 싶지만 여력이 안 돼요. 심지어 남편 무덤의 비석도 새로 세우지 못하고 있어요. 1년에 보험료가 얼마나 나가는지 짐작하시나요? 마침내 부인은 신부에게 자신이 갑부라고 생각하시느냐고 물었는데,

노신부는 웃기는 질문이라도 받은 것처럼 괴상한 고함을 질렀다.

신부가 떠나자 부인은 당당한 승리에도 불구하고 의기소침해졌다. 부인은 다음 달 1일에 추방자에게 30일 기한의 해고 통보를 하기로 마음을 먹었고, 쇼틀리 씨에게 그렇게 말했다.

쇼틀리 씨는 아무 말도 하지 않았다. 그가 아는 여자 가운데 하겠다고 한 일을 망설임 없이 실행하는 여자는 아내뿐이었다. 아내는 폴란드인은 악마와 신부가 보낸 자라고 말했다. 쇼틀리 씨는 신부가 매킨타이어 부인에게 기이한 힘을 발휘하고 있으며, 오래지 않아 부인이 그쪽 교회의 미사에 참석할 거라고 철석같이 믿었다. 부인의 안쪽에서 무언가가 부인을 지치게 하는 것 같았다. 부인은 점점 여위고 불안해졌고, 전처럼 예리하지 않았다. 우유 통을 보고도 그게 얼마나 더러운지 간파하지 못했고, 때로는 말하지 않으면서도 입술을 움직였다. 폴란드인은 일을 잘못하는 게 없었지만 그래도 부인은 그를 보면 짜증이 났다. 쇼틀리 씨는 자기 방식대로 일을 했지만—그게 부인의 방식과 늘 맞는 건 아니었다—부인은 알아차리지도 못하는 것 같았다. 어쨌건 부인은 폴란드인과 그 가족이 살이 찌고 있는 것은 알았다. 그래서 쇼틀리 씨에게 그 식구들 뺨이 포동포동해졌고, 버는 돈을 남김없이 저축하고 있다고 말했다. "네, 그 사람은 조만간 이 농장을 사 버릴 겁니다." 쇼틀리 씨가 과감히 말했고, 그 말이 부인에게 충격을 주는 것을 보았다.

"다음 달 1일만 기다리고 있어." 부인이 말했다.

쇼틀리 씨도 기다렸고 다음 달 1일이 왔다가 갔지만, 부인은 폴란드인을 해고하지 않았다. 그는 그럴 것을 예견했다. 그는 성품이 격한 사람은 아니었지만, 여자가 외국인에게 당하는 모습에 화가 났다. 그런 일이야말로 남자가 가만히 두고 볼 수 없는 유일한 일이라고 느꼈다.

귀작 씨를 당장 해고하지 못할 이유가 없었지만, 매킨타이어 부인은 계속 차일피일 미루었다. 부인은 농장 유지비와 자기 건강을 걱정했다. 밤에 잠을 잘 못 잤고 잠이 들면 추방자의 꿈을 꾸었다. 전에는 누구를 해고한 적이 없었다. 사람들이 떠났다. 어느 날 부인은 귀작 씨 가족이 자기 집으로 들어오고 자신이 쇼틀리 씨 집에 들어가 사는 꿈을 꾸었다. 이건 너무 심했다. 부인은 잠에서 깼었고 그 뒤로 며칠 밤 잠을 이루지 못했다. 그러던 어느 날 밤 다시 꾼 꿈에 신부가 찾아와서 말했다. "사모님은 마음이 고운 분이니 그 불쌍한 사람을 내쫓지 못하실 겁니다. 그런 사람들이 수천수만 명이라는 걸 생각해 보세요. 소각로와 화물열차와 수용소와 병든 아이들과 우리 주 그리스도를 생각해 보세요."

"그 사람은 외부인이고 여기 질서를 파괴하고 있어요." 부인이 말했다. "나는 합리적이고 현실적인 여자고, 여기는 소각로도 없고 수용소도 우리 주 그리스도도 없고 그자는 여길 떠나면 돈을 더 벌 거예요. 제분소에 취직해서 자동차를 살 거예요. 나한테 말 걸지 말아요. 사람들이 원하는 건 자동차뿐이에요."

"소각로와 화물열차와 병든 아이들, 그리고 우리 주." 신부가 느릿느릿 말했다.

"너무 많아요." 부인이 말했다.

다음 날 아침 부인은 식사를 하던 중 당장 그에게 해고 통보를 하기로 마음먹고, 손에 냅킨을 든 채 부엌을 나갔다. 귀작 씨는 한 손을 허리에 짚고 등을 젖힌 특유의 자세로 창고에 물을 뿌리고 있었다. 그는 호스를 잠그고 일에 방해를 받아 짜증스러운 기색으로 부인을 맞았다. 부인은 할 말을 준비하지 않았다. 그냥 왔을 뿐이다. 부인은 창고 문간에 서서 깨끗이 물청소한 바닥과 물이 뚝뚝 떨어지는 기둥들을 노려보았다. "안녀세요?" 그가 말했다.

"귀작 씨, 나는 이제 간신히 의무를 지킬 수 있어." 부인이 입을 열었고, 이어 크고 강한 목소리로 한 마디 한 마디를 강조해서 말했다. "이 농장을 유지하는 데는 돈이 많이 필요해."

"저도 돈 필요하지만 없어요." 귀작 씨는 어깨를 으쓱했다.

창고 반대편 끝에서 긴 매부리코를 한 그림자가 뱀처럼 미끄러져 들어오더니 햇빛 환한 입구 중간쯤에 멈추어 섰다. 그리고 등 뒤에서 1분 전까지 울리던 깜둥이들 삽질 소리가 멈춰 있었다. "여기는 내 농장이야." 부인이 성난 목소리로 말했다. "자네들은 다 외부인이야. 모두 외부인!"

"네." 귀작 씨가 말하고 다시 호스 물을 틀었다.

부인은 들고 온 냅킨으로 입을 닦고 자기가 온 목적을 달성한 듯 그곳을 떠났다.

매부리코 그림자가 문 앞에서 사라졌고, 쇼틀리 씨는 창고 옆에 기대 주머니에서 꺼낸 반 토막 담배에 불을 붙였다. 그가 지금 할 수 있는 일은 하느님의 손이 내리치기를 기다리는 것뿐이었지만, 한 가지는 확실했다. 자신이 가만히 입을 다물고 기다릴 수만은 없다는 것이었다.

그날 아침을 기점으로 그는 흑인 백인을 가리지 않고 만나는 모든 사람에게 자신의 사정을 설명하고 한탄했다. 식품점에서도 한탄하고, 법원에서도 길모퉁이에서도 한탄했으며, 매킨타이어 부인에게도 한탄했다. 그는 비밀스러운 사람이 아니었기 때문이다. 폴란드인이 말을 알아들었다면 그 사람에게도 한탄했을 것이다. "모든 사람은 자유롭고 평등하게 태어났어요." 그가 매킨타이어 부인에게 말했다. "그리고 나는 내 생명과 팔다리를 걸고 그걸 증명했어요. 거기 건너가서 싸우고 피 흘리고 죽고 여기 돌아와 보니 이런! 나와 맞서 싸우던 적군이 내 자리를 차지하고 있네요. 나는 수류탄에 맞아 죽을 뻔했는데, 그걸 던진 놈은 그자하고 똑같은 안경을 낀 작달막한 남자였어요. 같은 가게에서 샀을지도 모르죠. 세상은 좁으니까요." 그리고 쓴웃음을 지었다. 자기 말을 대신해 줄 아내가 없어서 직접 나섰는데, 알고 보니 자신에게 말재주가 있었다. 다른 사람들에게 자기 논리를 설득하는 힘이 있었다. 그는 깜둥이들에게도 이야기를 많이 했다.

"너는 왜 아프리카로 돌아가지 않는 거야? 거기가 네 나라잖아." 어느 날 아침 그는 함께 곡물 창고를 청소하던 설크에게 물었다.

"거기 안 가요. 날 잡아먹을지도 몰라요." 설크가 말했다.

"네가 얌전히 굴면 여기서 못 지낼 이유는 없어." 쇼틀리 씨가 친절하게 말했다. "너는 도망쳐 온 게 아니니까. 사람들이 네 할아버지를 샀지. 오고 싶어서 온 게 아니야. 내가 못 참는 건 자기 살던 데서 도망쳐 나온 사람들이야."

"나는 다른 데 가고 싶단 생각을 해 본 적이 없어요." 깜둥이 청년이 말했다.

"내가 다시 어디를 간다면 중국이나 아프리카일 거야." 쇼틀리 씨가 말했다. "그곳에 가면 우리가 거기 사람들이랑 다르다는 게 금세 표 날 테니까. 하지만 다른 데 가면 말을 해야 겨우 표가 나. 아니 그래도 표가 안 나기도 해. 사람들 절반은 영어를 알거든. 그게 우리 잘못이야. 그 사람들이 영어를 배우게 한 거. 모든 사람이 자기네 말만 안다면 세상 문제는 훨씬 줄어들 거야. 우리 집사람은 두 나라 말을 아는 건 뒤통수에도 눈을 단 거나 마찬가지라고 했지. 우리 집사람은 세상일에 훤했어."

"알아요. 좋은 분이었어요, 정말로. 그분보다 더 좋은 백인 여자분을 몰라요." 청년이 말했다.

쇼틀리 씨는 반대편으로 가서 한동안 조용히 일했다. 그러다 얼마 후 몸을 펴고 삽 손잡이로 흑인 청년의 어깨를 툭툭 쳤다. 그는 의미심장하게 젖어 드는 눈으로 잠시 청년을 가만히 바라보더니 마침내 나직하게 말했다. "복수는 나의 것이라고 주님께서 말씀하셨지."

매킨타이어 부인은 시내의 모든 사람이 농장 사정을 쇼틀리 씨의 관점으로 듣고 자신을 나무란다는 것을 알게 되었다. 그리고 자신이 폴란드인을 해고할 도덕적 의무가 있는데도 그 일이 힘들어서 회피하고 있다는 것을 깨달았다. 부인은 죄책감을 참을 수 없어서 어느 추운 토요일 아침 식사를 마친 뒤 그를 해고하러 나갔다. 농기계 창고에 가 보니 그가 트랙터에 시동을 거는 소리가 들렸다.

서리가 두껍게 내린 들판은 양 떼의 거칠거칠한 등처럼 보였다. 태양은 은빛에 가까웠고, 숲은 하늘을 배경으로 빳빳하게 마른 털처럼 비죽비죽 튀어나와 있었다. 주변 풍경은 창고 주변의 소음을 피해 물러서는 것 같았다. 귀작 씨는 소형 트랙터 옆에 쪼그리고 앉아 부품을 끼우고 있었다. 매킨타이어 부인은 그가 30일 기한 동안 밭을 갈았으면 좋겠다는 생각을 했다. 흑인 청년이 손에 연장을 들고 옆에 서 있었고, 쇼틀리 씨는 창고에 서서 대형 트랙터를 타고 나갈 준비를 했다. 부인은 쇼틀리 씨와 깜둥이 청년이 나간 뒤에 그 불쾌한 의무를 수행하기로 했다.

부인은 딱딱한 땅에 발을 구르며 귀작 씨가 일하는 것을 보았다. 추위에 발과 다리가 얼얼해졌기 때문이다. 부인은 무거운 검은 코트를 입고 붉은 목도리를 두르고 그 위로 검은 모자를 끌어 내려 눈을 가렸다. 검은 챙 아래로 부인은 멍한 표정을 띠었고, 한 번인가 두 번 입술이 조용히 달싹거렸다. 귀작 씨가 트랙터 소음을 뚫고 깜둥이 청년에게 스크루드라이버를 달라고 소리쳤고, 청년이 그것을 가져다주자 트랙터 아래로 들어가 차가운 땅바닥에 누워서 손을 위로 뻗었다. 부인은 그의 얼굴을 볼 수 없었다. 그의 발과 다리와 몸통만이 트랙터 밖으로 무례하게 튀어나와 있었다. 그의 장화는 갈라지고 진흙이 묻어 있었다. 그는 한쪽 무릎을 들었다 내리고 몸을 약간 돌렸다. 부인이 그에게 가진 불만 중에 가장 큰 것은 그가 제 발로 농장을 떠나지 않았다는 것이었다.

쇼틀리 씨가 대형 트랙터에 올라타고 후진으로 창고를 빠져나가고 있었다. 트랙터가 그를 흥분시킨 것 같았다. 트랙터의 열기와 힘이 그에게 따르지 않을 수 없는 충동을 안겨 주는 것 같았다. 그는 트랙터를 소형 트랙터 쪽으로 움직이더니 약간 경사진 곳에서 브레이크를 밟았다가 트랙터에서 뛰어내려 창고로 돌아갔다. 매킨타이어 부인은 귀작 씨의 다리가 이제 땅에 납작하게 붙은 것을 보았다. 그러다 대형 트랙터의 브레이크가 미끄러지는 소리에 고개를 들었다가 그것이 계산된 경로로 움직이는 것을 보았다. 나중에 부인은 깜둥이가 자기를 묶고 있는 땅속의 용수철이 풀린 것처럼 말없이 자리를 비킨 일과 쇼틀리 씨가 어처구니없을 만큼 느린 동작으로 고개를 돌리고 어깨 너머를 말없이 바라보던 일과 자신이 추방자에게 소리를 지르려고 했지만 그러지 못한 일을 기억했다. 부인은 자신의 눈길과 쇼틀리 씨의 눈길과 깜둥이의 눈길이 한 순간 영원한 공모의 표정으로 얼어붙었다고 느꼈고, 트랙터의 바퀴가 폴란드인의 등뼈를 부러뜨릴 때 그가 작은 소리를 내는 것을 들었다. 두 남자가 도우러 달려갔고 부인은 기절했다.

나중에 정신이 들었을 때 부인은 자신이 어디론가 달려가던 일을 기억했다. 집으로 달려갔다가 다시 나왔던 것 같은데 왜 그랬는지 또 집에 가서 다시 기절했는지도 기억나지 않았다. 부인이 마침내 트랙터들이 있는 곳에 돌아왔을 때는 구급차가 와 있었다. 귀작 씨의 몸 위로 아내와 두 아이가 몸을 굽히고 있었고, 검은 옷차림의 사람이 그 위를 굽어보며 부인이 알아들을 수 없는 말을 중얼거렸다. 처음에 부인은 그가 의사일 거라고 생각했지만, 짜증 속에 그가 신부임을 깨달았다. 신부는 구급차와 함께 와서 다친 남자의 입에 무언가를 넣어 주고 있었다. 잠시 후 신부가 일어서자 부인은 그의 피 묻은 바지를 보았고, 이어 부인을 외면하는 것은 아니지만 일대의 풍경처럼 쓸쓸하고 표정 없는 그의 얼굴을 보았다. 부인은 멍하니 그를 바라보았다. 너무도 큰 충격에 정신을 차릴 수 없었기 때문이다. 부인의 정신은 지금 벌어지는 사태를 파악할 수가 없었다. 부인은 시체를 둘러싸고 있는 사람들이 원주민이고 자신은 낯선 나라에 와 있는 듯한 느낌 속에 죽은 자가 구급차로 실려 가는 모습을 외부인처럼 바라보았다.

그날 저녁 쇼틀리 씨는 새 일자리를 찾아 말없이 떠났고 깜둥이 설크는 갑자기 넓은 세상을 보고 싶은 열망에 사로잡혀 그 주의 남부로 떠났다. 동료가 사라지자 애스터 노인도 일을 하지 못했다. 매킨타이어 부인은 일손이 거의 다 사라진 걸 알아차리지 못했다. 정신적 충격으로 입원했기 때문이다. 다시 농장에 돌아왔을 때 부인은 이제 농장 운영이 버거워서 소들을 경매꾼에게 넘겨 헐값에 팔았다. 그리고 일에서 손을 떼고 남은 재산으로 살며 쇠하는 건강을 돌보았다. 한쪽 다리에 마비가 오고 머리가 흔들리자 마침내 부인은 흑인 여자의 간호를 받으며 하루 종일 침대에 누워 있어야 했다. 시력은 점점 나빠지고 목소리도 잃었다. 부인을 만나러 시골로 찾아오는 사람은 노신부뿐이었다. 그는 빵 껍질을 가지고 일주일에 한 번씩 그 집에 찾아왔고, 그것을 공작에게 먹인 뒤 부인의 침대 옆에 앉아서 교회의 가르침을 설명했다.

성령의 성전

A Temple of the Holy Ghost

두 소녀는 주말 내내 서로를 성전 1, 성전 2라고 부르며 깔깔거렸다. 그럴 때면 그들의 얼굴은 보기 싫을 만큼 빨개졌는데, 특히 얼굴에 여 드름이 난 조앤이 더했다. 그들은 마운트 세인트스콜라스티카 수녀원 의 갈색 제복을 입고 왔지만, 여행 가방을 열자마자 제복을 벗어 던지 고 빨간 치마와 요란한 블라우스로 갈아입었다. 그들은 립스틱을 바 르고 하이힐을 신고 집을 쑤시고 다녔고, 긴 거울 앞을 지날 때마다 걸 음을 늦추고 거기 비친 자기 다리를 보았다. 아이는 두 소녀의 이런 행 동을 남김없이 지켜보았다. 둘 중 하나만 왔다면 아이와 놀아 주었을 것이다. 하지만 둘이 같이 왔기에 아이는 그들 틈에 끼지 못하고 멀리 서 의심스러운 눈길로 바라보기만 했다.

소녀들은 아이보다 두 살 많은 열네 살이었지만 둘 다 그리 똑똑하지 않았고, 바로 그 때문에 수녀원에 보내졌다. 일반 학교에 갔다면 그들은 남학생 생각 말고는 아무것도 하지 않았을 것이다. 수녀원에서는 수녀들이 목을 꽉 잡을 거라고 아이 엄마는 말했다. 아이는 몇 시간 동안 소녀들을 관찰한 뒤 둘이 사실상 바보라고 판정하고, 자신이 그들과 겨우 육촌 간이라서 그들의 어리석음을 물려받지 않았음을 기뻐했다. 수전은 자신을 수-전이라 불렀다. 깡마른 체격이었지만 뾰족한 얼굴은 예뻤고 머리는 붉은색이었다. 조앤은 자연스럽게 구불거리는 노란 머리였지만, 말할 때 콧소리를 냈고 웃을 때 얼굴이 얼룩덜룩해졌다. 두 소녀 누구도 똘똘한 말은 한 마디도 하지 못했고, 모든 말이 "그 남자애 있잖아……"로 시작했다.

그들은 주말 내내 거기서 지낼 예정이었고, 아이 엄마는 그들 또래의 남자를 한 명도 모르니 어떻게 그들을 즐겁게 해 줄 수 있을지 모르겠다고 했다. 그 말에 아이가 천재성을 번득이며 소리쳤다. "치텀 씨가 있잖아요! 치텀 씨를 부르세요! 커비 선생님한테 치텀 씨를 불러서 언니들한테 여기를 구경시켜 주라고 하세요!" 그러다 아이는 입에 든 음식에 목이 막힐 뻔했다. 아이는 배를 접고 웃으며 주먹으로 식탁을 치고 어리둥절해하는 두 언니를 보았다. 눈물까지 솟아서 통통한 뺨으로 흘러내렸고, 이에 긴 보철이 주석처럼 반짝였다. 아이에게 그렇게 웃기는 생각은 처음이었다.

아이 엄마는 조심스럽게 웃었고, 커비 양은 얼굴을 붉히며 포크로 콩 한 알을 찍어 새침하게 입에 넣었다. 긴 얼굴에 금발 머리인 커비 양은 그곳에서 함께 하숙을 하는 교사였고, 커비 양을 추종하는 치텀 씨는 돈 많고 나이도 많은 농부로 토요일 오후마다 15년 된 청색 폰티악 차를 타고 그 집에 왔다. 차의 겉면은 흙먼지로 빨갰고, 안쪽은 토요일 시내 나들이를 위해 10센트씩 받고 태워 온 깜둥이들로 까맸다. 치텀 씨는 그들을 떨군 뒤에 커비 양을 보러 왔고, 늘 작은 선물을 가지고 왔다. 주로 삶은 땅콩, 수박, 사탕수숫대 같은 것이었는데, 큰 도매용 상자에 든 베이비 루스 캔디 바도 한 번 있었다. 머리는 적갈색이지만 거의 빠져서 옆통수와 뒤통수에 잔털만 약간 남아 있었고, 얼굴은 비포장도로 같은 색깔이었으며 역시 비포장도로처럼 홈과 자국이 가득했다. 그는 가늘고 검은 줄무늬가 박힌 연두색 셔츠를 입었고 청색 멜빵바지는 그가 이따금 넓적한 엄지로 살살 누르는 거대한 복부에 걸쳐져 있었다. 이는 전부 금니였다. 그는 툇마루에 매단 그네에 앉아 커비 양을 보며 장난스럽게 눈을 굴리고 "허허" 하고 웃었는데, 두 발을 옆으로 딱 벌려서 목 높은 구두의 양쪽 코가 서로 반대 방향을 향했다.

"치텀 씨가 이번 주말에는 시내에 안 나올 것 같아." 커비 양이 아이의 말이 농담인 걸 모르고 말했고, 아이는 다시 발작을 하며 의자에서 몸을 젖히다가 결국 쓰러져서 바닥을 굴렀고, 거기 누운 채로 숨을 헐떡였다. 아이 엄마가 아이한테 바보짓을 그만두지 않으면 식탁에 다시 못 앉게 하겠다고 말했다.

아이 엄마는 어제 앨런조 마이어스가 운전하는 차를 타고 70킬로미터 떨어진 메이빌의 수녀원에 가서 소녀들을 데려왔다. 소녀들이 그들 집에서 주말을 보내고 일요일 오후가 되면 앨런조가 다시 그들을 태워다 주기로 되어 있었다. 그는 체중이 110킬로그램이나 되는 열여덟 살 청년으로 택시 회사에서 일했고, 사람들이 어디를 가고 싶을 때 부를 수 있는 유일한 사람이었다. 그는 검은색의 짧은 시가를 피웠는데, 피운다기보다 씹는다는 게 더 맞았다. 노란 나일론 셔츠 안으로 땀에 젖은 둥그런 가슴이 비쳐 보였다. 앨런조가 운전을 할 때는 창문을 모두 열어야 했다.

"앨런조도 있어요! 앨런조가 언니들을 구경시켜 줄 수 있어요! 앨런조를 불러요!" 아이가 바닥에서 소리쳤다.

이미 앨런조를 본 두 소녀는 분노의 비명을 질렀다.

아이 엄마는 그것도 재미있다고 생각했지만 "이제 그만" 하고 말하고 주제를 바꾸었다. 아이 엄마는 두 소녀에게 왜 서로 성전 1, 성전 2라고 부르느냐고 물었다. 그러자 두 소녀는 박장대소를 하더니 마침내 간신히 설명했다. 메이빌에 있는 자비의 수녀원 최고령 수녀인 퍼페추아 수녀가 설교를 했는데 내용은 남자가—이 말을 하면서 두 소녀는 웃느라 제대로 이야기를 하지 못했다—만약 남자가—두 소녀는 머리를 무릎에 박았다—혹시라도—둘은 겨우 소리를 질렀다—'자동차 뒷좌석에서 신사답지 않은 행동을 할 때' 어떻게 해야 하는지에 대해서였다. 퍼페추아 수녀는 그럴 때 남자한테 "안 돼요! 저는 성령의 성전이에요!" 하고 말하면 나쁜 일을 막을 수 있다고 했다. 아이는 무표정한 얼굴로 바닥에서 일어나 앉았다. 그게 뭐가 재미있다는 건지 알 수 없었다. 정말로 재미있는 건 치텀 씨 또는 앨런조 마이어스 같은 남자들이 주변에서 알랑거리는 것이었다. 아이는 그것만 생각하면 웃겨 죽을 것 같았다.

아이 엄마는 그들의 말에 웃지 않고 대꾸했다. "너희는 참 바보 같구나. 그건 맞는 말이야. 너희가 성령의 성전이라는 거."

두 소녀는 부인을 올려다보며 예의 바르게 웃음을 참았지만, 표정에는 이모도 퍼페추아 수녀와 같은 부류의 사람이었다는 놀라움이 담겨 있었다.

커비 양은 굳은 표정을 유지했고, 아이는 어쨌건 커비 양은 이해 못할 거라고 생각했다. 나는 성령의 성전이야, 아이는 속으로 말해 보았다. 그 말은 마음에 들었다. 누구한테 선물을 받은 것 같았다.

저녁 식사 후에 아이 엄마가 침대에 쓰러져서 말했다. "저 두 아이한테 놀 거리를 마련해 주지 않으면 내가 저 애들 때문에 쓰러져 버리겠다. 아주 고약한걸."

"저는 누구를 불러야 할지 알아요." 아이가 말했다.

"치텀 씨 이야기는 그만해." 아이 엄마가 말했다. "커비 양이 얼마나 민망해하던? 치텀 씨는 커비 양의 유일한 친구야." 그리고 침대에 일어나 앉아서 서글픈 표정으로 창밖을 내다보았다. "커비 양은 너무 외로워서 냄새가 지옥 같은 그 자동차도 탈 거야."

커비 선생님도 성령의 성전이야, 아이는 생각했다. "그 사람 말하는 게 아니에요." 아이가 말했다. "제가 생각한 건 윌킨스 형제예요. 부첼 할머니 농장의 웬델하고 코리요. 두 사람은 할머니 손자고, 할머니 농장에서 일하잖아요."

"그거 좋은 생각이다." 아이 엄마가 말하고 아이에게 칭찬의 눈길을 보냈다. 하지만 금세 다시 기운을 잃었다. "그 애들은 농장 일꾼일 뿐이야. 저 두 아이는 그 애들을 거들떠보지도 않을걸."

"왜요." 아이가 말했다. "윌킨스 형제는 바지를 입잖아요. 열여섯 살이고 자동차가 있어요. 누가 그러던데 두 사람은 하느님의 교회 설교자가 될 거래요. 그게 되려면 아무것도 알 필요가 없어서요."

"윌킨스 형제라면 저 두 아이하고 아무 문제 없을 거야." 아이 엄마가 말하고 곧 일어나서 형제의 할머니에게 전화를 걸었고, 30분간 통화한 뒤 웬델과 코리가 거기 와서 함께 저녁을 먹고 두 소녀를 데리고 박람회에 가기로 했다고 말했다.

수전과 조앤은 몹시 기뻐하며 머리를 감고 알루미늄 헤어 롤로 머리를 총총 말았다. 아이는 침대에 책상다리로 앉아 그들이 헤어 롤을 빼는 모습을 보면서 생각했다. 그래, 웬델과 코리를 한번 만나 봐! "그 오빠들은 언니들 마음에 꼭 들 거야. 웬델은 키가 180센티미터고 머리는 붉은색이야. 코리는 195센티미터고 검은 머리에 스포츠 재킷을 입어. 그리고 앞에 다람쥐 꼬리가 달린 자동차를 타." 아이가 말했다.

"너 같은 어린애가 어떻게 그렇게 남자들을 많이 아니?" 수전이 묻더니 얼굴을 거울에 바짝 대고 눈동자를 커지게 만들었다.

아이는 침대에 누워서 천장의 널빤지 개수를 세다가 세던 곳을 놓쳤다. 나는 그들을 잘 알아, 아이가 누군가에게 말했다. 우리는 세계대전에서 함께 싸웠어. 그들은 내 밑에 있었고, 내가 그들을 일본 자살 테러단에서 다섯 번 구해 주었고, 웬델은 내가 자신과 결혼할 거라고 말했고, 코리는 아냐, 나야 했고, 나는 둘 다 아냐, 내가 두 사람을 즉시 군법회의에 부칠 거야 하고 말했어. "동네에서 많이 봤으니까." 아이가 말했다.

월킨스 형제가 찾아왔을 때 두 소녀는 그들을 보며 키득거렸고 서로에게 수녀원 이야기를 했다. 두 소녀가 그네에 앉았고 웬델과 코리는 난간에 앉았다. 그들은 원숭이처럼, 그러니까 무릎을 어깨 높이로 올리고 두 팔을 늘어뜨린 자세로 앉았다. 그들은 키가 작고 말랐고, 얼굴이 붉고 광대뼈가 높았으며 눈은 씨앗 모양이고 눈동자 색깔은 연했다. 둘은 하모니카와 기타를 가지고 왔다. 한 명은 조용히 하모니카를 불며 소녀들을 힐끔힐끔 보았고, 다른 한 명은 기타를 뜯으면서 노래를 했지만 소녀들을 보지는 않고 오직 자기 노랫소리에만 관심이 있는 듯 고개를 위로 들었다. 그가 부르는 노래는 사랑 노래 같기도 하고 찬송가 같기도 한 시골 노래였다.

아이는 집 옆쪽 덤불에 밀어 넣은 술통에 서서 얼굴을 툇마루 높이에 맞추었다. 태양이 지고 있었고, 하늘은 멍든 제비꽃 색깔이 되어서 달콤하고 구슬픈 음악과 잘 어울리는 것 같았다. 웬델은 이제 노래를 하면서 미소도 짓고 소녀들도 보고 했다. 그리고 수전을 보면서 강아지처럼 다정한 얼굴로 노래했다.

> "내 진정 사모하는
> 친구가 되시는
> 주는 산 밑의 백합화요
> 내게 자유를 주시네!"

그러더니 같은 표정으로 조앤을 보면서 노래했다.

> "물불이 두렵잖고
> 창검이 겁 없네
> 주는 산 밑의 백합화요,
> 나 항상 주님 곁에 있으리!"

소녀들은 서로를 보면서 웃지 않으려고 입술을 꽉 다물었지만 수전은 웃음이 새어 나와서 손으로 입을 막았다. 웬델은 인상을 쓰고 잠시 기타만 뜯었다. 그런 뒤 〈험한 십자가〉를 시작했고, 소녀들은 예의 바르게 들었지만 그 노래가 끝나자 "우리가 노래할게!" 하고, 소년이 새 노래를 시작할 겨를도 없이 수녀원에서 훈련받은 목소리로 노래를 시작했다.

　　"탄툼 에르고 사크라멘툼
　　베네레무르 체르누이
　　에트 안티쿠움 도쿠멘툼
　　노보 체다트 리투이."

　아이는 소년들이 지금 자기들이 놀림을 받는 건지 어떤지 몰라 엄숙한 얼굴로 인상을 쓰고 서로를 바라보는 것을 보았다.

　　"프라이스테트 피데스 수플레멘툼
　　센수움 데펙투이.
　　제니토리, 제니노쿠에
　　라우스 에트 유빌라티오

　　살루스, 호노르, 비르투스 쿠오쿠에……"

　소년들의 얼굴은 암자색이 비친 검붉은 색이 되었다. 그들은 사납고 놀란 표정이었다.

　　"시트 에트 베네딕티오
　　프로체덴티 아브 우트로쿠에
　　콤파르 시트 라우다티오.

아멘."

소녀들은 아멘을 길게 끌었고, 이어 침묵이 흘렀다.

"유대교 노래인가 봐." 웬델이 말하고 기타를 조율했다.

소녀들은 바보처럼 키득거렸지만 아이는 술통에 발을 탕 구르고 소리쳤다. "이런 바보! 하느님의 교회 바보!" 아이는 고함을 치고 술통에서 떨어졌다가 다시 일어나서 소년들이 누가 소리를 친 건지 보려고 난간에서 뛰어내릴 때 집 모퉁이를 돌아 달아났다.

아이 엄마는 뒷마당에 저녁 식사를 준비해 두었고, 식탁 위에는 원유회용 일본식 등을 걸었다. "나는 저 네 사람이랑 같이 밥 안 먹어요." 아이가 말하고 자기 접시를 들고 부엌으로 가서 잇몸이 푸르뎅뎅한 요리사와 함께 먹었다.

"너는 왜 그렇게 가끔 심술을 부리니?" 요리사가 물었다.

"저 바보들 때문이에요." 아이가 말했다.

등불은 주변의 나뭇잎을 주황색으로 물들였다. 그 위쪽은 암녹색이고, 그 아래쪽은 여러 가지 색조가 은은하게 섞여서 식탁에 앉은 소녀들은 실제보다 더 예뻐 보였다. 때때로 아이는 고개를 돌려 부엌 창문 밖에서 벌어지는 장면을 내다보았다.

"하느님이 네 눈과 귀를 멀게 하시면, 너는 지금처럼 똑똑하지 않을 거야." 요리사가 말했다.

"그래도 어떤 사람들보다는 똑똑할 거예요." 아이가 말했다.

저녁을 먹은 뒤 그들은 박람회로 떠났다. 아이는 박람회에 가고 싶었지만 그들과 같이 가고 싶지는 않았기에 같이 가자는 요청을 받았어도 가지 않았을 것이다. 아이는 위층에 올라가서 두 손을 등 뒤에

깍지 끼고 고개를 내민 채 강렬하고도 몽롱한 표정을 짓고 길쭉한 방을 서성거렸다. 전등을 켜지 않고 어둠을 불러들이자 방은 더 작고 비밀스러워 보였다. 열린 창문으로는 불빛이 규칙적인 간격으로 들어와 벽에 그림자를 던졌다. 아이는 서성거리던 걸음을 멈추고 어두운 언덕들 위를 보았다. 은빛 연못 너머, 숲의 장벽 너머 얼룩덜룩한 하늘에 긴 손가락 같은 빛줄기가 사라진 태양이라도 찾듯 공중을 빙글빙글 훑었다. 그것은 박람회에 켠 등대였다.

아이는 희미한 증기 오르간 소리를 들었고, 금색 불빛 속에 수많은 천막이 늘어선 모습과 대관람차가 다이아몬드처럼 반짝이며 공중을 오르락내리락 도는 모습과 회전목마가 땅 위에서 끼익거리며 돌아가는 모습을 상상했다. 박람회는 5~6일간 계속되었고, 학교 어린이의 날이 하루 있고, 검둥이의 밤이 한 번 있었다. 아이는 작년에 학교 어린이의 날에 가서 원숭이와 뚱보 남자를 보고 대관람차를 탔다. 어떤 천막은 문을 열지 않았다. 그곳은 어른들을 위한 구경거리였기 때문이다. 하지만 아이는 문 닫은 천막 앞의 광고를 흥미롭게 바라보았다. 돛천에 흐릿하게 그려진 타이츠 차림의 사람들은 로마 군인이 혀를 자르러 오기를 기다리는 순교자처럼 굳었지만 차분한 표정이었다. 아이는 그런 천막 안에 의술과 관련된 게 있을 거라고 상상하고 커서 의사가 되기로 결심했다.

아이는 그 뒤로 변해서 엔지니어가 되기로 했지만, 창밖으로 넓어졌다 짧아졌다 하며 빙글빙글 도는 탐조등을 보니 의사나 엔지니어 같은 것보다 훨씬 훌륭한 사람이 되어야 할 것 같았다. 그러니까 성자가 되어야 할 것 같았다. 성자는 우리가 아는 걸 모두 포함하는 직업이었기 때문이다. 하지만 아이는 자신이 성자가 될 수 없다는 걸 알았다.

도둑질이나 살인을 하지는 않았지만 거짓말쟁이에 게으름뱅이였고, 엄마한테 늘 말대답을 하고 웬만한 사람에게 다 심술을 부렸기 때문이다. 거기다 최악의 죄인 오만의 죄에 사로잡혀 있었다. 졸업식 때 짧은 예배를 집전하러 온 침례교 목사들을 놀렸다. 입을 아래로 당기고 고통에 휩싸인 듯 이마를 잡고 그 목사를 그대로 흉내 내서 "하느님 아버지, 감사드립니다" 하고 말했고, 그런 뒤 꾸중도 많이 들었다. 자신은 성자는 될 수 없지만 빨리 죽는다면 순교자는 될 수 있을 것 같았다.

총살은 괜찮지만 끓는 기름에 들어가는 건 싫었다. 사자에게 갈가리 찢기는 일을 견딜 수 있을지 어떨지도 몰랐다. 아이는 순교를 준비하며 자신이 타이츠를 입고 대형 경기장에 들어서는 모습을 상상했다. 불타는 우리에 매달린 초기 기독교인들이 자신과 사자들에게 탁한 금빛을 뿌린다. 첫 사자가 달려왔다가 감복해서 자기 발 앞에 엎드린다. 나머지 사자들도 똑같다. 사자들이 자신을 너무 좋아해서 아이는 사자들과 잠도 같이 잔다. 로마인들은 결국 자신을 화형시킬 수밖에 없었지만 놀랍게도 자신은 불길 속에서도 죽지 않는다. 자신을 죽이는 것이 어렵다는 걸 알게 되자 그들은 결국 칼로 자신의 머리를 확 베고 자신은 곧바로 천국으로 간다. 아이는 이 상상을 서너 번 해 보았는데, 그럴 때마다 천국 입구에서 사자들에게 돌아갔다.

마침내 아이는 창가를 떠나 침대로 갔고, 기도도 없이 자리에 누웠다. 방에는 큰 더블 침대가 두 개 있었다. 두 언니가 다른 침대를 썼고, 아이는 그 안에 차갑고 *끈끈한* 무언가를 넣어 둘까 생각해 보다가 그만두었다. 생각나는 것, 예를 들면 죽은 닭이나 소간 같은 것은 전혀 구할 수 없었다. 창밖에서 들리는 증기 오르간 소리 때문에 잠이 오지 않았다. 그러다 아이는 기도를 하지 않았다는 것을 떠올리고 일어나 무릎을 꿇고 앉아 기도를 했다. 빠른 속도로 주기도문을 읊고 사도신경까지 끝낸 뒤 멍하니 침대 가장자리에 턱을 얹었다. 아이가 기도를 잊지 않을 때에도 그 기도는 대개 형식적이었지만, 잘못을 저질렀거나 음악을 들었거나 물건을 잃어버렸을 때 또는 가끔은 아무 이유 없이도 마음이 열렬해져서 험한 십자가를 짊어지고 세 차례나 그 무게에 짓눌리며 골고타로 가는 그리스도를 생각했다. 아이의 마음은 한동안 그것에 머물다가 멍해졌고, 문득 정신을 차리고 보면 생각은 어떤 개 또는 어떤 여자애 또는 앞으로 하고 싶은 어떤 일 같은 전혀 다른 것에 가 있었다. 오늘 밤 웬델과 코리를 생각하니 아이의 마음에는 감사가 가득했고 기쁨의 눈물이 나올 지경이었다. "하느님, 감사합니다, 제가 하느님의 교회 소속이 아니라는 것에 진심으로 감사합니다!" 그리고 침대에 들어서 잠이 들 때까지 그 말을 반복했다.

두 소녀는 12시 15분 전에 와서 키득거리며 아이를 깨웠다. 그들은 청색 갓을 두른 작은 등을 켜고 옷을 벗었고 그들의 앙상한 그림자가 벽을 기어올라 천장에서 끊어졌다 이어졌다 움직였다. 아이는 그들에게서 박람회 이야기를 들으려고 일어나 앉았다. 수전은 싸구려 사탕이 가득 든 플라스틱 권총을 가지고 왔고, 조앤에게는 빨간 점이 박힌 종이 고양이가 있었다. 아이가 물었다. "원숭이 춤추는 거 봤어? 뚱보 남자하고 난쟁이 봤어?"

"별 괴상한 사람 다 봤어." 조앤이 말하더니 수전에게 말했다. "딱 한 가지만 빼고 다 좋았어." 그리고 지금 입속에 깨문 것이 자신이 좋아하는 건지 아닌지 알 수 없다는 듯한 표정을 지었다.

조앤은 가만히 서서 고개를 한 번 젓더니 고갯짓으로 아이 쪽을 가리켰다. "애들은 귀가 밝아." 조앤은 나직하게 말했지만 아이는 들었고 심장이 쿵쿵 뛰었다.

아이는 침대에서 일어나 두 소녀의 침대 발치로 올라갔다. 그들은 불을 끄고 침대에 들었지만 아이는 움직이지 않았다. 발치에 앉아서 어둠에 눈이 익을 때까지 그들을 빤히 바라보았다. "나는 언니들보다 어리지만 훨씬 더 똑똑해." 아이가 말했다.

"네 나이의 아이는 모르는 게 있어." 수전이 말하고, 조앤과 함께 키 득거렸다.

"네 침대로 가." 조앤이 말했다.

아이는 움직이지 않고, 어둠 속에 공허하게 울리는 목소리로 말했다. "나는 토끼가 새끼 낳는 것도 봤어."

침묵이 흘렀다. 잠시 후 수전이 "어떻게?" 하고 무심한 듯 물었고, 아이는 작전이 통했다는 걸 알았다. 아이는 언니들이 '딱 한 가지'가 뭔지 이야기해 주기 전에는 말하지 않겠다고 했다. 실제로 아이는 토끼가 새끼 낳는 걸 본 적이 없지만, 언니들이 천막에서 본 것을 이야기하기 시작하자 그 사실을 잊었다.

어떤 기인이 있었는데 이름은 잊었다고 했다. 천막은 검은 커튼으로 두 군데로 나뉘었고, 한쪽은 남자들이, 한쪽은 여자들이 들어갔다. 이 기인은 이쪽저쪽을 왔다 갔다 하면서 한 번은 남자들한테, 다음번에는 여자들한테 말했지만 그 소리는 양쪽에서 다 들을 수 있었다. 무대는 천막 앞쪽 폭 전체를 가로질러 놓여 있었다. 소녀들은 기인이 남자들에게 말하는 소리를 들었다. "여러분께 이걸 보여 드리죠. 만약 여러분이 웃으면 하느님이 똑같은 벌을 내리실지도 모릅니다." 기인은 촌스러운 목소리였다. 느릿느릿하고 비음이 섞였으며 높지도 낮지도 않고 단조로웠다. "하느님은 저를 이렇게 만드셨고, 여러분이 웃는다면 여러분도 똑같이 만드실 겁니다. 그분은 저를 이렇게 만들기로 작정하셨고, 저는 그 뜻에 반항하지 않습니다. 제가 이걸 여러분에게 보여주는 것은 이것을 달게 받아들이기 때문입니다. 여러분이 신사 숙녀답게 행동하시기를 바랍니다. 제가 저를 이렇게 만든 것도 아니고 이 일과 아무 상관도 없지만 저는 이 일을 달게 받아들입니다. 나는 반항하지 않습니다." 그러더니 천막 저편에 침묵이 흘렀고, 마침내 기인은 남자들을 떠나 여자 쪽으로 와서 똑같은 행동을 했다.

아이는 수수께끼 자체보다 더 헷갈리는 수수께끼의 해답을 들은 것처럼 온몸이 굳었다. "그 사람 머리가 두 개였다는 거야?"

"아니." 수전이 말했다. "그 사람은 남자면서 여자였어. 드레스를 올리고 보여 줬어. 파란색 드레스였어."

아이는 사람이 머리가 두 개도 아닌데 어떻게 남자면서 여자일 수 있는지 궁금했지만 묻지 않았다. 아이는 자기 자리에 누워서 생각하려고 그들의 침대에서 내려갔다.

"토끼 얘기 해 줘야지." 조앤이 말했다.

아이는 걸음을 멈추었다. 그리고 침대 발치의 막이 판 위로 멍한 얼굴만 올리고 말했다. "입으로 뱉었어. 여섯 마리를."

아이는 침대에 누워서 기인이 천막 양쪽을 왔다 갔다 하는 모습을 상상해 보았지만 너무 졸려서 잘 떠오르지 않았다. 그것보다는 시골 사람들이 남자들은 교회에서보다 더 엄숙하게, 여자들은 그림으로 그린 것처럼 눈도 움직이지 않고 찬송가 첫 소절을 기다리듯 정숙하게 구경하는 모습이 더 잘 떠올랐다. 기인이 하는 말이 들렸다. "하느님이 저를 이렇게 만드셨고, 저는 반항하지 않습니다." 그리고 사람들이 말한다. "아멘, 아멘."

"하느님이 저를 이렇게 만드셨고 저는 그분을 찬양합니다."

"아멘. 아멘."

"그분이 여러분을 이렇게 만드실 수도 있었습니다."

"아멘. 아멘."

"하지만 그러지 않으셨습니다."

"아멘."

"일어나십시오. 여러분은 성령의 성전입니다! 여러분 각각이 하느님의 성전인 걸 모르십니까? 진정 모르십니까? 하느님의 성령이 여러분 안에 기거하십니다."

"아멘. 아멘."

"누구라도 하느님의 성전을 모독하면 하느님이 그 사람을 벌주실 것이고, 여러분이 웃으면 여러분도 이렇게 만드실 수 있습니다. 성령의 성전은 거룩한 것입니다. 아멘. 아멘."

"나는 성령의 성전입니다."

"아멘."

사람들은 손뼉을 쳤지만, 큰 소리가 아니라 아멘과 아멘 사이에 규칙적으로 박자를 맞출 뿐이었다. 그 소리는 근처에 잠이 들락 말락 하는 어린아이가 있는 걸 아는 듯 점점 작아졌다.

다음 날 오후 두 소녀는 다시 갈색 수녀원 제복을 입었고, 아이와 아이 엄마는 그들을 마운트 세인트스콜라스티카 수녀원에 데리고 갔다. "아 이런! 다시 소금 광산으로 가네!" 그들이 말했다. 아이는 차를 운전하는 앨런조 마이어스와 함께 앞 좌석에 앉았고, 아이 엄마는 뒷좌석의 두 소녀 사이에 앉아서 함께 지내서 정말 좋았다는 둥, 꼭 다시 와야 한다는 둥, 너희 엄마하고 나는 소녀 시절에 수녀원에서 함께 정말로 즐겁게 지냈다는 둥 하는 이야기를 했다. 아이는 이런 헛소리에 완전히 귀를 닫고, 문에 최대한 바짝 붙어서 머리를 창밖으로 내밀었다. 앨런조는 일요일에는 냄새가 덜할 줄 알았지만 그렇지 않았다. 아이는 머리카락이 얼굴 앞에서 휘날릴 때는 푸른 오후 한가운데 자리한 상아색 태양을 똑바로 볼 수 있었지만, 머리카락을 눈에서 떼어 내자 눈을 찌푸리려 했다.

마운트 세인트스콜라스티카는 시내 한복판 공원 뒤편에 있는 붉은 벽돌 건물이었다. 한쪽에는 주유소가 있고, 반대편에는 소방서가 있었다. 검은색의 높은 철제 울타리가 있었고, 고목들과 꽃핀 동백나무 사이로 좁은 벽돌 길이 있었다. 둥글넓적한 얼굴의 수녀가 급히 나와서 문을 열어 주더니 아이 엄마를 끌어안았고, 아이도 끌어안으려고 했지만 아이는 얼굴을 찡그리고 손을 내민 채 수녀의 신발 뒤쪽 벽 하단의 패널을 바라보았다. 그들은 대체로 못생긴 아이에게도 입을 맞추었는데, 수녀는 손가락에 우두둑 소리가 날 정도로 강하게 악수를 하면서 경당으로 가야 한다고, 성체 강복이 막 시작되었다고 말했다. 사람이 오자마자 기도부터 시킨다니까, 아이는 일행과 함께 매끈한 복도를 황급히 걸어가며 생각했다.

누가 보면 기차라도 잡으러 뛰는 줄 알겠어. 아이는 계속 심술궂은 상태로 한편에는 수녀들이, 반대편에는 갈색 제복의 소녀들이 무릎을 꿇고 앉은 경당에 들어섰다. 경당에서는 향냄새가 났다. 경당은 연녹색과 금색을 띠었고, 줄지어 선 아치들은 제단 위에서 끝났는데, 제단에는 신부가 성체 현시대 앞에 무릎을 꿇고 앉아 허리를 깊이 숙이고 있었다. 중백의를 입은 어린 소년이 신부 뒤에 서서 향을 흔들었다. 아이는 엄마와 수녀 사이에 무릎을 꿇었고, 〈탄툼 에르고〉*가 어느 정도 진행되자 비로소 고약한 생각을 멈추고 자신이 하느님 앞에 있다는 것을 실감했다. 제가 심술을 그만 부리게 해 주세요, 아이가 기계적으로 기도했다. 엄마한테 버릇없게 굴지 않게 해 주세요. 말버릇을 고치게 해 주세요. 아이의 정신은 점점 조용해졌고 마침내 멍해졌지만, 신부가 상아색 성체가 든 성체 현시대를 들어 올렸을 때 아이는 박람회장의 기인을 생각하고 있었다. 기인은 말했다. "저는 반항하지 않습니다. 그분은 저를 이렇게 만들기로 작정하셨습니다."

그들이 수녀원을 나설 때 몸집이 큰 수녀가 장난스레 달려들어 아이를 검은 수녀복에 파묻고 허리띠에 달린 십자가로 아이 얼굴을 뭉개다가 얼굴을 떼어 내서 작은 보라색 눈동자로 바라보았다.

집으로 오는 길에 아이와 아이 엄마는 뒷좌석에 앉았고 앨런조는 앞 좌석에 혼자 앉았다. 아이는 그의 목덜미가 세 겹으로 접히고, 귀는 돼지 귀처럼 뾰족한 것을 보았다. 아이 엄마가 대화를 하려고 앨런조에게 너도 박람회에 갔느냐고 물었다.

"갔죠. 가서 하나도 안 빼놓고 다 봤고 그때 가기를 잘했어요. 다음 주에는 안 한다고 하더라고요." 그가 말했다.

"왜?" 아이 엄마가 물었다.

"문을 닫았어요. 어떤 설교자들이 가서 보고 경찰에 신고해서 문을 닫게 했어요." 그가 말했다.

아이 엄마는 거기서 대화를 멈추었고 아이의 둥근 얼굴은 생각에

---

* 성체성사를 할 때 부르는 찬미가로, 라틴어로 '지존하신 성체'라는 의미이다.

잠겼다. 아이는 창밖으로 고개를 돌려서, 검은 숲으로 이어진 푸른 구릉지대를 바라보았다. 크고 붉은 공 모양의 태양은 피에 젖은 성체 같았고, 그것이 눈앞에서 사라질 때 하늘에는 나무들 위로 붉은 흙길 같은 선이 남았다.

인조 검둥이
The Artificial Nigger

헤드 씨가 잠에서 깨었을 때, 방에는 달빛이 가득했다. 그는 일어나 앉아 방바닥의 은색 나무 널을 바라보고, 이어 브로케이드 재질일 듯한 베갯잇을 바라보고, 잠시 후에는 1.5미터 앞 면도용 거울 속에 달이 그가 허락해 주면 마저 들어오겠다는 듯 반쪽만 들어온 채 멈춰 서있는 것을 보았다. 달은 앞으로 움직이며 사방에 우아한 빛을 뿌렸다. 벽 앞의 의자는 차렷 자세로 명령을 기다리는 것 같았고, 그 등받이에 걸린 헤드 씨의 바지는 어떤 위대한 인물이 하인에게 던져 준 의복처럼 고결해 보였다. 하지만 달의 얼굴은 심각했다. 마구간 위에 떠서 방 안과 창밖을 훑어보는 그 얼굴은 눈앞에 자신의 늘그막을 보는 젊은이처럼 심각했다.

헤드 씨는 어쩌면 달에게 나이란 큰 축복으로, 사람은 나이를 먹어야 인생에 대한 차분한 이해를 얻고 그것을 통해 젊은이들의 안내자가 될 수 있다고 말해 줄 수도 있었을 것이다. 어쨌건 그의 경험에 따르면 그랬다.

침대 발치의 철 기둥을 잡고 몸을 일으키니 의자 옆에 엎어 놓은 양동이 위에 자명종 시계가 보였다. 새벽 2시였다. 자명종은 고장 났지만 그는 잠을 깨는 데 기계의 도움이 필요 없었다. 그의 반응은 60년 세월에도 무뎌지지 않았다. 그의 육체적 반응은 도덕적 반응과 마찬가지로 강한 의지와 인격의 인도를 받았고, 그것은 그의 이목구비에 뚜렷이 드러났다. 그는 길쭉한 원통형 얼굴에 턱은 길고 둥근 데다 입을 살짝 벌리고 있었으며, 코는 길고 납작했다. 눈은 총기 있지만 조용했고, 눈부신 달빛 안에서 어떤 위대한 역사 속 지도자의 눈처럼 차분하고 지혜로워 보였다. 밤중에 단테한테 가라고 명령받은 베르길리우스, 아니면 더 훌륭하게는 하느님의 강렬한 빛에 잠이 깨어 토비아를 도우러 간 대천사 라파엘 같았다.* 그 방에서 어두운 지점은 창문 그늘 속에 있는 넬슨의 침상뿐이었다.

넬슨은 모로 누운 채 무릎을 당기고 웅크려서 발뒤꿈치를 엉덩이께에 대고 있었다. 넬슨의 새 양복과 모자는 양복점에서 배달된 상태 그대로 상자에 담겨 간이 침상 발치에 있었고, 넬슨은 잠에서 깨자마자 그것을 입을 수 있었다. 그늘 밖에 놓여 달빛에 하얗게 빛나는 요강은 작은 수호천사처럼 보초를 서고 있는 것 같았다. 헤드 씨는 그날의 도덕적 임무를 수행할 수 있다는 자신감 속에 다시 누웠다. 그는 넬슨보

---

* 구약성경 『토비트』의 내용. 하느님의 심부름꾼으로 파견된 대천사 라파엘이 토비트와 그의 아들 토비아를 도와 곤경에서 구한다. 개신교에서는 『토비트』를 '외경外經'이라 하여 정경正經으로 인정하지 않는다.

다 먼저 일어나서 아이가 깨기 전에 아침 식사를 준비할 생각이었다. 아이는 헤드 씨가 먼저 일어나면 늘 기분 나빠 했다. 그들은 4시에 출발해서 5시 30분에 간이역에 도착해야 했다. 그들이 탈 기차는 5시 45분에 오고, 오직 그들을 태울 목적으로 정차하기 때문에 시간을 잘 맞춰야 했다.

넬슨은 오늘 그 도시를 처음으로 가 보게 된다. 물론 넬슨은 자신이 거기서 태어났으니 두 번째라고 말했다. 헤드 씨는 아이에게 네가 태어났을 때는 자기가 어디 있는지 아는 지성이 없었다고 지적했지만, 아이는 그 말에 아무 영향을 받지 않고 계속 이번이 두 번째라고 우겼다. 헤드 씨에게는 세 번째였다. 넬슨은 말했다. "나는 거기 벌써 두 번째고, 나는 아직 열 살밖에 안 됐어요."

헤드 씨는 그 말에 반박했다.

"거기 15년 만에 간다면서 거기 길을 어떻게 아세요?" 넬슨이 물었다. "거기가 변했는지 안 변했는지 어떻게 아세요?"

"너 내가 길을 잃는 것을 본 적 있니?" 헤드 씨가 물었다.

그런 적은 없었지만 넬슨은 버릇없는 대답을 해야 직성이 풀리는 아이였기에 이렇게 대답했다. "여기는 길을 잃을 만한 데가 없어요."

"언젠가 네가 네 생각만큼 똑똑하지 않다는 걸 깨달을 날이 올 거야." 헤드 씨가 예언했다. 그는 몇 달 전부터 이 여행을 생각했지만 그 생각을 하게 된 것은 대체로 도덕적인 관점에서였다. 그것은 아이에게 평생의 교훈이 될 것이다. 자신이 도시에서 태어났다는 이유만으로 자부심을 품을 이유가 없다는 걸 알게 될 것이다. 도시가 대단한 곳이 아니라는 걸 깨달을 것이다. 헤드 씨는 아이가 그곳의 모든 것을 보고 시골의 집에 평생토록 만족하기를 바랐다. 그는 아이가 마침내 자신이 그렇게 똑똑하지 않다는 것을 깨달을 거라고 생각하며 잠이 들었다.

그는 3시 30분에 돼지비계 튀기는 냄새에 잠이 깨어 벌떡 일어났다. 침상은 비어 있고 옷상자는 열려 있었다. 그는 바지를 입고 옆방으로 뛰어갔다. 아이는 고기를 튀기고 옥수수 빵을 불에 얹어 놓았다. 그리고 어스름 속에 식탁에 앉아서 깡통에 든 찬 커피를 마시고 있었다. 새 양복을 입고 새 모자를 눈 위로 깊이 눌러쓰고 있었다. 모자는 아이에게 컸지만 아이 머리가 자랄 것을 예상해서 한 치수 크게 주문한 것이었다. 아이는 아무 말이 없었지만 헤드 씨보다 먼저 일어났다는 만족감이 몸 전체에서 풍겼다.

헤드 씨는 스토브로 가서 프라이팬의 고기를 식탁으로 가지고 오며 말했다. "너무 서두를 필요 없어. 우리는 어쨌건 꽤 일찍 가게 될 거고, 네가 거기를 좋아하게 된다는 보장도 없으니까." 그리고 아이 맞은편에 앉았다. 아이의 모자가 뒤로 기울면서 딱딱하고 무표정하지만 노인과 꼭 닮은 얼굴이 드러났다. 그들은 할아버지와 손자였지만 형제라고 해도 좋을 만큼 닮았고, 그것도 나이 차이가 그렇게 많지 않은 형제 같았다. 헤드 씨는 낮에 보면 젊어 보였고, 아이는 이미 세상 모든 것을 알고 그것을 잊고 싶은 듯 나이 들어 보였기 때문이다.

헤드 씨는 한때 아내와 딸이 있었다. 그런데 아내가 죽은 뒤 가출을 했던 딸이 얼마 후 넬슨을 데리고 돌아왔다. 그리고 어느 날 아침 침대에서 일어나지도 않고 죽어서 한 살배기 아이를 헤드 씨에게 남겨 놓았다. 그는 넬슨에게 네가 애틀랜타에서 태어났다고 말하는 실수를 저질렀다. 그 말을 하지 않았다면 넬슨은 이번이 두 번째 방문이라고 우기지 못했을 것이다.

"너는 거기를 전혀 좋아하지 않을지도 몰라. 거기는 검둥이 천지야."
헤드 씨가 말했다.

소년은 검둥이가 무슨 문제냐는 듯 얼굴을 찌푸렸다.

"물론 네가 검둥이를 본 적이 없기는 하지." 헤드 씨가 말했다.

"할아버지는 별로 일찍 일어나지 않았어요." 넬슨이 말했다.

"너는 한 번도 검둥이를 못 봤어." 헤드 씨가 말했다. "우리 카운티는 12년 전 그놈을 몰아낸 뒤로 검둥이가 없고, 그때는 네가 태어나기도 전이니까." 그는 검둥이를 본 적이 있느냐고 윽박지르듯 아이를 바라보았다.

"제가 전에 거기 살았는데 검둥이를 본 적이 없는지 어떻게 아세요? 저는 아마 검둥이를 많이 봤을 거예요." 넬슨이 말했다.

"봤어도 뭔지 몰랐을 거야. 여섯 달 된 아이가 검둥이를 다른 사람과 구별할 수는 없어." 헤드 씨가 피곤함을 느끼며 말했다.

"저는 검둥이를 보면 바로 알 거예요." 소년이 말하고 일어나서 줄이 날카롭게 선 회색 모자를 바로잡고 야외 화장실로 나갔다.

그들은 기차 시각을 얼마 앞두고 간이역에 도착해서 첫 번째 선로 두 걸음 거리에 서 있었다. 헤드 씨는 종이봉투에 비스킷과 정어리 통조림을 도시락으로 싸 왔다. 거칠거칠해 보이는 주황색 태양이 산자락 동쪽 뒤에서 솟아올라 산 뒤쪽 하늘을 탁한 적색으로 물들였지만 산 앞쪽은 아직 회색이고, 지문처럼 흐릿한 회색 달을 마주하고 있었다. 그곳이 간이역이라는 걸 알려 주는 것은 작은 주석 배전반과 검은 연료 탱크가 전부였다. 선로는 복선이었고, 간이역 공간 끝 쪽의 굽이 뒤로 사라진 후에야 다시 합쳐졌다. 기차들은 숲 터널에서 나와 차가운 하늘에 잠시 얻어맞고 겁에 질려 다시 숲으로 들어가는 것 같았다.

헤드 씨는 매표원에게 이야기를 해서 그 기차가 간이역에 서도록 해 두었지만 혹시 안 서고 가는 건 아닐까 하는 비밀스러운 두려움이 있었다. 만약 그렇게 되면 넬슨은 틀림없이 이렇게 말할 것이다. "기차가 할아버지를 태우려고 서지는 않을 걸 알고 있었어요." 쓸모없는 아침 달 아래 선로는 하얗고 연약해 보였다. 노인도 아이도 유령을 기다리는 듯 앞을 바라보았다.

그러더니 헤드 씨가 돌아갈까 마음을 먹기도 전에 우렁찬 경적을 울리면서 기차가 나타났다. 기차는 노란 전조등을 반짝이며 200미터 정도 앞의 나무들 굽이를 돌아 천천히 미끄러져 왔다. 헤드 씨는 아직도 기차가 설지 어떨지 확신이 들지 않았고, 그것이 천천히 지나가면 더 바보가 될 것 같았다. 하지만 그도 넬슨도 기차가 그냥 지나가면 무시해 버릴 마음의 준비를 하고 있었다.

기관차가 단 쇳내를 풍기며 달려오더니 두 번째 객차가 그들 앞에 정확히 멈춰 섰다. 늙고 통통한 불도그 얼굴의 차장이 그들을 예상한 듯 계단에 나와 있었지만, 표정은 그들이 타거나 말거나 상관하지 않는다는 것 같았다. "오른쪽으로." 그가 말했다.

그들은 얼른 기차에 올라탔고, 조용한 객차에 들어갈 때 기차는 이미 속도를 높이고 있었다. 승객은 대부분 자고 있었다. 어떤 사람은 의자 팔걸이 밖으로 고개를 떨구었고, 어떤 사람은 좌석 두 개를 차지하고 누웠으며, 어떤 사람은 통로로 두 발을 뻗었다. 헤드 씨는 빈 좌석 두 개를 보고 넬슨을 그리 밀고 갔다. "네가 창가에 앉아라." 그가 평소와 같은 목소리로 말했지만, 이른 아침이다 보니 아주 크게 들렸다. "빈자리니까 네가 앉아도 아무도 뭐라 하지 않을 거야. 거기 앉아."

"잘 들리니까 소리 지르지 마세요." 아이는 나지막이 말하고 자리에 앉아 유리창으로 고개를 돌렸다. 창문에는 유령처럼 창백한 얼굴이 유령처럼 창백한 모자를 쓰고 그에게 인상을 쓰고 있었다. 아이 할아버지도 금세 거기서 다른 유령을 보았다. 그 유령도 창백했지만 웃음 띤 얼굴이었고 머리에는 검은 모자를 썼다.

헤드 씨는 편안히 자리를 잡은 뒤 표를 꺼내 거기 적힌 글자 전부를 소리 내서 읽었다. 주변에서 사람들이 부스럭거렸다. 어떤 사람들은 잠이 깨서 그를 바라보았다. "모자 벗어." 헤드 씨가 넬슨에게 말하고 자기도 모자를 벗어 무릎에 놓았다. 세월이 지나는 동안 헤드 씨에게 남은 약간의 흰머리는 담배 색깔이 되어서 뒤통수에 매달려 붙었다. 머리 앞쪽은 주름진 대머리였다. 넬슨은 모자를 벗어 무릎에 내려놓았고, 둘은 차장이 검표하러 오기를 기다렸다.

통로 건너편의 남자는 두 좌석을 차지하고 누워서, 다리를 유리창에 대고 머리를 통로 쪽으로 내밀고 있었다. 청색 양복 차림이었고, 노란 셔츠는 목 단추를 풀어 놓았다. 그가 눈을 떴고, 헤드 씨가 그 사람에게 말을 걸려고 할 때 차장이 뒤에서 다가와 "검표합니다" 하고 딱딱하게 말했다.

차장이 가자 헤드 씨는 넬슨에게 돌아오는 표만 남은 반 토막 표를 주었다. "주머니에 넣고 잊어버리지 마. 안 그러면 애틀랜타에서 못 돌아오는 수가 있어."

"그렇게 되면 그러죠 뭐." 넬슨은 그게 괜찮은 제안인 양 말했다.

헤드 씨는 못 들은 척하고 통로 건너편의 남자에게 말했다. "이 아이는 기차 여행이 처음이랍니다." 남자는 일어나서 바닥에 발을 댄 채 좌석 끄트머리에 걸터앉아 있었다.

넬슨은 다시 모자를 홱 쓰고 성난 얼굴을 창문으로 돌렸다.

"여태 뭘 본 적이 없지요." 헤드 씨가 말을 이었다. "아직도 아기처럼 세상을 몰라요. 하지만 이번에 맘껏 세상 구경을 시켜 주려고 합니다."

소년은 할아버지 앞으로 몸을 기울여 낯선 남자에게 말했다. "저는 거기서 태어났어요. 그 도시에서 태어났어요. 그러니까 이번은 거기 두 번째로 가는 거예요." 아이는 또랑또랑하게 말했지만 건너편 남자는 이해한 것 같은 표정이 아니었다. 눈 밑이 거뭇거뭇했다.

헤드 씨는 통로로 손을 뻗어서 남자의 팔을 두드리며 현자 같은 어조로 말했다. "나는 아이한테 보여 줄 것을 모두 보여 줄 생각입니다. 있는 그대로 하나도 감추지 않고."

"네." 남자가 말했다. 그는 부은 두 발을 내려다보고 왼발을 20센티 미터 정도 들었다. 그리고 잠시 후 그 발을 내리고 다른 발을 들었다. 객차 전체에서 사람들이 잠이 깨서 부스럭거리고 하품하고 기지개를 켜고 했다. 한두 사람 목소리가 들리더니 이내 객차 전체가 웅성거렸다. 차분하던 헤드 씨의 표정이 문득 바뀌었다. 그는 입을 딱 다물고 두 눈을 반짝이며 객차 저편을 바라보았다. 그리고 고개도 돌리지 않고 넬슨의 팔을 당기며 말했다. "저기를 보렴."

커피색 피부의 덩치 큰 남자가 그들 쪽으로 걸어오고 있었다. 그는 밝은색 양복을 입었고, 노란 새틴 넥타이에는 루비색 핀을 꽂았다. 한 손은 단추를 채운 코트 아래 불룩하게 솟은 웅장한 배에 얹고, 다른 한 손으로 검은 지팡이를 발 앞에 조심스럽게 짚었다. 그는 천천히 움직이며 커다란 갈색 눈으로 승객들 머리 위를 훑었다. 흰 콧수염을 살짝 길렀고, 머리는 꼬불꼬불한 백발이었다. 그 뒤로 역시 커피색 피부의 젊은 여자 두 명이 있었는데, 한 명은 노란 원피스를, 또 한 명은 녹색 원피스를 입었다. 여자들은 남자의 속도에 맞추어 뒤를 따라오며 낮은 목소리로 이야기를 주고받았다.

헤드 씨는 넬슨의 팔을 잡은 손에 힘을 꽉 주었다. 행렬이 옆을 지나갈 때 지팡이를 짚은 손에 사파이어 반지가 눈에 띄었지만, 헤드 씨는 고개를 들지 않았고 덩치 큰 남자도 헤드 씨를 보지 않았다. 일행은 계속 통로를 걸어 객차를 지나갔다. 헤드 씨는 손에 힘을 풀고 물었다. "저 사람이 뭐냐?"

"남자네요." 소년이 말하고 자신의 지성이 자꾸 모욕당하는 게 지겹다는 듯한 표정을 지었다.

"어떤 남자냐?" 헤드 씨가 단조로운 목소리로 다시 물었다.

"뚱뚱한 남자요." 넬슨이 말했다. 뭔가 주의할 필요가 있는 것 같았다.

"저 사람이 어떤 사람인지 모르지?" 헤드 씨가 단정하는 목소리로 말했다.

"노인요." 아이가 말했고, 불현듯 그날 하루가 즐겁지 않을 것 같다는 불길한 느낌을 받았다.

"저게 바로 검둥이야." 헤드 씨가 말하고 의자에 등을 기댔다.

넬슨은 의자에서 벌떡 일어나 객차 끝을 보았지만 깜둥이는 사라지고 없었다.

"네가 예전에 애틀랜타에 있을 때 검둥이를 많이 봤다고 해서 척 보면 알 줄 알았지." 헤드 씨가 말하더니 통로 건너편 남자에게 말을 걸었다. "이 애는 지금 검둥이를 처음 봤어요."

아이는 의자에 도로 앉아서 성난 목소리로 말했다. "검둥이는 까맣다고 하셨잖아요. 갈색이라고는 말씀 안 하셨어요. 할아버지가 제대로 말씀 안 해 주시는데 내가 어떻게 알아요?"

"그냥 네가 아무것도 모르는 거야." 헤드 씨는 그렇게 말하고 일어나서 통로 건너편 남자의 옆자리로 갔다.

넬슨은 뒤로 돌아 깜둥이가 사라진 곳을 바라보았다. 그 깜둥이가 자신을 놀리려고 일부러 천천히 걸어간 것 같았고, 넬슨은 갑자기 그 사람에 대한 미움이 강하게 솟구쳤다. 할아버지가 왜 그 사람들을 싫어하는지도 이해가 되었다. 아이는 창문을 보았고, 거기 비친 얼굴은 자신이 그날 하루를 감당할 수 없을 것 같다는 느낌을 전해 주었다. 자신이 그곳을 알아볼 수 있을지도 의문스러웠다.

헤드 씨는 몇 가지 이야기를 하다가 상대가 잠들었다는 걸 깨닫고 일어나서 넬슨에게 기차 안을 구경하자고 했다. 그는 특히 아이에게 화장실을 보여 주고 싶어서 먼저 남자 화장실에 가서 수도 시설을 점검했다. 헤드 씨는 냉수기 사용법을 자신이 발명한 것처럼 시범 보이고, 이어 승객들이 이를 닦는 작은 세면대를 보여 주었다. 그런 뒤 그들은 객차 몇 칸을 지나 식당차로 갔다.

식당차는 그 기차에서 가장 고급스러운 차량이었다. 벽은 노른자색이고 바닥에는 와인 색깔 카펫을 깔았다. 식탁 옆에는 넓은 창문이 있었고, 지나가는 바깥 풍경이 커피 주전자와 유리잔 옆에 조그맣게 비쳤다. 검은색이 아주 진한 깜둥이 세 명이 하얀 양복을 입고 앞치마를 두른 채 복도를 뛰어다니고 쟁반을 나르고 인사하고, 식사하는 승객들을 살펴보고 했다. 그중 한 명이 헤드 씨와 넬슨에게 와서 손가락 두 개를 들고 "두 분이신가요!" 하고 물었지만 헤드 씨는 큰 소리로 "우리는 밥을 먹고 왔어!" 하고 말했다.

웨이터는 커다란 갈색 안경을 써서 눈의 흰자위가 더 커 보였다. "그러면 비켜 주세요." 그는 파리를 쫓듯 손을 흔들며 말했다.

넬슨도 헤드 씨도 꼼짝하지 않았다. "저기 보렴." 헤드 씨가 말했다.

식당차 이쪽 구석에 담황색 커튼으로 특별히 구획된 식탁 두 개가 있었다. 한 식탁에는 식기만 차려지고 사람이 없었지만 그들과 마주 보이는 식탁에는 그 덩치 큰 깜둥이가 커튼을 등지고 앉아 있었다. 그는 머핀에 버터를 바르면서 나직한 목소리로 두 여자에게 이야기를 했다. 무겁고 슬픈 얼굴이었고 목은 하얀 옷깃 양편으로 비어져 나왔다. "저 사람들을 따로 떼어 놓은 거야." 헤드 씨가 설명하고 이어 "주방을 보러 가자" 하고 말했다. 그런 뒤 그들이 식당차 안쪽으로 들어가자 흑인 웨이터가 그들을 따라왔다.

"승객 여러분은 주방에 못 들어가십니다! 주방에 못 들어가십니다!" 그가 오만한 목소리로 말했다.

헤드 씨는 걸음을 멈추고 돌아서서 깜둥이의 가슴팍에 대고 소리쳤다. "그럴 만도 하지. 들어가 보면 바퀴벌레가 드글드글할 테니까!"

승객들이 모두 웃었고 헤드 씨와 넬슨은 웃음 띤 얼굴로 식당차를 나왔다. 헤드 씨는 동네에서 재치로 유명했고, 넬슨은 갑자기 할아버지가 자랑스러웠다. 그리고 할아버지가 낯선 여행지에서 자신의 유일한 의지처라는 것을 깨달았다. 할아버지를 잃으면 자신은 세상에서 외톨이가 될 것이다. 그런 생각이 들자 큰 충격이 밀려와서 넬슨은 할아버지의 코트 자락에 어린아이처럼 매달리고 싶어졌다.

좌석으로 돌아가서 보니 이제 창밖의 시골 풍경에는 작은 집과 오두막이 늘어났고, 철로 옆에 간선도로가 나란히 달리고 있었다. 도로 위의 자동차들은 아주 작고 빨랐다. 넬슨은 30분 전보다 숨소리가 줄어든 것을 느꼈다. 통로 건너편 남자가 떠나고 없었다. 헤드 씨는 근처에 대화 상대가 없어서 자기 얼굴이 비친 창밖을 내다보면서 지나가는 건물들의 이름을 소리 내서 읽었다. "딕시 화학 주식회사! 서던 메이드 제분! 딕시 도어스! 서던 벨 면화 회사! 패티스 땅콩버터! 서던 매미 사탕수수 시럽!"

"조용히 하세요!" 넬슨이 할아버지를 말렸다.

객차 여기저기서 사람들이 일어나 선반의 짐을 내렸다. 여자들은 코트를 입고 모자를 썼다. 차장이 객차 안으로 고개를 내밀고 외쳤다. "첫 번째 정거자아아앙입니다!" 넬슨이 몸을 떨며 자리에서 튀어 나가려고 하자 헤드 씨가 아이의 어깨를 눌러 앉혔다.

"가만히 있어. 첫 번째 정거장은 시 외곽이야. 두 번째 정거장이 중앙 역이야." 그가 위엄 있는 목소리로 말했다. 그는 이 사실을 첫 번째 여행 때 알게 되었다. 그때 그는 첫 번째 정거장에서 내렸다가 15센트를 주고 어떤 남자의 차를 얻어 타고서야 시내로 갈 수 있었다. 넬슨은 창백한 얼굴로 의자에 기대앉았다. 평생 처음으로 할아버지가 자신에게 꼭 필요한 사람이라는 실감이 들었다.

기차는 멈추어서 몇몇 승객을 내려놓더니 언제 멈췄느냐는 듯이 다시 달렸다. 바깥에는 누추한 갈색 집들 뒤로 청색 건물들이 늘어서고, 그 뒤로는 분홍빛 어린 잿빛 하늘이 점점 흐려져서 허공과 만났다. 기차는 철로 조차장에 들어섰다. 넬슨은 은색 선로들이 몇 배로 늘어나고 서로 엇갈리는 것을 보았다. 하지만 소년이 선로의 개수를 셀 겨를도 없이 창문에 자신의 무채색 얼굴이 또렷하게 떠올라서 고개를 돌려 반대편을 보았다. 기차가 역에 들어와 있었다. 소년과 헤드 씨는 함께 일어나서 문으로 달려갔다. 두 사람 다 도시락 봉투를 좌석에 두고 내렸다는 걸 알아차리지 못했다.

그들은 작은 역을 주뼛주뼛 걸었고, 무거운 문을 나서서 인파에 휩쓸렸다. 사람들이 바삐 출근하고 있었다. 넬슨은 눈을 어디로 돌려야 할지 알 수 없었다. 헤드 씨는 건물에 기대서 앞을 바라보았다.

마침내 넬슨이 물었다. "어떻게 구경을 다니나요?"

헤드 씨는 대답하지 않았다. 그러다 지나가는 사람들을 보고 실마리를 얻은 듯 말했다. "그냥 걸어가면 돼." 그리고 앞장서서 길을 갔다. 넬슨이 모자를 바로잡으며 그 뒤를 따라갔다. 너무 많은 광경과 소리가 한꺼번에 밀려와서 소년은 첫 번째 블록에서 이미 자신이 뭘 보는지 분별하기가 힘들어졌다. 두 번째 모퉁이에 이르자 헤드 씨는 뒤로 돌아서 그들이 떠난 기차역을 보았다. 콘크리트 돔 지붕을 씌운 베이지색 건물. 그 돔을 눈에서 놓치지 않으면 오후에 다시 거기로 무사히 돌아갈 수 있을 거라고 생각했다.

어느 정도 걷다 보니 넬슨은 이제 풍경들이 눈에 들어와서 철물, 포목, 닭 사료, 술 등 온갖 물건을 전시한 상점 창문들을 자세히 살펴보았다. 헤드 씨가 각별히 관심을 보인 곳이 한 군데 있었다. 그곳은 안에 들어가서 발을 받침대에 올려놓고 깜둥이에게 구두를 닦게 시키는 곳이었다. 그들은 소년이 상점 안을 잘 들여다볼 수 있도록 천천히 걸으며 중간중간 멈춰 섰지만 아무 데도 들어가지 않았다. 헤드 씨는 도시의 상점에는 절대 들어가지 않기로 마음먹고 있었다. 처음 이 도시에 왔을 때 큰 상점에서 길을 잃었고 많은 사람에게 조롱을 당한 뒤에야 간신히 밖으로 나왔기 때문이다.

다음 블록 중간에 바깥에 체중계를 내어놓은 상점이 있었다. 그들은 차례로 체중계에 올라가서 1센트 동전을 넣고 측정표를 뽑았다. 헤드 씨의 표에는 '당신의 체중은 120파운드입니다. 당신은 강직하고 용감하고 모든 친구에게 칭송을 받습니다'라고 적혀 있었다. 그는 표를 주

머니에 넣고 체중계가 성격은 잘 맞히면서 체중은 틀렸다는 데 놀랐
다. 얼마 전에 농작물 저울로 달아서 자기 체중이 110파운드라는 걸
알았기 때문이다. 넬슨의 측정표에는 '당신의 체중은 98파운드입니다.
당신의 앞날은 창창하지만 검은 여자들을 조심해야 합니다'라고 적혀
있었다. 넬슨은 여자를 한 명도 몰랐고 실제 몸무게는 68파운드였지
만, 헤드 씨는 기계가 숫자를 거꾸로 인쇄한 것 같다고, 그러니까 6을
9로 잘못 찍은 것 같다고 말했다.

그렇게 다섯 블록을 지나가자 기차역의 돔 지붕이 시야에서 사라졌
고, 헤드 씨는 왼쪽으로 돌았다. 넬슨은 각 상점 옆에 더 재미있는 게
없었다면 그 앞에 한 시간씩 서 있을 수 있을 것 같았다. 소년이 불쑥
말했다. "나는 여기서 태어났어요!" 헤드 씨는 당황해서 소년을 보았
다. 소년은 땀과 빛에 싸인 얼굴로 말했다. "여기가 내 고향이에요!"

헤드 씨는 이래선 안 되겠다 싶었다. 과감한 행동을 취해야 할 때가
온 것 같았다. "네가 아직 못 본 걸 하나 보여 주마." 그는 소년을 어느
모퉁이의 하수구 앞으로 데리고 갔다. "여기 앉아서 이 안에 고개를 넣
어 봐." 그가 말했다. 그리고 아이가 쪼그려 앉아 하수구에 고개를 넣
는 동안 소년의 코트 뒷자락을 잡아 주었다. 소년은 보도 아래 깊은 곳
이 쿨렁거리는 소리를 듣고 얼른 고개를 잡아 뺐다. 헤드 씨는 도시의
하수도 체계를 설명해 주었다. 그게 온 도시에 깔려 있다는 것, 거기
에는 오물이 가득하고 쥐가 들끓는다는 것, 사람이 거기 빠지면 캄캄
한 터널을 끝없이 흘러가야 한다는 것을. 도시에서는 누가 언제 그 하
수도에 빠져서 감쪽같이 사라질지 몰랐다. 그가 어찌나 실감 나게 설
명했는지 넬슨은 한동안 충격 받은 표정이었다. 소년은 하수도가 지
옥문과 이어졌다고 여겼고, 세상의 밑바닥은 하나라는 것을 처음으로

이해했다. 그러고는 길 안쪽으로 물러섰다.

잠시 후 소년이 말했다. "하지만 이런 구멍은 피해 다니면 돼요." 그리고 할아버지를 좌절시키는 완강한 표정을 띠고 덧붙였다. "여기가 내 고향이에요!"

헤드 씨는 답답했지만 이렇게만 말했다. "곧 모든 걸 다 보게 될 거야." 그리고 다시 걸어갔다. 두 블록을 더 걸은 뒤 그는 돔 건물을 둘러 간다고 느끼며 왼쪽으로 돌았고, 그 생각은 맞아서 그들은 30분 후에 다시 기차역 앞을 지나갔다. 처음에 넬슨은 자신이 같은 가게들을 두 번째로 보고 있다는 걸 몰랐지만 발을 발판에 올리고 깜둥이에게 구두를 닦게 시키는 가게를 지날 때, 자신들이 한 바퀴를 더 돌고 있다는 걸 알아차렸다.

"여기 왔었잖아요! 할아버지가 길을 아시는 거 맞아요?" 소년이 소리쳤다.

"잠깐 길을 잃었어." 헤드 씨가 말하고 다른 길로 돌아들었다. 그는 여전히 돔 지붕에서 멀어지지 않으려고 했고, 새로운 방향으로 두 블록을 걸은 뒤 왼쪽으로 돌았다. 이 길에는 2~3층짜리 목조 주택들이 있었다. 길에서 집 안이 쉽게 들여다보였고, 헤드 씨가 어느 창문 안을 힐끔 보니 한 여자가 철제 침대에 누워 시트 한 장을 덮고 밖을 내다 보고 있었다. 여자의 다 안다는 표정이 그에게 충격을 주었다. 사나운 표정의 소년이 자전거를 타고 튀어나와서 그는 펄쩍 뛰어 비켜서야 했다. "네가 쓰러지건 말건 저 애들은 신경 하나도 안 써. 그러니까 내 옆에 바짝 붙어 있어야 돼." 헤드 씨가 말했다.

그들은 이런 길을 한동안 걸었고, 헤드 씨는 이제 다시 돌아야 한다고 생각했다. 그곳은 집들이 하나같이 페인트를 칠하지 않았고 나무는 썩은 것 같았다. 거리는 좁아졌다. 넬슨은 흑인을 보았다. 이어 또 한 명, 또 한 명을 보았다. "이 동네에는 검둥이가 사네요." 소년이 말했다.

"다른 곳으로 가자. 우리가 검둥이를 보러 온 건 아니니까." 헤드 씨가 말했다. 그들은 다른 길로 갔지만 그곳 역시 깜둥이 천지였다. 넬슨은 오싹한 느낌이 들었고 그들은 되도록 빨리 그곳을 벗어나려고 서둘러 걸었다. 흑인 남자들이 속셔츠 차림으로 문간에 서 있고, 흑인 여자들은 꺼진 툇마루에 나와 몸을 흔들고 있었다. 흑인 아이들은 배수로에서 놀다가 하던 일을 멈추고 그들을 보았다. 얼마 후 흑인 손님이 있는 가게들이 나타났지만 그들은 걸음을 멈추지 않았다. 검은 얼굴속의 검은 눈동자가 사방에서 그들을 보았다. "그래, 여기가 네가 태어난 곳이야. 검둥이들이 바글대는 여기가."

넬슨은 인상을 쓰고 말했다. "할아버지가 길을 잃은 것 같아요."

헤드 씨는 휙 돌아서서 돔 지붕을 찾았다. 지붕은 보이지 않았다. "길을 잃은 게 아냐. 네가 걷는 데 지쳤을 뿐이야."

"난 안 지쳤어요. 배고파요. 비스킷을 주세요." 넬슨이 말했다.

그때 그들은 도시락을 두고 내린 것을 알아차렸다.

"할아버지가 도시락 봉투를 갖고 있었잖아요. 저라면 안 잃어버렸을 거예요." 넬슨이 말했다.

"네가 그렇게 잘할 수 있다면 나 혼자 다닐 테니 너도 알아서 다니렴." 헤드 씨가 말하고, 아이 얼굴이 창백해지는 모습에 흡족해했다. 하지만 그는 자신이 길을 잃었고 역에서 더 멀어지고 있다는 걸 알았다. 자신도 배가 고팠고 목도 말랐으며 흑인 구역에 들어온 뒤로 넬슨도 자신도 땀을 흘렸다. 넬슨은 발에 익숙하지 않은 구두를 신었다. 콘크리트 길은 딱딱했다. 그들은 앉을 장소를 찾아보았지만 마땅한 곳이 없어서 계속 걸었고, 아이는 나직하게 투덜거렸다. "처음에는 도시락을 잃어버리고 그다음에는 길을 잃어버리고." 그리고 헤드 씨는 이따금 "이 검둥이 천국을 고향이라 부르고 싶다면 얼마든지 불러!" 하고 호통치듯 말했다.

태양은 어느새 하늘 높이 올라 있었다. 점심을 준비하는 냄새가 그들에게 흘러왔다. 깜둥이들이 모두 문 앞에 서서 그들을 보았다. "검둥이들한테 길을 물어보면 안 돼요? 지금 우리는 길을 잃었잖아요." 넬슨이 말했다.

"여기는 네가 태어난 곳이야. 묻고 싶으면 네가 물어보렴." 헤드 씨가 말했다.

넬슨은 흑인이 무서웠고 흑인 아이들의 놀림거리가 되고 싶지 않았다. 길 앞쪽에 덩치 큰 흑인 여자가 문간에 기대서 있었다. 머리카락이 10센티미터가량 곤두서 있고, 갈색 맨발은 옆면이 분홍색이었다. 여자는 몸매를 그대로 드러내는 분홍색 원피스를 입었다. 그들이 앞을 지날 때 여자는 한 손을 게으르게 들어 머리카락 속에 넣었다.

넬슨이 멈추어 섰다. 여자의 검은 눈에 숨이 막히는 것 같았다. "시내로 가려면 어떻게 가야 하나요?" 소년이 자기 목소리 같지 않은 목소리로 물었다.

잠시 후 여자가 말했다. "여기가 시내야." 여자의 목소리는 낮고도 깊었고 넬슨은 시원한 물보라를 맞은 것 같은 느낌이었다.

"기차를 타려면 어떻게 가야 하나요?" 소년이 똑같은 목소리로 소리 높이 물었다.

"전차를 타." 여자가 말했다.

소년은 여자가 자기를 놀린다는 생각이 들었지만 얼이 빠져서 인상을 찌푸릴 수조차 없었다. 소년은 계속 여자를 살펴보았다. 소년의 눈길은 여자의 큼직한 무릎에서 이마로 올라갔다가 목에 맺힌 땀방울과 거대한 두 가슴 사이에서 삼각형을 그리고, 이어 맨 팔뚝을 지나 머리카락 속에 넣은 손가락으로 다시 올라갔다. 소년은 갑자기 여자가 자신을 안아 올려 주기를 바랐다. 여자의 숨결을 자기 얼굴에 느끼고 싶었다. 자신이 여자를 내려다보고 여자는 그런 자신을 더 세게 안아 주기를 바랐다. 전에는 이런 느낌을 받은 적이 없었다. 캄캄한 터널 속을 비틀비틀 걸어가는 것 같은 느낌이었다.

"저쪽으로 한 블록을 가서 기차역으로 가는 전차를 타, 아가야." 여자가 말했다.

헤드 씨가 자신을 끌고 가지 않았다면 넬슨은 여자의 발치에 쓰러졌을 것이다. "바보 천치처럼 구는구나!" 노인이 호통을 쳤다.

그들은 급하게 길을 갔고, 넬슨은 여자를 돌아보지 않았다. 그리고 모자를 밀어서 부끄러움으로 타오르는 얼굴을 가렸다. 기차 창문에서 본 조롱하는 유령과 오는 길에 느낀 불길한 예감들이 떠올랐다. 또 저 울에서 나온 측정표가 자신에게는 검은 여자들을 조심하라고 하고, 할아버지에게는 강직하고 용감하다고 칭찬한 것도 떠올랐다. 소년은 할아버지의 손을 잡았고, 그것은 소년이 좀처럼 보이지 않는 의존의 표시였다.

그들은 전차 선로를 향해 길을 걸었고, 노란 전차가 덜컹거리며 다가왔다. 헤드 씨는 전차를 탄 적이 없었기에 그 차는 그냥 보냈다. 넬슨은 말이 없었다. 때때로 입이 떨렸지만 할아버지도 자기 생각에 빠져 그에게 관심을 기울이지 않았다. 그들은 모퉁이에 서 있었고, 지나가는 깜둥이들을 바라보지 않았다. 깜둥이들도 백인과 다를 것 없이 각자 제 길을 갔지만, 다른 점이라면 대체로 걸음을 멈추고 헤드 씨와 넬슨을 한 번 바라보았다는 것이다. 헤드 씨는 전차가 선로를 달리니 선로를 따라가면 기차역이 나올 거라는 생각이 들었다. 그래서 넬슨을 가볍게 밀면서 전차 선로를 따라 기차역으로 걸어가자고 말했고 그들은 출발했다.

얼마 지나지 않아 다행히 백인들이 다시 보였고, 넬슨은 길가의 건물 벽에 기대앉으며 말했다. "좀 쉬고 싶어요. 할아버지는 도시락도 잃고 길도 잃었어요. 저는 여기서 좀 쉬고 싶으니까 기다려 주세요."

"저기 선로가 있어." 헤드 씨가 말했다. "이걸 따라가기만 하면 돼. 그리고 도시락은 네가 챙길 수도 있었어. 여기는 네가 태어난 네 고향이야. 너는 여기 벌써 두 번째 오니까 길을 알아야지." 그리고 쪼그리고 앉아 계속 같은 내용의 말을 했지만, 소년은 아무 대꾸도 하지 않고 구두에서 화끈거리는 발을 빼냈다.

"그리고 검둥이 여자한테 길을 묻고 침팬지처럼 웃다니, 하느님 맙소사!" 헤드 씨가 말했다.

"나는 여기서 태어났다고만 했어요." 소년이 떨리는 목소리로 말했다. "내가 여기를 좋아할지 싫어할지는 말하지 않았어요. 내가 오겠다고 한 것도 아니에요. 나는 여기서 태어났다고만 말했고 나는 그 일이랑 아무 상관 없어요. 집에 가고 싶어요. 제가 여기 오자고 하지도 않았잖아요. 다 할아버지가 계획한 거예요. 그런데 우리가 선로를 맞는 방향으로 따라가고 있는 거예요?"

마지막 의문은 헤드 씨에게도 들었다. "여기는 전부 백인이야." 그가 말했다.

"여긴 아까 걸었던 길이 아니에요." 넬슨이 말했다. 그곳은 벽돌 건물이 많았는데, 그 건물들에는 사람이 사는 것 같기도 했고 아닌 것 같기도 했다. 도로변에는 빈 자동차 몇 대가 주차되어 있고, 이따금 행인이 지나갔다. 포장도로의 열기가 넬슨의 얇은 양복 안으로 올라왔다. 소년은 눈꺼풀이 감겼고 몇 분 후에 머리가 기울었다. 어깨가 한두 번 움찔거리더니 소년은 옆으로 쓰러져서 네 활개를 펼치고 곤히 잠이 들었다.

헤드 씨는 가만히 소년을 보았다. 자신도 피곤했지만 두 사람이 동시에 잘 수는 없었고, 또 어딘지도 모르는 곳에서 잘 수도 없었다. 넬슨은 잠시 후 깨어날 테고 그러면 단잠으로 기운을 얻어서 할아버지가 도시락도 잃고 길도 잃었다고 건방지게 투덜거릴 것이다. 내가 여기 없다면 너도 곤란할걸, 헤드 씨는 생각했다. 그때 다른 생각이 떠올랐다. 그는 한동안 널브러진 아이를 바라보다가 일어섰다. 그리고 자신이 하려는 일에 대해 때로는 아이에게 잊을 수 없는 교훈을 줄 필요가 있다고, 특히 아이가 버릇없이 고집을 피울 때는 더욱 그렇다고 정당화했다. 그는 소리 내지 않고 6미터 정도 떨어진 모퉁이로 가서 옆골목의 쓰레기통 뚜껑 위에 앉았다. 거기서 넬슨이 혼자 깨어나는 모습을 지켜볼 생각이었다.

소년은 움찔거리며 계속 잠을 잤고 거리의 소음과, 자신의 어두운 부분에서 밝은 부분으로 올라오는 것처럼 어른거리는 검은 형체들을 어렴풋하게 의식했다. 그리고 얼굴을 씰룩거리며 무릎을 턱 밑으로 당겼다. 태양은 좁은 길에 마른 빛을 던졌다. 모든 것이 제 모습 그대로 보였다. 헤드 씨는 쓰레기통 뚜껑에 늙은 원숭이처럼 쪼그리고 앉아 있다가 넬슨이 얼른 깨어나지 않으면 발로 쓰레기통을 시끄럽게 차기로 마음먹었다. 시계를 보니 2시였다. 그들의 기차는 6시에 출발했고, 그것을 놓치는 일은 상상도 할 수 없었다. 그는 마침내 뒤꿈치로 쓰레기통을 찼고 우당탕 하는 소리가 골목을 울렸다.

넬슨은 소리를 지르며 벌떡 일어났다. 그리고 할아버지가 있어야 할 곳을 보고 눈이 휘둥그레졌다. 소년은 몇 바퀴를 빙글빙글 돌더니 고개를 젖히고 미친 조랑말처럼 길을 달렸다. 헤드 씨는 쓰레기통에서 뛰어내려 아이를 따라갔지만 아이는 금세 사라졌다. 회색 몸뚱이가 한 블록 앞에서 대각선으로 사라졌다. 헤드 씨는 전속력으로 달리며 교차로마다 양방향을 모두 살폈지만 아이는 보이지 않았다. 그러다가 숨이 턱에 차서 세 번째 교차로에 이르렀는데, 거기서 반 블록 앞을 보고 우뚝 멈춰 섰다. 그리고 쓰레기통 뒤에 숨어 상황을 살펴보았다.

넬슨은 두 다리를 벌리고 앉았고 그 옆에 노부인이 쓰러져서 비명을 지르고 있었다. 길 위에는 장 본 물건들이 흩어져 있었다. 여자들이 정의가 실현되는 현장을 보러 모여들어 있었고, 길에 쓰러진 노부인의 성난 외침이 헤드 씨의 귀에 똑똑히 들렸다. "내 발목, 네가 내 발목을 부러뜨렸어. 네 아빠가 배상해야 돼! 한 푼도 남김없이! 경찰! 경찰!" 몇몇 여자가 넬슨의 어깨를 잡아당겼지만 아이는 혼이 빠져서 일어설 수 없는 것 같았다.

헤드 씨는 무언가에 이끌린 듯 쓰레기통 뒤에서 나와 앞으로 걸어갔지만 그 걸음은 아주 느렸다. 그는 평생 경찰을 상대한 적이 없었다. 여자들은 아이를 요절이라도 낼 듯이 넬슨 주변으로 밀려들었고, 노부인은 계속 발목이 부러졌다고 비명을 지르며 경찰을 불렀다. 헤드 씨의 걸음이 어찌나 느린지 앞으로 한 걸음 가면 뒤로도 한 걸음씩 가는 것 같았다. 하지만 그가 마침내 3미터 앞에 오자 넬슨은 그를 보고 벌떡 일어났다. 아이는 헤드 씨의 허리를 붙들고 가쁜 숨을 몰아쉬며 그에게 매달렸다.

여자들이 모두 헤드 씨를 보았다. 다친 여자가 일어나 앉아 소리쳤다. "이봐요! 당신 아들 때문에 내가 다쳤으니 당신이 치료비를 물어 줘야 해요. 완전히 깡패예요! 경찰은 어디 있죠? 누가 저 남자 이름이랑 주소를 적어요!"

헤드 씨는 다리 뒤쪽에 박힌 넬슨의 손가락을 떼어 내려고 했다. 노인의 머리는 거북 목처럼 옷깃 속으로 움츠러들어 있었다. 눈은 공포와 불안으로 흐려졌다.

"당신 아들이 내 발목을 부러뜨렸어요! 경찰!" 노부인이 소리쳤다.

헤드 씨는 뒤에서 경찰이 다가오는 것을 감지했다. 그는 탈출을 가로막는 장벽처럼 앞에 모여든 여자들을 바라보며 말했다. "이 아이는 내 아이가 아니에요. 처음 보는 아이입니다."

넬슨의 손가락이 그의 몸에서 떨어지는 게 느껴졌다.

여자들은 놀란 얼굴로 그에게서 물러섰다. 자신과 똑같이 생긴 아이를 부정하는 남자가 너무도 역겨워서 그에게 손조차 댈 수 없다는 것 같았다. 헤드 씨는 넬슨을 그대로 두고 사람들이 물러선 공간을 통해 앞으로 걸어갔다. 그의 앞에는 한때 길이었던 텅 빈 터널이 보였다.

아이는 고개를 숙이고 두 손을 늘어뜨린 채 계속 그 자리에 서 있었다. 모자는 머리 위에 짓이겨져서 더 이상 생길 주름이 없을 만큼 구겨져 있었다. 다친 여자가 일어나서 아이에게 주먹을 흔들었고, 다른 사람들은 딱한 눈길로 아이를 보았지만 소년은 누구도 의식하지 못했다. 경찰은 보이지 않았다.

잠시 후 아이는 기계적으로 움직였다. 할아버지를 따라잡으려고 하지 않고 그저 7~9미터 거리를 두고 그를 따라갔다. 그들은 다섯 블록을 그렇게 걸었다. 헤드 씨의 어깨는 처지고 목은 뒤에서는 보이지 않을 만큼 앞으로 굽었다. 그는 고개를 돌리기가 두려웠다. 그러다 마침내 어깨 뒤를 살짝 돌아보았다. 5~6미터 뒤에서 작은 두 눈이 작살이라도 꽂을 듯 자신의 등을 뚫어져라 바라보고 있었다.

소년은 용서를 잘하는 성품이 아니지만, 어쨌거나 이번에 처음으로 용서할 것이 생겼다. 헤드 씨는 이전까지 이렇게 수치스러운 일을 한적이 없었다. 두 블록을 더 걸은 뒤, 그는 고개를 돌리고 필사적으로 명랑한 목소리를 띠고 외쳤다. "어디 가서 코카콜라를 사 먹자!"

넬슨은 이제껏 보인 적 없는 위엄 속에 할아버지에게서 등을 돌리고 돌아섰다.

헤드 씨는 차츰 자신의 발뺌이 얼마나 깊은 상처를 만들었는지 느꼈다. 그들이 다시 걷기 시작했을 때 그의 얼굴에는 깊은 골이 푹푹 패었다. 주변 풍경이 눈에 들어오지 않았지만 전차 선로를 놓쳤다는 것은 알았다. 어디에도 돔 지붕은 보이지 않았고 오후는 천천히 지나갔다. 그들이 이 도시에서 어둠을 맞으면 폭행과 강도질을 당할 게 분명했다. 그가 기대할 것은 하느님의 빠른 징벌뿐이었지만, 자기 죄의 대가를 넬슨이 받을 거라는 생각과 지금도 자신이 소년을 고약한 운명을 향해 끌고 가고 있다는 생각에 견딜 수 없었다.

작은 벽돌집들이 끝없이 늘어선 블록을 계속 걷다가 헤드 씨는 한순간 풀밭가에 15센티미터가량 튀어나온 수도꼭지에 걸려서 넘어질 뻔했다. 새벽 이후 물을 마시지 않았지만 지금 자신은 물 마실 자격이 없다고 느껴졌다. 하지만 넬슨 역시 목이 마를 것이고 둘이 함께 물을 마시는 것도 좋을 것 같았다. 그는 쪼그리고 앉아 입을 수도꼭지에 대고 물을 틀어 목구멍 안으로 찬 물줄기를 부었다. 그런 뒤 높고 필사적인 목소리로 외쳤다. "여기 와서 물 좀 마셔라!"

아이는 거의 60초가량 할아버지가 눈앞에 없는 듯한 시선을 던졌다. 헤드 씨는 일어나서 독이라도 삼킨 것처럼 계속 걸었다. 넬슨은 기차에서 종이컵으로 물을 마신 후 아무것도 마시지 않았지만 할아버지와 같은 곳에서 물을 마시는 게 싫어 수도꼭지 앞을 그냥 지나갔다. 그 사실을 깨닫자 헤드 씨는 모든 희망을 잃었다. 사위어 가는 오후 햇빛 속에 그의 얼굴은 황폐하고 쓸쓸해 보였다. 그는 등 뒤를 따라오는 소년의 깊은 혐오를 느꼈고, 그것은 앞으로 평생 동안 (그들이 기적적으로 이 도시에서 살해되지 않고 돌아갈 수 있다면) 이어질 것이라는 걸 알았다. 그는 이전까지와 전혀 다른 낯설고 어두운 곳, 그러니까 존경을 잃은 긴 노년으로 들어서고 있었다. 그곳에서 종말은 그 모든 것을 끝내 주기에 반가울 터였다.

넬슨의 정신은 할아버지의 배신을 얼음으로 꽁꽁 싸서 최후의 심판 때까지 보존해 두려는 것 같았다. 소년은 곁눈질도 하지 않고 걸었지만 이따금 입이 움찔거렸는데, 그것은 몸속 깊은 곳에 있는 어떤 수수께끼의 존재가 뜨거운 손을 뻗어 얼음으로 싸 둔 그것을 녹이려고 한다는 느낌을 받을 때였다.

태양이 집들 뒤로 내려갔고, 그들은 주변을 의식하지 않은 채 큰 저택들이 널찍한 잔디밭 안쪽으로 쑥 물러가 있고 잔디밭에는 조류 급수대가 서 있는 교외의 고급 주택지에 들어섰다. 몇 블록을 걷는 동안 개 한 마리 지나가지 않았다. 멀리 보이는 크고 하얀 집들은 물속에 살짝 잠긴 빙산 같았다. 거리에는 보도가 없고 자동차 진입로만 있었는데, 그 길들은 끝도 없는 이상한 원을 그리며 돌았다. 넬슨은 헤드 씨와 가까워지려는 어떤 움직임도 보이지 않았다. 노인은 하수구가 나오면 거기 몸을 던지고 싶다는 느낌이 들었다. 소년이 그 옆에 서서 자신이 사라지는 모습을 약간 흥미롭게 바라보는 광경이 떠올랐다.

요란한 개 소리에 고개를 들어 보니 뚱뚱한 남자가 불도그 두 마리를 데리고 다가오고 있었다. 헤드 씨는 외딴섬에 좌초한 사람처럼 두 손을 흔들며 외쳤다. "길을 잃었어요! 저하고 아이가 기차를 타야 하는데 기차역이 어디인지 모르겠어요. 길을 잃었어요! 제발 저를 도와주세요!"

머리가 벗어지고 골프 반바지를 입은 남자가 무슨 기차를 탈 거냐고 묻자 헤드 씨가 표를 꺼냈는데 손이 너무 떨려서 제대로 잡고 있을 수도 없었다. 넬슨은 4~5미터 거리로 다가와서 멈춰 섰다.

"시내로 돌아가서 기차를 탈 시간은 없겠지만 교외 정거장에서 타실 수 있을 것 같네요. 여기서 세 블록 거리예요." 뚱뚱한 남자가 표를 돌려주며 말했다. 그리고 그리 가는 길을 설명했다.

헤드 씨는 죽은 자들 가운데서 살아나듯 그를 바라보았고 설명을 마친 남자가 개들을 데리고 사라지자 넬슨에게 돌아서서 숨 가쁜 목소리로 말했다. "이제 집에 가자!"

아이는 3미터 정도 거리에 있었다. 회색 모자 아래로 보이는 얼굴에는 핏기가 없었다. 두 눈은 당당하게 차가웠다. 그 안에는 아무런 빛도 감정도 관심도 없었다. 소년은 그저 자그마하게 거기 서서 기다리고 있었다. 소년에게 집은 아무것도 아니었다.

헤드 씨는 천천히 돌아섰다. 계절 없는 세월이 어떨지, 빛 없는 열이 어떨지, 구원 없는 인간이 어떨지 알 것 같았다. 이제 기차를 놓쳐도 상관없었고, 짙어 가는 어둠 속의 외침처럼 그의 관심을 확 잡아끈 그것이 없었다면 기차역에 가야 한다는 사실도 잊었을지 모른다.

그가 500미터도 걷지 않았을 때 팔 하나 거리에 깜둥이 석고상이 나타났다. 그것은 넓은 잔디밭을 두른 나지막한 노란색 벽돌담 위에서 아래를 굽어보고 있었다. 깜둥이상은 넬슨만 한 크기였고, 담에 고정해 주는 접합제가 깨져서 불안한 각도로 앞으로 기울어져 있었다. 눈 하나는 전체가 하얀 색이었고 갈색 수박 조각 한 쪽을 들고 있었다.

헤드 씨가 물끄러미 그것을 보는데 넬슨이 약간 거리를 두고 멈춰 섰다. 둘이 그렇게 서 있을 때 헤드 씨가 나직하게 말했다. "인조 검둥이네!"

인조 깜둥이가 청년인지 노인인지는 알 수 없었다. 너무 볼품없어서 어느 쪽도 될 수 없는 것 같았다. 입꼬리가 올라간 걸 보면 기쁜 모습을 담으려고 한 것 같지만, 눈동자가 없고 몸이 기울어서 불안하고 고통스러워 보였다.

"인조 검둥이네!" 넬슨이 헤드 씨의 말투를 그대로 흉내 내서 말했다.

두 사람은 목을 같은 각도로 내밀고 어깨도 같은 방식으로 굽히고 두 손을 주머니에 넣고 똑같이 떨었다. 헤드 씨는 늙은 아이 같고, 넬슨은 축소판 노인 같았다. 그들은 어떤 대단한 신비를 마주한 것처럼, 그것이 누군가의 승리의 기념비고 그들은 함께 패배한 자로서 그 앞에서 다시 뭉치게 된 것처럼 그 인조 깜둥이를 바라보았다. 그것이 어떤 자비의 행위처럼 두 사람의 차이를 녹이는 것 같았다. 헤드 씨는 이전까지 자비의 느낌을 몰랐다. 그의 나무랄 데 없는 인생은 자비의 대상이 아니었기 때문이다. 하지만 이제 그것을 알 것 같았다. 그는 넬슨을 보고 아이에게 자신이 아직도 현명하다는 것을 보여 주는 말을 해야 한다는 걸 알았고, 아이가 자신을 바라보는 눈에서 그에 대한 강렬한 요구를 읽었다. 넬슨의 눈은 그에게 존재의 모든 신비를 제대로 설명해 달라고 부탁하는 것 같았다.

헤드 씨는 훌륭한 말을 하려고 입을 열었지만 자기도 모르게 이렇게 말했다. "여기 진짜 깜둥이는 별로 없어. 그러니 인조 깜둥이라도 만들어야지."

잠시 후 아이가 입을 기이하게 떨면서 고개를 끄덕이고 말했다. "또 길을 잃기 전에 얼른 집에 가요."

그들이 막 기차역에 도착했을 때 기차가 플랫폼에 들어서서 그들은 함께 기차에 올랐고, 간이역에 도착하기 10분 전에 문 앞에 나가 혹시 기차가 서지 않을 경우 뛰어내릴 준비를 했다. 하지만 기차는 섰고, 최고의 광휘를 회복한 달이 구름 밖으로 나와서 사방에 빛을 뿌렸다. 그들이 기차에서 내릴 때 세이지 풀이 은빛 그늘에서 떨었으며, 발밑의 벽돌은 새로운 검은빛으로 반짝였다. 간이역을 정원 울타리처럼 둘러싼 나무들은, 거대한 흰 구름들이 랜턴처럼 빛나는 하늘보다 더 어두운 빛이었다.

헤드 씨는 조용히 서 있었고 자비의 행위가 다시 한 번 자신을 어루만지는 것을 느꼈지만, 이번에는 그것에 붙일 이름이 없었다. 그것은 어떤 사람도 피해 갈 수 없고 이상한 방식으로 아이들에게 전해지는 고통에서 자라 나왔다. 그는 사람이 죽을 때 창조주 앞에 가지고 갈 것은 그것뿐이라는 걸 알았고 자신에게 그것이 그렇게 적다는 데 뜨거운 수치를 느꼈다. 그는 경악 속에 하느님의 철저함으로 자신을 판단했고, 자비의 행위는 불꽃처럼 그의 자부심을 감싸서 태워 버렸다. 그때까지 자신이 대단한 죄인이라고 생각하지 않았지만, 이제 보니 자신의 진정한 악행은 그가 절망하지 않도록 감추어져 있었다. 그는 자신이 아담의 죄를 품은 태초부터 불쌍한 넬슨을 모른 척한 오늘까지 계속 죄를 용서받았다는 것을 알았다. 자신의 죄라고 인정하지 못할 정도로 끔찍한 죄는 이 세상에 없었고, 하느님은 용서하는 만큼 사랑하는 분이시기에 그 순간 그는 낙원에 들어갈 준비가 되었다고 느꼈다.

넬슨은 모자챙 그늘 아래 표정을 가라앉히고 피로와 의심이 섞인 얼굴로 그를 보았지만, 기차가 간이역을 떠나 겁먹은 뱀처럼 숲으로 사라지자마자 밝아진 얼굴로 중얼거렸다. "한 번 갔다 와서 기뻐요. 하지만 다시는 안 갈 거예요!"

좋은 시골 사람들
Good Country People

혼자 있을 때의 중립적인 표정 외에 프리먼 부인에게는 전진 표정과 후진 표정 두 가지가 더 있어서 모든 인간관계에 활용했다. 전진 표정은 차분하고, 달리는 트럭처럼 힘이 있었다. 그녀의 눈은 오른쪽 왼쪽으로 흔들리는 일은 없었지만 이야기가 흘러가면 그 가운데 뻗은 노란 줄을 따라가듯이 움직였다. 그녀가 진술을 철회할 일은 많지 않았기에 후진 표정은 거의 쓰지 않았지만 이따금 그 표정을 쓸 때면 얼굴이 완전히 정지하고 검은 눈만이 살짝 움직였다. 눈이 뒤로 물러나는 것 같았고, 그러면 상대는 프리먼 부인이 몸은 포개어 놓은 곡물 자루처럼 눈앞에 있어도 정신은 거기 없다는 것을 알았다. 호프웰 부인은 이럴 때 프리먼 부인을 이해시키는 것을 포기했다. 부인이 아무리 설명해도 프리먼 부인은 자신이 틀렸다는 걸 인정하지 않았다. 그녀는 그냥 가만히 있었고, 굳이 말을 시키면 대충 이렇게 대꾸했다. "그렇다고도 말하지 않고 아니라고도 말하지 않았어요." 아니면 먼지 긴 병들이 들어찬 부엌의 꼭대기 선반을 훑어보며 이렇게 말할 것이다. "작년 여름에 거둔 무화과를 별로 안 먹었네요."

그들은 중요한 일 대부분을 부엌에서 아침을 먹으며 처리했다. 아침마다 호프웰 부인은 7시에 일어나서 자신과 조이의 가스히터에 불을 붙였다. 조이는 부인의 딸로 의족을 한 금발 처녀였다. 조이는 서른두 살이고 고등교육을 받았지만, 호프웰 부인은 딸을 어린아이로 여겼다. 조이는 어머니가 아직 식사를 할 때 일어나서 욕실로 문을 쾅 닫으며 들어가곤 했고, 그런 뒤 오래지 않아 프리먼 부인이 뒷문에 도착했다. 조이는 어머니가 "들어와"라고 말하는 소리를 들었다. 그리고 그들은 욕실에서는 알아들을 수 없는 작은 목소리로 한동안 이야기를 했다. 조이가 다시 들어올 때면 대개 날씨 이야기가 끝나고 프리먼 부인의 딸인 글리네즈와 캐러메이 이야기로 넘어가 있었다. 조이는 그들을 글리세린과 캐러멜이라고 불렀다. 붉은 머리의 글리네즈는 열여덟 살이고 따라다니는 남자가 많았다. 캐러메이는 금발이고 이제 열다섯 살이지만 이미 결혼해서 임신 중이었다. 그래서 아무것도 먹지 못했다. 매일 아침 프리먼 부인은 호프웰 부인에게 지난번 이후로 딸이 몇 번을 토했는지를 말했다.

호프웰 부인은 사람들에게 글리네즈와 캐러메이는 아주 훌륭한 여자들이고, 프리먼 부인은 숙녀이며, 자신은 프리먼 부인을 부끄러움 없이 어디든 데리고 다니면서 누구에게든 소개해 줄 수 있다고 말했다. 그런 뒤에는 자신이 어떻게 프리먼 부부를 고용하게 되었는지, 그들이 자신에게 얼마나 보배로운 존재인지, 또 그들과 함께한 4년이 어땠는지를 이야기했다. 호프웰 부인이 그들 부부를 그렇게 오랫동안 고용하고 있는 건 그들이 쓰레기가 아니기 때문이었다. 그들은 좋은 시골 사람이었다. 부인이 그들 부부가 신원보증인이라고 알려 준 남자에게 전화했을 때, 그는 프리먼 씨는 훌륭한 일꾼이지만 그 아내는 세계에서 가장 시끄러운 여자라고 일러 주었다. "모든 일에 끼어들어요. 시끄러운 현장에 그 여자가 안 나타난다면 아마 죽은 걸 겁니다. 그 여자는 사모님 집안 일을 모조리 알려고 할 거예요. 남자는 아무 문제 없지만 나도 우리 집사람도 그 여자는 1분도 참기 싫었습니다." 그래서 호프웰 부인은 며칠을 더 생각해 보았다.

부인은 결국 그들을 고용했는데, 다른 지원자가 없기도 했거니와 자신이 그 여자를 어떻게 다룰지 미리 결심했기 때문이었다. 그녀가 모든 일에 끼어들어야 하는 사람이라면 모든 일에 끼어드는 것을 허락할 뿐 아니라 아예 모든 일에 끼어들 수 있도록 각별히 배려하기로 했다. 그러니까 그녀에게 모든 것을 맡길 생각이었다. 호프웰 부인 자신은 단점이 없었지만, 다른 사람들의 그런 단점을 아주 건설적으로 이용할 줄 알았기에 그들에게서 부족한 부분을 느끼지 못했다. 부인은 프리먼 부부를 고용했고 벌써 4년이 지났다.

'완벽한 건 없다'는 것은 호프웰 부인이 좋아하는 말 가운데 하나였다. 또 하나 '그런 게 인생이다!'라는 것도 있었다. 그리고 중요한 또 하나는 '사람들 생각은 다 다른 법이다'였다. 부인은 이런 말을 주로 식탁에서 했고, 그럴 때 부인의 목소리는 자기 말고 누구도 그런 생각을 하지 않는 것처럼 부드럽지만 집요했다. 그러면 늘 화가 나 있어서 얼굴에 아무런 표정이 없는 덩치 큰 조이는 얼음처럼 차가운 눈으로 어머니의 약간 옆쪽을 보았는데, 그 모습은 마치 자발적으로 맹인이 되고 특별한 수완으로 그 상태를 유지하는 사람 같았다.

호프웰 부인이 프리먼 부인에게 그런 게 인생이라고 말하면 프리먼 부인은 이렇게 말했다. "저도 늘 그렇게 생각했어요." 그녀는 어떤 결론에도 다른 사람들보다 먼저 도착해 있었다. 그녀는 프리먼 씨보다 빨랐다. 프리먼 부부가 거기 와서 얼마쯤 지났을 때, 호프웰 부인이 프리먼 부인에게 "자네는 바퀴가 바퀴를 돌리는 것 같아"라며 윙크하자 프리먼 부인은 말했다. "알아요. 저는 언제나 빨랐어요. 남들보다 빠른 사람이 있는 법이죠."

"사람은 다 달라." 호프웰 부인이 말했다.

"그래요, 대부분이 그렇죠." 프리먼 부인이 말했다.

"온갖 사람이 모여서 세상을 이루는 거니까."

"저도 늘 그렇게 생각했어요."

조이는 아침 식탁에서 벌어지고 점심 식탁에서 반복되는 이런 대화에 익숙했다. 때로 그들은 저녁 식탁에서도 그런 대화를 했다. 손님이 없으면 그들은 부엌에서 식사를 했다. 그편이 간편했기 때문이다. 프리먼 부인은 언제나 어김없이 식사 중에 도착해서 그들이 식사를 끝내는 모습을 지켜보았다. 여름에는 문간에 서 있었지만 겨울에는 냉장고 위에 한쪽 팔꿈치를 얹고 그들을 내려다보거나 아니면 치마 뒤쪽을 살짝 들고 가스히터 옆에 서 있거나 했다. 때로는 벽에 기대서 머리를 이리저리 기울이기도 했다. 그리고 절대 서둘러 떠나지 않았다. 호프웰 부인은 이 모든 일이 피곤했지만 부인은 인내심이 많았다. 부인은 완벽한 것은 없으며 프리먼 부부는 좋은 시골 사람이고, 요즘 같은 시절에 좋은 시골 사람을 구하면 웬만하면 계속 쓰는 것이 좋다고 여겼다.

부인은 쓰레기들을 많이 겪었다. 프리먼 부부 이전에는 1년 단위로 소작농이 바뀌었다. 그 농부들의 아내들은 오래도록 곁에 두고 싶지 않은 사람들이었다. 호프웰 부인은 오래전에 남편과 이혼했기 때문에 함께 들판을 걸을 사람이 필요했다. 그리고 조이를 대동하려고 하면 대개 거친 말과 험악한 표정이 돌아와서 호프웰 부인은 이렇게 말하곤 했다. "기분 좋게 갈 수 없다면 아예 따라오지 마." 그러면 조이는 딱딱한 어깨로 목을 내밀고 서서 말했다. "엄마가 날 원한다면 가죠. 이 꼴 그대로!"

호프웰 부인은 이런 태도를 봐주었다. 다리 때문이었다. (조이는 열 살 때 사냥터에서 총기 사고로 다리 한쪽을 잃었다.) 부인은 딸아이가 이제 서른두 살이고, 다리를 잃은 지 20년이 넘었다는 걸 좀처럼 실감하지 못했다. 부인에게 그녀는 아직도 아이 같았다. 하지만 실제로는 춤 한 번 춰 보지 못하고 평범한 즐거움도 누리지 못하는 30대의 뚱뚱한 처녀라고 생각하면 가슴이 미어졌다. 그녀의 이름은 실제로 조이였지만 집을 떠나 있던 스물한 살 때 법적으로 개명했다. 호프웰 부인은 그녀가 세계 모든 나라 말 가운데 가장 듣기 싫은 이름을 찾기 위해 정말로 심혈을 기울였다고 느꼈다. 그리고 어머니에게 한 마디 말도 없이 조이라는 예쁜 이름을 바꾸어 버렸다. 그녀의 법적 이름은 헐가였다.

헐가라는 이름을 생각하면 호프웰 부인은 속이 텅 빈 커다란 전함이 떠올랐다. 부인은 그 이름을 부르지 않았다. 계속 조이라 불렀고, 그러면 조이는 반응은 했지만 아주 기계적이었다.

헐가는 프리먼 부인을 참았다. 그녀 덕분에 어머니와 함께하는 산책의 의무를 덜 수 있었기 때문이다. 글리네즈와 캐러메이조차 자신에게 향할 관심을 돌려 주는 유용한 역할을 했다. 처음에는 프리먼 부인에게 무례하게 구는 것이 불가능했기에 그녀를 참을 수 없을 줄 알았다. 왜냐하면 프리먼 부인은 이상한 분노를 품고 여러 날 동안 부루퉁해 있을 때가 많았지만 왜 그런지는 알 수 없었고, 단도직입적인 비난, 확연한 조롱, 대놓고 던지는 고약한 욕설—이런 것에는 전혀 흔들리지 않았기 때문이다. 그러더니 어느 날부터 아무 말도 없이 자신을 헐가라고 불렀다.

프리먼 부인은 호프웰 부인이 안 좋아하는 것을 알기에 부인 앞에서는 부르지 않았지만 헐가와 함께 집 밖에 있게 되면 말끝마다 헐가의 이름을 덧붙여 말했고, 그러면 커다란 안경을 쓴 조이–헐가는 사생활 침해라도 당한 듯 인상을 쓰며 얼굴을 붉혔다. 그녀에게 그 이름은 개인적인 영역이었다. 그녀가 그 이름을 택한 것은 순전히 듣기 싫은 발음 때문이었는데, 짓고 났더니 놀라울 만큼 적절하다는 느낌이 들었다. 그녀는 그 이름에서 용광로 앞의 못생긴 불카누스 신*처럼 땀 흘리며 일하는 모습을 떠올렸다. 그가 부르면 사랑과 미의 여신도 와야 했다. 그녀는 그 이름을 자신의 가장 창의적인 성과물로 여겼다. 그녀의 주요 성취 하나는 어머니가 딸의 육신을 조이로 만들지 못한 것이지만, 더 큰 성취는 그녀가 스스로 그것을 헐가로 만들었다는 것이었다. 하지만 프리먼 부인이 그 이름을 즐겨 사용하는 일은 짜증스러웠다. 프리먼 부인의 말똥말똥하고 강철 같은 시선이 자기 얼굴을 뚫고 들어와 어떤 비밀에 가닿은 듯했다. 자신의 어떤 특징이 프리먼 부인을 매혹하는 듯했고, 어느 날 헐가는 그것이 의족이라는 걸 깨달았

* 로마 신화에 나오는 불과 대장장이의 신. 추남에 절름발이로 묘사되는데, 사랑과 미의 여신 베누스를 아내로 삼았다.

다. 프리먼 부인은 비밀 전염병, 은폐한 기형, 아동 학대에 관심이 많았다. 질병 중에서는 만성 질병과 불치병을 좋아했다. 헐가는 호프웰 부인이 프리먼 부인에게 총기 사고를 자세히 설명해 주는 것을 들었다. 다리가 말 그대로 터져 버린 일, 그래도 딸아이가 한 순간도 의식을 잃지 않았던 일을. 프리먼 부인은 언제라도 그 이야기를 한 시간 전에 일어난 사건처럼 흥미롭게 들을 수 있었다.

헐가가 아침에 의족을 쿵쿵 디디며 부엌에 들어가면 (소리 내지 않을 수도 있지만 그녀는 소리 내는 쪽을 선택했다. 호프웰 부인은 그렇게 여겼다. 그것은 듣기 싫은 소리였기 때문이다) 두 사람을 보아도 말은 걸지 않았다. 호프웰 부인은 대개 붉은 실내복을 입고 천으로 머리를 묶었다. 부인은 식사를 거의 끝냈고, 프리먼 부인은 냉장고에 팔꿈치를 얹고 서서 식탁을 내려다보았다. 헐가는 언제나 스토브에 달걀 삶을 물을 얹었고, 그런 뒤 팔짱을 끼고 그 앞에 서 있었다. 호프웰 부인은 그녀를 바라보면서—그것은 헐가와 프리먼 부인 양쪽을 동시에 향하는 일종의 간접 시선이었다—조금만 더 밝게 행동하면 그렇게 못생겨 보이지 않을 거라고 생각했다. 그녀의 얼굴에 특별한 문제는 없었고 표정만 밝다면 훨씬 좋아 보일 것 같았다. 호프웰 부인은 사물의 밝은 면을 보는 사람들은 실제로는 예쁘지 않아도 예쁘게 보인다고 말했다.

조이를 보면서 그런 생각을 할 때마다 부인은 아이가 박사 학위를 따지 않는 편이 나았다는 느낌을 떨칠 수 없었다. 그걸 땄다고 이렇다 할 무엇이 생긴 것도 아니었고, 더는 학교에 다닌다는 핑계를 댈 수도 없게 되었다. 호프웰 부인이 볼 때 여자애들은 학교에 가서 노는 게 좋았지만, 조이는 모든 학교를 다 다녔다. 어쨌거나 다시 학교에 다닐 만한 건강도 아니었다. 의사들은 부인에게 아무리 잘 돌봐도 조이는 마흔다섯 정도까지 살 거라고 말했다. 조이는 심장이 약했다. 건강 문제만 없다면 자신은 이 붉은 언덕과 좋은 시골 사람들을 떠났을 거라고 그녀는 분명히 밝혔다. 대학에서 자신의 말을 알아듣는 사람들에게 강의를 했을 거라고 했다. 호프웰 부인은 딸이 허수아비 같은 몰골로 역시 비슷한 몰골의 사람들에게 강의하는 모습을 똑똑히 그려 볼 수 있었다. 여기서 그녀는 하루 종일 6년 된 치마를 입고 말 탄 카우보이가 볼록 새김 된 노란 스웨터를 입고 다녔다. 그녀는 그것이 재미있다고 여겼다. 호프웰 부인은 그건 바보짓이고, 그녀가 아직도 어린애라는 표시라고 여겼다. 그녀는 똑똑했지만 상식이 없었다. 호프웰 부인이 볼 때 그녀는 해마다 남들과 달라지고 자기만의 방향으로 나아가는 것 같았다. 그러니까 더 뚱뚱하고 무례하고 삐딱한 방향으로. 그리고 얼마나 이상한 말들을 하는지! 자기 어머니에게도—식사 중에 아무런 맥락 없이 혼자 얼굴이 벌게지고 입에 음식을 문 채 일어나서—"아줌마는 자기 내면을 봐? 자기 내면을 들여다보고 실체를 파악해 보려고 노력해? 아이고 하느님!" 하고 말했다. 그리고 울음을 터뜨리며 다시 주저앉아 접시를 바라보았다. "말브랑슈* 말이 맞아. 우리는 스스로의 빛이 아니야. 우리는 스스로의 빛이 아니야!" 호프웰 부인은 지금까지도 딸이 그때 왜 그랬는지 몰랐다. 부인은 그저 조이가 이해해 주었으면 좋겠다는 희망을 품고 미소는 누구에게도 상처가 되지 않는다고만 말했다.

---

* Nicolas Malebranche(1638~1715). 프랑스의 철학자이자 신부. 세계 사상事象의 유일한 참된 원인은 신이며, 이들 사상의 자연적 원인은 모두 신의 작용의 기회인機會因, 즉 신이 그의 사상을 생기시킬 때의 조건에 지나지 않는다는 기회원인론을 주장했다.

딸아이는 철학 박사였고, 그 일은 호프웰 부인에게 몹시 당황스러웠다. "내 딸은 간호사예요"라거나 "내 딸은 학교 교사예요"라거나 더 나아가 "내 딸은 화학공학자예요"라는 말은 할 수 있지만 "내 딸은 철학자예요"라는 말은 할 수 없었다. 그것은 그리스와 로마에서 끝난 것이었다. 조이는 하루 종일 깊은 의자에 기대앉아서 책을 읽었다. 때로는 산책도 했지만 개나 고양이나 새나 꽃이나 자연이나 친절한 청년들을 좋아하지 않았다. 친절한 청년들을 보면 그 어리석음이 악취를 풍긴다는 듯한 표정을 지었다.

어느 날 호프웰 부인은 딸이 내려놓고 나간 책을 집어 들고 중간을 대충 펼쳐서 읽어 보았다. "반면에 과학은 그 냉철함과 엄격함을 다시 주장해야 하고, 그것이 오직 존재 자체와 관련 있음을 분명히 해야 한다. 과학에게 무無란 공포와 환상이 아니고 무엇이겠는가? 과학이 올바르다면 한 가지는 확고하다. 과학은 무를 무화無化하고자 한다는 것이다. 그것이 무에 대한 엄격하게 과학적인 접근 방식이다. 우리는 무를 무화하려고 소망함으로써 알 수 있다." 이런 문장에 파란 줄이 쳐져 있었는데, 그것은 호프웰 부인에게는 알아들을 수 없는 사악한 주문 같았다. 부인은 얼른 책을 덮고 오한이라도 느낀 것처럼 방을 나갔다.

오늘 아침 그녀가 부엌에 들어왔을 때 프리먼 부인은 캐러메이 이야기를 하고 있었다. "저녁 식사 후에 네 번을 토했어요. 그리고 새벽 3시 넘어서 두 번을 깼어요. 어제 하루 종일 책상 서랍만 뒤졌거든요. 거기서 뭐가 나올지 보려고요."

"그 애는 뭘 좀 먹어야 돼." 호프웰 부인이 커피를 마시며 말하고, 스토브 앞에 선 조이의 등을 바라보았다. 딸아이가 성경 외판원에게 무슨 말을 했을지 궁금했다. 조이가 그 남자와 어떤 대화를 했을지 부인은 도저히 상상이 되지 않았다.

어제 키가 크고 얼굴이 하얗고 모자는 쓰지 않은 한 청년이 성경 책을 팔겠다며 왔다. 큰 검은색 가방을 들고 있었다. 가방이 어찌나 무거운지 몸이 한쪽으로 기울어서 그는 문에 기대 중심을 잡아야 했다. 그는 금세라도 쓰러질 것 같았지만 명랑한 목소리로 말했다. "안녕하세요, 시더스 부인!" 그리고 가방을 깔개 위에 내려놓았다. 밝은 청색 양복 차림이었고 노란 양말은 제대로 당겨 신지 않았지만, 못생긴 젊은이는 아니었다. 광대뼈가 두드러졌고 끈끈해 보이는 갈색 머리카락 하나가 이마에 걸쳐져 있었다.

"나는 호프웰 부인인데요." 부인이 말했다.

"아!" 그는 당황한 척했지만 눈은 반짝였다. "우편함에 '시더스'라고 적혀 있길래 시더스 부인이신 줄 알았습니다!" 그리고 상냥한 웃음을 터뜨렸다. 그러더니 가방을 들고 숨을 헐떡이며 안으로 쓰러져 들어왔다. 가방이 먼저 움직여 그를 당긴 것 같았다. "호프웰 부인!" 그가 말하고 부인의 손을 잡았다. "희망hope과 건강well이 함께하시기 바랍니다!" 그는 다시 웃더니 이내 차분한 표정이 되었다. 그리고 부인을 진지하게 바라보며 말했다. "사모님, 저는 아주 진지한 말씀을 드리러 왔습니다."

"들어와요." 부인이 말했지만, 점심 준비가 거의 다 되어 있었기에 그다지 유쾌하지는 않았다. 그는 응접실에 들어와서 의자에 살짝 걸터앉더니 가방을 두 발 사이에 놓고 방을 보고 부인을 파악하기라도 하려는 듯 그곳을 둘러보았다. 은그릇이 두 개의 낮은 식기장 위에서 반짝였다. 부인은 이 사람에게 이렇게 고급스러운 방은 처음일 거라고 판단했다.

"호프웰 부인." 남자는 친근한 목소리로 부인의 이름을 부르며 입을 열었다. "사모님은 기독교 사역을 믿으시는 분이라는 걸 알겠습니다."

"네, 맞아요." 부인이 말했다.

"그리고," 그가 입을 열었다가 잠시 말을 멈추더니 고개를 옆으로 기울이고 현명한 표정을 지었다. "부인은 좋으신 분입니다. 친구들이 그렇게 말해 주었습니다."

호프웰 부인은 놀림 당하는 걸 좋아하지 않았기에 바로 물었다. "무얼 팔러 왔나요?"

"성경 책입니다." 청년이 말하더니 빠르게 방을 훑어보고 덧붙였다. "이 응접실에는 가족 성경 책이 보이지 않네요. 이 집에 없는 딱 하나가 바로 그것입니다!"

호프웰 부인은 "내 딸은 무신론자고 응접실에 성경 책을 두지 못하게 해요"라고 말할 수 없었다. 그래서 약간 뻣뻣하게 이렇게만 말했다. "나는 침대맡에 성경 책이 있어요." 그것은 거짓말이었다. 성경 책은 다락방 어딘가에 있었다.

"사모님, 하느님의 말씀은 응접실에 있어야 합니다." 그가 말했다.

"그건 취향의 문제라고 생각해요. 나는……" 부인이 입을 열었다.

"사모님, 기독교인에게 하느님의 말씀은 마음속뿐 아니라 집의 모든 방에 있어야 합니다. 사모님이 기독교인이신 것은 얼굴의 주름 하나하나가 다 말해 줍니다." 그가 말했다.

부인은 일어서서 말했다. "저는 성경 책을 사고 싶지 않고 불에 올려놓은 음식이 타는 냄새가 나네요."

그는 일어서지 않았다. 두 손을 비틀더니 그것을 내려다보며 말했다. "사모님, 사실대로 말씀드리죠. 요즘은 성경 책을 사는 사람이 많지 않고 게다가 저도 알지만 저는 단순합니다. 저는 말하는 법을 모르면서도 그냥 말합니다. 저는 시골 청년이에요." 그는 부인의 딱딱한 얼굴을 올려다보았다. "사모님 같은 분이 저 같은 시골 사람을 좋아하실리가 없습니다."

"무슨 소리예요!" 부인이 소리쳤다. "좋은 시골 사람은 세상의 소금이에요! 게다가 우리는 다 각기 다른 방식으로 살아요. 세상에는 온갖종류의 사람이 있는 법이에요. 그게 인생이에요!"

"지당하신 말씀입니다." 그가 말했다.

"저는 이 세상에 좋은 시골 사람이 부족하다고 생각해요. 그게 세상의 문제라고 생각해요!" 부인이 흥분해서 말했다.

그의 얼굴이 환해졌다. "제 소개를 하지 않았네요. 제 이름은 맨리포인터고 윌러호비 근처의 시골 출신입니다. 거기는 딱히 지명도 없어서 윌러호비 근처라고 말해야 합니다."

"잠시만요. 불에 얹은 음식이 어떻게 되고 있는지 봐야 해요." 그리고 부인이 부엌으로 갔더니 조이가 문 앞에 서서 듣고 있었다.

"세상의 소금을 치워 버리고 밥 먹어요." 조이가 말했다.

호프웰 부인은 딸을 향해 눈살을 찌푸리고 채소가 올려진 불을 낮추었다. "나는 누구에게도 무례하게 굴 수 없어." 부인이 대꾸하고 응접실로 돌아갔다.

청년은 가방을 열어 성경 책을 무릎에 한 권씩 올려놓고 있었다.

"그냥 도로 넣으세요. 저는 그게 필요 없어요." 부인이 말했다.

"솔직한 말씀 감사드립니다." 그가 말했다. "이제는 깊은 시골로 들어가지 않으면 정말로 정직한 사람을 만나기가 어렵습니다."

"나는 진실한 사람들을 알아요!" 부인이 말했고, 문이 열린 틈새로

꿍 하는 소리가 들렸다.

"아마도 많은 젊은이가 대학에 다니느라 학비를 벌고 있다고 말할 겁니다." 그가 말했다. "하지만 저는 그런 말은 하지 않습니다. 대학에 가고 싶지 않으니까요. 저는 제 인생을 기독교 사역에 바치고 싶습니다." 그러더니 그가 목소리를 낮추었다. "저는 심장이 안 좋습니다. 오래 못 살지도 몰라요. 자신에게 문제가 있고 오래 못 살 것을 알면, 사모님……" 그가 입을 벌린 채 부인을 바라보며 말을 멈추었다.

조이하고 같은 병이라니! 부인은 눈에 눈물이 차오르는 것을 느꼈지만 얼른 진정하고 말했다. "점심을 같이하실래요? 같이하면 좋겠네요!" 그리고 말을 하는 순간 후회했다.

"좋습니다. 기쁘게 응하겠습니다." 그가 부끄러운 목소리로 말했다.

조이는 청년에게 소개할 때 한 번 힐끔 보고는 식사 내내 그쪽으로 눈길을 주지 않았다. 그는 그녀에게 몇 마디 말을 걸었지만 그녀는 못 들은 척했다. 호프웰 부인은 늘 그런 일을 겪으면서도 그런 무례를 이해할 수 없었고, 조이의 무례를 벌충하기 위해 자신이 항상 친절을 베풀어야 한다고 느꼈다. 부인은 그에게 살아온 이야기를 해 달라고 했고 그는 기꺼이 응했다. 그는 열두 자녀 중 일곱째고, 아버지는 자신이 여덟 살 때 나무에 깔려 죽었다고 했다. 아주 큰 사고였고, 몸이 거의 반으로 갈라져서 알아보기도 힘들었다. 어머니는 억척스럽게 일하며 아이들을 주일 학교에 보냈고 모두가 저녁마다 성경을 읽었다. 그는 이제 열아홉 살이고 성경 책을 판 지 넉 달 되었다. 그동안 일흔일곱 권의 성경을 팔았고, 두 권의 구매를 약속받았다. 그는 선교사가 되고 싶다고, 그게 자신이 가장 많은 걸 베풀 수 있는 길이라고 생각한다고 했다. "생명을 잃는 자는 찾을 것입니다." 그가 단순하게 말했는데,

그 모습이 어찌나 진지한지 호프웰 부인은 웃을 수 없었다. 그는 완두콩이 접시에서 떨어지려는 것을 빵으로 막았고, 나중에 그 빵으로 자기 접시를 닦았다. 부인은 조이가 그의 나이프질과 포크질을 곁눈질하는 걸 보았고, 청년 또한 몇 분이 멀다 하고 조이의 관심을 끌고 싶은 듯 그녀에게 예리한 눈길을 던졌다.

점심이 끝나자 조이는 식탁에서 그릇을 치우고 사라졌고, 호프웰 부인은 남아서 그와 이야기를 했다. 그는 다시 자신의 어린 시절과 아버지의 사고와 그에게 일어난 여러 가지 일을 이야기했다. 부인은 5분에 한 번씩 하품을 삼켰다. 그렇게 두 시간이 지난 뒤에야 부인은 약속이 있어서 시내에 나가야 한다고 말했다. 그는 성경 책을 챙겨 넣고 고맙다고 말하며 떠날 채비를 했지만, 문 앞에 서자 부인의 손을 움켜잡고는 성경 책을 팔러 다니는 동안 사모님처럼 친절한 부인은 만난 적이 없다며 다시 와도 되겠느냐고 물었다. 부인은 언제라도 반가울 거라고 대답했다.

청년이 무거운 가방에 몸이 기울어진 채 계단을 내려가서 농장 길로 나갈 때 조이는 그 길에 서서 먼 곳을 바라보고 있었다. 그는 조이 앞에 서서 그녀를 똑바로 보았다. 호프웰 부인은 그가 뭐라고 하는지 알 수 없었지만, 조이가 거기에 어떻게 대답할지 생각하니 몸이 떨렸다. 잠시 후 조이가 말했고, 그러자 젊은이가 가방을 들지 않은 손을 열렬하게 움직이며 다시 말했다. 잠시 후 조이가 또 말을 했고 그 말에 젊은이가 다시 말을 했다. 그러더니 놀랍게도 두 사람이 함께 농장 문을 향해 걸어갔다. 조이는 문 앞까지 그와 함께 갔는데, 호프웰 부인은 둘이 서로 무슨 말을 했을지 상상도 되지 않았고 감히 물어볼 엄두도 내지 못했다.

프리먼 부인이 관심을 촉구하고 있었다. 그녀는 호프웰 부인이 듣는 모양새를 갖추기 위해 얼굴을 돌릴 필요가 없도록 냉장고에서 히터로 이동해서 말했다. "글리네즈가 어젯밤에 다시 하비 힐하고 데이트했어요. 눈에 다래끼가 났거든요."

"힐이라면 자동차 정비소에 다니는 친구 말인가?" 호프웰 부인이 건성으로 대꾸했다.

"아뇨, 척추 교정 학교에 다니는 친구예요." 프리먼 부인이 말했다. "글리네즈는 다래끼가 났어요. 이틀 됐어요. 지난번에 그 친구가 와서는 글리네즈한테 '내가 다래끼를 빼 줄게' 하고 말했고 딸아이가 '어떻게?' 하고 물으니까 '자동차 좌석에 누워 있기만 하면 돼' 하고 말했어요. 그래서 글리네즈가 그렇게 했더니 그 친구가 아이의 목을 탁 쳤어요. 글리네즈가 그만하라고 할 때까지 그렇게 몇 번 했는데 오늘 아침에 다래끼가 없어졌어요. 흔적도 없이요."

"그런 말은 처음 듣는걸." 호프웰 부인이 말했다.

"힐은 글리네즈한테 지방법원에 가서 결혼하자고 했어요." 프리먼 부인이 계속 말했다. "그리고 그 애는 관공서에서는 결혼하지 않을 거라고 했어요."

"글리네즈는 좋은 처녀야. 글리네즈도 캐러메이도 좋은 여자들이지." 호프웰 부인이 말했다.

"캐러메이가 라이먼하고 결혼했을 때 라이먼은 자기한테는 그 결혼이 성스럽게 느껴진다고 했대요. 500달러를 줘도 교회 결혼은 하지 않겠다고요."

"얼마를 주면 하는데요?" 조이가 스토브 앞에서 물었다.

"500달러는 안 받는다고 말했어." 프리먼 부인이 다시 말했다.

"다들 자기 방식대로 사는 거지." 호프웰 부인이 말했다.

"라이먼은 그게 더 신성하게 느껴진다고 했대요." 프리먼 부인이 말했다. "의사 선생님이 캐러메이한테 건자두를 먹으라고 해요, 약 대신에. 복통이 압박 때문에 온 거래요. 제가 볼 때는 그게 아닌데 말이에요."

"몇 주만 지나면 괜찮아질 거야." 호프웰 부인이 말했다.

"나팔관이 문제예요. 안 그러면 저렇게 아플 리가 없어요." 프리먼 부인이 말했다.

헐가는 달걀 두 개를 접시에 얹고 지나치게 가득한 커피 잔과 함께 들고 왔다. 그리고 조심스레 앉아 식사를 시작했다. 프리먼 부인이 떠날 기색을 보이면 질문을 퍼부어 잡아 둘 작정이었다. 그녀는 어머니가 자신을 보는 걸 의식했다. 어머니는 성경 책 외판원에 대해 에둘러 질문할 게 분명하고 그런 질문을 받고 싶지 않았다. "어떻게 목을 쳤나요?" 그녀가 물었다.

프리먼 부인은 그가 어떻게 딸아이의 목을 쳤는지를 설명했다. 그 사람은 1955년식 머큐리 차가 있는데, 글리네즈는 1936년식 플리머스를 타는 사람이라도 교회에서 결혼하겠다는 사람과 결혼하고 싶다고 말했다고 했다. 헐가는 1932년식 플리머스면 어떻게 할 거냐고 물었고 프리먼 부인은 글리네즈는 1936년식 플리머스라고 말했다고 대답했다.

호프웰 부인은 글리네즈처럼 상식 있는 처녀가 많지 않다고 말했다. 그 집 딸들의 훌륭한 점이 바로 그 상식이라고 했다. 그 이야기를 들으니 어제 성경 책을 팔러 온 훌륭한 젊은이 생각이 난다고 했다. "지루해서 죽을 뻔했지만 아주 진지하고 성실한 젊은이라서 무례하게 대할 수가 없었어. 좋은 시골 사람이었어, 세상의 소금이 되는."

"나도 그 사람이 여기로 오는 걸 봤어요." 프리먼 부인이 말했다. "그리고 여기서 나가는 것도 봤지요." 헐가는 프리먼 부인의 목소리가 살짝 변하는 것을 느꼈다. 그가 혼자서 나가지 않았다는 암시가 담겨 있었다. 그녀의 무표정한 얼굴은 흔들리지 않았지만 목에 색깔이 올라왔고, 그녀는 그것을 달걀로 삼켜 넘기려는 것 같았다. 프리먼 부인은 비밀을 공유한 사람처럼 헐가를 바라보았다.

"세상에는 온갖 사람이 필요한 법이니까. 우리가 저마다 다른 것도 좋은 일이야." 호프웰 부인이 말했다.

"하지만 서로 비슷한 사람들도 있죠." 프리먼 부인이 말했다.

헐가는 일어나서 의족 소리를 필요한 것보다 배로 크게 울리며 자기 방에 들어가 문을 잠갔다. 그녀는 그날 성경 책 외판원과 10시에 농장 문 앞에서 만나기로 되어 있었다. 그 일을 생각하는 데 어젯밤의 절반이 지나갔다. 처음에는 농담으로 여겼지만, 차츰 그 안에 담긴 깊은 암시를 느꼈다. 그녀는 침대에 누워서 그들이 나눌 대화를 상상했다. 겉으로 볼 때는 말도 안 되지만 어떤 성경 책 외판원도 알지 못할 깊이에 다다르는 대화를. 어제 그들이 나눈 대화가 그런 것이었다.

그는 어제 그녀 앞에 가만히 서 있었다. 그의 앙상한 얼굴은 땀에 젖어 빛났고, 그 중심에 작고 뾰족한 코가 있었으며, 표정도 식탁에서 보던 것과 달랐다. 그녀를 바라보는 호기심 어린 눈길에는 아이가 동물원에서 신기한 동물을 보는 것 같은 매혹이 어려 있었고, 그는 그녀에게 오기 위해 먼 길을 달려오기라도 한 듯 숨을 가쁘게 쉬었다. 그 눈길은 왠지 익숙했지만 그녀는 전에 어디서 그런 눈길을 받았는지 알 수 없었다. 그는 1분이 다 되도록 아무 말도 하지 않았다. 그러더니 숨을 들이켜는 듯한 소리를 내면서 속삭였다. "부화한 지 이틀 된 병아리 먹어 봤어요?"

헐가는 그를 냉랭하게 바라보았다. 그가 어떤 철학 모임에 가서 이런 질문을 화두로 제시해 봤는지도 몰랐다. "네." 그녀는 그 질문을 모든 관점으로 고려해 보는 듯 잠시 뜸을 들인 뒤 대답했다.

"아주 작은 병아리였겠네요!" 그가 씩씩하게 말하고 몸을 떨며 불안하게 웃었다. 그의 빨개진 얼굴에는 찬탄이 가득했지만, 헐가의 표정은 변하지 않았다.

"몇 살이에요?" 그가 나직하게 물었다.

그녀는 잠시 기다렸다가 심드렁한 목소리로 "열일곱" 하고 대답했다.

그의 미소는 작은 호수 표면의 물결처럼 계속 밀어닥쳤다. 그가 말했다. "의족을 하고 있네요. 용감하신 분 같아요. 아름다워요."

헐가는 멍하고 딱딱한 얼굴로 말없이 서 있었다.

"농장 문까지 바래다줘요. 아가씨는 용감하고 아름다운 분이고, 처음 본 순간부터 호감을 느꼈어요." 그가 말했다.

헐가가 앞으로 움직였다.

"이름이 뭐예요?" 그가 미소를 띠고 그녀의 정수리를 내려다보며 물었다.

"헐가." 그녀가 말했다.

"헐가." 그가 나직이 말했다. "헐가. 헐가. 헐가란 이름은 처음이네요. 헐가 양은 좀 수줍어하는 성격인 것 같아요."

그녀는 고개를 끄덕이며, 무거운 가방을 든 그의 크고 붉은 손을 보았다.

"나는 안경 쓴 여자가 좋아요." 그가 말했다. "나는 생각을 많이 해요. 진지한 생각을 하지 않는 그런 사람들하고는 달라요. 내가 언제 죽을지 모르니까요."

"나도 언제 죽을지 몰라요." 그녀가 불쑥 말하고 그를 올려다보았다. 그의 작은 갈색 눈이 열렬하게 반짝였다.

"이 세상의 어떤 사람들은 서로의 공통점 때문에 결국 만나게 되어 있다는 생각 안 해요?" 그가 말했다. "그러니까 둘 다 진지한 생각을 한다거나 하는 그런 점에서요." 그는 가방을 바꿔 들어서 그녀 쪽의 손을 빈손으로 만들었다. 그리고 그녀의 팔꿈치를 잡고 약간 흔들며 말을 이었다. "나는 토요일에는 일하지 않아요. 대신 숲을 산책하면서 대자연이 입은 옷을 감상하고 싶어요. 언덕 너머 저 멀리까지. 소풍이나 그런 거요. 내일 같이 소풍을 갈 수 있을까요? 제발 그러겠다고 말해 줘요, 헐가." 그가 말하고 애가 닳는 듯 간절한 눈길을 던졌다. 심지어 그녀 쪽으로 몸을 약간 기울이기까지 했다.

그녀는 밤이 지나는 동안 자신이 그를 유혹하는 상상을 했다. 두 사람이 농장을 걷다가 뒤쪽 들판 너머에 있는 저장 창고에 이르고 거기서 모든 일이 척척 흘러가 자신이 그를 유혹하고, 이어 물론 그의 후회를 감당하는 일을 상상했다. 진정한 천재는 열등한 정신에도 관념을 이해시킬 수 있다. 그녀는 자신이 그의 후회를 인생에 대한 깊은 이해로 변화시키는 것을 상상했다. 그의 모든 부끄러움을 유용한 것으로 전환시키는 것을.

그녀는 정각 10시에 호프웰 부인의 시선을 끌지 않고 농장 문을 향해 출발했다. 그녀는 소풍에는 주로 음식을 가져간다는 것을 잊고 먹을거리를 챙기지 않았다. 옷은 바지와 더러운 흰색 셔츠를 입은 뒤 나중에 생각이 나서 셔츠 깃에 방향 오일을 발랐다. 향수는 가진 게 없었다. 농장 문에 도착해 보니 아무도 없었다.

그녀는 텅 빈 간선도로를 이리저리 내다보았고, 자신이 놀림을 당했다는 데 분노를 느꼈다. 그가 의도한 것은 자신이 그의 말을 듣고 농장 문까지 걷게 만드는 것이었다. 그때 그가 맞은편 제방 덤불 뒤에서 긴 몸을 쭉 펴며 일어섰다. 그는 웃음을 짓고 새로 산 챙 넓은 모자를 들어 올렸다. 어제는 쓰지 않았던 모자고, 그녀는 그날을 위해 일부러 산건가 하는 생각을 했다. 모자는 토스트 같은 색깔이었고, 운두 주변에 붉은색과 흰색이 섞인 띠를 둘렀는데 그에게는 살짝 컸다. 덤불 뒤에서 나온 그는 여전히 그 검은 가방을 들고 있었다. 어제와 똑같은 양복이었고, 역시 똑같은 노란 양말이 길을 걸은 탓에 신발 속으로 흘러 내려가 있었다. 그가 간선도로를 건너와서 말했다. "올 줄 알았어!"

헐가는 어떻게 알았을까 심술궂게 생각했다. 그녀는 가방을 가리키며 물었다. "성경 책은 왜 가져왔어?"

그는 그녀의 팔꿈치를 잡고 내려다보며 참을 수 없다는 듯 미소를 지었다. "하느님의 말씀이 언제 필요할지는 알 수 없으니까, 헐가." 그녀는 잠시 이게 정말 현실로 벌어지고 있는 일인가 의심했지만 그들은 곧 제방을 올랐고 이어 목초지로 내려가 숲을 향해 걸어갔다. 청년은 그녀의 옆에서 발끝을 튕기며 가볍게 걸었다. 오늘은 가방이 무겁지 않은 것 같았다. 심지어 양옆으로 흔들기까지 했다. 그들이 아무 말도 없이 걸어 목초지 중간쯤에 이르렀을 때, 그가 그녀의 허리에 손을 얹고 부드럽게 물었다. "의족은 언제 단 거야?"

그녀는 뻘게진 얼굴로 잠시 그를 노려보았고, 청년은 부끄러운 듯 말했다. "기분 나쁘라고 물어본 거 아니야. 그저 네가 정말 용감하다는 뜻으로 한 말이야. 하느님이 널 돌보실 거야."

"아니. 나는 하느님을 믿지도 않아." 그녀가 앞을 보고 빠른 속도로 걸으며 말했다.

그 말에 그는 멈춰 서서 휘파람을 불었다. "하느님을 안 믿는다고!" 그는 너무 놀라서 다른 말을 할 수 없다는 듯 소리쳤다.

그녀는 계속 걸었고, 그는 금세 옆에 와서 모자로 부채질을 했다. "젊은 아가씨가 그러는 건 아주 드문 일인걸." 그가 곁눈질로 그녀를 살피며 말했다. 어느덧 숲 가장자리에 이르자 그가 다시 그녀의 허리에 손을 대더니 아무 말도 없이 그녀를 끌어당겨서 격렬하게 키스를 했다.

그 키스는 느낌보다 압박이 더 강했지만 혈가 안에서 아드레날린이 솟구치게 했다. 그것은 불타는 집에서 무거운 트렁크를 들고 나오게 만드는 아드레날린과 같은 종류의 것이었지만 혈가에게 그 힘은 즉시 두뇌로 갔다. 그가 자신에게서 떨어지기도 전에 그녀의 명석하고 초연하고 냉소적인 정신은 그를 아주 먼 곳에서 흥미롭고도 불쌍하게 바라보았다. 그녀는 키스가 처음이었고, 그것이 별다른 일이 아니라는 것과 모든 게 정신 통제의 문제라는 걸 알게 된 것이 기뻤다. 어떤 사람들은 보드카라고 말해 주면 배수구의 물도 즐겁게 마실 것이다. 청년이 기대감과 불안이 교차하는 표정으로 그녀를 부드럽게 밀자 그녀는 그런 일은 자신에게 흔하다는 듯 돌아서서 걸어갔다.

그러다 그녀가 뿌리에 걸려 비틀거리자 그가 도와주려고 숨을 헐떡이며 달려왔다. 그리고 그녀가 지나갈 때까지 가시덩굴의 길고 흔들리는 가지들을 잡아 주었다. 그녀가 앞장섰고 그가 숨을 가쁘게 쉬며 따라왔다. 잠시 후 햇빛 비치는 작은 언덕이 나왔고 그 언덕은 부드럽게 내려가 더 작은 언덕으로 이어졌다. 그 너머에 여분의 건초를 보관하는 창고의 녹슨 지붕이 보였다.

언덕에는 분홍 잡초가 가득했다. "그러면 너는 구원받지 않은 거네?" 그가 갑자기 멈춰 서서 물었다.

헐가는 빙긋 웃었다. 그녀가 그에게 미소를 보인 건 그때가 처음이었다. "내 이론에 따르면 내가 구원받고 네가 저주받았지만, 아까 말했듯이 나는 신을 믿지 않아."

하지만 어떤 것도 청년에게서 찬탄의 표정을 파괴할 수 없는 듯했다. 그는 이제 동물원의 신기한 동물이 창살 사이로 발을 내밀어 그를 다정하게 쿡 찌른 것처럼 그녀를 바라보았다. 그녀는 그가 다시 키스하고 싶어 한다고 느끼고, 그럴 기회를 주기 전에 다시 걸어갔다.

"어디 앉을 만한 데 없을까?" 그가 말끝을 부드럽게 하며 속삭였다.

"저 창고." 그녀가 말했다.

그들은 창고가 기차처럼 떠나기라도 할 듯 걸음을 빨리해서 그리 다가갔다. 창고는 큰 2층 건물이었고 그 안은 서늘하고 컴컴했다. 청년은 다락으로 올라가는 사다리를 가리키며 말했다. "저리 못 올라가는 게 안타깝네."

"왜 못 올라가지?" 그녀가 물었다.

"네 다리 때문에." 그가 존경스럽게 말했다.

헐가는 그에게 경멸스러운 눈길을 던지고 두 손을 사다리에 얹은 뒤 놀라워하는 그를 뒤에 두고 올라갔다. 그녀는 능숙하게 사다리 구멍으로 올라가서 아래를 내려다보았다. "올라오려면 올라와." 그러자 그는 가방을 어색하게 들고 사다리를 올랐다.

"성경 책은 필요 없어." 그녀가 말했다.

"그건 모르는 일이야." 그가 숨을 몰아쉬며 말했다. 그리고 다락에 올라와서는 잠시 숨을 다스렸다. 그녀는 짚 더미 위에 앉아 있었다. 먼지 입자 가득한 햇빛 줄기가 그녀에게 비스듬히 기울어져 있었다. 그녀는 건초단에 기댔다. 눈길은 건초를 수레에서 다락으로 던져 올리는 창고 전면 구멍을 내다보았다. 분홍 점들이 총총 박힌 두 개의 언덕은 검은 숲을 등지고 물러앉아 있었다. 하늘은 구름 한 점 없이 차가운 청색이었다. 청년은 그녀의 옆에 앉더니 한 손을 그녀의 몸 아래쪽에 넣고 다른 손을 위에 댄 채 차분하게 그녀의 얼굴에 키스를 했고 물고기처럼 조그만 소리를 냈다. 모자는 벗지 않았지만 머리 뒤로 멀찍이 물러나 있어서 방해가 되지 않았다. 그녀의 안경이 걸리적거리자 그는 안경을 벗겨서 자기 주머니에 넣었다.

힐가는 처음에는 가만히 키스를 받기만 했지만 곧 거기 응답해서, 그의 뺨에 몇 차례 키스를 하고 입술로 돌아가 그의 숨을 모두 빼내려는 듯 쉬지 않고 키스를 했다. 그의 입김은 아이처럼 깨끗하고 달콤했으며, 키스도 아이처럼 끈적거렸다. 그는 사랑한다는 둥, 처음 봤을 때부터 사랑했다는 둥 중얼거렸지만, 그것은 졸리지만 자기 싫은 아이가 엄마가 잠을 재워서 짜증을 내는 소리 같았다. 이 모든 일이 벌어지는 동안에도 그녀의 정신은 활동을 중지하지 않았고 잠시도 감정에 주도권을 내주지 않았다. "날 사랑한다고 말하지 않았어. 사랑한다고 말해 줘." 그가 마침내 그녀에게서 몸을 떼면서 속삭였다.

그녀는 그에게서 고개를 돌리고 텅 빈 하늘을 바라보다가 검은 숲의 능선을 보았고 이어 두 개의 부풀어 오른 녹색 호수 같은 것을 보았다. 그녀는 그가 자기 안경을 벗긴 것을 미처 몰랐지만, 그렇다고 이런 풍경이 특이하게 보이지는 않았다. 주변에 깊은 관심을 기울이지 않았기 때문이다.

"말해 줘. 사랑한다고 말해 줘." 그가 다시 말했다.

그녀는 쉽사리 약속을 하는 사람이 아니었다. 그녀가 말했다. "느슨한 의미로 하면 그렇게 말할 수도 있겠지. 하지만 그건 내가 사용하는 언어가 아니야. 나는 환상이 없어. 나는 모든 것이 허무하다는 걸 아는 사람이니까."

청년이 얼굴을 찌푸리고 말했다. "말해 줘. 내가 그렇게 말했으니까 너도 그렇게 말해야 돼."

헐가는 다정함 비슷한 표정으로 그를 보았다. "불쌍한 것, 너는 몰라." 그리고 그의 목을 잡아 얼굴을 끌어당기며 말했다. "우리는 모두 저주받은 존재야. 하지만 어떤 사람들은 눈가리개를 풀고 이 세상에는 볼 게 아무것도 없다는 걸 봐. 그건 일종의 구원이야."

청년은 놀란 눈으로 그녀의 머리카락 끝을 바라보면서 칭얼거리듯 말했다. "좋아. 하지만 날 사랑하는 건 맞지?"

"그래, 어떤 의미로 보면." 그러고는 덧붙였다. "하지만 너한테 한 가지 말하겠어. 우리 사이에 거짓이 있으면 안 되니까." 그녀는 그의 머리를 들어 눈을 들여다보며 말했다. "나는 서른 살이야. 그리고 학위가 많아."

청년은 짜증과 집요함이 섞인 표정으로 말했다. "상관없어. 네가 무슨 일을 했는지 신경 안 써. 그냥 네가 날 사랑하는지 알고 싶어." 그런 뒤 그녀를 붙들고 얼굴에 격렬하게 키스를 해서 그녀는 마침내 말했다. "그래, 알았어."

"좋아, 그럼 증명해 줘." 그가 그녀를 놓으면서 말했다.

그녀는 미소를 짓고 변화하는 풍경을 몽롱하게 내다보았다. 자신은 아무런 시도도 하지 않고 그를 유혹했다. "어떻게?" 그녀는 아직은 너무 이르다고 생각하며 물었다.

그는 몸을 기울여 그녀의 귀에 입을 대고 속삭였다. "어디부터 의족인지 보여 줘."

힐가는 짧은 비명을 질렀고 얼굴에서 핏기가 빠져나갔다. 그 제안의 뻔뻔함에 놀란 것은 아니었다. 어렸을 때는 때로 수치심에 빠졌지만 교육을 받으면서 훌륭한 외과 의사가 암을 절제해 내듯 수치심의 마지막 자취까지 없애 버렸다. 그녀는 성경을 믿지 않는 만큼이나 그가 묻는 것에 아무런 감정이 없었다. 하지만 공작이 꼬리에 예민하듯 의족에 예민했다. 그녀 자신 말고는 아무도 거기 손을 대지 못했다. 그녀는 어떤 사람들이 영혼을 돌보듯 그것을 돌보았고 언제나 혼자 조용히 있을 때 자기 눈도 거의 옆으로 돌리고 그 일을 했다. "안 돼." 그녀가 말했다.

"처음부터 알았어. 넌 나를 가지고 장난친 거야." 그가 일어나 앉으며 말했다.

"아냐!" 그녀가 소리쳤다. "의족은 무릎 있는 데서 시작해. 무릎 위로 올라가지는 않아. 왜 그게 보고 싶어?"

청년은 날카로운 눈길로 그녀를 한참 바라본 뒤 말했다. "왜냐하면 그게 네가 보통 사람들하고 다른 점이니까. 너는 세상 누구하고도 다르잖아."

그녀는 앉아서 그를 바라보았다. 그녀의 얼굴이나 둥글고 파란 눈 어디에도 그 말에 감동했다는 표시는 없었다. 그러나 그녀는 심장이 멈춘 듯한 느낌을 받았고 정신이 피를 펌프질 하도록 허락했다. 자신은 생전 처음 진정한 순수함과 마주하고 있다는 판단이 들었다. 이 청년은 지혜 너머의 본능으로 자신에 대한 진실에 닿았다. 잠시 후 그녀는 높고 갈라진 목소리로 말했다. "좋아." 그것은 그에게 완전히 굴복하는 것이나 다름없었다. 자신의 인생을 버리고 그것을 그의 인생 속에서 기적처럼 다시 찾는 것 같았다.

그녀는 조심스럽게 바지를 걷었다. 흰 양말을 신고 갈색 단화를 신은 의족은 돛천 같은 두꺼운 천에 싸였고, 보기 흉한 접합 장치로 잘린 다리에 붙어 있었다. 그것을 바라보는 청년의 얼굴과 목소리는 존경으로 가득 차 있었다. "그러면 이걸 어떻게 떼고 붙이는지 보여 줘."

그녀는 다리를 떼었다가 다시 붙였고, 그런 뒤에 그가 그것을 진짜 다리처럼 조심스럽게 떼어 보았다. "봐! 이제 나도 할 수 있어!" 그가 아이처럼 즐거워했다.

"도로 붙여 놔." 그녀가 말했다. 그녀는 그와 함께 달아나는 일을, 매일 밤 그가 다리를 떼고 아침에 다시 붙이는 일을 생각했다. "도로 붙여 놔." 그녀가 말했다.

"조금 이따." 그가 말하고 그것을 그녀의 손이 닿지 않는 곳에 내려놓았다. "잠시 떼어 둬. 너한테는 내가 있잖아."

그녀는 짧고 불안한 비명을 질렀지만 그는 그녀를 눕히고 다시 키스했다. 다리가 없으니 그에게 완전히 의존하게 된 느낌이 들었다. 그녀의 두뇌가 생각을 완전히 멈추고, 자신이 그다지 잘하지 못하는 다른 기능을 시작하는 것 같았다. 그녀의 얼굴에 여러 가지 표정이 빠른 속도로 오갔다. 이따금 청년이 의족을 세워 둔 곳을 흘끔거렸다. 마침내 그녀가 그를 밀고 말했다. "다리를 도로 붙여 놔."

"잠깐." 그가 말하더니 몸을 반대편으로 기울여 가방을 끌고 와서 열었다. 청색 안감을 댄 가방 안에 성경 책은 두 권밖에 없었다. 그가 그

중 한 권을 집어 들어 표지를 펼쳤다. 그 안쪽에는 책 대신 작은 위스키 병과 카드 한 벌, 그리고 글씨가 적힌 작고 파란 상자가 있었다. 그는 그것들을 신전에서 여신에게 공물을 바치듯 그녀 앞에 하나씩 규칙적인 간격으로 늘어놓았다. 그리고 파란 상자를 그녀의 손에 주었다. '이 제품은 질병 예방 목적으로만 사용해야 합니다.' 그녀가 거기 적힌 글을 읽고 상자를 떨어뜨렸다. 청년은 위스키 병을 열다가 손을 멈추고 미소 띤 얼굴로 카드 세트를 가리켰다. 그것은 평범한 카드가 아니라 카드 한 장마다 뒷면에 음란한 그림이 그려진 것이었다. "마셔." 그가 그녀에게 먼저 술병을 건네며 말했다. 그가 그것을 내밀었지만, 그녀는 최면에 걸린 사람처럼 움직이지 않았다.

그녀는 거의 탄원하는 목소리로 말했다. "너는 그냥 좋은 시골 사람 아니었어?"

청년은 고개를 삐딱하게 기울였다. 그녀가 자신을 모욕하려고 하는 것 같다는 표정이었다. "맞아." 그가 입술을 살짝 말아 올리고 대답했다. "하지만 그렇다고 거기 붙잡혀 살지는 않아. 나는 언제 어느 때라도 너만큼은 착해."

"내 다리 내놔." 그녀가 말했다.

그는 발로 의족을 더 멀리 밀더니 구슬리는 목소리로 말했다. "왜 이래, 이제 재미있게 놀아야지. 우리는 아직 서로를 잘 모르잖아."

"내 다리 내놔!" 그녀가 소리치고 그리 몸을 던지려고 했지만 그는 손쉽게 그녀를 찍어 눌렀다.

"갑자기 왜 그래?" 그가 말하고 찌푸린 얼굴로 술병을 닫아서 얼른 성경 책 안쪽에 넣었다. "넌 조금 전까지 아무것도 안 믿는다고 했잖아. 그래서 대단한 여자라고 생각했는데!"

그녀가 자주색 얼굴이 되어 소리쳤다. "너는 기독교인이야! 훌륭한 기독교인! 그 사람들하고 똑같이 말과 행동이 달라. 아주 완벽한 기독교인이야. 너는……"

청년이 분노로 입이 일그러뜨리더니 격앙된 목소리로 말했다. "설마 내가 그런 헛소리를 믿는다고 생각한 건 아니겠지! 내가 성경 책을 팔러 다닐지는 모르지만, 나는 바보도 아니고 어린애도 아니고 내가 무슨 일을 하는지 알아!"

"내 다리 내놔!" 그녀가 비명을 질렀다. 그가 어찌나 재빠른 동작으로 뛰어 일어났는지, 그녀는 그가 카드와 파란 상자를 성경 책 속에 쓸어 담고 그걸 가방에 넣는 모습을 제대로 보지 못했다. 그녀는 그가 다리를 집어 드는 것을 보았고 이어 그것이 가방 속 성경 책 두 권 사이에 비스듬히 들어가는 것을 잠시 멍하니 보았다. 그는 가방 뚜껑을 탕 닫고 손잡이를 들어 올려 구멍 아래로 내리더니 그 자신도 가방을 따라 내려갔다.

사다리 아래로 머리만 빼고 다 내려갔을 때, 그가 고개를 들고 이제 경탄이 사라진 눈으로 그녀를 보며 말했다. "그동안 재미있는 걸 많이 구했어. 한번은 이렇게 해서 어떤 여자한테 유리 눈도 받았어. 날 잡을 수 있을 거라고 생각하지 마. 포인터는 내 진짜 이름이 아니니까. 나는 가는 곳마다 다른 이름을 쓰고 어디서도 그렇게 오래 머물지 않아. 그리고 한 가지 더 말해 줄까, 헐가." 그가 한심한 이름을 부르듯 그 이름을 부르며 말했다. "너는 그렇게 똑똑하지 않아. 나는 태어날 때부터 아무것도 믿지 않았어!" 그런 뒤 토스트 색깔 모자가 구멍 아래로 사라졌고, 헐가는 먼지 낀 햇빛 속 짚 더미에 혼자 남았다. 그녀가 일렁거리는 얼굴을 구멍으로 돌리자, 그의 청색 몸집이 녹색 호수를 무사히 건너가고 있었다.

호프웰 부인과 프리먼 부인은 뒤편 목초지에서 양파를 캐다가 그가 잠시 후 숲에서 나와서 초원을 지나 간선도로 쪽으로 가는 것을 보았다. "저 사람은 어제 우리 집에 성경 책을 팔러 온 그 착하고 멍청한 젊은이 같은걸." 호프웰 부인이 눈을 찌푸리고 말했다. "저쪽에 사는 깜둥이들한테 성경을 팔러 갔던 모양이야. 순진하기도 하지. 그래도 우리 모두가 저렇게 순진하다면 세상이 훨씬 좋아질 거야."

프리먼 부인이 앞쪽을 이리저리 찾다가 그가 언덕 아래로 사라지는 모습을 간신히 보았다. 그러더니 다시 땅에 박힌 냄새 고약한 양파 싹으로 관심을 돌리고 말했다. "어떤 사람은 순진하게 사는 게 불가능해요. 나는 일단 불가능해요."

죽은 사람보다 불쌍한 사람은 없다

You Can't Be Any Poorer Than Dead

프랜시스 매리언 타워터는 할아버지가 죽은 지 겨우 한나절 만에 술에 취해 그의 무덤을 다 파지 못했고, 술 주전자를 채우러 왔던 깜둥이 부퍼드 먼슨이 그 일을 마무리하고 시신을 식탁에서 끌고 나와 제대로 된 기독교 방식으로 묻었다. 그러니까 무덤 앞에 예수 그리스도의 표시를 하고, 개들이 무덤을 파지 못하도록 위에 흙을 충분히 덮었다. 부퍼드는 정오경에 왔고 그가 해 질 녘에 떠날 때에도 타워터는 양조장에서 돌아오지 않았다.

죽은 노인은 타워터의 작은할아버지였고, 타워터는 기억하는 한 처음부터 그와 함께 살았다. 노인은 자신이 일흔 살 때 타워터를 구해 내서 키웠다고 말했다. 그는 여든넷의 나이로 죽었다. 그러니까 내 나이는 지금 열네 살이라고 타워터는 생각했다. 할아버지는 그에게 셈과 글을 가르쳤고, 아담의 추방에서 시작해서 허버트 후버까지 여러 대통령을 훑고 나아가 재림과 최후의 심판으로 이어지는 역사도 가르쳤다. 그는 손자를 잘 가르쳤을 뿐 아니라 유일한 다른 친척인 조카에게서 그 아이를 구해 냈다. 학교 교사인 조카는 그때는 자기 아이가 없었기에, 죽은 누나의 아이를 자기 생각에 따라 키우려고 했다. 노인은 그 생각이 무엇인지 잘 알았다.

그는 그 조카의 집에서 석 달을 살았다. 당시에는 조카가 인정을 베푼다고 생각했지만, 알고 보니 그것은 인정도 무엇도 아니었다. 그가 거기 살던 내내 조카는 은밀히 자신을 연구 관찰했다. 그를 인정의 이름으로 받아들인 조카는 몰래 그의 영혼으로 들어와서 그에게 한 가지 이상의 의미가 있는 질문을 했고, 집 주변에 덫을 놓고 그가 거기 걸리는 모습을 지켜본 뒤 그 연구 관찰 내용을 마침내 교사 잡지에 발표했다. 그 행동의 악취가 하늘에 닿아서 하느님이 직접 그를 구원했다. 그분은 그에게 뜨거운 환상을 보내서 고아 소년을 데리고 오지로 도망쳐서 아이를 구원받을 사람으로 키우라고 명령했다. 하느님은 그에게 장수를 약속해 주었고, 그는 아이를 교사 삼촌에게서 빼내서 자신이 평생 소유권을 지닌 숲 속의 작은 땅으로 데리고 갔다.

교사 삼촌 레이버는 마침내 그들이 있는 곳을 알아내서 아이를 도로 데려가려고 숲을 찾아왔다. 그는 차를 비포장도로에 두고 끊겼다 이어졌다 하는 숲길을 1킬로미터 이상 걸어서 황량한 2층 창고를 둘러싼 옥수수 밭에 도착했다. 노인은 타워터에게 그날 땀과 피로에 젖은 조카의 붉은 얼굴과 함께 왔던 자선단체 여자의 분홍 꽃무늬 모자가 옥수수 밭 위로 넘실거리며 다가온 일을 즐겨 이야기했다. 옥수수는 현관 계단 두 발짝 앞까지 심어져 있었고, 조카가 거기서 나왔을 때 노인은 총을 들고 문 앞에 서서 누구든지 현관 계단에 발을 올리면 그 발을 쏘겠다고 말했다. 두 사람이 서로를 바라보며 서 있는 사이 자선 단체 여자가 성난 공작새 암컷처럼 옥수수 밭에서 튀어나왔다. 노인은 자선단체 여자가 없었다면 조카는 거기서 꼼짝하지 않았겠지만, 여자가 넓은 이마에 달라붙은 빨간 염색 머리를 뒤로 넘기며 서 있었다고 말했다. 두 사람 다 얼굴이 가시덤불에 긁혀 피가 흘렀으며, 노인은 자선단체 여자의 블라우스 소매에 블랙베리 가지 하나가 걸려 있던 것을 기억했다. 여자는 지상의 마지막 인내심을 발휘하는 듯 천천히 숨만 쉬었지만, 조카는 발을 계단에 올려놓았고, 노인은 그의 다리에 총을 쏘았다. 두 사람은 소란스레 옥수수 밭으로 달아났고 여자는 비명을 질렀다. "저 사람이 미친 거 알고 있었잖아요!" 하지만 두 사람이 옥수수 밭 반대편으로 나왔을 때 노인은 위층 창가에서 여자가 조카에게 팔을 두르고 그를 끌어당긴 채 숲으로 들어가는 모습을 보았다. 나중에 조카가 그 여자와 결혼했다는 소식이 들렸다. 여자의 나이가 조카의 두 배였고, 잘해야 아이 하나 겨우 얻어 낼 처지였는데도. 여자는 조카가 다시 거기 가는 것을 허락하지 않았다.

세상을 떠난 날 아침, 노인은 평소처럼 부엌에 내려와 아침 식사를 준비했지만 그 음식을 한 술 입에 넣기도 전에 죽었다. 오두막의 1층은 전체가 넓고 어두운 부엌으로, 가운데 나무 스토브가 있고 스토브 옆에 나무 식탁이 있었다. 모퉁이들에는 사료와 여물 자루가 쌓였고, 금속 부스러기, 대팻밥, 낡은 밧줄, 사다리, 그 밖에 불에 잘 타는 물건들이 노인이나 타워터가 던져둔 곳에 있었다. 그들은 원래 부엌에서 잤지만 어느 날 창문으로 살쾡이가 뛰어든 뒤로 침대를 2층의 빈방 두 곳으로 옮겼다. 그때 노인은 계단이 자기 목숨을 10년은 갉아먹을 거라고 예언했다. 죽음의 순간 그는 식탁에 앉아 각진 붉은 손에 칼을 들고 입으로 가져가다가 깜짝 놀란 표정으로 탁 내려놓았고, 손이 접시 가장자리에 떨어져서 접시 한쪽이 삐딱하게 솟았다.

그는 단단한 머리가 어깨에 바로 박힌 황소 같은 노인이었고, 은색의 통방울눈은 빨간 그물에서 빠져나오려고 몸부림치는 물고기 같았다. 그는 챙을 젖힌 베이지색 모자를 썼고 속셔츠 위로 한때 검은색이었으나 이제 회색이 된 코트를 입었다. 타워터는 식탁 맞은편에 앉아서 노인의 얼굴에 붉은 빗줄이 나타나고 온몸이 떨리는 것을 보았다. 그 진동은 심장에서 시작해서 바깥으로 뻗었다가 표면에 떠오르는 것 같았다. 노인은 입이 한쪽 아래로 뒤틀린 채 전과 똑같은 균형 속에 등을 의자 등받이에서 15센티미터 정도 떼고 배를 식탁 아래 넣고 앉아 있었다. 죽은 은색이 된 그의 눈은 맞은편에 앉은 소년에게 고정되었다.

타워터는 노인의 진동이 자신을 가볍게 스치고 지나가는 것을 느꼈다. 노인에게 손을 대지 않고도 그가 죽었다는 것을 알았고, 우울하고 당황스러운 느낌 속에 시체를 앞에 두고 식사를 마쳤다. 마치 새로운 인격체 앞에서 무슨 말을 해야 할지 모르는 듯한 느낌이었다. 마침내 타워터가 불만스러운 목소리로 말했다. "기다리세요. 제가 제대로 하겠다고 말씀드렸잖아요." 그 목소리는 죽음이 노인 대신 소년을 변화시킨 것처럼 낯설게 들렸다.

소년은 접시를 가지고 뒷문으로 나가서 계단 맨 밑에 앉았다. 다리가 긴 검은 닭들이 마당을 뛰어와서 거기 남은 것들을 먹어 치웠다. 그는 뒷문 툇마루에 놓인 긴 소나무 상자에 앉아 두 손으로 멍하니 빗줄을 풀면서, 십자가 모양의 길쭉한 얼굴을 들어 오두막 터 너머 회색과 자주색 주름을 이루어 뻗은 숲 뒤편을 바라보았다. 숲은 나무들의 푸른 요새까지 가 닿았고 그 너머에는 텅 빈 아침 하늘이 있었다.

오두막은 비포장도로뿐 아니라 수레 길과 도보 길에서도 멀었으며, 백인도 아닌 흑인 이웃조차 자두나무 숲을 헤치고 가야 있었다. 노인은 왼쪽의 1,200평 땅에 목화를 심었고, 그것이 울타리 너머 집 옆면에 거의 닿게 했다. 두 가닥 가시철망이 밭 가운데를 갈랐다. 혹 모양의 안개가 하얀 사냥개처럼 그 밑을 기어서 마당으로 들어오려는 것 같았다.

"저 울타리를 없애겠어." 타워터가 큰 소리로 말했다. "밭 가운데 울타리가 있는 건 싫어." 그 목소리가 여전히 낯설고 불쾌해서 그는 나머지 생각은 머릿속으로 했다. 내가 이 농장 소유주건 아니건 이제 이 농장은 내 거야. 내가 여기 있고 누구도 나를 여기서 쫓아낼 수 없으니까. 교사 삼촌이 와서 이 땅이 자기 거라고 하면 죽여 버릴 거야.

그는 색 바랜 작업복을 입고 회색 모자를 귀 위로 눌러썼다. 그는 할아버지의 방식을 따라 잠자리에 들 때를 빼면 모자를 벗지 않았다. 그는 그날까지 늘 할아버지의 방식을 따랐다. 하지만 자신이 할아버지를 묻기 전에 울타리부터 없애고 싶어 한다고 해도 막을 사람 하나 없을 거라고 그는 생각했다. 누구의 목소리도 끼어들지 않을 거야.

"먼저 할아버지를 묻어." 낯선 이의 크고 불쾌한 목소리가 말해서 그는 삽을 찾으러 갔다.

그가 앉아 있던 소나무 상자는 할아버지의 관이었지만 그는 그것을 쓸 생각이 없었다. 노인은 그처럼 여윈 소년이 상자 안에 넣기에는 너무 무거웠고 노인이 몇 년 전에 그걸 직접 만들면서도 때가 왔을 때 자기를 그 관에 넣기가 마땅치 않으면 그냥 구덩이에 넣으라고 했다.

그저 구덩이를 깊이만 파라고. 그는 1.8미터를 파는 관습과 달리 3미터 깊이의 무덤을 원했다. 노인은 오랜 시간을 들여 상자를 만들었고 상자가 완성되자 뚜껑에 '메이슨 타워터 하느님 품에'라고 썼다. 그런 뒤 그것을 뒷문 툇마루에 놓고 한동안 그 안에 들어가서 누워 있었는데, 지나치게 발효된 빵처럼 상자 위로 불룩 솟은 배밖에 아무것도 보이지 않았다. 소년이 상자 옆에 서서 노인을 바라보자 노인이 흡족하게 말했다. "우리 모두 이렇게 끝나지." 그의 꺼칠한 목소리가 관 속에서 진실하게 울렸다.

"할아버지가 너무 커서 관에 안 맞아요." 타워터가 말했다. "제가 뚜껑을 깔고 앉아서 할아버지가 좀 썩을 때까지 기다려야 될 것 같아요."

"기다리지 마라." 할아버지가 말했다. "때가 왔을 때 저 상자를 쓰기가 마땅치 않으면, 그러니까 저걸 들 수 없거나 뭐 그러면 그냥 구덩이에 묻어. 하지만 구덩이를 깊이 파야 돼. 1.8미터가 아니라 3미터로. 방법이 없으면 그냥 굴려 넣어도 돼. 내가 굴러가마. 판자 두 개를 계단에 걸쳐 놓고 나를 굴려서 내가 멈추는 곳에 땅을 파되 아주 깊이 파고서 넣어 다오. 벽돌 같은 걸 괴어서 내가 굴러 들어가지 않게 하고, 일이 끝나기 전에 개들이 오지 않게 해. 개들은 우리에 가두는 게 좋을 거다."

"할아버지가 침대에서 돌아가시면요? 어떻게 할아버지를 아래층으로 내리나요?" 소년이 물었다.

"나는 침대에서 죽지 않아." 노인이 말했다. "나를 부르시는 목소리를 들으면 나는 아래층으로 내려갈 거다. 그리고 최대한 문 가까이 갈 거야. 하지만 만약 내가 위층에서 죽으면, 그냥 계단 아래로 굴려."

"아이고 하느님." 아이가 말했다.

노인은 상자에서 일어나 앉아 그 모서리에 주먹을 얹고 말했다. "내가 너한테 큰 걸 바란 적은 없어. 나는 너를 데려다 키우고 도시의 명청이에게서 구했지만, 그 대가로 너한테 바라는 건 내가 죽으면 죽은 자들의 영토인 땅속에 묻고 내가 거기 있다는 표시로 십자가 하나 세워 달라는 거야. 그게 내가 이 세상에서 너한테 바라는 전부다."

"제가 마음을 착하게 먹는다면 할아버지를 땅에 묻어 드릴게요." 타워터가 말했다. "하지만 피곤해서 십자가는 못 세울 것 같아요. 저는 사소한 건 신경 쓰기 싫어요."

"사소한 거라니!" 할아버지가 소리쳤다. "그 십자가들이 모이는 날이면 진짜 사소한 게 뭔지 알게 될 거다! 죽은 자를 제대로 묻는 건 네가 너 자신에게 베푸는 유일한 영광이 될 거야. 나는 널 기독교인으로 키우려고 데려왔어. 너는 무슨 일이 있어도 기독교인으로 살아야 해!"

"제가 힘이 없어서 못 하면 시내의 삼촌을 부를게요." 아이가 신중하고 초연한 태도로 노인을 살피며 말했다. "그러면 교사 삼촌이 할아버지를 돌볼 거예요." 그는 할아버지의 자주색 얼굴에서 하얘진 곰보 자국을 보며 나직하게 말을 이었다.

노인의 눈을 묶어 두는 그물이 두꺼워졌다. 그는 관의 양쪽을 잡고 툇마루 밖으로 밀고 나갈 듯 앞으로 밀면서 갈라진 목소리로 말했다. "그 애는 나를 태워 버릴 거야. 날 소각로에 넣고 화장해서 재를 뿌릴 거야. 그 애는 나더러 '거의 멸종한 부류'라고 말했어. 장의사에게 돈을 주고 태워서 재를 뿌릴 거야. 그 애는 부활을 믿지 않아. 최후의 심판을 믿지 않아. 그 애는……"

"죽은 사람들은 사소한 데 신경 쓰지 않아요." 소년이 할아버지의 말을 잘랐다.

노인은 작업복 앞자락을 잡고 타워터를 상자 옆으로 끌어당겼고, 두 사람의 얼굴이 5센티미터 간격을 두고 붙었다. "세상은 죽은 자를 위해 만들어졌어. 죽은 사람이 얼마나 많은지 생각해 봐." 그가 말하고 모든 모욕에 대한 답으로 미리 생각해 둔 듯이 덧붙였다. "산 사람보다 죽은 사람이 백만 배는 많고, 산 사람이 산 기간보다 죽은 사람이 죽은 기간이 백만 배는 더 길어!" 그런 뒤 웃으며 아이를 놓았다.

소년이 이 일에 충격 받았다는 표시는 눈의 가벼운 흔들림밖에 없었다. 잠시 후 소년이 말했다. "교사 삼촌은 제 삼촌이에요. 앞으로 저한테 남을 유일한 친척이고, 제가 삼촌에게 가고 싶다면 지금 갈 거예요."

노인은 1분은 족히 됨 직한 시간 동안 소년을 가만히 바라보더니 상자 양쪽 옆면을 탕 치고 소리쳤다. "천벌이 부르는 사람은 천벌의 길을 갈 수밖에! 칼이 부르는 사람은 칼의 길을 갈 수밖에! 불이 부르는 사람은 불의 길을 갈 수밖에!" 아이는 눈에 띄게 떨었다.

삼촌은 살아 있는 친척이지만, 나를 여기서 쫓아내려고 하면 내가 삼촌을 죽여 버릴 거야. 타워터는 삽을 가지러 가며 생각했다. 그놈에게 가서 저주를 받아라, 할아버지는 말했다. 내가 그놈에게서 널 구해 내서 여태껏 키웠는데, 내가 땅에 묻히자마자 네가 그놈에게 간다면 내가 어쩔 수 없지.

삽은 닭장 옆에 있었다. "나는 다시는 도시에 안 가." 타워터가 말했다. "나는 삼촌한테 안 가. 삼촌 아니라 누구도 나를 여기서 쫓아낼 수 없어." 그는 무화과나무 아래 무덤을 파기로 했다. 노인이 무화과나무에 좋을 것 같았기 때문이다. 땅은 위쪽은 모래흙이지만 아래는 벽돌처럼 단단했고, 삽이 모래에 박힐 때마다 쨍그랑 소리가 났다. 체중이 90킬로그램이나 나가는 사람을 묻어야 해. 그는 생각하며 한 발을 삽에 얹은 채 몸을 내밀어 나뭇잎 사이로 하얀 하늘을 올려다보았다. 이 바위 속에 구멍을 크게 파려면 하루 종일이 걸릴 텐데, 교사 삼촌은 1분이면 할아버지를 태워 버릴 거야.

타워터는 교사 삼촌을 본 적이 없지만 삼촌의 아이는 본 적이 있다. 그 소년은 작은할아버지를 닮았다. 노인은 타워터와 함께 거기 갔을 때 그 집 아이와 자신이 그렇게 닮은 데 충격을 받아서 문간에 서서 아이를 바라보며 바보처럼 입술만 핥았다. 그때 노인은 그 아이를 처음이자 마지막으로 보았다. "거기서 보낸 석 달은 부끄러운 시절이야." 노인은 말했다. "나는 내 혈육의 집에서 석 달 동안 배신당했어. 내가 죽었을 때 네가 나를 배신자의 손에 넘겨 화장시키겠다면 그렇게 해!" 그는 울긋불긋해진 얼굴로 상자 안에 앉아서 소리쳤다. "그놈한테 나를 태우게 해. 하지만 그다음에 네 목덜미가 잡히지 않게 조심해!" 그리고 손가락을 공중에 구부려 타워터의 목덜미를 잡는 시늉을 해 보였다. "나는 그 애한테는 없는 믿음의 누룩이 있어. 나는 타지 않을 거야. 그리고 내가 떠나면 너는 이 숲에서 저 난쟁이 태양과 함께 혼자 사는 게 도시에서 그놈이랑 사는 것보다 훨씬 더 좋을 거야!"

마당으로 들어온 하얀 안개는 옆쪽 땅으로 사라졌고 이제 공기는 맑고 비었다. "죽은 자는 불쌍해." 타워터가 낯선 이의 목소리로 말했다. "죽은 사람보다 불쌍한 사람은 없어. 할아버지는 자기 운명을 받아들여야 해." 누구도 나를 괴롭히지 않아, 그는 생각했다. 언제라도. 누구도 내가 하는 일을 막지 않아. 모래 색깔 사냥개가 근처에서 꼬리로 땅바닥을 두드렸고, 검은 닭 몇 마리가 그가 파내는 흙을 쪼았다. 나무들의 푸른 선 위로 떠오른 태양이 노란 안개에 싸여서 천천히 하늘을 지나갔다. "이제 나는 내가 원하는 건 무엇이든 할 수 있어." 그가 낯선 이의 목소리를 자신이 견딜 수 있을 만큼 누그러뜨리며 말했다. 마음만 먹으면 이 닭을 전부 죽일 수 있어. 그는 할아버지가 좋아하던 쓸모없는 당닭들을 바라보며 생각했다.

"할아버지는 바보 같은 취미가 많았어." 낯선 이가 말했다. "정확히 말하면 유치했던 거야. 교사 삼촌은 할아버지한테 해를 끼치지 않았어. 삼촌이 한 일은 눈으로 보고 귀로 들은 걸 교사들 잡지에 발표한 것뿐이야. 그게 무슨 잘못이야? 아무 잘못도 아니야. 교사들 잡지를 누가 신경 써? 그런데 어리석은 노인은 영혼이라도 살해당한 것처럼 행동했어. 하지만 그 상처는 그렇게 치명적이지도 않았어. 그 뒤로 15년을 더 살면서 자기를 자기 뜻에 맞게 묻어 줄 아이를 키웠으니까."

타워터가 삽으로 땅을 파는 동안 낯선 이는 분노를 누르고 계속 말했다. "너는 할아버지를 온전하게 그리고 순전히 네 힘으로 묻어야 해. 하지만 교사 삼촌은 1분이면 할아버지를 태울 거야." 한 시간 이상 땅을 팠지만 무덤 깊이는 겨우 30센티미터였다. 시체 몸통 높이만큼도 되지 않았다. 그는 가장자리에 잠시 앉았다. 하늘의 하얀 태양은 성난 물집 같았다. "죽은 사람이 산 사람보다 훨씬 문제야." 낯선 이가 말했다. "교사 삼촌은 최후의 심판의 날에 십자가 표시를 단 시체가 전부 모일 거라는 생각은 절대 하지 않을 거야. 바깥세상은 네가 배우고 자란 것과는 다른 방식으로 살아."

"한 번 가 봐서 알아. 누가 말해 주지 않아도." 타워터가 중얼거렸다.

작은할아버지는 2~3년 전에 변호사를 만나러 도시로 갔다. 노인은 그 땅이 교사를 건너뛰고 타워터에게 바로 돌아가도록 상속 조건을 바꾸려고 했다. 할아버지가 일을 처리하는 동안 타워터는 변호사

사무실이 있는 12층 창가에 앉아 도시 거리를 내려다보았다. 철도역에서 오는 동안 그는 움직이는 금속들과 사람들 눈이 총총 박힌 콘크리트 덩어리 사이를 허리를 꼿꼿이 펴고 걸었다. 그의 반짝이는 눈은 귀 위에 똑바로 얹힌 지붕 같은 회색 모자챙에 가려졌다. 그는 여기 오기 전에 연감을 읽고 이곳에는 그를 처음 보는 6만 명의 사람이 있다는 것을 알았다. 그는 길에 서서 사람들 모두와 악수하며 제 이름은 프랜시스 M. 타워터예요, 변호사를 만나러 할아버지를 따라 하루치기로 왔어요, 하고 말하고 싶었다. 그는 행인 한 명 한 명이 지나갈 때마다 머리가 뒤로 돌아갔지만, 사람이 너무 많아지고 그들은 시골 사람처럼 남을 신경 쓰지 않는다는 것을 깨닫자 그 행동을 그만두었다. 몇몇 사람이 그에게 부딪혔는데 평생의 지인을 만들어야 할 이런 접촉은 그냥 공중으로 흩어졌다. 사람들이 고개를 획 숙이고 사과를 중얼거리며 그가 그 사과를 받아들일 겨를도 없이 사라졌기 때문이다. 그는 변호사 사무실 창가에 무릎을 꿇고 앉아서 주석 강처럼 흐르는 얼룩진 거리 위로 고개를 내밀고 창백한 하늘에서 떠내려온 창백한 햇빛이 거기서 반짝이는 모습을 바라보았다. 여기서 사람들의 시선을 끌려면 특별한 일을 해야 돼, 그는 생각했다. 이 사람들은 하느님이 나를 만들었다는 이유만으로 나를 보지는 않아. 내가 여기 영원히 살게 된다면, 나는 모든 사람의 눈길을 내게 고정시킬 일을 할 거야. 그리고 몸을 앞으로 기울였다가 모자가 머리에서 사르락 떨어져 산들바람과 장난을 치며 자동차들 틈으로 들어가는 모습을 보았다. 그는 맨머리를 움켜잡고 사무실 안으로 몸을 당겼다.

할아버지는 변호사와 싸우고 있었다. 둘 다 가운데 책상을 탕탕 치고 무릎을 구부리고 주먹을 두드렸다. 키가 크고 정수리가 둥글고 코가 매부리코인 변호사는 계속 억눌린 비명을 질렀다. "제가 유언을 작성한 게 아닙니다. 제가 법을 만든 게 아니에요." 그리고 할아버지가 거친 목소리로 대꾸했다. "하지만 우리 아버지도 그런 일은 원하지 않았을 거요. 그놈은 건너뛰어야 해요. 우리 아버지는 그런 바보에게 재산을 물려주지 않았을 거요. 그건 우리 아버지 뜻이 아니오."

"모자가 떨어졌어요." 타워터가 말했다.

변호사는 다시 의자에 몸을 묻고 의자를 타워터 쪽으로 돌려 무심한 파란 눈으로 그를 본 뒤 다시 할아버지에게 의자를 돌리고 말했다. "저로서는 어쩔 수 없습니다. 어르신은 지금 어르신과 저의 시간을 모두 낭비하고 계십니다. 그만하고 유언에 따르시지요."

"나는 한때 내가 다 끝났다고 생각했어요." 할아버지가 말했다. "늙고 병들고 죽을 때가 다 되고 돈도 없고 아무것도 없었지. 내가 조카의 호의를 받아들인 건 그 아이가 가장 가까운 혈육이고 그 아이가 나를 모시는 게 당연하다고 생각했기 때문이오. 나는 그게 인정인 줄 알았지만……"

"어르신의 생각이나 행동, 또는 어르신의 혈육의 생각이나 행동을 제가 어떻게 할 방도는 없습니다." 변호사가 말하고 눈을 감았다.

"모자가 떨어졌어요." 타워터가 말했다.

"저는 일개 변호사입니다." 변호사가 사무실을 방벽처럼 두른 진흙빛 법전들을 훑어보며 말했다.

"차에 짓밟힐 거예요."

"그 애는 처음부터 글을 쓰려고 나를 관찰했어요." 할아버지가 말했다. "그 글을 쓰려고 나를 부른 거요. 작은아비인 나에게 비밀 검사를 하고, 내 영혼을 염탐하고, 그러더니 '작은아버지는 거의 멸종한 유형이에요!' 하고 말했어요. 거의 멸종했다니!" 노인이 목소리를 꺼내기가 힘든 듯 끼익거리는 소리로 말했다. "이렇게 멸종했지 뭐요!"

변호사는 눈을 감고 한쪽 뺨으로 미소를 보냈다.

"다른 변호사를 찾아가자." 노인이 말했고, 그들은 그곳을 떠나 연달아 세 군데에 더 들렀으며, 타워터는 자기 모자를 쓰거나 쓰지 않은 것 같은 남자를 열한 명 보았다. 마침내 네 번째 변호사 사무실에서 나온 뒤 그들은 은행 건물 창턱에 앉았고, 노인은 주머니에 가져온 비스킷을 타워터에게 주었다. 그리고 코트를 벗어서 옷에 눌렸던 배를 먹는 동안 편하게 허벅지에 올려놓았다. 노인의 얼굴은 분노로 일그러졌다. 곰보 자국 사이의 피부가 분홍색이 되었다가 자주색이 되었다가 하얀색이 되었다가 했고, 곰보 자국이 여기저기 뛰어다니는 것 같았다. 타워터는 창백했고, 눈은 특이하고 움푹한 빛을 냈다. 그는 머리에 네 모퉁이를 묶은 자수 손수건을 둘렀다. 행인들은 이제 그를 바라보았지만 그는 행인들을 보지 않았다. "하느님 감사합니다. 여기 일은 끝났으니 이제 집에 가요." 그가 말했다.

"아직 안 끝났어." 노인이 말하고 벌떡 일어나서 길을 갔다.

"아이고 하느님." 소년이 그를 따라 달리며 소리쳤다. "잠깐 앉아 있으면 안 돼요? 아직도 모르세요? 모두가 똑같이 말해요. 법은 하나뿐이고 할아버지가 할 수 있는 일은 없어요. 저도 그 정도는 알겠어요. 대체 왜 그러세요?"

노인은 적군의 냄새라도 맡은 듯 고개를 앞으로 내밀고 성큼성큼 걸어갔다.

"어디로 가는 거죠?" 그들이 상업 지구를 벗어나 길 위로 지저분한 현관이 튀어나온 둔탁한 회색 집들 앞을 지나갈 때 타워터가 물었다.

"저는 여기 오자고 하지 않았어요." 그가 할아버지의 허리를 때리며 말했다.

"너는 머지않아 여기 오자고 했을 거야. 그러니 실컷 구경해." 노인이 말했다.

"저는 구경시켜 달란 말 안 했어요. 오자고도 하지 않았어요. 저는 여기가 거기인 줄도 모르고 왔어요."

"네가 나중에 여기 오고 싶어지면 처음 왔을 때는 여기를 전혀 좋아하지 않았다는 걸 기억하렴." 노인이 말했다. 그들은 계속 걸었고, 길가의 집들은 문이 반쯤 열려서 푸석한 빛에 더러운 복도를 드러냈다. 그들이 마침내 도달한 구역은 집들이 납작하고 거의 똑같이 생긴 데다, 그 앞에는 조그만 풀밭들이 개가 두 발에 붙든 훔친 고기처럼 딸려 있었다. 몇 블록을 걸은 뒤 타워터는 길에 주저앉았다. "한 걸음도 더 못 가겠어요."

"어딜 가는지도 모르겠고, 더 이상 가지도 않을 거예요!" 그가 작은 할아버지의 큰 덩치에 대고 소리쳤지만, 노인은 멈추지도 돌아보지도 않았다. 소년은 잠시 후 일어나서 다시 그를 따라가며 생각했다. 할아버지한테 무슨 일이 생기면 나는 여기서 길을 잃어.

노인은 피 냄새가 자신을 적군의 은신처로 이끄는 듯 긴장하고 걸었다. 그러더니 연노란색으로 칠한 집의 짧은 진입로로 들어서서 하얀 문 앞으로 뻣뻣하게 걸어갔다. 그의 무거운 어깨가 불도저처럼 문을 부수고 지나갈 듯 움츠러들었다. 노인은 문손잡이의 반짝이는 놋쇠 노커 대신 주먹으로 문을 두드렸다. 타워터가 뒤에 따라붙었을 때 문이 열리더니 분홍빛 얼굴의 뚱뚱한 소년이 나타났다. 머리카락이 하얗고, 철 테 안경을 쓰고, 노인과 똑같은 은색 눈이었다. 두 사람은 서로를 바라보았다. 노인은 주먹을 든 자세였고, 벌어진 입에서 혀가 바보처럼 늘어졌다. 뚱뚱한 소년은 잠시 충격에 얼어붙은 것 같았다. 그러더니 웃음을 터뜨렸다. 소년도 주먹을 들고 입을 벌리고 혀를 최대한 길게 늘였다. 노인의 눈이 금방이라도 튀어나올 것 같았다.

"아버지한테 말해라. 내가 아직 멸종하지 않았다고!" 노인이 큰 소리로 말했다.

아이는 찬 바람이 들이닥친 것처럼 몸을 떨고는 문을 거의 닫다시피 해서 눈 한쪽만 보이게 했다. 노인은 타워터의 어깨를 빙글 돌리고 마당길로 밀고 갔다.

소년은 다시 그곳에 가지 않았고, 사촌 동생도 두 번 다시 못 보았으며, 교사 삼촌은 아예 못 봤지만, 자기 옆에서 무덤을 파는 낯선 이에게 그를 보고 싶지 않다고 말했다. 교사 삼촌에게 아무런 반감이 없고 그를 죽이고 싶지 않지만, 만약 그가 여기 와서 법이 어쩌고 하며 끼어든다면 그를 죽여야 할 것이다.

"그자가 여기 뭐하러 오겠어? 여긴 아무것도 없는데." 낯선 이가 말했다.

타워터는 대답하지 않고 다시 구덩이를 팠다. 그는 낯선 이의 얼굴을 살피지 않았지만 이제 그 얼굴이 날카롭고 다정하고 현명하고 챙넓은 모자에 가려졌다는 걸 알았다. 그 목소리에 대한 거부감은 사라졌다. 그저 이따금 낯선 이의 목소리처럼 들릴 뿐이었다. 자신이 이제야 자신을 만나고 있는 것 같았다. 할아버지가 살아 있던 동안은 자신과 만날 수 없던 것처럼.

"노인이 좋은 분이었던 건 맞아." 그의 새 친구가 말했다. "하지만 네 말대로 죽은 사람보다 불쌍한 사람은 없어. 노인은 자기 운명을 받아

들여야 해. 그분의 영혼은 이제 지상을 떠났고, 그분의 몸은 꼬집어도 몰라. 불이 붙어도 모르고 아무것도 몰라."

"할아버지는 최후의 심판 날을 생각하셨어." 타워터가 말했다.

"1954년이나 1955년, 1956년에 세우는 십자가가 최후의 심판 날까지 안 썩고 남아 있을까?" 낯선 이가 말했다. "태우고 남은 재와 다를 바 없는 진흙이 될 뿐이야. 그리고 이걸 생각해 봐. 바다에 빠진 선원을 물고기가 잡아먹고, 그 물고기를 다른 물고기가 잡아먹고, 그 물고기를 또 다른 물고기가 잡아먹고 또 잡아먹고 하면 하느님은 그 선원을 어떻게 하실까? 그리고 집에 불이 나서 타 죽은 사람은 어떻게 하실까? 다른 방식으로 타 죽거나 기계에 몸이 찢겨 죽은 사람들은? 폭탄에 맞아 터져 버린 군인은? 그렇게 해서 자연스럽게 몸을 남기지 못한 이 모든 사람은 어떻게 되는 거지?"

"내가 할아버지를 화장하면 그건 자연스러운 게 아니야. 의도적인 거지." 타워터가 말했다.

"알겠어. 네가 최후의 심판을 걱정하는 건 할아버지 때문이 아니라 너 때문이구나." 낯선 이가 말했다.

"내 일에 상관 마." 타워터가 말했다.

"네 일에 끼어드는 거 아냐." 낯선 이가 말했다. "나한테는 아무 상관 없어. 너는 이 집에 혼자 남았어. 난쟁이 태양 아래 이 빈집에서 영원히 혼자 살 거야. 내가 아는 한 너는 세상 누구에게도 의미가 없어."

"나는 구원받았어." 타워터가 중얼거렸다.

"너 담배 피우니?" 낯선 이가 물었다.

"피우고 싶으면 피우지만 안 피우고 싶으면 안 피워." 타워터가 말했다. "묻어야 하면 묻고, 안 그래도 되면 안 묻어."

"가서 할아버지가 의자에서 떨어졌는지 봐." 낯선 친구가 제안했다.

타워터는 삽을 무덤 속에 떨구고 집으로 돌아갔다. 그리고 문을 살짝 열고 안을 들여다보았다. 할아버지는 약간 옆쪽을 노려보고 있었다. 어떤 고약한 증거를 살펴보는 판사 같았다. 아이는 얼른 문을 닫고 무덤으로 돌아갔다. 땀이 나서 셔츠가 등에 달라붙었지만 추웠다.

태양이 머리 꼭대기에 죽은 듯 조용히 걸려서 정오를 기다렸다. 무덤은 60센티미터 정도 깊이가 되었다. "3미터를 파야 돼, 알지?" 낯선이가 말하고 웃었다. "노인들은 이기적이야. 노인들한테 뭘 기대하면 안 돼. 사람들한테 뭘 기대하면 안 돼." 그는 그렇게 말하고 기운 없이 한숨을 쉬었는데, 그것은 갑자기 바람에 일어났다 사그라지는 모래 폭풍 같았다.

타워터는 고개를 들었다가 두 사람이 그리 걸어오는 것을 보았다. 흑인 남자와 여자로 둘 다 손가락에 빈 식초 주전자를 하나씩 덜렁거렸다. 키가 크고 인디언처럼 생긴 여자는 녹색 챙 모자를 썼다. 여자는 걸음을 멈추지도 않고 울타리 아래로 몸을 굽혀 마당을 지나서 무덤으로 다가왔다. 남자는 철망을 잡아 내리고 그 위를 넘어 여자를 따라왔다. 그들은 구덩이에 눈길을 고정하고 그 가장자리에 서서는 놀라움과 기특함이 담긴 표정으로 파헤친 땅속을 들여다보았다. 그 남자는 부피드였다. 그의 얼굴은 불탄 헝겊처럼 쪼글거렸고, 피부색은 머리에 쓴 모자보다도 까맸다. "어르신이 돌아가셨구나." 그가 말했다.

여자는 고개를 들어 애절하고 점잖은 통곡 소리를 냈다. 그런 뒤 주전자를 땅에 놓고 두 팔을 교차시키고는 들어 올려 다시 통곡했다.

"그러지 마시라고 그래요. 여기 주인은 난데 여기서 검둥이가 통곡하는 건 싫어요." 타워터가 말했다.

"지난 이틀 동안 밤에 어르신의 영혼을 보았어. 이틀 동안 보았는데, 어르신은 편안하시지 않았어." 여자가 말했다.

"돌아가신 건 오늘 아침이에요. 주전자를 채우러 온 거면 그걸 저한 테 주고 제가 간 동안 땅을 파 주세요." 타워터가 말했다.

"어르신은 여러 해 전부터 오늘을 예견하셨어." 부퍼드가 말했다. "아내는 벌써 며칠 동안 꿈에 어르신을 봤고, 어르신은 쉬지 못하셨어. 나는 그분을 잘 알았어. 아주 잘 알았지."

"불쌍한 것. 이제 이 빈집에서 혼자 뭘 할 거니?" 여자가 타워터에게 물었다.

"제 일에 상관 마세요." 소년이 소리치면서 여자의 손에서 주전자를 낚아챘고 급하게 떠나다가 넘어질 뻔했다. 그는 뒤쪽 들판을 지나 나 무들에 둘러싸인 빈터로 갔다.

새들은 정오의 태양을 피해 숲으로 날아들었고, 개똥지빠귀 한 마리 가 멀찌감치 숨어서 똑같은 네 음정을 외치고 잠시 쉬었다가 다시 외 치고 했다. 타워터는 점점 더 빨리 걷다가 성큼성큼 뛰었고, 이내 누가 쫓아오기라도 하는 것처럼 달렸다. 그러다 솔잎 덮인 비탈에 미끄러 지자 나뭇가지를 잡고 숨을 헐떡이며 미끄러운 비탈 위로 몸을 끌어 올렸다. 그런 뒤 인동덩굴의 장벽을 지나고 이제 물이 거의 말라 모래 만 있는 냇바닥을 건너뛰어서, 노인이 여분의 술을 감추어 둔 진흙 둑 아래로 떨어졌다. 노인은 여분의 술을 둑 앞쪽의 구멍에 숨기고 큰 돌 로 덮어 두었다. 타워터는 돌을 잡아당겼고, 낯선 이는 그의 어깨 너머 로 굽어지며 숨을 몰아쉬었다. "그 사람은 미쳤어! 미쳤어! 간단히 말 하면 그거야. 그 사람은 미쳤어!" 타워터는 돌을 치워 검은 주전자를 끌어내고 둑 앞에 앉았다. "미쳤어!" 낯선 이가 소리치며 옆에 앉았다.

태양이 은폐지 주변의 나무들 뒤로 슬금슬금 나타났다.

"일흔 살 먹은 남자가 아기를 제대로 키우겠다고 이런 오지로 데려오다니! 만약 네가 네 살 때 노인이 죽었으면 어떻게 됐겠어? 네가 엿기름을 양조기로 가져와서 생계를 유지할 수 있었겠어? 네 살배기가 양조기를 돌린다는 말은 들은 적이 없어."

낯선 이가 계속 말했다. "너는 노인한테 아무것도 아니었어. 그저 적당히 키워서 때가 왔을 때 자신을 묻어 줄 아이였을 뿐이지. 그리고 이제 노인은 죽었어. 노인은 떠났는데 너는 그 90킬로그램의 덩치를 땅속에 넣어야 해. 네가 그 술을 한 방울 마신다고 노인이 길길이 뛸 것 같아? 술은 너한테 안 좋다고 하겠지만 노인이 걱정하는 건 네가 술을 많이 마셔서 자기를 묻지 못하는 거야. 노인은 너를 원칙에 따라 키우려고 이 오지로 데려왔다고 하는데, 그 원칙은 바로 이거야. 때가 오면 네가 노인을 묻고 무덤에 십자가를 세워 주어야 한다는 것."

소년이 검은 주전자를 한 모금 길게 들이켜자 낯선 이는 좀 더 부드러운 어조로 말했다. "조금은 괜찮아. 적당한 음주는 아무에게도 해가 되지 않아."

악마가 이미 타워터의 영혼을 꺼내려고 몸 안에 손을 넣은 듯 소년의 목구멍 아래로 불타는 팔이 내려갔다. 소년은 눈을 찌푸리고 성난 태양이 숲 꼭대기 뒤로 기어가는 모습을 보았다.

"걱정 마." 친구가 말했다. "지난번에 봤던 검둥이 복음성가 가수들 기억나? 모두 술에 취해서 검은 포드 자동차 옆에서 노래하고 춤추었잖아. 그 사람들이 술을 마시지 않았다면 자기들이 구원받았다는 게 그렇게 기쁘지 않았을 거야. 내가 너라면 구원에 별 신경을 쓰지 않을 거야. 어떤 사람들은 모든 걸 너무 심각하게 받아들여."

타워터는 이제 조금 천천히 마셨다. 예전에 그는 꼭 한 번 술에 취했고, 그때 할아버지는 어린아이가 술을 마시면 내장이 녹는다며 널빤지로 그를 때렸다. 그것도 할아버지의 거짓말이었다. 그의 내장은 녹지 않았기 때문이다.

"네가 평생토록 그 노인에게 속아 살았다는 걸 너도 잘 알 거야." 다정한 친구가 말했다. "너는 지난 10년 동안 반짝거리는 도시 사람으로 살 수도 있었어. 하지만 할아버지 말고는 아무도 만나지 못하면서 이 헐벗은 땅 구석에서 일곱 살 때부터 노새로 밭을 갈았어. 그리고 노인이 네게 가르친 것들이 맞는지 아닌지 어떻게 알아? 다른 사람은 안 쓰는 숫자 체계를 가르쳤는지도 모르지. 2 더하기 2가 4인지 어떻게 알아? 4 더하기 4는 8인 건? 다른 사람들은 그렇게 생각하지 않을지도 몰라. 이 세상에 아담이 있었는지, 예수님이 너를 구원해서 네 인생이 좋아진 건지 어떤지 어떻게 알아? 아니면 예수님이 정말 그런 일을 했는지 어떤지도 어떻게 알아? 모든 게 다 노인의 말뿐이었는데, 이제 너도 그자가 미친 사람이었다는 걸 알 거야. 그리고 최후의 심판에 대해 말하자면, 매일매일이 최후의 심판이지.

너도 그 정도는 알 만한 나이 아냐? 네가 하는 일들, 네가 여태 한 일은 대체로 해가 지기도 전에 저절로 옳고 그름이 밝혀지잖아? 그냥 넘어간 게 있어? 아니, 그런 적도 없고 그럴 거라 생각도 안 했을 거야. 그만큼 마셨으니 이제 남은 걸 다 마셔도 돼. 절제의 선을 지나면 중단은 없어. 머리 꼭대기에서 아래로 빙글빙글 내려가는 느낌, 그게 바로 하느님이 네게 내리는 축복이야. 그분은 너를 풀어 주셨어. 노인이 네 문 앞을 가로막은 돌이었는데 하느님이 그것을 치워 주셨어. 물론 아직 멀리 치우지는 않았지. 마무리는 네가 해야 하지만 가장 큰 일은 하느님이 하셨어. 하느님을 찬양하라."

타워터는 이제 다리에 아무 느낌이 없었다. 잠시 조는 동안 머리가 옆으로 굴렀고 입이 벌어졌으며 주전자가 허벅지에서 엎어져서 술이 작업복 옆으로 흘러내렸다. 마침내 병목에는 술이 한 방울씩 만들어지고 차오르고 떨어졌다. 그것은 조용하고 규칙적이고 햇빛 색깔이었다. 밝고 매끈한 하늘이 차츰 흐려졌고, 구름이 하나둘 끼어들어서 마침내 모든 그림자가 사라졌다. 그는 몸을 앞으로 비틀며 깨어났고, 두 눈이 불탄 헝겊 같은 것에 초점이 맞추어졌다 풀렸다 했다.

부퍼드가 말했다. "이런 행동을 하다니. 어르신은 이런 대접을 받으실 분이 아니야. 죽은 자는 땅에 묻혀야 쉴 수 있는 법이야." 그는 타워터의 한 팔을 잡고 땅바닥에 쪼그려 앉아 있었다. "문 앞에 가 보니 식탁에 앉아 계시더구나. 나무 판에 눕히지도 않았어. 내일 묻을 생각이라면 시신을 눕히고 가슴에 소금을 끼얹어야 돼."

소년은 눈앞의 영상을 제대로 보려고 눈살을 찌푸렸고, 잠시 후 빨갛게 부풀어 오른 작은 두 눈이 보였다. 부퍼드가 말했다. "어르신은 당신이 원하는 무덤에 누우실 권리가 있어. 그분은 인생을 깊이 아셨고, 예수님의 고난도 깊이 아셨어."

"야, 검둥이. 이 손 치워." 아이가 이상하게 부푼 혀를 힘겹게 움직이며 말했다.

부퍼드는 손을 치우고 말했다. "어르신은 쉬셔야 돼."

"내가 일을 마치면 쉬실 거야. 내 일에 상관 말고 꺼져." 타워터가 알아듣기 힘들게 말했다.

"아무도 널 방해하지 않아." 부퍼드가 말하고 일어섰다. 그러더니 잠시 고개를 숙이고 둑에 널브러진 소년을 보았다. 소년의 머리는 뒤로 꺾여 진흙 벽에 튀어나온 뿌리 위에 걸쳐져 있었다. 입은 벌어지고 앞쪽이 젖혀진 모자는 반쯤 감은 눈 위의 이마를 직선으로 가로질렀다. 튀어나온 광대뼈는 십자가의 가로축 같았고, 그 밑의 움푹한 뺨은 아주 늙어 보였으며, 아이의 뼈 자체가 이 세상만큼 나이 먹은 것 같았다. "아무도 널 방해하지 않아. 그게 네 문제가 될 거야." 깜둥이가 말하고 뒤도 돌아보지 않은 채 인동덩굴 장벽을 헤치고 나갔다.

타워터는 다시 눈을 감았다.

그러다 가까운 데서 밤새 칭얼거리는 소리에 잠이 깼다. 날카로운 울음은 아니고, 새가 자기 고충을 떠올려 본 뒤에 울음을 내뱉는 것처럼 간헐적으로 '흠흠' 하는 소리였다. 구름은 검은 하늘을 경련하듯 지나갔고, 불안한 분홍색 달은 30센티미터 위로 당겨졌다 떨어졌다 다시 당겨졌다 하는 것 같았다. 그는 즉시 하늘이 그의 숨을 틀어막으려고 내려오고 있다는 것을 알았다. 새는 때맞춰 비명을 지르며 날아갔고, 타워터는 비틀거리며 냇바닥으로 들어갔다가 두 손을 짚고 엎드렸다. 달은 모래 속 몇 군데 물에 창백한 불처럼 비쳤다. 그는 인동덩굴로 달려가서 그 달콤하고 익숙한 냄새를 자신을 내리누르는 무게로 흩뜨리며 뚫고 갔다. 하지만 인동덩굴 밖으로 나왔을 때 검은 땅바닥이 천천히 돌아서 그를 다시 쓰러뜨렸다. 분홍색 천둥이 숲을 번쩍 밝혔고, 검은 나무들이 여기저기 땅속에서 솟아 나왔다. 그가 있던 풀숲에서 밤새들이 다시 흠흠 소리를 냈다.

타워터는 일어나서 나무들을 더듬어 오두막 쪽으로 갔다. 손에 닿는 나무줄기가 차갑고 메말라 있었다. 멀리서 천둥이 울렸고 창백한 번개가 연달아 번쩍이며 숲 구석구석을 불태웠다. 마침내 그는 분홍 달빛 속에 검은색으로 높직하게 서 있는 오두막을 보았다. 망가진 그림

자를 끌고 모래밭을 지나 그리 다가가는 그의 두 눈은 빛의 노천광 같
았다. 그는 자신이 무덤을 파던 마당으로는 고개를 돌리지 않았다.

　그는 집의 뒤쪽 모퉁이로 가서 쪼그려 앉고는 아래쪽에 흩어진 닭
상자, 술통, 낡은 헝겊, 상자들 같은 잡동사니를 보았다. 그의 주머니에
는 성냥이 네 개 있었다. 그는 그 밑을 기어 다니며 불을 놓았고, 이미
붙은 불에서 새 불을 옮겨 붙이며 현관 툇마루까지 갔다. 등 뒤에서는
불이 불쏘시개처럼 바짝 마른 물건들과 집의 바닥 널을 탐욕스럽게
집어삼키기 시작했다. 그는 앞마당으로 나가 가시철망 밑을 지나서는
뒤도 돌아보지 않고 바큇자국 팬 밭을 걸었고, 마침내 맞은편 숲에 이
르렀다. 그때 어깨 너머를 돌아보니 분홍 달이 오두막 지붕에 떨어져
서 터졌고, 그는 그 불 한가운데서 휘둥그렇게 뜬 은색 퉁방울눈에 밀
려 숲을 뚫고 달렸다.

　자정이 다 되었을 즈음 그는 간선도로에 나와서 남동부 지방 전역
에 구리 연통을 파는 영업 사원의 차를 얻어 탔다. 영업 사원은 조용한
소년에게 이 세상에서 자기 자리를 찾으려는 젊은이들에게 그가 할
수 있는 최고의 조언을 해 주었다. 양쪽에 검은 나무들이 늘어선 간선
도로를 달려갈 때, 영업 사원은 자기 경험을 통해서 보건대 구리 연통
을 팔려면 먼저 상대를 사랑해야 한다고 말했다. 그는 마른 체격에 협
곡처럼 좁은 얼굴이었다. 닳고 닳아서 생긴 함몰 지형 같았다. 머리에
는 카우보이처럼 보이고 싶은 사업가들이 쓰는 챙 넓고 뻣뻣한 회색
모자를 썼다. 그는 사랑은 판매의 유일한 수완으로, 95퍼센트의 확률
로 통한다고 했다. 연통을 팔러 가면, 먼저 아내의 건강을 묻고 다음에
는 아이들은 어떠냐고 묻는다. 공책에 가족의 이름과 그들 가족의 문
제를 적어 둔다. 어떤 남자의 아내가 암에 걸리면 공책에 부인의 이름

을 적고 그 옆에 '암'이라고 쓴 뒤 남자의 가게에 들를 때마다 아내의 일을 묻는다. 그러다가 아내가 죽으면 그 이름에 줄을 긋고 옆에 '사망' 하고 쓴다. "사람이 죽으면 고맙지. 기억할 게 하나 줄어드니까." 영업 사원이 말했다.

"우리는 죽은 사람한테는 빚이 없어요." 타워터가 큰 소리로 말했고, 그것은 그가 차에 탄 뒤에 거의 처음으로 하는 말이었다.

"죽은 사람도 우리한테 빚이 없지. 세상은 그래야 해. 서로에게 빚이 없어야 해." 낯선 이가 말했다.

"저기요." 타워터가 갑자기 얼굴을 앞창에 바짝 대고 말했다. "방향이 잘못됐어요. 제가 출발한 데로 도로 가고 있어요. 저기도 불타고 있어요. 아까 거기 불이 있었거든요." 앞쪽 하늘에 희미하지만 꾸준히 타오르는 불빛이 있었고, 그것은 번개의 빛이 아니었다. "우리가 아까 떠난 곳의 불이에요!" 소년이 큰 소리로 흥분해서 말했다.

"네가 제정신이 아니구나." 영업 사원이 말했다. "저 도시가 우리 목적지야. 저건 도시의 불빛이야. 네가 시골에서만 살았던 모양이구나."

"아니에요, 아까 거기로 가고 있어요. 같은 불이에요." 아이가 말했다.

낯선 이가 주름진 얼굴을 찡그리며 말했다. "나는 평생 길을 잘못 든 적이 없어. 그리고 나는 불난 곳에서 오지도 않았어. 나는 모빌 출신이고 지금 가는 길을 잘 알아. 너 왜 그러니?"

타워터는 앞쪽의 불빛을 바라보며 말했다. "잠깐 졸았어요. 이제 정신이 드네요."

"그럼 내가 한 말을 하나도 못 들었겠구나. 너한테 소중한 조언을 많이 해 주었는데." 영업 사원이 말했다.

그린리프
Greenleaf

메이 부인의 침실 창문은 낮고 동향이었는데, 달빛에 은색으로 물든 황소가 그 밑에 와서는 방 안에서 나는 소리에 귀를 기울이는 것처럼 고개를 들었다. 그 광경은 흡사 어떤 참을성 있는 신이 황소의 모습으로 부인에게 구애하러 온 것 같았다. 창문은 어두웠고 부인의 숨소리도 너무 작아서 밖에 들리지 않았다. 구름이 달을 가리자 황소가 검게 변했고, 어둠 속에서 황소는 산울타리를 씹었다. 얼마 후 구름이 지나가자 황소는 계속 산울타리를 씹으며 아까 그 자리로 다시 돌아왔고, 뿔에는 찢어진 산울타리 가지들이 꽃 관처럼 걸려 있었다. 구름이 다시 달을 가리자 황소의 모습은 사라지고 씹는 소리만 남았다. 그때 창문에 분홍색 불빛이 나타났다. 블라인드 틈새로 새어 나온 빛줄기가 황소의 몸에 줄무늬를 그렸다. 황소는 한 걸음 물러서서 뿔에 걸린 꽃

관을 자랑하듯 고개를 숙였다.

1분 가까이 지나도록 방 안에서는 아무 소리도 나지 않았지만, 황소가 다시 꽃 관 쓴 머리를 들어 올리자, 한 여자의 목소리가 개에게 말하는 것처럼 "저리 가!" 하더니 잠시 후 중얼거렸다. "어느 검둥이네 잡종 황소가 들어왔나 봐."

황소는 바닥을 두드렸고, 블라인드 안쪽에서 고개를 숙이고 서 있던 메이 부인은 황소가 빛을 보고 창문 아래 덤불로 뛰어들지 않도록 얼른 블라인드를 닫았다. 부인은 그렇게 숙인 자세로 잠시 계속 있었다. 녹색 고무 헤어 롤들이 이마 위에 총총 매달렸고, 그 밑의 얼굴은 잠자는 동안 주름을 펴기 위해 바른 달걀 흰자로 콘크리트처럼 매끈했다.

잠자는 동안 부인은 무언가 집의 벽을 먹어 치우는 듯 씹는 소리를 들었다. 부인의 의식 속에서 그것은 부인이 거기 살기 시작한 뒤로 계속 먹었다. 울타리 끝에서 시작해서 집까지 모든 것을 먹으며 와서는 이제 변함없이 차분하고 꾸준한 리듬으로 집 안으로 들어와 부인도 먹고 아들들도 먹고 그린리프가家를 뺀 모든 것을 먹고 또 먹어서 한때 부인의 소유였던 농장에서 남는 것은 자기들의 작은 섬에 있는 그린리프가뿐일 것이다. 씹는 소리가 팔꿈치에 닿자, 부인은 잠에서 깨어 일어나 방 가운데 섰다. 부인은 그 소리를 알았다. 암소가 침실 창문 밑의 덤불을 뜯어 먹는 것이다. 그린리프 씨가 소로의 문을 열어 놓아서 소 떼 전체가 잔디밭에 들어온 게 분명했다. 부인은 탁자 위의 침침한 분홍 등을 켜고 창가로 가서 블라인드 틈새를 살짝 벌리고 내다보았다. 하지만 바깥에서는 앙상하고 다리가 긴 황소가 부인의 1미터 앞에서 투박한 시골 구혼자처럼 차분하게 풀을 씹고 있었다.

부인은 사납게 찌푸린 눈으로 황소를 바라보며, 지난 15년 동안 게

으른 사람들의 돼지가 자기 밭의 귀리 뿌리를 뽑고, 그들의 노새가 자신의 잔디를 뒹굴고, 그들의 잡종 소가 자신의 암소를 임신시킨 일들을 생각했다. 이놈을 바로 가둬 놓지 않으면 놈은 울타리를 넘어서 아침이 오기 전에 암소들에게 피해를 입힐 텐데, 그린리프 씨는 700~800미터 떨어진 소작인 농가에서 자고 있다. 부인이 옷을 입고 자동차를 몰아 직접 거기 가지 않는 한 그를 데려올 방법은 없었다. 그는 오겠지만 표정과 온몸과 모든 동작으로 이렇게 말할 것이다. "아들이 둘이나 있는데 어머니가 한밤중에 차를 몰고 여기까지 오시게 하다니. 우리 아들들이라면 자기들이 알아서 소를 가두었을 겁니다."

황소는 고개를 숙인 채 흔들었고, 꽃 관이 뿔 아래쪽으로 미끄러져서 무서운 가시관처럼 보였다. 부인은 블라인드를 아물렸다. 몇 초 뒤에 황소가 무겁게 떠나는 소리가 들렸다.

그린리프 씨는 이렇게 말할 것이다. "우리 아들들이라면 한밤중에 어머니가 일꾼을 부르러 가게 하지 않을 겁니다. 자기들이 직접 할 겁니다."

부인은 그것을 떠올리다가 그린리프 씨를 깨우지 않기로 결심했다. 부인은 그린리프의 아들들이 출세했다면, 그것은 아무도 그들의 아버지를 불러 주지 않을 때 자신이 그를 고용해 주었기 때문이라고 생각하며 침대에 들었다. 부인은 15년 동안 그린리프 씨를 고용했지만, 다른 사람이라면 그를 5분도 쓰지 않았을 것이다. 걷는 방식만 보아도 그가 어떤 일꾼인지 금세 알 수 있었다. 그는 어깨를 높이 세우고 느릿느릿 걸었고, 똑바로 오는 법이 없는 것 같았다. 언제나 어떤 보이지 않는 원을 그리듯 둘러 왔고 얼굴을 똑바로 보려면 자신이 직접 그의 앞으로 가야 했다. 부인이 그를 해고하지 않은 것은 더 좋은 수가 있을 거라는 확신이 없어서였다. 그는 게을렀기에 다른 일을 찾아볼 생각을 하지 않았다. 도둑질을 할 만한 의욕도 없었고, 부인이 서너 차례 같은 지시를 내리면 어쨌건 그 일을 했다. 하지만 암소가 병에 걸리면 수의사를 불러도 소용없을 때가 되어서야 말을 했다. 만약 농장 창고에 불이 나면 먼저 아내를 불러 불구경을 시킨 다음에 불을 끄려고 할 것이다. 그리고 그 아내에 대해서 메이 부인은 생각조차 하고 싶지 않았다. 아내에 비하면 그린리프 씨는 귀족이었다.

"우리 아들들은 팔이 잘리지 않는 한 어머니가 그런 일을 하게 허락하지 않았을 겁니다." 그는 그렇게 말할 것이다.

"그린리프 씨, 자네 아들들이 생각이 있다면 자기 어머니에게 허락하지 말아야 할 일들이 많아." 부인은 어느 날 그에게 말하고 싶었다.

다음 날 그린리프 씨가 뒷문 앞에 오자마자 부인은 농장에 떠돌이 황소가 들어왔으니 당장 가둬 놓으라고 일렀다.

"벌써 사흘 되었는걸요." 그가 오른발을 앞으로 내밀고 살짝 들어 그 뒤축을 보려는 듯한 자세로 말했다. 그는 세 칸짜리 뒷문 계단 밑에 서 있고, 부인은 부엌문 밖으로 몸을 내밀고 있었다. 부인은 작은 체구에 눈이 나빴고 반백 머리는 놀란 새의 깃털처럼 일어서 있었다.

"사흘이 됐다고!" 부인이 이제 습관이 된 억눌린 비명을 질렀다.

그린리프 씨는 목초지 너머 먼 곳을 바라보면서 셔츠 주머니에서 담뱃갑을 꺼내고 손에 담배 한 개비를 떨구었다. 그러더니 담뱃갑을 도로 넣고 잠시 담배를 보았다. "제가 황소 우리에 넣었는데 뛰쳐나갔어요. 그 뒤로는 못 봤습니다." 그가 말한 뒤 담배에 불을 붙이고 고개를 부인 쪽으로 살짝 돌렸다. 그는 얼굴 윗부분은 넓적했지만 아래쪽은 길고 좁았다. 움푹한 여우색 눈은 코 앞으로 내려 쓴 회색 펠트 모자에 가려졌다. 체구는 보잘것없었다.

"그린리프 씨." 부인이 말했다. "오늘은 먼저 저 황소부터 가둬 놓고 다른 일을 해. 자네도 알겠지만 저놈을 그냥 두면 교배 계획이 망가져. 놈을 가둬 놓고, 다음에 농장에 떠돌이 황소가 들어오면 나한테 즉시 말해. 알겠어?"

"어디에 넣을까요?" 그린리프 씨가 물었다.

"어디에 넣는지는 상관없어." 부인이 말했다. "생각을 좀 해. 달아날 수 없는 데 넣어 뒤. 그런데 대체 어느 집 소지?"

그린리프 씨는 침묵과 말 사이에서 잠시 망설이는 것 같았다. 그러더니 왼편의 공기를 살피고 말했다. "어느 집의 소겠죠."

"그래, 맞아!" 부인이 말하고 조그맣게 탕 소리를 내며 문을 닫았다.

부인은 두 아들이 아침 식사를 하는 식당으로 들어가서 상석 의자의 끄트머리에 걸터앉았다. 부인은 아침을 먹지 않았지만 아들들이 원하는 것을 챙겨 주려고 함께 식탁에 앉았다. "세상에!" 그리고 부인이 황소 이야기를 시작해서 그린리프 씨가 한 말을 흉내 냈다. "어느 집의 소겠죠."

웨슬리는 접은 신문을 접시 옆에 내려놓고 계속 읽었지만, 스코필드는 이따금 먹는 일을 멈추고 고개를 들어 부인을 보며 웃었다. 두 아들은 어떤 일에도 반응이 같지 않았다. 서로 낮과 밤처럼 다르다고 부인은 말했다. 둘의 유일한 공통점이라면 농장 일에 아무 관심이 없다는 것뿐이었다. 스코필드는 사업가 유형이고 웨슬리는 지성인 유형이었다.

동생 웨슬리는 일곱 살 때 류머티즘열에 걸렸고, 메이 부인은 그게 웨슬리가 지성인이 된 이유라고 생각했다. 평생 아픈 날이 하루도 없던 스코필드는 보험 판매원이었다. 부인은 그가 좀 괜찮은 보험 상품을 판매하기를 바랐지만, 그는 깜둥이들만 가입하는 상품을 판매했다. 깜둥이들은 그를 '보험 청년'이라고 불렀다. 그는 다른 어떤 보험보다 검둥이 보험이 짭짤하다고 사람들 앞에서 큰 소리로 말했다. 그는 이렇게 소리쳤다. "어머니는 내가 이런 말 하는 걸 싫어하지만 나는 이 나라 최고의 검둥이 보험 판매원이에요!"

스코필드는 서른여섯 살이고 넓은 얼굴에 유쾌한 미소를 짓지만 결혼은 하지 않았다. 메이 부인은 말했다. "네가 좋은 보험을 판매하면 좋은 여자하고 결혼할 수 있을 거야. 검둥이 보험 판매원한테 어떤 여자가 시집을 오고 싶겠니? 얼른 정신 차려야지 안 그러면 늦어."

그러자 스코필드는 요들송을 부르며 말했다. "어머니, 저는 어머니가 돌아가시기 전에는 결혼하지 않아요. 그리고 그때가 되면 저는 이 농장을 떠맡을 수 있는 뚱뚱한 시골 여자하고 결혼할 거예요!" 그리고 얼른 덧붙였다. "그린리프 부인 같은 여자요." 그가 이 말을 했을 때 메이 부인은 갈퀴 자루처럼 뻣뻣하게 의자에서 일어나서 자기 방으로 갔다. 그러고는 한동안 고개를 숙이고 침대에 걸터앉아 있다가 중얼거렸다. "나는 두 아들을 위해 노예처럼 노동하고 땀을 흘리는데, 내가 죽으면 저 애들은 곧바로 쓰레기하고 결혼해서 모든 걸 망쳐 놓을 거야. 내가 이룬 모든 걸 망칠 거야." 그리고 그 순간 유언을 바꾸기로 결심했다. 그래서 다음 날 변호사를 찾아가 아들들이 결혼하면 재산이 그 아내에게 돌아가지 않게 해 놓았다.

아들 중 한 명이 그린리프 부인과 약간이라도 비슷한 여자와 결혼한다는 생각만으로도 부인은 속이 뒤집혔다. 부인은 그린리프 씨를 15년을 참았지만, 그 아내를 참는 방법은 그녀와 마주치지 않는 것뿐이었다. 그린리프 부인은 뚱뚱하고 느슨했다. 집 주변 마당은 쓰레기장 같았고 다섯 딸은 항상 지저분했다. 막내딸마저 씹는담배를 했다. 그린리프 부인은 정원을 가꾸거나 빨래를 하는 대신 자칭 '기도 치유'라고 하는 것에 빠져 살았다.

그녀는 매일 신문에 나는 온갖 우중충한 기사를 모았다. 강간당한 여자, 탈옥한 죄수, 불에 타 죽은 아이, 탈선한 기차와 추락한 비행기, 영화배우들의 이혼. 이런 기사를 숲에 가져가서 구멍을 파고 묻은 다음 그 위에 쓰러져서 한 시간 정도 중얼거리며 두꺼운 팔을 몸 아래에 넣고 앞뒤로 흔들다 밖으로 뺐다. 그러다 마지막에는 그냥 오래 누워 있었고, 메이 부인은 그녀가 흙 위에서 잠을 잔다고 생각했다.

부인은 그린리프 가족을 들이고 몇 달이 지난 뒤에야 이 사실을 알게 되었다. 어느 날 아침 부인은 호밀을 심으려고 했지만 그린리프 씨가 파종기에 엉뚱한 씨앗을 넣는 바람에 클로버가 싹튼 밭을 살펴보러 나갔다. 부인은 뱀을 막기 위해 가지고 다니는 긴 막대기로 땅을 규칙적으로 짚으며 두 목초지 사이의 숲길을 걸어 돌아오고 있었다. "그린리프 씨." 부인이 낮은 목소리로 혼자 중얼거렸다. "나는 자네의 실수를 감당할 능력이 없어. 나는 가난한 여자고, 이 농장이 전 재산이야. 두 아들을 가르쳐야 하고 나는⋯⋯"

그때 어디선가 고통에 잠겨 "예수님! 예수님!" 하고 신음하는 목소리가 들렸다. 그 목소리는 아주 다급했다. "예수님! 예수님!"

메이 부인은 한 손을 목 앞에 대고 멈춰 섰다. 그 목소리가 어찌나 날카로운지 땅에서 무언가 격렬하게 튀어나와서 자신에게 달려드는 것 같았다. 하지만 이내 조금 더 합리적인 생각으로 넘어갔다. 누가 농장에서 다쳤고, 소송을 걸어 자신의 전 재산을 빼앗아 갈 거라는 것이었다. 부인은 보험이 없었다. 부인은 달려갔고 굽이를 돌자 그린리프 부인이 농장 길 바깥에 고개를 숙이고 두 손과 무릎으로 엎드려 있는 것이 보였다.

"그린리프 부인! 무슨 일이야?" 메이 부인이 소리쳤다.

그린리프 부인은 고개를 들었다. 얼굴은 흙과 눈물로 어지러운 데다 작은 연두색 눈은 충혈되고 부풀었지만, 표정은 불도그만큼 차분했다. 그녀는 엎드린 자세로 몸을 앞뒤로 흔들며 신음했다. "예수님, 예수님."

메이 부인은 몸을 움찔했다. 부인은 어떤 말은 침실에서만 해야 하는 것처럼 예수님이란 말은 교회에서만 해야 한다고 생각했다. 부인은 종교를 존중하는 성실한 기독교인이었지만, 그 교리가 맞는다는 생각은 당연히 하지 않았다. "왜 그래?" 부인이 날카롭게 물었다.

"사모님이 치유를 방해했어요. 끝나기 전에는 사모님과 말할 수 없어요." 그린리프 부인이 몸을 옆으로 흔들며 대답했다.

메이 부인은 입을 벌리고 몸을 숙인 채 서 있었다. 지팡이는 땅을 두드리고 싶은지 어떤지 모르겠다는 듯 살짝 들었다.

"예수님, 제 심장을 찌르세요! 제 심장을 찌르세요!" 그린리프 부인이 소리치더니 다시 흙 위로 철퍼덕 쓰러져서 두 팔과 두 다리로 땅을 끌어안을 듯 사지를 넓게 벌렸다.

메이 부인은 아이에게 욕설을 들은 것처럼 화가 나고 답답했다. "예수님은 그런 자네를 부끄러워하실 거야." 부인이 몸을 펴면서 말했다. "예수님이라면 당장 일어나서 아이들 옷을 빨아 주라고 하실 거야!" 그리고 부인은 돌아서서 얼른 그 자리를 떠났다.

그린리프네 아들들이 출세한 일이 생각나면 부인은 그린리프 부인이 땅바닥에 추하게 엎드린 모습을 떠올리고 위안을 얻었다. "그 아이들이 얼마나 출세를 하건, 자기들 부모는 그런 사람들이야."

부인은 유서에 자신이 죽으면 웨슬리와 스코필드가 그린리프 씨를 해고하라는 내용을 넣고 싶었다. 자신은 그린리프 씨를 다룰 수 있지만 그들은 그럴 수 없었다. 그린리프 씨는 언젠가 부인에게 아드님들이 건초와 여물을 구분하지 못한다고 말했다. 부인은 그 아이들에게는 다른 재능이 있다고, 스코필드는 사업을 잘하고 웨슬리는 뛰어난 지성인이라고 말했다. 그린리프 씨는 대놓고 말은 하지 않았지만, 표정이나 단순한 동작으로 그들 둘을 향한 깊은 경멸을 표현할 기회를 놓치지 않았다. 그린리프가는 인간으로서 잡종이었지만, 그는 자기 아들들—O. T. 그린리프와 E. T. 그린리프—이라면 비슷한 상황에서 더 훌륭하게 행동했을 거라는 사실을 부인이 기어코 알게 했다.

그린리프 씨의 아들들은 메이 부인의 아들들보다 두세 살 어렸다. 그들은 쌍둥이였고, 그들 중 한 명과 이야기를 할 때 상대가 O. T.인지 E. T.인지 알 길이 없었지만, 그들은 예의 바르게 그것을 알려 주는 일이 없었다. 그들은 다리가 길고 뼈가 앙상하고 피부가 붉었으며, 아버지처럼 밝고 탐욕스러운 여우색 눈이었다. 아들들에 대한 그린리프 씨의 자부심은 그들이 쌍둥이라는 데서 시작했다. 마치 아들들이 직접 그런 멋진 생각을 해낸 것처럼 말했다. 그들은 튼튼하고 부지런했고 부인은 그들이 출세했다는 것을 기꺼이 인정했다. 그건 모두 2차 대전 덕분이었다.

두 아들은 모두 입대했고, 군복을 입은 그들은 다른 집 자녀들과 구별되지 않았다. 물론 입을 열면 구별되었지만, 그들은 좀처럼 말을 하지 않았다. 그들이 한 가장 똑똑한 일은 해외에 파병되어 프랑스 여자와 결혼한 일이었다. 그 여자들은 프랑스 쓰레기도 아니었다. 그 여자들은 당연히 자기 남편들 영어가 남부 표준 영어가 아니라는 것도 모르고, 그린리프가 어떤 집안인지도 모르는 좋은 여자들이었다.

웨슬리는 심장병 때문에 조국을 위해 복무할 수 없었지만 스코필드는 2년 동안 군대에 있었다. 하지만 그는 군대를 좋아하지 않았고, 제대를 앞두고도 여전히 일병이었다. 그린리프의 아들들은 둘 다 병장 이상 올라갔고, 그 시절 그린리프 씨는 아들들을 항상 당시의 계급으로 불렀다. 그들은 모두 부상당하는 데 성공해서 이제 둘 다 연금을 받았다. 게다가 제대하자마자 온갖 혜택을 받아 농과대학에 갔고, 그러는 동안 납세자들은 그들의 프랑스인 아내들을 먹여 살렸다. 두 청년은 이제 거기서 3킬로미터쯤 떨어진 곳에 정부의 지원금으로 땅을 사서 정부의 지원금으로 벽돌 단층집을 짓고 살았다. 전쟁으로 팔자를 고친 확실한 예가 그린리프가의 아들들이라고 메이 부인은 말했다. 그들은 각각 아이를 세 명씩 낳았고, 아이들은 그린리프식 영어와 프랑스어를 했으며, 어머니의 국적 덕분에 수녀원 학교에 가서 품위 있는 교육을 받을 것이다. "20년 후에 그 집 사람들이 뭐가 되어 있을지 아니?" 메이 부인이 스코필드와 웨슬리에게 물었다.

"상류계급이야." 부인이 자기 질문에 음울하게 대답했다.

부인은 15년 동안 그린리프 씨를 다루었고 그를 다루는 것은 부인의 제2의 천성이 되었다. 그는 그 어떤 날에도 날씨처럼 부인의 통제력 바깥에 있었고, 부인은 진짜 시골 사람들이 일출과 일몰을 읽듯이 그의 얼굴을 읽었다.

하지만 부인은 필요에 따라 시골 사람이 되었을 뿐이다. 사업가였던 작고한 메이 씨는 땅값이 떨어졌을 때 이 농장을 샀는데, 그가 죽을 때 부인에게 남겨 준 것은 이 농장이 전부였다. 아들들은 시골의 낡은 농장으로 이사하는 것을 기뻐하지 않았지만 달리 방법이 없었다. 부인은 나무를 베었고, 그 수익으로 그린리프 씨가 광고에 응답했을 때 낙농업을 시작했다. '광고를 보았고 아들 둘과 함께 갑니다.' 편지에는 그렇게만 적혀 있었는데, 다음 날 그가 땜질한 트럭을 타고 왔을 때 아내와 다섯 딸은 뒤쪽 짐칸에 있고, 그와 두 아들이 운전칸에 타고 있었다.

농장에서 지낸 세월 동안 그린리프 부부는 거의 늙지 않았다. 그들은 걱정도 책임감도 없었다. 그들은 부인이 땅에 힘겹게 불어 넣는 기름기에 빌붙어서 들판의 백합처럼 살았다. 부인이 과로와 걱정으로 죽으면, 원기 왕성한 그린리프 부부는 금세 스코필드와 웨슬리를 빨아먹을 것이다.

웨슬리는 그린리프 부인이 늙지 않는 건 모든 감정을 기도 치유로 풀기 때문이라고 했다. "어머니도 기도하세요." 그의 목소리에는 고의적인 조롱이 담겼다.

부인은 스코필드가 참을 수 없이 짜증스러웠지만, 정말로 걱정되는 건 웨슬리였다. 그는 마르고 예민하고 머리도 빠졌고, 지성인이라는 것은 그의 약한 기질에 큰 중압이 되었다. 부인은 웨슬리가 자기가 죽기 전에 결혼할 수 있을 거라 생각하지도 않았거니와, 만약 결혼한다 해도 좋은 여자는 아닐 거라고 확신했다. 좋은 여자는 스코필드를 좋아하지 않았지만, 웨슬리는 그 자신이 좋은 여자를 좋아하지 않았다. 그는 아무것도 좋아하지 않았다. 그는 아침마다 30킬로미터 떨어진 대학에 가서 가르치고 밤마다 30킬로미터를 돌아왔지만 30킬로미터를 운전해서 다니는 게 싫다고 했다. 이류 대학이 싫고, 거기 다니는 멍청이들도 싫다고 했다. 그는 시골을 싫어했고, 자신의 인생을 싫어했다. 어머니랑 사는 것도, 멍청한 형이랑 사는 것도 싫어했고, 낙농장이 어쩌고 일손 부족이 어쩌고 고장 난 기계가 어쩌고 하는 이야기도 듣기 싫어했다. 하지만 말은 그렇게 하면서도 집을 떠나려는 시도는 전혀 하지 않았다. 늘 파리를 말하고 로마를 말했지만 애틀랜타조차 가지 않았다.

"그런 데 가면 병이 날 거야." 메이 부인은 말했다. "파리에 가면 누가 네게 무염 식단을 마련해 주겠니? 그리고 네가 어쩌다 마주친 여자랑 결혼한다면, 그 여자가 너한테 무염 식단을 마련해 줄까? 그러지 않을 거야!" 부인이 이런 말을 하면 웨슬리는 의자에 앉은 채 몸을 돌리고 부인을 무시했다. 한번은 부인이 그런 말을 조금 오래 했더니 그가 발끈했다. "말만 하지 말고 행동을 해 봐요. 그린리프 부인처럼 나를 위해 기도라도 해 보라고요."

"나는 내 아들들이 종교에 대해 농담하는 게 싫다. 너희가 교회에 가면 좋은 여자를 만날 수 있을 거야." 부인은 전에 말한 적이 있었다.

하지만 그들에게 어떤 일을 시키기란 불가능했다. 부인은 그들이 식탁에 마주 앉아 있는 것을 보았다. 누구 하나 길 잃은 황소가 부인의 가축—그들의 미래가 될 그들의 가축—을 망칠지 신경 쓰지 않고, 하나는 신문 위로 고개를 숙이고 있고 또 하나는 의자에 기대앉아 바보처럼 자신을 보며 웃는 모습을 보자니, 부인은 벌떡 일어나서 주먹으로 식탁을 탕 치고 소리 지르고 싶어졌다. "너희는 언젠가 현실을 알게 될 거고, 그때는 이미 늦을 거야!"

"어머니, 진정하세요. 그게 어느 집 황소인지 알려 드릴게요." 스코필드가 말했다. 그는 사악한 눈으로 부인을 바라보았다. 그리고 의자를 앞으로 쓰러뜨리며 일어서더니 어깨를 굽히고 두 손으로 머리를 감싼 채 발끝을 들고 문 앞으로 갔다. 그런 뒤 복도로 나가서 얼굴만 보이도록 문을 닫고 말했다. "궁금하죠?"

메이 부인은 그를 냉랭하게 바라보았다.

"O. T.와 E. T.의 황소예요." 그가 말했다. "어제 그 집 검둥이한테 수금을 갔는데 그 집 소가 없어졌다고 하더라고요." 그런 뒤 이를 과장되게 드러내 보이고 조용히 사라졌다.

웨슬리가 고개를 들고 웃었다.

메이 부인은 고개를 다시 앞으로 돌렸다. 그리고 아무 변화 없는 얼굴로 말했다. "이 집에 어른은 나 하나야." 그러더니 식탁 위로 손을 뻗어 그의 접시 옆에 놓인 신문을 잡아 빼고서 말을 이었다. "내가 죽고 너희가 그자를 다루게 되면 어떻게 될지 알고 있는 거니? 그린리프가 왜 그게 누구네 황소인지 모른다고 그랬는지 알아? 자기네 소라서 그런 거야. 내가 얼마나 인내하면서 사는지 아니? 내가 그 세월 동안 그자의 목을 밟고 있지 않았다면 너희가 매일 새벽 4시에 나가서 우유를 짜고 있을지도 몰라."

웨슬리는 다시 신문을 끌어오더니 부인을 똑바로 바라보며 대꾸했다. "저는 어머니 영혼을 구원하기 위해서라도 우유를 짜지 않아요."

"나도 알아." 부인이 바스라질 듯한 목소리로 말했다. 그리고 의자에 기대앉아 접시 한쪽에 대고 나이프를 앞뒤로 뒤집었다. "O. T.와 E. T.는 좋은 애들이야. 그 애들이 내 아들이 되었어야 해." 부인이 말했고, 그 끔찍한 생각에 눈물이 왈칵 솟아 웨슬리의 모습이 부예졌다. 보이는 것은 그의 그림자가 식탁에서 일어나는 모습뿐이었다. "너희 둘, 너희가 그 여자의 아들이 되었어야 해!"

그는 문을 향해 걸어갔다.

"내가 죽으면 너희가 어떻게 될지 정말 모르겠다." 부인이 희미한 목소리로 말했다.

"어머니는 언제나 내가 죽으면, 내가 죽으면 노래하지만 어머니는 아주 건강해 보여요." 웨슬리는 그렇게 내뱉고 밖으로 나갔다.

부인은 한동안 자리에 앉아 맞은편 창문으로 회색과 녹색이 흐릿하게 엉킨 풍경을 내다보았다. 이어 얼굴과 목의 근육을 풀고 긴 숨을 들이켰지만 눈앞의 광경은 계속 물에 잠긴 회색 덩어리로 흘러갔다. "물론 내가 금방 죽지는 않을 거야." 부인이 중얼거린 뒤 좀 더 반항적인 목소리로 덧붙였다. "준비가 되면 그때 죽을 거야."

부인은 냅킨으로 눈을 닦고 창가에 가서 바깥 풍경을 바라보았다. 암소들이 농장 길 건너편 연두색 목초지에서 풀을 뜯었고, 그 뒤로 가장자리가 톱니처럼 날카로운 검은 나무들이 무심한 하늘을 밀어 올리고 있었다. 목초지를 보기만 해도 부인은 마음이 진정되었다. 어느 창문을 내다보아도 자신의 성취가 보였다. 도시의 친구들은 무일푼에 경험도 없이 허물어진 농장을 일으켜 세운 부인을 대단하다고 칭찬했다. 그러면 부인은 말했다. "모든 게 불친절해. 날씨도 불친절하고 땅도 불친절하고 일손도 불친절해. 모두 불친절 동맹을 맺었어. 그걸 이길 수 있는 건 강철 손뿐이지!"

"우리 어머니의 강철 손을 봐요!" 스코필드는 소리치며 부인의 손을 들어 올리곤 했다. 그러면 핏줄이 파랗게 선 부인의 작은 손이 부러진 백합 머리처럼 손목에서 늘어졌다. 사람들은 언제나 웃었다.

풀을 뜯는 얼룩소들 위에서 태양이 나머지 하늘 전체보다 약간 밝게 빛났다. 그 아래쪽을 보니 태양이 비스듬히 그림자를 드리운 것처럼 거무스름한 형체가 암소들에게 다가가고 있었다. 부인은 비명을 지르고 돌아서서 집 밖으로 나갔다.

그린리프 씨는 곡물 참호에 내려가 수레를 채우고 있었다. 부인은 참호 옆에 서서 그를 내려다보며 말했다. "황소를 넣어 두라고 했지. 이제 놈이 젖소들 속에 들어갔어."

"한꺼번에 두 가지를 어떻게 합니까." 그린리프 씨가 말했다.

"그걸 가장 먼저 하라고 했어."

그는 참호의 열린 쪽 끝으로 수레를 밀고 나와 창고로 갔고, 부인은 그를 뒤쫓아 가며 말했다. "그리고 그린리프 씨, 내가 그 소가 누구네 소인지 또 자네가 왜 그 소가 들어온 걸 얼른 알리지 않았는지 모를 거라고 생각하면 곤란해. O. T.와 E. T.의 소가 여기서 우리 소들을 망치게 하느니 차라리 가둬 두고 먹이를 대 주는 게 낫겠어."

그린리프 씨는 수레를 멈추고 뒤를 돌아보더니 믿을 수 없다는 목소리로 물었다. "그게 우리 아들들 소입니까?"

부인은 아무 말도 하지 않고, 입을 오므린 채 고개만 돌렸다.

"아이들이 황소가 없어졌다고 하기는 했지만, 그 소인 줄은 몰랐네요." 그가 말했다.

"당장 그 소를 가둬 놔." 부인이 말했다. "나는 O. T.와 E. T.한테 가서 오늘 소를 데려가라고 말하겠어. 그리고 소가 여기 있는 기간만큼 요금을 물리겠어. 다시는 이런 일이 생기지 않도록."

"겨우 75달러를 주고 산 소인데요." 그린리프 씨가 말했다.

"선물로 줘도 안 받아." 부인이 말했다.

"아들들은 그 소를 잡아먹으려고 했습니다." 그린리프 씨가 말했다. "하지만 달아나서 픽업트럭에 머리를 박았죠. 놈은 자동차와 트럭을 싫어해요. 펜더에서 뿔을 뽑아내느라 고생을 했는데, 뽑아 놨더니 달아난 거예요. 아들들은 너무 피곤해서 쫓아가지 못했어요. 그런데 여기 들어온 게 그놈인 줄은 몰랐네요."

"알아서 자네한테 좋을 게 없으니까. 하지만 이제 알았으니 말을 타고 가서 놈을 잡아." 부인이 말했다.

30분 후에 부인은 집 전면 창문을 통해 엉덩이가 튀어나오고 뿔이 긴 황소가 집 앞 비포장도로를 터덜터덜 걷는 모습을 보았다. "저게 바로 그린리프네 황소로군." 부인이 중얼거리고 밖에 나가서 소리쳤다. "달아나지 못하게 놈을 잘 가둬 놔."

"놈은 걸핏하면 달아나요. 모험을 좋아하는 우공이에요." 그린리프 씨는 황소 엉덩이를 뿌듯한 듯 바라보며 말했다.

"자네 아들들이 와서 저놈을 데려가지 않으면 모험이고 뭐고 없어. 허투루 듣지 마." 부인이 말했다.

그린리프 씨는 그 말을 들었지만 대답은 하지 않았다.

"저렇게 못생긴 황소는 평생 처음이야." 부인이 소리쳤지만, 그는 농장 길을 따라 멀찍이 가 있어서 그 소리를 듣지 못했다.

오전이 중간 정도 지났을 때 부인은 차를 타고 O. T.와 E. T.의 집으로 갔다. 붉은 벽돌로 낮게 지은 신축 주택은 창문 달린 창고 같았고, 민둥 언덕 꼭대기에 있었다. 태양이 하얀 지붕 위로 쏟아져 내렸다. 요즘 유행하는 유형의 집이었고, 그 집이 그린리프 가족의 집이라는 걸 알려 주는 것은 부인이 차를 세우자마자 뒤에서 달려 나온 하운드와 스피츠 잡종 개 세 마리뿐이었다. 부인은 개를 보면 주인의 수준을 알 수 있다고 중얼거리며 경적을 울렸다. 그리고 사람이 나오기를 기다리는 동안 계속 집을 살펴보았다. 창문이 전부 닫혀 있었고, 부인은 정부가 이 집에 에어컨도 달아 준 걸까 생각했다. 아무도 나오지 않아서 부인은 다시 경적을 울렸다. 잠시 후 문이 열리고 아이들 몇 명이 문간에 나타났지만 부인을 바라보며 서 있을 뿐 밖으로 나오지는 않았다. 부인은 그것이 진정한 그린리프가의 특징임을 알아보았다. 그들은 몇 시간 동안 사람을 바라보며 문간에 서 있을 수 있었다.

"아무나 한 명 이리 올 수 없니?" 부인이 소리쳤다.

잠시 후 아이들 전부가 천천히 나왔다. 상하가 붙은 작업복 차림에 맨발이었지만 예상만큼 지저분하지는 않았다. 두세 명은 그린리프가의 특징이 뚜렷했지만, 그렇지 않은 아이들도 있었다. 가장 어린 아이는 헝클어진 검은 머리의 여자애였다. 그들은 자동차 2미터 정도 앞에 서서 부인을 바라보았다.

"예쁘기도 하지." 메이 부인은 가장 어린 여자애에게 말을 건넸다.

아무도 대답하지 않았다. 모두가 시큰둥한 표정이었다.

"엄마는 어디 계시니?" 부인이 물었다.

한동안 아무도 대답하지 않았다. 그러더니 한 명이 프랑스어로 뭐라고 말했다. 메이 부인은 프랑스어를 몰랐다.

"아빠는 어디 계시니?" 부인이 물었다.

잠시 후 사내애 한 명이 말했다. "아버지도 안 계세요."

"아하." 메이 부인은 무언가 확인한 것처럼 말했다. "일꾼은 어디 있니?"

부인은 기다렸지만 아무도 대답하지 않을 것 같았다. "고양이는 혀가 여섯 개란다. 우리 집에 가서 나한테 말하는 법을 배울래?" 부인이 말하고 웃었지만, 그 웃음은 고요한 공중에서 죽었다. 부인은 자신이 그린리프 꼬마들을 배심원으로 두고 생사가 걸린 재판을 받는 듯한 느낌이 들었다. "내가 가서 일꾼을 찾아보마." 부인이 말했다.

"원하면 가세요." 사내애 한 명이 말했다.

"그래, 고맙구나." 부인이 말하고 차에 시동을 걸었다.

창고는 소로를 내려간 곳에 있었다. 부인은 그곳이 처음이었지만 그린리프 씨에게 자세한 설명을 들었다. 최신 설비를 갖추었기 때문이다. 그곳은 착유장으로 지은 창고로, 암소 아래쪽에서 우유를 짜는 설비를 갖추었다. 착유기로 짠 우유는 파이프를 통해 바로 저장실로 가기 때문에 사람이 양동이를 들고 다닐 일이 없다고 그린리프 씨는 말했다. "이 댁에는 언제 그런 걸 들이실 건가요?" 그가 물었다.

"그린리프 씨." 부인이 대답했다. "나는 모든 걸 스스로 해야 돼. 나는 정부에서 그렇게 살뜰히 챙겨 주지 않아. 착유장을 짓는 데는 2만 달러가 들 거야. 이 농장은 지금도 간신히 수지를 맞추고 있어."

"우리 아들들이 한 겁니다." 그린리프 씨가 중얼거리더니 다시 말했다. "하지만 모든 아들이 다 같지는 않죠."

"당연히 다르지! 나는 그 점에서 하느님께 감사해!" 부인이 말했다.

"저는 모든 걸 하느님께 감사드립니다." 그린리프 씨가 느릿하게 말했다.

당연히 그러겠지. 자네들은 스스로 한 일이 없잖아. 부인은 그 뒤로 흐른 팽팽한 침묵 속에 생각했다.

부인은 창고 앞에 차를 세우고 경적을 울렸지만 아무도 나오지 않았다. 부인은 몇 분 동안 차에 앉아서 주변에 서 있는 농기계들을 살펴보며 저게 다 얼마씩일까 생각했다. 목초 추수기와 건초단 제조기가 있었다. 부인에게도 있는 것들이었다. 부인은 사람이 아무도 없으니 착유장을 한번 살펴보고 그곳이 깨끗하게 관리되는지 보고 싶었다.

착유실 문을 열고 고개를 내밀자 처음에는 숨이 막히는 느낌이었다. 깔끔하고 하얀 콘크리트 방은 머리 높이로 난 양쪽 벽의 창문으로 햇빛이 가득 들어왔다. 금속 기둥들이 사납게 반짝거려서 눈을 찌푸리지 않고서는 아무것도 볼 수 없었다. 부인은 고개를 빼낸 뒤 문을 닫고 찌푸린 얼굴로 문에 기댔다. 햇빛이 그다지 밝지 않았는데도, 부인은 태양이 은색 총알처럼 자기 정수리를 겨누고 있다고 느꼈다.

깜둥이 한 명이 노란 사료 양동이를 들고 기계 창고 모퉁이를 돌아 나와서 부인에게 다가왔다. 갈색이 진한 젊은이로, 그린리프 쌍둥이가 버린 군복을 입고 있었다. 그는 적절한 거리에 멈춰 서서 양동이를 땅에 내려놓았다.

"O. T. 씨와 E. T. 씨는 어디 있지?" 부인이 물었다.

"O. T. 씨는 시내에 갔고, E. T. 씨는 들에 있습니다." 깜둥이가 두 행성의 위치를 일러 주듯 왼쪽, 오른쪽을 차례로 가리키며 말했다.

"내가 전갈을 남기면 전해 줄 수 있어?" 부인이 물었지만 얼굴에 의심이 가득했다.

"잊지 않으면 전해 드리겠습니다." 그가 약간 찌무룩한 표정으로 말했다.

"그러면 써서 주지." 부인이 말했다. 그리고 자동차로 돌아가서 핸드백에서 몽당연필을 꺼내 빈 편지 봉투에 글을 썼다. 깜둥이가 와서 창문 앞에 섰다. "나는 메이 부인이야." 부인이 쪽지를 쓰면서 말했다. "이 집 소가 우리 농장에 들어왔는데 당장 데려갔으면 좋겠어. 내가 화가 머리끝까지 났다고 전해."

"그 소는 토요일에 도망갔어요. 그 뒤로 우리도 소를 못 봤어요. 어디로 갔는지 몰랐어요." 깜둥이가 말했다.

"이제 알게 되었잖아." 부인이 말했다. "그리고 O. T. 씨와 E. T. 씨에게 전해. 만약 오늘 소를 데려가지 않으면 내가 아버지를 시켜서 내일 아침이 밝자마자 놈을 쏘아 죽일 거라고. 그놈이 우리 집 암소들을 망치는 걸 두고 볼 수 없어." 부인은 쪽지를 건넸다.

"제가 아는 O. T. 씨와 E. T. 씨라면 그냥 쏘아 죽이라고 할 것 같은데요." 깜둥이가 말했다. "놈은 벌써 이 집 트럭 하나를 박살 냈고, 모두가 없어져서 좋다고 여기고 있었어요."

부인은 고개를 뒤로 당기고 침침한 눈으로 그를 보며 말했다. "내가 내 시간과 일꾼을 들여서 그놈을 쏘라는 거야? 소가 마음에 안 들면 그냥 풀어 놓고 다른 사람이 알아서 죽이기를 바라는 거야? 놈이 우리 집 귀리를 먹고 있고 우리 암소들을 망치고 있는데, 거기다 내가 죽여 주기까지 해야 돼?"

"그럴 것 같습니다. 놈은 이미 끝났습니다." 그가 온화하게 대답했다.

부인은 그를 노려보고 말했다. "놀라운 일이 아냐. 세상에는 그렇게 행동하는 사람들이 있으니까." 그리고 잠시 후 물었다. "O. T. 씨하고 E. T. 씨 중에 누가 우두머리지?" 부인은 늘 그들이 남들 안 보는 곳에서 싸울 거라고 생각했다.

"두 분은 늘 생각이 같습니다. 몸만 둘일 뿐 한 사람 같아요." 흑인 청년이 말했다.

"흐음. 그저 자네가 그 친구들이 싸우는 걸 못 본 거라고 생각해."

"저뿐 아니라 누구도 못 봤을 겁니다." 청년은 다른 사람이 모욕을 당하는 현장을 본 것처럼 고개를 돌렸다.

"내가 그 친구들 아버지를 15년 동안 참고 살았는데 그린리프가에 대해서 아는 게 전혀 없을 수가 없지." 부인이 말했다.

깜둥이는 갑자기 알겠다는 표정으로 부인을 보며 물었다. "아, 보험 청년 어머니신가요?"

"나는 자네 보험 청년이 누군지 몰라." 부인이 사납게 대꾸했다. "자네 주인들에게 그 쪽지를 전해 주고 오늘 소를 데려가지 않으면 내일 아침 그들 아비를 시켜서 소를 죽일 거라고 말해." 그리고 부인은 떠났다.

부인은 오후 내내 그린리프 쌍둥이가 소를 찾으러 오기를 기다렸다. 그들은 오지 않았다. 내가 그들을 위해 일하고 있는 셈이야. 부인은 분개해서 생각했다. 그들은 나를 끝까지 이용해 먹고 있어. 그리고 저녁 식탁에서 아들들을 위해서 그 말을 반복했다. 그들이 O. T.와 E. T.가 어떻게 행동할지 정확히 알기를 바랐기 때문이다. "그 아이들은 소를 없애고 싶어 해. 버터 좀 주렴. 그래서 그냥 풀어 놓고 다른 사람에게 그 짐을 떠맡겼어. 어떻게 생각하니? 그래서 내가 피해를 보고 있어. 나는 늘 피해자야."

"피해자분께 버터를 드려." 웨슬리가 말했다. 그는 대학에서 집에 오는 길에 타이어가 펑크 나서 평소보다 기분이 더 나빴다.

스코필드는 부인에게 버터를 건네주고 말했다. "어머니, 이 집 암소들에게 잡종 피를 약간 섞어 주는 것 말고 아무 짓도 안 한 늙은 소를 쏴 죽이는 게 부끄럽지 않으세요? 아무리 봐도 어머니랑 같이 살면서 내가 이렇게 착하게 자란 건 기적 같아요!"

"형은 어머니 아들이 아냐." 웨슬리가 말했다.

부인은 식탁 가장자리에 손을 얹고 의자에 몸을 기댔다.

"어쨌거나 내 출신을 생각하면 내가 지금처럼 착한 사람이 된 건 아주 훌륭한 거야."

어머니를 놀릴 때 그들은 그린리프식 영어를 썼지만 웨슬리는 거기서 자기 식 말투도 칼날처럼 비어져 나오게 했다. "한 가지 말해 주지, 형이 눈을 반만 뜨고 있어도 이미 알고 있겠지만." 그가 식탁 위로 몸을 굽히며 말했다.

"뭔데?" 스코필드의 넓은 얼굴이 맞은편에 앉은 마르고 경직된 얼굴을 보고 웃으며 물었다.

"형도 나도 어머니 아들이 아니……" 웨슬리가 입을 열었지만 부인이 느닷없이 매를 맞는 늙은 말처럼 거친 기침을 토하자 멈추었다. 부인은 일어나서 밖으로 달려 나갔다.

"이런, 왜 어머니를 자극한 거야?" 웨슬리가 말했다.

"나는 아무 일도 안 했어. 네가 자극했지." 스코필드가 말했다.

"하."

"어머니는 예전만큼 젊지 않고, 잘 받아들이지 못해."

"어머니는 받아들이지 않고 던져 버려. 그리고 그걸 받는 사람이 나야." 웨슬리가 말했다.

스코필드의 유쾌한 얼굴이 변하면서 둘 사이의 보기 싫게 닮은 모습이 나타났다. "너처럼 더러운 놈은 아무도 불쌍히 여기지 않아." 그는 그렇게 말하고 식탁 위로 손을 뻗어 동생의 멱살을 잡았다.

부인은 자기 방에 있다가 접시 깨지는 소리를 듣고 부엌을 지나 식당으로 갔다. 스코필드가 복도 문으로 나가고 있었다. 웨슬리는 커다란 곤충처럼 뒤집혀서 쓰러진 식탁 모서리에 배를 찍힌 채 누워 있었고, 몸 위로 깨진 접시 조각들이 흩어져 있었다. 부인은 식탁을 치우고 그를 잡아 일으켜 세우려고 했지만, 그는 스스로 일어나더니 성난 힘으로 부인을 밀치고 형을 따라 문 밖으로 달려 나갔다.

부인이 자리에 주저앉으려고 하는데 뒷문에 노크 소리가 들렸다. 몸이 굳어 돌아보니 그린리프 씨가 뒷문에 와서 방충 문 틈새로 부엌과 식당을 열심히 들여다보고 있었다. 부인이 힘을 되찾는 데 필요한 것은 악마의 출현이었던 양 부인은 갑자기 강한 힘이 솟았다. 그린리프 씨가 소리쳤다. "쿵 소리가 나서요. 벽의 석고가 사모님께 떨어졌나 했습니다."

그가 필요했다면 누군가 말을 타고 나가 그를 찾아야 했을 것이다. 부인은 부엌을 지나 뒷문 툇마루로 나간 뒤 방충 문 안쪽에 서서 말했다. "아니, 식탁이 쓰러진 것뿐이야. 다리 하나가 약했거든." 그러고는 바로 이어 말했다. "자네 아들들이 소를 데리고 가지 않았으니까 내일 자네가 소를 쏘아 죽여."

하늘에는 붉은색과 자주색 빗살들이 걸려 있었고, 태양이 그 뒤로 계단을 내려가듯 천천히 내려갔다. 그린리프 씨는 등을 돌리고 계단에 앉았다. 모자 꼭대기가 부인의 발 높이에 왔다. "내일 제가 놈을 집으로 몰고 가겠습니다." 그가 말했다.

"아냐, 그린리프 씨." 부인이 조롱을 담아 말했다. "내일 그 집에 데려다 놓아도 다음 주면 또 올 거야. 나는 그렇게 어리석지 않아." 그런 뒤 슬픈 목소리로 말했다. "나를 이런 식으로 대하다니 O. T.와 E. T.에게 놀랐어. 은혜를 아는 젊은이들인 줄 알았는데. 그 친구들은 이 농장에서 행복하게 살지 않았어, 그린리프 씨?"

그린리프 씨는 아무 말도 하지 않았다.

"그랬다고 생각해." 부인이 말했다. "난 그렇게 생각해. 하지만 내가 해 준 좋은 일을 다 잊어버렸어. 생각해 보면, 그 아이들은 내 아이들 옷을 물려 입고, 내 아이들 장난감을 물려받고, 또 내 아이들 총으로 사냥을 했어. 우리 집 연못에서 수영을 하고, 우리 새들을 쏘고 우리 농장의 시내에서 고기를 잡고, 나는 그 아이들 생일을 잊지 않았고, 내 기억에 따르면 크리스마스도 자주 돌아왔어. 그런데 그 아이들이 지금 그런 일을 하나라도 생각하고 있나? 전혀 아냐."

부인은 잠시 동안 떠나는 태양을 바라보았고 그린리프 씨는 자기 손바닥을 살폈다. 잠시 후 부인이 문득 떠오른 듯 물었다. "그 애들이 왜 소를 데리러 안 왔는지 알아?"

"아뇨, 모릅니다." 그린리프 씨가 무뚝뚝하게 말했다.

"내가 여자라서 그래." 부인이 말했다. "사람들은 여자를 상대할 때는 걱정하지 않아. 이 농장을 남자가 운영한다면……"

그린리프 씨는 뱀처럼 빠르게 말했다. "아드님 두 분이 계시지 않습니까? 사람들은 여기 두 남자가 있다는 걸 압니다."

태양은 나무들 뒤로 사라졌다. 부인은 이제 자신을 올려다보는 어둡고 교활한 얼굴과 모자챙에 가려져 밝게 빛나는 영악한 눈을 내려다보았다. 부인은 자신이 그 말에 상처 받았다는 것을 알릴 수 있을 만큼 시간을 둔 뒤에 말했다. "어떤 사람들은 아주 늦게야 은혜에 감사하는 법을 배워, 그린리프 씨. 그리고 어떤 사람들은 아예 못 배우지." 그리고 부인은 그를 계단에 남겨 두고 돌아섰다.

그날 밤 부인은 커다란 돌멩이가 자신의 두뇌 바깥벽을 갈아 구멍을 뚫는 소리를 들었다. 부인은 벽 안쪽을 걷고 있었다. 한 걸음 한 걸음 막대기를 짚으며 아름다운 구릉지대를 지나갔다. 부인은 잠시 후 그 소리가 태양이 숲을 태우고 들어오려는 소리라는 걸 알았지만, 그럴 수 없다는 것, 언제나처럼 태양은 자신의 땅 바깥으로 질 거라는 것을 알았기에 편하게 그 모습을 보려고 멈추어 섰다. 처음에 그것은 크고 붉은 공 모양이었지만 부인이 바라보는 동안 색깔을 잃고 길쭉해져서 총알처럼 되었다. 그러더니 갑자기 숲을 뚫고 언덕 아래로 부인을 향해 날아왔다. 부인이 손을 입에 댄 채 잠을 깨고 보니 희미하지만 똑같은 소리가 들렸다. 창밖에서 황소가 무언가를 씹고 있었다. 그린리프 씨가 황소를 내보낸 것이다.

부인은 일어나서 불을 켜지 않고 창가로 가서 블라인드 틈새로 밖을 내다보았지만, 황소는 산울타리가 아닌 다른 곳으로 가 있어서 처음에는 소를 보지 못했다. 하지만 곧 약간 떨어진 거리에 무거운 덩치가 자신을 관찰하듯 동작을 멈춘 것을 보았다. 오늘 밤이 지나면 더 이상 참지 않겠어. 부인이 말하고 강철 그림자가 어둠 속으로 사라질 때까지 창밖을 바라보았다.

다음 날 아침 부인은 정확히 11시까지 기다렸다. 그런 뒤 차를 타고 창고로 갔다. 그린리프 씨는 우유 통을 닦고 있었다. 우유 통 일곱 개가 착유실 바깥에서 햇빛을 받고 있었다. 부인이 2주 전부터 계속 시키던 일이었다. "좋아, 그린리프 씨, 가서 총을 가져와. 그 소를 죽일 거야." 부인이 말했다.

"이 통을 씻으라고 말씀……"

"총을 가져와, 그린리프 씨." 부인이 말했다. 목소리와 얼굴은 무표정했다.

"우공이 어젯밤에 달아났습니다." 그가 안타까운 목소리로 중얼거리고 다시 팔을 넣은 통으로 몸을 굽혔다.

"가서 총을 가져와, 그린리프 씨." 부인이 변함없이 당당하고 무표정한 목소리로 말했다. "황소는 목초지에 젖 마른 암소들하고 같이 있어. 2층 내 방 창문에서 봤어. 내가 자네를 태우고 나갈 테니 자네가 그 소를 빈 목초지로 몰고 가서 거기서 쏘아 죽여."

그는 우유 통에서 천천히 팔을 뺐다. "내 아들들 소를 쏘아 죽이라는 명령은 받아 본 적이 없어요!" 그가 목소리를 높여 말하더니 뒷주머니에서 손수건을 꺼내 거칠게 손을 닦고 이어 코를 닦았다.

부인은 그 말을 못 들은 것처럼 돌아서서 말했다. "차에서 기다리겠어. 총을 가져와."

부인은 차에 앉아서 그가 총을 보관하는 장비실로 가는 것을 보았다. 장비실에서는 무언가 발길에 걸려 걷어차이는 듯 와장창하는 소리가 들렸다. 이어 그가 총을 가지고 나온 뒤 차 뒤로 돌아가서 문을 거칠게 열고 조수석에 앉았다. 그는 총을 무릎 사이에 끼우고 앞을 바라보았다. 소 대신 나를 쏘고 싶겠지, 부인은 그렇게 생각하고 미소가 보이지 않도록 고개를 돌렸다.

아침은 건조하고 맑았다. 부인은 숲 속을 400~500미터 달린 뒤 뻥 뚫린 들판 사이로 난 좁은 도로를 달렸다. 자기 뜻을 관철시키는 기쁨에 감각이 예리해졌다. 새들이 사방에서 비명을 질렀고, 풀은 너무 밝아서 바라보기 힘들 지경이었으며, 하늘은 더 진한 청색이었다. "봄이 왔어!" 부인이 유쾌하게 말했다. 그린리프 씨는 별 멍청한 소리 다 듣는다는 듯 입 근처의 근육 하나를 움직였다. 부인이 두 번째 목초지 출입문 앞에 멈추자, 그는 자동차 밖으로 뛰어내려서 문을 쾅 닫았다. 그런 뒤 그가 출입문을 열자 부인은 안으로 차를 몰고 들어갔다. 그는 문을 닫고 말없이 차에 다시 탔고, 부인은 목초지 가장자리를 돌다가 마침내 황소가 목초지 중심부의 암소들 틈에서 평화롭게 풀을 뜯는 모습을 보았다.

"우공이 자네를 기다리고 있군." 부인이 말하고 교활한 표정으로 그린리프 씨의 성난 얼굴을 보았다. "우공을 저쪽 목초지로 몰고 가. 자네가 거기 놈을 들이면 내가 차를 타고 따라가서 출입문을 닫겠어."

그는 다시 차에서 뛰어내렸고, 이번에는 일부러 차 문을 열어 놓고 나가서 부인이 손을 뻗어 닫아야 했다. 부인은 웃음 띤 얼굴로 그가 반대편 출입문 쪽으로 걸어가는 모습을 지켜보았다. 그는 어떤 힘센 존재에게 자신이 강요당하는 걸 보아 달라고 요청하는 듯이 한 걸음 한 걸음 몸을 앞으로 던졌다가 뒤로 젖혔다가 했다. "어쩌겠어, 그린리프 씨." 부인이 그가 아직도 차에 있는 것처럼 소리 내서 말했다. "자네 아들들이 그렇게 만들었는걸." O. T.와 E. T.는 아마 집에서 아버지 일을 두고 배가 아프도록 웃을 것이다. 그들이 똑같은 비음으로 말하는 소리가 들리는 듯했다. "우리 때문에 아버지가 그 소를 쏘았어. 아버지는 자기가 좋은 소를 죽이는 줄 알 거야. 그 소를 쏘는 게 죽도록 괴로울 거야!"

"아들들이 자네를 조금이라도 생각한다면 자기들이 소를 데려갔어야지. 그 아이들한테 놀랐어." 부인이 말했다.

그린리프 씨는 먼저 문을 향해 목초지를 돌아갔다. 검은 황소는 얼룩소들 틈에서 움직이지 않았다. 고개를 숙인 채 풀만 뜯었다. 그린리프 씨는 문을 열었고, 이어 소의 뒤편으로 돌아갔다. 그리고 소의 엉덩이 3미터 정도 뒤에서 양팔을 휘둘렀다. 황소는 느릿느릿 고개를 들었다가 다시 내리고 풀을 뜯었다. 그린리프 씨는 고개를 숙이더니 무언가를 주워서 황소에게 거세게 던졌다. 부인은 뾰족한 돌멩이일 거라고 생각했다. 황소가 펄쩍 뛰더니 질주를 시작해서 언덕 너머로 사라졌기 때문이다. 그린리프 씨는 여유롭게 황소를 따라갔다.

"놓치면 안 돼!" 부인이 소리치고 차에 시동을 걸어 목초지를 지나갔다. 계단식 비탈을 천천히 지나 반대편 출입문 앞에 이르고 나니 그린리프 씨도 황소도 보이지 않았다. 이 목초지는 아까 그 목초지보다 작았고, 숲으로 뺑 둘러싸인 녹색 경기장 같았다. 부인은 차에서 내려 문을 닫고 그린리프 씨를 찾았지만 아무 데도 보이지 않았다. 부인은 즉시 그가 숲에서 소를 놓치려고 했다는 걸 깨달았다. 그는 나무들 틈에서 절뚝거리며 나와서 이렇게 말할 것이다. "사모님께서 저 숲에서 우공을 발견한다면 저보다 솜씨가 좋으신 겁니다."

그러면 부인은 말할 것이다. "그린리프 씨, 내가 자네하고 같이 저 숲에 들어가서 오후 내내 있겠다고 말하면 황소를 찾아서 죽일 수 있을 거야. 내가 자네 대신 방아쇠를 당기겠다고 말하면 자네는 소를 쏠 거야." 그리고 자신이 진지하다는 사실을 깨달으면 그는 돌아가서 얼른 황소를 쏠 것이다.

부인은 차로 돌아와서 목초지 가운데로 차를 몰고 갔다. 거기 있으면 그가 숲에서 나온 뒤 자기에게 오려고 한참을 걸을 필요가 없었다. 그 순간 부인은 그가 나무 그루터기에 앉아서 막대기로 땅바닥에 낙서를 하는 모습이 떠올랐다. 부인은 손목시계로 정확히 10분을 기다리기로 결심했다. 그런 뒤 경적을 울릴 것이다. 부인은 차에서 내려 잠시 걷다가 앞 범퍼에 앉았다. 피곤해서 고개를 보닛에 대고 누워 눈을 감았다. 아직 오전인데 왜 이렇게 피곤한지 이상했다. 눈을 감고도 하늘 위에 빨갛게 타오르는 태양이 느껴졌다. 눈을 살짝 떠 보았지만 하얀 빛에 다시 눈을 감아야 했다.

부인은 한동안 보닛에 누워서 내가 왜 이렇게 피곤할까 몽롱하게 생각했다. 눈을 감자 시간은 낮과 밤이 아니라 과거와 미래로 나뉘었다. 부인은 자신이 피곤한 것은 15년 동안 쉬지 않고 일했기 때문이라고 결론을 내렸다. 자신은 피곤할 이유가 충분하고, 그래서 다시 일로 돌아가기 전에 잠시 쉴 권리가 있다고 생각했다. 어떤 재판관 앞에서도 부인은 말할 수 있었다. 저는 일했어요. 빈둥거리지 않았어요. 자신이 노동의 인생을 회상하는 이 순간, 그린리프 씨는 숲을 어슬렁거리고 있고, 그린리프 부인은 땅에 신문 기사를 묻고 그 위에 누워 잠을 잘 것이다. 그 여자는 해가 갈수록 심해졌는데 메이 부인은 이제 그녀가 거의 정신병 상태라고 믿었다. "자네 집사람은 아무래도 종교 때문에 좀 이상해진 것 같아. 모든 일에는 절제가 필요한 법이거든." 부인은 전에 그린리프 씨에게 요령 있게 말했다.

"집사람은 내장 절반이 벌레에 파 먹힌 남자를 치료한 적이 있습니다." 그린리프 씨가 대꾸했고, 부인은 메스꺼움에 고개를 돌렸다. 불쌍한 인간들, 이렇게 단순하다니. 부인은 지금 그렇게 생각하고 잠시 동안 졸았다.

그러다 일어나 앉아 시계를 보니 10분이 넘게 지났다. 총소리는 들리지 않았다. 새로운 생각이 들었다. 그린리프 씨가 돌을 던져 황소를 성나게 했고 황소가 그에게 달려들어 뿔로 나무에 박아 버린 걸까? 그러면 얼마나 기가 막힌 아이러니가 될까. O. T.와 E. T.는 악덕 변호사를 고용해서 자신에게 소송을 걸 것이다. 그것은 그린리프 가족과 함께한 15년의 결말로 아주 적절했다. 부인은 그 생각에 친구들에게 해 줄 이야기의 완벽한 결말을 찾은 것처럼 기쁨에 가까운 감정을 느꼈다. 하지만 거기서 생각을 그만두었다. 그린리프 씨는 총이 있고 자신은 보험이 있었기 때문이다.

부인은 경적을 울리기로 했다. 그래서 일어나서 자동차 창문 안으로 손을 뻗어 경적을 길게 세 번 울리고, 이어 인내심이 바닥나고 있다는 걸 알리기 위해 몇 번 짧게 울렸다. 그런 뒤 돌아가서 다시 범퍼에 앉았다.

몇 분 후 숲에서 무엇이 나왔다. 검고 육중한 그림자가 몇 차례 고개를 까딱이더니 앞으로 달려왔다. 부인은 그것이 황소라는 걸 알았다. 황소는 여유롭게 목초지를 달려 부인에게 다가왔다. 부인을 다시 발견해서 몹시 기쁜 듯 유쾌한 걸음이었다. 부인은 그린리프 씨도 나오는가 보려고 황소 너머를 보았지만 그는 보이지 않았다. "여기 놈이 왔어, 그린리프 씨!" 부인이 소리치고 혹시 그가 목초지 반대편에서 나올까 하고 그쪽을 보았지만 그쪽에도 보이지 않았다. 그러다 뒤를 돌아보니 황소가 고개를 숙이고 자신에게 돌진하고 있었다. 부인은 꼼짝하지 않았다. 두려움이 아니라 황당함에 얼어붙었다. 부인은 거리 감각이 전혀 없는 것처럼, 소의 의도가 뭔지 판단하지 못하는 것처럼 검은 짐승이 자신에게 달려드는 것을 가만히 바라보았고, 황소가 격렬한 애인처럼 부인의 품에 머리를 묻은 뒤에야 표정이 변했다. 소의 뿔 하나가 부인의 가슴을 뚫었고, 다른 뿔은 옆구리를 감싸 돌아서 부인을 꽉 붙들었다. 부인은 계속 앞을 바라보았지만 부인 앞의 풍경 전체가 변했고—숲은 온통 하늘뿐인 세상에 검게 난 상처였다—부인은 갑자기 시력을 되찾아 강렬한 불빛을 견딜 수 없는 사람 같은 표정이 되었다.

그린리프 씨가 옆에서 총을 들고 부인에게 달려왔고, 부인은 고개를 돌리지 않고도 그가 오는 것을 보았다. 그가 보이지 않는 원의 바깥쪽으로 접근하는 것을 보았고, 그 뒤로 입을 쩍 벌린 숲을 보았고, 그의 발밑에 아무것도 없는 것을 보았다. 그는 황소의 눈을 네 차례 쏘았다. 부인은 총소리는 못 들었지만, 그 거대한 덩치가 쓰러질 때 부르르 떠는 것을 느꼈다. 놈은 부인을 뿔로 끌어당기며 쓰러져서, 그린리프 씨가 다가갔을 때 부인은 마치 고개를 숙이고 자신의 마지막 발견을 황소의 귀에 속삭이는 것 같았다.

숲의 전망
A View of the Woods

메리 포천과 노인은 지난주에 매일 흙을 퍼 올리는 기계를 바라보며 오전을 보냈다. 공사 현장은 새로 생긴 호숫가의 한쪽, 노인이 낚시 클럽을 만들겠다는 사람에게 판 땅의 한구석이었다. 그와 메리 포천은 매일 아침 10시 무렵에 자동차를 타고 거기 갔고, 그는 공사 현장을 굽어보는 제방에 오디색 캐딜락 자동차를 세웠다. 잔물결이 이는 붉은 호수는 공사 현장 4~5미터 앞까지 밀려왔고 맞은편은 검은 숲에 닿아 있었는데, 숲은 마치 풍경의 양쪽 끝에서 물을 건넌 뒤 들판을 따라 계속 걸어가는 것 같았다.

노인은 범퍼에 앉고 메리 포천은 보닛에 앉았다. 두 사람은 때로 그렇게 몇 시간 동안 앉아서 한때 소 목초지였던 곳을 기계가 체계적으로 파헤쳐서 붉고 네모진 구멍으로 만드는 광경을 보았다. 그곳은 피츠가 돼지풀을 다 뽑아낸 유일한 목초지였고, 노인이 그것을 팔았을 때 피츠는 거의 뇌졸중을 일으킬 뻔했다. 하지만 포천 씨는 그가 어떻게 되든 상관없었다.

"나는 목초지 때문에 개발을 방해하는 바보는 취급하지 않아." 그가 범퍼에 앉아 메리 포천에게 몇 차례나 말했지만, 아이는 기계만 빤히 바라보았다. 아이는 보닛에 앉아서 몸통이 없는 식도가 흙을 아귀아귀 먹고서 그것을 다시 울렁울렁 토해 내는 것을 보았다. 아이의 안경 낀 두 눈은 그 반복되는 동작을 계속 좇았고, 그 얼굴—노인의 얼굴을 빼다 박은—에서는 몰두한 표정이 떠나지 않았다.

메리 포천이 할아버지를 닮은 것에 대해서 노인을 빼고 누구도 특별히 기뻐하지 않았다. 노인은 그 점 때문에 아이가 훨씬 더 사랑스럽다고 여겼다. 노인은 아이가 자신이 본 아이들 중 가장 똑똑하고 예쁘다고 생각했고, 다른 식구들에게 자신이 만약, 정말로 만약이지만 누군가에게 무언가를 물려주게 된다면 그 대상은 메리 포천이라는 사실을 분명히 알렸다. 아이는 아홉 살이었다. 노인처럼 작고 뚱뚱했으며, 노인처럼 흐린 청색 눈동자였고, 노인과 같은 돌출 이마였으며, 그와 같이 찌푸린 인상에 붉은 안색이었다. 또한 내면도 노인과 같았다. 지성과 강한 의지와 추진력이 놀라울 정도로 할아버지와 비슷했다. 두 사람은 비록 나이는 일흔 살 차이가 났지만, 정신적 거리는 아주 가까웠다. 노인이 가족 중에 조금이라도 인정하는 사람은 메리 포천뿐이었다.

노인은 자신의 셋째인가 넷째 딸인 아이 엄마는 (노인은 순서를 기억하지 못했다) 인정하지 않았다. 그래도 그녀는 자신이 노인을 모신다고 생각했다. 그녀는—신중하게 말 대신 표정과 태도로 그것을 전달했는데―자신이 늙은 아버지를 참아 주는 사람이니, 당연히 그곳을 물려받아야 한다고 생각했다. 그녀는 피츠란 이름의 얼간이와 결혼해서 아이를 일곱 낳았다. 모두 제 어미 같은 명청이들이었지만 막내인 메리 포천만은 예외였다. 그 아이는 격세유전의 예였다. 피츠는 동전 한 닢도 간직하지 못하는 자였고, 포천 씨는 10년 전에 그 가족이 자기 농장에 들어와 일하는 것을 허락했다. 피츠의 소출은 피츠에게 돌아갔지만 땅은 포천의 것이었고, 그는 그들에게 그 사실을 분명히 했다. 우물이 말랐을 때 그는 피츠가 깊은 우물을 파는 것을 허락하지 않고 샘의 물을 끌어다 쓰게 했다. 우물을 파는 일에 돈을 들이고 싶지 않았던 데다, 만약 피츠가 그 돈을 대면 그가 피츠에게 "자네가 깔고 앉은 이 땅은 내 땅이야" 하고 말할 때마다 피츠가 "아버님이 마시는 물은 제 펌프가 퍼 올린 것입니다" 하고 말할 것을 알았기 때문이다.

거기서 10년을 지내는 동안 피츠 가족은 자신들이 그 농장을 소유한 듯이 느끼게 되었다. 노인의 딸은 거기서 나고 자랐지만 피츠와 결혼한 것은 그녀가 집보다 피츠를 우선시한다는 증거라고 포천 씨는 생각했다. 그리고 돌아온 딸은 다른 소작인들과 같은 자격으로 왔다. 물론 노인은 그들에게는 우물 파기를 허용하지 않은 것과 같은 이유로 소작료를 받지 않았다. 예순 살이 넘은 사람은 큰 이권을 틀어쥐고 있지 않는 한 누구나 불안하게 마련이고, 이따금 그는 피츠 가족에게 현실적인 교훈을 주기 위해 땅을 부분 부분 잘라 팔았다. 노인이 외부인에게 땅을 팔아 치우는 것만큼 피츠를 화나게 하는 일은 없었다. 피츠 자신이 그것을 사고 싶었기 때문이다.

피츠는 여위고 턱이 길고 성미가 급하고 부루퉁하고 잘 삐치는 사내였고, 그의 아내는 자식 된 도리를 수행한다고 자부심을 품는 부류였다. 여기 남아서 아버지를 돌보는 게 내 도리야. 내가 아니면 누가 이 일을 하겠어? 나는 이 일에 아무런 보상을 받지 못할 것을 알면서도 이 일을 하고 있어. 내가 이 일을 하는 건 이게 내 도리기 때문이야.

하지만 노인은 거기 속지 않았다. 그들이 자신을 땅속에 깊이 묻고 그 위에 흙을 덮을 날을 간절하게 기다리고 있다는 걸 알았다. 그들은 또 노인이 농장을 물려주지 않아도 자신들이 그걸 살 수 있을 거라고 생각했다. 그는 비밀리에 유서를 작성해서 모든 것을 메리 포천에게 남겼고, 피츠 대신 자신의 변호사를 유언 집행자로 지명했다. 그가 죽으면 메리 포천은 다른 식구들을 펄쩍 뛰게 할 것이다. 노인은 아이가 그럴 수 있다는 것을 의심하지 않았다.

10년 전에 그들은 새로 태어나는 아기가 사내아이면 중간에 포천을 넣어서 이름을 마크 포천 피츠라고 하겠다고 선언했고, 그는 피츠라는 이름 앞에 자기 이름을 넣으면 그들을 바로 쫓아내겠다고 말했다. 태어난 아기는 여자였는데, 태어난 당일에도 할아버지를 쏙 빼닮았다는 걸 누구나 알 수 있었다. 노인은 마음이 누그러들어서 70년 전에 그를 낳다가 죽은 어머니의 이름을 따서 아이 이름을 메리 포천으로 하자고 했다.

포천 농장은 25킬로미터 밖에서 포장도로가 끝나고 비포장도로만 있는 시골에 있었고, 언제나 그의 동맹이었던 개발이 아니었다면 땅을 부분 부분 잘라 팔 수 없었을 것이다. 그는 발전에 저항하고 새것에 반대하고 변화를 두려워하는 노인이 아니었다. 그는 포장된 간선도로가 자기 집 앞으로 뻗고 그 위에 신형 자동차들이 달리는 것을 원했다. 도로 맞은편에 슈퍼마켓이 들어서고 주유소, 모텔, 자동차 영화관이 인근에 오기를 바랐다. 개발이 이 모든 일에 시동을 걸었다. 전력 회사가 강에 댐을 지어 인근의 넓은 지역을 수몰시켰고 그로 인해 생겨난 인공 호수가 그의 땅과 800미터 정도를 나란히 뻗었다. 세상 모든 어중이떠중이가 호숫가 땅을 원했다. 전화선이 들어온다는 말이 돌았다. 포천 농장 앞으로 포장도로가 뚫린다는 말도 돌았다. 그 지역 전체가 도시가 된다는 이야기도 돌았다. 그러면 그 도시의 이름은 포천 시가 되어야 한다고 그는 생각했다. 그는 비록 일흔아홉 살의 나이였지만 시각은 앞서 있었다.

흙을 퍼 올리는 기계는 그 전날 일을 끝냈고, 오늘 그들의 눈앞에서는 노란색의 대형 불도저들이 구멍을 매끈하게 다졌다. 땅을 잘라 팔기 전에 노인의 땅은 100만 평에 이르렀다. 그는 뒤쪽 땅 10만 평을 다섯 번에 나누어 팔았고, 그가 땅을 팔 때마다 피츠의 혈압은 20씩 솟구쳤다. "피츠 가족은 목초지에 매여 미래가 오는 걸 방해할 위인들이야." 그는 메리 포천에게 말했다. "하지만 너하고 나는 그렇지 않지." 메리 포천 또한 피츠 가족이었지만 그는 그 사실은 아이에게 아무 책임 없는 재난인 듯 점잖게 무시했다. 그는 아이가 자신의 분신이라는 생각을 좋아했다. 그는 범퍼에 앉았고, 아이는 보닛에 앉아 그의 어깨에 맨발을 얹었다. 불도저 한 대가 그들이 앉은 제방 옆면을 깎으려고 그들 아래를 지나갔다. 노인이 발을 몇 센티미터만 움직여도 제방 너머로 발을 덜렁거릴 수 있었다.

"잘 감시하지 않으면 저게 할아버지 땅도 깎아 버릴 거예요." 메리 포천이 기계 소음을 뚫고 소리쳤다.

"저기 말뚝 보이지? 말뚝 너머로는 안 갔어." 노인이 소리쳤다.

"아직은 안 갔죠." 아이가 소리쳤다.

불도저는 그들 아래를 지나 저편으로 갔다. 노인이 말했다. "네가 감시하렴. 기계가 저 말뚝을 쓰러뜨리면 내가 그만두게 할 거다. 피츠 가족은 암소 목초지나 노새 풀밭이나 콩밭에 매여서 개발을 방해할 위인들이야. 하지만 너나 나처럼 어깨 위에 머리가 있는 사람들은 소 때문에 시간의 행진을 막을 수 없다는 걸 알지⋯⋯”

“저쪽에서 말뚝을 흔들고 있어요!” 아이가 소리치더니 노인이 말릴 새도 없이 보닛에서 뛰어내려 노란 원피스를 팔랑거리며 제방을 따라 달려갔다.

“가장자리에 너무 가까이 가지 마.” 노인이 소리쳤지만 아이는 이미 말뚝 앞으로 가서 그 옆에 쪼그려 앉아 그게 얼마나 흔들렸는지 보았다. 아이는 제방 아래를 굽어보고 불도저 속 남자에게 주먹을 흔들었다. 남자는 아이에게 손을 흔들고 일을 계속했다. 피츠 가족 다른 식구들의 머리에 든 분별력을 다 합해도 저 아이의 새끼손가락에 든 분별력만 못하다고 노인은 아이가 돌아오는 모습을 뿌듯하게 바라보며 생각했다.

아이의 머리는 숱이 많고 가는 연갈색 직모였는데—머리칼이 있었을 때 노인의 머리도 딱 그랬다—앞머리는 눈 위에서 자르고 옆머리는 뺨을 타고 내려와 귀밑에서 단발머리로 잘랐다. 그래서 전체적으로 머리가 아이 얼굴로 들어가는 문틀 같은 모양이었다. 아이 안경도 노인과 같은 은테였고, 아이는 걸음걸이조차 노인과 같았다. 배를 내밀고 조용히 움찔거리며 걷는 것이 흔들림과 비척거림의 중간이었다. 아이는 오른발 바깥쪽이 제방 모서리와 직선상에 놓일 만큼 제방 가장자리에 바짝 붙어 걸었다.

“가장자리에 너무 바짝 붙지 말라고 했어.” 노인이 소리쳤다. “그러다 떨어져 죽으면 나중에 여기가 변한 모습을 못 봐.” 그는 언제나 아이를 신중하게 보호했다. 아이가 불안한 곳에 앉는 것도, 말벌이 있을지 몰라 덤불에 손대는 일도 허락하지 않았다.

아이는 꼼짝하지 않았다. 아이는 노인과 마찬가지로 듣고 싶지 않은 것은 듣지 않는 버릇이 있었고, 그것은 노인이 직접 가르친 기술이었기에 아이가 그것을 실행하는 방식에 감탄하지 않을 수 없었다. 그는 아이가 나이가 들면 그 기술이 아주 유용할 거라고 예견했다. 아이는 차 앞에 와서 아무 말 하지 않고 다시 보닛에 올라 아까처럼 두 발을 노인의 어깨에 올렸다. 노인 역시 자동차의 부품에 불과하다는 것 같았다. 아이의 관심은 먼 곳의 불도저에게 돌아갔다.

"주의하지 않으면 네가 무얼 잃어버릴지 늘 유념하렴." 아이 할아버지가 말했다.

노인은 엄격한 훈육주의자였지만 아이에게는 매를 들지 않았다. 피츠의 다른 여섯 아이는 일주일에 한 번씩 정해 두고 때려야 하는 아이들이라고 보았지만, 똑똑한 아이에게는 다른 통제 방식이 필요하기에 그는 메리 포천에게는 손찌검을 한 적이 없었다. 게다가 아이의 어머니나 언니 오빠도 아이에게 손바닥조차 쓰지 못하게 했다. 그런데 아이 아버지는 전혀 달랐다.

피츠는 성미가 고약하고 마음속에 어처구니없는 분노를 품은 남자였다. 포천 씨는 시도 때도 없이 피츠가 식탁의 자기 자리에서—상석은 아니었다. 상석은 포천 씨 자리고 그의 자리는 식탁 옆면이었다—아무 이유도 설명도 없이 불쑥 일어나서 메리 포천을 바라보며 "따라와" 하고는 허리띠를 풀면서 밖으로 나가는 것을 보았고, 그럴 때마다 심장이 쿵쿵 뛰었다. 그럴 때면 아이 얼굴은 완전히 낯선 표정이었다. 그 표정이 무엇인지 꼬집어 말할 수는 없었지만, 그것을 보면 노인은

456

화가 치솟았다. 그것은 공포와 존경과 또 다른 어떤 것, 그러니까 협조 같은 것이 섞인 표정이었다. 아이는 그 표정을 짓고 일어나서 피츠를 따라 나갔다. 그들은 트럭을 타고 소리가 들리지 않을 만한 거리로 갔고 피츠는 거기서 아이를 때렸다.

포천 씨는 그가 아이를 때리는 건 자신이 그들을 따라가서 그 일을 보았기 때문이라고 믿었다. 노인은 30미터 정도 떨어진 바위 뒤에서 아이가 소나무에 매달리고 피츠가 낫으로 덤불을 치듯 허리띠를 규칙적으로 휘둘러서 아이 발목을 때리는 모습을 보았다. 아이는 뜨거운 스토브에 올라선 양 펄쩍펄쩍 뛰면서 매 맞는 개처럼 칭얼거리는 게 전부였다. 피츠는 30분 정도 그렇게 때린 뒤 말없이 돌아서서 트럭으로 돌아갔고, 아이는 나무 밑에 주저앉아 두 발을 손으로 감싸고 몸을 앞뒤로 흔들었다. 노인이 아이를 보려고 몰래 다가갔다. 아이는 얼굴이 불그죽죽하게 뒤틀리고 눈에서는 눈물이 코에서는 콧물이 흘렀다. 노인은 아이에게 뛰어나가서 말했다. "너도 아비를 때리지 그랬냐? 네 기백은 다 어디 갔어? 나라면 네 아비한테 맞을 것 같으냐?"

아이는 벌떡 일어나더니 턱을 비죽 내밀고 물러서면서 말했다. "난 안 맞았어요."

"내 눈으로 똑똑히 봤는데?" 노인이 소리쳤다.

"아무도 없잖아요. 누가 나를 때렸다고 그래요?" 아이가 말했다. "나는 평생 아무한테도 안 맞았어요. 만약 누가 날 때리면 그 사람을 죽여버릴 거예요. 봐요, 아무도 없잖아요."

"네가 나를 거짓말쟁이가 아니면 장님으로 여기는구나!" 노인이 소리쳤다. "내 두 눈으로 똑똑히 봤어. 네가 순순히 아비한테 맞는 걸. 넌 그저 나무에 매달려 펄쩍펄쩍 울기만 했어. 만약 나였다면 그 얼굴에 주먹을……"

"여긴 아무도 없고, 아무도 나를 안 때렸어요. 누가 날 때리면 난 그 사람을 죽여 버릴 거예요!" 아이가 소리치고 돌아서서 숲 속으로 달려 갔다.

"그렇다면 나는 폴란드차이나 품종 돼지이고, 검은 게 흰 거다!" 노 인이 아이 등에 대고 소리치고는 혐오와 분노에 휩싸여 나무 밑의 바 위에 앉았다. 이것은 피츠가 자신에게 복수하는 방식이었다. 피츠가 매질을 하려고 데리고 나가는 게 자신인 것 같았고, 거기 굴복하는 것 도 자신인 것 같았다. 노인은 처음에는 아이를 때리면 식구들을 농장 에서 쫓아내겠다는 말로 그의 구타를 막을 수 있을 거라 생각했지만, 그랬더니 피츠는 이렇게 대답했다. "나를 쫓아내면 아이도 함께 나가 야 돼요. 그렇게 하세요. 그 아이는 내 아이니, 나는 1년 365일 언제라 도 마음 내키는 대로 때릴 수 있어요."

노인은 피츠에게 자기 힘을 보일 기회를 놓치지 않았고, 현재도 피 츠에게 상당한 타격이 될 계획 하나를 품고 있었다. 그리고 즐거이 그 일을 떠올리며 메리 포천에게 주의하지 않으면 무얼 잃어버릴지 유념 하라고 말한 것이다. 그런 뒤 노인은 아이의 대답을 기다리지 않고 땅 을 또 한 뙈기 팔 것 같다고, 만약 땅을 팔면 너에게 특별 선물을 주겠 지만 네가 건방지게 말대꾸를 하면 선물은 없다고 일렀다. 그는 아이 와 사소한 말다툼을 자주 했지만 그것은 수탉 앞에 거울을 세워 두고 그것이 거울에 비친 제 영상과 싸우는 걸 보는 것 같은 일종의 스포츠 였다.

"저는 선물 필요 없어요." 메리 포천이 말했다.

"네가 선물 거절하는 걸 본 적이 없는걸."

"부탁하는 것도 보신 적 없잖아요." 아이가 말했다.

"저축은 얼마나 했냐?" 노인이 물었다.

"제 일에 신경 쓰지 마세요. 제 일에 끼어들지 마세요." 아이가 말하고 두 발로 노인의 어깨를 탕 쳤다.

"네 침대 매트리스 속에 꿰매어 놨을 테지." 노인이 말했다. "검둥이 할매들처럼. 돈은 은행에 넣어 두어야 돼. 이 일이 끝나면 너한테 은행 계좌를 하나 열어 줘야겠다. 그리고 나하고 너만 계좌를 열어 볼 수 있게 하겠어."

불도저가 다시 그들 아래로 지나가서 그는 하고 싶은 말을 삼켰다. 하지만 불도저 소리가 사라지자 더 이상 참지 못하고 말했다. "우리 집 바로 앞의 땅을 주유소 부지로 팔 거야. 우리는 이제 차에 기름을 넣으려고 멀리까지 갈 필요가 없어. 집 앞이 주유소니까."

포천의 집은 도로에서 60미터 정도 안쪽으로 들어가 있었는데, 그가 팔려고 하는 것이 바로 그 60미터의 땅이었다. 노인의 딸은 그곳을 '잔디밭'이라고 불렀지만, 사실 그곳에는 잡초밖에 없었다.

"잔디밭 말이에요?" 메리 포천이 잠시 후에 물었다.

"그래! 잔디밭." 노인이 말했다. 그리고 자기 무릎을 쳤다.

아이는 아무 말 하지 않았고 노인은 아이를 올려다보았다. 머리카락 사이의 직사각형 공간에서 노인과 똑같은 얼굴이 그를 내려다보았지만, 그것은 그의 현재의 얼굴이 아니라 불쾌해서 어두워졌을 때의 얼굴이었다. "우리가 노는 데잖아요!" 아이가 말했다.

"너희가 놀 데는 거기 말고도 많아." 노인이 이런 미적지근한 반응에 실망을 느끼고 대꾸했다.

"그러면 길 건너 숲을 못 보잖아요." 아이가 말했다.

노인이 아이를 바라보았다. "길 건너 숲?"

"전망을 볼 수가 없어요." 아이가 말했다.

"전망?" 노인이 되물었다.

"숲요. 툇마루에서 숲을 볼 수가 없잖아요." 아이가 말했다.

"툇마루에서 숲을 봐?" 노인이 물었다.

아이가 말했다. "우리 아빠 송아지들은 거기서 풀을 뜯어요."

노인은 충격에 얼른 분노하지 못했다. 하지만 곧 폭발했다. 그는 벌떡 일어나서 돌아선 뒤 자동차 보닛을 주먹으로 탕 내리쳤다. "풀은 다른 데서 뜯으면 돼!"

"그러다 제방에서 떨어지면 후회해요." 아이가 말했다.

노인은 아이에게 시선을 고정하고 자동차 옆으로 돌아갔다. "네 아비 송아지가 어디서 풀을 뜯는지 내가 신경 쓸 것 같으냐? 송아지들에 매여 사업을 망설일 것 같아? 그 얼간이의 송아지가 어디서 풀을 뜯건 내가 반 푼어치라도 신경 쓸 것 같아?"

붉게 달아올라 머리카락보다 색이 더 진해진 아이의 얼굴은 노인의 현재 표정을 정확히 반영하고 있었다. "자기 형제를 바보라고 부르는 사람은 지옥 불에 떨어진다고 했어요." 아이가 말했다.

"비판을 받지 않으려거든 너희도 비판하지 말라고 했어!" 노인이 소리쳤다. 그의 얼굴이 아이의 얼굴보다 붉은빛이 조금 더 진했다. "너는 네 아비가 마음 내킬 때마다 널 때리게 하고 반항 한 마디 없이 울고 펄쩍펄쩍 뛰기만 하잖아!"

"아빠도 누구도 나한테 손을 대지 않았어요." 아이가 무미건조한 목소리로 또박또박 말했다. "누구도 내게 손을 대지 않았고, 만약 누가 그런다면 그 사람을 죽일 거예요."

"그러면 검은 게 흰 거고 밤이 낮이다!" 노인이 소리쳤다.

불도저가 아래로 지나갔다. 두 사람은 30센티미터 간격의 얼굴에 똑같은 표정을 담고 소리가 사라질 때까지 기다렸다. 그리고 노인이 말했다. "너 혼자 집으로 걸어가라. 난 이세벨*을 태우고 가지 않겠다!"

"저는 탕녀 바빌론의 차에는 타지 않아요." 아이가 말하고 차 반대편으로 내려서서 목초지를 걸어갔다.

"탕녀는 여자야! 네가 아는 게 겨우 그 정도지!" 노인이 소리쳤다. 하지만 아이는 고개를 돌려 대답하지 않았고, 작고 단단한 몸이 노란 들꽃 가득한 들판을 지나 숲으로 걸어가는 모습을 바라보자니 그는 아이에 대한 자부심이 새 호수 위의 잔물결처럼 돌아오는 것을 느끼지 않을 수 없었다. 아이가 피츠에게 맞서지 않았다는 것, 그것만이 불만스러운 반대 기류였다. 아이가 자신에게 맞서는 만큼 피츠에게 맞서도록 가르칠 수만 있었다면, 아이는 더 바랄 게 없을 만큼 대담하고 강인한 완벽한 아이였을 것이다. 하지만 그것은 아이 성격의 유일한 단점이었다. 노인을 닮지 않은 유일한 지점이었다. 노인은 돌아서서 호수 건너편 숲을 보면서 5년만 지나면 거기에는 숲 대신 집과 상점과 주차장이 들어설 테고, 그런 변화의 가장 큰 공로자는 자신이 될 거라고 스스로에게 말했다.

그는 아이에게 실제 행동으로 기백을 가르치고자 했고 또 이미 확고히 마음을 먹은 일이었기에 그날 점심 식탁에서 자신이 집 앞의 땅을 틸먼이란 남자에게 주유소 부지로 팔 예정이라는 사실을 알렸다.

피곤한 표정으로 식탁 말석에 앉아 있던 딸은 둔한 칼이 가슴을 쑤

---

* 구약성경 『열왕기상』에 나오는 사악한 왕비. 바알을 숭배하고 예언자들을 학살했다.

시는 듯한 신음 소리를 냈다. "잔디밭을요!" 딸은 소리치고 의자에 털썩 기대앉아 들릴락 말락 하는 목소리로 말했다. "잔디밭을."

메리 포천을 제외한 피츠가의 여섯 아이가 빽빽거렸다. "우리는 어디서 놀아요!" "아빠, 할아버지를 말려 줘요!" "그러면 길이 안 보이잖아요!" 같은 한심한 소리들이었다. 메리 포천은 아무 말도 하지 않았다. 아이는 자신만의 어떤 일을 계획하고 있는 듯 고집 센 표정으로 입을 다물고 있었다. 피츠는 식사를 중단하고 앞을 바라보았다. 접시에 음식이 가득했지만, 그의 주먹은 그 양옆에 검은 석영 덩어리처럼 놓여 꼼짝하지 않았다. 그는 아이들 중 누군가를 찾아내려는 듯 식탁에 앉은 아이들을 하나씩 훑었다. 그러다 마침내 할아버지 옆에 앉은 메리 포천에게 눈길이 닿았다. "네가 우리에게 이런 짓을 했구나."

"제가 하지 않았어요." 아이가 말했지만 그 목소리에는 자신감이 없었다. 떨리고 겁먹은 아이의 목소리일 뿐이었다.

피츠는 일어나서 말했다. "따라와." 그리고 돌아서서 허리띠를 풀며 나갔다. 노인은 아이가 식탁에서 일어나 그를 따라가는 모습에 절망했다. 그것도 거의 달리다시피 나가서 트럭을 타고 떠났다.

포천 씨는 그런 비겁함이 자신의 것처럼 고통스럽게 느껴졌고 속이 울렁거렸다. "아비가 죄 없는 아이를 때려." 그가 딸에게 말했다. 딸은 아직도 식탁 끝에 엎어져 있었다. "그런데 누구 하나 말리지 않아."

"할아버지도 안 말리셨잖아요." 사내애 한 명이 웅얼거렸고, 거기에 개구리 합창 같은 웅성거림이 뒤따랐다.

"나는 심장병이 있는 노인이야. 내가 황소를 무슨 수로 막니." 노인이 말했다.

"그 애가 아버지를 추동했어요." 딸이 기운 없는 목소리로 말했다.

머리가 의자 등받이 위를 굴렀다. "그 애는 항상 아버지를 추동하니까요."

"어떤 아이도 나를 추동하지 못해!" 그가 소리쳤다. "그러고도 네가 어미라니! 부끄러운 줄 알아라! 그 아이는 천사고 성자야!" 노인의 목소리가 너무 높이 나와서 갈라졌고, 그는 얼른 식당을 나가야 했다.

오후에 노인은 침대에 누워 있어야 했다. 그의 심장은 아이가 맞을 때마다 가슴팍이 비좁을 만큼 부풀어 오르는 것 같았다. 하지만 이제 주유소를 집 앞에 들이겠다는 결심은 더욱 확고해졌고, 그것 때문에 피츠가 뇌졸중에 걸린다면 더 좋았다. 그것 때문에 피츠가 뇌졸중에 걸리고 사지가 마비된다면, 그건 자업자득이고 그는 다시는 아이를 때리지 못할 것이다.

메리 포천은 그에게 화를 내도 오래가거나 심각한 적이 없었고 노인은 그날은 아이를 못 보았지만 다음 날 아침잠에서 깨어 보니, 아이가 그의 가슴에 올라앉아 빨리 나가서 콘크리트 믹서를 보자고 보채고 있었다.

그들이 현장에 나갔을 때 인부들은 낚시 클럽의 토대를 만들고 있었고, 콘크리트 믹서는 이미 작동 중이었다. 믹서는 크기와 색깔이 서커스 코끼리와 비슷했다. 그들은 30분가량 서서 그것을 지켜보았다. 노인은 11시 반에 틸먼과 만나 계약 문제를 의논해야 했다. 그는 메리 포천에게 어디로 가는지는 말하지 않고 어떤 남자를 만나러 가야 한다고만 했다.

틸먼은 포천 농장 앞 비포장도로와 이어지는 간선도로를 8킬로미터 내려간 곳에서 복합 점포, 주유소, 고철 집하장, 중고차 부지, 댄스홀을 운영했다. 비포장도로가 곧 포장될 예정이었기 때문에 그는 그

도로변 목 좋은 곳에 그런 사업체를 하나 더 갖고 싶어 했다. 그는 진취적인 사람이었다. 개발에 발만 맞추는 게 아니라 항상 앞서 가서 그것을 기다리는 사람이라고 포천 씨는 생각했다. 간선도로 변 표지판들이 틸먼사社까지 겨우 8킬로미터, 겨우 6킬로미터, 겨우 4킬로미터, 겨우 2킬로미터 남았다고 일러 주었다. '굽이만 돌면 틸먼사!' 그러더니 마침내 '잘 오셨습니다. 여기가 틸먼사입니다!' 하는 빨간 글귀가 번쩍 나타났다.

틸먼사 양옆에는 낡은 중고차가 가득했다. 그곳은 말하자면 불치병에 걸린 자동차들의 병동이었다. 거기서는 두루미 석상, 닭 석상, 항아리, 화분 같은 정원 장식품도 팔고, 비석과 기념비도 팔았는데, 댄스홀 손님들의 기분을 저해하지 않도록 뒤쪽 멀찍한 곳에 있었다. 판매 물품 대부분이 야외에 있었기에 상점 건물 자체는 큰돈이 들지 않았다. 방 하나짜리 목조 건물로, 그 뒤에 춤을 출 수 있는 긴 주석 홀을 달아냈다. 댄스홀은 흑인 칸과 백인 칸이 구별되었고 양쪽에 주크박스가 따로 있었다. 바비큐 요리장도 있어서 바비큐 샌드위치와 청량음료를 팔았다.

틸먼사의 창고 앞을 지나갈 때 노인은 아이가 두 발을 좌석에 끌어올리고 턱을 무릎에 올려놓은 것을 보았다. 자신이 그 땅을 틸먼에게 팔려고 한다는 것을 아이가 기억하는지 어떤지 그는 알 수 없었다.

"여기서 뭘 하실 거예요?" 아이가 적군의 냄새를 맡은 듯 코를 킁킁거리며 물었다.

"네가 신경 쓸 일 아니다. 잠깐 나갔다 올 테니 너는 계속 차에 있어. 먹을 걸 좀 사 가지고 오마." 그가 말했다.

"아무것도 사 오지 마세요. 저는 여기 없을 테니까요." 아이가 우울하게 대꾸했다.

"하!" 그가 말했다. "여기까지 왔으니 너는 기다리는 것밖에 할 수 있는 일이 없어." 그리고 차에서 내린 뒤 아이를 다시 돌아보지도 않고 틸먼이 기다리는 어두운 상점으로 들어갔다.

그가 30분 뒤에 나와 보니 아이는 차에 없었다. 그는 숨어 있을 거라고 생각했다. 건물 뒤쪽에 있나 보려고 상점 주변을 살폈다. 댄스홀 두 칸을 다 들여다보고, 묘비 판매장을 둘러보았다. 그런 뒤 찌그러진 자동차들 더미를 보고 저 200대의 차 속이나 주변에 숨어 있을 수 있다고 생각했다. 그는 건물 앞으로 돌아왔다. 깜둥이 소년이 자주색 음료수를 마시며 이슬이 송송 맺힌 냉장고에 등을 대고 바닥에 앉아 있었다.

"여자애 어디로 갔니?" 노인이 물었다.

"여자애는 아무도 못 봤어요." 소년이 말했다.

노인은 짜증을 느꼈지만 주머니를 뒤져 동전을 건네며 말했다. "노란 원피스를 입은 예쁜 여자애 있었잖아."

"할아버지를 닮은 뚱뚱한 여자애를 말하는 거라면 백인 남자가 몰고 온 트럭을 타고 갔어요." 소년이 말했다.

"무슨 트럭? 어떤 백인 남자였어?" 노인이 소리쳤다.

"녹색 픽업트럭이었어요. 그리고 백인 남자한테 아빠라고 불렀어요. 조금 전에 저쪽으로 갔어요." 소년이 입맛을 다시며 말했다.

노인은 몸을 부르르 떨며 차를 타고 집으로 출발했다. 그의 감정은 분노와 굴욕감 사이를 오갔다. 아이는 전에는 자기를 두고 떠난 일이 없었고, 자기를 버리고 피츠에게 간 적은 더더욱 없었다. 피츠가 아이에게 트럭에 타라고 하자 아이는 달리 방법이 없었을 것이다. 하지만 이 결론에 이르자 그는 더욱 화가 났다. 도대체 그 애는 무엇 때문에 피츠에게 반항하지 못하는 걸까? 모든 일에 그토록 훈련을 잘 시켰는데, 왜 이런 결점이 생겼는가? 그것은 큼직한 옥에 티였다.

노인이 집에 와서 현관 계단을 오를 때 아이는 그네에 앉아서 노인이 팔 들판을 우울하게 내다보고 있었다. 아이의 눈은 빨갛게 부어 있었으나 다리에 붉은 자국은 없었다. 그는 아이 옆에 앉았다. 엄격한 목소리를 내고 싶었지만 돌아온 구혼자처럼 자신 없는 목소리가 나왔다.

"왜 나를 두고 떠났니? 전에는 그런 적 없었잖아." 노인이 말했다.

"거기 있기 싫었어요." 아이가 앞을 내다보며 대답했다.

"전에는 그러지 않았어. 네 아비가 그렇게 만든 거야." 그가 말했다.

"차에 안 있을 거라고 했잖아요. 저한테 신경 쓰지 말고 들어가세요." 아이는 그를 보지 않고, 또박또박 천천히 말했다. 목소리에는 이전까지 그들의 말다툼에 나타나지 않던 어떤 확고한 느낌이 있었다. 아이는 분홍, 노랑, 자주색 잡초밖에 없는 땅을 바라보았고, 붉은 비포장도로 너머로 머리에 초록빛을 인 검은 소나무 숲의 우중충한 장벽을 바라보았다. 그 장벽 뒤로는 더 먼 숲의 검푸른 장벽이 살짝 보였으며, 그 위로는 얇은 구름 두어 조각밖에 없는 텅 빈 하늘뿐이었다. 아이는 노인보다 더 좋아하는 다른 사람을 바라보듯 그 풍경을 바라보았다.

"저긴 내 땅이야, 그렇지? 내가 내 땅을 파는데 네가 왜 그렇게 화를 내는 거냐?" 노인이 물었다.

"잔디밭이니까요." 아이가 말했다. 눈물과 콧물이 흐르기 시작했지만 표정은 흐트러지지 않았고, 아이는 혀로 눈물을 핥았다. "도로 저편을 볼 수 없게 되니까요."

노인은 도로 건너편을 보고 거기에는 볼 게 아무것도 없다는 걸 다시금 확인했다. "네가 이렇게 행동하는 건 본 적이 없어. 저기는 숲 말고는 아무것도 없잖아." 그가 믿을 수 없다는 목소리로 말했다.

"숲을 못 보게 되잖아요. 그리고 저긴 잔디밭이고 아빠의 송아지들은 저기서 풀을 뜯어요." 아이가 말했다.

그 말에 노인이 일어서면서 대꾸했다. "너는 포천가가 아니라 피츠가 사람처럼 행동하는구나." 그는 이전에 아이에게 그렇게 심한 말을 한 적이 없고 그 말을 한 순간 바로 후회했다. 그 말은 아이보다 노인에게 더 큰 상처를 주었다. 그는 돌아서서 집으로 들어간 뒤 2층의 자기 방으로 올라갔다.

그는 오후에 몇 번이나 자리에서 일어나 창밖으로 아이가 이제 더 이상 볼 수 없을 거라고 말한 '잔디밭' 너머 숲의 장벽을 바라보았다. 하지만 볼 때마다 똑같은 숲일 뿐이었다. 산도 아니고 폭포도 아니고 나무나 꽃의 정원도 아니고 그냥 숲이었다. 오후의 그 시각에는 햇빛이 숲 안으로 스며들어 가느다란 소나무들이 헐벗은 기둥을 선명하게 드러냈다. 소나무는 소나무지, 이 동네 사람은 소나무를 보려고 멀리 갈 필요가 없어. 그는 생각했다. 그리고 일어나서 밖을 내다볼 때마다 그곳을 팔기로 한 결정이 현명한 것이었음을 새로이 확신했다. 피츠는 그 일로 영원히 불만을 품겠지만, 메리 포천의 마음은 무언가를 사주는 방법으로 돌릴 수 있을 것이다. 어른에게 길이란 언제나 천국 아니면 지옥으로 향하지만, 아이들은 중간에 자주 멈추어 서고 거기서 사소한 것으로 관심을 돌릴 수 있었다.

세 번째로 일어나서 숲을 보았을 때는 6시가 다 되었고, 앙상한 나무들은 태양이 뒤로 사라지며 뿜어내는 붉은빛의 웅덩이에서 솟아오르는 것 같았다. 노인은 미래로 이어지는 모든 소음에서 벗어나 이전까지 겁낸 적 없던 불편한 수수께끼에 사로잡힌 것처럼 한동안 그 모습을 바라보았다. 노인은 누군가 숲 뒤에서 다쳐서 나무들이 피에 젖은 듯한 환상을 보았다. 잠시 후 이 불쾌한 환상을 깨고 피츠의 픽업트럭이 덜덜거리며 창문 아래 멈추었다. 노인은 침대로 돌아가 눈을 감았고, 감은 눈꺼풀 안쪽에서 붉은 나무들이 검은 숲에 솟아올랐다.

저녁 식탁에서는 메리 포천을 포함해서 누구도 그에게 말을 걸지 않았다. 그는 얼른 밥을 먹고 다시 방으로 돌아가서 틸먼사 같은 시설을 그렇게 가까이 들이는 것의 이점을 하나하나 되짚으며 저녁 시간을 보냈다. 기름을 넣으러 멀리 갈 필요가 전혀 없을 것이다. 빵이 필요하면 앞문으로 나가서 틸먼사의 뒷문으로 들어가기만 하면 될 것이다. 농장의 우유를 틸먼사에 팔 수도 있을 것이다. 틸먼은 호감 가는 친구였다. 틸먼은 다른 사업체도 끌어올 것이다. 도로는 곧 포장될 것이다. 사람들이 사방에서 와서 틸먼의 가게에 들를 것이다. 만약 딸이 자기가 틸먼보다 우월하다고 생각한다면 그 콧대를 약간 꺾어 주는 것도 좋으리라. 모든 사람은 자유롭고 평등하게 태어났다. 이 문장이 머릿속에 울릴 때, 그는 애국심이 솟았고 그 땅을 팔고 미래를 확보하는 것은 의무라고 느꼈다. 그는 달이 도로 건너편 숲 위에서 빛나는 것을 보고, 한동안 귀뚜라미와 청개구리 소리를 들었으며, 그 소음 속에서 장래 포천 시의 박동을 들었다.

그는 평소처럼 아침에 깨어나면 붉은 머리에 둘러싸인 작은 거울을 보게 될 것을 의심하지 않고 잠이 들었다. 아이는 땅을 파는 일을 잊었을 테고, 아침 식사를 마치면 자신은 아이를 데리고 법원에 가서 서류를 가져올 것이다. 그리고 돌아오는 길에 틸먼사에 들러 계약을 마무리 지을 것이다.

하지만 그가 아침에 눈을 떴을 때 눈앞에는 텅 빈 천장밖에 보이지 않았다. 일어나 앉아 방을 둘러보았지만 아이는 없었다. 침대 밖을 내려다보아도 아이는 없었다. 그는 일어나서 옷을 입고 밖으로 나갔다. 아이는 어제와 똑같이 툇마루의 그네에 앉아 잔디밭 너머 숲을 바라보고 있었다. 노인은 짜증이 솟았다. 아이가 걸음마를 한 뒤로 그는 매일 아침 아이가 자기 침대 위 또는 침대 밑에 있는 것을 보며 깨어났다. 오늘 아침에는 아이가 자신보다 숲을 더 좋아하는 게 분명했다. 그는 당분간 아이 행동을 무시하고 나중에 아이의 분노가 진정되면 이야기를 꺼내기로 결심했다. 그가 아이 곁에 앉았지만 아이는 숲만 바라보았다. "할아버지랑 같이 시내에 나가서 새 보트 가게에 가자." 노인이 말했다.

아이는 고개는 돌리지 않았지만 의심이 담긴 큰 목소리로 물었다. "그리고 또 뭘 하실 건데요?"

"아무것도 안 해." 그가 말했다.

잠시 후 아이가 말했다. "그러면 갈게요." 하지만 노인을 보지는 않았다.

"신발을 신으렴. 맨발의 여자랑 시내에 갈 수는 없으니까." 그가 말했지만 아이는 농담에 웃지 않았다.

날씨는 아이의 기분만큼이나 냉담했다. 하늘은 비가 올 것 같지도 않고 오지 않을 것 같지도 않았다. 빛깔은 칙칙한 회색이고 해는 굳이 나오지 않았다. 시내로 가는 동안 아이는 갈색 학생 신발을 신은 자기 발을 내려다보았다. 노인은 자주 아이를 힐끔거렸고, 예전에 아이가 자기 발과 대화하는 걸 본 적이 있었기에 지금도 말없이 그런 대화를 한다고 생각했다. 이따금 아이의 입술이 움직였지만 그에게는 아무 말도 없었고, 그가 말을 건네면 듣지 못하는 것처럼 흘려보냈다. 그는 아이의 기분을 돌리려면 돈이 상당이 들 테고, 보트로 그 일을 해야겠다고 결심했다. 그도 보트를 원했기 때문이다. 아이는 농장 앞에 물이 들어온 뒤로 계속 보트 이야기를 했다. 그들은 먼저 보트 가게에 갔다. "가난뱅이가 탈 만한 요트를 좀 보여 주시오!" 그가 가게에 들어서면서 유쾌하게 소리쳤다.

"다 가난한 분들을 위한 겁니다! 보트를 사면 가난해지실 테니까요." 점원이 말했다. 점원은 노란 셔츠와 청색 바지를 입은 뚱뚱한 젊은이로 재치가 반짝였다. 그들은 몇 마디 재담을 빠르게 주고받았다. 포천 씨는 메리 포천의 얼굴이 밝아지는지 보았다. 아이는 멍한 표정으로 맞은편 벽에 놓인 모터보트 안쪽을 들여다보고 있었다.

"아가씨가 보트에 관심이 있으신가요?" 점원이 물었다.

아이는 돌아서서 밖으로 나가더니 다시 차에 탔다. 노인은 어리둥절해서 아이를 보았다. 그렇게 영리한 아이가 땅을 파는 일에 이렇게 반응한다는 것을 믿을 수가 없었다. "아이가 기분이 안 좋은 것 같아요. 나중에 다시 오지요." 그가 말하고 차로 돌아갔다.

"아이스크림콘을 사 먹자." 그가 걱정스레 아이를 바라보았다.

"먹고 싶지 않아요." 아이가 말했다.

그의 목적지는 법원이었지만, 그 사실을 명확히 밝히고 싶지는 않았다. "내가 일을 보는 동안 너는 10센트 상점을 구경하지 그러니? 25센트를 줄 테니 그걸로 뭘 사도 좋아." 그가 말했다.

"저는 10센트 상점에서 살 게 없어요. 할아버지 돈 필요 없어요." 아이가 말했다.

보트에 관심이 없다면 25센트가 통할 리 없다는 걸 알았어야 했다.

그는 자신의 어리석음을 질책했다. "왜 그러니? 기분 나쁜 일 있니?" 노인이 다정하게 물었다.

아이는 고개를 돌리고 노인을 빤히 바라보더니 느리지만 격렬한 목소리로 말했다. "잔디밭 때문이에요. 우리 아빠 송아지들이 거기서 풀을 뜯어요. 우리는 이제 숲을 볼 수 없을 거예요."

노인은 최선을 다해 화를 참으며 소리쳤다. "네 아비는 너를 때려! 그런데 너는 그 아비 송아지가 풀 뜯는 곳을 걱정하는 거냐!"

"아무도 날 때리지 않았어요! 누가 날 때린다면 그 사람을 죽여 버릴 거예요." 아이가 말했다.

일흔아홉 살 남자가 아홉 살 아이에게 당할 수 없었다. 그의 얼굴은 아이의 표정처럼 결연하게 굳었다. "너는 포천가 사람이냐? 아니면 피츠가 사람이냐? 어느 쪽인지 정해." 노인이 말했다.

아이는 낭랑하고 확고하고 전투적인 목소리로 대답했다. "저는 메리—포천—피츠예요."

"나는—나는 순수한 포천이다!" 노인이 소리쳤다.

이에 대해 아이가 할 수 있는 말은 없었기에, 아이는 아무 대꾸도 하지 않았다. 아이는 잠시 깊이 낙심한 모습이었고, 노인은 그것이 피츠가의 표정인 것을 당혹감 속에 똑똑하게 보았다. 그것은 순수하고 단순한 피츠가의 표정이었고, 그는 자기 얼굴에 그 표정이 나타난 것 같은, 그래서 자신이 오염된 것 같은 느낌을 받았다. 그는 혐오감 속에 고개를 돌리고 차를 돌려 곧장 법원으로 갔다.

법원은 너덜거리는 정사각형 풀밭 가운데 선 붉은색과 흰색의 번쩍이는 건물이었다. 그는 그 앞에 차를 세우고 "여기 있어" 하고 강력하게 일러 둔 뒤 차 문을 쾅 닫았다.

그가 권리증을 받아 매매 서류를 작성하는 데 30분이 걸렸고, 차로 돌아가 보니 아이는 뒷좌석 구석에 앉아 있었다. 그에게 보이는 쪽의 아이 얼굴은 불길하고 침울했다. 하늘도 어두워졌고 공중에 뜨겁고 께느른한 물결이 흘렀다. 토네이도가 올 듯한 분위기였다.

"폭풍이 닥치기 전에 빨리 가자." 그가 말하고 힘주어 덧붙였다. "가는 길에 한 군데 더 들러야 하니까." 하지만 그는 죽은 몸이라도 태우고 가는 듯 아무 대답도 듣지 못했다.

틸먼사로 가는 길에 그는 다시 한 번 자신이 이런 결정을 내리게 된 정당한 여러 가지 이유를 검토하고 거기서 어떤 문제도 찾지 못했다. 그는 아이의 태도는 영원하지 않겠지만, 자신은 아이에게 영원히 실망했고 아이가 정신을 차리면 자신에게 사과해야 한다고 생각했다. 그리고 보트는 이제 없다고도. 지금 이런 문제는 자신이 아이에게 처음부터 확고한 모습을 보여 주지 않아서였다. 너무 너그러웠다. 노인은 이런 생각에 몰두한 나머지 틸먼사의 표지판들을 다 놓치다가 '잘 오셨습니다. 여기가 틸먼사입니다!' 하는 마지막 표지판이 눈앞에 유쾌하게 터져 오르는 것을 보았다. 그는 창고 앞에 차를 세웠다.

그는 메리 포천에게 눈길 한 번 주지 않고 내려서 틸먼이 3단 통조림 선반 앞쪽 카운터에 서서 기다리는 어두운 상점으로 들어갔다.

틸먼은 동작이 빠르고 말수가 적었다. 그는 습관적으로 팔짱을 끼고 카운터에 앉아 있었고, 조그만 머리는 뱀처럼 구불거렸다. 얼굴은 역삼각형이고 벗어진 정수리에는 주근깨가 가득했다. 녹색 눈은 가늘고 살짝 벌린 입은 항상 혀를 보였다. 옆에 수표책이 있었고, 그들은 즉시 용건에 들어갔다. 서류를 보고 매도 증서에 서명을 하는 데는 그리 오랜 시간이 걸리지 않았다. 포천 씨가 서명을 한 뒤 두 사람은 카운터 위로 손을 잡았다.

틸먼의 손을 잡을 때 포천 씨는 크나큰 안도감을 느꼈다. 이제 계약을 체결했으니 아이하고도 또 자기 자신하고도 더 따질 일이 없을 것이다. 자신은 원칙에 따라 행동했고 미래를 확보했다고 느꼈다.

두 사람이 손을 놓을 때 틸먼의 얼굴이 갑자기 변하더니 밑에서 누가 잡아당기는 것처럼 카운터 밑으로 획 사라졌다. 병 하나가 날아와 그 뒤쪽의 통조림들에 부딪쳐 깨졌다. 노인이 돌아보니 메리 포천이 문 앞에 서 있었다. 아이는 붉은 얼굴에 격렬한 표정을 짓고 병을 또 하나 던지려고 했다. 노인이 몸을 피하자 병은 카운터에 부딪쳐 깨졌고, 아이는 상자에서 병을 또 하나 집어 들었다. 노인은 아이에게 달려들었지만 아이는 뭐라고 알 수 없는 말을 외치더니 손에 잡히는 것을 다 던지면서 가게 다른 쪽으로 달려갔다. 노인은 다시 뛰어들었고 이번에는 아이의 원피스 뒷자락을 잡아 가게 밖으로 끌어냈다. 그런 뒤 아이를 고쳐 잡고 들어 올렸다. 아이는 씨근덕거리고 훌쩍거리더니 차 몇 발짝 앞에서 갑자기 그의 품으로 쓰러졌다. 노인은 간신히 차 문을 열고 아이를 안에 내려놓았다. 그런 뒤 반대편으로 가서 차에 탄 뒤 전속력으로 달렸다.

그의 심장은 자동차 크기만큼 부풀어 올라서 어느 때보다도 빠른 속도로 피할 수 없는 운명을 향해 달려가는 것 같았다. 처음 5분 동안 그는 자신의 분노 속으로 빨려 들어가는 듯 아무 생각도 하지 않고 그저 앞으로 달리기만 했다. 차츰 생각의 힘이 그에게 돌아왔다. 메리 포천은 좌석 구석에 웅크리고 훌쩍이면서 어깨를 들썩이고 있었다.

그는 평생 어떤 아이도 이렇게 행동하는 것을 본 적이 없었다. 그 자신의 아이들을 포함해서 그 어떤 아이도 자기 앞에서 이렇게 버릇없이 행동한 적이 없었고, 더구나 자신이 직접 훈련시킨 아이, 9년 동안 자신의 동반자였던 아이가 이런 식으로 자신을 당황시킬 줄은 꿈도 꾼 적 없었다. 손찌검 한 번 하지 않고 애지중지한 아이가!

그런 뒤 그는 한 박자 늦은 통찰을 통해 바로 그것이 자신의 잘못이었음을 깨달았다.

아이가 피츠를 존경하는 것은 그가 정당한 이유 없이도 아이를 때렸기 때문이다. 그런데 자신이 지금 아이를 때리지 않으면—거기다 그 이유는 정당하다—아이가 망나니로 변한다 해도 자기 말고 탓할 사람이 없을 것이다. 그는 이제 아이를 때리는 일을 피할 수 없는 순간이 왔다는 것을 알았고, 간선도로를 벗어나 비포장도로에 올라설 때 그 일을 하고 나면 아이가 다시는 병을 던지는 일이 없을 거라고 스스로에게 말했다.

그는 비포장도로를 달려 자신의 땅이 시작하는 곳까지 간 뒤 샛길로 돌아들었다. 자동차 한 대가 겨우 다닐 만한 좁은 길을 덜컹거리며 숲 속으로 700~800미터를 들어갔다. 그리고 피츠가 아이를 때린 바로 그 장소에 차를 세웠다. 그곳은 길이 넓어져서 자동차 두 대가 다니거나 한 대가 돌 수도 있는 공간이었다. 그 보잘것없는 작은 빈터는 거기서 벌어지는 일은 남김없이 목격하겠다는 듯 모여 선 가느다란 소나무들에 둘러싸여 있었다. 돌멩이 몇 개가 땅 위로 튀어나와 있었다.

"나가." 그가 말하고 아이 앞으로 손을 뻗어 문을 열었다.

아이는 그를 보지도 않고 왜 그러느냐고 묻지도 않고 차에서 내렸고, 노인은 자기 쪽 문을 열고 차 앞으로 돌아갔다.

"내가 너한테 매를 들겠다!" 그가 말했다. 그 목소리는 평소보다 더 크고 공허했으며, 그 떨림은 소나무들에 가로막혀 숲 위로 나가 버리는 것 같았다. 그는 아이를 때리다가 비를 만나고 싶지 않아서 말했다. "빨리 나무를 붙들고 서." 그리고 허리띠를 풀었다.

아이는 머릿속에 안개가 가득해서 노인이 한 말이 아주 천천히 이해되는 것 같았다. 아이는 움직이지 않았지만 혼란스러운 표정은 차츰 가셨다. 몇 초 전까지만 해도 붉게 뒤틀려 있던 아이 얼굴에 이제 모호한 선은 다 빠져나가고 확고함, 그러니까 결단을 지나 확신에 이른 표정만이 남았다. 아이가 말했다. "아무도 나를 때리지 않았어요. 누가 나를 때리려고 하면 그 사람을 죽일 거예요."

"말대꾸하지 마." 그가 말하고 아이에게 다가갔다. 무릎이 앞으로도 뒤로도 꺾일 것처럼 흔들렸다.

아이는 정확히 한 걸음 물러서더니 그의 눈을 빤히 보면서 안경을 벗고 그것을 그가 가리킨 나무 옆 작은 바위 뒤에 놓았다. "할아버지도 안경 벗어요." 아이가 말했다.

"나한테 명령하지 마!" 노인이 소리치고 허리띠로 아이의 발목을 어색하게 때렸다.

그러자 아이가 그에게 어찌나 빨리 달려들었던지, 그는 자신이 가장 먼저 받은 공격이 무엇이었는지, 그러니까 아이의 단단한 몸 전체의 무게였는지 발길질이었는지 가슴을 때리는 주먹질이었는지 파악하지 못했다. 노인은 공중에 허리띠를 휘둘렀지만 때려야 할 곳을 모르고 아이를 떼어 내려고만 하다가 마침내 아이 몸을 잡았다.

"저리 가! 저리 가!" 노인이 소리쳤다. 하지만 아이는 사방에서 한꺼번에 달려드는 것 같았다. 그는 아이 한 명에게 당하는 게 아니라 갈색 학생 구두를 신고 돌덩이 주먹을 지닌 작은 악마 일당에게 당하는 것 같았다. 그의 안경이 옆으로 튀어 올랐다.

"벗으라고 했죠." 아이가 멈추지 않고 소리쳤다.

노인은 무릎을 잡고 한 발로 서서 춤을 추었으며, 그의 배에 주먹세례가 소나기처럼 쏟아졌다. 아이가 붙잡은 상박은 다섯 개의 갈고리 발톱이 박힌 것 같았고, 아이의 발은 그의 무릎을 뻥뻥 찼으며, 그를 잡지 않은 주먹은 그의 가슴을 계속 때렸다. 그런 뒤 그는 아이 얼굴이 이를 드러내고 자기 얼굴로 올라오는 모습에 공포를 느꼈고, 아이가 턱 옆을 물 때 황소처럼 소리를 질렀다. 자신의 얼굴이 동시에 여러 방향에서 자신을 무는 것 같았지만, 그는 배에, 그에 이어 바지 앞섶에 사정없이 쏟아지는 발길질 때문에 거기 신경을 쓸 수 없었다. 그는 바닥에 쓰러져서 불이 붙은 사람처럼 굴렀다. 아이는 즉시 그의 몸에 올라타서 그와 함께 구르며 계속 발길질을 했고, 두 주먹으로 그의 가슴을 때렸다.

"나는 노인이야! 저리 비켜!" 그가 소리쳤지만 아이는 멈추지 않았다. 아이는 그의 턱에 새로이 공격을 가했다.

"그만! 나는 네 할아비야." 그가 숨을 헐떡였다.

아이는 멈추었다. 아이 얼굴은 그의 얼굴 바로 위에 있었다. 창백한 눈이 자신과 똑같은 눈을 들여다보았다. "이제 됐어요?" 아이가 물었다.

노인은 자기와 똑같은 얼굴을 올려다보았다. 그 얼굴은 승리감과 적의에 차 있었다. "나는 할아버지를 때렸어요." 아이는 그리고 힘을 주어 또박또박 말했다. "나는 순수한 피츠예요."

아이가 잠시 손을 늦춘 동안 노인이 아이의 목을 잡았다. 그리고 한 순간 온 힘으로 몸을 굴려 둘의 자세를 뒤집은 뒤 감히 자신이 피츠라고 말하는 자신과 똑같은 얼굴을 내려다보았다. 그는 두 손으로 여전히 목을 조른 채 아이의 머리를 들어 올렸다가 땅바닥의 돌덩이 위로 강하게 내리쳤다. 그런 뒤 두 번 더 쳤다. 그러고는 그에게 아무런 관심도 없는 듯 뒤로 넘어가는 눈을 바라보며 말했다. "나한테 피츠는 1그램도 없어."

그는 자신이 정복한 형상을 내려다보다가 그것이 완전한 침묵에 잠겨 아무런 후회의 표정도 없는 것을 알아차렸다. 두 눈은 다시 아래로 내려와 있었지만 그 시선은 그를 받아들이지 않았다. "이 일이 너한테 좋은 교훈이 될 거야." 그는 의심에 물든 목소리로 말했다.

그는 흔들리는 다리로 일어나서 두 걸음을 내디뎠지만, 차 안에서 시작된 심장의 팽창은 그치지 않았다. 그는 고개를 돌려서 계속 머리를 바위에 대고 꼼짝없이 누워 있는 몸을 바라보았다.

그는 바닥에 털썩 누워 절망적인 심정으로 헐벗은 나무줄기를 따라 소나무 꼭대기를 올려다보았다. 심장은 다시 한 번 발작하듯 팽창했다. 심장이 어찌나 빠른 속도로 팽창하는지 노인은 그것에 끌려 숲 속으로 들어가는 것 같았고, 못생긴 소나무들과 함께 호수로 달려가는 것 같았다. 그는 거기 구멍이 있을 거라고, 숲을 빠져나갈 작은 공간이 있을 거라고 느꼈다. 멀리서 이미 그것이 보였다. 물속에 하얀 하늘이 비친 작은 구멍이. 그가 그리로 달려가는 동안 구멍이 점점 커지더니 갑자기 호수 전체가 잔주름을 일렁이며 그의 발 앞에 장엄하게 밀려와 입을 벌렸다. 그는 불현듯 자신이 수영을 못한다는 사실과 보트를 사지 않았다는 사실을 깨달았다. 노인은 양옆에서 나무들이 수수께끼의 어두운 행렬을 이루어 물을 건너고 저 멀리까지 행진하는 것을 보았다. 그는 필사적으로 자신을 도와줄 사람을 찾았지만, 그곳에 있는 것은 꼼짝 않고 앉아서 흙을 집어 먹는 노란 괴물뿐이었다.

깊은 오한
The Enduring Chill

애스버리의 기차는 정확히 어머니가 마중 나와 있는 곳 앞에 그를 세워 주었다. 안경을 쓴 어머니의 여윈 얼굴은 환한 미소를 짓고 있었지만, 그 미소는 차장의 뒤에 선 아들을 보자 사라졌다. 그 미소가 너무도 순식간에 사라지고 그에 이어 너무도 충격 받은 표정이 나타나서 그는 처음으로 자신이 정말로 아파 보인다는 것을 깨달았다. 하늘은 싸늘한 잿빛이었고, 눈부신 백금색 태양은 동방의 낯선 권력자처럼 팀버보로 외곽의 검은 숲 뒤에서 솟아오르며 벽돌과 나무로 지은 단층 오두막들 위로 낯선 빛을 뿌렸다. 애스버리는 자신이 앞으로 장엄한 변화를 목격하고, 납작한 지붕들은 당장이라도 그가 모르는 이국의 신을 모신 신전 탑으로 변해 버릴 것 같은 느낌을 받았다. 하지만 그 환상은 금세 사라졌고 그는 다시 어머니에게 눈길을 돌렸다.

어머니는 작은 비명을 질렀다. 기겁한 표정이었다. 그는 어머니가 자기 얼굴에서 죽음을 본 것이 기뻤다. 어머니는 예순의 나이에 비로소 현실 세계를 볼 것이고, 그 일로 어머니가 죽지 않는다면 그것은 어머니의 성장에 도움이 될 거라고 생각했다. 그는 기차에서 내려 어머니와 인사했다.

"얼굴이 별로 안 좋구나." 어머니가 말하고 그를 진단하듯 한참 바라보았다.

"별로 말하고 싶지 않아요. 오느라고 힘들었어요." 그가 말했다.

폭스 부인은 아들의 왼쪽 눈이 충혈된 것을 보았다. 그는 몸이 붓고 창백한 데다, 머리는 스물다섯 청년치고는 비극적일 만큼 빠져 있었다. 정수리에 성글게 남은 붉은 쐐기꼴 머리가 아래로 이어져서 코가 더 길어 보이고 표정도 짜증스럽게 만드는 것 같았다. 그 표정은 그가 어머니에게 말하는 목소리와 잘 어울렸다. 어머니가 말했다. "북쪽은 추웠나 봐. 코트를 벗으렴. 여기 남부는 그렇게 춥지 않아."

"기온을 알려 주실 필요는 없어요!" 그가 목소리를 높여 말했다. "저는 언제 코트를 벗어야 할지 알 만한 나이예요!" 기차가 그의 등 뒤에서 조용히 떠나자, 누추한 상점들이 들어찬 블록 두 개가 나타났다. 그는 기차의 알루미늄 동체가 작은 점이 되어 숲으로 사라지는 모습을 지켜보았다. 자신을 넓은 세상과 연결해 주는 유일한 끈이 영원히 사라지는 것 같았다. 그런 뒤 그는 돌아서서 어머니를 침울하게 바라보았고, 자신이 무너져 가는 시골 간이역에서 잠시나마 상상의 신전을 보았다는 것이 불만스러웠다. 그는 자신이 곧 죽을 거란 생각에는 완전히 익숙해졌지만, '여기서' 죽는다는 생각에는 익숙해지지 않았다.

그는 거의 넉 달 전부터 끝이 다가오는 것을 느꼈다. 그는 추운 아파트에서 이불 두 장과 코트 한 벌과《뉴욕 타임스》세 부를 겹쳐 덮고 자는데 어느 날 밤 오한이 들었고, 그 뒤로 시트가 흠뻑 젖을 만큼 땀이 쏟아져서 자신의 건강 상태에 대한 의혹을 없애 주었다. 그는 전부터 몸에서 점점 힘이 빠지는 느낌을 받았고, 간헐적인 여러 가지 통증과 두통을 앓았다. 그래서 파트타임으로 일하던 서점에 자꾸 결근을 했고, 결국 일자리를 잃었다. 그 뒤로 저축한 돈으로 근근이 살았는데, 돈은 줄고 줄어 결국 집에 갈 차비밖에 남지 않게 되었다. 이제는 무일푼이었다. 그는 집에 왔다.

"차는 어디 있어요?" 그가 물었다.

"저쪽에 있어." 어머니가 말했다. "누나가 뒤에 자고 있어. 이렇게 이른 시간에 혼자 오고 싶지 않았거든. 누나를 깨울 필요는 없어."

"그래요. 자는 개는 자게 둬야죠." 그는 그렇게 대꾸하고 불룩한 여행 가방 두 개를 들고 길을 건넜다.

가방은 그에게는 너무 무거웠고, 자동차 앞에 갔을 때 어머니는 아들이 탈진한 것을 알았다. 그는 이전까지 여행 가방 두 개를 들고 집에 온 적이 없었다. 대학으로 떠나간 뒤 집에 올 때 항상 2주 체류분만을 가지고 왔고, 또 집에서는 14일 이상을 견딜 수 없다고 말하는 듯 딱딱하고 체념한 표정을 했다. "평소보다 짐이 많구나." 부인이 말했지만, 아들은 대답하지 않았다.

애스버리는 차 뒷문을 열고 걸스카우트 신발을 신은 누나의 뒤집힌 발 옆에 가방 두 개를 놓으면서 처음에는 발에, 그다음에는 누나의 몸 전체에 혐오의 표정을 던졌다. 누나는 검은 정장을 입고 머리에 흰 천을 둘렀는데 그 밑으로 금속 헤어 롤들이 튀어나와 있었다. 눈은 감기고 입은 벌어져 있었다. 애스버리와 누나는 이목구비가 똑같이 생겼고, 다른 점이라면 누나의 이목구비가 더 크다는 점뿐이었다. 그녀는 그보다 여덟 살 많은 지역 초등학교의 교장이었다. 그는 누나가 깨지 않도록 조용히 문을 닫고 앞 좌석에 가서 앉은 뒤 눈을 감았다. 어머니가 차를 도로로 끌고 나갔고 그는 몇 분 후에 자동차가 간선도로에 들어서는 것을 느꼈다. 눈을 떠 보니 도로는 노란 돼지풀이 점점이 박힌 넓은 들판 사이로 뻗어 있었다.

"그동안 팀버보로가 좀 발전한 것 같니?" 어머니가 물었다. 이것은 어머니가 늘 하는 질문으로, 말 그대로일 뿐 다른 뜻은 없었다.

"그게 아직 세상에 있는 거죠?" 그가 심술궂은 목소리로 말했다.

"가게 두 개가 간판을 바꿨단다." 어머니가 말했다. 그러더니 갑자기 열렬하게 덧붙였다. "너는 집에 잘 왔어. 여기는 좋은 의사가 있으니까! 이따 오후에 바로 너를 블록 박사님께 데리고 가겠어."

"저는 블록 박사님한테 안 가요." 그가 목소리의 떨림을 막으려고 하면서 말했다. "오늘이건 언제건 안 가요. 제가 병원에 가려고 했다면 좋은 의사들이 있는 거기서 가지 않았겠어요? 뉴욕의 의사들이 더 좋다는 걸 모르세요?"

"그분은 너한테 개인적인 관심을 기울여 주실 거야. 북부의 의사들이 너한테 개인적인 관심을 기울여 줄 리 없지." 어머니가 말했다.

"저는 그분의 개인적인 관심을 원하지 않아요." 그런 뒤 잠시 후에 그는 흐릿한 자주색 들판을 건너다보며 말했다. "제 문제는 그분이 해결할 수 없어요." 그의 목소리는 거의 흐느끼듯 흔들리며 사그라졌다.

그는 도저히 친구 고츠의 조언대로 지나간 일과 그에게 남은 몇 주일을 모두 환상으로 여길 수가 없었다. 고츠는 죽음이 별것 아니라는 걸 확신했다. 백만 가지 분노로 언제나 얼굴이 울긋불긋했던 고츠는 일본에 가서 6개월을 지낸 뒤 더없이 더럽지만 부처만큼 평온해져서 돌아왔다. 고츠는 애스버리의 다가오는 종말을 차분하게 받아들이며 이런저런 명언들을 언급했다. "보살이 무한한 중생을 열반으로 이끈다 해도, 실제로는 보살이 이끄는 것도 중생이 이끌리는 것도 아니야." 하지만 그의 건강에 대한 얼마간의 걱정으로 4달러 50센트를 내고 그를 베단타* 강연에 데리고 갔다. 그것은 돈 낭비였다. 고츠는 연단에 선 검은 피부의 자그마한 남자에게 열중해서 이야기를 들었지만, 애스버리의 지루한 눈길은 청중석을 떠돌았다. 그의 눈길은 사리를 입은 여자들 머리 위를 지나서, 일본 청년, 터키모자를 쓴 검푸른 피부의 남자, 비서처럼 보이는 여자들을 지나갔다. 그러다 마침내 그의 눈길은 줄 끝에서 안경을 쓰고 검은 옷을 입고 앉은 여윈 몸집의 신부에게 멈추었다. 신부의 표정은 예의 바른 관심을 품고 있었지만 말은 엄격히 자제하고 있었다. 그 과묵하고 우월한 표정에서 애스버리는 자신의 감정을 읽었다. 강연이 끝나고 몇몇 학생이 고츠의 아파트로 갈 때 신부도 함께 갔지만, 그는 아까와 마찬가지로 말이 없었다. 그는 예의 바른 태도로 애스버리의 다가오는 죽음에 대한 토론을 경청할 뿐 말은 거의 하지 않았다. 사리를 입은 여자가 자기완성이란 구원을 가리키지만 그 말이 무의미하기에 그것은 불가능하다고 말했다. 그러자 고츠가 누군가의 말을 인용했다. "구원이란 단순한 편견을 파괴하는 일이고, 사람은 구원받지 않느니."

"저 말을 어떻게 생각하십니까?" 애스버리가 신부에게 물으며 사람들의 머리 위로 그의 과묵한 미소에 답했다. 그 미소는 어떤 차가운 명

---

* 힌두교 철학의 일파. 베다의 궁극적인 완성을 지향하며, 지혜를 통한 인식을 주된 목적으로 한다.

징함에 닿아 있는 것 같았다.

"신인간의 가능성은 있습니다." 신부가 말하더니 섬약하게 덧붙였다. "물론 성령의 도우심이 있어야 합니다."

"말도 안 돼요!" 사리를 입은 여자가 말했지만, 신부는 미소로만 답했다. 그 미소에는 어느새 가벼운 즐거움이 떠올라 있었다.

떠나려고 일어섰을 때 그는 말없이 애스버리의 손에 '예수회 이그네이셔스 보글'이라는 이름과 주소가 적힌 명함을 건네주었다. 그걸 이용해야 했다고 그는 이제 생각했다. 신부는 세상을 아는 사람, 그의 죽음의 독특한 비극성을 이해하는 사람, 주변의 잡담꾼들은 모르는 그 죽음의 의미를 이해하는 사람으로 보였기 때문이다. 그것을 블록 박사가 이해한다는 것은 더욱 불가능한 일이었다. "제 문제는 블록 박사님이 파악할 수 있는 게 아니에요." 그가 다시 말했다.

어머니는 그 말이 무슨 뜻인지 알았다. 그가 신경쇠약에 걸릴 거라는 뜻이었다. 어머니는 아무 말도 하지 않았다. 자신이 정확히 이런 일이 일어날 거라 예견했다는 말도 하지 않았다. 자기가 똑똑한 줄 아는 사람의 경우—실제로 똑똑할 때에도—다른 사람들이 그 시각을 바로 잡아 주기 위해 할 수 있는 일은 아무것도 없고, 애스버리의 경우는 똑똑한 데다 예술가 기질까지 있어서 문제였다. 어머니는 대체 어디서 그런 기질이 왔는지 알 수가 없었다. 애스버리의 아버지는 변호사와 사업가와 농부와 정치가를 결합한 듯한 인물로 땅에 발을 굳건히 디딘 사람이었다. 그리고 부인 역시 그런 사람이었다. 남편이 죽은 뒤 자식 두 명을 대학 또는 그 이상까지 교육시켰다. 하지만 부인이 볼 때 사람은 교육을 많이 받을수록 능력이 줄어들었다. 아이들 아버지는 교실 한 개짜리 학교를 8년 다닌 게 전부였지만 못하는 것이 없었다.

어머니는 애스버리에게 어떤 게 도움이 될지도 알았다. "햇볕을 쬐거나 한 달만 낙농장에서 일하면 너는 다른 사람이 될 거야!" 하고 말할 수도 있었지만 그 제안에 어떤 반응이 올지 아주 잘 알았다. 그는 일꾼들에게 민폐가 될 테지만, 그가 원한다면 부인은 일하는 걸 허락할 수 있었다. 부인은 작년에 애스버리가 집에 와서 희곡을 쓸 때 거기서 일하는 것을 허락했다. 그는 깜둥이에 대한 희곡을 쓰고 있었고 (도대체 누가 왜 깜둥이에 대한 희곡을 쓰고 싶어 하는지 부인으로서는 도통 알 수 없었다) 깜둥이들과 함께 낙농장에서 일하면서 그들의 관심사를 알아보고 싶다고 했다. 그들의 관심은 가능한 한 꾀를 피우는 것이라고 아들에게 말할 수 있었다면 부인은 말했을 것이다. 깜둥이들은 그를 참아 주었고 그는 착유기 설치법을 배웠으며, 한번은 모든 우유 통을 씻었고, 한번은 아마 사료도 섞은 것 같았다. 하지만 그런 뒤 암소가 그를 걷어찼고 그는 다시 창고로 가지 않았다. 부인은 아들이 다시 낙농장에 가거나 나가서 울타리를 고치거나 어떤 일이라도—글 쓰는 게 아닌 진짜 일—하면 신경쇠약을 피할 수도 있다는 것을 알았다. "깜둥이들에 대해 쓰는 희곡은 어떻게 됐니?" 어머니가 물었다.

"저는 희곡을 안 써요." 그가 말했다. "그리고 확실히 말씀드릴게요. 저는 낙농장에서 일하지 않아요. 햇볕을 쬐지도 않아요. 저는 병자예요. 열과 오한과 현기증이 있고, 제가 원하는 건 그냥 저에게 간섭하지 않고 내버려 두시는 거예요."

"네가 정말로 병자라면 블록 박사님을 만나야 해."

"그리고 저는 블록 박사님도 만나지 않아요." 말을 마친 그는 좌석에 깊이 몸을 묻고 강렬한 눈길로 앞쪽을 바라보았다.

어머니는 집의 진입로로 들어섰다. 전면 목초지 두 곳을 가르며 400미터가량 달리는 붉은 도로였다. 목초지 한쪽에는 젖이 마른 암소들이 있고 다른 한쪽에는 젖소들이 있었다. 부인이 상태가 좋지 않은 암소를 보더니 차를 세우고 말했다. "사람들이 저 소를 돌보지 않고 있어. 저 젖 좀 봐!"

애스버리가 반대편으로 고개를 돌렸더니 거기에는 작고 눈이 부연 건지종 소 한 마리가 그에게 어떤 유대감을 느끼는 듯 그를 빤히 바라보고 있었다. "아이구야! 그냥 가면 안 돼요? 아침 6시라고요!" 그가 고통스럽게 소리쳤다.

"그래, 그래." 어머니가 말하고 얼른 차를 출발시켰다.

"이 죽을 듯한 고통의 외침은 뭐야?" 누나가 뒷좌석에서 느릿하게 말했다. "아, 너구나. 그래, 예술가가 돌아오셨어. 완전히." 비음이 강한 목소리였다.

그는 그 말에 대답하지도 누나를 돌아보지도 않았다. 그 정도는 알았다. 누나에게 대답하지 마라.

"메리 조지! 애스버리는 아파. 건드리지 마." 어머니가 곤두선 말투로 말했다.

"어디가 아픈데요?" 메리 조지가 물었다.

"저기 집이 있구나!" 어머니가 다른 사람들은 모두 장님인 것처럼 말했다. 집은 언덕 꼭대기에 있었다. 2층짜리 흰색 농가 주택으로 툇마루가 넓고 기둥들이 보기 좋았다. 부인은 집에 다가갈 때마다 자부심을 느꼈고 애스버리에게도 여러 번 말했다. "이런 집을 가질 수 있다면 거기 북쪽 사람 절반은 팔다리도 떼어 줄 거다!"

부인은 그가 살던 형편없는 뉴욕 집을 방문한 적이 있었다. 그들은 함께 어두운 돌계단을 다섯 층 오르고, 층계참마다 놓인 뚜껑 열린 쓰레기통을 지나서 마침내 습기 찬 방 두 개와 벽장 같은 화장실이 있는 아파트로 들어갔다. "집에서라면 이렇게 살지 않을 거야." 그때 부인은 말했다.

"당연하죠! 거기서는 이렇게 살 수 없어요!" 그가 환희에 찬 표정으로 말했다.

부인은 아마 자신이 섬세한 기질을 모르고 예술가들이 얼마나 독특한 부류인지 모르기 때문일 거라고 생각했다. 딸은 애스버리가 예술가가 아니고 재능도 없다면서, 그 아이의 문제는 그거라고 말했다. 하지만 메리 조지 자신도 인생이 행복하지 않았다. 애스버리는 누나가 지성인인 척하지만 IQ가 75도 안 될 거라고, 누나가 정말로 관심 있는 일은 남자를 잡는 것인데 제정신인 어떤 남자도 누나를 한 번 이상 안 볼 거라고 말했다. 부인은 누나가 마음만 먹으면 매력적인 여자가 될 수 있다고 말했고, 그는 그런 일을 시도하다가는 누나가 쓰러질 거라고 말했다. 만약 누나에게 조금이라도 매력이 있었다면 시골 초등학교의 교장을 하고 있지 않을 거라고 그는 말했고, 메리 조지는 애스버리에게 재능이 조금이라도 있다면 여태 무엇이라도 출간했을 거라고 말했다. 지금껏 출간된 게 도대체 뭐가 있어요? 아니 그 전에 완성이라도 한 게 있나요?

폭스 부인은 그가 아직 스물다섯 살이라는 점을 지적했고, 메리 조지는 대부분의 작가가 데뷔하는 나이는 스물한 살이니 애스버리는 이미 4년 늦었다고 했다. 폭스 부인은 그런 일을 잘 몰랐지만 그가 아주 '긴 책'을 쓰고 있을 수도 있다고 말했다. 긴 책이라니, 말도 안 돼요, 메리 조지가 말했다. 시 한 편이라도 쓴다면 다행이에요. 폭스 부인은 설마 시 한 편은 아닐 거야, 하고 말했다.

부인이 차를 측면 진입로로 몰고 가자, 흩어져 있던 뿔닭들이 공중으로 폭발하듯 날아오르며 사방에 비명을 질렀다. "왔어요, 다시 왔어요, 즐거운 우리 집에." 부인이 동요의 한 소절을 읊었다.

"아이쿠." 애스버리가 신음했다.

"예술가께서 가스실에 도착합니다." 메리 조지가 비음 섞인 목소리로 말했다.

그는 차에서 내렸고, 짐도 잊은 채 정신이 몽롱한 듯 집으로 걸어갔다. 누나도 차에서 내리더니 문 옆에 서서 눈을 찌푸린 채 그의 구부정하고 흔들리는 몸을 바라보았다. 그러다 그가 현관 계단을 올라갈 때 놀란 얼굴로 입을 살짝 벌렸다. "저 애 정말 문제가 있는 거 맞네. 나이가 백 살은 돼 보여요."

"내가 뭐랬니? 이제 입 다물고 애스버리를 건드리지 마." 어머니가 말했다.

그는 집으로 들어갔고, 잠시 입구에 서서 벽 거울에서 자신을 노려보는 창백하고 기운 없는 얼굴을 바라보았다. 이어 난간을 잡아 몸을 계단 위로 올리고 층계참을 지난 뒤 높이가 조금 낮은 두 번째 계단을 올라 자기 방으로 들어갔다. 그곳은 빛바랜 청색 깔개가 깔리고 그를 맞기 위해 새로 하얀 커튼을 단 크고 바람이 잘 통하는 방이었다. 그는 방을 둘러보지 않고 곧장 침대에 엎어졌다. 좁고 낡은 침대의 높은 헤드 보드에는 꽃과 과일이 가득 담긴 바구니가 새겨져 있었다.

뉴욕에 있을 때 그는 어머니에게 공책 두 권 분량의 편지를 썼다. 죽기 전에는 보여 주지 않을 생각이었다. 그것은 카프카가 아버지에게 보내는 편지 같은 것이었다. 애스버리의 아버지는 20년 전에 죽었고,

애스버리는 그것을 큰 축복으로 여겼다. 아버지는 법원 일족의 하나, 사방에 더러운 손을 들이대는 시골 유지였고, 그는 아버지를 견디지 못했을 게 분명했다. 그는 아버지의 편지를 몇 통 읽었고, 그 어리석음에 기가 질렸다.

어머니는 물론 그 편지를 즉시 이해할 수는 없을 것이다. 어머니의 답답한 정신은 시간이 조금 지나서야 그 의미를 깨닫겠지만 어쨌건 자신이 어머니를 용서했다는 건 알 것이다. 그리고 어머니가 자신에게 무슨 짓을 했는지는 오직 편지를 통해서만 깨달을 것이다. 어머니에게는 그것에 대한 의식이 전혀 없을 것이다. 자기만족에 가득한 어머니는 그것을 의식하지 못하겠지만, 편지를 통해서 고통스러운 깨달음을 얻을 테고 그것은 자신이 어머니에게 남기는 유일하게 가치 있는 일이 될 것이다.

어머니가 그것을 읽는 것은 고통스러운 일이겠지만, 그가 그것을 쓰는 것은 때로 감당하기 힘든 일이었다. 어머니를 마주하기 위해 자신을 마주해야 했기 때문이다. '나는 우리 집의 노예 같은 분위기를 피해서 여기 왔어요.' 그는 썼다. '자유를 찾아, 내 상상력의 해방을 찾아, 새장에 갇힌 매 같은 상상력을 빼내서 "넓어지는 소용돌이 속으로"(예이츠) 보내려고. 그런데 제가 뭘 발견했는지 아세요? 그 새는 날 수 없었어요. 그 새는 어머니에게 길들어서 새장에 뚱하니 앉아 나오려고 하지 않았어요!' 그다음 말에는 밑줄을 두 번이나 그었다. '저는 상상력이 없어요. 재능이 없어요. 저는 창조할 수 없어요. 저한테 있는 건 그런 것들에 대한 열망뿐이에요. 왜 그것도 죽이지 않으셨나요? 어머니, 왜 내 날개를 꺾었나요?'

이 글을 쓰면서 그는 절망의 수렁에 빠졌고, 어머니가 그것을 읽으면서 최소한 자신의 비극과 거기서 어머니가 수행한 역할을 감지할 거라고 생각했다. 어머니가 자기의 방식을 강요해서 그런 것은 아니었다. 그럴 필요가 없었다. 어머니의 방식은 그가 숨을 쉬는 공기가 되었고, 그가 마침내 다른 공기를 발견했을 때는 거기서 생존할 수가 없었다. 어머니가 금방 이해하지는 못한다 해도 그 편지는 어머니에게 깊은 오한을 안겨 줄 테고 시간이 지나면서 어머니로 하여금 자신의 참모습을 보게 할 거라고 느꼈다.

그는 자신이 쓴 글 가운데 그 편지 말고 다른 것은 모두 없애 버리고—생기 없는 장편소설 두 편, 미적지근한 희곡 여섯 편, 운율 없는 시들과 엉성한 단편소설들—그 편지를 담은 공책 두 권만 남겼다. 그것은 검은 여행 가방에 있었고, 지금 누나가 숨을 헐떡이며 그것을 2층으로 끌고 오고 있었다. 어머니는 작은 가방을 들고 누나를 앞서 왔다. 어머니가 들어올 때 그는 몸을 돌렸다.

"내가 가방을 열고 물건을 꺼내 주마. 너는 눈을 좀 붙여. 내가 금방 아침 식사를 가져올게." 어머니가 말했다.

그는 일어나 앉아서 짜증스러운 목소리로 말했다. "저는 아침 생각도 없고 제 가방은 제가 열 수 있어요. 그냥 두고 가세요."

누나가 호기심 어린 얼굴로 나타나서 검은 가방을 문턱 안쪽에 탕 내려놓았다. 그런 뒤 그것을 발로 밀면서 들어와 그를 잘 볼 수 있는 거리까지 왔다. "내 안색이 너만큼 안 좋다면 나는 병원에 갈 거야." 그녀가 말했다.

어머니가 그녀를 쏘아보았고 그녀는 떠났다. 폭스 부인은 문을 닫고 침대로 다가와 그의 옆에 앉았다. "이번에는 좀 오래 쉬다 가렴."

"이번에는 떠나지 않을 거예요." 그가 말했다.

"좋구나!" 어머니가 소리쳤다. "네 방에 작업실을 차리고 오전에는 작품을 쓰고 오후에는 낙농장 일을 도울 수도 있어!"

그는 창백하고 딱딱한 얼굴로 어머니를 보았다. "블라인드를 내려 주세요. 자고 싶어요."

어머니가 나가자 그는 얼마간 누워서 회색 벽의 물 얼룩을 바라보았다. 천장과 벽이 맞닿은 곳에 긴 고드름 모양의 누수 자국이 새겨지고, 침대 위쪽 천장에도 사나운 새가 날개를 편 모양의 누수 자국이 있었다. 새의 부리에 고드름이 가로로 걸려 있고, 날개와 꼬리에도 작은 고드름들이 있었다. 그것은 어린 시절부터 거기 있었고, 언제나 그에게 짜증을 안기고 때로는 두려움까지 주었다. 그는 그것이 파닥이며 내려와 자기 머리에 고드름을 놓으려고 하는 환상을 자주 보았다. 그는 눈을 감고 생각했다. 이제 저걸 그렇게 오래 보지 않아도 돼. 그런 뒤 그는 잠이 들었다.

오후에 그가 깨어 보니 허공에 입을 벌린 분홍색 얼굴이 떠 있고, 그 양옆의 크고 친숙한 귀에서 블록 박사의 청진기가 뻗어 내려와 파헤쳐진 그의 가슴에 닿아 있었다. 의사는 그가 깬 것을 보고 중국인 같은 표정을 짓더니 눈을 크게 굴리고 소리쳤다. "아아아아 해 봐!"

아이들은 블록 박사라면 어쩔 줄 몰라 했다. 인근 수 킬로미터 일대의 아이들은 블록 박사에게 진료를 받으려고 토하고 고열에 빠지고 했다. 폭스 부인이 밝은 얼굴로 그 뒤에 서 있었다. "블록 박사님이 오셨어!" 부인은 지붕에서 천사를 잡아 어린 아들에게 데리고 온 것처럼 말했다.

"가시라고 해요." 애스버리가 말했다. 그는 검은 구멍 밑바닥 같은 곳에서 그 멍청한 얼굴을 올려다보았다.

의사는 귀를 씰룩거리며 더 바짝 다가왔다. 블록은 대머리였고, 둥근 얼굴은 아기처럼 멍해 보였다. 그의 얼굴에서 지성을 보여 주는 것은 탐구심에 찬 차가운 니켈 색깔 눈뿐이었다. "안색이 정말 안 좋구나, 애스버리." 그가 말하더니 청진기를 떼서 가방에 떨구었다. "네 또래 젊은이 중에 이렇게 안색이 나쁜 사람을 본 적이 없는 것 같다. 너한테 무슨 짓을 한 거냐?"

애스버리의 뒤통수는 거기에 심장이 갇혀서 빠져나오려고 애쓰는 것처럼 쿵쿵 소리가 났다. "저는 선생님을 부르지 않았어요." 그가 말했다.

블록은 자신을 노려보는 얼굴로 손을 뻗어서 한쪽 눈꺼풀을 잡아내리고 그 안을 들여다보았다. "북쪽에서 부랑자처럼 산 모양이야." 그가 말하며, 애스버리 허리의 잘록한 부분을 눌렀다. "나도 예전에 거기가 본 적이 있어. 그 사람들이 얼마나 가난한지를 보고 바로 고향에 돌아왔지. 입을 벌려 보렴."

애스버리는 자기도 모르게 입을 벌렸고, 드릴 같은 눈길이 흔들리며 내려와 그 안을 들여다보았다. 그는 입을 탁 다물고 씨근덕거리는 목소리로 말했다. "제가 의사에게 치료받기를 원했다면 좋은 의사가 많은 북부에 계속 있었을 거예요!"

"애스버리!" 어머니가 말했다.

"목이 아픈 지 얼마나 됐냐?" 블록이 물었다.

"어머니가 선생님을 불렀어요! 어머니가 대답해 줄 거예요." 애스버리가 대답했다.

"애스버리!" 어머니가 말했다.

블록은 가방에서 고무줄을 꺼내 애스버리의 소매를 올리고 상박에 묶었다. 이어 주사기를 꺼내고 정맥을 찾아서 찬송가를 흥얼거리며 거기 바늘을 꽂았다. 애스버리는 자신의 피라는 개인적인 영역이 멍청이에게 능욕당하는 것을 분노 속에 바라보며 뻣뻣하게 누워 있었다. "주여, 더디더라도 확실히." 블록이 중얼중얼 노래했다. "더디더라도 확실히." 그리고 주사기에 피가 가득 차자 바늘을 빼고 말했다. "피는 거짓말을 안 해." 그러고는 피를 병에 담고 뚜껑을 닫아 가방에 넣은 뒤 입을 열었다. "애스버리, 언제부터……"

애스버리는 벌떡 일어나 앉아 쿵쿵 울리는 머리를 내밀고 말했다. "저는 선생님을 부르지 않았어요. 전 대답하지 않을 거예요. 저는 선생님한테 저를 맡기지 않아요. 제 문제는 선생님이 파악할 수 없어요."

"대부분의 병이 그래. 내가 완전히 이해한 건 아무것도 없어." 블록은 그렇게 말한 뒤 한숨을 쉬고 몸을 일으켰다. 그의 두 눈이 멀리서 애스버리를 바라보며 반짝이는 것 같았다.

"이 애가 많이 아프지 않다면 이렇게 밉살스럽게 굴지 않을 거예요." 폭스 부인이 말했다. "병이 다 나을 때까지 매일 와 주셨으면 합니다."

애스버리의 눈은 타오르는 보라색이 되었다. "제 문제는 선생님이 파악할 수 있는 게 아니에요." 그는 다시 한 번 그 말을 하고 자리에 누워 눈을 감았고, 블록과 어머니는 방을 나갔다.

그 후로 며칠이 지나는 동안 그의 건강은 급속도로 나빠졌지만, 그의 정신은 더없이 명징했다. 죽음을 앞둔 이 시점에서 그가 머물고 있는 계몽된 상태는 어머니에서 듣는 이야기들과 너무도 어울리지 않았다. 어머니가 하는 이야기는 대개 데이지나 베시 버튼 같은 이름의 암소와 그들의 내밀한 문제—유선염, 구더기 병, 유산—와 관련된 것이었다. 어머니는 그에게 낮 동안 툇마루에 나가 앉아 '전망을 즐길 것'을 강권했고, 그는 저항하기가 힘들어서 뻣뻣한 무력감 속에 거기 나가 앉아 있었다. 두 발은 아프간 천으로 감싸고, 두 손은 자기 몸이 남청색 하늘로 튀어 오르기라도 할 듯 의자 팔걸이를 움켜잡았다. 300평 정도 되는 잔디밭 끝에는 가시철망이 있고, 그 너머에 전면 목초지가 있었다. 낮 동안 젖이 마른 소들은 그곳의 풍나무 아래 쉬었다. 농장 길 건너편에는 두 언덕이 연못을 사이에 두고 있었는데, 어머니는 툇마루에 앉은 채로 소 떼가 댐을 지나 맞은편 언덕으로 가는 것을 볼 수 있었다. 이 모든 풍경을 숲의 장벽이 둘러싸고 있었고, 그 장벽은 그가 거기 강제로 처음 앉던 그날 그 시각에 깜둥이들이 입고 있던 바랜 작업복을 연상시키는 희미한 청색이었다.

그는 어머니가 일꾼들의 잘못을 지적하는 소리를 짜증스럽게 들었다. 어머니가 말했다. "저 둘은 멍청하지 않아. 자기들을 돌보는 방법을 알아."

"당연히 그래야죠." 그가 내꾸했지만, 어머니와 말다툼하고 싶지는 않았다. 작년에 그가 깜둥이에 대한 희곡을 쓸 때 그들 곁에서 지내면서 그들의 생각을 직접 들으려 했으나, 어머니 집의 깜둥이 두 명은 그곳에서 일하는 동안 모든 의욕을 잃은 상태였다. 그들은 아무 말도 하지 않았다. 모건이라는 자는 인디언의 피가 섞인 연갈색 피부였고, 연장자인 랜들은 새카맣고 뚱뚱했다. 그들은 약간이나마 이야기를 할 때에도 그의 오른쪽이나 왼쪽에 있는 어떤 투명 인간에게 이야기하는 것 같았고, 그는 그 곁에서 이틀을 일한 뒤에 자신이 그들과 공감 관계를 이루지 못했다고 느꼈다. 그래서 이야기보다 더 대담한 것을 시도

하기로 하고, 어느 날 랜들 곁에 있다가 착유기를 장착하는 것을 보면서 조용히 담배를 꺼내 물고 불을 붙였다. 깜둥이는 손을 멈추고 그를 보았다. 그러더니 애스버리가 두 모금을 빨아들일 때까지 기다렸다가 말했다. "사모님은 여기서 담배를 못 피우게 하십니다."

모건이 다가와 웃으며 서 있었다.

"알아요." 애스버리가 말하고 일부러 잠깐 기다렸다가 담뱃갑을 랜들과 모건에게 차례로 내밀었다. 랜들은 한 개비를 꺼냈고, 모건 역시 한 개비를 꺼냈다. 그는 그들에게 직접 불을 붙여 주었고, 세 사람은 거기 서서 담배를 피웠다. 착유기 두 개가 열심히 작동하는 소리와 이따금 소가 꼬리로 옆구리를 치는 소리 말고는 아무 소리도 들리지 않았다. 흑인과 백인의 차이가 사라지는 친교의 시간이었다.

다음 날 버터 공장에서는 우유 두 통을 담배 냄새가 난다며 반품했다. 그는 어머니에게 담배를 피운 건 깜둥이들이 아니라 자신이라고 말했다. "네가 그랬으면 그자들도 그랬겠지. 내가 그 둘을 모를 것 같아?" 어머니가 말했다. 어머니에게는 그들이 결백하다는 생각이 불가능했다. 하지만 그 일이 무척이나 큰 기쁨을 안겨 주었기에 그는 다른 방식으로 그 일을 반복하기로 결심했다.

다음 날 오후 그는 랜들과 함께 착유장에서 막 짠 우유를 우유 통에 붓다가 깜둥이들이 마신 유리잔을 집어 들고 거기 따뜻한 우유를 따라서 마셨다. 랜들은 일을 멈추고 우유 통 위로 몸을 굽힌 채 그에게 말했다. "사모님이 금지하시는 일입니다. 그런 일은 절대로 못 하게 하십니다."

애스버리는 우유를 또 한 잔 따라서 그에게 건넸다.

"사모님이 허락하시지 않습니다." 그가 다시 말했다.

"세상은 변하고 있어요." 애스버리가 갈라진 목소리로 말했다. "내가 아저씨 다음으로 마시지 못하고, 아저씨가 나 다음으로 마시지 못할 이유가 없어요!"

"사모님은 여기서 우유를 절대 못 마시게 합니다." 랜들이 말했다.

애스버리는 잔을 거두지 않았다. "담배는 받았잖아요. 우유도 받아요. 하루에 우유 두세 잔 없어진다고 어머니한테 무슨 피해가 가지도 않아요. 자유롭게 살려면 생각부터 자유로워야 해요!"

다른 깜둥이 모건이 와서 문간에 서 있었다.

"그 우유 마시고 싶지 않아요." 랜들이 말했다.

애스버리가 방향을 바꾸어 잔을 모건에게 내밀었다. "이봐, 친구, 한 잔 마셔."

모건은 그를 바라보더니 교활한 표정으로 대답했다. "저는 애스버리 씨가 마시는 걸 못 봤습니다."

애스버리는 우유를 싫어했다. 따뜻한 첫 잔으로 이미 속이 뒤집힌 상태였다. 애스버리는 들고 있던 잔의 반을 비운 뒤 나머지를 모건에게 내밀었고, 그는 그것을 받아 들고 거기 대단한 수수께끼라도 있는 양 안을 들여다보더니 냉각기 옆의 바닥에 내려놓았다.

"우유를 싫어해?" 애스버리가 물었다.

"좋아하지만 이건 마시지 않아요."

"왜?"

"사모님이 허락하시지 않아요." 모건이 말했다.

"아이구 사모님, 사모님, 사모님!" 애스버리는 폭발했다. 그는 다음 날도 그다음 날도 또 그다음 날도 같은 일을 시도했지만 그들에게 우유를 마시게 할 수 없었다. 그렇게 며칠이 지난 뒤 그가 착유장으로 들어가려 할 때 모건의 말소리가 들렸다. "아저씨는 왜 그 사람이 날마다 우유 마시는 걸 그냥 두나요?"

"그 사람은 그 사람이고 나는 나야." 랜들이 말했다.

"그 사람은 어떻게 자기 엄마를 그렇게 욕하는 거죠?"

"어렸을 때 안 맞아서 그래." 랜들이 말했다.

그는 더 이상 집 생활을 견딜 수가 없어서 예정보다 이틀 먼저 뉴욕으로 돌아갔다. 그의 인생은 거기서 이미 죽었고, 문제는 여기서 얼마나 버틸 수 있느냐였다. 끝을 당길 수는 있지만 자살은 승리가 될 수 없었다. 죽음은 그에게 합당하게, 온당한 결과로, 인생의 선물로 오고 있었다. 그것은 그의 최고의 성취였다. 그리고 시골 사람들에게 자살한 아들을 둔 어머니는 실패자라는 낙인을 얻을 텐데 물론 그게 사실이기는 하지만, 자신이 어머니에게 그런 망신은 면해 줄 수 있었다. 어머니가 편지를 통해 얻는 깨달음은 개인적인 깨달음이 될 것이다. 그는 공책을 마닐라지 봉투에 넣어 봉인하고 그 위에 '반드시 애스버리 포터 폭스가 죽은 뒤에 개봉할 것'이라고 썼다. 그리고 봉투를 자기 방 책상 서랍에 넣고 잠근 뒤 그 열쇠는 어디에 둘지 결정하지 못해서 잠옷 주머니에 넣었다.

그들이 아침에 툇마루에 앉아 있을 때, 어머니는 그가 관심을 가질 이야기를 해야 한다고 느꼈다. 그래서 세 번째 날 아침에 어머니는 글쓰는 일에 대해 입을 열었다. "네가 건강해지면 여기에 대한 책을 쓰면 좋을 것 같아. 우리에게는 『바람과 함께 사라지다』 같은 좋은 책이 더 필요해."

그는 위장 근육이 경직되는 것을 느꼈다.

"전쟁 이야기를 넣어. 그래야 책이 길어지지." 어머니가 조언했다.

그는 머리가 깨질까 봐 겁난다는 듯 머리를 뒤로 기댔다가 잠시 후에 말했다. "저는 책을 쓰지 않을 거예요."

"책을 쓰고 싶지 않으면 시를 써도 돼. 시도 좋아." 어머니가 말했다. 부인은 아들에게 필요한 것은 지성적인 대화 상대라는 걸 알았지만 부인이 아는 지성인은 메리 조지뿐이었고, 그는 그녀와 대화하지 않을 것이다. 부인은 은퇴한 감리교 목사 부시 씨도 잠깐 생각해 보았지만 그 이야기를 꺼내지는 않았다. 하지만 이제 위험을 무릅쓰고 그 이야기를 시도해 보았다. "부시 박사님께 너를 한번 찾아오시라고 부탁하려고 생각 중이야." 부인은 부시 목사를 박사로 높여 부르며 말했다. "너도 좋아할 거야. 그분은 희귀 동전을 모으시지."

부인은 전혀 예기치 못한 반응을 받았다. 애스버리가 온몸을 흔들며 발작적인 웃음을 터뜨린 것이다. 그는 웃다가 목이 막히는 것 같았다. 잠시 후 웃음은 기침으로 잦아들었다. "제가 죽는 데 영적인 도움이 필요하다고 생각하신다면 착각이에요. 그리고 그 멍청이 부시의 도움은 더욱더 필요 없고요. 아이쿠!"

"그런 뜻이 아니야. 그분은 클레오파트라 시대의 동전을 갖고 계셔." 부인이 말했다.

"만약 그 사람이 여기 오면 저는 꺼져 버리라고 말하겠어요. 부시라니! 최고네요!" 그가 말했다.

"네가 즐거워하니 기쁘구나." 어머니가 언짢아하며 말했다.

그들은 잠시 침묵 속에 앉아 있었다. 그런 뒤 어머니가 하늘을 올려다보았다. 그는 다시 몸을 세우고 앉아 어머니를 보며 웃었다. 마침내 멋진 생각이 떠올랐다는 듯 얼굴이 밝아졌다. 어머니는 그를 보았다. "제가 여기 부르고 싶은 사람이 누군지 말씀드릴게요." 그가 말했다.

집에 오고 나서 처음으로 그는 즐거운 표정이 되었다. 하지만 그 가운데에도 일말의 심술궂은 표정이 있다고 부인은 생각했다.

"누구를 부르고 싶니?" 부인이 의심스럽게 물었다.

"신부를 부르고 싶어요." 그가 말했다.

"신부?" 어머니가 어리둥절한 목소리로 말했다.

"예수회 소속이면 더 좋아요." 그가 더 환한 얼굴로 말했다. "네, 예수회 소속이어야 해요. 이 도시에도 예수회가 있어요. 거기 전화해서 한 사람 불러 주세요."

"너 왜 그러니?" 어머니가 물었다.

"그 사람들은 대체로 공부를 제대로 했거든요." 그가 말했다. "하지만 예수회는 특히 확실해요. 예수회 신부하고는 날씨 말고 다른 이야기도 할 수 있어요." 그는 예수회 신부 이그네이셔스 보글에 대한 기억을 통해 자신을 보러 올 신부의 모습을 떠올릴 수 있었다. 그 사람은 보글보다는 조금 더 세속적일 테고, 살짝 더 냉소적일 것이다. 신부들은 고대 제도의 보호를 받기에 냉소적일 수 있고, 중간에서 관망할 수도 있다. 자신은 죽기 전에 교양 있는 사람과 이야기할 것이다. 이 사막에서도! 게다가 그보다 더 어머니를 짜증스럽게 하는 일은 없을 것이다. 이 일을 왜 더 일찍 생각하지 못했는지 의아할 지경이었다.

"너는 그쪽 교회 신자가 아니잖아." 폭스 부인이 말했다. "가톨릭교회는 30킬로미터 밖에 있어. 신부를 보내 주지 않을 거야." 어머니는 이걸로 그 일이 마무리되기를 기대했다.

그는 그 생각에 몰두해서 의자에 기대앉았다. 어머니는 자신이 조르면 언제나 원하는 것을 들어주었기에 반드시 신부를 부르기로 결심했다. "저는 곧 죽어요. 어머니한테 딱 한 가지 부탁을 드렸는데 그걸 거절하시네요."

"너는 안 죽어."

"어머니가 깨달으면 이미 늦었을 거예요." 그가 말했다.

다시 한 번 불쾌한 침묵이 일었다. 잠시 후 어머니가 말했다. "요즘 의사는 젊은 사람을 그냥 죽게 두지 않아. 좋은 약들이 있거든." 부인은 활기찬 확신 속에 발을 떨며 덧붙였다. "사람들은 예전처럼 죽지 않아."

"어머니, 마음의 준비를 하세요." 그가 말했다. "블록도 알고 있지만 말씀드리지 않은 거예요." 블록은 첫날 이후 계속 왔고, 농담도 장난도 없이 침묵 속에 그의 피를 뽑았다. 니켈 색깔 두 눈은 차가웠다. 그는 당연히 죽음에 맞서 싸우는 사람이었고, 지금 이 전투는 진짜배기 전투라는 걸 아는 것 같았다. 박사는 문제가 무엇인지 알 때까지 처방을 하지 않겠다고 했고, 애스버리는 블록의 얼굴에 대고 웃으며 말했다. "어머니, 저는 이제 곧 죽어요." 그는 그 말 한 마디 한 마디를 망치질하듯 어머니 머리에 때려 넣으려고 했다.

부인은 약간 창백해졌지만 눈을 깜박거리지는 않았다. "너는 내가 여기 앉아서 너를 죽게 둘 거라고 생각하는 거니?" 부인이 화를 내며 말했다. 부인의 눈은 멀리서 보는 산맥처럼 단단했다. 그는 처음으로 마음에 의심이 이는 것을 느꼈다.

"정말로 그렇게 생각하니?" 어머니가 힘주어 물었다.

"어머니는 이 일하고 아무 상관 없어요." 그가 흔들리는 목소리로 말했다.

"흠." 어머니가 말하고 일어나서 이런 멍청이 곁에 잠시라도 더 있기 괴롭다는 듯 툇마루를 떠났다.

그는 예수회 신부를 잊고 자신의 증상들을 훑어보았다. 열이 높고, 중간중간 오한이 있었다. 기운은 간신히 툇마루에 나가 앉을 정도였다. 음식도 받지 않았다. 블록은 어머니에게 최소한의 만족도 주지 못했다. 툇마루에 앉아 있는 동안에도 새로운 오한이 찾아왔다. 죽음이 벌써 찾아와 그의 뼈로 장난을 치는 것 같았다. 그는 발에 두른 아프간 천을 풀어 어깨에 두르고 비틀비틀 계단을 올라 침대로 갔다.

그는 상태가 더 악화되었다. 그 후 며칠 동안 너무도 쇠약해지고 또 어머니에게 예수회 신부를 불러 달라고 너무도 지속적으로 졸라서 어머니는 결국 절박한 마음에 그의 어리석은 요구를 들어주기로 결심했다. 어머니는 전화를 걸어 쌀쌀한 목소리로 자기 아들이 아프고, 그래서 정신이 약간 이상해진 것 같다며 신부와의 통화를 요청했다. 어머니가 통화할 때 애스버리는 아프간 천을 몸에 두른 채 맨발로 계단 앞까지 나가서 난간 위로 몸을 굽히고 소리를 들었다. 어머니가 전화를 끊자 그는 아래층에 대고 신부가 언제 오느냐고 소리쳐 물었다.

"내일 온대." 어머니가 짜증스럽게 대답했다.

어머니가 전화를 했다는 사실은 어머니의 확신이 흔들리기 시작했다는 증거였다. 블록이 오고 갈 때마다 1층에서 많은 이야기가 수군수군 오갔다. 그날 저녁 그는 어머니와 메리 조지가 응접실에서 조용히 이야기를 나누는 소리를 들었다. 자기 이름이 들린 것 같아 깨금발로 나가 계단을 세 칸 내려갔더니 그들의 목소리가 또렷이 들렸다.

"신부를 불렀어." 어머니가 말했다. "아무래도 심각한 모양이야. 처음에는 그저 신경쇠약이려니 했는데 이제 보니 진짜 큰 병인 것 같아. 블록 박사님도 큰 병이라고 생각하고 있어. 그리고 그게 무슨 병이건 애스버리가 저렇게 기운이 빠져 있으니 더 안 좋대."

500

"정신 차려요, 엄마." 메리 조지가 말했다. "다시 한 번 말씀드릴게요. 애스버리는 순전히 정신적인 문제예요." 그녀는 모든 분야의 전문가였다.

"아냐, 정말로 심각한 병이야. 박사님이 그렇게 말씀하셔." 어머니 목소리가 갈라지는 것 같았다.

"블록은 바보예요." 메리 조지가 말했다. "현실을 직시하세요. 애스버리는 글을 못 써서 병에 걸린 거예요. 예술가가 못 되니 환자가 되기로 한 거예요. 그 애한테 필요한 게 뭔지 아세요?"

"몰라." 어머니가 말했다.

"충격 치료예요. 그 애 머리에서 예술 어쩌고 하는 생각을 싹 빼내야 돼요." 메리 조지가 말했다.

어머니는 낮은 비명을 질렀고, 그는 난간을 붙들었다.

"제 말 명심하세요. 그 애는 앞으로 여기서 50년 동안 장식품으로 살 거예요." 누나가 말했다.

그는 침대로 돌아갔다. 어떤 면에서 누나의 말이 맞았다. 그는 예술의 신을 실망시켰지만 성실한 하인으로 복무했는데, 예술은 그에게 죽음을 보내왔다. 그는 처음부터 그 사실을 기묘하지만 명징하게 알았다. 그는 자신이 누울 가족 묘지의 평화로운 지점을 생각하며 잠이 들었다. 그리고 잠시 후 그곳을 향해 천천히 실려 가는 자신의 몸을 어머니와 메리 조지가 툇마루의 의자에 앉아 무심하게 바라보는 모습이 보였다. 자신의 관이 댐을 건너갈 때 두 사람은 고개를 들어서 연못에 비친 장례 행렬을 보았다. 검은 옷을 입고 로만 칼라*를 한 여윈 사람

---

* 가톨릭 사제가 목에 두르는 하얀 깃.

이 그 뒤를 따랐다. 그 사람은 금욕주의와 부패가 묘하게 뒤섞인 신비롭고 음울한 얼굴이었다. 애스버리는 언덕 기슭의 얕은 무덤에 누웠고, 누가 누군지 알 수 없는 조객들이 침묵 속에 서 있다가 어둠이 내리는 풀밭으로 흩어졌다. 예수회 신부는 흡연과 명상을 위해 죽은 나무 아래로 갔다. 달이 떠오르자 애스버리는 누가 자기를 굽어보고 있는 것과 차가운 얼굴 위로 부드러운 온기가 쏟아지는 것을 느꼈다. 그는 예술이 자신을 깨우러 왔다는 것을 알고 일어나 눈을 떴다. 언덕 저편 어머니 집에 불이 환하게 켜져 있었다. 검은 연못에는 니켈색 별들이 박혀 있었다. 예수회 신부는 사라졌다. 주변에는 소 떼가 넓게 흩어져 달빛 속에 풀을 뜯었고, 덩치 큰 얼룩소 한 놈이 소금 덩어리를 핥듯 그의 머리를 부드럽게 핥았다. 그가 부르르 떨며 깨어 보니 침대가 땀으로 흠뻑 젖어 있었다. 그는 어둠 속에 일어나 앉아 몸을 떨며 이제 끝이 며칠 남지 않았음을 느꼈다. 그는 죽음의 분화구를 내려다보고 현기증 속에 베개 위로 쓰러졌다.

다음 날 어머니는 그의 황폐한 얼굴에서 거의 이 세상 사람의 것 같지 않은 무언가를 발견했다. 그는 죽음이 가까워서 크리스마스를 일찍 맞아야 하는 아이 같았다. 애스버리는 침대에 일어나 앉아 의자 몇 개를 재배치시키고 바위에 묶인 처녀 그림을 치우게 했다. 그걸 보면 예수회 신부가 미소 지을 게 분명했기 때문이다. 그는 편안한 흔들의자를 내가게 했고, 일이 끝나자 얼룩 가득한 그 방은 수도원의 독방 같은 분위기를 풍겼다. 그는 그것이 방문자에게 호감을 안겨 줄 거라고 생각했다.

그는 오전 내내 신부를 기다리며 부리에 고드름을 물고 함께 기다리는 천장의 새를 짜증스레 올려다보았다. 하지만 신부는 오후 늦게야 왔다. 어머니가 문을 열자마자 알아들을 수 없는 목소리가 아래층에서 요란하게 울렸다. 애스버리의 심장이 격렬하게 뛰었다. 잠시 후 계단이 무겁게 끼익거렸다. 그러더니 이내 긴장된 표정의 어머니가 들어왔고, 그 뒤를 거구의 노인이 따라 들어와서 침대 옆의 의자에 앉았다.

"나는 핀 신부입니다. 연옥에서 왔지요." 그가 다정하게 말했다. 그는 얼굴이 붉고 넓적하고, 회색 머리칼이 솔처럼 뻣뻣한 남자였다. 한쪽 눈은 시력을 잃었지만 멀쩡한 눈은 새파란 눈동자로 애스버리를 날카롭게 바라보았다. 조끼에는 기름 자국이 있었다. "신부와 이야기를 하고 싶다고요? 현명한 일입니다. 우리 주님께서 언제 우리를 부르실지는 아무도 모르는 일입니다." 그가 말하더니 좋은 눈을 애스버리의 어머니에게 돌리고 말했다. "고맙습니다. 이제 나가셔도 좋습니다."

폭스 부인은 몸이 굳었지만 움직이지 않았다.

"핀 신부님과 따로 이야기하고 싶어요." 애스버리가 갑자기 신부를 동맹으로 여기고 말했다. 하지만 실제로 신부는 자신이 기대하던 모습과 달랐다. 어머니는 마음에 안 든다는 표정을 지어 보이고 방을 나갔다. 그는 어머니가 멀리 가지 않을 것을 알았다.

"저희 집에 모시게 돼서 기쁩니다." 애스버리가 말했다. "이 집은 몹시 우울합니다. 지적인 대화를 나눌 사람이 한 명도 없습니다. 신부님께서는 조이스를 어떻게 생각하시는지 궁금합니다만?"

신부는 의자를 바짝 당겨 앉고 말했다. "큰 소리로 말씀해 주십시오. 저는 눈도 한쪽 멀고 귀도 한쪽 멀었습니다."

"조이스를 어떻게 생각하시느냐고요?" 애스버리가 목청을 높였다.

"조이스요? 무슨 조이스 말씀입니까?" 신부가 물었다.

"제임스 조이스요." 애스버리가 말하고 웃었다.

신부는 각다귀라도 나는 듯 큰 손으로 허공을 젓고 말했다. "저는 못 만나 본 분입니다. 형제님은 오전 기도와 저녁 기도를 하십니까?"

애스버리는 당황한 표정이 되었다. "조이스는 위대한 작가예요." 그는 소리치는 것을 잊고 나직하게 중얼거렸다.

"안 하시지요?" 신부가 말했다. "규칙적으로 기도하지 않으면 선하게 사는 법을 알 수 없습니다. 예수님과 대화하지 않으면 그분을 사랑할 수 없습니다."

"저는 예전부터 죽어 가는 신의 신화에 흥미를 느꼈습니다." 애스버리가 소리쳤지만 신부는 알아들은 것 같지 않았다.

"정결함에 문제가 있나요?" 그가 물었고 애스버리는 얼굴이 창백해졌다. 신부는 대답도 기다리지 않고 말을 이었다. "우리 모두 그렇습니다. 하지만 그래서 성령께 기도해야 합니다. 몸과 마음과 영혼을 다해서요. 기도하지 않고는 어떤 일도 이길 수 없습니다. 가족과 함께 기도하세요. 가족과 함께 기도하십니까?"

"그럴 리가." 애스버리가 중얼거린 뒤 소리쳤다. "우리 어머니는 기도할 시간이 없고 누나는 무신론자예요."

"저런! 그렇다면 형제께서 두 분을 위해 기도하셔야 합니다." 신부가 말했다.

"예술가는 창작이 기도지요." 애스버리가 말해 보았다.

"그걸로는 부족해요!" 신부가 잘라 말했다. "날마다 기도하지 않으면 불멸의 영혼을 소홀히 하는 거예요. 교리문답을 아시나요?"

"모릅니다." 애스버리가 말했다.

"누가 당신을 만들었죠?" 신부가 호전적인 목소리로 물었다.

"저마다 달리 말하죠." 애스버리가 말했다.

"하느님이 만드셨습니다." 신부가 재빨리 말했다. "하느님은 어떤 분입니까?"

"하느님은 인간이 만든 관념이에요." 애스버리가 이제 이야기가 본궤도에 올라서고 있다고, 둘이서 이렇게 놀 수 있다고 느끼며 말했다.

"하느님은 영원하고 완벽한 영혼입니다. 형제님은 꽤 무지하시군요. 하느님이 왜 당신을 만드셨나요?" 신부가 말했다.

"그런 일은 없……"

"하느님이 당신을 만든 건 당신이 그분을 알고, 그분을 사랑하고, 이 세상에서 그분께 봉사하고, 다음 세상에서 그분과 함께 행복을 누리게 하기 위해서입니다." 노신부가 호령하듯 말했다. "교리문답을 익히지 않고 어떻게 불멸의 영혼을 구원받기 원한다는 말입니까?"

애스버리는 자신이 실수했고, 이 늙은 바보를 내보내야 한다는 걸 알았다. "신부님, 저는 가톨릭교 신자가 아닙니다." 그가 말했다.

"그게 기도를 하지 않는 이유가 된다고 봅니까!" 노인이 콧방귀를 뀌었다.

애스버리는 침대 속으로 몸을 약간 내리고 소리쳤다. "저는 죽음을 앞두고 있어요."

"하지만 아직 안 죽었어요!" 신부가 말했다. "그리고 하느님과 대화도 안 해 보고 어떻게 하느님의 얼굴을 마주하기를 기대합니까? 어떻게 부탁하지도 않은 것을 받으려고 합니까? 하느님은 부탁하지 않은 사람에게는 성령을 보내 주시지 않습니다. 그분께 성령을 내려 달라고 부탁하십시오."

"성령요?" 애스버리가 말했다.

"성령도 들어 본 적 없을 만큼 무지한 겁니까?" 신부가 물었다.

"들어는 보았지요. 하지만 성령이야말로 제가 절대로 찾지 않는 것입니다!" 애스버리가 분개해서 말했다.

"그러면 당신은 절대로 성령을 얻지 못할 겁니다." 신부가 한 눈에 불꽃을 튀기며 말했다. "당신의 영혼이 영원한 저주에 빠지기를 원합니까? 영원토록 하느님을 잃고 싶습니까? 불보다 더 끔찍한 최악의 고통인 상실의 고통에 빠지기 원합니까? 영원토록 상실의 고통을 겪고 싶습니까?"

애스버리는 신부의 성난 눈길에 침대에 결박되기라도 한 듯 팔다리를 무력하게 움직였다.

"당신의 영혼이 이렇게 쓰레기로 가득 차 있으니 성령께서 어떻게 거기 들어가시겠습니까?" 신부가 부르짖었다. "성령께서는 우리가 자신의 본모습을 볼 때에야 오실 것이고, 지금 당신의 본모습은 게으르고 무지하고 오만한 청년입니다!" 그리고 신부는 주먹으로 협탁을 탕 내리쳤다.

폭스 부인이 뛰어 들어와서 소리쳤다. "그만하세요! 아픈 아이한테 어떻게 이렇게 말씀하시나요? 신부님은 제 아들을 힘들게 하고 계십니다. 가셔야겠습니다."

"이 불쌍한 젊은이는 교리문답도 몰라요." 신부가 일어서며 말했다. "그리고 부인은 아드님에게 매일 기도하는 법을 가르쳐야 했습니다. 부인은 어머니의 의무를 게을리했습니다." 그는 침대로 돌아서서 온화한 목소리로 말을 이었다. "제가 축복을 해 드릴 테니 이후로 날마다 기도하십시오." 그리고 애스버리의 머리에 손을 얹고 라틴어로 된 말을 중얼거렸다. "언제라도 불러 주시면 함께 대화할 수 있을 겁니다." 신부는 그렇게 말한 뒤 폭스 부인의 굳은 등을 따라 나갔다. 애스버리가 들은 그의 마지막 말은 "아드님은 선량하지만 아주 무지합니다"였다.

어머니는 신부를 보낸 뒤 그러게 내가 뭐랬느냐고 말하려고 계단을 올라왔지만, 그가 너무도 창백하고 황폐한 얼굴에 어린애처럼 놀란 눈으로 허공을 바라보고 있어서 차마 그 말을 하지 못하고 다시 방을 나왔다.

다음 날 아침 그가 너무 기력이 없자 어머니는 그를 입원시키기로 마음먹었다. "저는 입원하지 않아요." 그는 머리를 몸에서 떼어 내려는 듯 고개를 이리저리 돌리며 말했다. "저는 의식이 있는 한 절대로 입원하지 않아요." 자신이 의식을 잃으면 어머니가 병원으로 끌고 가서 억지로 원기를 회복시키고 고통을 연장할 거라고 생각하니 혐오스러웠다. 그는 끝이 다가오는 걸 확신했고, 그것이 오늘이라고 느꼈으며, 자신의 쓸모없는 인생을 생각하며 고통스러워했다. 자신이 조개껍데기고 거기 무얼 채워 넣어야 할 것 같았지만, 무얼 채워야 할지 알 수 없었다. 그는 방 안의 모든 것을 마지막으로 살펴보았다. 어울리지 않는 고가구들, 무늬를 새긴 깔개, 어머니가 가져다 놓은 바보 같은 그림. 심지어 부리에 고드름을 문 사나운 새도 바라보고 그것이 거기 있는 데는 자신은 짐작 못 하는 어떤 목적이 있다고 느꼈다.

그는 자신이 찾는 무언가가 있다고, 그가 가져야 하는 무언가, 죽기 전에 해야 하는 중요하고 결정적인 마지막 경험이 있다고, 그의 지성으로 스스로를 위해 할 일이 있다고 느꼈다. 그는 언제나 스스로에게 의존했고, 거룩한 존재에게 칭얼거리는 사람이 아니었다.

예전에 메리 조지가 열세 살이고 그가 다섯 살이었을 때, 메리 조지는 뭔지 모를 선물을 주겠다고 꾀어서 그를 사람이 가득한 큰 천막으로 데리고 갔다. 그리고 그를 앞으로 끌고 가서 청색 양복을 입고 빨강-하양 넥타이를 맨 남자에게 큰 소리로 말했다. "저는 이미 구원받았으니까 이 아이를 구원해 주세요. 이 애는 정말 골칫덩어리예요. 자기가 아주 대단한 줄 알아요." 그는 누나의 손을 뿌리치고 헐레벌떡 도망쳐 나왔다. 그리고 나중에 누나에게 선물을 요구하자 메리 조지는 말했다. "네가 기다렸으면 구원을 선물받았을 거야. 하지만 그렇게 도망쳤으니까 받을 게 없어!"

그날 하루가 지나는 동안 의미 있는 마지막 경험을 하지 못하고 죽는다는 공포가 점점 더 강력해졌다. 어머니는 걱정스러운 얼굴로 침대 옆에 앉아 있었다. 블록에게 두 번이나 전화를 했지만 통화가 되지 않았다. 그는 어머니가 아직도 자신이 죽을 것을 모르고, 몇 시간 안에 죽을 것은 더욱 모른다고 생각했다.

방 안의 빛이 이상해졌다. 그것 자체가 어떤 생명을 띠는 듯했다. 어두운 형체를 띠고 방 안에 들어와서 기다리는 것 같았다. 바깥에서 빛은 흐릿한 숲의 장벽까지밖에 못 가는 것 같았다. 그 장벽은 창턱 너머 몇 센티미터 정도 보였다. 그는 불현듯 낙농장에서 깜둥이들과 함께 담배를 피운 교유의 경험을 떠올렸고, 흥분으로 몸을 떨었다. 그들은 마지막으로 함께 담배를 피워 줄 것이다.

잠시 후 그가 베개에 얹힌 머리를 돌리고 말했다. "어머니, 깜둥이들에게 작별 인사를 하고 싶어요."

어머니는 창백해졌다. 잠시 그 얼굴이 사방으로 흩어지는 것 같았다. 그러더니 입술이 단단히 맞물렸다. 두 눈썹이 모였다. "작별 인사라고? 어딜 가는데?" 어머니가 건조한 목소리로 물었다.

그는 잠시 어머니를 바라보다가 말했다. "아시잖아요. 그 사람들을 불러오세요. 시간이 별로 없어요."

"말도 안 돼." 어머니는 중얼거렸지만 어쨌건 일어나서 나갔다. 어머니가 밖에 나가기 전에 먼저 블록에게 전화해 보는 소리가 들렸다. 그는 이럴 때 어머니가 블록에게 매달리는 건 뭉클했지만 한심하다고 생각했다. 그는 신앙심 깊은 사람이 병자성사*를 준비하듯 그들과의 만남을 기다렸다. 곧 계단에 그들의 발소리가 들렸다.

"랜들과 모건이 왔다. 너한테 인사를 하러 왔어." 어머니가 그들을 안으로 들이며 말했다.

두 사람은 웃음을 띠고 들어와 침대 옆에 섰다. 랜들이 앞쪽, 모건이 뒤쪽이었다. "좋아 보이시네요. 건강해 보이세요." 랜들이 말했다.

"건강해 보이세요. 그래요, 아주 좋아 보이세요." 모건이 말했다.

"이렇게 건강해 보이시는 건 처음이에요." 랜들이 말했다.

"그래, 정말로 건강해 보이지? 아주 좋아 보여." 어머니가 말했다.

"아픈 분 같지 않으세요." 랜들이 말했다.

"어머니, 셋이서만 따로 이야기하고 싶어요." 애스버리가 억지로 목소리를 냈다.

어머니는 몸이 굳었지만 밖으로 나갔다. 그리고 복도 맞은편 방에 가서 앉았다. 그는 열려 있는 문을 통해서 어머니 몸이 가볍게 움찔거리며 흔들리는 것을 보았다. 두 깜둥이는 마지막 방어벽이 사라진 듯한 표정이 되었다.

애스버리는 머리가 너무 무거워서 자신이 무얼 하려고 했는지도 몰랐다. "나는 이제 곧 죽어요." 그가 말했다.

* 가톨릭교회의 일곱 성사 가운데 하나로, 병자나 죽을 위험에 있는 환자가 받는 성사. 환자가 고통을 덜고 구원을 얻도록 하느님의 자비에 맡기는 성사이다.

두 사람의 미소가 얼어붙었다. "좋아 보이시는데요." 랜들이 말했다.

"나는 곧 죽어요." 애스버리가 말했다. 그런 뒤 그들과 함께 담배를 피우기로 한 것을 기쁘게 떠올렸다. 그는 탁자 위의 담뱃갑을 집어 들었지만 담배를 빼내는 것을 잊고 랜들에게 내밀었다.

깜둥이는 담뱃갑을 받아서 주머니에 넣고 말했다. "고맙습니다. 정말 감사드립니다."

애스버리는 무언가를 잊은 듯한 표정이 되었다. 잠시 후 보니 다른 깜둥이의 얼굴이 아주 슬퍼져 있었다. 하지만 다시 보니 그것은 슬픈 것이 아니라 부루퉁한 것이었다. 그는 탁자 서랍에서 개봉하지 않은 다른 담뱃갑을 꺼내서 모건에게 내밀었다.

"고맙습니다, 애스버리 씨. 정말로 건강해 보이십니다." 모건이 밝아진 얼굴로 말했다.

"나는 곧 죽어요." 애스버리가 답답해서 말했다.

"애스버리 씨는 좋아 보이십니다." 랜들이 말했다.

"며칠만 있으면 거동하실 수 있을 겁니다." 모건이 말했다. 두 사람 다 시선 둘 곳을 찾지 못하는 것 같았다. 애스버리는 어머니가 흔들의자를 돌려 자신을 등지고 앉은 맞은편 방을 사납게 바라보았다. 어머니가 자신을 위해 그들을 내보낼 생각은 없는 듯했다.

"감기에 걸리신 것 같습니다." 랜들이 잠시 후 말했다.

"저는 감기에 걸리면 테레빈유하고 설탕을 먹어요." 모건이 말했다.

"입 다물어." 랜들이 그를 돌아보며 말했다.

"아저씨 입이나 다물어요. 내가 그런 걸 먹는다는데 왜요?" 모건이 말했다.

"애스버리 씨는 네가 먹는 걸 안 드셔." 랜들이 꾸짖었다.

"어머니!" 애스버리가 떨리는 목소리로 불렀다.

어머니가 일어서서 소리쳤다. "애스버리 씨가 인사를 마무리해야 할 것 같군. 내일 또 오게."

"가겠습니다. 애스버리 씨는 아주 건강해 보이십니다." 랜들이 말했다.

"정말입니다." 모건이 말했다.

그들은 그가 정말로 건강해 보인다고 서로 맞장구를 치며 나갔지만, 애스버리의 시야는 그들이 복도에 이르기도 전에 흐려졌다. 그는 잠시 어머니의 그림자 같은 형체를 보았다. 그것은 두 사람을 따라 계단을 내려갔다. 어머니가 다시 블록에게 전화하는 소리가 들렸지만 그는 거기 관심이 없었다. 머리가 빙글빙글 돌았다. 그는 이제 죽기 전에 해야 할 중요한 경험이 없다는 것을 알았다. 이제 어머니에게 편지를 넣은 서랍 열쇠를 주고 끝을 기다리는 것밖에 할 일이 없었다.

그가 무거운 잠에 빠져들었다가 5시 무렵에 깨어 보니 어둠의 우물 끝에 어머니의 작고 하얀 얼굴이 보였다. 그는 잠옷 주머니에서 열쇠를 꺼내 어머니에게 건네고 책상에 편지를 넣어 두었으니 자기가 떠나면 열어 보라고 말했지만, 어머니는 이해하는 것 같지 않았다. 어머니는 열쇠를 협탁에 내려놓았고, 그는 머릿속에서 커다란 바윗덩이 두 개가 서로를 빙글빙글 도는 꿈으로 빠져들었다.

6시 약간 넘었을 때 깨어 보니, 블록의 자동차가 진입로 초입에 들어서는 소리가 들렸다. 그 소리는 소환장처럼 그를 잠에서 불러냈고, 그는 정신이 맑아졌다. 갑자기 자기 앞의 운명이 생각보다 더 참담할 거라는 불길한 예감이 들었다. 그는 지진 직전의 동물처럼 꼼짝하지 않고 누워 있었다.

블록과 어머니가 대화를 나누면서 계단을 올라왔지만 그는 그들의 말을 분별하지 않았다. 의사가 재미있는 표정으로 들어왔다. 어머니는 미소를 짓고 있었다. "아들, 네 병이 뭔지 맞혀 보렴!" 어머니가 소리쳤다. 그 목소리가 총탄처럼 그의 가슴에 탕 박혔다.

"블록 박사님이 악당의 정체를 밝혀냈지." 블록이 말하며 침대 옆 의자에 털썩 앉았다. 그리고 승리한 권투 선수처럼 두 손을 머리 위로 올렸다가 진이 빠진 듯 털썩 무릎으로 떨구었다. 그런 뒤 웃기려고 가지고 다니는 크고 붉은 손수건을 꺼내 얼굴을 꼼꼼히 닦으면서 손수건을 얼굴에서 뗄 때마다 표정을 바꾸었다.

"박사님은 정말 대단하세요!" 폭스 부인이 말했다. "애스버리, 네 병은 파상열이야. 그 병은 고열이 반복되지만 죽지는 않아!" 어머니의 미소는 그늘 없는 전구처럼 밝고 강렬했다. "이제 마음이 놓이는구나." 어머니가 말했다.

애스버리는 무표정한 얼굴로 천천히 일어나 앉았다가 다시 털썩 누웠다.

블록은 그를 굽어본 채 웃으며 만족스럽게 말했다. "넌 안 죽어."

애스버리에게서 움직이는 것은 눈뿐이었다. 그 두 눈은 겉으로는 움직이는 것 같지 않았지만, 흐릿하고 깊은 어떤 곳에서 무언가 미약하게 저항하는 듯한 가녀린 움직임이 있었다. 블록의 시선이 강철 핀처럼 내려가서 그것을 붙들었고 그것은 마침내 생명을 잃었다. "파상열은 그렇게 고약한 게 아냐, 애스버리. 소가 걸리는 브루셀라병하고 똑같아." 그가 말했다.

애스버리는 낮은 신음 소리를 내고 조용해졌다.

"북쪽에서 살균하지 않은 우유를 마신 것 같아요." 어머니가 조용히

512

말했고, 그런 뒤 두 사람은 그가 잠을 잘 거라고 생각하는 듯 발끝을 들고 가만히 나갔다.

그들의 발소리가 계단에서 사그라지자, 애스버리는 다시 일어나 앉았다. 그는 자신이 어머니에게 준 열쇠가 놓인 협탁으로 거의 비밀스럽게 고개를 돌렸다. 그러고는 얼른 손을 뻗어 그것을 집어 든 뒤 다시 주머니에 넣었다. 그리고 방 저편에 있는 타원형 화장대 거울을 보았다. 거기 비친 눈은 날마다 거기서 본 눈과 모양은 똑같지만 더 창백했다. 그 눈은 어떤 끔찍한 환상이 자신에게 내리 닥칠 것에 대비하는 듯 충격에 감싸여 있었다. 그는 몸을 떨고 고개를 반대로 돌려 창밖을 바라보았다. 붉은색과 황금색으로 눈부시게 빛나는 태양이 자줏빛 구름 아래 평화로이 떠갔다. 그리고 그 아래로 검은 숲의 장벽이 진홍색 하늘을 등지고 서 있었다. 그것은 마치 그가 다가올 운명을 막기 위해 마음속에 세워 둔 허약한 방어벽 같았다. 그는 베개에 머리를 털썩 얹고 천장을 바라보았다. 그의 팔다리는 여러 주 동안 열과 오한에 시달려 감각이 없었다. 그의 옛 인생은 소진되었다. 그는 새것이 오기를 기다렸다. 그때 오한이 시작되는 것이 느껴졌다. 아주 특이한 오한이었다. 너무 가벼워서 깊고 차가운 바다를 건너가는 따뜻한 잔물결 같았다. 숨이 짧아졌다. 어린 시절 내내 그리고 병을 앓던 내내 머리 위에 떠서 수수께끼처럼 기다리던 사나운 새가 갑자기 움직이는 것 같았다. 애스버리는 얼굴이 하얘졌고, 마지막 환상이 부서졌다. 그리고 그것을 부순 것은 그의 눈에서 나간 회오리바람 같았다. 그는 남은 평생 동안 자신이 허약해졌지만 질긴 몸으로 정화淨化의 공포와 마주하고 살게 될 것을 알았다. 마지막 소용없는 항변이 가녀린 비명으로 새어 나왔다. 하지만 성령은 불 대신 얼음을 입고 잔혹하게 내려오고 또 내려왔다.

가정의 안락
The Comforts of Home

　토머스는 창 옆쪽으로 물러가서 벽과 커튼 사이에 머리를 두고 차가 멈춰 선 진입로를 내려다보았다. 어머니와 어린 탕녀가 차에서 내리고 있었다. 어머니는 둔하고 느리고 어색하게 나왔고, 어린 탕녀는 원피스를 무릎 위로 들고 약간 휜 길쭉한 다리를 내밀었다. 그녀는 깍깍 웃음을 터뜨리며 개에게 달려갔고, 개는 기쁨에 떨며 그녀를 맞으러 뛰어갔다. 토머스의 육중한 몸 전체에 분노가 군중이 모여들듯 고요하고 불길하고 강렬하게 밀려들었다.

　이제 짐을 싸서 호텔로 가고 집이 다시 깨끗해질 때까지 거기서 지내는 것은 그의 결정에 달려 있었다.

　그는 여행 가방이 어디 있는지 몰랐고 짐 싸는 게 싫었다. 또 책들이 필요했고 그의 타자기는 휴대용이 아니었다. 그는 전기담요에 익숙했으며, 식당 밥을 싫어했다. 하지만 어머니가 무모한 자선으로 집안의 평화를 깨뜨리고 있었다.

문 닫히는 소리가 탕 나면서 여자의 웃음소리가 부엌에서 뒤 복도를 지나 계단 위로 올라왔고, 그의 방까지 들어와 그에게 전기 충격 같은 것을 안겨 주었다. 그는 옆으로 펄쩍 뛰어서 주변을 노려보았다. 그는 아침에 분명하게 말했다. "그 여자애를 다시 집에 데려오시면 제가 나갈 거예요. 어머니가 선택하세요. 여자애인지 나인지."

그리고 어머니는 이렇게 자신의 선택을 보여 주었다. 강렬한 고통이 토머스의 목을 조였다. 그의 서른다섯 생애에 처음이었다…… 눈 안쪽이 뜨거운 물기에 젖었다. 그는 자신의 분노를 진정시켰다. 그러나 실제로 어머니는 아무 선택도 하지 않았다. 전기담요에 대한 그의 애착을 믿은 것이다. 어머니에게 보여 줄 필요가 있었다.

여자의 웃음소리가 두 번째로 올라왔고 토머스는 몸을 움찔했다. 전날 밤 그녀의 표정이 다시 떠올랐다. 그녀가 그의 방에 침입했다. 그가 깨어 보니 방문이 열려 있고 그녀가 거기 서 있었다. 복도의 빛이 충분해서 그녀가 자기를 향해 몸을 돌리는 모습이 보였다. 얼굴은 음악 희극 속 여배우 같았다. 턱이 뾰족하고, 뺨은 사과처럼 통통하고, 눈은 텅 빈 고양이 눈이었다. 그는 침대에서 벌떡 일어나 의자를 집어 들고 맹수를 내모는 사육사처럼 여자를 밖으로 내보냈다. 그리고 복도에서도 말없이 여자를 계속 몰고 가다가 어머니 방 앞에 이르자 멈춰 서서 방문을 두드렸다. 여자는 헉 하며 돌아서서 손님방으로 달아났다.

어머니가 문을 열고 걱정스러운 얼굴로 내다보았다. 어머니 얼굴은 밤에 바르는 뭔지 모를 화장품으로 번들거렸고 머리에는 고무로 된 분홍색 헤어 롤이 총총 꽂혀 있었다. 어머니는 여자가 사라진 복도를 살펴보았다. 토머스는 어머니 역시 물리쳐야 할 짐승인 듯 의자를 계속 앞에 들고 서 있었다. "여자애가 내 방에 들어오려고 했어요." 그가 어머니를 윽박질렀다. "잠에서 깨 보니 여자애가 내 방에 들어오려고 하고 있었어요." 그는 방으로 들어가서 문을 닫고 성이 나서 외쳤다. "저는 더 이상 못 참아요! 하루도요!"

어머니는 아들에 의해 침대까지 밀려가서 그 끝에 걸터앉았다. 어머니는 덩치는 컸지만, 얼굴은 여위고 이상할 만큼 수척해서 어울리지 않았다.

"마지막으로 말할게요. 저는 이 일을 하루도 더 참지 않겠어요." 어머니의 행동은 한결같았다. 그것은 좋은 의도로 세상의 미덕을 우롱하는 것, 미덕을 너무도 생각 없이 추구해서 거기 얽힌 모든 사람이 바보가 되고 미덕 자체도 빛을 잃게 만드는 것이었다. "하루도 더 안 참아요." 그가 다시 말했다.

어머니는 계속 문을 바라보면서 강하게 고개를 저었다.

토머스는 어머니 앞에 의자를 놓고 거기 앉았다. 그리고 모자라는 아이에게 무언가를 설명하려는 듯 몸을 앞으로 기울였다.

"그건 그 아이의 또 한 가지 불행이야." 어머니가 말했다. "끔찍한 일이지. 그 애가 이름을 말해 줬는데 잊었어. 하지만 그 애도 어쩔 수 없어. 그렇게 태어난 거야. 토머스, 네가 그렇다고 생각해 봐." 어머니가 말하고 손을 턱에 댔다.

그는 분노로 목이 막혔다. "저 애가 어쩌지 못하는 건 어머니도 어쩌지 못한다고 제가 분명히 말씀드리지 않았나요?" 그가 갈라진 목소리로 말했다.

다정하지만 막무가내인 어머니의 눈은 해가 진 뒤 멀리 보이는 하늘색이었다. "맞아, 식종증." 어머니가 말했다.

"색정증이겠죠." 그가 사납게 말했다. "그럴듯한 이름을 댈 필요는 없어요. 그냥 그 여자는 도덕성이 없어요. 어머니가 아셔야 할 건 그것뿐이에요. 그 여자는 도덕적 결함을 가지고 태어났어요. 어떤 사람들이 콩팥이나 다리가 없이 태어나는 것처럼요. 아시겠어요?"

"나는 계속 그게 너였을 수도 있다고 생각해." 어머니는 턱에서 손을 떼지 않고 말했다. "네가 그렇다면, 그래서 아무도 너를 받아들여 주지 않는다면 내 마음이 어떻겠니? 네가 식종증이고 똑똑하지도 않고 자기도 모르게 그런 일들을 한 거라면……"

토머스는 자신이 그 여자로 변하기라도 한 것처럼 자신에게 깊고 참을 수 없는 혐오를 느꼈다.

"어떤 옷차림이든?" 어머니가 눈을 가늘게 뜨고 불쑥 물었다.

"아무것도 안 입었어요! 제발 그 여자를 이 집에서 내보내세요!" 그가 고함쳤다.

"내가 어떻게 그 애를 내보낼 수 있겠니? 오늘 아침에 그 애는 또 자살하겠다고 했어." 어머니가 말했다.

"다시 감옥으로 돌려보내요." 토머스가 말했다.

"너라면 내가 감옥으로 돌려보내겠니, 토머스." 어머니가 말했다.

그는 일어나서 의자를 집어 들고 자신에게 아직 통제력이 있을 때 그 방을 나갔다.

토머스는 어머니를 사랑했다. 그가 어머니를 사랑하는 건 그의 천성에 따른 것이었지만, 때로 자신을 향한 어머니의 사랑을 견디기 힘들 때가 있었다. 때로 그 사랑은 도저히 이해할 수 없는 바보짓으로 이어졌고, 그럴 때면 그는 주변에 자신이 통제할 수 없는 보이지 않는 힘이 흐른다고 느꼈다. 어머니는 언제나 진부한 동기로 시작해서—'좋은 일이니까'—악마와 어처구니없는 계약을 맺곤 했지만 물론 어머니는 그 사실을 전혀 인지하지 못했다.

악마란 그저 비유적인 표현일 뿐이지만, 어머니가 뛰어드는 상황을 보면 그것은 아주 적절한 비유였다. 어머니가 약간이라도 머리가 있었다면, 그는 초기 기독교 시대부터 과도한 미덕은 칭송받지 않았다는 것을, 선행을 절제해야 악행도 절제된다는 것을, 이집트의 안토니우스가 로마에 남아 누나를 돌보았다면 악마에게 당하지 않았을 거라는 것을 설득할 수 있었으리라.

토머스는 냉소적인 사람이 아니었고, 미덕을 우습게 보지도 않았다. 그는 그것을 질서의 원칙으로, 인생을 견딜 만하게 만들어 주는 유일한 것으로 보았다. 그의 인생은 어머니의 괜찮은 방면의 미덕으로, 그러니까 어머니의 살림 솜씨와 좋은 식사로 지탱되었다. 하지만 어머니가 지금처럼 미덕을 남용하면, 그는 자기 안의 악마를 느꼈다. 그것은 토머스나 어머니의 정신적 기벽이 아니라, 독자적인 인격을 갖춘 거주민이었다. 그것은 보이지 않아도 곁에 있었고, 언제라도 비명을 지르거나 냄비를 흔들 수 있었다.

그 여자는 한 달 전에 부정수표 건으로 카운티 감옥에 수감되었고, 어머니는 신문에서 여자의 사진을 보았다. 아침 식탁에서 어머니는 신문을 한참 동안 들여다보더니 커피포트 위로 그에게 건네주며 말했다. "세상에, 겨우 열아홉 살인데 그 더러운 감옥에 들어가다니. 나쁜 아이 같지 않은데 말이다."

토머스는 사진을 힐끔 보았다. 영악한 부랑 청소년의 얼굴이 있었다. 그는 범죄자들의 평균 연령이 계속 낮아지고 있다고 말했다.

"착한 아이 같아." 어머니가 말했다.

"착한 사람이 부정수표를 쓰지는 않아요." 토머스가 말했다.

"사람이 궁지에 몰리면 어떻게 될지 모르는 법이야."

"그래도 저는 부정수표를 쓰지는 않을 거예요." 토머스가 말했다.

"저 애한테 사탕을 사 가지고 가야겠다." 어머니가 말했다.

그때 그가 그 일을 단호히 반대했다면 일은 거기서 끝났을 것이다. 그리고 아버지가 살아 계셨다면 그 지점에서 단호히 반대했을 것이다. 사탕을 사 가지고 가는 것은 어머니가 가장 좋아하는 '좋은 일'이었다. 사회적 지위가 엇비슷한 사람이 인근에 이사를 오면 어머니는 사탕을 사 가지고 갔다. 어머니 친구의 자녀들이 아기를 낳거나 장학금을 받아도 사탕을 사 가지고 갔다. 넘어져 다친 노인이 있으면 사탕을 사 가지고 가서 그 사람의 침대맡을 지켰다. 그는 어머니가 감옥으로 사탕을 사 가지고 간다니 재미있는 일이라고 생각했다.

지금 그는 방 안에서 여자의 웃음소리를 들으면서 그때 그 일을 재미있다고 생각한 스스로를 욕했다.

감옥에서 돌아온 어머니는 노크도 없이 그의 서재로 뛰어 들어오더니 소파에 털썩 누워 부어오른 발을 팔걸이에 올렸다. 그러다가 잠시 후 기운을 차리고 일어나 앉아 발밑에 신문지를 깔았다. 그랬다가 다시 쓰러지며 말했다. "우리는 세상의 나머지 절반이 어떻게 사는지 몰라."

토머스는 어머니의 말씀이 상투어로 가득 차 있지만 어쨌건 진정한 삶의 경험을 담고 있다는 걸 알았다. 그는 그 여자가 감옥에 있는 것보다 어머니가 거기서 그 여자를 만난 일이 더 안타까웠다. 할 수만 있다면 어머니가 불쾌한 장면을 보는 일을 막아 주고 싶었다. "이제 잊으세요. 그 여자는 죄를 짓고 감옥에 간 거예요." 그가 학회지를 옆으로 치우며 대꾸했다.

"그 애가 어떤 인생을 살았는지 너는 상상도 못 할 거다." 어머니가 다시 일어나 앉아서 말했다. 그 불쌍한 소녀 스타는 친자식이 세 명 있는 계모의 손에 자랐고, 그중 한 명인 다 큰 남자애한테 끔찍하게 이용당해서 가출을 해 친엄마를 찾아갔다. 하지만 친엄마는 그녀를 곁에 두기 싫어서 이런저런 기숙학교에 보냈다. 그리고 그 모든 학교에서 온갖 변태들에게 말로는 다 할 수 없는 흉악한 일들을 당해서 달아나지 않을 수 없었다. 토머스는 어머니가 들은 걸 전부 이야기하지는 않는다는 걸 알았다. 어머니는 이따금 떨리는 목소리로 모호하게 말했는데, 그 노골적인 이야기를 들을 때 느꼈던 공포가 되살아난다는 것을 알 수 있었다. 그는 그런 기억이 며칠 안에 사라지기를 바랐지만 그렇게 되지 않았다. 다음 날 어머니는 크리넥스 화장지와 콜드크림을 들고 다시 감옥에 갔고, 며칠 후 변호사를 만나 보았다고 말했다.

이럴 때면 토머스는 생전의 아버지를 견디지 못했음에도 불구하고 아버지가 돌아가신 일이 진심으로 안타까웠다. 아버지는 이런 어리석음을 절대 용납하지 않았을 것이다. 아버지는 쓸데없는 동정에 휩쓸리지 않고 (어머니 몰래) 잘 알고 지내는 보안관에게 이야기를 해서 여자를 주립 교도소로 옮겨 보냈을 것이다. 아버지는 언제나 어떤 어처구니없는 일에 관여하고 있었고, 그러던 어느 날 아침 식탁에서 (이게 다 아내 책임이라는 듯 어머니를 노려보면서) 쓰러져서 돌아가셨다. 토머스는 아버지의 이성은 물려받되 그 냉혹함은 물려받지 않았고, 선행을 사랑하는 어머니의 성품은 물려받되 어머니처럼 그것을 추구하지는 않았다. 실제 행동을 할 때 그는 언제나 시간을 두고 사태를 지켜보았다.

변호사는 여자가 말한 가혹 행위 대부분이 거짓임을 밝혔지만, 그가 어머니에게 그녀는 사이코패스라고, 그것 자체로 정신병원에 가거나 감옥에 가야 하는 건 아니지만 사회생활을 하기는 어렵다고 설명하자 토머스의 어머니는 어느 때보다 깊은 감화를 받았다. 여자는 자기가 타고난 거짓말쟁이라서 거짓말을 했다는 사실을 기꺼이 인정했다. 불안해서 거짓말했다고 그녀는 말했다. 자신은 여러 정신과 의사를 전전했고, 그것이 자기 교육의 마무리가 되었다고, 자신에게 희망이 없다는 걸 안다고 했다. 이런 불행을 보면서 어머니는 자신이 배로 노력하지 않고는 견딜 수 없는 어떤 수수께끼에 굴복한 것 같았다. 거기다 짜증스러운 사실은 어머니의 혼란스러운 자선이 이제 대상을 구별하지 않는다는 듯이 토머스 역시 연민의 눈길로 바라본다는 점이었다.

며칠 후 어머니가 불쑥 들어오더니 변호사가 여자를 가석방시켰고, 어머니가 보호를 맡았다고 말했다.

토머스는 읽고 있던 평론지를 떨구고 의자에서 일어났다. 그의 크고 부드러운 얼굴은 고통의 예견으로 일그러졌다. "어머니, 설마, 그 여자를 우리 집에 데려오시겠다는 건 아니겠죠?" 그가 말했다.

"아냐, 진정해라, 토머스." 어머니가 말했다. 그리고 그 여자를 어렵게 애완동물 상점에 취직시켜 주고 어머니가 아는 어느 괴짜 노부인의 집에 하숙을 하게 해 주었다고 했다. 사람들이 참 냉정하다고, 스타처럼 모든 게 불리한 사람의 입장에 서 보지 않는다고 했다.

토머스는 다시 자리에 앉아 책을 집어 들었다. 잘 알고 싶지 않은 어떤 위험을 벗어난 것 같았다. 그가 말했다. "아무도 어머니한테 뭐라고 할 수 없어요. 하지만 그 여자는 며칠만 지나면 어머니한테서 필요한 걸 다 뜯어내서 달아날 거고, 어머니는 다시는 그 여자 소식을 듣지 못할 거예요."

그로부터 이틀 뒤 그가 밤에 돌아와 응접실 문을 열었더니 높고 가벼운 웃음소리가 귀를 찔렀다. 어머니와 그 여자가 가스 불을 켠 벽난로 앞에 바짝 붙어 앉아 있었다. 여자는 신체적으로 뒤틀린 인상을 주었다. 머리 모양은 개털 아니면 난쟁이 요정 같았고, 옷은 최신 유행 옷이었다. 그녀는 그에게 친숙하고 반짝이는 눈길을 길게 던지더니 잠시 후 다정하게 미소 지었다.

"토머스!" 어머니가 나가지 말라는 명령을 담아 강하게 말했다. "여기 이 친구가 내가 그동안 이야기한 스타란다. 우리 집에서 저녁을 먹을 거야."

여자는 자기 이름이 스타 드레이크라고 했다. 하지만 변호사가 찾아낸 바에 따르면 진짜 이름은 세라 햄이었다.

토머스는 움직이지도 않고 말도 하지 않고 당혹감 비슷한 강렬한 감정 속에 문간에 어정쩡하게 서 있었다. 마침내 그가 말했다. "안녕하세요, 세라." 그리고 그 목소리에 담긴 깊은 혐오에 그 자신도 놀랐다. 그토록 처량한 존재에게 경멸을 보이는 것이 자기답지 못하다는 생각에 얼굴이 빨개졌다. 그는 어쨌건 예의를 보이기 위해 응접실에 들어가 의자에 무겁게 앉았다.

"토머스는 역사에 대한 글을 써." 어머니가 그에게 경고의 눈길을 보내며 말했다. "올해 이 지역 역사협회 회장이지."

여자는 몸을 내밀고 토머스에게 더욱 뾰족한 눈길을 보내더니 "멋져요!" 하고 허스키한 목소리로 말했다.

"지금은 우리 카운티의 첫 정착자들에 대한 글을 쓰고 있어." 어머니가 말했다.

"멋져요!" 여자가 다시 말했다.

토머스는 의지의 힘으로 방에 다른 사람이 아무도 없을 때 같은 표정을 지었다.

"이분이 누구랑 닮았는지 아세요?" 스타가 고개를 기울여 그를 삐딱하게 바라보며 물었다.

"아주 훌륭한 사람이겠지!" 어머니가 장난스레 대꾸했다.

"어젯밤 제가 본 영화 속의 경찰을 닮았어요." 스타가 말했다.

"스타, 영화관에 가면 영화를 잘 골라야 해." 어머니가 말했다. "좋은 영화들만 봐야 해. 범죄 영화는 너한테 좋지 않아."

"이 영화는 '범죄는 인생에 도움이 안 된다'는 주제였어요." 스타가 말했다. "그리고 그 경찰이 정말 이 아저씨랑 닮았어요. 사람들한테 자꾸 속아 넘어갔고, 그래서 정말로 못 참겠다는, 금방 폭발할 것 같은 표정이었어요. 끝내줬어요. 얼굴도 괜찮게 생겼고요." 그녀는 그렇게 덧붙이며 토머스에게 곁눈질을 던졌다.

"스타, 네가 음악에 취미를 들이면 좋을 것 같다." 어머니가 말했다.

토머스는 한숨이 나왔다. 어머니가 떠들었지만, 여자는 들은 척도 않고 그를 훑어보았다. 그녀의 눈길은 손가락이라도 달린 듯 그의 무릎을 만졌다가 목을 만졌다가 했다. 그 눈빛은 조롱으로 반짝이는 것이 자신이 그녀를 역겨워한다는 걸 스스로도 아는 게 분명했다. 그는 자신이 깊이 타락한 존재와 함께 있음을 절감했다. 하지만 그것은 책임질 능력이 없기에 결백한 타락이었다. 그는 가장 참을 수 없는 형태의 순수함을 바라보고 있었다. 그는 하느님이라면 이 사람에게 어떤 태도를 취할까 멍하니 자문하면서 가능하다면 그것을 받아들이려고 했다.

저녁 식탁에서는 어머니가 너무 바보같이 굴어서 어머니를 보는 일조차 힘들었고, 세라 햄을 보는 것 역시 마찬가지라서 그는 불만과 혐오에 찬 표정으로 식당 저편의 식기장만을 바라보았다. 어머니는 여자가 하는 모든 말을 심각하게 받아들였다. 어머니는 세라가 여유 시간을 보람차게 보낼 수 있는 몇 가지 계획을 제안했다. 세라 햄은 앵무새가 떠든다는 듯 그 말에 전혀 관심을 기울이지 않았다. 한번은 토머스가 자기도 모르게 눈길을 그쪽으로 돌리자 그에게 윙크했다. 그는 후식을 먹자마자 벌떡 일어나서 말했다. "저 나가 볼게요. 회의가 있어요."

"토머스, 가는 길에 스타를 좀 태워다 주렴. 스타 혼자 택시를 태워 보내고 싶지는 않다." 어머니가 말했다.

토머스는 잠시 분노 속에 침묵했다. 그런 뒤 돌아서서 식당을 나갔다. 하지만 곧 어정쩡한 표정을 띠고 돌아왔다. 여자는 준비를 갖추고 응접실 문 앞에서 얌전히 기다렸다. 그리고 그에게 감탄과 자신감이 담긴 눈길을 보냈다. 토머스는 팔을 내밀지 않았지만 여자는 상관없이 그의 팔짱을 끼고 현관을 나가서 계단을 내려갔다. 그는 움직이는 석상처럼 뻣뻣했다.

"조심해서 가렴!" 어머니가 소리쳤다.

세라 햄이 키득거리며 그의 갈비뼈를 찔렀다.

아까 코트를 집어 들 때 그는 이 기회를 이용해서 여자에게 자기 어머니에게 계속 기생하면 자신이 여자를 감옥으로 도로 돌려보내겠다고 말하기로 결심했다. 자신은 여자의 속셈을 다 알고 있고, 순진하지 않으며, 마냥 참는 사람이 아니라고 말하기로 했다. 펜을 들고 책상에 앉아 있을 때 그 계획은 토머스에게 더없이 뚜렷했다. 그러나 세라 햄과 함께 자동차에 갇히자 공포에 혀가 굳었다.

여자는 엉덩이로 두 발을 깔고 앉아서 말했다. "드디어 우리 둘만 남았네요." 그리고 키득거렸다.

토머스는 차를 집에서 빼낸 뒤 대문으로 빠르게 달렸다. 그러고는 간선도로에 오르자 누가 뒤를 쫓기라도 하는 듯 내달렸다.

"아이고 하느님! 어디 불났나요?" 세라 햄이 두 발을 빼내 덜렁거리며 말했다.

토머스는 대답하지 않았다. 그리고 잠시 후 그녀가 자신에게 다가오는 것을 느꼈다. 그녀는 몸을 계속 뻗어서 마침내 그의 어깨 위로 한 손을 늘어뜨렸다. "톰시는 날 싫어해. 하지만 나는 톰시가 완전 귀여워." 그녀가 말했다.

토머스는 5킬로미터 거리를 4분 남짓한 시간에 주파했다. 첫 번째 교차로의 신호등이 빨간색이었지만 무시하고 지나갔다. 거기서 세 블록 거리에 노부인의 집이 있었다. 자동차가 그 집 앞에 끼이익 서자, 그는 밖으로 튀어 나가서 자동차 앞을 둘러 가 여자 쪽의 문을 열었다. 여자는 움직이지 않았고 토머스는 기다렸다. 잠시 후 다리 하나가 나왔고 이어서 작고 하얗고 비틀린 얼굴이 나와서 그를 올려다보았다. 그 표정에는 무분별한 어떤 것이 있었는데, 그것은 자신이 무분별하다는 것을 모르는 사람의 무분별함이었다. 토머스는 기이한 역겨움을 느꼈다. 공허한 눈길이 그를 훑었다. "모두가 나를 싫어해." 여자가 삐친 목소리로 말했다. "아저씨가 나고, 내가 아저씨하고 같이 5킬로미터를 가는 것도 못 견딘다고 생각해 봐요!"

"우리 어머니가 좋아하잖아요." 그가 말했다.

"그 아줌마요! 이 세상에 75년 뒤처진 분이에요!" 여자가 말했다.

토머스가 숨을 몰아쉬며 말했다. "만약 아가씨가 우리 어머니를 괴롭히는 모습이 다시 한 번 내 눈에 띄면 나는 아가씨를 도로 감옥에 넣을 거예요." 그 목소리는 속삭임보다 약간 더 컸지만 둔중한 힘이 실려 있었다.

"아저씨 말고 누가 또 있나요?" 여자가 말하고 이제 내리지 않겠다는 듯 도로 차로 들어갔다. 토머스는 여자의 코트 자락을 아무렇게나 잡아 여자를 끌어냈다. 그런 뒤 다시 자동차로 뛰어들어 달아났다. 반대쪽 문은 계속 열린 상태였고, 몸체는 없지만 실체는 있는 여자의 웃음이 그 문으로 뛰어들 것처럼 길을 달려왔다. 그는 손을 뻗어 문을 닫고 집으로 돌아갔다. 너무 화가 나서 회의에 갈 수가 없었다. 그는 어머니에게 자신이 화가 났음을 분명히 보여 주려고 했다. 어머니 마음에 아무런 의심도 남기지 않으려고 했다. 아버지의 목소리가 머릿속에 울렸다.

멍텅구리 같으니, 아버지가 말했다. 네 뜻을 단호하게 밝혀. 네 어머니한테 휘둘리기 전에 누가 이 집의 가장인지 보여 줘.

하지만 토머스가 집에 돌아갔을 때 어머니는 현명하게도 이미 잠이 들어 있었다.

다음 날 아침 그는 이마를 찌푸리고 턱을 내밀어 자신의 기분이 일촉즉발 상태라는 것을 알리며 아침 식탁에 갔다. 그는 단호하게 행동하기로 마음먹었고, 공격 전에 먼저 고개를 낮추고 땅바닥을 차는 황소 같은 태도를 취했다. 그리고 의자를 잡아당겨 앉으며 말했다. "어머니, 그 여자에 대해 드리고 싶은 말씀이 있는데, 두 번 이상 같은 말은 하지 않겠어요." 그는 숨을 들이켰다. "그 여자는 어린 탕녀일 뿐이에요. 어머니 등 뒤에서 어머니를 비웃어요. 어머니는 무언가를 뜯어낼 대상일 뿐 그 여자애한테 아무것도 아니에요."

어머니는 잠을 잘 이루지 못한 얼굴이었다. 옷도 평소와 달리 목욕 가운에 회색 터번 차림이었고, 그 때문에 당황스럽게도 모든 걸 다 아는 인상을 주었다. 그는 무녀와 마주 앉은 것 같았다.

"오늘 아침에는 통조림 크림밖에 없다. 다른 걸 잊었어." 어머니가 커피를 따르며 말했다.

"어머니, 제 말씀 들으셨어요?" 토머스가 고함치듯 말했다.

"나 귀 안 먹었다." 어머니가 말하고 냄비를 삼발이에 얹었다. "나도 내가 그 아이한테 뚱보 할매 이상이 아니라는 걸 알아."

"그러면 왜 이 무모한……?"

"토머스, 그건 어쩌면 네가……" 어머니가 말하며 한 손을 얼굴 옆면에 댔다.

"제 핑계 대지 마세요!" 토머스가 말하고 무릎 근처에 있는 식탁 다리를 잡았다.

어머니는 계속 얼굴에 손을 댄 채 고개를 살짝 흔들며 말했다. "네가 가진 많은 것들을 생각해 보렴. 가정의 모든 안락을, 그리고 또 도덕을. 너는 나쁜 건 아무것도 가지고 태어나지 않았어."

토머스는 천식 발병이 시작되는 사람처럼 숨을 쉬었다. "말도 안 돼요. 아버지라면 이 일을 가만두지 않았을 거예요." 그가 무력하게 말했다.

어머니는 몸이 뻣뻣해져서 대꾸했다. "너는 아버지랑 달라."

토머스는 말없이 입을 벌렸다.

"하지만 네가 그렇게 그 아이가 싫다면 다시는 그 아이를 집에 부르지 않겠다." 어머니가 칭찬을 철회하는 듯 미묘한 비난을 담은 목소리로 말했다.

"저는 그 여자가 싫은 게 아니에요. 어머니가 바보가 되는 게 싫은 거라고요." 토머스가 말했다.

그가 식탁을 떠나 서재에 들어가 문을 닫자 아버지가 그의 머릿속에 쪼그리고 앉았다. 아버지는 시골 사람처럼 쪼그리고 앉아 대화하는 능력이 있었다. 하지만 아버지는 시골 사람이 아니라 도시 출신이었고, 나중에 재능을 발휘하러 시골로 이주한 것이었다. 그는 노련하게 시골 사람들에게 파고들어 그들의 일원이 되었다. 그가 법원 잔디밭에서 사람들과 대화를 하다가 중간에 쪼그려 앉으면 대화 상대들도 대화를 중단하는 일 없이 함께 쪼그려 앉았다. 아버지의 거짓말은 제스처로 이루어졌다. 구차하게 말로 거짓말을 하는 일은 없었다.

그래, 그렇게 어머니에게 휘둘리려무나. 너는 나하고 다르지. 제대로 된 사내가 아니야. 아버지가 말했다.

토머스는 열심히 글을 읽었고 그 이미지는 곧 흐릿해졌다. 그 여자는 그의 존재 깊은 곳, 분석의 힘이 닿지 못하는 곳을 흔들었다. 100미터 밖에 지나가는 토네이도를 보았는데, 그게 방향을 바꾸어 자신에게 들이닥칠 거라는 암시를 받은 듯한 느낌이었다. 그는 오전이 거반 지나갈 때까지 일에 집중하지 못했다.

이틀 후 그들 모자가 저녁 식사를 마치고 휴식실에 앉아 석간신문의 각기 다른 면을 읽고 있을 때, 전화가 화재 경보처럼 요란하게 울렸다. 토머스가 전화를 받았다. 그가 수화기를 들자마자 여자의 비명이 방으로 쏟아져 들어왔다. "여기 와서 여자애를 데려가요! 어서 데려가! 술에 취해 응접실에 뻗었어요! 나는 이 꼴 못 봐요! 직장에서 잘리고 술에 취해 왔어요! 나는 이 꼴 못 봐요!"

어머니가 뛰어 일어나 수화기를 낚아챘다.

아버지의 유령이 토머스 앞에 일어났다. 보안관을 불러, 아버지가 지시했다. "보안관을 불러요. 보안관한테 거기 가서 여자를 데려가라고 해요." 토머스가 소리 높여 말했다.

"금방 갈게요. 우리가 금방 가서 데려올게요. 짐을 챙겨 놓으라고 말해 주세요." 어머니가 말하고 있었다.

"뭘 챙길 수 있는 상태가 아니에요. 이런 여자를 나한테 맡기다니! 우리 집은 점잖은 집이라고요!" 수화기 속 목소리가 외쳤다.

"보안관에 전화하라고 하세요." 토머스가 소리쳤다.

어머니는 수화기를 내려놓고 그를 보며 말했다. "그 남자한테는 개도 넘겨줄 수 없어."

토머스는 팔짱을 끼고 의자에 앉아 벽에 시선을 고정했다.

"그 불쌍한 아이를 생각해, 토머스. 그 애한테는 아무것도 없어. 하지만 우리는 모든 게 다 있잖니." 어머니가 말했다.

그들이 도착했을 때, 세라 햄은 하숙집 현관 계단 난간에 널브러져 있었다. 베레모가 하숙집 노부인이 던져 놓은 자리에 놓이고, 여행 가방에 든 옷들도 노부인이 던져 넣은 자리에 튀어나와 있었다. 여자는 술에 취해 낮고 내밀한 목소리로 자신과 대화를 하고 있었다. 립스틱이 한쪽 뺨으로 번져 있었다. 어머니가 그녀를 차로 데리고 갔고, 그녀는 누가 자신을 구해 주는지도 모르는 것처럼 뒷자리로 들어갔다. "하루 종일 우라질 앵무새들 말고는 말 상대가 없어." 그녀가 성난 목소리로 그르렁거렸다.

토머스는 차에서 내리지도 않았고, 처음에 힐끔 한 번 눈길을 던진 뒤로 두 번 다시 여자를 보지도 않았다. 토머스가 말했다. "다시 한 번 말씀드릴게요. 그 여자가 가야 할 곳은 감옥이에요."

어머니는 뒷좌석에 앉아 여자의 손을 잡은 채 대답하지 않았다.

"좋아요, 그러면 호텔로 가요." 그가 말했다.

"술 취한 여자를 호텔로 데려갈 수는 없어, 토머스. 너도 알잖니." 어머니가 말했다.

"그러면 병원으로 데려가요."

"이 애한테는 감옥이나 호텔이나 병원이 필요하지 않아. 이 애한테 필요한 건 집이야." 어머니가 말했다.

"그렇다고 내 집은 아니에요." 토머스가 대꾸했다.

"오늘 밤만 참아 주렴, 토머스. 오늘 밤만." 어머니가 한숨 쉬었다.

그 뒤로 8일이 지났다. 어린 탕녀는 손님방에 확고하게 자리를 잡았다. 어머니는 날마다 그녀의 일자리와 하숙집을 구하러 나갔지만 성공하지 못했다. 어머니의 온몸이 경고를 발산했기 때문이다. 토머스는 자기 방이나 휴식실에만 있었다. 그에게 집은 집이자 작업실이자 교회로, 거북이 등 껍데기처럼 떼어 낼 수 없는 공간이었다. 그는 그런 장소가 이렇게 침해당한다는 사실을 믿을 수 없었다. 그의 상기된 얼굴에서는 분노의 표정이 떠나지 않았다.

여자는 아침에 일어나자마자 블루스 노래를 불렀는데, 그 노래는 바르르 떨리며 올라갔다가 욕망의 암시를 담고 떨어져 내렸고, 그러면 토머스는 책상에 앉아서 화장지로 미친 듯이 귓구멍을 틀어막았다. 그가 다른 방으로 가거나 층을 오르내릴 때면 그녀는 반드시 그 앞에 나타났다. 그가 올라가거나 내려가느라 계단 중간에 있을 때 그녀는 교태를 부리며 그를 맞거나 그 옆을 지나가거나 뒤따라 계단을 오르거나 내려가며 박하 향 나는 한숨을 비극적으로 쉬었다. 그녀는 자신에 대한 토머스의 반감에 감탄하고, 그것이 자신의 비극적 인생에 즐거움을 더해 주기에 최대한 그것을 끌어내고 싶은 듯했다.

아버지—황변한 파나마모자, 아마포 양복, 세심하게 때를 묻힌 분홍색 셔츠, 리본 넥타이 차림의, 작은 말벌 같은—가 토머스의 머릿속에 자리를 차지한 것 같았고, 거기서 대개 쪼그려 앉은 자세로 소년이 꾸역꾸역 하던 공부를 중단할 때마다 똑같은 제안을 반복했다. 단호하게 반대해. 보안관을 만나.

보안관은 토머스의 아버지와 비슷한 사람이었고, 차이점이라면 체크무늬 셔츠를 입고 카우보이모자를 쓰고 나이가 열 살 어리다는 것뿐이었다. 그는 아버지만큼 거짓을 일삼았고, 아버지를 진심으로 존경했다. 토머스는 어머니처럼 그의 반들거리는 파란 눈을 피하기 위해서라면 길을 둘러 가는 일도 마다하지 않았다. 그는 계속 다른 해결책이, 기적이 있기를 희망했다.

세라 햄이 집에 있으니 식사 시간도 견딜 수가 없었다.

"톰시는 나를 싫어해요." 그녀는 저녁 식탁에서 세 번째인가 네 번째로 그 말을 하며 뻣뻣하게 굳은 토머스에게 부루퉁한 표정을 지어 보였다. 토머스는 참을 수 없는 악취를 빠져나가지 못하는 남자의 표정이었다. "제가 여기 있는 걸 싫어해요. 날 좋아하는 사람은 아무도 없어요."

"토머스의 이름은 토머스야. 톰시가 아니야." 어머니가 말했다.

"톰시는 내가 만든 이름이에요. 귀엽잖아요. 톰시는 나를 싫어해요." 그녀가 말했다.

"토머스는 너를 싫어하지 않아. 우리는 사람을 싫어하는 사람들이 아니야." 어머니는 그것이 그들에게서 여러 세대 전에 퇴화한 결점처럼 말했다.

"사람들은 저를 원하지 않아요." 세라 햄이 계속 말했다. "감옥에서도 나를 원하지 않아요. 내가 자살하면 하느님은 나를 원할까요?"

"해 보면 알겠죠." 토머스가 말했다.

여자는 비명을 지르듯 웃었다. 그러더니 웃음을 멈추고 입을 오므린 채 몸을 떨었다. "가장 좋은 건 자살하는 거예요." 그녀는 이를 딱딱 부딪치며 말했다. "그러면 아무에게도 방해가 되지 않을 거예요. 나는 지옥에 갈 테니 하느님에게도 방해가 안 될 거예요. 악마도 나를 원하지 않을 거예요. 악마가 나를 지옥에서 쫓아낼 거예요. 지옥에서도 나는……" 그녀가 울부짖었다.

토머스는 접시와 나이프와 포크를 들고 일어서서 휴식실로 가지고 갔다. 그 뒤로 그는 식탁에 가지 않고 어머니에게 책상으로 식사를 가져오게 했다. 그렇게 식사를 할 때면 아버지가 강력하게 나타났다. 그는 의자에 기대앉아 엄지를 멜빵 안에 넣고 네 어머니는 나를 식탁에서 몰아내지 않았어 같은 말을 했다.

며칠 후 세라 햄은 칼로 손목을 긋고 히스테리를 일으켰다. 토머스는 저녁 식사 후 휴식실에 틀어박혀 있다가 연거푸 울리는 비명 소리와 어머니가 서둘러 달려가는 발소리를 들었다. 그는 움직이지 않았다. 처음에는 여자가 목을 베었을 거라는 희망을 품었지만 그랬다면 저렇게 비명을 지를 수 없다는 것을 깨달았다. 그는 학회지로 돌아갔고 비명은 사그라졌다. 잠시 후 어머니가 그의 코트와 모자를 가지고 들어왔다. "그 애를 병원에 데리고 가야 해. 그 애가 자살을 시도했어.

내가 팔에 지혈대를 묶었어. 아 세상에 토머스, 네가 그 지경이 되어서 그런 일을 한다고 생각하면!"

토머스는 딱딱하게 일어서서 모자를 쓰고 코트를 입으며 말했다. "병원에 데리고 가서 거기 두고 올 거예요."

"그렇게 해서 다시 절망에 빠뜨린다고, 토머스?" 어머니가 소리쳤다.

토머스는 이제 행동이 불가피한 시점이 왔다고, 자신이 짐을 싸서 나가야 한다는 것을 깨닫고 방 가운데 가만히 서 있었다.

그의 분노는 어린 탕녀가 아니라 어머니를 향했다. 의사가 상처가 아주 얕다고 진단한 뒤 지혈대를 보고 웃으며 상처에 요오드를 살짝 발라서 세라의 분노를 일으켰지만, 어머니는 사건의 충격을 극복하지 못했다. 어머니는 어깨에 무거운 슬픔을 새롭게 얹은 것 같았고, 토머스뿐 아니라 세라 햄마저 이 일에 분개했다. 그것은 그들에게 어떤 행운이 찾아온다 해도 또 다른 대상을 찾을 일반적인 슬픔 같았기 때문이다. 세라 햄의 사건은 어머니를 온 세상에 대한 애도에 빠뜨렸다.

자살 시도 다음 날 아침 어머니는 집 안의 칼과 가위를 모두 거두어다 서랍에 넣고 잠갔다. 병에 든 쥐약을 변기에 버렸고 부엌 바닥의 바퀴벌레 약도 치웠다. 그런 뒤 토머스의 서재에 와서 속삭였다. "네 아버지 총은 어디 있니? 네가 그걸 안전한 데 넣고 잠가 두었으면 좋겠다."

"총은 제 서랍에 있어요. 그리고 그걸 잠가 두지 않겠어요. 그 여자가 총으로 자살한다면 더 좋으니까요!" 토머스가 소리쳤다.

"토머스, 그 애가 듣겠다!" 어머니가 말했다.

"들으라고 해요!" 토머스가 소리쳤다. "그 여자가 전혀 자살할 생각이 없었다는 것 몰라요? 그런 부류의 여자는 자살하는 법이 없어요.

어머니는……"

어머니는 그를 침묵시키려고 얼른 밖으로 나가 문을 닫았고, 세라햄의 웃음소리가 복도에서 그의 방으로 달그락거리며 들어왔다. "톰시는 알게 될 거예요. 나는 자살할 거고, 톰시는 나한테 잘해 주지 않은 걸 후회할 거예요. 나는 톰시의 총을 쏠 거예요. 진주가 박힌 톰시의 연-발-권-총!" 여자는 소리치고 영화 속 괴물을 흉내 낸 뒤틀린 웃음을 크게 웃었다.

토머스는 이를 갈았다. 그는 책상 서랍을 더듬어 권총을 찾았다. 그것은 아버지의 유품이었다. 아버지는 사람 사는 집이라면 어디나 장전된 권총이 있어야 한다는 지론이 있었다. 아버지는 어느 날 밤 집 앞을 어슬렁거리는 사람 옆구리에 총을 두 방 쏜 적이 있지만, 토머스는 그 무엇도 쏜 적이 없었다. 여자가 그 총을 쏠 거라는 걱정은 들지 않았다. 그는 서랍을 닫았다. 그런 여자는 악착같이 인생에 매달리고 매 순간 극적인 이득을 얻어 냈다.

그녀를 없애는 몇 가지 방법이 떠올랐으나, 그 하나하나가 아버지 같은 사람이 생각해 낼 법한 것들이라 토머스는 다 떨쳐 버렸다. 그 여자가 불법적인 일을 할 때까지 다시 가둘 수가 없었다. 아버지라면 아무런 양심의 가책 없이 여자에게 술을 먹인 뒤 차에 태워 간선도로로 내보내고 간선도로 순찰대에 연락해서 여자의 위치를 알려 주었겠지만, 토머스는 그런 일은 자신의 도덕성이 용납하지 않는다고 여겼다. 방법은 자꾸 생각났지만, 갈수록 점점 더 어처구니없는 것들이었다.

그는 여자가 자신의 총을 가져다 자살할 거라는 희망은 조금도 품지 않았으나, 그날 오후 서랍을 들여다보니 총이 없어져 있었다. 그의 서재는 문을 안쪽에서 잠갔다. 그는 총은 상관없었지만 세라 햄이 자기 책과 자료를 뒤적였을 거라는 생각에 화가 났다. 이제 서재마저 오염되었다. 그녀의 손길이 닿지 않은 유일한 방은 그의 침실이었다.

그날 밤 그녀가 그의 침실에 들어왔다.

다음 날 아침 식탁에서 그는 먹지도 않고 자리에 앉지도 않았다. 대신 자기 의자 옆에 서서 식당에 혼자 있는 듯이, 그리고 크나큰 고통에 휩싸인 듯이 커피를 마시는 어머니에게 최후통첩을 전달했다. "저는 할 수 있는 한 이 일을 견뎠어요. 어머니가 저에 대해, 제 마음의 평화와 안락과 공부에 전혀 신경 쓰시지 않는 걸 똑똑히 알았기에 제가 취할 수 있는 유일한 조치를 취하려고 합니다. 어머니에게 하루를 더 드리죠. 오늘 오후에 여자를 다시 이 집에 데리고 오시면 저는 나갈 겁니다. 그 여자와 저 가운데 하나를 선택하세요." 그는 할 말이 더 있었지만 이 지점에서 목소리가 갈라져서 그냥 식당을 나갔다.

10시에 어머니와 세라 햄은 집을 나갔다.

4시에 진입로에 자동차 바퀴 소리가 들려서 그는 창가로 달려갔다. 자동차가 서자 개가 총기 있게 일어서서 몸을 떨었다.

그는 여행 가방을 가지러 복도의 벽장으로 가는 첫 번째 발걸음을 뗄 수 없는 것 같았다. 누가 그에게 칼을 쥐여 주고는 살고 싶다면 직접 수술을 하라고 말한 것 같았다. 그의 큰 손이 무력하게 주먹을 쥐었다. 그는 잠시 동안 그렇게 서 있었고, 눈꺼풀 안쪽에 아버지가 나타나 그를 조롱하고 꾸짖었다. 천치 같으니! 그 죄수 탕녀가 네 총을 훔쳐 갔어! 보안관을 찾아가! 보안관을 찾아가!

잠시 후 토머스는 눈을 떴다. 어떤 새로운 충격을 받은 듯했다. 그는 3분 이상 그렇게 가만히 서 있다가 큰 배가 방향을 바꾸듯 천천히 돌아서서 문을 바라보았다. 그리고 잠시 후 고난을 헤쳐 나갈 각오가 된 얼굴로 떠났다.

　그는 어디로 가야 보안관을 만날 수 있을지 몰랐다. 보안관은 자기만의 규칙을 갖고 자기가 정한 시간에 맞추어 근무했다. 토머스는 처음에 그의 집무실이 있는 감옥에 갔지만 그는 거기 없었다. 법원에 갔더니 서기가 보안관은 길 건너 이발소에 갔다고 말했다. "저기 부관이 있네요." 서기가 말하고 창밖으로 체크 셔츠 차림의 덩치 큰 남자를 가리켰다. 그는 경찰차 옆에 기대서 허공을 바라보고 있었다.

　"보안관이어야 합니다." 토머스가 말하고 이발소를 찾아갔다. 보안관과 무슨 일을 도모하기는 싫었지만, 어쨌건 그 남자가 똑똑하다는 것, 단지 땀 흘리는 살덩어리가 아니라는 것은 알았다.

　이발사는 보안관이 방금 떠났다고 했다. 토머스는 다시 법원으로 향했고 길 건너 맞은편 보도에 올라서는 순간, 여위고 구부정한 형체가 부관에게 성난 동작을 하고 있는 것을 보았다.

　토머스는 신경의 흥분으로 자기도 모르게 공격적인 태도가 되어 그에게 다가갔다. 그리고 1미터가량 앞에서 지나치게 큰 소리로 말했다. "잠깐 말씀 좀 나눌 수 있을까요?" 보안관의 이름을 덧붙여 부르지는 않았다. 그의 이름은 페어브라더였다.

　페어브라더는 사납고 주름진 얼굴을 살짝 돌려 토머스를 보았고, 부관도 똑같이 했지만, 둘 다 말은 하지 않았다. 보안관은 입술에서 짧아진 담배를 떼어 낸 뒤 발치에 떨구었다. "말한 대로 해." 그가 부관에게 말하더니, 토머스에게 할 이야기가 있으면 따라오라는 표시로 가볍게 고개를 까딱였다. 부관은 경찰차 앞쪽으로 돌아가서 차에 탔다.

　페어브라더는 토머스를 달고 법원 광장을 걸어가더니 잔디밭 4분의 1가량에 그늘을 드리운 나무 밑에 섰다. 그리고 몸을 살짝 굽히고 새

담배에 불을 붙인 뒤 기다렸다.

토머스는 찾아온 이유를 설명했다. 할 이야기를 미리 생각해 오지 않아서 말이 두서가 없었다. 같은 말을 몇 차례 반복한 뒤에야 간신히 하고 싶은 말을 전달할 수 있었다. 토머스가 이야기를 마쳤을 때 보안관은 여전히 몸을 살짝 굽힌 채 삐딱한 각도로 서 있었고 그의 시선은 아무것도 바라보지 않았다. 그는 말도 하지 않고 그 상태로 가만히 있었다.

토머스는 더 느리고 더 어설프게 다시 이야기를 시작했고 페어브라더는 한동안 가만히 듣다가 말했다. "우리가 여기 데리고 있던 여자죠." 그러더니 주름진 얼굴로 모든 걸 다 안다는 듯 반의 반 토막 미소를 지었다.

"저는 그 일과 아무 상관 없습니다. 어머니가 하신 일이에요." 토머스가 말했다.

페어브라더는 쪼그려 앉았다.

"어머니는 그 여자를 돕고자 하셨어요. 하지만 그게 불가능하다는 걸 모르셨습니다." 토머스가 말했다.

"너무 큰 짐을 맡으신 거지요." 아래에서 목소리가 올라왔다.

"어머니는 이 일에 아무 관련 없습니다." 토머스가 말했다. "제가 여기 온 걸 모르세요. 그 여자는 총을 가지고 있으면 위험합니다."

"그분은 남에게 허술하게 곁을 주는 일이 없었어요. 특히 여자에게는 더욱." 보안관이 말했다.

"그 총으로 누굴 죽일지도 몰라요." 토머스가 카우보이모자의 둥근 꼭대기를 내려다보며 무력하게 말했다.

긴 침묵이 흘렀다.

"그 여자가 그걸 어디다 두었습니까?" 페어브라더가 물었다.

"모릅니다. 그 여자는 손님방에서 잡니다. 총은 그 여자 가방에 있을 겁니다." 토머스가 말했다.

페어브라더는 다시 침묵 속으로 빠져들었다.

"와서 손님방을 수색해 보세요." 토머스가 긴장된 목소리로 말했다. "제가 현관 빗장을 열어 놓겠습니다. 그러면 조용히 들어와서 2층에 있는 그 여자의 방을 수색하실 수 있습니다."

페어브라더는 고개를 돌려 토머스의 무릎을 빤히 바라보았다. "어떻게 해야 할지 잘 아시는 것 같네요. 저하고 직업을 바꿀까요?"

토머스는 뭐라고 말해야 할지 몰라 대꾸하지 않았지만 인내심을 가지고 기다렸다. 페어브라더는 짧아진 담배를 입에서 떼서 풀밭에 떨구었다. 뒤로 보이는 법원 현관에서 문 왼쪽에 기대서 있던 사람들이 햇빛 드는 오른쪽으로 움직였다. 위쪽 창문 한 곳에서 구겨진 종이 한 장이 튀어나와 아래로 둥실둥실 떨어져 내렸다.

"6시쯤 가 보겠습니다. 빗장을 열어 두고 선생님도 두 여자도 모두 자리를 비켜 주십시오." 페어브라더가 말했다.

토머스는 "고맙습니다"라는 뜻을 담은 안도의 소리를 내고 석방된 사람처럼 풀밭을 걸어갔다. '두 여자'라는 말이 머릿속에 도꼬마리처럼 박혔다. 어머니에 대한 은근한 모욕이 자신의 무능함에 대한 어떤 언급보다 더 상처가 되었다. 자동차로 돌아오자 그는 얼굴이 빨개졌다. 내가 어머니를 보안관에게 넘겨준 것인가? 그 남자 입안의 담배꽁초처럼 되라고? 내가 어린 탕녀를 없애려고 어머니를 배신하는 걸까? 그런 것은 아니었다. 나는 그저 나를 위해서, 내 평화를 해치는 기생충 같은 여자를 없애기 위해 이런 일을 하는 거야. 그는 차에 시동을 걸고 집으로 바로 갔지만 진입로에 들어서자 자동차를 집에서 조금 떨어진 곳에 세우고 뒷문으로 조용히 들어가는 게 좋다고 판단했다. 그는 풀밭에 차를 세웠고, 풀밭 위를 빙 둘러 집 뒤쪽으로 갔다. 하늘에는 겨자색 줄무늬가 그려져 있었다. 개는 뒷문 앞 깔개에서 자고 있었다. 주인의 발소리가 들리자 개는 노란 한쪽 눈을 뜨고 그를 보더니 다시 눈을 감았다.

토머스는 부엌으로 들어갔다. 아무도 없고 집 전체가 아주 조용해서 부엌 시계의 똑딱똑딱 소리가 크게 들렸다. 그는 얼른 복도를 지나 현관으로 가서 빗장을 뺐다. 그런 뒤 가만히 서서 잠시 귀를 기울였다. 닫힌 응접실 문 안에서 어머니가 부드럽게 코를 고는 소리가 들렸다. 책을 읽다가 잠이 든 모양이었다. 거실 반대편 복도에, 그러니까 그의 서재 1미터 정도 앞에 놓인 의자에 어린 탕녀의 검은 코트와 빨간 핸드백이 걸려 있었다. 위층에서 물소리가 나서 그는 그녀가 목욕을 하고 있다고 생각했다.

그는 서재로 들어가 책상에 앉아 기다렸다. 불쾌한 전율이 짧은 간격을 두고 몸 안을 훑고 지나갔다. 그는 잠시 동안 아무것도 하지 않았다. 그런 뒤 펜을 들고 앞에 놓인 편지 봉투 뒷면에 네모를 그렸다. 그러다 시계를 보니 6시 11분 전이었다. 얼마 후 별생각 없이 책상의 가운데 서랍을 열어 보았다. 잠시 동안 그는 총을 보고도 알아보지 못했다. 하지만 마침내 그것이 총이라는 것을 알아보자 소리를 버럭 지르며 일어났다. 그녀가 총을 도로 가져다 놓은 것이다!

바보 천치! 아버지가 윽박질렀다. 바보 천치! 가져다 그 여자애 핸드백에 넣어 놔! 거기 가만히 있지 말고. 가서 여자애 핸드백에 넣어 놔!

토머스는 서랍을 보며 서 있었다.

멍청이! 아버지가 소리쳤다.

토머스는 총을 집어 들었다.

어서, 아버지가 명령했다.

토머스는 총을 멀찌감치 들고서 나갔다. 문을 여니 의자가 보였다. 검은 코트와 빨간 핸드백이 손만 뻗으면 닿을 거리에 있었다.

서둘러, 바보야, 아버지가 말했다.

응접실 문 안쪽에서 어머니의 코 고는 소리가 들릴락 말락 오르내렸다. 그 소리는 토머스에게 주어진 짧은 시간과 아무 상관 없이 무심한 시간의 진행을 일러 주는 것 같았다. 다른 소리는 들리지 않았다.

서둘러, 멍청아, 어머니가 깨어나기 전에, 아버지가 말했다.

코 고는 소리가 멈추었고, 소파 스프링이 삐거덕거리는 소리가 들렸다. 그는 빨간 핸드백을 잡았다. 피부 같은 감촉이 들었으며, 그것을 열자 세라의 냄새가 역력하게 났다. 그는 찌푸린 얼굴로 거기 총을 넣고 물러섰다. 그의 얼굴은 보기 흉한 암적색으로 타올랐다.

"톰시가 내 가방에 뭘 넣은 거예요?" 여자가 소리쳤고, 여자의 흡족한 웃음이 계단을 튀어 내려왔다. 토머스가 돌아섰다.

여자는 계단 꼭대기에서 정확한 리듬에 맞춰 실내복 앞쪽으로 맨다리를 번갈아 드러내면서 패션모델처럼 천천히 내려왔다. "톰시는 못됐어." 그녀가 허스키한 목소리로 말했다. 그리고 계단 아래로 내려와서 이제 얼굴이 붉은색보다 회색에 가까워진 토머스에게 소유욕을 담은 추파를 던졌다. 그리고 손을 뻗어 손가락으로 가방을 열고 총을 들여다보았다.

어머니가 응접실 문을 열고 내다보았다.

"톰시가 제 가방에 총을 넣었어요!" 여자가 소리쳤다.

"말도 안 돼. 토머스가 왜 네 가방에 자기 총을 넣어?" 어머니가 하품하며 말했다.

토머스는 어깨를 약간 굽히고 서 있었다. 두 손은 방금 핏물 웅덩이에서 꺼낸 것처럼 무력하게 늘어져 있었다.

"이유는 저도 몰라요. 하지만 그런 일을 한 건 확실해요." 여자가 말했다. 그리고 두 손으로 허리를 짚고 고개를 앞으로 내민 채 토머스에게 친근한 미소를 고정하고 그의 주변을 돌았다. 한순간 그녀의 표정이 아까 토머스의 손끝에서 가방이 열리듯 열리는 것 같았다. 그녀는 고개를 옆으로 기울이고 믿을 수 없다는 듯이 덧붙였다. "아저씨 이상한 사람인가 봐."

그 순간 토머스는 그 여자뿐 아니라 그 여자를 만들어 낸 우주의 질서 전체를 저주했다.

"토머스는 네 가방에 총을 넣을 사람이 아냐. 토머스는 신사야." 어머니가 말했다.

여자는 킥킥거렸다. "여기 봐요." 여자가 말하며 열려 있는 가방을 가리켰다.

원래 거기 있었다고 해, 바보야! 아버지가 윽박질렀다.

"원래 이 가방에 있었어요! 이 더러운 범죄자 탕녀가 내 총을 훔쳐 갔어요!" 토머스가 소리쳤다.

어머니는 그 목소리에 든 다른 사람의 그림자에 깜짝 놀랐다. 어머니의 무녀 같은 얼굴이 창백해졌다.

"거기 있었다고, 맙소사!" 세라 햄이 소리치고 핸드백을 가지러 왔지만, 토머스는 아버지에게 인도를 받듯 자신이 먼저 그것을 잡아서 총을 빼냈다. 여자는 광란하여 토머스의 목으로 달려들었고, 어머니가 그녀를 보호하려고 몸을 던지지 않았다면 실제로 그의 목을 잡았을 것이다.

쏴! 아버지가 소리쳤다.

토머스는 쏘았다. 그 소리는 이 세상의 악을 끝내려는 소리처럼 울렸다. 토머스에게 그것은 어린 탕녀의 웃음을 끝장낼 소리로 들렸고, 마침내 모든 비명이 잦아들자 완벽한 평화를 깨뜨릴 것은 아무것도 남지 않았다.

메아리가 파동 속에 잦아들었다. 마지막 파동이 사위기 전에, 페어브라더가 문을 열고 복도로 고개를 내밀었다. 코에 주름이 졌다. 몇 초 동안 그는 놀라움을 받아들이고 싶지 않은 사람의 표정이었다. 그의 눈은 유리처럼 맑게 현장을 담았다. 노부인은 여자와 토머스 사이에 누워 있었다.

보안관의 머리는 계산기처럼 빠르게 돌아갔다. 사실들이 이미 종이에 찍힌 것처럼 선명했다. 이 남자는 처음부터 어머니를 죽이고 여자에게 죄를 덮어씌우려고 했다. 하지만 날랜 페어브라더를 피할 수는 없지. 그들은 아직 그의 머리가 문 안에 들어온 것을 알아차리지 못했다. 현장을 살펴보는 그에게 새로운 통찰이 밀려왔다. 부인의 시체 위에서 살인자와 탕녀는 서로의 품으로 쓰러질 것 같은 자세를 하고 있었다. 보안관은 고약한 사건을 보면 바로 알았다. 그는 기대에 못 미치는 현장에 들어서는 데 익숙했지만, 이번에는 기대에 잘 들어맞았다.

오르는 것은 모두 한데 모인다*
Everything That Rises Must Converge

　의사는 줄리언의 어머니에게 혈압이 높으니 체중을 10킬로그램 정
도 빼야 한다고 말했고, 그 결과 줄리언은 수요일 밤마다 버스를 타고
시내 YMCA의 감량 수업에 어머니를 모시고 갔다. 감량 수업은 쉰 살
이 넘고 체중이 75킬로그램에서 90킬로그램 사이인 근로 여성들을
위해 개설된 것이었다. 그의 어머니는 그중에서는 날씬한 축이었지만
어머니는 여자들은 나이와 체중을 말하지 않는다고 했다. 어머니는
혼자서 밤에 버스를 타지 않으려고 했다. 버스에 인종차별이 없어졌

---

* 프랑스 철학자 피에르 테일라르 드 샤르댕이 주창한 '오메가 포인트Omega Point'의 개념이다.
'모든 물질은 물질마다의 "얼"이 있고 그것은 진화 과정에서 모이게 된다. 그래서 인간에 이
르면 드디어 그 "얼"이 어떤 임계점을 넘어 새로운 차원을 창조할 수 있게 되는데 그것이 우
리가 이야기하는 정신세계이다. 그리고 이후로도 인간은 진화를 거듭하게 되며 진화의 종착
역은 물질과 정신이 비로소 하나가 된다는 오메가 포인트라는 것이다.'

기 때문이다. 어쨌거나 어머니는 감량 수업이 자신의 몇 안 되는 즐거움 가운데 하나고 건강에 도움이 되며 공짜기 때문에 자신이 줄리언에게 해 준 것을 생각하면 줄리언이 거기까지 자신을 데리고 가는 일 정도는 해 줄 수 있다고 말했다. 줄리언은 어머니가 자신에게 해 준 일을 생각하고 싶지 않았지만 어쨌건 수요일마다 용기를 끌어모아 어머니를 모시고 갔다.

어머니는 준비가 거의 다 되어 복도 거울 앞에 나와 모자를 썼고, 그러는 동안 그는 뒷짐을 진 채 문틀에 기대서 화살이 몸을 꿰뚫기를 기다리는 성 세바스티아노*처럼 기다렸다. 모자는 새것이었고 어머니는 7.5달러를 주고 그것을 샀다. 어머니는 계속 말했다. "이걸 그 값에 산 건 잘못 같아. 그래, 잘못이었어. 벗고 내일 환불해야겠어. 사지 말아야 했어."

줄리언은 눈길을 하늘로 돌리고 말했다. "잘못 아니에요. 그냥 쓰고 가요." 모자는 못생겼다. 자주색 벨벳 귀덮개가 한쪽은 내려오고 한쪽은 올라가 있었다. 모자의 나머지 부분은 녹색이고 솜이 삐져나온 쿠션 같았다. 그의 눈에 그것은 우스꽝스럽다기보다는 발랄하고 불쌍했다. 어머니를 즐겁게 하는 것은 모두 사소한 것들이고 그를 우울하게 만들었다.

어머니는 다시 한 번 모자를 들어 올렸다가 천천히 머리에 내려놓았다. 불그죽죽한 얼굴 양옆에 흰 머리칼들이 날개처럼 튀어나왔지만 하늘색 눈은 인생 경험에 물들지 않고 열 살 때 같은 천진함을 간직하고 있었다. 어머니가 과부로 고생하면서 그를 먹이고 입히고 학교에

---

* 화살 세례를 맞고 순교한 3세기 로마 제국의 군인.

보내고 이어 지금까지, 그러니까 '그가 자리를 잡을 때까지' 부양하고 있지 않았다면, 그가 시내로 데리고 나가는 사람은 어린 소녀라고도 할 수 있었을 것이다.

"괜찮아요. 이제 가요." 그가 말했다. 그는 문을 열고 어머니를 출발시키려고 먼저 마당길을 걸어갔다. 하늘은 죽어 가는 보라색이었고, 집들이 그 하늘 앞에 컴컴하게 서 있었다. 똑같은 집은 하나도 없었지만 뭉툭한 암적색 괴물 같은 모습은 너나없이 흉측했다. 이곳은 40년 전에 상류층 거주 지역이었기 때문에 어머니는 그곳의 아파트에 사는 것은 좋은 일이라는 생각을 버리지 않았다. 집들은 모두 주변에 좁은 흙 띠를 둘렀으며, 그 위에 대개 지저분한 아이 한 명이 나와 앉아 있었다. 줄리언은 두 손을 주머니에 꽂고 고개를 늘어뜨린 채 걸었다. 그의 두 눈은 어머니의 기쁨에 스스로를 희생하는 동안 완전히 무감각한 상태를 유지하겠다는 결심으로 뿌옜다.

문이 닫혀서 돌아보니 못생긴 모자를 쓴 땅딸막한 어머니가 다가와서 말했다. "사람은 한 번밖에 못 사는데, 돈을 조금 더 쓰면 어쨌건 길에서 똑같은 차림과 마주치지는 않을 거야."

"언젠가 저도 돈을 벌 거예요." 줄리언이 침울하게 말했다. 그럴 일이 없을 거라는 걸 알았다. "어머니도 충동이 들 때마다 그런 웃기는 물건을 사세요." 하지만 그들은 이사부터 갈 것이다. 그는 가장 가까운 이웃이 5킬로미터 거리에 떨어진 집이 어떨까 생각했다.

"너는 잘하고 있어. 학교를 1년 쉬었잖아. 로마는 하루아침에 이루어지지 않아." 어머니가 장갑을 끼우며 말했다.

부인은 YMCA의 감량 수업 수강생 가운데 드물게 모자와 장갑을 착용하고 왔고, 또 아들을 대학에 보냈다. 어머니가 말했다. "시간이 걸려. 세상이 엉망진창이니. 이 모자는 다른 여자들보다 나한테 더 어울렸어. 물론 여자가 처음 이걸 가져왔을 때 나는 '도로 갖다 놔요. 그걸 내 머리에 쓰고 싶지는 않아요' 하고 말했지만. 그랬더니 여자가 '일단 한번 써 보세요' 했고, 이걸 쓰고 내가 '그을쎄' 했더니 여자가 '그 모자가 손님께 특별한 효과를 주고 손님도 모자한테 특별한 효과를 주는 것 같아요. 게다가 그 모자를 쓰면 길에서 똑같은 모자와 마주치는 일이 없을 거예요' 했지."

줄리언은 어머니가 이기적인 사람이었으면, 술을 마시고 자신에게 소리를 지르는 할망구였다면, 자신이 스스로의 운명을 더 잘 견딜 수 있을 것 같았다. 그는 순교 중에 신앙을 잃은 듯 우울함에 잠겨 길을 걸었다. 그의 길고 희망 없고 짜증스러운 얼굴을 보고 어머니는 서글픈 표정으로 걸음을 멈추더니 그의 팔을 잡았다. "기다려. 집에 가서 이걸 벗고 올게. 그리고 내일 반품하겠어. 내가 미쳤던 거야. 7달러 50센트면 가스 요금도 낼 수 있는데."

그는 어머니의 팔을 꽉 잡고 말했다. "반품하지 마세요. 저는 마음에 들어요."

"하지만 아무래도⋯⋯"

"그런 말 말고 그냥 기쁘게 쓰고 다니세요." 그가 어느 때보다 더 우울해져서 말했다.

"세상이 이렇게 엉망인데 우리가 무언가에 기뻐할 수 있다는 게 기적이야. 바닥이 꼭대기에 갔다니까." 어머니가 말했다.

줄리언은 한숨 쉬었다.

"물론 자기 위치를 아는 사람은 어딜 가든 상관없지만." 어머니가 말했다. 어머니는 이 말을 감량 수업에 갈 때마다 했다. "거기 사람 대부분은 우리하고 다른 부류야. 하지만 나는 누구에게나 친절을 베풀 수 있어. 나는 내 위치를 아니까."

"사람들은 어머니의 친절에 관심 없어요." 줄리언이 거칠게 대꾸했다. "사람의 위치는 한 세대밖에 효과가 없어요. 어머니는 지금 자신의 처지도 위치도 전혀 몰라요."

어머니는 걸음을 멈추고 그에게 번득이는 시선을 던졌다. "나는 내 위치를 잘 알아. 네가 네 위치를 모른다면 나는 네가 부끄럽다."

"아, 젠장." 줄리언이 말했다.

"네 증조할아버지는 이 주의 주지사셨어. 할아버지는 부유한 지주셨고, 할머니는 가다이가 출신이야." 어머니가 말했다.

"주변을 좀 보세요, 지금 어머니가 사는 곳이 어디인지?" 그가 뻣뻣한 목소리로 말하고, 팔을 휘둘러 주변을 가리켜 보였다. 어둠이 짙어지면서 풍경은 어쨌건 낮보다는 덜 추레해 보였다.

"사람의 위치는 변하지 않아. 네 증조할아버지는 노예가 200명인 대농장주셨어." 어머니가 말했다.

"이제 노예는 없어요." 그가 짜증스럽게 대꾸했다.

"그 사람들은 노예일 때가 나았어." 어머니가 말했다. 그는 어머니가 그 이야기를 시작하는 것에 끙 소리를 냈다. 어머니는 노선 기차처럼 며칠에 한 번씩 그 길을 달렸다. 그는 그 노선의 정거장, 간이역, 주변 늪지를 모두 알았고, 어머니의 결론이 어느 지점에서 역에 위엄 있게 들어서는지도 정확히 알았다. "말도 안 돼. 전혀 현실적이지 않아. 그 사람들 처우를 개선해 줘야 하는 건 맞지만, 그렇다고 울타리를 넘어오면 안 돼."

"그만해요." 줄리언이 말했다.

"내가 정말 안타까운 건 절반만 백인인 사람들이야. 그 사람들은 정말 비극적이야." 어머니가 말했다.

"그만 좀 하세요."

"우리가 절반만 백인이었다고 생각해 보렴. 얼마나 마음이 복잡했겠니."

"저는 지금도 마음이 복잡해요." 그가 답답해서 말했다.

"즐거운 이야기를 하자꾸나." 어머니가 말했다. "내가 어렸을 때 할아버지 댁에 가던 일이 생생해. 그 집은 큰 계단이 양 갈래로 올라갔고, 2층은 정말로 2층 같았어. 요리는 모두 1층에서 했어. 나는 벽 냄새 때문에 늘 부엌에 있는 걸 좋아했어. 석회에 코를 대고 앉아서 숨을 깊이 들이마셨지. 실제로 그 집은 가다이가의 집이었지만 너희 체스트니 할아버지가 저당금을 지불하고 다른 사람에게 팔리지 않도록 막아 주었어. 가다이가는 그때 처지가 어려워져 있었거든. 하지만 아무리 어려워졌어도 자신들의 위치는 잊지 않았지."

"그 썩은 집은 확실히 그분들하고 비슷해요." 줄리언이 말했다. 그는 그 말을 할 때마다 경멸감을 느꼈고, 그것을 생각할 때마다 동경을 느꼈다. 그는 어릴 때 그 집이 팔리기 전에 한 번 가 보았다. 양 갈래 계단은 썩고 부서져 있었다. 집에는 깜둥이들이 살고 있었다. 그럼에도 그 집은 그의 마음에 어머니가 기억하는 모습으로 남았다. 그의 꿈에도 규칙적으로 등장했다. 그는 넓은 툇마루에 서서 참나무 이파리가 부스럭거리는 소리를 들었고, 그런 뒤 천장 높은 홀을 지나서 문이 열린 응접실로 들어가 낡은 깔개와 색 바랜 커튼을 바라보았다. 그것의 가치를 알아볼 수 있는 사람은 어머니가 아니라 자신이라는 생각이 들었다. 그는 그 집의 낡은 우아함을 그 무엇보다 더 좋아했고, 그 때문에 그들이 거쳐 온 동네들은 모두 그에게 고통이 되었다. 하지만 어머니는 그 차이를 몰랐다. 어머니는 자신의 무신경함을 '적응 능력'이라고 불렀다.

"그리고 내 유모였던 흑인 캐롤라인이 있었지. 정말 더없이 좋은 사람이었어. 나는 항상 흑인 친구들을 존경했어." 어머니가 말했다. "그 친구들을 위해서라면 무슨 일이든 할 거야. 그 친구들은······"

"그 이야기 좀 그만하실 수 없어요?" 줄리언이 말했다. 그는 버스에 혼자 타면 어머니의 죄를 속죄하듯이 꼭 깜둥이 옆자리에 앉았다.

"너 오늘 아주 예민하구나. 어디 안 좋니?" 어머니가 물었다.

"아뇨, 괜찮아요. 그냥 그 이야기를 그만하세요." 그가 말했다.

어머니는 입술을 오므렸다가 말했다. "아무래도 네가 안 좋은 것 같아. 너하고 이야기하지 말아야겠다."

그들은 버스 정류장에 도착했다. 버스는 보이지 않았고 줄리언은 계속 주머니에 손을 꽂은 채 고개를 내밀고 인상 쓴 얼굴로 텅 빈 거리를 보았다. 버스를 타는 것에 더해 이렇게 기다리기까지 하는 답답함이 뜨거운 손길처럼 목덜미를 더듬었다. 어머니가 고통스러운 한숨으로 자신의 존재를 들이밀었다. 그는 황폐한 표정으로 어머니를 보았다. 어머니는 그 못난이 모자를 상상 속 위엄의 깃발처럼 쓰고 꼿꼿하게 서 있었다. 그는 어머니의 기백을 깨고 싶다는 사악한 충동이 일었다. 그는 넥타이를 풀어 주머니에 넣었다.

어머니가 뻣뻣해져서 말했다. "나를 시내에 데리고 가면서 왜 굳이 그러는 거니? 왜 나를 일부러 당황스럽게 만드는 거니?"

"어머니가 자기 위치를 깨우치기 힘들다면, 적어도 제 위치는 파악하시라고요." 그가 말했다.

"너는 무슨…… 건달 같아." 어머니가 말했다.

"건달인가 보죠." 그가 말했다.

"난 그냥 집으로 가겠어. 너를 귀찮게 하지 않으마. 네가 날 위해 그런 작은 일을 해 줄 수 없다면……" 어머니가 말했다.

그는 눈을 위로 치뜨고 다시 넥타이를 맸다. "원 계급으로 복귀." 이어 어머니에게 얼굴을 들이밀고 거칠게 덧붙였다. "진정한 교양은 정신에 있어요, 정신에." 그리고 머리를 톡톡 쳤다.

"그건 마음속에 있어. 그리고 행동거지에 있고. 행동거지는 자신의 위치에서 비롯돼." 어머니가 말했다.

"이 망할 버스에서 우리 위치를 신경 쓰는 사람은 아무도 없어요."

"나는 신경 써." 어머니가 차갑게 대꾸했다.

버스가 불을 켜고 앞쪽 언덕 꼭대기에 나타났고, 그들은 다가오는 버스를 맞으려고 앞으로 갔다. 그는 한 손을 어머니 팔꿈치에 대고 어머니를 삐걱대는 계단 위로 올려 보냈다. 어머니는 모두가 자신을 기다리는 응접실로 들어서는 듯 작은 미소를 띠고 버스에 탔다. 그가 버스표를 낼 때, 어머니는 버스 통로를 마주 보는 길쭉한 3인용 앞 좌석에 앉았다. 좌석 한편에는 여윈 몸에 뻐드렁니가 나고 머리가 노란 여자가 앉아 있었다. 어머니는 그 여자 옆에 앉아서 줄리언이 앉을 자리를 만들어 놓았다. 그는 거기 앉아서 복도 건너편 바닥을 보았고, 거기에는 빨강−하양 샌들을 신은 여윈 발이 놓여 있었다.

어머니는 즉시 대화 상대를 부르는 일반적인 말을 꺼냈다. "최악의 더위 아닌가요?" 그러고는 핸드백에서 일본풍 그림이 그려진 검은 접부채를 꺼내서 부쳤다.

"아직 최악은 아닌 것 같아요. 하지만 우리 집은 분명히 지금이 최악이에요." 뻐드렁니 여자가 대꾸했다.

"오후 빛이 드나 보네요." 어머니가 말했다. 그런 뒤 어머니는 몸을 내밀고 버스 앞뒤를 훑어보았다. 좌석은 절반쯤 차 있었다. 모두 백인이었다. "버스 안에 우리뿐이네요." 어머니가 말했고, 줄리언은 몸을 움찔했다.

"가끔 이럴 때도 있어야죠." 맞은편 좌석에 앉은 빨강―하양 샌들의 여자가 말했다. "며칠 전에 탔을 때는 그자들이 바글거렸어요. 앞쪽에도 그렇고 온 버스에."

"세상이 온통 엉망이에요. 우리가 어쩌다 이런 곤경에 놓였는지 모르겠어요." 어머니가 말했다.

"제가 정말 화가 나는 건 좋은 집안 아들들이 자동차 타이어를 훔친다는 거예요." 뻐드렁니 여자가 말했다. "저는 아들한테 이렇게 말해요. 네가 부자는 아닐지라도 교육을 잘 받았는데 혹시라도 그런 일에 끼어들면 사람들이 널 소년원에 보낼 거라고 말이에요. 네 출신에 맞게 행동하라고요."

"훈련은 효과가 있죠. 아드님이 고등학생인가요?" 어머니가 말했다.

"중학교 3학년이에요." 여자가 말했다.

"우리 아들은 작년에 대학을 졸업했어요. 글을 쓰고 싶어 하지만 그전에 먼저 타자기를 팔고 있답니다." 어머니가 말했다.

여자는 몸을 숙여 줄리언을 보았다. 하지만 그가 악의적인 표정을 지어 보이자 도로 허리를 폈다. 복도 저편 바닥에 누가 버린 신문이 있었다. 그는 그것을 주워서 펼쳐 들었다. 어머니는 조심스럽게 낮은 목소리로 대화를 이어 나갔지만 복도 맞은편 여자는 큰 소리로 말했다. "좋네요. 타자기 판매하고 글쓰기는 비슷한 일이니까요. 곧바로 이어서 할 수 있어요."

"제가 그렇게 말하죠. 로마는 하루아침에 이루어지지 않았다고요."
어머니가 말했다.

신문을 든 줄리언은 평소에도 대부분의 시간을 보내는 자기 마음 안쪽으로 멀찌감치 물러갔다. 그곳은 그가 주변의 일을 견딜 수 없을 때 조용히 들어가 앉는 정신적 캡슐 같은 공간이었다. 그는 거기서 밖을 내다보며 판단할 수 있지만 바깥의 침입은 막을 수 있었다. 그곳은 그가 주변 사람들의 어리석음을 피할 수 있는 유일한 장소였다. 어머니는 그곳에 들어온 적이 없지만 그는 그곳에서 어머니를 아주 또렷하게 보았다.

어머니는 똑똑한 여자였고, 그는 어머니가 출발점만 제대로 되었다면 훨씬 괜찮은 사람이 되었을 거라고 생각했다. 어머니는 자기 환상 세계의 법칙에 따라 살았고, 그는 어머니가 그 바깥에 발을 내딛는 걸 한 번도 본 적이 없었다. 그 법칙은 아들을 위해 당신을 희생하는 것이었는데, 그러기 전에 먼저 사태를 엉망으로 만들어서 그럴 필요를 만들었다. 그가 어머니의 희생을 허락하는 것은 오직 어머니의 좁은 시야가 그런 필요를 만들었기 때문이다. 어머니의 인생은 체스트니가의 재산 없이 체스트니가처럼 행동하는 것, 체스트니가에게 필요하다고 여겨지는 모든 것을 그에게 주기 위해 고투하는 것이 전부였다. 하지만 이 고투는 즐거운 고투야. 뭐하러 불평을 하겠니? 어머니는 말했다. 그리고 내가 성공했듯이 너도 성공하면 어려운 시절을 돌아보는 일이 얼마나 즐겁겠니? 그는 어머니가 그 고투를 즐거워하는 것도, 어머니가 성공했다고 생각하는 것도 받아들일 수 없었다.

어머니가 성공했다고 말하는 건 그를 잘 키워서 대학에 보냈고 그가 훌륭한 사람이 되었다는 뜻이었다. 그는 잘생겼고(어머니는 아들의 치아 교정을 위해 자신은 충치조차 치료하지 않았다), 똑똑하고(그는 자신이 성공하기에는 너무 똑똑하다는 것을 알았다), 앞날이 밝았다(물론 그의 앞날은 전혀 밝지 않았다). 어머니는 그가 우울한 것은 아직도 성장 중이기 때문이라고 보았고, 급진적인 견해를 품은 것은 현실 경험이 부족하기 때문이라고 보았다. 어머니는 그가 아직 '인생'에 대해 아는 게 없다고, 아직 현실 세계에 발을 들이지도 않았다고 말했지만, 그는 쉰 살 남자만큼이나 현실에 환멸을 느끼고 있었다.

이 모든 일의 깊은 아이러니는 그가 그런 어머니 밑에서도 잘 자랐다는 사실이었다. 삼류 대학에 갔지만, 스스로 노력해서 일류 교육을 받았다. 협량한 정신에 지배받으며 자랐지만 관대한 정신을 품었다. 어머니의 온갖 어리석은 견해에 노출되었지만, 편견 없이 대담하게 진실을 마주했다. 그중에 가장 큰 기적은 자신에 대한 사랑으로 눈이 먼 어머니와 달리 어머니에 대한 사랑으로 눈이 멀지 않고 어머니에게서 정서적으로 분리되어 어머니를 객관적으로 볼 수 있었다는 것이다. 그는 어머니에게 지배되지 않았다.

버스가 움찔하며 서자 그는 명상에서 깨어났다. 뒤쪽에 있던 여자가 앞으로 휙 떠밀려 와서 그의 신문 위로 쓰러질 뻔하다가 중심을 잡았다. 그 여자가 내리고 덩치 큰 깜둥이가 탔다. 줄리언은 신문을 내리고 지켜보았다. 일상 속의 불의를 목격하는 것은 그에게 작은 만족감을 주었다. 그런 일은 사방 500킬로미터 거리 안에 알고 지낼 만한 사람은 정말 극소수라는 그의 견해를 더욱 확고히 해 주었다. 깜둥이는 좋은 옷을 입었고 서류 가방을 들었다. 그는 버스 안을 둘러보고 빨강-하양 샌들을 신은 여자의 좌석 다른 쪽 끝에 앉았다. 그는 바로 신문을 펼쳐 들고 그 뒤로 몸을 숨겼다. 줄리언의 어머니가 즉시 그의 갈빗대를 쿡쿡 찌르며 말했다. "이제 내가 왜 버스를 혼자 타지 않는지 알겠지?"

빨강-하양 샌들의 여자는 깜둥이가 앉는 순간 자기 좌석에서 일어나서 버스 뒤편으로 가더니 방금 내린 여자가 앉았던 곳에 앉았다. 어머니는 고개를 내밀고 그 여자에게 잘했다는 표정을 보였다.

줄리언은 통로를 건너가서 샌들을 신은 여자가 앉았던 자리에 앉았다. 그리고 거기서 어머니를 고요하게 건너다보았다. 어머니의 얼굴은 분노로 벌게졌다. 그는 모르는 사람 같은 눈길로 어머니를 보았다. 갑자기 긴장이 사라지는 것이 자신이 어머니에게 공개적으로 선전포고라도 한 것 같았다.

그는 깜둥이와 대화를 하고 싶었다. 예술이건 정치건 무엇이건 거기 있는 다른 사람은 이해할 수 없는 주제의 이야기를 나누고 싶었지만 남자는 신문 뒤에 숨어 있었다. 남자는 사람들이 자리를 옮긴 일을 모른 척하거나 알아차리지 못했거나 둘 중에 하나였다. 줄리언이 그에게 공감을 전달할 방법은 없었다.

어머니는 그의 얼굴에 질책의 눈길을 고정했다. 뻐드렁니 여자는 낯선 유형의 괴물을 보듯 그를 뜨겁게 바라보았다.

"혹시 불 있으신가요?" 그가 깜둥이에게 물었다.

남자는 신문을 든 채로 주머니에서 성냥갑을 꺼내 주었다.

"고맙습니다." 줄리언이 말했다. 그는 잠시 멍청하게 성냥을 들고 있었다. 문 위쪽의 '금연' 표시가 그를 내려다보았다. 문제가 그것뿐이었다면 그는 뜻을 굽히지 않았을 것이다. 하지만 담배가 없었다. 몇 달 전에 담배 살 돈이 없어서 담배를 끊었다. "미안합니다." 그가 말하고 성냥을 돌려주었다. 깜둥이는 신문을 내리고 어처구니없다는 눈길을 던졌다. 그리고 성냥을 받아 들고 다시 신문을 들어 올렸다.

어머니는 계속 그를 보았지만, 그 어색한 순간을 이용하지는 않았다. 어머니의 눈은 상처 받은 표정을 유지했다. 그 얼굴은 혈압이 치솟은 듯 부자연스럽게 붉어 보였다. 줄리언은 얼굴에 연민의 빛을 허락하지 않았다. 그는 현재의 유리한 처지를 계속 유지하고 확실히 이용하고 싶었다. 어머니에게 금세 잊히지 않을 교훈을 주고 싶었지만, 그렇게 할 방법이 없었다. 깜둥이는 신문 뒤쪽에서 나오기를 거부하고 있었다.

줄리언은 팔짱을 끼고 무심하게 앞을 보았다―어머니가 보이지 않는 듯이, 어머니의 존재에 대한 인식을 멈춘 듯이. 버스가 정류장에 도착했을 때 그가 자리에서 일어나지 않는 장면을 상상해 보았다. 어머니가 "안 내리니?" 하고 물어보면 낯선 사람이 말을 건 듯 어머니를 바라보는 것이다. 그들이 내리는 모퉁이는 통행이 드물지만 가로등이 밝았고, 어머니가 YMCA까지 네 블록을 혼자 걸어가도 별일 없을 것이다. 그는 일단 기다렸다가 그때가 되면 어머니를 혼자 내리게 할지 어떨지 결정하기로 했다. 그는 10시에 다시 어머니를 데리러 YMCA에 가야 했지만, 그러면 어머니는 자신이 나타날지 어떨지 의문에 빠지게 될 것이다. 어머니가 언제나 자신을 믿게 할 필요는 없었다.

그는 다시 크고 고풍스러운 가구들이 띄엄띄엄 놓인 천장 높은 방으로 물러갔다. 그의 영혼은 순간적으로 부풀어 올랐지만, 맞은편의 어머니가 의식되자 영상은 사그라졌다. 그는 딱딱한 눈으로 어머니를 살폈다. 작은 구두에 담긴 발은 아이 발처럼 바닥에 채 닿지 못하고 공중에 걸려 있었다. 어머니는 그에게 과장된 질책의 표정을 보내고 있었다. 그는 어머니와 완전히 분리되는 느낌을 받았다. 그 순간 못된 아이의 따귀를 때리듯 어머니의 따귀도 즐겁게 때릴 수 있을 것 같았다.

그는 어머니에게 가르침을 줄 가능성 없는 여러 가지 방식을 상상해 보았다. 교수나 변호사처럼 사회적 지위가 높은 깜둥이와 친구가 되고 그들을 집으로 데리고 와서 저녁 시간을 함께 보낼 수도 있었다. 구실은 나무랄 데 없을 테고, 어머니는 혈압이 300까지 치솟을 것이다. 하지만 어머니에게 뇌졸중을 일으킬 위험은 감수할 수 없었다. 게다가 그는 깜둥이 친구를 사귀는 데 성공한 적이 없었다. 그는 버스에서 괜찮아 보이는 사람들, 그러니까 교수나 목사나 변호사 같은 사람들과 안면을 트려고 한 적이 있었다. 어느 날, 아주 품위 있어 보이는 흑갈색 남자에게 말을 걸었는데 남자는 그의 질문에 깊고 위엄 있는 목소리로 대답을 했지만 직업이 장의사였다. 또 어느 날은 손가락에 다이아몬드 반지를 끼고 시가를 피우는 깜둥이 옆에 앉았지만, 몇 마디 농담이 오간 뒤 깜둥이는 하차 벨을 누르고 일어나서 줄리언의 손에 복권 두 장을 쥐여 주며 그의 다리를 타고 넘어가서 내렸다.

그는 어머니가 병으로 위독할 때 다른 의사가 없어서 어쩔 수 없이 깜둥이 의사를 데려온 경우를 상상했다. 그는 몇 분 동안 즐거이 그 상상을 하다가 자신이 흑인 시위에 동조자로 참여하는 순간적인 상상으로 넘어갔다. 그것은 가능한 일이었지만 그는 그 생각을 오래 하지는 않았다. 대신 궁극의 공포에 다가갔다. 흑인의 혈통이 의심되는 아름다운 여자를 집에 데려가는 것이다. 마음의 준비를 하세요, 어머니. 이건 어머니가 어쩔 수 없는 일이에요. 나는 이 여자를 선택했어요. 똑똑하고 품위 있고 거기다 착해요. 여자는 고통 받았고 그걸 즐겁게 여기지 않아요. 이제 우리를 괴롭혀 봐요, 괴롭혀 봐요. 여자를 내쫓아 봐요. 그러면 저도 내쫓게 될 거예요. 그는 눈이 가늘어졌고 마음속에 일어난 분노를 통해 맞은편의 어머니를 보았다. 어머니는 자주색 얼굴, 덕성의 크기에 따라 난쟁이처럼 작아진 모습으로 그 어처구니없는 모자를 깃발처럼 쓰고 미라처럼 앉아 있었다.

버스가 멈추었을 때 그는 다시 환상에서 빠져나왔다. 문이 무언가를 흡입하는 듯한 소리를 내며 열리자, 밝은색 옷을 입었지만 얼굴은 부루퉁한 흑인 여자가 어린 사내애를 데리고 탔다. 아이는 네 살 정도 되어 보였고, 체크무늬 반바지 정장과 파란 깃털을 꽂은 페도라 모자 차림이었다. 줄리언은 아이가 자기 옆에 앉고, 여자가 어머니 옆에 앉기를 바랐다. 그러면 최상의 배치가 될 것 같았다.

여자는 버스표를 기다리면서 좌석을 둘러보았다. 줄리언은 여자가 그녀를 가장 꺼리는 사람 곁에 가서 앉기를 바랐다. 여자의 모습이 왠지 낯익었는데 이유는 알 수 없었다. 여자는 거인 같았다. 그 얼굴은 반대에 당당히 맞설 뿐 아니라 반대를 찾아 나서기까지 할 태세였다. 두꺼운 아랫입술을 아래로 내린 모습은 '나를 건드리지 말라'라는 경고판 같았다. 뚱뚱한 몸을 녹색 크레이프 원피스로 감싸고, 발은 빨간 구두에서 터져 나올 것 같았다. 그녀는 못생긴 모자를 쓰고 있었다. 자주색 벨벳 자락이 한쪽은 내려오고 한쪽은 올라간 모자였다. 나머지 몸통은 녹색이고 솜이 삐져나온 쿠션 같았다. 여자는 빨간색의 아주 큰 가방을 들었는데, 안에 돌멩이라도 쑤셔 넣은 것처럼 울퉁불퉁했다.

실망스럽게도 아이가 어머니 옆에 앉았다. 어머니는 아이들은 흑인이건 백인이건 '귀엽다'는 공통의 범주로 묶었고, 깜둥이 꼬마는 백인 꼬마보다 훨씬 더 귀엽다고 여겼다. 아이가 옆자리에 앉을 때 어머니는 아이에게 웃음을 지어 보였다.

그러는 동안 여자는 줄리언의 옆자리를 보더니 짜증스럽게도 그 자리로 비집고 들어왔다. 그런데 여자가 자기 옆에 앉을 때 어머니는 표정이 변했고, 그는 그 일이 자신보다 어머니에게 더 큰 불쾌감을 주었다는 사실에 뿌듯함을 느꼈다. 어머니의 얼굴은 잿빛이 되었으며, 두 눈에는 어떤 끔찍한 장면에 맞닥뜨리고 그 정체를 알게 된 듯한 둔한 깨달음이 떠올라 있었다. 줄리언은 그것이 어머니와 여자가 어떤 의미로 아들을 바꾸었다는 사실 때문임을 알았다. 어머니는 그것의 상징적인 의미는 깨닫지 못하겠지만 느낄 수는 있을 것이다. 그의 즐거움이 얼굴에 고스란히 떠올랐다.

옆자리 여자는 알아들을 수 없는 말을 중얼거렸다. 그것은 짐승이 털을 곤두세우고, 성난 고양이가 나직하게 으르렁거리는 것 같았다. 그에게 보이는 것은 불룩한 녹색 허벅지에 놓인 빨간 핸드백뿐이었다. 그는 여자가 버스표를 기다리며 서 있던 모습을 되새겨 보았다. 육중한 몸집이 빨간 구두에서 시작해서 단단한 엉덩이와 거대한 가슴을 지나 오만한 얼굴로 이어졌고, 그 위에 녹색과 자주색의 모자가 있었다.

그의 눈이 휘둥그레졌다.

똑같이 생긴 모자 두 개의 모습이 일출처럼 빛을 뿜으며 그의 눈앞에 떠올랐다. 그의 얼굴은 기쁨으로 밝아졌다. 운명이 어머니에게 그런 교훈을 던져 주었다는 것을 믿을 수 없었다. 그는 자신이 그 사실을 알았다는 것을 어머니가 알 수 있도록 큰 소리로 키득거렸다. 어머니가 그에게 눈길을 돌렸다. 어머니의 파란 눈이 멍든 자주색이 된 것 같았다. 그는 잠시 어머니가 모르는 듯하다는 안타까운 느낌을 받았지만, 그것은 순간 지나가고 정의가 돌아왔다. 정의는 그에게 웃을 권리를 주었다. 그의 얼굴에 미소가 굳으면서 어머니에게 소리 내서 말하는 것 같은 표정이 되었다. 어머니는 어머니의 협량함에 맞는 벌을 받은 거예요. 이 일을 영원한 교훈으로 삼으세요.

어머니의 눈이 여자에게 돌아갔다. 아들을 보는 일을 참을 수 없고 차라리 여자 쪽이 낫다고 여기는 듯했다. 다시 한 번 옆자리에서 털을 곤두세우는 듯한 동작이 일었다. 여자는 활동을 시작하려는 화산처럼 우르릉거렸다. 어머니의 입 한쪽이 씰룩거렸다. 그런데 어머니 얼굴이 본래 모습을 회복하는 기미가 보여 그는 가슴이 덜컹 내려앉았다. 어머니는 이 상황을 재미있는 일로 여기고 아무 교훈도 얻지 못할 것 같았다. 어머니는 여자를 빤히 바라보면서 자기 모자를 뺏어 간 원숭이라도 보듯 즐거운 미소를 지었다. 깜둥이 꼬마는 큰 눈으로 여자를 바라보았다. 아이는 조금 전부터 여자의 관심을 끌려 하고 있었다.

"카버! 이리 오렴!" 여자가 불쑥 말했다.

마침내 자신이 관심의 초점이 되자 카버는 발을 좌석에 올리고 줄리언의 어머니를 바라보며 키득거렸다.

"카버! 내 말 듣는 거니! 이리 오라니까!" 여자가 말했다.

카버는 좌석에서 미끄러져 내려갔지만 좌석 하단에 등을 대고 쪼그려 앉았다. 고개는 자신에게 미소 짓는 줄리언의 어머니를 향해 영악하게 돌아가 있었다. 여자는 손을 뻗어서 아이를 낚아채 갔다. 아이는 똑바로 앉았다가 여자의 무릎 위에서 뒤로 기대며 줄리언의 어머니에게 미소를 보냈다. "아이가 정말 귀엽네요." 줄리언의 어머니가 뻐드렁니 여자한테 말했다.

"그러네요." 여자가 심드렁하게 말했다.

깜둥이 여자는 아이를 똑바로 앉혔지만 아이는 여자의 손을 빠져나가서 요란하게 키득거리며 다시 어머니 옆자리로 돌아갔다.

"내가 좋은가 봐요." 줄리언의 어머니가 말하고 여자에게 미소를 보냈다. 그것은 어머니가 열등한 자에게 특별히 친절을 베풀 때의 미소였다. 줄리언은 모든 게 어그러졌다는 걸 알았다. 교훈은 지붕 위의 빗방울처럼 어머니에게서 미끄러져 나갔다.

여자가 일어나서 아이가 병균을 옮기는 걸 막듯이 아이를 잡아채 갔다. 여자는 자신에게 어머니의 미소 같은 무기가 없다는 데 분노하는 듯했다. 여자가 아이의 다리를 세게 때렸다. 아이는 소리를 지르더니 여자의 배에 고개를 들이박고 여자의 정강이를 걷어찼다. "가만있어." 여자가 사납게 말했다.

버스가 멈추었고 신문 읽던 깜둥이가 내렸다. 여자는 몸을 돌려서 아이를 자신과 줄리언 사이에 내려놓았다. 그리고 아이의 무릎을 꽉 잡았다. 아이는 두 손으로 얼굴을 가리고 손가락 사이로 줄리언의 어머니를 보았다.

"다 보인다아아아!" 어머니가 말하고 손으로 얼굴을 가린 채 아이를 보았다.

여자가 아이의 손을 탁 때리고 말했다. "바보짓 그만하지 않으면 가만 안 두겠어!"

줄리언은 자신들이 다음 정류장에서 내려야 하는 걸 감사히 여겼다. 그는 손을 올려 줄을 당겼다. 여자도 동시에 줄을 당겼다. 아이고 하느님, 그들이 함께 버스에서 내리면 어머니가 핸드백에서 5센트 동전을 꺼내서 꼬마에게 줄 거라는 끔찍한 예감이 들었다. 그런 일은 어머니에게 숨 쉬는 일처럼 익숙했다. 버스가 멈추었고, 여자가 일어나서 내리기 싫어하는 아이를 질질 끌며 앞으로 돌진했다. 줄리언과 어머니도 그 뒤를 따라갔다. 문 앞에 이르자 줄리언이 어머니의 핸드백을 들어 주려고 했다.

"아냐, 저 아이에게 5센트 동전을 주고 싶어." 어머니가 말했다.

"안 돼요! 그러지 말아요!" 줄리언이 소리쳤다.

어머니는 아이에게 미소 지으며 가방을 열었다. 버스 문이 열리자 여자는 아이를 번쩍 들어서 허리에 달고 내렸다. 이어 아이를 길 위에 내려놓고 흔들었다.

줄리언의 어머니는 버스에서 내리는 동안 가방을 닫아야 했지만 발이 땅에 닿자마자 다시 안을 뒤졌다. "1센트 동전 하나밖에 없네. 하지만 새 동전 같아." 어머니가 속삭였다.

"그러지 말아요!" 줄리언이 이를 악문 채 거칠게 말했다. 모퉁이에 가로등이 있었고, 어머니는 가방 안을 제대로 보려고 그 밑으로 뛰어갔다. 여자는 서둘러 길을 가려 했지만, 아이는 여전히 여자의 손에 잡힌 채 뒤로 버티고 있었다.

"꼬마야!" 줄리언의 어머니가 소리치고 빠르게 걸어 가로등을 바로 지난 곳에서 그들을 따라잡았다. "여기 반짝이는 1센트짜리 새 동전이 있어." 그리고 침침한 빛 속에서 황동색 동전을 내밀었다.

거구의 여자가 돌아서더니 잠시 가만히 서서 줄리언의 어머니를 노려보았다. 어깨가 올라가고 얼굴은 분노로 얼어붙었다. 그러더니 여자가 한순간 과부하 받은 기계처럼 폭발했다. 줄리언은 검은 손이 빨간 핸드백을 휘두르는 것을 보았다. 그는 눈을 감고 찡그린 채 여자의 외침을 들었다. "우리 아이는 1센트 동전 따위 필요 없어요!" 그리고 다시 눈을 떴을 때 여자는 아이를 들쳐 메고 길을 갔고, 아이는 여자의 어깨 위에서 눈을 크게 뜨고 이쪽을 보고 있었다. 줄리언의 어머니는 길에 주저앉아 있었다.

"제가 뭐라고 그랬어요. 그러지 마시라고 했잖아요." 줄리언이 화가 나서 말했다.

그는 잠시 이를 갈며 서 있었다. 어머니는 다리를 앞으로 뻗고 있었고 모자가 무릎에 놓여 있었다. 그는 쪼그려 앉아 어머니의 얼굴을 바라보았다. 아무런 표정이 없었다. "어머니가 자초한 일이에요. 이제 일어나세요." 그가 말했다.

줄리언은 어머니의 핸드백을 집어 들고 거기서 쏟아진 물건들을 도로 주워 넣었다. 그리고 모자를 어머니 무릎에서 집어 들었다. 길 위에 그 동전이 보여서 어머니 눈앞에서 핸드백에 넣었다. 그런 뒤 일어나서 허리를 굽히고 어머니를 일으켜 세우려고 두 손을 내밀었다. 어머니는 꼼짝하지 않았다. 그는 한숨을 쉬었다. 길 양편 검은 아파트 건물들에서 불규칙한 사각형 불빛들이 빛났다. 블록 끝에서 한 남자가 집에서 나와 반대 방향으로 걸어갔다. "누가 여기를 지나가다가 어머니한테 왜 이러고 계시냐고 물어보면 어쩌실 거예요." 줄리언이 말했다.

어머니는 그의 손을 잡고 숨을 힘겹게 쉬며 무겁게 몸을 일으킨 뒤, 주변에 빛의 점들이 빙빙 돌기라도 하는 듯 잠시 흔들리며 서 있었다. 그늘지고 혼란스러운 어머니의 눈길이 마침내 그의 얼굴에 닿았다. 그는 답답함을 숨기려고 하지 않았다. "어머니가 이 일에서 교훈을 얻으셨으면 해요." 그가 말했다. 어머니가 몸을 굽히며 그의 얼굴을 훑어보았다. 그의 정체를 파악하려고 하는 것 같았다. 그러더니 아는 사람이 아니라는 듯 반대 방향으로 갔다.

"YMCA 가는 거 아니에요?" 그가 물었다.

"집으로 가." 어머니가 말했다.

"그러면 걸어가나요?"

어머니는 그 질문에 대답하듯 계속 걸어갔다. 줄리언은 뒷짐을 지고 어머니를 따라 걸었다. 어머니가 받은 교훈의 의미를 설명해 주는 것도 좋을 듯했다. 방금 일어난 사건을 어머니가 제대로 이해하게 하는 것도 괜찮은 일 같았다. "깜둥이 여자가 건방져서 그랬다고 생각하지 마세요. 흑인들 전체가 어머니가 동정하며 건네는 동전을 받지 않을 테니까요. 그 여자는 말하자면 흑인판 어머니였어요. 그 여자도 어머니랑 똑같은 모자를 쓸 수 있고, 거기다 어머니보다 더 잘 어울리던 걸요." 그는 불필요하게 덧붙였다. (그게 재미있다고 생각했기 때문이다.) "이런 일이 의미하는 건 이제 옛 세상은 사라졌다는 거예요. 옛 습관도 폐물이 되고, 어머니의 친절은 아무 가치가 없어요." 그는 자신이 잃어버린 집을 쓸쓸하게 떠올리며 말을 이었다. "어머니의 위치는 어머니가 생각하는 것과 달라요."

어머니는 그의 말에 관심을 기울이지 않고 계속 걸어갔다. 머리 한쪽이 풀어져 있었다. 핸드백이 떨어졌지만 알아차리지 못했다. 그가 그것을 집어 들어 건넸지만 어머니는 받지 않았다.

"세상이 끝난 것처럼 그러지 마세요. 세상은 안 끝났어요." 그가 말했다. "이제부터 새 세상에 살면서 이전까지 외면하던 현실을 똑바로 바라보세요. 기운 내시고요. 큰일 아니에요."

어머니는 숨을 가쁘게 몰아쉬고 있었다.

"버스 타고 가요." 그가 말했다.

"집으로 가." 어머니가 쉰 목소리로 말했다.

"어머니가 이러시는 거 보기 싫어요. 어린애 같아요. 저한테 이런 모습을 보여 주시면 안 돼요." 그는 그 자리에 서서 어머니가 함께 버스를 기다리게 하기로 결심하고 말했다. "저는 더 안 가요. 같이 버스 타고 가요."

어머니는 그 말을 듣지 못한 것처럼 계속 걸어갔다. 그는 앞으로 걸어가 어머니의 팔을 잡아 세웠다. 그리고 어머니의 얼굴을 보았다가 깜짝 놀랐다. 생전 처음 보는 얼굴이었다. "할아버지를 불러. 여기 와서 나를 데려가시라고 해." 어머니가 말했다.

그는 충격 속에 어머니를 바라보았다.

"캐롤라인을 불러. 여기 와서 나를 데려가라고 해." 어머니가 말했다.

그는 당황해서 어머니의 팔을 떨구었고, 어머니는 비틀거리며 다시 걸었는데, 마치 한쪽 다리가 다른 쪽보다 짧은 것 같았다. 어둠이 그에게서 나와 어머니에게 밀려가는 것 같았다. 그가 소리쳤다. "어머니! 어머니, 기다려요!" 어머니는 길에 털썩 쓰러졌다. 그는 달려가서 어머니 옆에 주저앉아 소리쳤다. "엄마, 엄마!" 그리고 어머니를 돌렸다. 어머니의 얼굴은 사납게 뒤틀려 있었다. 크게 뜬 한쪽 눈이 고정 끈이 풀린 듯 왼쪽으로 돌아갔다. 다른 눈은 계속 그의 얼굴을 훑어보더니 거기서 아무것도 찾지 못한 듯 내리감았다.

"여기서 기다려요. 기다려요!" 그가 소리치고 일어나서 도움을 구하려고 먼 불빛을 향해 달려갔다. "도와줘요, 도와줘요!" 그가 외쳤지만 그 목소리는 실처럼 가늘었다. 그가 달려갈수록 불빛은 더 멀리 떠갔고, 그의 발은 한 발짝도 움직이지 못하는 마비감 속에 비틀거렸다. 어둠의 물결이 그를 다시 어머니에게 밀고 가면서, 그가 죄와 슬픔의 영토로 들어서는 것을 자꾸 미루는 것 같았다.

파트리지 축제
The Partridge Festival

캘룬은 고모할머니들 집의 진입로에 작고 동그란 차를 세우고 조심
조심 내려서 흐드러진 진달래꽃이 자신에게 치명상을 입히기를 기대
하듯 좌우를 살펴보았다. 할머니들은 깔끔한 잔디밭 대신 3층의 계단
식 화단을 만들고 거기 붉고 흰 진달래를 미어터지도록 심었다. 화단
은 도로 앞에서 시작해서 그들의 웅장하지만 페인트를 칠하지 않은
집 앞까지 뻗어 있었다. 두 사람은 앞쪽 현관 툇마루에 있었는데, 한
사람은 앉고 한 사람은 서 있었다.

"우리 아기가 왔어!" 베시 할머니가 다른 할머니에게 소리쳐 말했다.
그 할머니는 겨우 두 걸음 거리에 있었지만 귀가 좋지 않았다. 그 소
리에 옆집 마당에 있던 여자가 고개를 들었다. 여자는 나무 밑에 책상
다리를 하고 앉아 책을 읽고 있었다. 여자는 안경 쓴 얼굴을 들고 캘룬

을 보더니 다시 책으로 돌아갔다. 그는 여자가 비식 웃는 것을 보았다. 할머니들 집 방문의 이런 예고편을 극복하기 위해 그는 얼굴을 찌푸리고 무감각하게 툇마루로 갔다. 그들은 캘룬이 자발적으로 파트리지 진달래 축제에 온 것을 그의 성격이 좋아지는 신호로 받아들였다.

각진 턱의 두 할머니는 틀니를 한 조지 워싱턴과 비슷해 보였다. 그들은 앞에 주름 장식을 단 검은 투피스를 입고, 하얀 머리는 뒤로 당겨 묶었다. 캘룬은 그들을 차례로 포옹한 뒤 흔들의자에 앉아서 기운 없는 미소를 지었다. 그가 여기 온 이유는 오직 하나, 싱글턴이라는 사람이 상상력을 사로잡았기 때문이었지만, 베시 할머니에게 전화를 했을 때는 축제 구경을 가겠다고 말했다.

귀가 먹은 매티 할머니가 소리쳤다. "캘룬, 네가 이 축제에 관심을 갖는 걸 증조할아버지가 봤다면 얼마나 기뻐하셨을까. 이건 그분이 시작하신 거잖니."

"그런데 올해의 축제가 좀 특별하게 시작한 일은 어떻게 보시나요?" 그가 소리쳐 물었다.

축제 시작 열흘 전에 싱글턴이라는 남자가 법원 잔디밭에서 열린 모의 법정에서 진달래 축제 배지를 사지 않은 죄로 재판을 받았다. 재판을 하는 동안 그는 형틀에 묶여 있었고, 유죄 선고를 받자 역시 같은 죄로 먼저 유죄 선고를 받은 염소와 함께 '감옥'에 갇혔다. '감옥'은 청년 상공회의소가 이 행사를 위해 빌린 옥외 화장실이었다. 열흘 뒤에 싱글턴은 무소음 자동 권총을 들고 법원 정문 앞에 나타나 거기 앉아 있던 고위 인사 다섯 명을 쏘고 실수로 구경꾼 한 명을 쏘았다. 그 무고한 구경꾼은 때마침 구두 혀*를 당기려고 허리를 굽힌 시장을 겨냥한 총알에 맞았다.

"축제 정신을 훼손시키는 불행한 사건이지." 매티 할머니가 말했다.

옆집 잔디밭의 여자가 책을 탁 덮는 소리가 들렸다. 여자의 머리가 산울타리 위로 떠올랐다. 목이 굽었고, 작은 얼굴은 표정이 사나웠다. 여자는 그 표정으로 잠시 그들을 보다가 사라졌다. 캘룬이 말했다. "하지만 아무것도 훼손된 것 같지 않은데요. 시내를 지나면서 보니까 사람들도 전보다 많고 깃발도 잔뜩 걸려 있었어요. 파트리지 시는 사람을 잃어도 돈은 잃지 않을 것 같은걸요." 마지막 문장을 말하는 중간에 여자의 집 현관문이 탕 소리를 내며 닫혔다.

베시 할머니는 집으로 들어가서 작은 가죽 상자를 가지고 나왔다. "너는 우리 아버지하고 똑 닮았어." 할머니가 말하고 의자를 캘룬 옆으로 끌고 왔다.

캘룬은 무릎 위로 적갈색 먼지를 쏟아 내는 상자를 열의 없이 열고 증조할아버지의 소형 초상화를 꺼냈다. 그가 여기 올 때마다 할머니들은 그 초상화를 보여 주었다. 둥근 얼굴, 벗어진 머리, 전체적으로 별 특징 없는 생김의 노인이 검은 지팡이를 두 손으로 모아 쥐고 앉아 있었다. 표정은 순진하고 결연했다. 거상巨商, 청년은 그 생각에 몸을 움찔하고 심술궂게 물었다. "이 강인하고 고귀한 분은 오늘의 파트리지를 어떻게 생각하실까요? 여섯 명의 시민이 총에 맞아 죽었는데 이렇게 축제 분위기가 달아오른 데 대해서요?"

"아버지는 진취적인 분이셨어." 베시 할머니가 말했다. "파트리지에서 가장 앞을 멀리 내다보는 상인이셨지. 아버지가 살아 계셨다면 아마 그 단상에서 총에 맞거나 아니면 그 미치광이를 제압하셨을 거야."

* 입안의 혀처럼 생긴, 구두끈 아래에서 발등을 싸고 있는 부분.

청년은 자신이 이 일을 얼마나 견딜 수 있을지 몰랐다. 신문에는 여섯 명의 '희생자'와 싱글턴의 사진이 실렸다. 그 가운데 두드러지는 건 싱글턴의 사진뿐이었다. 그의 얼굴은 넓적하지만 앙상하고 황폐했다. 한쪽 눈이 다른 쪽 눈보다 훨씬 동그랬고, 그 둥근 눈에서 캘룬은 자신이 원하는 모습으로 살기 위해 기꺼이 고통을 선택한 남자의 평온을 읽었다. 둥글지 않은 눈에는 계산적인 경멸이 어른거렸지만 전체적인 표정은 주변의 광기에 마침내 자신도 미쳐 버린 자의 고통스러운 얼굴이었다. 다른 여섯 명의 얼굴은 그의 증조할아버지처럼 특징 없이 비슷비슷했다.

"너도 나이가 들면 얼굴이 증조할아버지하고 더 비슷해질 거야. 너도 안색이 붉고 표정도 비슷하니까." 매티 할머니가 예언했다.

"저는 할아버지하고는 전혀 달라요." 그가 뻣뻣하게 대답했다.

"둘 다 훌륭해. 너도 배가 좀 나왔잖니." 베시 할머니가 폭소를 터뜨리고 주먹으로 그의 배를 쿡 찔렀다. "우리 아기는 지금 몇 살이지?"

"스물셋요." 그가 설마 내내 이런 식은 아닐 거라고, 두 분은 자신을 약간 괴롭힌 뒤 물러갈 거라고 생각하고 말했다.

"여자 친구는 있니?" 매티 할머니가 물었다.

"아뇨." 그가 기운 없이 말했다. "그런데 여기서 싱글턴은 그냥 정신병자 취급을 받나 보네요."

"그래, 별종으로 보고 있어. 그 사람은 순응한 적이 없어. 그 사람은 우리하고는 달랐어." 베시 할머니가 말했다.

"엄청난 결점이네요." 청년이 말했다. 그의 눈은 짝짝이가 아니었지만, 얼굴은 싱글턴처럼 넓적했다. 하지만 두 사람이 진짜 닮은 곳은 내면이었다.

"그 사람이 제정신이 아니니까 책임은 없지." 베시 할머니가 말했다.

청년의 눈이 밝아졌다. 그는 의자에 앉은 채 허리를 굽히고 눈에 힘을 주어 노부인을 바라보며 물었다. "그러면 누가 진짜 죄인인가요?"

"우리 아버지는 서른 살 때 벌써 머리가 아기처럼 반들반들해졌어." 할머니가 말했다. "너는 어서 여자를 구해야 돼, 하하. 앞으로 무얼 할 생각이니?"

캘룬은 주머니에서 파이프와 담뱃잎을 꺼냈다. 이분들에게 깊이 있는 질문을 할 수는 없었다. 그들은 선량한 복음주의 감독교 신자였지만, 도덕에 대한 상상력이 없었다. "글을 쓸 것 같아요." 그가 말하고 파이프에 담뱃잎을 채웠다.

"그래, 좋아. 너는 제2의 마거릿 미첼이 될 거야." 베시 할머니가 말했다.

"너는 우리 모습을 제대로 그려 줄 거야. 그런 사람이 워낙 드물어서." 매티 할머니가 소리쳤다.

"네, 제대로 그릴 거예요, 제가 쓰려고 하는 건……" 그가 뻣뻣하게 말하다가 멈추었다. 그리고 입에 파이프를 문 채 의자에 등을 기댔다. 이분들에게 그걸 설명하는 건 우스운 일이다. 그는 파이프를 빼고 말했다. "설명하자면 너무 길어요. 재미없으실 거예요."

베시 할머니는 의미심장하게 고개를 숙이고 말했다. "캘룬, 할미들을 실망시키지 말아 다오." 그들은 자신들이 귀애하던 애완 뱀이 어쩌면 독사일지 모른다는 생각이 떠오른 듯한 표정이 되었다.

"진실을 알아야 해요. 진실이 우리를 자유롭게 할 거예요." 청년이 사나운 표정으로 말했다.

그들은 그가 성경 구절을 언급한 데 안심하는 것 같았다. "저렇게 파이프를 물고 있으니 귀엽지 않니?" 매티 할머니가 물었다.

"어서 여자를 구해, 캘룬." 베시 할머니가 말했다.

그는 잠시 후 두 사람을 피해 가방을 가지고 위층으로 올라갔다가
다시 내려왔다. 밖에 나가 재료 속에 뛰어들 준비가 되어 있었다. 그날
오후의 계획은 시민들을 만나서 싱글턴에 대해 물어보는 것이었다.
그는 그 광인을 옹호할 글을 쓸 생각이었고, 그 글로 자신의 죄의식을
달랠 수 있기를 바랐다. 싱글턴의 순수한 빛에 그의 이중생활, 그의 그
림자가 평소보다 더 어둡게 느껴졌기 때문이다.

그는 여름 석 달 동안 부모님 집에 살면서 에어컨, 보트, 냉장고를
팔았고, 그 돈으로 나머지 아홉 달 동안 원하는 인생을 살며 반항아이
자 예술가이자 신비주의자인 진정한 자신을 탄생시키려고 했다. 그
아홉 달 동안 그는 도시 반대편에 있는 난방 장치 없는 작은 아파트에
서 역시 아무것도 하지 않는 다른 청년 두 명과 함께 살았다. 하지만
여름의 죄의식은 겨울까지 그를 따라다녔다. 사실 그는 여름에 그토
록 법석을 떨며 물건을 팔지 않아도 살 수 있었다.

그가 부모님들의 가치관을 경멸한다고 설명했을 때, 부모님은 그동
안 읽은 것을 통해 익히 예상했다는 듯 서로 눈길을 주고받았고, 아버
지는 그에게 아파트 비용을 보태 주겠다고 했다. 그는 자신이 원하는
것은 진정한 독립이라며 거절했지만, 마음 깊은 곳에서는 독립을 위
해서가 아니라 물건 판매가 재미있어서라는 것을 알았다. 고객을 만
나면 그는 다른 사람이 되었다. 얼굴에 빛이 나고 땀이 송송 맺히며 복
잡한 표정이 사라졌다. 그럴 때 그는 일부 남자들이 술이나 여자를 대
할 때 같은 강렬한 욕망에 사로잡혔다. 그리고 그는 그 일을 기막히게

잘했다. 너무 잘해서 회사에서 공로 상장까지 받았다. 그는 '공로'라는 말에 따옴표를 달고, 친구들과 그 상장을 과녁으로 삼아 다트 놀이를 했다.

신문에서 싱글턴의 사진을 보았을 때, 그 사람의 얼굴은 캘룬의 상상력 속에서 어두운 질책과 해방의 별로 타올랐다. 다음 날 아침 그는 고모할머니들에게 전화를 걸어 거기 가겠다고 말하고 240킬로미터 거리를 4시간도 안 돼서 주파했다.

그가 집을 나가는데 베시 할머니가 그를 멈춰 세우고 말했다. "6시까지 돌아오렴. 깜짝 선물이 기다리고 있을 거야."

"우유죽요?" 그가 물었다. 두 분은 요리 실력이 형편없었다.

"그거보다 훨씬 좋은 거야!" 노부인이 말하고 재미있다는 듯 눈을 굴렸다. 그는 곧장 떠났다.

옆집 여자가 다시 책을 들고 잔디밭에 나와 있었다. 캘룬은 자신이 혹시 그 여자를 아는 건 아닐까 싶었다. 어릴 때 할머니들 댁에 오면 할머니들은 항상 동네의 이상한 아이들을 불러다 같이 놀게 했다. 한 번은 걸스카우트 옷을 입은 뚱뚱한 바보였고, 또 한 번은 성경 구절을 암송하는 눈 나쁜 소년이었으며, 또 한 번은 그의 눈에 멍을 들이고 떠난 네모진 얼굴의 여자아이였다. 그는 이제 자신이 어른이 되었으니 그 아이들이 놀아 주러 오지 않을 거라고 생각하고 다행이라 여겼다. 그가 지나갈 때 여자는 고개를 들지 않았고 그도 말을 걸지 않았다.

길에 나서자 진달래의 풍성함이 그를 압도했다. 꽃들은 색의 물결을 이루어 집집의 잔디밭으로 밀려들고 흰색 전면 벽까지 두드리는 것 같았다. 그 물마루는 분홍색도 있고 진홍색도 있고 흰색도 있고 연보라색이 섞인 신비로운 색도 있었으며, 노랑과 빨강이 섞인 강렬한 색도 있었다. 그 눈부신 색깔들에 그는 음험한 기쁨을 느끼고 숨을 멈추었다. 고목들에는 이끼가 늘어져 있었다. 집들은 남북전쟁 이전 시기의 낡은 집들 가운데 가장 아름다운 축에 속했다. 그의 증조할아버지는 이 도시의 오점을 한마디 말로 압축 표현했는데, 도시는 그것을 자신의 표어로 삼았다. '아름다움은 우리의 환금작물*이다'라고.

고모할머니들의 집은 상업 지구에서 다섯 블록 거리에 있었다. 그는 빠른 속도로 길을 걸어서 몇 분 만에 노골적인 상업 현장의 가장자리에 닿았다. 그곳 중심에는 허물어질 듯한 법원 건물이 있었다. 가능한 모든 공간에 주차된 자동차들의 지붕을 태양이 맹렬하게 두드렸다. 국기, 주기, 남부 연맹기가 길모퉁이 가로등마다 펄럭거렸다. 사람들이 밀려들었다. 진달래가 가장 아름다운 곳은 고모할머니들이 사는 그늘지고 조용한 동네였다. 하지만 거기는 세 사람도 보이지 않았는데, 여기 나오니 사람들이 한심한 상점 진열품들을 열렬하게 바라보며 멍한 존경심을 담은 얼굴로 법원 정문, 사람들의 피가 뿌려진 장소를 지나갔다.

캘룬은 그 사람들이 그도 그들과 같은 이유로 거기 왔다고 여길까 생각해 보았다. 그는 소크라테스 같은 방식, 그러니까 6인 살해 사건의 진정한 죄는 어디에 있는지 길에서 묻고 토론하는 방식을 채택하고 싶었지만 주변을 둘러보니 의미에 진정한 관심을 기울일 사람은 없어 보였다. 그는 뚜렷한 목적 없이 약국에 들어갔다. 약국은 어두웠고 시큼한 바닐라 냄새가 났다.

그는 카운터 앞의 높은 의자에 앉아 라임수를 주문했다. 음료수를

---

* 팔아서 돈을 얻으려고 가꾸는 농작물.

준비하는 청년은 붉은 구레나룻을 말끔하게 기르고 가슴에 진달래 축제 배지를 달고 있었다. 싱글턴이 구입을 거절했던 배지였다. 캘룬의 눈이 즉시 그것에 닿았다. "신께 공물을 바치셨군요." 그가 말했다.

청년은 이 말의 의미를 알아들은 것 같지 않았다.

"배지요. 그 배지 말이에요." 캘룬이 말했다.

청년은 배지를 내려다보고 다시 캘룬을 보았다. 그리고 음료수를 카운터에 내려놓고 캘룬에게 신기한 기형이라도 있는 듯 그를 가만히 바라보았다.

"축제 정신을 만끽하고 있으신가요?" 캘룬이 물었다.

"이 행사 전부를 말씀하시는 건가요?" 청년이 되물었다.

"여섯 사람의 죽음으로 시작한 이 성대한 축제 말이에요." 캘룬이 말했다.

"그래요. 여섯 명이 참혹하게 죽었죠. 저는 그중에 네 명을 알았습니다." 청년이 말했다.

"그러면 이 영광에 지분이 있으시군요." 캘룬이 말했다. 그때 갑자기 바깥 거리가 조용해졌다. 밖을 보니 마침 영구차가 지나가면서 자동차들이 그 뒤를 천천히 따르고 있었다.

"따로 장례식을 하는 사람입니다." 청년이 존경 어린 목소리로 말했다. "다른 다섯 명은 어제 장례식을 했죠. 아주 성대하게요. 하지만 저 사람은 거기 맞춰 죽지 못했습니다."

"무고한 죽음과 유고한 죽음 모두가 시민들의 몫이 되었네요." 캘룬이 말하고 청년을 노려보았다.

"시민들이 아니에요. 한 사람이 한 짓이에요. 싱글턴이라는 사람이고, 그 사람은 미친 사람이에요." 청년이 말했다.

"싱글턴은 수단이었을 뿐이에요. 범인은 파트리지 시 자체입니다."
캘룬이 말하고 음료수를 마저 들이켠 뒤 잔을 내려놓았다.

청년은 이런 미친 사람을 봤나 하는 표정이 되어 어이없다는 목소리로 대꾸했다. "파트리지가 총을 쏠 수는 없어요."

캘룬은 카운터에 동전을 내려놓고 나왔다. 영구 행렬의 마지막 차가 모퉁이를 돌아갔다. 아까보다 더 조용한 것 같았다. 사람들이 영구차를 보고 비킨 모양이었다. 캘룬 앞쪽 두 번째 건물의 철물점에서 노인이 고개를 내밀고 행렬이 사라진 길을 내다보았다. 캘룬은 노인과 이야기를 해야 할 것 같았다. 그가 머뭇거리며 다가갔다. "저것이 마지막 장례식이라고 들었습니다."

노인은 귀 뒤에 손을 댔다.

"무고한 사람의 장례식이요." 캘룬이 소리치고 고갯짓으로 길 저편을 가리켰다.

노인은 코를 팽 풀었다. 그의 표정은 다정하지 않았다. "제대로 박힌 유일한 총알이었어. 빌러는 망나니였거든. 그때도 술에 취해 있었고." 노인이 까칠한 목소리로 말했다.

청년은 얼굴을 찌푸리고 심술궂게 물었다. "나머지 다섯 명은 영웅이었나요?"

"훌륭한 분들이었지." 노인이 말했다. "의무를 수행하다 죽었어. 우리는 그 사람들한테 성대한 장례식을 베풀어 주었어, 다섯 명 모두에게. 빌러네 식구들은 장의사한테 가서 자기들도 끼워 달라고 했지만 우리가 막았어. 그건 우리에게 불명예가 됐을 거야."

하느님 맙소사, 청년은 생각했다.

"싱글턴이 잘한 유일한 일은 빌러를 없앤 거야." 노인이 다시 말했다. "이제 싱글턴만 없애면 돼. 그자는 지금 퀸시 병원에서 호사를 누리고 있어. 공짜로 시원한 침대에 누워서 자네나 내가 낸 세금을 갉아먹고 있지. 그 자리에서 총을 쏴서 죽였어야 해."

캘론은 섬뜩해서 아무 말도 하지 못했다.

"거기 계속 있겠다면 하숙비를 물려야 돼." 노인이 덧붙였다.

청년은 경멸의 눈길을 던지고 노인을 떠났다. 그리고 길을 건너 법원 광장으로 갔고, 어리석은 노인에게서 빨리 벗어나고자 삐딱한 각도로 둘러 갔다. 그곳은 나무들 밑에 벤치가 흩어져 있었다. 그는 사람 없는 벤치에 앉았다. 법원 계단 옆에 구경꾼들이 싱글턴이 염소와 함께 갇혔던 '감옥'을 감탄하며 바라보고 있었다. 싱글턴이 겪었을 상황의 비애감이 그에게 강렬한 공감의 물결로 밀려들었다. 그 자신이 옥외 화장실에 갇히고 밖에 자물쇠가 딸깍 잠기는 모습이 상상되었다. 썩은 판자 틈새로 바깥에서 소리치며 까부는 바보들이 보였다. 염소는 음란한 소리를 냈다. 그는 공동체 정신과 함께 갇혀 있었다.

"여기서 여섯 명이 죽었어요." 가까이에서 기이하게 가로막힌 목소리가 들렸다.

청년은 깜짝 놀랐다.

코카콜라 병에 혀를 말아 넣은 백인 소녀가 그의 발치에 있는 모래 땅에 앉아서 초연한 눈길로 그를 보고 있었다. 아이의 눈은 병 색깔 같은 녹색이었다. 맨발에 머리는 곱슬기 없는 흰색이었다. 아이는 퐁 소리를 내며 병에서 혀를 빼고 말했다. "나쁜 아저씨가 총을 쐈어요."

청년은 잘못된 믿음을 가진 아이들을 볼 때 이는 답답함을 느끼며 말했다. "아냐. 그 아저씨는 나쁜 사람이 아니야."

아이는 혀를 다시 병에 넣었다가 뺐지만 눈은 계속 그를 바라보왔다.

"사람들이 그 아저씨한테 잘해 주지 않았어." 그가 설명했다. "그 아저씨한테 잘못했어. 냉혹하게 대했어. 사람들이 너를 냉혹하게 대하면 넌 어쩔 것 같니?"

"총을 쏴 버려요." 아이가 대답했다.

"그래, 그 아저씨가 바로 그렇게 한 거야." 캘룬이 얼굴을 찌푸리고 말했다.

아이는 계속 거기 앉아서 그를 바라보았다. 그 눈길은 파트리지 자체의 깊이 없는 눈길 같았다.

"사람들이 그 아저씨를 욕하고 결국 미치게 했어." 청년이 말했다. "그 아저씨는 배지를 안 샀어. 그게 범죄니? 그 아저씨는 여기서 외톨이였고 외톨이로 사는 건 힘든 일이야. 사람의 근본적 권리 중에는 바보처럼 행동하지 않을 권리가 있어." 그가 아이의 투명한 눈을 바라보며 말했다. "남들과 다르게 살 권리지. 아, 그러니까 자기 자신으로 살 권리야." 그의 목소리가 갈라졌다.

아이는 계속 그를 바라보면서 한쪽 발을 무릎에 얹었다.

"그 아저씨는 아주아주 나쁜 아저씨였어요." 아이가 말했다.

캘룬은 일어나서 앞을 노려보며 그곳을 떠났다. 분노가 안개처럼 시야를 덮었다. 주변의 어떤 일도 제대로 보이지 않았다. 밝은 빛깔의 치마와 재킷을 입은 여고생 두 명이 그의 앞에 나타나서 소리쳤다. "오늘 밤 미인 대회 표를 사세요. 파트리지 진달래 아가씨를 만나세요!" 그는 여학생들에게 눈길도 주지 않고 옆으로 홱 돌아섰다. 여학생들 웃음소리는 그가 법원 앞을 지나 그 뒤편 블록에 들어설 때까지 그를 따라왔다. 그는 어떻게 해야 할지 몰라서 잠시 거기 서 있었다. 눈앞에 손님이 없고 시원해 보이는 이발소가 있었다. 잠시 후 그는 거기 들어 갔다.

가게에 혼자 있던 이발사는 신문을 읽다가 고개를 들었다. 캘룬은 이발을 하겠다고 하고 의자에 쾌적하게 앉았다.

이발사는 키가 크고 여윈 사람이었고, 그의 눈은 본래의 짙은 빛에 서 바랜 것 같은 색이었다. 인생에 많은 고통을 겪은 듯한 모습이었다. 그는 캘룬의 어깨에 덮개 천을 두르더니 이 호박을 어떻게 자를까 고 민하는 요리사처럼 머리를 살펴보았다. 그러더니 캘룬이 거울을 마주 보도록 의자를 돌렸다. 거울 속에 둥글고 특징 없고 순진해 보이는 얼 굴이 나타났다. 청년의 표정이 사나워졌다. "아저씨도 이곳의 구정물 을 먹고 있나요?" 캘룬이 호전적으로 물었다.

"네, 뭐라고요?" 이발사가 물었다.

"부족의 축제가 이발업에도 도움이 되나요? 이 야단법석 말이에요." 그가 불만스럽게 말했다.

"작년에는 관광객이 천 명 왔는데 올해는 더 올 것 같아요. 그 비극 때문에요." 이발사가 말했다.

"비극이라." 청년이 말하고 입술을 당겼다.

"여섯 명이 죽었죠." 이발사가 말했다.

"그 비극." 캘룬이 말했다. "다른 비극은요. 바보들에게 욕을 먹다가 결국 여섯 명을 쏘게 된 사람은요?"

"아 그 사람요." 이발사가 말했다.

"싱글턴, 그 사람이 이 가게에도 왔나요?" 청년이 물었다.

이발사는 머리를 자르기 시작했다. 그 이름이 언급되자 그의 얼굴에 특별한 경멸의 표정이 떠올랐다. 그가 말했다. "오늘 밤은 미인 대회가 있어요. 내일 밤은 밴드 콘서트가 있고요. 목요일 오후에는 대규모 퍼레이드가……"

"싱글턴을 아셨나요, 모르셨나요?" 캘룬이 말을 잘랐다.

"잘 알았습니다." 이발사가 말하고 입을 다물었다.

싱글턴이 지금 자신이 앉은 의자에 앉았을지도 모른다고 생각하자 전율이 캘룬을 휩쓸고 지나갔다. 그는 혹시 그 남자와 비슷한 데가 있지 않을까 하고 거울 속 자기 얼굴을 살펴보았다. 그랬더니 천천히 그것이 나타났다. 그것은 그의 뜨거운 감정에 의해 밝혀지는 비밀 메시지였다. "이 가게의 손님이었나요?" 그가 묻고 초조히 답을 기다렸다.

"싱글턴과 저는 인척입니다." 이발사가 성난 목소리로 말했다. "하지만 우리 가게에는 안 왔어요. 구두쇠라서 머리 자르는 데 돈을 쓰지 않았거든요. 자기가 직접 머리를 잘랐습니다."

"용서할 수 없는 범죄로군요." 캘룬이 목소리를 높여 말했다.

"그 사람 육촌 동생이 우리 처제하고 결혼했어요." 이발사가 말했다. "하지만 그 사람은 길에서 만나도 아는 척을 하지 않았습니다. 지금 손님과 제 거리만큼 가깝게 다가가도 그냥 지나갔어요. 무슨 벌레라도 찾는 것처럼 땅바닥만 보고 갔죠."

"생각에 빠져서 그랬겠죠. 아저씨가 있는 걸 몰랐던 게 분명해요." 캘룬이 말했다.

"아뇨, 알았어요." 이발사가 입꼬리를 불쾌하게 비틀었다. "알았어요. 나는 머리를 자르는 사람이지만 그 사람이 자르는 건 쿠폰밖에 없었어요. 그것뿐이었어요." 그러더니 그 말이 재미있는지 다시 한 번 말했다. "나는 머리를 자르고 그 사람은 쿠폰을 오렸지요."

전형적인 가난뱅이 심리야, 캘룬은 생각하고 물었다. "싱글턴가는 부유했던 적이 있나요?"

"아뇨, 하지만 그 사람은 제대로 된 싱글턴이 아니에요." 이발사가 말했다. "싱글턴가는 그 사람이 아예 싱글턴 일가가 아니라고 했어요. 싱글턴가의 어느 딸이 휴가를 갔다가 아홉 달 만에 그 사람을 낳아 가지고 왔어요. 그런 뒤 사람들이 전부 죽으면서 그 사람한테 돈을 물려 줬지요. 그 사람 아버지가 누구 혈통인지는 아무도 몰라요. 아마 외국 혈통이 아닐까 해요." 그 목소리는 그 이상을 암시했다.

"그림이 그려지는군요." 캘룬이 말했다.

"그 사람은 이제 쿠폰을 오리지 않지요." 이발사가 말했다.

"그렇죠." 캘룬이 말했고 목소리가 커졌다. "싱글턴은 지금 고통 받고 있어요. 그 사람은 희생양이에요. 공동체의 죄를 짊어지고 있어요. 다른 사람들의 죄에 희생됐어요."

이발사의 손이 멈추더니 입이 살짝 벌어졌다. 그러더니 잠시 후 약간 존경을 담은 목소리가 말했다. "목사님, 그 사람을 잘못 알고 계십니다. 싱글턴은 교회에 다니지 않았어요."

청년은 얼굴이 빨개져서 말했다. "저도 교회에 다니지 않습니다."

이발사는 다시 당황한 것 같았다. 그는 어정쩡하게 가위를 들고 서 있었다.

"그 사람은 개인주의자였어요." 캘룬이 말했다. "열등한 자들이 만든 틀에 들어가기를 거부한 사람요. 비타협주의자. 그 사람은 모조품들 세상의 진품이었어요. 그런데 다른 사람들이 그 사람을 괴롭혀서 내면의 폭력성을 폭발시킨 거예요. 말해 보세요. 사람들이 그 사람을 도발하지 않았나요? 그 사람은 곧바로 퀸시 병원으로 보내졌어요. 왜죠? 왜냐하면 재판을 하면 그 사람이 본질적으로 무죄라는 게 밝혀지고 진짜 범인은 공동체라는 게 드러날 테니까요."

이발사는 얼굴이 밝아져서 말했다. "손님은 변호사시군요?"

"아뇨, 저는 작가입니다." 청년이 우울하게 대꾸했다.

"아아, 그런 종류일 것 같았어요." 이발사가 말하더니 잠시 후 물었다. "뭘 쓰셨나요?"

"그 사람은 결혼을 안 했나요?" 캘룬은 무례하게 다시 질문했다. "싱글턴가의 시골집에 혼자 살았나요?"

"그 이유는 그 사람이 쓰러져 가는 집을 고치는 데 한 푼도 쓰기 싫어했고, 그 사람을 원할 여자는 아무도 없었기 때문이에요. 그 사람이 돈을 쓴 곳은 딱 한 가지뿐이었어요." 이발사가 말하고 뺨으로 저속한 소리를 냈다.

"아저씨도 같이 갔으니까 아시는 거 아닌가요." 청년이 협량한 정신에 대한 혐오를 다스리지 못하고 말했다.

"아뇨, 그건 누구라도 다 아는 사실이에요." 이발사가 말했다. "나는 머리를 자르지만 돼지처럼 살지 않아요. 우리 집에는 수도도 들어오고 마누라는 냉장고에서 얼음을 꺼내요."

"싱글턴은 물질주의자가 아니었어요. 그 사람에게는 수도 시설보다 더 중요한 게 있었어요. 예를 들면 독립성 같은 거요." 캘룬이 말했다.

"하." 이발사가 코웃음을 쳤다. "싱글턴은 그렇게 독립적이지 않았어요. 한번은 그 사람이 번개에 맞을 뻔했는데 그 모습을 본 사람들은 자기들만 보기 정말 아까웠다고들 하더군요. 바지에 벌이라도 들어간 것처럼 달아났답니다. 사람들은 웃다가 죽을 뻔했고요." 그리고 그는 하이에나처럼 웃으며 무릎을 때렸다.

"혐오스럽군요." 청년이 중얼거렸다.

"또 한 번은 누가 그 집 우물에 죽은 고양이를 넣었어요." 이발사가 말을 이었다. "사람들은 어떻게 하면 싱글턴이 돈을 풀까 해서 이런저런 일을 했죠. 또 한 번은……"

캘훈은 그물에서 빠져나오듯 허우적거리며 어깨의 덮개 천을 벗었다. 그런 뒤 주머니에서 1달러를 꺼내서 놀란 이발사의 선반에 던지고 밖으로 나가면서 자신이 그곳을 어떻게 생각하는지 보여 주려고 문을 쾅 닫았다.

그는 할머니들 집으로 돌아가는 길에도 진정되지 않았다. 오후가 저물면서 진달래 색깔이 더 깊어졌고 나무들은 낡은 집들을 보호하듯 바스락거렸다. 이곳의 누구도 퀸시의 더러운 병동에 누운 싱글턴에게 연민을 품지 않았다. 캘훈은 이제 그의 무고함을 더욱 확신했고, 그 사람이 겪은 고통을 제대로 보여 주려면 길이가 꽤 긴 글을 써야 한다고 생각했다. 장편소설이 필요했다. 근본적 불의가 작동하는 방식을 설명이 아니라 묘사로 보여 주어야 했다. 그 생각에 잠겨서 그는 할머니들 집을 네 집이나 더 지나갔다가 돌아와야 했다.

베시 할머니는 문에서 그를 맞더니 안으로 데리고 들어가며 말했다. "깜짝 선물이 있다고 했지!" 할머니는 그의 팔을 잡고 응접실로 들어갔다.

소파 위에 연두색 원피스를 입은 길쭉한 몸매의 처녀가 앉아 있었다. 매티 할머니가 말했다. "너 메리 엘리자베스 기억하지. 네가 전에 여기 왔을 때 같이 영화관에 갔던 귀여운 아이." 캘훈은 분노 속에서 그 여자가 나무 아래서 책을 읽던 여자라는 걸 알았다. 매티 할머니가 다시 말했다. "메리 엘리자베스가 봄방학을 맞아서 집에 내려왔거든. 메리 엘리자베스는 진짜 학자란다. 그렇치 않니, 메리 엘리자베스?"

메리 엘리자베스는 인상을 찌푸려서 자신이 진짜 학자인지 아닌지 관심이 없음을 보였다. 그를 바라보는 그녀의 표정은 자기도 그 못지 않게 이 상황이 즐겁지 않다는 것을 뚜렷이 일러 주었다.

매티 할머니가 지팡이를 잡고 의자에서 몸을 일으키자, 베시 할머니가 말했다. "저녁을 좀 일찍 먹을 거야. 메리 엘리자베스가 너를 데리고 미인 대회에 가야 하니까. 대회가 7시 시작이거든."

"좋네요." 청년은 할머니들은 못 알아듣겠지만, 메리 엘리자베스는 알아듣기를 바라는 어조로 말했다.

식사 내내 그는 여자를 완전히 무시했다. 그가 할머니들에게 하는 대답은 아주 냉소적이었지만, 두 사람은 아무런 암시도 받지 못하고 그가 말할 때마다 바보처럼 웃었다. 그들은 두 번이나 그를 '예쁜 강아지'라고 불렀고 여자는 비식 웃었다. 그것만 빼면 여자는 그 자리가 즐겁다는 아무런 표시도 없었다. 안경을 낀 그녀의 둥근 얼굴은 아직 아이 같았다. 발달 지진아 같아, 캘룬은 생각했다.

식사가 끝나자 그들은 미인 대회를 향해 출발한 뒤 서로 아무 말도 하지 않고 길을 걸었다. 여자는 그보다 키가 10센티미터 가까이 컸고, 길을 걷다 그를 놓치고 싶은 듯 살짝 앞서서 걸었지만, 두 블록을 지나자 걸음을 멈추고 메고 가던 커다란 밀짚 가방을 뒤졌다. 그리고 가방 안쪽에서 표 두 장과 수첩을 꺼내더니 다시 가방을 닫고 걸었다.

"메모를 하려는 거예요?" 캘룬이 냉소를 담아 물었다.

여자는 누가 말을 했는지 확인하려는 듯 뒤를 돌아보았다. "네, 메모를 하려고 해요."

"당신은 이런 일이 어때요? 즐거운가요?" 캘룬이 조금 전과 똑같은 목소리로 물었다.

"토할 것 같아요. 짧고 강한 글로 마무리할 거예요." 여자가 말했다.

청년은 멍하니 여자를 바라보았다.

"당신의 즐거움을 방해하지는 않을게요." 여자가 말했다. "하지만 이곳은 지금 허위투성이고 속까지 썩어 문드러졌어요. 진달래를 매춘부로 만들고 있어요!" 여자의 목소리에서 분노가 느껴졌다.

캘룬은 놀랐다. 하지만 잠시 후 정신이 들어 오만하게 말했다. "그런 판단은 누구라도 할 수 있습니다. 진정한 통찰력은 그걸 뛰어넘는 방법을 알아내는 거죠."

"그걸 표현하는 형식을 말하는 건가요?"

"같은 거죠." 그가 말했다.

그들은 침묵 속에 두 블록을 걸었지만, 둘 다 충격 받은 모습이었다. 법원이 눈앞에 나타나자 그들은 길을 건너 그리로 갔고 메리 엘리자베스는 광장에 밧줄을 둘러 만든 입구 옆의 청년에게 표를 내밀었다. 사람들이 그 안의 잔디밭으로 들어가고 있었다.

"그리고 여기 서서 메모를 하실 건가요?" 캘룬이 물었다.

여자가 그를 보고 말했다. "예쁜 강아지 씨는 원하는 대로 하세요. 저는 저 건물에 있는 아버지 사무실에 가서 작업하겠어요. 당신은 여기서 파트리지 진달래 아가씨 선발에 힘을 보태셔도 돼요."

"저도 가겠습니다. 훌륭한 여성 작가가 메모하는 것을 보고 싶습니다." 그가 스스로를 억누르며 말했다.

"좋으실 대로." 여자가 대답했다.

그는 그녀를 따라 법원 계단을 올라 옆문으로 들어갔다. 너무도 짜증스러워서 자신이 싱글턴이 총을 쏜 그 자리를 지나간다는 사실도 깨닫지 못했다. 그들은 텅 빈 창고 같은 홀을 지나고 담뱃진 묻은 계단을 올라서 또 다른 창고 같은 홀로 들어갔다. 메리 엘리자베스는 밀짚 가방에서 열쇠를 꺼내 아버지 사무실의 문을 열었다. 그들은 법률 서적이 가득한 크고 낡은 방으로 들어갔다. 그가 아무 능력도 없다는 듯이 여자는 의자 두 개를 가져다가 법원 정문이 내려다보이는 창가에 놓았다. 그런 뒤 거기 앉아 밖을 내다보며 아래쪽의 일에 집중했다.

캘룬도 의자에 앉았다. 그녀에게 짜증을 안겨 주기 위해 그는 그녀를 꼼꼼히 살펴보았다. 5분은 족히 지나는 동안 그는 창문에 팔꿈치를 대고 밖을 내다보는 그녀에게서 눈을 떼지 않았다. 어찌나 열심히 바라봤는지 그녀의 모습이 자기 망막에 영원히 새겨지는 게 아닌가 하는 걱정까지 들었다. 마침내 그는 더 이상 침묵을 지킬 수 없었다. "당신은 싱글턴을 어떻게 생각하시나요?"

여자는 고개를 들더니 그의 몸을 관통해서 그 뒤쪽을 보는 듯한 시선을 던지며 말했다. "그리스도 같은 인물이라고 봐요."

청년은 깜짝 놀랐다.

"그러니까 신화로서 말이에요. 나는 기독교인이 아니거든요." 여자는 얼굴을 찌푸리며 말하고 다시 바깥으로 관심을 돌렸다. 밖에서 나팔 소리가 울렸다. "이제 수영복 차림의 여자 열여섯 명이 나올 거예요. 당신한테는 흥미로울 것 같은데요."

"이걸 알아 두세요. 나는 이 얼어 죽을 축제에도 진달래 아가씨에도 아무 관심 없어요." 캘룬이 거칠게 말했다. "내가 여기 온 건 오직 싱글턴에 대한 연민 때문이에요. 그 사람에 대해 글을 쓸 겁니다. 아마 장편소설을요."

"내가 쓸 건 논픽션 연구서예요." 여자가 소설 따위는 자기가 쓸 게 아니라는 듯이 말했다.

그들은 강렬한 미움을 드러낸 채 서로를 보았다. 캘룬은 자신이 제대로 탐구하면 여자의 근본적 얄팍함을 드러낼 수 있을 거라고 느꼈다. "우리가 서로 다르니, 각자 발견한 점을 비교해 볼 수도 있겠네요." 그가 다시 냉소를 짓고 말했다.

"단순해요." 여자가 말했다. "그 사람은 희생양이에요. 파트리지가 진달래 아가씨를 뽑으며 흥청거리는 동안, 싱글턴은 퀸시에서 고통받고 있어요. 그 사람은……"

"나는 그런 추상적인 발견이 아니라 구체적인 발견을 말하는 거예요." 청년이 말했다. "그 사람을 본 적이 있나요? 어떻게 생겼나요? 소설가는 알량한 추상적 개념에는 관심이 없어요. 특히 그게 명백한 것일 때에는요. 그 사람은……"

"소설은 몇 편이나 쓰셨나요?" 여자가 물었다.

"이게 첫 소설이 될 겁니다. 그 사람을 본 적이 있나요?" 그가 냉랭하게 말했다.

"아뇨, 저한테 그런 건 필요 없어요. 그 사람이 어떻게 생겼건 아무 상관 없어요. 갈색 눈이건 파란 눈이건, 사상가에게 그건 아무것도 아니에요." 여자가 말했다.

"아마 그 사람을 보기가 두려운가 보네요. 소설가는 실제 대상을 보는 것을 두려워하지 않습니다."

"그 사람을 꼭 봐야 한다면 두려워할 게 뭐 있나요? 하지만 그 사람 눈이 갈색이건 파란색이건 저한테는 아무 상관 없어요." 여자가 분개해서 대꾸했다.

"그게 다가 아니에요." 캘룬이 말했다. "그저 눈 색깔에 그치는 게 아니에요. 그 사람을 보면 당신의 이론이 더 풍부해질 수 있어요. 그저 눈 색깔을 알아내는 게 아니에요. 그 사람의 인격과 실존적으로 조우하는 것을 말합니다. 인격의 신비는 예술가에게 깊은 흥미를 일으키죠. 인생은 추상적 사실 속에 있지 않습니다."

"그러면 왜 그 사람을 직접 보러 가지 않나요? 왜 저한테 그 사람의 생김을 물어보시나요? 가서 직접 보세요." 여자가 말했다.

그 말이 그의 머리 위로 돌멩이 자루처럼 떨어졌다. 잠시 후 그가 말했다. "직접 보러 가라고요? 어디로요?"

"퀸시지 어디겠어요?" 여자가 말했다.

"면회를 허락하지 않을 거예요." 그가 말했다. 그녀의 제안은 충격적이었다. 얼른 이해되지 않는 어떤 이유로 그 일은 그에게 생각할 수 없는 것이었다.

"친척이라고 하면 돼요. 여기서 겨우 30킬로미터 거리예요. 무엇 때문에 못 가나요?"

그는 "나는 그 사람 친척이 아니에요"라고 말하려다가 입을 다물고 속을 들킬 만큼 얼굴이 빨개졌다. 자신은 그를 영혼의 동족으로 여겼다.

"가서 그 사람 눈이 갈색인지 파란색인지 확인해 보고 그 사람하고 실존적……"

"그건 만약 내가 가면 당신도 간다는 뜻으로 알겠습니다. 당신은 그 사람 만나는 걸 겁내지 않으니까요." 그가 말했다.

여자가 얼굴이 창백해져서 말했다. "당신은 안 갈 거예요. 당신은 그 실존적……"

"갈 겁니다." 그는 그것이 여자의 입을 다물게 할 기회라고 판단하고 말했다. "나랑 같이 가고 싶으면 내일 아침 9시에 우리 고모할머니 댁으로 오세요. 오실 것 같지 않습니다만."

여자는 긴 목을 내밀고 그를 노려보았다. "아뇨, 가겠어요. 갈 테니 걱정 마세요."

여자는 다시 창가로 고개를 돌렸고 캘룬은 아무것도 보지 않았다. 두 사람 다 갑자기 거대한 개인적 문제에 빠져들었다. 밖에서 간헐적으로 요란한 환호가 일었다. 몇 분에 한 번씩 음악과 박수 소리가 울렸지만 두 사람은 그곳에도 또 서로에게도 관심을 기울이지 않았다. 마침내 여자가 창가에서 일어나서 말했다. "당신이 이 행사를 어느 정도 파악하셨으면 이제 가도 좋을 것 같네요. 집에 가서 책을 읽고 싶어요." "저는 여기 오기 전에 이미 다 파악했습니다." 캘룬이 말했다.

그는 그녀를 집까지 바래다주었고, 그녀와 헤어지자 기백이 잠시 하늘 높이 솟구쳤지만 이내 무너졌다. 싱글턴을 보러 간다는 일은 자기 혼자서는 생각도 해 보지 않았을 일이었다. 그것은 고통스러운 경험이 될 테지만, 구원이 될 수도 있었다. 자신이 싱글턴의 불행을 목도하고 고통을 겪으면, 그것을 통해 장사꾼 기질을 영원히 잃을 수도 있었나. 물건 파는 일은 *그가* 재능을 보인 유일한 일이었다. 하지만 그는 모든 사람이 예술적 재능을 공평하게 가지고 태어나지 않았다는 말을 믿을 수 없었다. 고통을 겪으면 예술을 성취할 수 있었기 때문이다. 메리 엘리자베스의 경우는 싱글턴을 본다고 무슨 소득이 있을 것 같지는 않았다. 그녀는 똑똑한 아이들에게 특징적인 불쾌한 열정이 있었다. 그러니까 머리만 있고 감정이 없었다.

그는 불안한 밤을 보냈고, 싱글턴에 대한 토막 꿈들을 꾸었다. 한번은 싱글턴에게 냉장고를 팔러 퀸시로 가는 꿈을 꾸었다. 아침에 깨어 보니 가랑비가 무심하게 내리고 있었다. 그는 고개를 돌려 잿빛 유리

창을 바라보았다. 무슨 꿈을 꾸었는지는 기억나지 않았지만 불쾌한 꿈인 것은 알았다. 여자의 넓적한 얼굴이 떠올랐다. 퀸시를 생각하자 창살 밖으로 꺼칠한 머리들이 튀어나온 납작하고 붉은 집들이 떠올랐다. 그는 싱글턴에 집중하려고 했지만 자기도 모르게 자꾸 그것을 피했다. 그는 퀸시에 가고 싶지 않았다. 그는 자기가 쓰고자 하는 게 소설이라는 것을 떠올렸다. 소설을 쓰겠다는 그의 열망은 하룻밤 새 구멍 난 타이어처럼 바람이 빠져 버렸다.

그가 침대에 누워 있는 동안 가랑비는 굵은 비로 변했다. 비 때문에 여자가 오지 않을 수도 있었고 여자가 비를 핑계 삼을 수도 있었다. 그는 정각 9시까지 기다려 보고 그때까지 여자가 오지 않으면 떠나기로 결심했다. 퀸시가 아니라 집으로 갈 생각이었다. 싱글턴은 나중에 그러니까 그 사람이 치료에 반응을 보였을 때 보는 게 나을 것 같았다. 그는 일어나서 여자에게 남길 짧은 편지를 썼다. '당신이 숙고 끝에 그 경험을 감당할 수 없을 거라 결정했다고 생각하겠다'는 내용의 아주 짧은 편지였고 '언제나 안녕을 바라며'로 끝났다.

여자는 9시 5분 전에 도착해서 고모할머니들 집 현관홀에 물을 뚝뚝 흘리고 서 있었다. 원통형 몸통을 파란 비닐로 둘둘 싸서 얼굴밖에 보이지 않았다. 여자는 젖은 종이 가방을 가져왔고 큰 입은 불확실한 미소로 뒤틀려 있었다. 밤새 자신감을 약간 잃은 것 같았다.

캘룬은 예의를 차리기가 힘들었다. 고모할머니들은 두 사람이 낭만적인 빗속 데이트를 나간다고 생각하고 입을 맞추며 그를 내보낸 뒤 툇마루에 서서 그와 메리 엘리자베스를 태운 자동차가 떠날 때까지 바보처럼 손수건을 흔들었다.

여자의 큰 키는 작은 차에 맞지 않았다. 그녀는 우비를 입은 채로 몸을 뒤척이고 비틀고 하다가 문득 중립적인 목소리로 말했다. "비에 진달래가 떨어졌어요."

캘룬은 무례하게 침묵을 지켰다. 그는 의식 속에서 그녀를 지우고 그 자리에 싱글턴을 다시 세워 두려고 했다. 싱글턴은 그를 완전히 떠나 있었다. 비가 잿빛 장막처럼 내려왔다. 간선도로에 올라 보니 들판 저편 숲도 거의 보이지 않았다. 여자는 계속 몸을 숙이고 찌푸린 눈으로 반투명한 앞창 밖을 내다보았다. "저기서 트럭이 나오면 우리 둘 다 끝장나겠네요." 여자가 바보처럼 웃으며 말했다.

캘룬이 차를 세우고 말했다. "당신을 집에 도로 데려다 주고 나 혼자 가는 게 좋을 것 같습니다."

"저도 가야 돼요. 그 사람을 봐야 돼요." 여자가 그를 보면서 갈라진 목소리로 말했다. 그녀의 눈은 안경을 써서 실제보다 더 커 보였고, 물기에 젖은 것 같기도 했다. "이 일을 똑바로 바라봐야 돼요."

그는 다시 거칠게 차를 출발시켰다.

"우리가 거기 서서 한 남자가 십자가에 달리는 걸 볼 수 있어야 해요. 그럴 수 있다는 걸 스스로에게 증명해야 돼요." 여자가 말했다. "그 사람과 함께 그 일을 겪어야 해요. 밤새 그 생각을 했어요."

"그 일을 통해 당신이 좀 더 균형 잡힌 인생관을 얻을 수도 있겠지요." 캘룬이 중얼거리듯 말했다.

"이건 개인적인 일이에요. 당신은 몰라요." 여자가 말하고 옆 창으로 고개를 돌렸다.

캘룬은 싱글턴에 집중하려고 했다. 눈, 코, 입을 차례로 떠올리며 머릿속에 얼굴을 그렸지만, 얼굴이 거의 구성되었다 싶으면 매번 이목구비가 다시 흩어지고 아무것도 남지 않았다. 그는 침묵 속에 운전했다. 그 무모한 속도는 도로 중간의 홈에 덜컹 걸려서 여자가 앞창으로 튀어 오르는 걸 보고 싶다는 것 같았다. 이따금 여자는 조용히 코를 풀었다. 25킬로미터 정도 가자 비가 가늘어지다가 마침내 그쳤다. 도로 양편의 숲은 검고 깨끗해졌으며 들판은 진녹색이었다. 병원 건물이 나타나면 금방 알아볼 것 같았다.

"예수 그리스도는 겨우 세 시간을 견뎠을 뿐이에요. 하지만 그 사람은 거기서 평생을 보내야 돼요!" 여자가 불쑥 목소리를 높여 말했다.

캘룬은 그녀를 돌아보았다. 그녀의 뺨에 빗물이 아닌 물기가 흐르고 있었다. 그는 눈을 돌리고 두려움과 분노 속에 말했다. "당신이 이 일을 못 견디겠다면 집에 데려다 드리고 나 혼자 다시 오겠어요."

"당신 혼자 다시 올 수 없어요. 그리고 거의 다 왔는걸요." 여자가 말하고 코를 풀었다. "그 사람에게 자기편도 있다는 걸 알려 주고 싶어요. 그게 저한테 어떤 결과를 빚더라도 그 사람한테 그 말을 해 주고 싶어요."

캘룬은 분노 속에서 자신도 싱글턴에게 무슨 말인가 해야 할 거라는 생각이 들었다. 이 여자를 옆에 두고 무슨 말을 할 수 있을까? 여자는 이미 그들의 교류를 박살 냈다. 그가 말했다. "우리는 들으러 간다는 걸 아셨으면 좋겠습니다. 당신의 지혜에 싱글턴이 놀라는 모습을 보려고 이 먼 길을 가는 게 아닙니다. 나는 그 사람 말을 들으러 가고 있습니다."

"녹음기를 가지고 올 걸 잘못했어요! 그러면 그 사람의 말을 평생 간직할 수 있을 텐데!" 여자가 소리쳤다.

"이런 남자한테 녹음기를 가지고 갈 생각을 하다니 당신은 기본적인 이해도 없군요."

"멈춰요! 저기예요!" 여자가 앞창을 향해 몸을 숙이면서 소리쳤다.

캘룬은 브레이크를 확 밟고 거친 눈으로 앞을 내다보았다.

오른쪽 언덕 위에 눈에 잘 띄지도 않는 낮은 건물들이 사마귀 무더기처럼 돋아 있었다.

캘룬은 무력하게 앉아 있었지만, 차는 스스로의 의지를 가진 듯 병원 입구로 돌아들었고, 그들은 '퀸시 주립 병원'이라는 글씨를 새긴 콘크리트 아치문 안으로 미끄러져 들어갔다.

"여기 들어오는 모든 이는 희망을 버릴지어다."* 여자가 중얼거렸다.

그들은 정문에서 100미터도 더 가지 못하고 멈춰야 했다. 앞쪽에 흰 모자를 쓴 뚱뚱한 간호사가 늙은 초등학생처럼 비뚤배뚤한 환자들을 이끌고 길을 건넜기 때문이다. 알록달록한 줄무늬 원피스를 입고 검은 모직 모자를 쓴 덧니박이 여자가 그들에게 주먹을 휘둘렀고, 대머리 남자가 열렬하게 손을 흔들었다. 행렬이 잔디밭을 지나 다른 건물로 들어가는 동안 몇몇은 그들에게 사나운 눈길을 던졌다.

잠시 후 차가 다시 굴러갔다. "중앙 건물 앞에 세워요." 메리 엘리자베스가 말했다.

"면회를 허락해 주지 않을 거예요." 그가 말했다.

"상관없는 사람이라면 그렇겠죠. 차를 세우고 나를 내려 줘요. 내가 해결할게요." 여자가 말했다. 여자의 뺨은 물기가 말랐고 목소리는 사무적이었다. 그가 차를 세우자 여자는 내렸다. 여자가 건물 안으로 사라지는 모습을 보면서 그는 그녀가 곧 괴물로 돌변할 거라고 생각하며 기이한 만족감을 느꼈다. 가짜 지성, 가짜 감정, 최대 효율, 모든 것

---

* 단테의 『신곡·지옥편』에서 지옥문 위에 쓰여 있는 글귀.

이 오만하고 사소한 박사 학위를 만들기 위해 작동했다. 환자들 또 한 무리가 길을 지나갔고, 그중 몇 명이 그들의 차를 가리켰다. 캘룬은 시선을 돌리지 않았지만 감시당한다는 느낌이 들었다. "저리로 가요." 간호사의 말소리가 들렸다.

그는 시선을 돌렸다가 짧은 비명을 질렀다. 녹색 수건을 두른 온화한 얼굴이 옆 창에 있었다. 힘없는 웃음에 고통스러운 다정함을 담은 얼굴이었다.

"가요." 간호사가 말했고, 얼굴은 사라졌다.

캘룬은 창문을 얼른 감아 올렸지만 심장이 뒤틀렸다. 형틀에 묶인 고통스러운 얼굴이 다시 떠올랐다. 짝짝이인 눈, 소리 없고 소용없는 외침으로 크게 벌린 입. 환상은 금세 사라졌지만, 그것이 사라질 때 그는 싱글턴을 만나면 자신에게 어떤 변화가 생겨날 테고, 이번 일 이후에 자신은 이전까지 생각해 본 적 없던 이상한 평화를 얻을 거라는 확신이 들었다. 그는 계시가 가까이 왔다는 예감에 마음의 준비를 하며 10분 동안 눈을 감고 앉아 있었다.

갑자기 차 문이 열리더니 여자가 거친 숨을 쉬며 들어왔다. 얼굴이 창백했다. 여자는 녹색 면회 허가증 두 장을 들고 거기 적힌 이름을 가리켜 보였다. 한 장에는 캘룬 싱글턴, 또 한 장에는 메리 엘리자베스 싱글턴이라고 적혀 있었다. 그들은 잠시 그 종이를 보고 이어 서로를 보았다. 싱글턴에 대한 공통의 유대로 인해 두 사람이 불가피하게 친연 관계가 되어야 하는 것을 둘 다 인식하는 듯했다. 캘룬이 너그럽게 손을 내밀자 여자가 악수하고 말했다. "그 사람은 왼쪽 다섯 번째 건물에 있어요."

그들은 다섯 번째 건물로 가서 차를 세웠다. 그 건물은 다른 건물들과 똑같이 창문에 창살을 친 낮은 붉은 벽돌 건물이었고, 다른 점이라면 바깥에 검은 얼룩이 길게 그어져 있다는 것뿐이었다. 창문 한 곳에는 두 손이 튀어나와서 손바닥을 아래로 하고 늘어져 있었다. 메리 엘리자베스는 가져온 종이봉투를 열고 싱글턴에게 줄 선물을 꺼냈다. 사탕 한 상자, 담배 한 갑, 책 세 권이었다. 모던 라이브러리판『차라투스트라는 이렇게 말했다』와 보급판『대중의 반란』, 그리고 얇고 장식이 많은 하우스만의 책이었다. 그녀는 담배와 사탕을 캘룬에게 건네고 책만 들고 차를 나섰다. 그리고 앞으로 걸어갔지만, 중간에 멈춰 서서 손을 입에 대고 말했다. "못하겠어요."

"진정해요." 캘룬이 다정하게 말하며 여자의 등을 살짝 밀었고, 여자는 다시 걸어갔다.

그들은 더러운 리놀륨을 깐 홀에 들어섰다. 특이한 냄새가 유령 직원처럼 그들을 맞았다. 문 정면에 책상이 있었고, 거기에는 시달린 모습의 연약한 간호사가 누가 뒤에서 자신을 때리기라도 할 듯 두 눈을 양옆으로 바쁘게 굴리고 있었다. 메리 엘리자베스가 간호사에게 녹색 면회 허가증을 건넸다. 간호사는 그들을 보고 신음 소리를 냈다. "저기 들어가서 기다리세요." 간호사는 모욕을 담은 피곤한 목소리로 말했다. "안에서 준비를 해야 돼요. 거기 사람들이 이런 허가증을 내준 건 잘못이에요. 거기 사람들이 여기 일을 어떻게 알까요? 의사들은 신경이나 쓰는 줄 알아요? 내가 결정할 수 있다면 협조하지 않는 사람은 면회를 허락하지 않을 거예요."

"우리는 친척이에요. 그분을 만날 권리가 있어요." 캘룬이 말했다.

간호사는 고개를 젖히고 소리 없이 웃더니 뭐라고 중얼거리며 갔다.

캘룬은 다시 여자의 등을 살짝 밀어서 대기실로 인도해 간 뒤 1.5미터 간격으로 마주 놓인 검은색의 거대한 가죽 소파 한 곳에 그녀와 나란히 앉았다. 다른 가구라고는 빈 흰색 꽃병이 놓인 모퉁이의 낡은 탁자뿐이었다. 창살에 네모지게 잘린 햇살이 그들의 발치에 축축한 빛을 드리웠다. 건물 자체는 조용한 것과 거리가 멀었지만 그들 주변은 팽팽한 고요가 흐르는 것 같았다. 건물 한쪽 끝에서 올빼미 울음처럼 예민하고 가벼운 울음소리가 쉬지 않고 들렸다. 반대편 끝에서는 웃음소리가 요란했다. 가까운 곳에서는 단조로운 욕설이 기계처럼 규칙적으로 정적을 깼다. 각 소리는 모두 서로에게서 고립되어 존재하는 것 같았다.

두 사람은 인생의 중대 사건—결혼이나 임박한 죽음 같은—을 기다리듯 함께 앉아 있었다. 그들은 예정된 합류점에 이미 도착한 것 같았다. 둘이 동시에 자기도 모르게 달아나려는 듯한 동작을 취했지만 이미 늦었다. 무거운 발소리가 문 앞으로 다가왔고 기계 소리 같은 욕설이 밀려들었다.

덩치 큰 두 명의 직원이 양쪽에서 싱글턴을 잡았고, 싱글턴은 거미처럼 그들에게 붙어서 들어왔다. 싱글턴이 다리를 높이 들어서 직원들은 그를 번쩍 들고 와야 했다. 욕설을 한 사람이 바로 그 사람이었다. 그는 등 뒤로 여미는 환자복을 입었고, 발에는 끈을 뺀 검은 구두를 신었다. 머리에는 검은 모자를 썼는데, 시골 사람들이 쓰는 종류가 아니라 영화 속 총잡이들이 쓰는 것처럼 챙이 좁은 모자였다. 두 직원이 맞은편 소파 뒤쪽으로 다가와서 그를 등받이 위로 넘기더니 계속 그를 잡은 채 각자 양쪽의 팔걸이를 돌아와서 웃음 띤 얼굴로 그의 양옆에 앉았다. 한 사람은 금발이고 다른 사람은 대머리였는데도 쌍둥이처럼 여겨질 만큼 똑같이 선량하고 멍청해 보이는 표정이었다.

싱클턴은 짝짝이인 녹색 눈을 캘룬에게 고정하고 소리쳤다. "나한테 뭘 원하는 거야? 말해! 내 시간은 소중하니까." 그 눈은 캘룬이 신문에서 본 것과 똑같았지만 한 가지 다른 점은 그 날카로운 빛이 파충류 같은 느낌을 준다는 것이었다.

청년은 얼어붙어 앉아 있었다.

잠시 후 메리 엘리자베스가 갈라진 목소리로 조그맣게 말했다. "저희는 아저씨를 이해한다는 말을 하려고 왔어요."

노인의 눈길이 여자에게 이동했고, 한순간 그 눈은 먹잇감을 발견한 청개구리처럼 완벽하게 고요했다. 그는 목이 부풀어 오르는 것 같았다. "아아아. 이이이." 그가 기분 좋은 것을 삼킨 듯이 말했다.

"정신 차려요, 아저씨." 직원 한 명이 말했다.

"여자 옆에 앉을래." 싱클턴이 말하고 직원에게서 팔을 빼냈지만, 직원은 곧바로 다시 잡았다. "저 친구는 자기가 뭘 원하는지 알아."

"여자분 옆에 앉혀. 조카시니까." 금발 머리가 말했다.

"안 돼. 잡고 있어야 돼. 옷을 벗어 버릴 거야. 잘 알잖아." 대머리가 말했다.

하지만 다른 직원은 이미 그의 손목을 놓았고, 싱클턴은 자신을 잡은 직원에게서 팔을 비틀며 메리 엘리자베스에게 몸을 기울였다. 그녀의 눈은 뿌예졌다. 노인은 이를 다물고 외설스러운 소리를 냈다.

"그러지 말아요, 아저씨." 손을 놓은 직원이 말했다.

"모든 여자가 다 나를 만날 수 있는 건 아냐." 싱클턴이 말했다. "이봐 친구, 나는 부자야. 파트리지에서 내가 벗겨 먹지 못할 사람은 아무도 없어. 나는 집이 있어, 이 호텔 말고도." 그의 손이 그녀의 무릎을 향해 다가왔다.

여자는 억누른 외침을 짧게 질렀다.

"다른 것들도 있어." 그가 숨을 헐떡였다. "아가씨하고 나는 같은 종류야. 우리는 다른 사람들과 급이 달라. 아가씨는 여왕이야. 나는 아가씨를 꽃마차에 태울 거야!" 그리고 그 순간 그가 손목을 확 풀고 여자에게 달려들었지만 두 직원이 즉시 달려들었다. 메리 엘리자베스가 캘룬에게 달라붙어 몸을 웅크릴 때, 노인은 소파를 훌쩍 뛰어넘어 방안을 달리기 시작했다. 직원들은 그를 잡으려고 두 팔을 넓게 벌리고 양쪽에서 달려들었다. 그들이 그를 거의 잡으려고 하는 순간 그가 신발을 툭 차서 벗어 던지며 탁자 위로 뛰어올랐고, 그 바람에 빈 꽃병이 떨어져 박살 났다. "날 봐 아가씨!" 그가 소리 지르며 환자복을 머리 위로 벗으려고 했다.

메리 엘리자베스는 이미 달려 나가고 있었고, 캘룬이 뒤따라가서 여자가 부딪치기 직전에 문을 열어 주었다. 그들은 차로 달려갔고 청년은 자기 심장이 모터가 된 듯, 그리고 아무리 빨리 달려도 부족한 듯 맹렬하게 차를 운전했다. 하늘은 백골빛이었고, 매끈한 간선도로는 대지의 신경 조각이 노출된 것처럼 뻗어 있었다. 8킬로미터 정도를 달린 뒤 캘룬은 지쳐서 차를 길가에 세웠다. 그들은 말없이 앉아서 허공만 바라보다가 마침내 고개를 돌려 서로를 보았다. 그들은 서로의 친연성에 몸을 움찔했다. 그리고 고개를 다른 곳으로 돌렸다가, 잘 보면 좀 더 참을 만한 모습을 볼 수 있을 거라는 듯 다시 서로를 보았다. 캘룬에게 여자의 얼굴은 벌거벗은 하늘을 비추는 거울 같았다. 그는 절망 속에 그녀를 향해 몸을 숙이다가 그녀의 안경에 조그맣게 비친 자신의 모습에 우뚝 멈추었다. 둥글고 순진하고 벽돌담의 벽돌 하나처럼 아무 특징 없는 그 얼굴은 인생의 재능이 미래로 달려 나가 축제에 축제를 일으키는 얼굴이었다. 그것은 판매의 달인처럼 오래전부터 그를 데려가려고 기다리고 있던 것 같았다.

절름발이가 먼저 올 것이다
The Lame Shall Enter First

I

셰퍼드는 부엌을 반으로 가르는 바 식탁의 높은 의자에 앉아서 개별 포장 상자에 든 시리얼을 먹었다. 그는 기계적으로 먹었고, 시선은 부엌의 수납 칸들을 뒤지며 먹을거리를 찾는 아이에게 향해 있었다. 아이는 열 살짜리 뚱뚱한 금발 소년이었다. 셰퍼드는 진한 파란색 눈동자를 아이에게서 거두지 않았다. 아이의 미래는 얼굴에 적혀 있었다. 아이는 은행가가 될 것이다. 아니 더 나쁘다. 작은 대부 회사를 운영할 것이다. 그가 아이에게 원하는 것은 착하고 이타적인 사람이 되는 것뿐이었지만 어느 쪽도 가능성이 희박했다. 셰퍼드는 아직 젊은데도 머리는 벌써 백발이었다. 머리카락은 그의 예민한 분홍색 얼굴 위로 가는 솔처럼 일어서 있었다.

아이는 땅콩버터를 겨드랑이에 낀 채 한 손에는 초콜릿 케이크 4분의 1 조각을 담은 접시를, 다른 손에는 케첩을 들고 바 식탁으로 왔다. 아이는 아버지를 알아보지 못한 것 같았다. 아이는 의자에 앉아 케이크에 땅콩버터를 발랐다. 크고 둥근 귀가 밖으로 벌어져서 아이의 두 눈을 옆으로 지나치게 당기는 것 같았다. 셔츠는 녹색이지만 색이 너무 바래서 가슴팍의 돌진하는 카우보이 그림은 그저 그림자 정도로밖에 보이지 않았다.

"노턴, 어제 루퍼스 존슨을 봤다. 그 애가 뭘 했는지 아니?" 셰퍼드가 물었다.

아이는 어정쩡하게 그를 보았다. 눈길은 그를 향했지만, 관심은 거기 없었다. 두 눈은 파란색이지만 셔츠처럼 색이 바랜 듯 아버지보다 연한 빛이었다. 한쪽 눈은 아주 살짝 밖으로 기울어져 있었다.

"골목에서 봤어." 셰퍼드가 말했다. "쓰레기통을 뒤지고 있더구나. 먹을 것을 찾고 있었어." 그리고 아이가 그 말을 제대로 알아듣도록 잠시 멈추었다가 다시 말했다. "배가 고팠던 거야." 그런 뒤 시선으로 아이의 양심을 꿰뚫을 듯 아이를 노려보았다.

아이는 초콜릿 케이크를 집어 들고 구석부터 갉아 먹었다.

"노턴, 너는 나눈다는 게 무슨 뜻인지 아니?" 셰퍼드가 물었다.

노턴이 반짝 관심을 보이며 말했다. "아빠한테도 드려야 하는 거요."

"그 애한테도 주는 거야." 셰퍼드가 무겁게 말했다. 소용없었다. 이기심에 비하면 다른 어떤 결함도 괜찮을 것이다. 화를 잘 내는 성미도, 심지어 거짓말하는 버릇도.

아이는 케첩 병을 뒤집어서 케이크에 대고 탁탁 쳤다.

셰퍼드는 더욱 고통스러운 표정이 되었다. "너는 열 살이고 루퍼스 존슨은 열네 살이야. 하지만 네 셔츠가 루퍼스에게 맞을 것 같다." 루퍼스 존슨은 소년원에서 1년을 보내고 두 달 전에 출소한 소년이었다. "소년원에 있을 때는 괜찮아 보였는데 어제 보니 뼈만 앙상했어. 그 애는 아침 식사로 땅콩버터를 바른 케이크는 먹지 못해."

아이는 멈추고 말했다. "이거 맛이 좀 갔어요. 그래서 딴 걸 발라 먹는 거예요."

셰퍼드는 얼굴을 식탁 끝의 창문으로 돌렸다. 집 옆쪽 푸른 잔디밭은 15미터 정도 평탄하게 내려가서 작은 교외 숲으로 이어졌다. 아내가 살아 있을 때 그들은 아침에도 자주 그 풀밭에 나가서 식사를 했다. 그때는 아이가 이렇게 이기적인지 몰랐다. "내 말 들어. 나를 보고 내 말을 들어." 그가 다시 아이를 바라보며 말했다.

아이는 그를 바라보았다. 적어도 아이의 눈은 그를 향해 있었다.

"루퍼스가 소년원을 출소할 때 나는 그 애한테 이 집 열쇠를 주었어. 그 아이에 대한 내 믿음을 보여 주고, 그 애가 아무 때라도 우리 집에 와서 편하게 지낼 수 있도록. 루퍼스는 아직 그 열쇠를 사용하지 않았지만 이제는 쓰게 될 것 같아. 그 애는 나를 봤고, 또 배를 곯고 있으니까. 그리고 그 애가 열쇠를 쓰지 않으면 내가 그 애를 찾아서 데리고 올 거야. 어린애가 쓰레기통에서 먹을 것을 뒤지는 일을 가만두고 볼 수는 없어."

아이는 인상을 썼다. 자기 생활이 위험에 놓였다는 생각이 들었다.

셰퍼드는 입술을 당겨 불쾌함을 표시하고 말했다. "루퍼스의 아버지는 그 애가 태어나기도 전에 돌아가셨어. 그리고 엄마는 주립 교도소에 있어. 그 애는 할아버지하고 같이 물도 전기도 없는 판잣집에서 살

왔고, 할아버지는 날마다 그 애를 때렸어. 네가 그런 집에 태어났다면 어땠겠니?"

"몰라요." 아이가 멍청하게 대답했다.

"생각을 좀 해 봐라." 셰퍼드가 말했다.

셰퍼드는 시청 소속 레크리에이션 지도사였다. 토요일마다 소년원에서 카운슬러 일을 했는데, 보수는 없지만 모두가 외면하는 소년들을 돌본다는 자부심을 얻었다. 존슨은 거기서 만난 소년들 가운데 가장 똑똑하고도 가장 불운한 소년이었다.

노턴은 남은 케이크를 더 먹고 싶지 않은 듯 뒤집었다.

"그 형은 아마 안 올 거예요." 아이가 말하고 두 눈에 살짝 밝은 빛을 띠었다.

"그 애는 못 가졌는데 네가 가진 것들을 생각해 봐!" 셰퍼드가 말했다. "네가 쓰레기통에서 먹을 것을 찾는다고 생각해 봐. 한쪽 발이 퉁퉁 부어 있고, 길을 걸을 때 몸 한쪽이 기운다면?"

아이는 그런 일을 상상할 수 없다는 듯 멍한 표정이었다.

"너는 건강하고 좋은 집이 있어." 셰퍼드가 말했다. "그리고 진실만을 배우며 자랐어. 네 아빠는 네가 필요한 것을 다 대 주고 있어. 할아버지가 너를 때리지도 않고, 엄마가 교도소에 있지도 않아."

아이는 접시를 옆으로 밀었다. 셰퍼드는 끙 소리를 냈다.

아이의 뒤틀린 입 아래 혹이 튀어나왔다. 아이는 작은 눈구멍만 빼고 얼굴 전체가 울퉁불퉁해졌다. "엄마가 교도소에 있다면 어쨌든 엄마를 보러 갈 수 있겠죠." 아이가 고함치듯 말했다. 눈물이 얼굴에 흘러내리고 케첩이 뺨 위에 방울졌다. 아이는 입을 얻어맞은 것 같은 표정이 되어 자제력을 잃고 엉엉 울었다.

셰퍼드는 무력하고 비참한 기분에 싸였다. 강력한 자연력이 그를 강타한 것 같았다. 이것은 평범한 슬픔이 아니라 아이의 이기심의 일부였다. 아내가 죽은 지 이제 1년도 더 지났고 아이의 슬픔이 그렇게 오래갈 수 없었다. "너는 이제 곧 열한 살이 돼." 그가 꾸짖는 목소리로 말했다.

아이는 높은 소리로 고통스럽게 꺽꺽거렸다.

"네가 네 생각을 그만하고 다른 사람을 위해 무얼 할 수 있는지를 생각한다면 네 엄마 생각도 그만하게 될 거야." 셰퍼드가 말했다.

아이는 조용해졌지만 어깨는 계속 들썩거렸다. 그러더니 다시 얼굴이 일그러지면서 새롭게 울부짖었다.

"네 엄마가 없어서 나도 외로운 건 모르니?" 셰퍼드가 말했다. "나도 네 엄마가 그리운 건 모르니? 나도 힘들지만 그렇게 엉엉 울며 슬퍼하지 않아. 바쁘게 다른 사람들을 돕고 있지. 내가 내 문제만 생각하고 있는 걸 본 적 있니?"

아이는 지친 듯 몸을 웅크렸지만, 새로운 눈물이 다시 얼굴을 적셨다.

"오늘 무얼 할 거니?" 셰퍼드가 아이 생각을 다른 데로 옮기려고 물었다.

아이는 팔로 눈물을 닦고 중얼중얼 말했다. "씨앗을 팔아요."

저 애는 늘 무언가를 팔아. 그동안 아이가 모은 5센트, 10센트 동전이 1리터 병 네 개에 가득했고, 아이는 며칠에 한 번씩 그것을 벽장에서 꺼내 세었다. "왜 씨앗을 파니?"

"상을 타려고요."

"상이 뭔데?"

"천 달러요."

"천 달러를 받으면 뭘 할 건데?"

"간직하죠." 아이가 말하고 한쪽 어깨에 코를 닦았다.

"그래, 그럴 것 같다." 셰퍼드가 말하고, 부탁하는 듯 나직한 목소리로 다시 말했다. "네가 천 달러를 받았다고 하자. 그걸 너만 한 행운을 얻지 못한 아이들에게 쓰는 건 어떻겠니? 고아원에 그네와 공중그네 같은 걸 선물해 주는 게 어떻겠니? 불쌍한 루퍼스 존슨에게 새 신발을 사 주는 건 어떻겠니?"

아이는 식탁에서 물러섰다. 그러더니 갑자기 고개를 숙이고 접시 위에 입을 벌렸다. 셰퍼드는 다시 끙 소리를 냈다. 아이는 모든 것을 토했다. 케이크, 땅콩버터, 케첩이 달큰한 곤죽이 되어 쏟아졌다. 아이는 우욱거리며 접시에 음식을 토했고, 이제 심장이 나올 거라고 예상하는 듯 입을 벌리고 기다렸다.

"괜찮아. 어쩔 수 없는 일이지. 입을 닦고 누워 있어라." 셰퍼드가 말했다.

아이는 잠시 그 상태로 가만있었다. 그런 뒤 고개를 들고 명한 얼굴로 아버지를 보았다.

"다 토하고 누워서 쉬어." 셰퍼드가 말했다.

아이는 티셔츠 앞자락으로 입을 문질렀다. 그런 뒤 의자에서 내려가 부엌을 나갔다.

셰퍼드는 소화되다 만 뭉클거리는 덩어리를 바라보았다. 그리고 시큼한 냄새에 뒤로 움찔했다. 그의 식도도 일어날 것 같았다. 그는 접시를 싱크대로 가지고 가서 물을 틀고 물에 씻겨 내려가는 오물을 우울하게 바라보았다. 존슨의 여위고 불쌍한 손이 먹을 것을 찾아 쓰레기통을 뒤지는 동안 이기적이고 둔감하고 탐욕스러운 자기 아이는 음식을 토할 지경으로 먹었다. 그는 주먹을 뻗어 수도를 잠갔다. 존슨은 예민한 반응 능력이 있지만 태어날 때부터 모든 걸 박탈당했다. 노턴은 평균 또는 그 이하였지만 모든 이점을 가졌다.

그는 식탁으로 돌아가 식사를 마쳤다. 종이 상자 속 시리얼은 뭉클뭉클해져 있었지만 자신이 먹는 것에 신경을 쓰지 않았다. 존슨은 관심을 기울일 만한 아이였다. 잠재력이 있었기 때문이다. 그는 아이가 절뚝거리며 첫 면담에 왔을 때부터 그것을 알았다.

소년원에서 셰퍼드가 일하는 공간은 창문이 하나뿐인 작은 방이었고, 작은 탁자 하나와 의자 두 개가 있었다. 그는 고해소에 들어가 본 적은 없지만, 자신이 여기서 하는 것도 그와 똑같은 종류일 거라고 생각했다. 차이점이라면 자신은 죄를 사하지 않고 설명해 준다는 것뿐이었다. 그는 신부들보다 자격이 확실했다. 그런 일을 위해 교육을 받았기 때문이다.

존슨이 첫 면담에 왔을 때 그는 아이의 기록을 읽고 있었다. 무차별 파손 행위, 유리창 깨기, 공중 쓰레기통 방화, 타이어 펑크—이 아이처럼 시골에서 갑자기 도시로 오게 된 아이들이 흔히 저지르는 일이었다. 그는 존슨의 아이큐를 보았다. 140이었다. 그는 아이에게 뜨거운 눈을 들었다.

소년은 의자에 힘없이 걸터앉아 허벅지 사이에 팔을 늘어뜨리고 있었다. 창문으로 들어온 빛이 소년의 얼굴에 떨어졌다. 고요한 회색 눈은 흔들리지 않고 앞쪽을 바라보았다. 이마 옆에 늘어진 검고 성근 머리는 어린 소년의 헝클어진 머리가 아니라 노인의 성난 머리 같았다. 그 얼굴에는 강렬한 지성 같은 것이 뚜렷이 보였다.

셰퍼드는 두 사람 사이의 거리를 좁히기 위해 미소를 지었다.

소년의 표정은 누그러들지 않았다. 소년은 뒤로 기대앉아 기괴하게 뒤틀린 내반족*을 무릎에 얹었다. 검은색의 무겁고 낡은 신발을 신고 있었는데 뒷굽이 10센티미터가 넘는 것 같았다. 가죽과 굽이 만나는 부분 일부가 뜯어져서 그곳으로 속이 빈 양말 끝이 잘린 머리의 혀처럼 튀어나왔다. 셰퍼드는 소년의 사례를 즉시 파악했다. 그의 비행은 발에 대한 보상이었다.

"루퍼스, 기록을 보니 여기서 1년만 지내면 되더구나. 나가면 어떻게 할 계획이니?"

"계획 같은 거 없어요." 소년이 말했다. 그의 눈은 셰퍼드를 무심히 지나쳐서 창밖 먼 곳을 바라보았다.

"계획을 하는 게 좋을 거야." 셰퍼드가 말하고 웃었다.

존슨은 계속 바깥만 바라보았다.

"나는 네가 네 좋은 머리를 활용하는 걸 보고 싶어." 셰퍼드가 말했다. "너한테 가장 중요한 게 뭐니? 너한테 중요한 걸 이야기해 보자." 그의 눈이 자기도 모르게 소년의 발로 떨어졌다.

"보고 싶으면 실컷 보세요." 소년이 느린 목소리로 말했다.

셰퍼드는 얼굴이 빨개졌다. 검은 기형의 발이 눈앞에 부풀어 올랐다. 그는 그 말도 또 소년의 조롱도 무시하고 말했다. "루퍼스, 너는 여러 가지 문제를 일으켰지만 네가 왜 이런 일을 하는지 스스로 이해하면 그런 일을 하고 싶은 생각이 줄어들 거라고 봐." 그가 미소를 보였다. 이런 아이들은 친구도 없고 다정하게 대해 주는 사람도 없어서, 셰

* 발바닥이 안쪽을 향한 위치에서 굳어 버린 상태.

퍼드가 갖는 힘의 절반은 그저 미소를 지어 주는 데서 왔다. "너의 많은 일들을 내가 차근차근 설명해 줄 수 있을 것 같다."

존슨은 그를 차갑게 보면서 대꾸했다. "저는 아무 설명 필요 없어요. 제가 왜 그런 일을 하는지 이미 잘 알아요."

"그래 좋구나! 무엇 때문에 그런 일을 하는지 말해 주겠니?" 셰퍼드가 물었다.

소년이 눈에 검은 광채를 번득이며 말했다. "악마가 시켜요. 악마가 저를 사로잡고 있어요."

셰퍼드는 소년을 가만히 보았다. 소년의 얼굴은 농담을 하는 기미가 전혀 없었다. 얇은 입술에는 자부심이 서려 있었다. 셰퍼드의 눈이 어두워졌다. 그는 너무 오래전에 생겨서 이제 새삼 고칠 수 없는 자연의 강력한 뒤틀림에 맞닥뜨린 듯 순간적으로 둔한 절망을 느꼈다. 이 소년이 인생에 대해 질문을 했을 때 거기 대답을 해 준 것은 길거리에 걸린 광고판들이었다. '악마에게 사로잡혀 있나요? 회개하지 않으면 지옥 불에 떨어집니다. 예수님은 당신의 구원자십니다.' 소년이 성경을 읽었건 안 읽었건 그 내용은 알고 있을 것이다. 그의 답답함은 분노로 이어졌다. "그게 무슨 헛소리니! 우리는 우주 시대에 살고 있어! 그건 너같이 똑똑한 애가 할 만한 대답이 아니야."

존슨의 입술이 살짝 뒤틀렸다. 그 표정에는 경멸과 흥미로움이 동시에 어렸다. 비난의 빛도 있었다.

셰퍼드는 소년의 표정을 살폈다. 머리가 좋은 아이는 무슨 일이든 가능했다. 그는 다시 미소를 보였다. 창문이 활짝 열려 햇빛이 쏟아져 들어오는 교실로 소년을 부르는 것 같은 미소였다. 그가 말했다. "루퍼스, 내가 일주일에 한 번씩 너를 만나도록 계획을 짜 보마. 네가 왜 그런 생각을 하는지를 설명해 줄 수 있을지도 몰라. 그러니까 그 악마가 무엇인지를 말이야."

그 뒤로 그는 연말까지 토요일마다 존슨을 만났다. 그는 체계 없이 이야기를 했지만 그것은 소년이 평생 한 번도 들어 본 적 없을 이야기들이었다. 그는 기초심리학과 인간 정신의 오묘한 작용에서 시작해서 천문학으로 옮아가, 소리보다 빠른 속도로 지구를 돌고 곧 별들 틈으로 나아갈 우주 캡슐까지 이야기했다. 그는 직감적으로 별에 집중했다. 소년이 동네 주민들의 물건이 아닌 다른 것에 마음을 쓰게 하고 싶었다. 소년의 지평을 넓혀 주고 싶었다. 소년이 우주를 보기를, 우리가 우주의 가장 어두운 부분도 볼 수 있다는 것을 알기를 바랐다. 그는 무슨 수를 써서라도 존슨의 손에 망원경을 쥐여 주고 싶었다.

존슨은 말이 별로 없었지만, 그나마 한 말들은 자부심을 지키려고 무조건 반대하거나 분별없이 반박하는 것들이었다. 그럴 때면 소년은 내반족을 금세 집어 들어 쓸 수 있는 무기처럼 무릎에 올려놓았는데, 셰퍼드는 거기 속지 않았다. 그는 소년의 눈을 보았고 매주 그 안의 무언가가 조금씩 부서지는 것을 보았다. 아이의 얼굴은 딱딱했지만 흔들렸고, 자신을 괴롭히는 빛에 애써 버티고 있었다. 그 모습을 보고 셰퍼드는 자신이 핵심을 찌르고 있다는 것을 알았다.

그런데 존슨은 이제 풀려나서 쓰레기통을 뒤지며 지난날의 무지로 돌아가고 있었다. 그 일의 부당함이 그를 분노하게 했다. 사람들은 소년을 도로 할아버지에게 보냈다. 노인의 어리석음은 그저 상상만 해 볼 수 있을 뿐이었다. 아이는 그 집에서 달아났을 것이다. 전에도 자신이 존슨의 보호자가 되는 건 어떨까 하는 생각을 해 보았지만 할아버지가 걸림돌이었다. 그런 소년을 위해 무엇을 해 줄 수 있을까를 생각하면 그는 마음이 들떴다. 먼저 소년에게 기능성 신발을 맞추어 줄 것이다. 소년은 걸음을 걸을 때마다 등이 휘어졌다. 그런 뒤 소년이 특별한 분야에 지적 흥미를 품도록 권유할 것이다. 그는 망원경을 떠올렸다. 중고품을 살 수 있을 테고, 그것을 다락방 창문에 설치할 수 있을 것이다. 그는 10분 가까이 존슨과 함께 살게 되면 자신이 무얼 할 수 있을지를 생각했다. 노턴에게는 소용없었던 가르침이 존슨을 피어나게 할 것이다. 어제 쓰레기통에 손을 넣은 소년을 보았을 때 그는 손을 흔들며 다가갔다. 존슨은 그를 보더니 잠깐 머뭇거리다가 생쥐처럼 달아났지만, 셰퍼드는 소년의 표정이 바뀌는 것을 놓치지 않았다. 소년의 눈에서 무언가 반짝였다고, 그것은 잃어버린 빛의 기억이었다고 그는 확신했다.

그는 일어나서 시리얼 상자를 쓰레기통에 버렸다. 집을 나서기 전에 노턴이 괜찮아졌는지 보려고 아이 방에 들렀다. 아이는 침대에 책상다리로 앉아서 병에 모은 동전을 모두 쏟아 모아 놓고 5센트, 10센트, 25센트 동전을 따로 분류하고 있었다.

그날 오후에 노턴은 집에 혼자 있었고, 방바닥에 쪼그리고 앉아 꽃씨 봉지들을 정렬했다. 비가 유리창을 두드리고 배수관을 덜그럭거리며 내려갔다. 방은 어두워졌지만 몇 분에 한 번씩 조용한 번개가 번쩍불을 밝혔고, 방바닥의 씨앗 봉지들은 유쾌해 보였다. 아이는 이 장래의 정원 한가운데 큼직한 개구리처럼 조용히 앉아 있었다. 갑자기 아이의 눈이 총기를 띠었다. 비가 그쳐 있었다. 장대비가 억지로 침묵을 강요당한 듯 무거운 정적이 흘렀다. 그는 움직이지 않았고 눈동자만이 돌아갔다.

정적 속에 현관 자물쇠에 열쇠 돌아가는 소리가 또렷하게 들렸다. 그 소리는 아주 고의적이었다. 소리를 일으키는 게 손이 아니라 정신인 것처럼 관심을 자신에게 끌고 그것을 붙들어 두는 소리였다. 아이는 일어나서 벽장 안으로 들어갔다.

발소리가 복도를 걸어왔다. 그것은 고의적이고 불규칙했다. 가벼운 소리와 무거운 소리, 거기에 중간에 멈추어서 귀를 기울이거나 무언가를 살피는 듯한 정적이 섞였다. 잠시 후 부엌문이 끼익 열리고, 발소리가 냉장고 앞으로 갔다. 벽장 벽 뒤쪽이 바로 부엌이었다. 노턴은 벽에 귀를 대고 서 있었다. 냉장고 문이 열렸다. 그리고 긴 정적이 이어졌다.

그는 신발을 벗고 깨금발로 벽장을 나와서 씨앗 봉지를 넘어갔다. 그러다가 방 가운데 우뚝 멈춰 섰다. 비에 젖은 검은 옷을 입은 여윈 소년이 문 앞에 서서 아이를 가로막고 있었다. 소년의 머리칼은 젖어서 머리에 납작 달라붙어 있었다. 소년은 비에 젖은 성난 까마귀 같았다. 그의 표정이 핀처럼 아이를 훑었고, 아이는 마비되었다. 그런 뒤 소년은 방 안에 있는 것들을 훑었다. 흐트러진 침대, 커다란 창문에 걸린 더러운 커튼, 어지러운 옷장 꼭대기에 놓인 얼굴이 넓적한 젊은 여자의 사진.

아이의 혀가 갑자기 풀렸다. "아빠가 형을 기다렸어. 형한테 새 신발을 사 주고 싶대. 형이 쓰레기통을 뒤져 먹어서!" 아이는 쥐가 찍찍거리는 것 같은 소리로 말했다.

"내가 쓰레기통을 뒤져 먹는 건 그게 좋아서야, 알아?" 소년이 아이를 빤히 바라보며 천천히 말했다.

아이는 고개를 끄덕였다.

"그리고 나도 신발 구할 수 있어. 알아?"

아이는 멍하니 고개를 끄덕였다.

소년은 절뚝이며 들어와서 침대에 앉았다. 그런 뒤 등 뒤에 베개를 대고 짧은 쪽 다리를 앞으로 뻗자, 크고 검은 구두가 시트 위에 두드러졌다.

노턴의 눈이 거기 닿아서 움직이지 않았다. 뒷굽이 벽돌만큼 두꺼웠다.

존슨은 발을 살짝 꼼지락거리고 웃었다. "내가 이걸로 한 번 뺑 차면 아무도 나를 귀찮게 굴지 않아."

아이는 고개를 끄덕였다.

"부엌에 가서 호밀 빵이랑 햄으로 샌드위치를 만들어 와. 그리고 우유도 한 잔 가지고 와." 존슨이 말했다.

노턴은 기계장치 장난감처럼 명령받은 방향으로 갔다. 그리고 햄이 옆으로 튀어나온 크고 기름진 샌드위치를 만들고 유리잔에 우유를 따라 양손에 하나씩 들고 돌아왔다.

존슨은 베개에 위엄 있게 기대앉아 있었다. "고마워, 웨이터." 소년이 말하고 샌드위치를 받아 들었다.

노턴은 우유 잔을 들고 침대 옆에 서 있었다.

소년은 샌드위치를 천천히 씹어 먹었다. 그런 뒤 우유를 받아 들고 아이처럼 두 손으로 들고 마셨다. 중간에 숨을 쉬려고 잔을 내렸을 때 입 가장자리에 우유 자국이 동그랗게 남았다. 소년은 노턴에게 빈 잔을 주고 갈라진 목소리로 말했다. "가서 오렌지를 하나 가져와, 웨이터."

노턴은 부엌에서 오렌지를 가지고 돌아왔다. 존슨은 손가락으로 껍질을 벗겨서 침대에 떨구었다. 그리고 천천히 오렌지를 먹으며 씨앗을 앞에 뱉었다. 오렌지를 다 먹은 뒤에는 시트로 손을 닦고 노턴을 한참 동안 바라보았다. 노턴의 서비스에 마음이 누그러든 것 같았다. "그 아저씨 아이가 확실해. 멍청하게 생긴 게 똑같다."

아이는 아무 소리도 못 들은 것처럼 둔하게 서 있었다.

"그 아저씨는 자기 오른손 왼손도 구별 못 해." 존슨이 즐거운 목소리로 말했다.

아이는 소년의 얼굴 약간 옆쪽의 벽을 바라보았다.

"쉴 새 없이 떠들지만 쓸 만한 말은 하나도 없어." 존슨이 말했다.

아이는 윗입술이 약간 올라갔지만 말은 하지 않았다.

"헛소리야, 다 헛소리." 존슨이 말했다.

아이는 얼굴에 신중한 적대감을 떠올렸다. 그리고 퇴각할 준비가 되었다는 듯 뒤로 물러서며 말했다. "아빠는 좋은 분이야. 사람들을 도와줘."

"좋은 분이라고!" 존슨이 사납게 말하더니 고개를 내밀고 소리쳤다. "그 아저씨가 좋은 사람이건 말건 상관없어. 하지만 틀린 소리만 해!"

노턴은 겁을 먹은 표정이었다.

부엌의 방충 문이 덜컹 소리를 냈고 누가 들어왔다. 존슨은 얼른 일어나 앉아서 물었다. "네 아빠야?"

"요리사 누나야. 오후 이맘때 와." 노턴이 말했다.

존슨은 일어나서 절뚝절뚝 부엌문 앞에 가 섰고 노턴이 뒤를 따라갔다.

키 큰 흑인 여자가 벽장 앞에 서서 빨간 우비를 벗고 있었다. 피부는 옅은 갈색이었으며, 입은 큼직한 장미가 검게 시든 것 같았다. 정수리에 층층이 쌓아 올린 머리는 피사의 사탑처럼 기울어져 있었다.

존슨은 이를 다문 채 소리를 내더니 말했다. "제마이마 이모*로군."

여자가 멈추고 그들을 오만하게 노려보았다. 바닥을 구르는 먼지를 보는 듯한 눈길이었다.

"야, 검둥이 말고 뭐가 더 있는지 보여 줘." 존슨이 말했다. 그리고 복도에서 오른쪽 첫 번째 문을 열고 분홍 타일을 바른 욕실을 들여다보았다. "분홍색 변소야!" 소년이 말했다.

소년은 웃기는 얼굴로 아이를 보았다. "네 아빠도 저기 앉아서 일을 봐?"

"손님용인데, 가끔 아빠도 쓰시긴 해." 노턴이 말했다.

"그 아저씨는 저기다 머리를 비워 내야 하는데." 존슨이 말했다.

옆방 문이 열려 있었다. 아내가 죽은 뒤 셰퍼드가 자던 방이었다. 바닥재 없는 바닥에 금욕적인 분위기의 철제 침대가 놓여 있었다. 한쪽 구석에는 리틀 리그 야구 유니폼이 쌓여 있었다. 덮개식 책상 위에는 신문이 어지럽게 흩어졌고, 담배 파이프들이 군데군데 신문을 눌렀다. 존슨은 말없이 방 안을 둘러보았다. 그리고 코를 찡그리며 말했다. "흠, 누군지 알겠군."

그 옆방 문은 닫혀 있었지만 존슨은 문을 열고 어두컴컴한 방 안으로 고개를 내밀었다. 블라인드가 내려졌고, 답답한 공기 속에 희미한 향수 냄새가 섞여 있었다. 고풍스러운 침대가 있고 거울이 반짝이는 거대한 서랍장이 있었다. 존슨은 문 옆의 전등 스위치를 올리고 옷장 앞으로 가서 거울을 들여다보았다. 리넨 융단 위에 은색 빗과 솔빗이

---

* 식품 브랜드로, 흑인 여자의 얼굴을 로고로 쓴다.

구르고 있었다. 존슨은 빗을 집어 들어 머리카락 속에 넣고 이마 위로 빗어 내렸다가 히틀러식으로 옆으로 넘겼다.

"엄마 빗 내려놔!" 아이가 말했다. 아이는 문 앞에 서서 성소의 신성 모독이라도 목격한 것처럼 창백한 얼굴로 숨을 몰아쉬었다.

존슨은 빗을 내려놓고 솔빗을 들어 그걸로 머리를 쓸었다.

"우리 엄마는 돌아가셨어." 아이가 말했다.

"나는 죽은 사람 물건 안 무서워." 존슨은 맨 위 서랍을 열고 그 안에 손을 넣었다.

"그 더러운 손으로 우리 엄마 옷 만지지 마!" 아이가 목이 메어서 소리를 질렀다.

"흥분하지 마." 존슨이 말하고 주름진 빨간 물방울무늬 블라우스를 꺼냈다가 도로 넣었다. 그런 뒤 녹색 실크 손수건을 꺼내서 머리 위로 돌리다가 바닥에 떨어뜨렸다. 그는 계속 서랍을 뒤졌다. 잠시 후 네 개의 금속 지지대가 달린 낡은 코르셋이 나왔다. "네 엄마 안장인가 보다." 존슨이 말했다.

그는 코르셋을 집어 들어 흔들더니 자기 허리에 둘러매고 펄쩍펄쩍 뛰어서 금속 지지대가 춤을 추게 했다. 그리고 손가락을 튕기고 엉덩이를 흔들며 노래했다. "흔들흔들 흔들흔들, 아무리 애를 써 봐도 그 여자는 싫다고만 하네." 멀쩡한 발을 바닥에 쿵 딛고 무거운 발을 옆으로 흔들었다. 소년은 그렇게 춤을 추며 방을 나가서는 놀란 아이를 지나 부엌 쪽으로 갔다.

30분 후 셰퍼드가 집에 왔다. 그는 복도 의자에 우비를 떨구고 응접실 문 앞에 갔다가 우뚝 멈춰 섰다. 그의 얼굴이 확 달라졌다. 기쁨으로 환하게 빛났다. 존슨이 등받이 높은 분홍색 천 의자에 앉아 있었다. 그 뒤의 벽은 바닥에서 천장까지 전부 책이었다. 소년은 책을 읽고 있었다. 셰퍼드는 눈을 가늘게 떴다. 그것은 브리태니커 백과사전이었다. 소년은 책에 빠져서 고개도 들지 않았다. 셰퍼드는 숨을 죽였다. 이곳은 소년을 위한 완벽한 환경이었다. 그는 소년을 이 집에 두어야 했다. 어떻게든 그렇게 해야 했다.

"루퍼스! 여기서 보다니 좋구나!" 그가 말하고 손을 내민 채 소년에게 달려갔다.

존슨은 고개를 들더니 멍한 얼굴로 "아 안녕하세요" 하고 말했다. 소년은 셰퍼드의 손을 계속 무시했지만 셰퍼드가 손을 거두지 않자 마지못해 악수를 했다.

셰퍼드는 이런 반응에 이미 준비가 되어 있었다. 기쁨을 보이지 않는 것은 존슨의 성격의 일부였다.

"어떻게 지내니? 할아버지랑은 잘 지내니?" 그가 물으며 소파 가장자리에 앉았다.

"죽었어요." 소년이 무심하게 대꾸했다.

"설마!" 셰퍼드가 소리쳤다. 그리고 일어나서 소년에게 더 가까운 소파 탁자에 앉았다.

"맞아요. 안 죽었어요. 그랬으면 좋겠지만." 존슨이 말했다.

"할아버지는 어디 계시니?" 셰퍼드가 물었다.

"산에 올라갔어요." 존슨이 말했다. "다른 사람들이랑 같이요. 동굴에 성경을 묻고 동물들을 두 마리씩 데려갈 거래요. 노아의 방주처럼요. 하지만 이번에는 홍수가 아니라 불이 닥칠 거래요."

셰퍼드의 입이 비틀렸다. "그렇구나. 그러니까 그 바보 영감이 너를 버린 거냐?" 그가 물었다.

"우리 할아버지는 바보가 아니에요." 소년이 발끈해서 말했다.

"영감님이 너를 버린 거야, 아니야?" 셰퍼드가 다그치듯 물었다.

소년은 어깨를 으쓱했다.

"네 집행 유예 담당관은 어디 있니?"

"제가 그분하고 연락할 의무는 없어요. 그분이 저하고 연락해야죠." 존슨이 말했다.

셰퍼드는 웃으며 말했다. "잠깐 기다려라." 그리고 복도로 나가서 의자에 던져 놓은 우비를 집어 들고 벽장으로 그것을 걸어 두러 갔다. 생각할 시간이 필요했다. 그 집에서 함께 지내자는 부탁을 어떻게 할지 생각해 보아야 했다. 강요할 수는 없었다. 소년이 자발적으로 선택해야 했다. 존슨은 자기를 좋아하지 않는 척했다. 그저 자존심을 지키기 위해서였지만, 어쨌건 소년이 계속 자존심을 지킬 수 있도록 자신이 부탁하는 형식을 취해야 했다. 그는 벽장문을 열고 옷걸이를 꺼냈다. 아내의 낡은 회색 겨울 코트가 아직도 거기 있었다. 그것을 옆으로 미는데 그것이 움직이지 않았다. 그는 옷을 떼어 내려고 거칠게 단추를 풀다가 고치 안의 애벌레라도 본 것처럼 얼굴을 찌푸렸다. 노턴이 그 안에 서 있었다. 얼굴이 붓고 창백했고, 멍하고 고통스러운 표정이었다. 셰퍼드는 아이를 노려보았다. 그러다가 아이를 활용할 수 있겠다는 생각이 들었다. "나와." 그가 말한 뒤 아이 어깨를 잡고 응접실로 데리고 가서 존슨이 백과사전을 펼쳐 보고 있는 분홍 의자 앞에 세웠다. 한 번에 모든 것을 걸어 볼 생각이었다.

"루퍼스, 나한테 문제가 하나 있어서 네 도움이 필요해." 그가 말했다.

존슨이 의심스러운 눈길을 들었다.

"이 집에는 사내애가 한 명 더 필요해." 셰퍼드가 절박함이 담긴 목소리로 말했다. "여기 우리 아들 노턴은 평생 누구하고 무얼 나눌 일이 없어. 나눈다는 게 뭔지 몰라. 노턴을 가르쳐 줄 사람이 필요해. 네가 나를 도와주는 게 어떻겠니? 우리 집에서 잠시 같이 지내는 게 어떻겠니, 루퍼스? 나는 네 도움이 필요해." 흥분으로 그의 목소리가 가늘어졌다.

아이는 갑자기 기운을 찾았고, 분노로 얼굴이 달아올랐다. "저 형은 엄마 방에 가서 엄마 빗을 썼어요!" 아이가 셰퍼드의 팔을 뿌리치며 소리쳤다. "엄마 코르셋을 입고 리얼라 누나하고 춤을 췄어요. 저 형은……"

"그만해!" 셰퍼드가 소리쳤다. "네가 할 수 있는 건 고자질뿐이냐? 너한테 루퍼스 행동을 보고해 달라고 부탁한 적 없다. 내가 부탁하는 건 그저 루퍼스를 따뜻하게 맞아 달라는 거야. 알아들어?"

"어떤지 알겠지?" 그가 존슨을 돌아보며 말했다.

노턴은 악의적으로 분홍 의자 다리를 찼지만, 존슨의 부은 발은 비켜 갔다. 셰퍼드는 아이를 뒤로 당겼다.

"아빠 말은 다 헛소리라고 그랬어요!" 아이가 소리쳤다.

존슨의 얼굴에 교활한 기쁨이 떠올랐다.

그 말은 셰퍼드에게 타격을 주지 않았다. 그런 모욕은 아이의 방어 기제의 일부였다. "어떠니, 루퍼스? 한동안 우리하고 같이 지내 줄 수 있겠니?"

존슨은 앞만 바라볼 뿐 아무 말도 하지 않았다. 살짝 미소를 짓는 모습이 어떤 만족스러운 장래를 보는 것 같았다.

"상관없어요. 저는 어디서든 견딜 수 있어요." 소년이 백과사전 책장을 넘기며 말했다.

"아주 좋아, 훌륭해." 셰퍼드가 말했다.

"저 형은 아빠가 자기 오른손 왼손도 구별 못 한다고 했어요." 아이가 갈라진 목소리로 속삭였다.

침묵이 흘렀다.

존슨은 손에 침을 묻혀서 백과사전을 한 장 더 넘겼다.

"너희 둘 모두에게 할 말이 있어." 셰퍼드가 꿋꿋하게 말했다. 그는 아이들을 번갈아 보면서 이 말을 두 번 다시 안 할 테니 둘 다 잘 들어두어야 한다는 듯 천천히 말했다. "루퍼스가 나를 두고 하는 말이 나한테 약간이라도 상관이 있다면 나는 루퍼스한테 여기서 지내 달라고 부탁하지 않을 거다. 루퍼스는 나를 도와주고 나는 루퍼스를 도와주고 우리 둘이 너를 도와줄 거야. 루퍼스가 나에 대해 하는 말 때문에 내가 루퍼스를 돕지 않는다면 나는 이기적인 인간인 거야. 내게 다른 사람을 도울 능력이 있다면 나는 그걸 하고 싶다. 나는 속이 좁은 사람이 아니야."

두 아이 다 아무 소리가 없었다. 노턴은 의자 쿠션을 바라보았다. 존슨은 백과사전의 작은 글씨를 더 유심히 들여다보았다. 셰퍼드는 두 아이의 정수리를 내려다보고 미소 지었다. 결국 자신이 이겼다. 루퍼스는 그 집에서 지낼 것이다. 그는 손을 뻗어 노턴의 머리를 헝클어뜨리고 존슨의 어깨를 탁 쳤다. "이제 둘이 친해지렴." 그가 응접실을 나가며 유쾌하게 말했다. "리얼라가 저녁으로 무얼 남겨 놨는지 봐야겠다."

그가 나가자 존슨이 고개를 들고 노턴을 보았다. 아이는 쓸쓸한 표정으로 소년을 보았다. 존슨이 갈라진 목소리로 말했다. "야, 너 어떻게 이런 걸 참고 사냐?" 분노로 얼굴이 굳었다. "자기가 무슨 예수 그리스도인 줄 알아!"

II

셰퍼드의 다락방은 널찍했지만 마감이 제대로 되지 않아 대들보가 드러나고 전등이 없었다. 그들은 지붕창 한 곳에 삼발이를 놓고 거기에 망원경을 설치했다. 망원경이 가리키는 어두운 하늘에는 달걀 껍데기처럼 연약한 달 한 조각이 밝은 은색 구름 뒤에서 막 나와 있었다. 방 안에는 트렁크에 세워 둔 등유 랜턴에 그들의 그림자가 천장으로 뻗어서 흔들리며 대들보 접합부에서 뒤엉켰다. 셰퍼드는 나무 상자에 앉아 망원경을 들여다보았고 존슨은 옆에서 자기 차례를 기다렸다. 셰퍼드는 이틀 전에 15달러를 주고 전당포에서 그것을 샀다.

"그만 봐요." 존슨이 말했다.

셰퍼드가 일어났고, 존슨이 상자에 앉아 눈을 망원경에 댔다.

셰퍼드는 몇 발짝 거리에 놓인 의자에 앉았다. 얼굴에 기쁨이 가득했다. 그의 꿈은 여기까지는 실현되었다. 그는 일주일도 지나지 않아 소년이 망원경으로 별을 바라보는 일을 가능하게 만들었다. 그는 존슨의 굽은 등을 보며 깊은 만족감을 느꼈다. 소년은 노턴의 체크무늬 셔츠와 그가 사 준 카키색 바지를 입었다. 신발은 다음 주면 준비될 것이다. 그는 소년이 온 다음 날 보조기 상점에 가서 새 신발을 맞추었다. 불그죽죽한 대머리 청년이 불경한 손으로 발의 치수를 재는 동안 소년의 얼굴은 어두웠다. 신발이 생기면 소년의 태도가 달라질 것이다. 발이 멀쩡한 아이도 새 신발이 생기면 뛸 듯이 기뻐한다. 노턴에게 신발을 사 주면 아이는 며칠 동안 신발만 보면서 다녔다.

셰퍼드는 방 저편에 있는 아이를 보았다. 아이는 트렁크에 기대 바닥에 앉아 있었다. 자신이 발견한 밧줄로 두 다리를 발목에서 무릎까지 칭칭 감아 놓고 있었다. 아이가 너무 멀고 아득해 보여서 셰퍼드는 망원경을 거꾸로 들고 아이를 보는 것 같았다. 존슨이 집에 온 뒤로 그는 결국 아이를 꼭 한 번 때려야 했다. 첫날 노턴이 존슨이 엄마 방에서 자게 되었다는 걸 알게 되었을 때였다. 그는 아이를 때리면 안 된다는 신념이 있었고, 특히 화가 나서 때리면 더욱 안 된다고 생각했다. 하지만 그때는 아이를 때렸고 또 화가 나서 때렸지만 결과는 좋았다. 그 뒤로 노턴은 아무 문제도 일으키지 않았다.

아이는 존슨에게 적극적인 친절을 베풀지는 않았지만, 어쩔 수 없는 일들에 대해서는 체념하는 것 같았다. 셰퍼드는 오전이면 두 아이에게 점심 값을 주어 YMCA 수영장에 보냈고, 오후가 되면 자신이 리틀 리그 야구를 연습시키는 공원으로 찾아오게 했다. 그들은 매일 오후 말없이 터덜터덜 걸어 공원에 왔다. 각자 자기 생각에 빠져서 상대의 존재를 의식하지 못하는 듯했다. 어쨌건 그는 둘이 싸우지 않는 것을 다행으로 여겼다.

노턴은 망원경에 관심을 보이지 않았다. "너도 망원경을 보고 싶지 않니, 노턴?" 그가 말했다. 아이가 지적인 호기심을 보이지 않는 일은 그를 짜증스럽게 했다. "루퍼스가 너를 훌쩍 앞서 갈 거야."

노턴은 멍하니 몸을 숙이고 존슨의 등을 보았다.

존슨은 망원경에서 눈을 돌렸다. 소년의 얼굴은 다시 살이 올랐다.

분노의 표정은 움푹한 뺨에서 물러나서 이제 셰퍼드의 친절을 피해 달아나는 도망자처럼 눈구멍 속에 나타났다. "시간 낭비할 것 없어. 달을 한 번 봤으면 본 거야." 소년이 말했다.

셰퍼드는 소년의 변덕이 재미있었다. 소년은 그가 자신의 발전을 위해 마련하는 모든 것에 저항했고, 어떤 것에 흥미를 느끼면 지루하다는 인상을 남기려고 했다. 셰퍼드는 속지 않았다. 존슨은 비밀리에 그의 메시지를 받아들이고 있었다. 셰퍼드는 어떤 모욕에도 굴하지 않았으며, 그의 친절과 인내심은 어떤 공격도 다 막아 낼 철통 갑옷이었다. 그가 말했다. "언젠가 너희는 달에 갈 수 있을지도 몰라. 10년만 있으면 사람은 달에 갔다가 돌아올 수도 있을 거야. 너희가 우주 비행사가 될 수도 있어! 우주인이!"

"우주 미아겠죠." 존슨이 말했다.

"우주 미아건 우주인이건 너 루퍼스 존슨은 달에 갈 수 있어." 셰퍼드가 말했다.

존슨의 눈 깊은 곳에서 무언가 움직였다. 하루 종일 소년은 기분이 찌무룩했다. "나는 달에 살아서 가지 못할 거예요. 그리고 죽으면 지옥에 갈 거예요."

"어쨌건 달에 가는 건 가능해." 셰퍼드가 심드렁하게 말했다. 이런 일을 다루는 최선의 방법은 가벼운 조롱이었다. "우리는 달을 보고, 달이 있다는 걸 알아. 하지만 지옥이 있다는 증거는 아직 아무도 보여 주지 못했어."

"성경이 증거잖아요. 그리고 우리는 죽으면 지옥에 가서 영원히 불탈 거예요." 존슨이 침울하게 말했다.

아이가 앞으로 몸을 숙였다.

"지옥이 없다고 말하는 건 예수님을 부정하는 거예요." 존슨이 말했다. "죽은 사람들은 심판을 받고 나쁜 사람들은 벌을 받아요. 그 사람들은 지옥 불에 타면서 슬피 울며 이를 갈아요. 그리고 그곳은 영원한 어둠이에요."

아이의 입이 벌어졌다. 아이의 눈 속이 점점 비는 것 같았다.

"악마가 지옥을 다스려요." 존슨이 말했다.

노턴은 비틀비틀 일어나서 셰퍼드에게 절뚝거리며 다가왔다. "우리 엄마가 거기 있어?" 아이가 큰 소리로 물었다. "엄마가 거기서 불타고 있어? 엄마도 타고 있어?" 아이는 발을 툭툭 차서 밧줄을 풀었다.

"말도 안 돼. 그렇지 않아." 셰퍼드가 말했다. "루퍼스가 잘못 안 거야. 네 엄마는 어디에도 없어. 엄마는 불행하지 않았어, 절대로." 아내가 죽었을 때 노턴에게 엄마는 천국으로 갔고 나중에 노턴도 거기 가서 엄마를 만날 거라고 말했다면 그의 운명은 더 편해졌겠지만, 아이를 거짓말로 키울 수는 없었다.

노턴의 얼굴이 뒤틀렸다. 턱에 혹이 솟았다.

"걱정 마." 셰퍼드가 얼른 말하고 아이를 끌어당겼다. "네 엄마의 영혼은 다른 사람들 속에 계속 살아 있고, 네가 엄마처럼 착하고 너그러운 사람이 되면 네 안에도 계속 살아 있어."

아이의 창백한 눈이 불신으로 굳었다.

셰퍼드의 연민은 혐오감으로 변했다. 아이는 엄마가 아무 데도 없는 것보다 지옥에 있는 게 낫다고 여겼다. "엄마는 아무 데도 없어." 셰퍼드가 말하고, 아이의 어깨에 손을 얹었다. "나는 너에게 진실이 아닌 것을 말할 수 없어." 그가 좀 더 부드럽고 지친 목소리로 말했다.

아이는 울부짖지 않았다. 대신 몸을 비틀어 빼낸 뒤 존슨의 소매를 잡고 물었다. "우리 엄마가 거기 있어, 형? 엄마가 거기서 불타고 있어?"

존슨이 눈을 반짝이며 말했다. "엄마가 나쁜 사람이었다면 거기 있겠지. 네 엄마가 탕녀였니?"

"엄마는 탕녀가 아니었어." 셰퍼드가 사납게 말했다. 브레이크 없는 자동차를 운전하는 것 같은 느낌이 들었다. "이런 바보 같은 대화는 그만하자. 우리는 달 이야기를 하고 있었어."

"아줌마가 예수님을 믿었니?" 존슨이 물었다.

노턴은 멍한 표정으로 있다가 잠시 후에 말했다. "응, 믿으셨어, 평생." 마치 그래야 한다는 것 같았다.

"아냐." 셰퍼드가 말했다.

"평생 믿었어요. 엄마가 직접 그렇게 말했어요." 노턴이 말했다.

"그러면 구원받았어."

아이는 여전히 어리둥절한 표정으로 물었다. "어디 있어? 우리 엄마 어디 있어?"

"높은 곳에 계셔." 존슨이 말했다.

"그게 어디야?" 노턴이 물었다.

"하늘 어딘가 있어." 존슨이 말했다. "하지만 거기는 죽은 사람만 갈 수 있어. 우주선을 타고는 못 가." 소년의 눈에 과녁을 비추는 빛처럼 예리한 섬광이 떠올랐다.

"사람은 달에 갈 거야." 셰퍼드가 엄격하게 말했다. "수십억 년 전에 처음 물고기가 육지로 나온 것하고 아주 비슷해. 그 물고기는 육지용 복장이 없어서 내부에 적응 장치를 만들었어. 그게 폐야."

"내가 죽으면 지옥에 갈까? 아니 엄마는 어디 있지?" 노턴이 물었다.

"지금 죽으면 네 엄마가 있는 데로 갈 거야. 하지만 오래 살면 지옥에 갈 거야." 존슨이 말했다.

셰퍼드가 벌떡 일어나서 랜턴을 집어 들고 말했다. "창문을 닫아라, 루퍼스. 이제 내려가서 잘 시간이다."

다락을 내려올 때 그는 존슨이 뒤에서 큰 소리로 속삭이는 것을 들었다. "내일 말해 줄게. 아저씨가 없을 때."

다음 날 야구장에서 셰퍼드는 아이들이 외야석 뒤에서 나와서 운동장 가장자리를 둘러 오는 것을 보았다. 존슨이 노턴의 어깨에 손을 얹고, 노턴의 귀를 향해 고개를 수그리고 있었다. 아이 얼굴에는 완전한 믿음, 깨달음의 표정이 있었다. 셰퍼드는 얼굴이 일그러졌다. 이것은 존슨이 자신을 괴롭히는 방법일 것이다. 노턴은 별로 총명하지 않기에 크게 손해 볼 것도 없다. 그는 생각에 잠긴 아이의 멍한 얼굴을 바라보았다. 아이를 뛰어나게 만들 필요가 뭐가 있을까? 천국과 지옥은 그저 그런 보통 사람들을 위한 것이고, 노턴은 그런 부류였다.

두 아이는 외야석에 올라간 뒤 셰퍼드와 3미터 정도 거리에서 그를 보며 앉았지만 둘 중 누구도 그를 알아보는 내색을 하지 않았다. 그는 리틀 리그 야구 선수들이 흩어진 운동장 쪽을 돌아보았다. 그리고 외야석으로 갔다. 그가 다가가자 존슨의 목소리가 그쳤다.

"너희 오늘 뭐 했니?" 그가 다정하게 물었다.

"형이 저한테 말……" 노턴이 말했다.

존슨이 아이의 갈빗대를 쿡 찌르고 말했다. "아무것도 안 했어요."

소년의 얼굴은 단순한 눈빛을 둘렀지만, 그 안에는 복잡한 표정이 뻔뻔하게 새겨져 있었다.

셰퍼드는 얼굴이 달아올랐지만 아무 말도 하지 않았다. 리틀 리그 야구 유니폼을 입은 아이 하나가 와서 방망이로 그의 다리 뒤쪽을 쿡 찔렀다. 그는 돌아서서 아이의 목에 팔을 두르고 함께 경기로 돌아갔다.

그날 밤 그가 망원경을 보는 아이들을 보러 다락방에 가 보니 노턴밖에 없었다. 아이는 상자에 웅크리고 앉아서 열심히 망원경을 들여다보고 있었다. 존슨은 없었다.

"루퍼스는 어디 갔니?" 셰퍼드가 물었다.

"루퍼스 어디 갔느냐니까?" 그가 더 큰 소리로 말했다.

"딴 데 갔어요." 아이가 고개도 돌리지 않고 말했다.

"딴 데 어디?" 셰퍼드가 물었다.

"그냥 딴 데 간다고 했어요. 별 보는 게 지겹다고요."

"알았다." 셰퍼드가 우울하게 말했다. 그는 돌아서서 계단을 내려갔다. 집 안을 찾아보았지만 존슨은 없었다. 그는 거실에 가서 앉았다. 어제는 존슨을 성공적으로 변화시킬 것을 확신했다. 오늘은 실패의 가능성에 직면해 있었다. 자신이 너무 느슨했고, 존슨의 호감을 얻는데 너무 신경을 썼다. 그는 죄책감을 느꼈다. 존슨이 자기를 좋아하건 말건 무슨 상관인가? 그게 자신에게 무슨 의미인가? 소년이 돌아오면 몇 가지를 확실히 해 둘 것이다. 여기서 지내는 동안 밤에 혼자 나가는건 안 돼, 알았지?

나는 여기서 지낼 필요 없어요. 여기서 지내건 말건 아무 상관 없어요.

오 하느님. 그는 생각했다. 그런 결과를 빚을 수는 없었다. 확고한 태도를 보여야 했지만, 그걸 문제 삼으면 안 된다. 그는 석간신문을 집어 들었다. 친절과 인내심은 계속 발휘되었지만 확고함은 부족했다. 그는 신문을 들고 있었지만 읽지는 않았다. 자신이 확고한 태도를 보이지 않으면 소년은 자신을 존경하지 않을 것이다. 현관에 초인종이 울렸다. 그가 나가서 문을 열었고, 고통과 실망이 담긴 표정으로 한 걸음 물러섰다.

현관 앞에는 뚱한 표정을 한 거구의 경찰관이 존슨의 팔꿈치를 잡고 서 있었다. 집 앞에는 경찰차가 있었다. 존슨은 얼굴이 창백했다. 그리고 떨지 않으려는 듯 턱을 앞으로 내밀었다.

"아이가 하도 난리를 피워서 일단 여기로 데리고 왔습니다." 경찰이 말했다. "하지만 선생님이 보셨으니 이제 아이를 경찰서로 데리고 가서 몇 가지를 물어보려고 합니다."

"무슨 일인가요?" 셰퍼드가 물었다.

"여기 길모퉁이의 집이 박살 났어요. 접시가 다 깨지고, 가구들이 뒤집히고……" 경찰이 말했다.

"저하고는 아무 상관 없어요! 그냥 길을 걷는데 경찰이 와서 저를 잡은 거예요." 존슨이 말했다.

셰퍼드는 우울하게 소년을 보았다. 그는 표정을 누그러뜨리지 않았다.

존슨은 얼굴을 붉혔다. "그냥 길을 걷고 있었어요." 그가 말했지만 그 말에는 힘이 없었다.

"가자." 경찰이 말했다.

"제가 경찰서로 끌려가게 놔두시지 않겠죠? 저를 믿으시죠?" 존슨이 말했다. 그 목소리에는 셰퍼드가 그때껏 듣지 못한 간절함이 있었다.

결정적인 순간이었다. 소년은 잘못을 저지르면 보호받을 수 없다는 걸 배워야 했다. "경찰서에 가야 할 것 같구나, 루퍼스." 그가 말했다.

"저를 경찰서로 보내는 거예요? 저는 아무 짓도 안 했어요." 존슨이 날카롭게 말했다.

상처가 더 예리하게 느껴지면서 셰퍼드의 얼굴은 딱딱하게 굳었다. 소년은 신발을 마련해 주기도 전에 자신을 실망시켰다. 신발은 내일 찾을 예정이었다. 그의 모든 후회가 갑자기 신발로 향했다. 존슨을 보는 짜증이 배가 되었다.

"아저씨는 저를 완전히 믿는 것처럼 말씀하셨잖아요." 소년이 말했다.

"믿었던 건 맞아." 셰퍼드가 말했다. 그의 얼굴은 계속 딱딱했다.

존슨은 경찰과 함께 돌아섰지만, 그 전에 그 눈구멍에서 순전한 미움의 빛이 셰퍼드를 향해 번득였다.

셰퍼드는 문 앞에 서서 그들이 경찰차를 타고 사라지는 모습을 지켜보았다. 그의 마음에 연민이 일었다. 내일 경찰서에 가서 소년의 문제를 해결할 방법을 알아볼 것이다. 유치장에서 하룻밤 자는 게 소년에게 큰 상처가 되지는 않을 테고, 그 경험을 통해 자신에게 오직 친절만을 베푼 사람을 함부로 대하면 안 된다는 것을 배우리라. 그러고 나서 함께 보조기 상점에 갈 테고, 어쩌면 유치장의 하루가 소년에게 큰 의미가 될지도 모른다.

다음 날 오전 8시에 경사가 전화를 해서 존슨을 데려가라고 했다. "검둥이 한 명을 잡았습니다. 댁의 아이는 이 일과 아무 상관이 없었습니다."

셰퍼드는 경찰서에 10분을 있었고, 부끄러움에 얼굴이 뜨거웠다. 존

626

슨은 우중충한 바깥 사무실 벤치에 웅크리고 앉아 경찰 잡지를 읽고 있었다. 그 방에 다른 사람은 아무도 없었다. 셰퍼드는 그의 옆에 앉아 어깨에 머뭇거리며 손을 얹었다.

소년은 고개를 들었다가—입술이 비틀렸다—다시 잡지로 돌아갔다.

셰퍼드는 육체적인 고통을 느꼈다. 자기 행동의 추악함이 둔하고 강렬하게 그를 내리눌렀다. 그는 소년을 바른길로 돌려세울 수 있던 바로 그 순간 실패했다. "루퍼스, 사과하마. 내가 틀리고 네가 옳았어. 내가 널 잘못 판단했어."

소년은 계속 잡지를 읽었다.

"미안하다."

소년은 손가락에 침을 묻히고 책장을 넘겼다.

셰퍼드는 마음을 다잡고 말했다. "내가 바보였어, 루퍼스."

존슨의 입이 옆으로 미끄러졌다. 고개는 들지 않고 어깨만 들썩했다.

"이번 한 번은 잊어 줄 수 있겠니? 다시는 이런 일이 없게 하마." 셰퍼드가 말했다.

소년이 고개를 들었다. 눈은 밝았지만 온기는 없었다. "저는 잊을게요. 하지만 아저씨는 기억해야 돼요." 소년은 그렇게 말하고 일어나서 문 앞으로 갔다. 그러다 중간에 돌아서서 셰퍼드에게 손짓을 했고, 셰퍼드는 일어나서 소년이 목줄이라도 당기는 것처럼 따라갔다.

"네 신발, 오늘 네 새 신발을 찾는 날이야." 그가 들떠서 말했다. 신발이 그렇게 고마울 수가 없었다.

하지만 보조기 상점에 가 보니, 신발은 두 치수나 작게 만들어졌고,

다시 만들려면 새로 열흘을 기다려야 했다. 존슨은 기분이 좋아졌다. 점원이 치수를 잘못 잰 게 분명했지만, 소년은 그사이에 발이 자라났다고 말했다. 소년은 발이 자기 결단으로 그렇게 늘어났다고 생각하는 듯 즐거운 표정으로 상점을 나갔다. 셰퍼드의 표정은 초췌했다.

그 일 이후 그는 노력을 배가했다. 존슨이 망원경에 흥미를 잃었기에 그는 현미경과 프레파라트 세트를 사 주었다. 광활한 것으로 소년을 사로잡을 수 없다면 미세한 것을 시도할 것이다. 존슨은 이틀 동안 새 장치에 몰두하는 듯하다가 이내 거기에도 흥미를 잃었지만, 저녁이면 거실에 앉아 백과사전 읽는 것은 계속 좋아하는 것 같았다. 소년은 저녁 식사를 탐식하듯 꾸준히 백과사전을 탐식했다. 항목 하나하나를 머리에 넣어 분쇄하고 버리는 것 같았다. 셰퍼드에게 소년이 입을 다문 채 소파에 앉아 책을 읽는 모습보다 뿌듯한 것은 없었다. 그런 식으로 2~3일 저녁을 지내자 예전의 희망이 다시 살아났다. 그는 자신감을 회복했다. 언젠가 자신이 존슨에게 긍지를 품을 날이 올 것을 믿었다.

목요일 저녁 셰퍼드는 두 소년을 극장에 내려 주고 시의회 회의에 갔다가 돌아오는 길에 다시 태워서 데려왔다. 그들이 집에 왔을 때 꼭대기에 붉은 등을 단 자동차가 집 앞에 있었다. 셰퍼드의 자동차가 진입로에 올라설 때 그 전조등 불빛에 자동차 안에 있는 두 사람의 뚱한 얼굴이 보였다.

"경찰이에요! 검둥이가 또 어느 집에 침입했는데 이번에도 다시 나를 잡으러 왔나 봐요." 존슨이 말했다.

"가서 들어 보마." 셰퍼드가 말하고 진입로에 차를 세운 뒤 불을 껐다. "너희는 집에 들어가서 자라. 내가 해결할 테니."

그는 차에서 내려서 순찰차로 갔다. 그리고 창문 안으로 고개를 내밀었다. 두 경찰관은 다 알지 않느냐는 듯 말없이 그를 보았다. "셸턴로路와 밀스로 교차점의 집이에요. 무슨 기차가 뚫고 지나간 것처럼 됐어요." 운전석에 앉은 경찰이 말했다.

"아이는 시내 영화관에 있었습니다." 셰퍼드가 말했다. "내 아들과 함께요. 그 아이는 지난번 일에 아무 상관이 없었고, 이번 일에도 상관이 없습니다. 제가 책임지겠습니다."

"제가 선생님이라면 어린 불량배를 위해 책임을 지지는 않을 겁니다." 그와 좀 더 가까운 쪽에 앉은 경찰이 말했다.

"제가 책임지겠다고 했습니다. 지난번에 경찰 쪽에서 실수를 하셨습니다. 실수를 반복하지 마세요." 셰퍼드가 잘라 말했다.

경찰관은 서로를 보았다. "뭐 자기가 책임지겠다는데." 운전석에 앉은 경찰이 말하고 시동을 걸었다.

셰퍼드는 집에 들어가서 어두운 거실에 앉았다. 그는 존슨을 의심하지 않았고, 의심하는 모습을 보이고 싶지도 않았다. 만약 존슨이 또다시 그가 자신을 의심한다고 생각한다면 그는 모든 것을 잃을 것이다. 하지만 소년의 알리바이가 분명한지 알고 싶었다. 노턴에게 가서 존슨이 극장을 나간 적이 있는지 물어볼까 생각했다. 하지만 그것은 더 나쁠 것이다. 존슨은 결국 그 일을 알고 분개할 것이다. 그는 존슨에게 직접 물어보기로 했다. 둘러말하지도 않을 생각이었다. 그는 하고 싶은 말을 머릿속으로 연습하고 일어나서 소년의 방으로 갔다.

방문은 그가 올 것을 예상한 듯 열려 있었지만, 존슨은 자고 있었다. 복도에서 들어오는 희미한 빛에 이불에 덮인 형체가 보였다. 그는 침대 발치에 서서 말했다. "갔어. 너는 그 일과 아무 상관이 없고 내가 책임지겠다고 말했어."

베개 쪽에서 나직하게 "네" 하는 소리가 들렸다.

셰퍼드는 망설이다가 물었다. "루퍼스, 극장에 계속 있던 거 맞는 거지?"

"저를 완전히 믿는다고 하셨잖아요!" 격분한 목소리가 터져 나왔다. "그런데 전혀 믿지 않네요! 아저씨는 지난번처럼 저를 믿지 않아요!" 몸과 분리된 그 목소리는 존슨의 얼굴이 보일 때보다 더 마음 깊은 곳에서 나오는 것 같았다. 그것은 경멸 어린 질책의 외침이었다.

"나는 널 믿어. 나는 너를 철저히 믿어. 너를 믿고 완전히 신뢰해." 셰퍼드가 힘주어 말했다.

"계속 저를 감시하잖아요. 저한테 묻고 나서 노턴에게 가서 또 물어볼 거잖아요." 부루퉁한 목소리가 말했다.

"노턴에게는 물어볼 생각도 없고 그러지도 않았다." 셰퍼드가 부드럽게 대꾸했다. "그리고 나는 너를 의심하지 않아. 네가 시내 영화관을 나와서 그 집에 침입했다가 다시 극장에 돌아가서 나를 만났을 가능성이 없으니까."

"그래서 아저씨가 저를 믿는 거죠! 내가 그렇게 할 수 없었으니까." 소년이 소리쳤다.

"아냐, 아냐!" 셰퍼드가 말했다. "나는 너처럼 머리 좋고 자존심 강한 아이가 다시는 그런 말썽에 휘말리지 않을 거라고 생각하기 때문에 너를 믿어. 그리고 이제 네가 그런 일을 할 필요가 없다는 걸 잘 알 거라고 믿어. 또 네가 마음만 먹으면 어떤 사람도 될 수 있다고 믿어."

존슨은 일어나 앉았다. 희미한 빛이 이마에 비쳤지만 얼굴 나머지 부분은 보이지 않았다. "제가 마음만 먹었다면 그 집에 침입할 수 있었어요." 그가 말했다.

"하지만 안 했잖아. 내 마음에는 그에 대한 아무런 의심도 없다." 셰퍼드가 말했다.

침묵이 흘렀다. 존슨은 다시 누웠다. 그러더니 억지로 내는 듯한 낮고 거친 목소리로 말했다. "자기가 원하는 걸 다 갖고 있을 때 남의 물건을 훔치고 부수고 싶지는 않은 법이죠."

셰퍼드는 숨이 목에 걸렸다. 소년이 자신에게 감사하고 있었다! 존슨이 감사하고 있었다! 그 목소리에 고마움이 담겨 있었다. 그를 인정했다. 그는 어둠 속에서 멍청하게 웃으면서 이 순간을 간직하려고 했다. 그리고 자신도 모르게 침대로 다가가서 존슨의 이마를 만졌다. 이마는 녹슨 쇠처럼 차갑고 건조했다.

"이해한다. 잘 자렴." 그가 말하고 곧바로 방을 나왔다. 그리고 문을 닫고 감동에 젖어 서 있었다.

복도 맞은편에 있는 노턴의 방문이 열려 있었다. 아이는 침대에 누워서 복도의 빛을 바라보고 있었다.

이제 존슨과 함께 가는 길은 평탄할 것이다.

노턴이 일어나 앉아 그에게 손짓을 했다.

그는 아이를 보았지만 곧 시선을 흘렸다. 노턴의 방에 들어가 아이와 이야기하는 것은 존슨의 믿음을 깨는 일이었다. 그는 잠시 망설였지만 아무것도 보이지 않는 것처럼 가만히 서 있었다. 내일이면 신발을 찾으러 갈 것이다. 그 일은 둘의 좋은 감정을 절정으로 이끌 것이다. 그는 얼른 돌아서서 자기 방으로 갔다.

아이는 한동안 아버지가 서 있던 자리를 바라보았다. 그러다 마침내 시선의 초점을 잃고 침대에 누웠다.

다음 날 존슨은 속마음을 밝힌 것이 부끄러운 듯 뚱하고 말이 없었다. 눈이 부은 것 같았다. 자기 안으로 숨어든 것 같았고, 어떤 결정의 위기를 겪을 것 같았다. 셰퍼드는 얼른 보조기 상점으로 가고 싶어 몸이 달았다. 그리고 관심이 분산되는 것이 싫어 노턴은 집에 있게 했다. 존슨의 반응을 세밀한 부분까지 관찰하고 싶었다. 소년은 새 신발이 생길 일이 기쁘기는커녕 관심도 가지 않는 듯했지만, 현실이 되면 분명히 감동받을 것이다.

보조기 상점은 여러 가지 장애 보조 장치가 가득 정렬된 작은 콘크리트 건물이었다. 휠체어와 보행 보조기가 가장 많았다. 벽에는 온갖 목발과 부목이 걸려 있고, 의수족이 선반에 쌓여 있었다. 다리, 팔, 손, 갈고리, 멜빵, 띠를 비롯해서 온갖 이름 모를 기형에 쓰이는 알 수 없는 도구들이 있었다. 상점 가운데 부분의 작은 공간에 노란 비닐 의자와 신발 신는 받침이 있었다. 존슨은 그 의자에 웅크려 앉아서 받침에 발을 얹고 우울한 눈길로 내려다보았다. 찢어진 엄지발가락 부분은 돛천으로 덧대어지고, 다른 부분은 본래 신발의 혀였던 것 같은 게 덧대어져 있었다. 양쪽 옆에 실밥이 드러나 있었다.

셰퍼드의 얼굴에 들뜬 홍조가 떠올랐다. 심장이 부자연스러울 만큼 빨리 뛰었다.

점원이 상점 뒤쪽에서 새 신발을 겨드랑이에 끼고 나오며 말했다. "이번에는 제대로 했습죠!" 그는 받침에 걸터앉아서 웃음 띤 얼굴로 마술을 선보이듯이 신발을 척 들어 올렸다.

그것은 검고 반들거리고 모양새 없는 신발로 광채가 요란했다. 번쩍번쩍 광을 낸 둔한 무기 같았다.

존슨은 어두운 얼굴로 그것을 보았다.

"이 신발을 신으면 네가 걷는 줄도 모를 거야. 차를 타고 가는 것 같을걸!" 점원이 말하고, 불그죽죽한 대머리를 숙여 조심스레 끈을 풀었다. 그리고 아직 덜 죽은 동물의 가죽을 벗기듯 소년의 낡은 신발을 벗겼다. 긴장된 표정이었다. 신발이 벗겨지고 더러운 양말이 나타나자 셰퍼드는 속이 메스꺼웠다. 그는 새 신발이 신겨질 때까지 거기서 눈을 돌렸다. 점원은 빠른 속도로 끈을 묶었다. "이제 일어나서 걸어 봐. 날아가는 것처럼 가벼울 테니." 그가 말하고 셰퍼드에게 윙크를 해 보였다. "이 신발을 신으면 아이는 발이 정상이 아니라는 걸 느낄 수가 없을 거예요."

셰퍼드의 얼굴은 기쁨으로 밝아졌다.

존슨은 일어서서 몇 미터를 걸었다. 뻣뻣한 걸음이었지만 짧은 다리를 디딜 때에도 거의 절뚝거리지 않았다. 그는 잠시 그들에게 등을 돌린 채 뻣뻣하게 서 있었다.

"멋지구나! 정말 멋져." 셰퍼드가 말했다. 자신이 소년의 등뼈를 바꿔 준 것 같았다.

존슨이 돌아섰다. 입술이 얇고 차갑게 굳어 있었다. 그는 의자로 돌아와 신발을 벗었다. 그러더니 다시 낡은 신발을 신고 끈을 묶었다.

"집에 가져가서 어울리는지 먼저 보려고?" 점원이 물었다.

"아뇨. 저는 그거 안 신어요." 존슨이 말했다.

"왜, 무슨 문제가 있니?" 셰퍼드가 목소리를 높여 말했다.

"나는 새 신발이 필요 없어요. 그리고 필요한 건 내가 알아서 구해요." 소년의 얼굴은 딱딱했지만 그 눈에는 승리의 빛이 있었다.

"이런, 문제가 네 발인 거니 아니면 머리인 거니?" 점원이 말했다.

"자기 대가리나 신경 써요. 불난 것처럼 빨갛잖아요." 존슨이 말했다.

점원은 웃음을 잃었지만 위엄 있게 일어나서 신발 끈으로 신발을 들고 셰퍼드에게 이걸 어떻게 할 거냐고 물었다.

셰퍼드의 얼굴은 분노로 암적색이 되었다. 그는 눈앞에 있는 의수 달린 가죽 코르셋을 뚫어져라 바라보았다.

점원이 다시 물었다.

"포장해 줘요." 셰퍼드가 말하고 존슨에게 눈길을 돌렸다. "아이가 아직 생각이 없어서 그걸 신을 준비가 안 되었네요. 그동안 좀 철이 든 줄 알았습니다."

소년이 비웃으며 말했다. "아저씨는 처음부터 전부 틀렸어요."

그날 밤 그들은 거실에 앉아 평소처럼 책을 읽었다. 셰퍼드는 일요판 《뉴욕 타임스》에 우울하게 파묻혀 있었다. 자신의 유쾌함을 되찾고 싶었지만, 퇴박맞은 신발을 생각할 때마다 짜증이 밀려왔다. 그는 존슨을 바라볼 수조차 없었다. 소년이 신발을 거절한 것은 불안하기 때문이라는 걸 알았다. 존슨은 감사한 마음에 겁을 먹고 있었다. 점점 달라지는 자신을 어떻게 이해해야 할지 몰랐으리라. 지난날의 자신이 위협받고 있고, 새로운 자신 그리고 새로운 가능성에 맞닥뜨렸다는 것을 알았다. 그래서 자신의 정체성에 질문을 던지고 있었다. 그렇게 생각하니 셰퍼드는 소년을 향한 연민이 돌아오는 것을 느꼈다. 잠시 후 그는 신문을 내리고 소년을 보았다.

존슨은 소파에 앉아서 백과사전 너머를 바라보고 있었다. 몽환에 빠진 표정이었다. 먼 곳의 어떤 소리를 듣는 것 같았다. 셰퍼드는 존슨을 유심히 보았고, 소년은 계속 귀를 쫑긋한 채 그를 돌아보지 않았다. 불쌍한 녀석, 낙심한 거야, 셰퍼드는 생각했다. 그는 저녁 내내 여기 앉아서 부루퉁하게 신문만 읽으며 부드러운 말 한 마디 하지 않았다. "루퍼스." 그가 말했다.

존슨은 꼼짝 않고 계속 귀만 쫑긋 기울였다.

"루퍼스." 셰퍼드가 최면에 걸린 듯 느린 목소리로 말했다. "너는 이 세상에서 네가 원하는 것 무엇이건 될 수 있어. 과학자도 될 수 있고, 건축가, 엔지니어, 그 밖에도 마음먹은 어떤 것도 될 수 있어. 그리고 마음만 먹으면 어떤 분야에서도 최고가 될 수 있어." 그는 자기 목소리가 소년의 동굴 같은 영혼 속을 침투하는 모습을 상상했다. 존슨은 몸을 숙였지만 고개는 돌리지 않았다. 바깥에서 자동차 문 닫히는 소리가 났다. 침묵이 흘렀다. 이어 초인종이 요란하게 울렸다.

셰퍼드는 벌떡 일어나서 현관으로 나가 문을 열었다. 이전의 그 경찰이 와 있었다. 길에는 순찰차가 있었다.

"그 아이를 보여 주십시오." 경찰이 말했다.

셰퍼드는 인상을 쓰고 옆으로 비켜서며 말했다. "오늘 저녁 내내 집에 있었습니다. 그건 제가 보증합니다."

경찰은 거실로 들어갔다. 존슨은 책에 몰두한 것 같았다. 그러더니 잠시 후 작업을 중단당한 거장처럼 짜증스러운 표정으로 고개를 들었다.

"너 30분 전에 윈터 대로의 그 집 부엌 창문으로 무얼 들여다봤니?" 경찰이 물었다.

"아이를 괴롭히지 말아요! 아이는 여기 있었습니다. 나랑 같이요."

"들으셨죠. 저는 여기 계속 있었어요." 존슨이 말했다.

"모든 사람이 너 같은 발자국을 남기지는 않아." 경찰이 말하고 소년의 내반족을 바라보았다.

"이 아이 발자국일 리가 없어요." 셰퍼드가 분개해서 소리쳤다. "여기 계속 있었다니까요. 경관님은 시간을 낭비하고 계시는 겁니다. 경관님 시간뿐 아니라 우리 시간도요." 그는 '우리'라는 말이 소년과의 유대를 단단하게 하는 것을 느꼈다. "지겹습니다. 진짜 범인이 누구인지 찾아볼 생각은 안 하고 무턱대고 우리 집부터 오시는군요."

경찰은 이 말을 무시하고 계속 존슨을 바라보았다. 얼굴은 퉁퉁했지만 작은 눈은 예리했다. 마침내 그가 문을 향해 돌아서며 말했다. "조만간 잡게 될 겁니다. 저 애가 머리를 창문에 들이밀고 꼬리가 밖에 나와 있을 때 말이죠."

셰퍼드는 현관까지 경찰을 따라가서 쾅 소리를 내며 문을 닫았다. 기분이 날아갈 것 같았다. 그에게 필요한 게 바로 이것이었다. 그는 기대에 차서 존슨을 돌아보았다.

존슨은 책을 내려놓고 있었고, 교활한 표정으로 그에게 말했다. "고마워요."

셰퍼드의 미소가 그쳤다. 소년의 표정은 오만했다. 대놓고 조롱하고 있었다.

"아저씨도 거짓말 실력이 상당해요." 소년이 말했다.

"거짓말이라고?" 셰퍼드가 말했다. 소년이 집을 나갔다가 돌아왔다는 말인가? 그는 속이 울렁거렸다. 그리고 분노에 떠밀려 소년에게 다가가서 말했다. "집을 나갔었니? 나는 네가 나가는 걸 못 봤어."

소년은 빙긋 웃기만 했다.

"노턴을 보러 다락방에 갔잖아." 셰퍼드가 말했다.

"아뇨. 그 애는 바보예요. 지겨운 망원경 들여다보는 것 말고는 아무것도 하고 싶어 하지 않아요." 존슨이 말했다.

"노턴 이야기는 듣기 싫다. 어디 갔었니?" 셰퍼드가 거칠게 말했다.

"그 분홍색 통에 혼자 앉아 있었어요. 목격자는 없었어요."

셰퍼드는 손수건을 꺼내 이마를 닦았다. 그리고 간신히 미소를 지었다.

존슨은 눈을 굴리고 말했다. "아저씨는 저를 안 믿어요." 그 목소리는 이틀 전 어두운 방에서 들은 것처럼 꺼칠하게 갈라졌다. "저를 완전히 믿는다고 하지만 조금도 안 믿어요. 상황이 힘들어지면 아저씨도 다른 사람들처럼 도망칠 거예요." 그 꺼칠함은 과장되고 희극적이었다. 그리고 뻔뻔한 조롱을 담고 있었다. "아저씨는 날 안 믿어요. 나한테 믿음이 없어요. 아저씨는 경찰보다 똑똑하지도 않아요. 발자국 어쩌고 하는 건 함정이었어요. 발자국은 없어요. 그 집은 뒷마당까지 콘크리트로 덮였고, 내 신발은 젖지 않았어요."

셰퍼드는 손수건을 주머니에 천천히 도로 넣었다. 그리고 소파에 주저앉아 발밑의 깔개를 보았다. 소년의 내반족이 그의 시야에 들어왔다. 땜질투성이 신발이 존슨의 얼굴로 그를 보고 웃는 것 같았다. 그는 소파 쿠션 끄트머리를 손마디가 하얘지도록 꽉 붙들었다. 싸늘한 미움이 밀려왔다. 그는 그 신발이 밉고, 발이 밉고, 소년이 미웠다. 셰퍼드의 얼굴이 창백해졌다. 미움이 목을 조였다. 그는 스스로에게 충격을 받았다.

그는 소년의 어깨를 잡고 자신이 쓰러지는 걸 막으려는 듯 꽉 붙들고 말했다. "네가 그 집 창문을 들여다본 건 나를 괴롭히기 위해서였어. 네가 원한 건 그게 전부야. 너를 돕고자 하는 내 결심을 흔드는 것. 하지만 내 결심은 흔들리지 않아. 나는 너보다 강해. 나는 너보다 강하고 반드시 너를 구해 낼 거야. 선의는 이기는 법이야."

"틀렸어요. 그런 일은 없어요." 소년이 말했다.

"내 결심은 흔들리지 않아. 나는 너를 구해 낼 거야." 셰퍼드가 다시 말했다.

존슨이 다시 교활한 표정이 되어 말했다. "아저씨는 나를 구하지 못해요. 아저씨는 나한테 이 집을 떠나라고 할 거예요. 지난 두 번의 사건도 다 내가 한 일이에요. 첫 번째 사건도 그렇고, 내가 영화관에 있는 척하면서 저지른 두 번째 사건도요."

"나는 너한테 나가라고 하지 않아. 나는 너를 구해 낼 거야." 셰퍼드가 말했다. 그 목소리는 단조롭고 기계적이었다.

존슨은 고개를 내밀고 사납게 말했다. "아저씨나 구해요. 나를 구원할 사람은 예수님밖에 없어요."

셰퍼드는 짧게 웃었다. "넌 날 못 속여. 소년원에 있을 때 나는 네 머리에서 그런 생각을 빼냈어. 나는 적어도 거기서는 너를 구했어."

존슨의 얼굴 근육이 뻣뻣해졌다. 그 얼굴에 어찌나 강렬한 혐오가 떠올랐는지 셰퍼드는 뒤로 물러섰다. 소년의 눈이 뒤틀린 거울처럼 그의 모습을 기괴하게 비추어 보였다. "곧 알게 될 거예요." 존슨이 속삭였다. 그리고 벌떡 일어나 한시바삐 셰퍼드의 눈길을 벗어나고 싶다는 듯 나갔지만 현관 쪽이 아니라 복도로 나갔다. 셰퍼드는 소파에서 몸을 돌려 소년의 뒷모습을 보았다. 그리고 소년이 방문을 쾅 닫는 소리를 들었다. 소년은 떠나지 않을 것이다. 셰퍼드의 눈이 빛을 잃었다. 그 눈은 소년의 충격적인 고백이 이제야 의식의 중심에 닿는 듯 밋밋하고 생기 없었다. "제발 떠나 주었으면. 알아서 나가 주었으면." 그가 중얼거렸다.

다음 날 아침 존슨은 이 집에 입고 왔던 할아버지의 양복을 입고 아침 식탁에 나타났다. 셰퍼드는 알아보지 못하는 척했지만, 한 번만 보아도 그가 이미 알고 있던 것을 확인할 수 있었다. 자신은 함정에 빠졌다는 것, 이제 결국 존슨이 이길 신경전만이 남아 있다는 것을. 그는 애초에 소년을 만난 사실이 원망스러웠다. 연민이 물러간 자리에 마비감이 남았다. 그는 얼른 집을 나갔고, 하루 종일 저녁에 집에 돌아갈 일을 걱정했다. 자신이 퇴근했을 때 소년이 집을 떠났기를 희미하게 소망했다. 할아버지 양복은 떠나겠다는 의미일 수도 있었다. 오후가 되자 그 희망이 커졌다. 집에 와서 현관을 열 때 심장이 쿵쿵 뛰었다.

그는 복도에 서서 거실을 들여다보았다. 기대의 표정은 사그라졌다. 그의 얼굴도 그의 백발처럼 일찌감치 늙은 것 같았다. 두 소년은 소파에 붙어 앉아 같은 책을 읽고 있었다. 노턴의 뺨이 존슨의 양복 소매에 닿아 있었다. 존슨의 손가락이 글줄을 따라갔다. 둘은 형제 같았다. 셰퍼드는 1분 가까이 그 장면을 굳은 표정으로 바라보았다. 그런 뒤 거실로 들어가 코트를 의자에 떨구었다. 두 아이 모두 그에게 신경을 쓰지 않았다. 그는 부엌으로 들어갔다.

리얼라는 늘 스토브에 저녁거리를 올려 두고 떠났고, 그는 그것을 식탁에 차렸다. 머리가 아프고 신경이 곤두섰다. 그는 우울함에 잠겨서 앉아 있었다. 존슨을 화나게 해서 자발적으로 집을 나가게 할 수 있을까 생각해 보았다. 어젯밤에 소년을 화나게 한 것은 예수 어쩌고 하는 이야기였다. 그 말로 존슨을 화나게 할 수 있을지는 모르지만 그 생각을 하니 우울해졌다. 왜 그냥 나가라고 말하지 못하는가? 실패를 인정해. 하지만 존슨을 다시 마주한다고 생각하니 속이 뒤집혔다. 소년은 셰퍼드를 죄인으로, 그를 도덕적 타락자로 여겼다. 그는 딱히 오만이 아니라도 자신이 좋은 사람이라는 것을, 자신에게는 질책할 것이 없다는 것을 알았다. 존슨에 대한 감정은 이제 자발성을 잃었다. 그는 소년에게 연민을 느끼고 싶었다. 소년을 도울 능력을 갖고 싶었다. 집에 자신과 노턴만 있던 시절이 그리웠다. 싸울 것이라고는 아이의 단순한 이기심과 자신의 외로움뿐이던 시절이.

셰퍼드는 일어나서 선반에서 접시 세 개를 내리고 스토브 앞으로 갔다. 그리고 아무 생각 없이 리마콩과 고기 요리를 접시에 담아 식탁에 음식을 차린 뒤 아이들을 불렀다.

아이들은 책을 가지고 왔다. 노턴은 자기 접시를 존슨 쪽으로 밀더니 의자를 존슨 옆에 붙였다. 둘은 책을 가운데 놓고 있었다. 가장자리를 빨갛게 칠한 검은 책이었다.

"너희 뭘 읽고 있는 거니?" 셰퍼드가 앉으면서 말했다.

"성경요." 존슨이 대답했다.

오 하느님, 셰퍼드는 한숨을 쉬었다.

"우리가 10센트 상점에서 집어 왔어요." 존슨이 말했다.

"우리?" 셰퍼드가 말하고 노턴을 노려보았다. 아이의 얼굴은 밝고, 눈에 들뜬 광채가 있었다. 셰퍼드는 처음으로 아이의 변화에 충격을 받았다. 아이는 총기 있었다. 파란색 체크 셔츠를 입었는데, 눈동자 색깔이 예전에 본 적 없을 만큼 진한 파란빛이었다. 아이 안에 새로운 생명력이 있었고, 그것은 전에 없던 거친 면을 담고 있었다. 셰퍼드가 인상을 쓰고 말했다. "이제 너도 도둑질을 하니? 이타심은 못 배워도 도둑질은 배웠구나."

"아뇨, 노턴은 안 했어요." 존슨이 말했다. "제가 훔쳤어요. 노턴은 가만 보기만 했어요. 노턴은 더러워지면 안 돼요. 나는 아무 상관 없어요. 어차피 지옥에 갈 테니까요."

셰퍼드는 침묵을 지켰다.

"그러니까 회개하지 않으면요." 존슨이 덧붙였다.

"회개해, 형. 지옥에 가면 안 되잖아." 노턴이 간절한 목소리로 말했다.

"헛소리 그만해라." 셰퍼드가 아이를 노려보며 말했다.

"저는 회개하면 설교자가 될 거예요. 회개를 하려면 어중간하게 하는 건 소용없으니까요." 존슨이 말했다.

"너는 뭐가 될 거니, 노턴? 너도 설교자가 될 거니?" 셰퍼드가 예민한 목소리로 물었다.

아이가 두 눈에 열렬한 빛을 띠고 소리쳤다. "우주인요!"

"훌륭하구나." 셰퍼드가 냉소적으로 말했다.

"예수님을 믿지 않으면 우주선 같은 거 다 소용없어." 존슨이 말하더니 손가락에 침을 묻히고 성경의 책장을 후루룩 넘겼다. "그걸 알려 주는 부분을 찾아서 읽어 줄게."

셰퍼드는 몸을 숙이고 분노가 담긴 낮은 목소리로 말했다. "성경 책치우고 밥 먹어라, 루퍼스."

존슨은 계속 그 구절을 찾았다.

"성경 책 치우라니까!" 셰퍼드가 소리쳤다.

소년은 손을 멈추고 고개를 들었다. 놀라움과 즐거움이 담긴 표정이었다.

"너는 지금 그 책 뒤에 숨으려고 하고 있어. 그건 비겁한 사람들을 위한 책이야. 자기 발로 서고 자기 머리로 이해하기 두려운 사람들." 셰퍼드가 말했다.

존슨은 눈을 번쩍 빛내더니 의자를 약간 뒤로 물리고 말했다. "아저씨는 악마에게 사로잡혔어요. 저뿐 아니라 아저씨도 악마에게 사로잡혔어요."

셰퍼드는 책을 빼앗으려고 식탁 위로 손을 뻗었지만 존슨이 얼른 책을 무릎으로 내렸다.

셰퍼드는 웃었다. "너도 그 책을 믿지 않아. 너도 잘 알아!"

"믿어요! 아저씨는 내가 뭘 믿고 뭘 안 믿는지 몰라요."

셰퍼드는 고개를 저었다. "너는 안 믿어. 그러기에는 네가 너무 똑똑해."

"나는 그렇게 똑똑하지 않아요. 아저씨는 저에 대해 아무것도 몰라요. 내가 설령 성경을 안 믿는다고 해도 성경은 사실이에요." 소년이 말했다.

"너는 안 믿어!" 셰퍼드가 말했다. 그의 얼굴은 보기 흉하게 일그러졌다.

"믿어요! 제가 이걸 믿는다는 걸 보여 드리죠!" 소년이 소리치고는 무릎 위의 책을 한 장 찢어 내서 입에 넣었다. 그리고 셰퍼드를 빤히 바라보았다. 소년의 턱이 맹렬히 움직였고 종이가 바스락거리며 씹혔다.

"그만해, 그만." 셰퍼드가 메마르고 지친 목소리로 말했다.

소년은 성경을 집어 들더니 이로 한 장을 찢어 입에 넣고 씹었다. 두 눈이 불타올랐다.

셰퍼드는 손을 뻗어 소년의 손에서 성경 책을 쳐 내고 차갑게 말했다. "식탁에서 나가."

존슨은 입에 든 것을 삼켰다. 그리고 눈앞에 화려한 광경이 펼쳐지는 듯 눈을 크게 뜨고 나직하게 말했다. "먹었어요! 내가 에제키엘처럼 성경을 먹었어요. 꿀처럼 달콤해요!"*

"식탁에서 나가라고 했지." 셰퍼드가 말했다. 양손이 주먹을 움켜쥔 채 접시 옆에 놓여 있었다.

"먹었어요!" 소년이 소리쳤다. 놀라움에 소년의 얼굴이 변화되었다. "에제키엘처럼 먹었고, 앞으로 아저씨 집의 음식은 안 먹어요."

"그럼 가. 가라고." 셰퍼드가 나직하게 대꾸했다.

소년은 일어나서 성경 책을 들고 복도로 나가다 문 앞에 멈춰 섰다. 문턱에 선 소년의 작은 몸은 어두운 계시 같았다. "아저씨는 악마한테 사로잡혔어요." 소년은 기쁨에 차서 말하고 사라졌다.

식사 후에 셰퍼드는 거실에 혼자 앉아 있었다. 존슨은 집을 떠났지만 그냥 떠났다고 믿을 수가 없었다. 처음에 느낀 안도감은 사라졌다. 그는 병이 처음 시작될 때처럼 멍하고 추웠고, 안개 같은 두려움에 휩싸였다. 그냥 떠나는 것은 존슨에게는 걸맞지 않은 시시한 결말이었다. 소년은 돌아와서 무언가 증명하려고 할 것이다. 일주일 뒤에 와서 집에 불을 놓을지도 몰랐다. 이제는 어떤 미친 짓도 다 가능해 보였다.

그는 신문을 읽으려고 집어 들었다가 곧 던져 버리고 복도로 나가 귀를 기울였다. 소년이 다락방에 숨어 있을지도 몰랐다. 그는 다락으로 올라가는 문을 열었다.

랜턴이 계단에 희미한 빛을 던지고 있었다. 아무 소리도 들리지 않았다. "노턴, 너 거기 있니?" 그가 불렀지만 아무 대답이 없었다. 그는

* 구약성경 『에제키엘』 3장 1~3절에서 예언자 에제키엘은 하느님의 말씀을 전하는 두루마리를 받아먹으니 꿀처럼 달았더라고 이야기한다.

좁은 계단을 올라갔다.

랜턴 불빛이 만든 덩굴 같은 그림자들 속에서 노턴은 눈을 망원경에 대고 있었다. "노턴, 너 루퍼스가 어디 갔는지 아니?" 셰퍼드가 물었다.

아이는 그를 등지고 앉아 있었다. 등을 굽히고 커다란 두 귀를 어깨에 붙인 채 깊이 몰두해 있었다. 갑자기 아이가 손을 흔들더니 눈앞에 보이는 것에 더 가까이 가고 싶은 듯 망원경에 더 바짝 붙었다.

"노턴!" 셰퍼드가 큰 소리로 불렀다.

아이는 움직이지 않았다.

"노턴!" 셰퍼드가 소리쳤다.

노턴이 깜짝 놀라서 돌아보았다. 아이 눈은 이상하게 밝았다. 아이는 약간 시간이 지나고서야 셰퍼드를 알아보는 것 같았다. "찾았어요!" 아이가 숨을 가쁘게 쉬며 말했다.

"뭘?" 셰퍼드가 말했다.

"엄마요!"

셰퍼드는 문틀에 몸을 기댔다. 아이를 감싼 그림자의 정글이 빽빽해졌다.

"와서 봐요!" 아이가 소리쳤다. 그런 뒤 체크 셔츠 자락으로 땀을 닦고 눈을 다시 망원경에 댔다. 아이의 등은 빳빳하게 굳어 있었다. 아이는 갑자기 다시 손을 흔들었다.

"노턴, 망원경으로 볼 수 있는 건 별들뿐이야. 오늘은 충분히 봤으니까 이제 방에 내려가서 자렴. 루퍼스가 어디 있는지 아니?" 셰퍼드가 말했다.

"엄마가 저기 있어요! 엄마가 저한테 손을 흔들었어요!" 아이가 망원경에서 눈을 떼지 않고 소리쳤다.

아이는 미친 듯이 손을 흔들었다.

"15분 후에는 침대에 들어가 있기를 바란다." 셰퍼드가 말했다가 잠시 후 덧붙였다. "내 말 듣는 거니, 노턴?"

아이는 열렬하게 손을 흔들었다.

"내 말 들어. 15분 후에 네 방에 가서 자고 있는지 볼 거야." 셰퍼드가 말했다.

그런 뒤 그는 계단을 내려가 응접실로 돌아갔다. 그리고 현관으로 가서 밖을 힐끔 보았다. 하늘에는 그가 어리석게도 존슨이 꿈을 품으리라 생각했던 별들이 가득했다. 집 뒤쪽 작은 숲 어딘가에서 황소개구리가 낮은 소리로 웅웅거렸다. 그는 의자로 돌아가서 잠시 앉아 있었다. 잠을 자야겠다고 생각했다. 그런데 의자 팔걸이를 잡고 일어서려는 순간 경찰차 사이렌 소리가 재난 경보처럼 동네로 천천히 들어와서 집 바깥에서 사그라졌다.

어깨에 얼음 망토처럼 차가운 무게가 얹었다. 그는 현관으로 나가 문을 열었다.

두 경찰관이 양옆에서 존슨을 붙들고 다가왔다. 존슨은 두 경찰 모두와 수갑이 채워진 채 으르렁거렸다. 옆에 기자가 따라왔고, 순찰차에는 또 다른 경찰이 있었다.

"여기 선생님께서 보호하시는 아이가 있습니다. 곧 이 녀석을 잡을 거라고 말씀드렸죠?" 더 부루퉁한 경찰이 말했다.

존슨이 팔을 사납게 당기며 말했다. "내가 경찰을 기다린 거예요! 내가 잡히려고 안 했으면 아저씨들은 나를 못 잡았어요. 내가 꾸민 일이에요." 소년은 경찰에게 말했지만 그것은 셰퍼드에 대한 조롱이었다.

셰퍼드는 그를 차갑게 바라보았다.

"왜 잡히려고 했니? 왜 일부러 잡히려고 한 거니?" 기자가 존슨 옆에 가려고 이리저리 뛰면서 물었다.

기자의 질문과 셰퍼드의 모습은 소년을 분노에 빠뜨리는 것 같았다. "저 대단한 예수님한테 보여 주려고요!" 존슨이 소리치며 셰퍼드한테 발길질을 했다. "저 사람은 자기가 하느님인 줄 알아요. 저 사람 집에 사느니 차라리 소년원에 살겠어요. 교도소에 살겠어요! 저 사람은 악마에게 사로잡혀 있어요. 자기 오른손 왼손도 구분할 줄 몰라요. 멍청한 아들하고 똑같아요!" 그러더니 잠시 멈추었다가 어처구니없는 말을 했다. "저 사람은 저한테 더러운 말을 했어요!"

셰퍼드의 얼굴이 하얘졌다. 그는 문틀을 꽉 붙들었다.

"더러운 말이라니? 무슨 말을 뜻하는 거지?" 기자가 흥분해서 물었다.

"부도덕한 말이지 뭐겠어요! 하지만 나는 받아들이지 않았어요, 나는 기독교인이에요. 나는……" 존슨이 말했다.

셰퍼드의 얼굴이 고통으로 오그라들었다. "이 아이도 그게 진실이 아니라는 걸 압니다." 그가 흔들리는 목소리로 말했다. "자기도 거짓말이라는 걸 압니다. 저는 제가 아는 한 이 아이를 위해 최선을 다했습니다. 내 아이한테보다 더 많은 걸 해 줬어요. 아이를 구해 보려고 했고 결국 실패했지만 거기에 부끄러움은 없습니다. 저 자신에게 질책할 것은 아무것도 없습니다. 저는 아이에게 더러운 말은 하지 않았습니다."

"그 더러운 말이 뭐였니? 저분이 정확히 뭐라고 말했는지 알려 줄 수 있니?" 기자가 물었다.

"아저씨는 더러운 무신론자예요. 이 세상에 지옥은 없다고 했어요."

존슨이 말했다.

"이제 두 사람이 서로를 봤으니 됐습니다. 그만 갑시다." 경찰관 한 명이 알겠다는 듯 한숨 쉬며 말했다.

"잠깐." 셰퍼드가 말하고 계단을 내려왔다. 그리고 자신을 구하기 위한 마지막 시도로 존슨의 눈을 들여다보며 말했다. "진실을 말해, 루퍼스. 너도 거짓말을 하고 싶지는 않지. 네 심성이 사악한 게 아냐. 네가 도덕적 혼란에 빠져 있을 뿐이지. 그 발이 주는 고통 때문에……"

존슨이 몸을 앞으로 던지며 소리쳤다. "무슨 헛소리예요! 내가 거짓말하고 도둑질하는 건 그걸 잘하기 때문이에요! 발은 아무 상관 없어요! 절름발이가 먼저 오는 법이에요! 절름발이가 다 모일 거예요. 내가 구원받을 준비가 되면 예수님이 날 구원해 주실 거예요. 저 더러운 무신론자가 아니라……"

"그만하렴." 경찰이 말하고 그를 잡아당겼다. "여기 온 건 그저 선생님께 아이를 체포했다는 걸 보여 드리기 위해서입니다." 경찰이 셰퍼드에게 말했고, 두 사람은 돌아서서 소리치는 존슨을 끌고 갔다.

"절름발이가 노획물을 차지할 거예요!"* 소년이 소리쳤지만, 자동차 문이 그 소리를 가로막았다. 기자는 운전석 옆자리에 탔고, 경찰차는 사이렌을 울리며 어둠 속으로 사라졌다.

셰퍼드는 총에 맞았지만 금방 쓰러지지 않는 사람처럼 몸을 살짝 굽힌 채 계속 서 있었다. 그러다 잠시 후 돌아서서 아까 앉았던 의자로 돌아갔다. 눈을 감으니 존슨이 경찰서에서 기자들에 둘러싸여 거짓말을 늘어놓는 모습이 떠올랐다. "나 자신에게 질책할 건 아무것도 없

---

* 구약성경 『이사야』 33장 22~24절에는 구원의 날이 오면 '소경도 전리품을 듬뿍 얻고 절름발이도 노획물을 양껏 차지하리라'라는 대목이 나온다.

어." 그가 중얼거렸다. 자신의 행동은 이타적인 것이었다. 그의 목표는 존슨을 구해서 번듯한 사람으로 만드는 것이었다. 그는 자신을 아끼지 않았다. 자신의 평판도 희생했고, 자기 아이보다 존슨에게 더 정성을 기울였다. 불쾌함이 악취처럼 공중을 떠돌았고, 마치 자기 입 냄새처럼 가깝게 느껴졌다. "나한테 질책할 건 아무것도 없어." 그가 다시 말했다. 그 목소리는 건조하고 까칠했다. "나는 내 아이보다 그 아이에게 더 많은 정성을 기울였어." 그는 갑자기 공포에 사로잡혔다. 소년의 즐거운 목소리가 들렸다. 아저씨는 악마에 사로잡혀 있어요.

"나한테 질책할 건 아무것도 없어. 나는 내 아이보다 그 아이에게 더 많은 정성을 기울였어." 그가 다시 말했고, 그 목소리는 자신을 비난하는 것처럼 들렸다. 그는 그 문장을 소리 없이 다시 말해 보았다.

그의 얼굴에서 천천히 색깔이 사라졌다. 백발 머리에 둘러싸인 얼굴이 거의 잿빛이 되었다. 그 문장이 머릿속에 울렸고, 음절 하나하나가 둔중한 타격처럼 그를 강타했다. 입술이 뒤틀렸고, 그는 깨달음에 눈을 감았다. 노턴의 쓸쓸한 얼굴이 떠올랐다. 슬픔을 있는 그대로 다볼 수 없다는 듯 왼쪽 눈동자가 바깥으로 살짝 기운 모습. 그는 자신에 대한 명백하고 강렬한 혐오로 심장이 조여들어서 숨이 막힐 지경이었다. 그는 스스로의 공허를 채우기 위해 폭식가처럼 거기 선행을 욱여넣었다. 스스로에 대한 환상을 충족하기 위해 자기 아이를 방치했다. 그는 심장을 측정하는 명석한 악마가 존슨의 눈으로 자신을 조롱하는 것을 보았다. 자신에 대한 이미지가 쪼그라들어서 모든 것이 캄캄해졌다. 그는 마비감과 공포감에 휩싸여 앉아 있었다.

망원경을 보느라 등과 귀밖에 보이지 않던 노턴의 모습이 떠올랐다. 아이는 마구 손을 흔들었다. 아이를 향한 고통스러운 사랑이 밀려들면서 그에게 다시 생명을 불어넣는 것 같았다. 아이의 얼굴이 달라졌다. 구원자의 이미지, 눈부신 빛의 이미지였다. 그는 기쁨에 신음했다. 아이에게 모든 것을 갚아 줄 것이다. 다시는 아이를 힘들게 하지 않을 것이다. 아이의 어머니와 아버지가 될 것이다. 그는 벌떡 일어나 아이의 방으로 달려갔다. 아이에게 입을 맞추며 사랑한다고, 다시는 너를 실망시키지 않겠다고 말할 것이다.

노턴의 방은 불은 켜져 있지만 침대는 비어 있었다. 그는 돌아서서 다락방으로 올라갔고, 계단 꼭대기에서 구덩이에 빠질 뻔한 남자처럼 비틀거렸다. 삼각대는 쓰러지고 망원경은 바닥에 뒹굴었다. 그 몇십 센티미터 위의 그림자 정글 속에 아이가 매달려 있었다. 아이는 거기 매달린 채 우주로 여행을 떠났다.

이교도는 왜 분노하는가?
Why Do the Heathen Rage?

틸먼은 출장 갔던 주도州都에서 뇌졸중에 걸려 그곳 병원에 2주 동안 입원해 있었다. 그는 구급차를 타고 집에 돌아온 일을 기억하지 못했지만 그의 아내는 기억했다. 아내는 발치의 접이의자에 앉아서 두 시간 동안 그의 얼굴을 바라보았다. 안쪽으로 뒤틀린 왼쪽 눈만이 남편의 본래 성격을 보이는 것 같았다. 그 눈은 분노로 타올랐다. 얼굴의 나머지 부분은 죽음을 준비하고 있었다. 정의는 엄혹했고 그녀는 그것이 찾아온 데 만족했다. 월터를 깨우는 데는 이만한 재난이 필요한지도 몰랐다.

사람들이 그를 싣고 왔을 때 마침 자식 둘 모두 집에 있었다. 학교에서 차를 몰고 귀가하던 메리 모드는 구급차가 뒤에 오고 있다는 것도 몰랐다. 그녀—아이처럼 동그란 얼굴에, 보이지 않는 그물에서 빠져나온 듯한 당근색 머리를 한 뚱뚱한 서른 살 여자—는 차에서 내려 어머니에게 입을 맞추다가 틸먼을 보고 깜짝 놀랐다. 하지만 이어 엄격한 얼굴로 뒤편으로 이동해서 들것 뒤쪽을 든 보조원에게 높은 목소리로 곡선 형태의 현관 계단 위로 그것을 올리는 방법을 지시했다. 학교 교사답다고 어머니는 생각했다. 들것 앞쪽을 든 보조원이 툇마루에 이르자 메리 모드는 아이들에게 명령하는 목소리로 외쳤다. "월터, 문 열어!"

월터는 구급차가 오기 전에 읽던 책에 손가락을 끼워 넣고 의자에 앉아 바깥 상황에 귀를 기울이고 있었다. 그는 일어서서 방충 문을 열었고, 보조원들이 들것을 안으로 들이는 동안 신기한 표정으로 아버지의 얼굴을 보았다. "돌아와서 반갑습니다, 대장님." 그가 말하고 어설픈 경례 동작을 했다.

틸먼의 분노한 왼쪽 눈이 월터도 본 것 같았지만 그는 인식했다는 어떤 표시도 하지 않았다.

이제부터 정원사가 아니라 간호사 일을 하게 된 루스벨트가 현관 안쪽에 서서 기다렸다. 이 일에 대비해서 흰 코트를 입고 있었다. 들것에 놓인 사람을 보자 그는 눈의 정맥이 빨갛게 부풀었다. 이어 눈물이 솟아 눈을 뿌옇게 덮고 검은 뺨으로 땀처럼 흘러내렸다. 틸먼은 마비되지 않은 팔로 약하고 엉성한 동작을 했다. 그것은 그가 식구들에게 처음으로 보인 애정의 표시였다. 깜둥이는 누구한테 얻어맞은 듯 홀쩍이면서 들것을 따라 뒷방으로 갔다.

메리 모드는 들것 보조원들에게 지시하려고 같이 들어갔다.

월터와 어머니는 현관에 남아 있었다. "문 닫아라, 벌레 들어온다." 어머니가 말했다.

어머니는 처음부터 월터를 살피며, 그의 크고 평온한 얼굴에서 어떤 긴급한 기미, 이제 자신이 책임을 져야 한다는 기미, 이제 자신이 무언가를, 무엇이라도 해야 한다는 기미를 찾았지만—부인은 그가 차라리 실수를 하더라도, 아니 일을 완전히 망치더라도 무언가를 하는 모습을 보고 싶었다—그 얼굴에는 아무 변화도 없었다. 그의 눈은 안경 속에서 살짝 반짝이며 부인을 보았다. 그는 틸먼의 얼굴을 자세히 보았다. 루스벨트의 눈물도 보았다. 메리 모드가 허둥대는 것도 보았다. 그리고 이제는 어머니가 이 일을 어떻게 받아들이는지를 보고 있었다. 어머니는 그의 시선을 통해서 모자가 뒤통수로 미끄러진 것을 깨닫고 모자를 고쳐 썼다.

"조금 전 방식이 나아요. 우연한 여유로움이 보이거든요." 월터가 말했다.

어머니는 얼굴을 최대한 강하게 찌푸리고는 엄격하고 최종적인 목소리로 말했다. "이제 네가 책임자다."

그는 반쪽 미소를 짓고 서서 아무 말도 하지 않았다. 흡습제 같다고, 모든 걸 빨아들이지만 아무것도 내놓지 않는다고 부인은 생각했다. 그는 얼굴만 그들 가족의 얼굴일 뿐 낯선 사람 같았다. 그는 아버지, 할아버지와 똑같은 두툼한 턱과 매부리코였고, 역시 똑같이 무심한 변호사의 미소를 지녔다. 청색도 녹색도 회색도 아닌 눈도 똑같았다. 머리도 곧 그들처럼 대머리가 될 것이다. 부인의 얼굴이 더 굳었다. "네가 이 집을 물려받아서 운영해야 해, 네가 여기서 계속 지내겠다면." 어머니가 말하고 팔짱을 꼈다.

그에게서 미소가 떠났다. 그는 공허한 표정으로 어머니에게 눈길을 던지더니 이어 그 너머 초원을, 참나무 네 그루와 먼 숲 너머 텅 빈 오후 하늘을 바라보았다. "저는 여기가 집인 줄 알았어요. 하지만 집은 그렇게 생각하지 않네요."

부인은 심장이 조여들었다. 그가 집이 없다는 것을 금세 깨달았다. 여기도 집이 없고 또 어디에도 집이 없었다. 부인이 말했다. "물론 여기는 집이지. 하지만 누군가는 책임을 져야 돼. 깜둥이들을 일하게 시켜야 돼."

"저는 깜둥이들에게 일을 못 시켜요. 그건 제가 세상에서 가장 못하는 일일 거예요." 그가 대꾸했다.

"내가 다 일러 주마." 부인이 말했다.

"하! 그러면 그냥 어머니가 하세요." 그가 말하고 부인을 보았다. 그런 뒤 다시 반쪽 미소를 지었다. "어머니, 어머니는 이제 자기 재산이 생겼어요. 어머니는 책임지기 위해 태어났어요. 아버지가 10년 전에 중풍에 걸렸다면, 우리는 더 잘살았을 거예요. 어머니는 배드랜즈 일대에 마차 수송대를 돌릴 수도 있었을 거예요. 군중을 진압할 수도 있었어요. 어머니는 19세기의 마지막 인물이에요, 어머니는……"

"월터, 너는 남자고 나는 여자일 뿐이야." 부인이 말했다.

"어머니 세대의 여자는 우리 세대의 남자보다 나아요." 월터가 말했다.

부인의 입술이 분노로 팽팽해졌고, 머리가 가볍게 떨렸다. "부끄러운 줄도 모르고 그런 말을 하다니!" 부인이 나직하게 말했다.

월터는 조금 전의 의자에 주저앉아서 책을 펼쳤다. 그의 얼굴에 나른한 홍조가 자리 잡았다. "우리 세대의 유일한 미덕은 진실을 말하는 데 부끄러움을 느끼지 않는다는 거예요." 그가 말하고 책으로 돌아갔다. 그녀의 면담은 그렇게 끝났다.

부인은 뻣뻣하게 서서 당혹스럽고 어처구니없는 눈길로 아들을 바라보았다. 부인의 아들. 외아들. 그의 눈과 두상과 미소는 가족을 빼닮았지만 그 안에 있는 이는 부인이 알던 사람들과 종류가 달랐다. 그는 순수함도 올곧음도 없었고, 죄도 하느님의 선택도 믿지 않았다. 부인이 바라보는 아들은 선과 악을 공평하게 유혹했고, 문제의 여러 측면을 동시에 보아서 움직이지도 못하고 일하지도 못하고 심지어 검둥이들에게 일도 시키지 못했다. 그 진공상태로는 어떤 악도 들어갈 수 있었다. 부인은 한숨을 참고 생각했다. 이 애는 도대체 무슨 일을 하려는 걸까!

　　그는 아무것도 하지 않았다. 이제 스물여덟 살이었는데, 지금까지 본 바로는 사소한 것이 아닌 어떤 일에도 관심을 두지 않았다. 그는 큰 건을 기다리면서, 다른 일은 중간에 그만둘 게 뻔하니 아예 시작도 하지 않는 사람 같았다. 그 게으른 태도를 보고 부인은 그가 예술가나 철학자나 그런 것이 되고 싶은 줄 알았지만 꼭 그렇지도 않았다. 그는 자기 이름을 걸고 무얼 쓰고 싶어 하지 않았다. 대신 모르는 사람에게, 그리고 신문에 편지 쓰는 일은 즐겨 했다. 그는 여러 이름과 신원을 사용해서 낯선 사람들에게 편지를 썼다. 그것은 특이하고 한심하고 경멸스러운 악덕이었다. 부인의 아버지와 할아버지는 도덕적인 분들이었지만, 큰 악덕보다 작은 악덕을 더 경멸했을 것이다. 그들은 자신들의 위치와 의무를 알았다. 월터가 무얼 아는지 또 세상일을 어떻게 생각하는지는 도무지 알 길이 없었다. 그는 세상에 의미가 있는 어떤 일과도 상관없는 책들을 읽었다. 부인은 그가 놓아둔 책에서 이상한 구절에 밑줄이 처진 것을 보고 그 뜻이 무얼지 며칠씩 생각해 본 때가 많았다. 그가 위층 욕실 바닥에 둔 책의 한 구절은 특히 불길하게 남아 있었다.

"사랑은 분노로 가득해야 한다." 그 구절은 이렇게 시작했고, 부인은 내 사랑은 그래, 하고 생각했다. 부인은 언제나 화가 나 있었다. 밑줄은 이어졌다. "그대가 이미 내 요청을 거절했기에, 어쩌면 훈계에 귀를 기울일지 모르겠다. 유약한 군인이여, 그대가 아버지 집에 무슨 용무가 있는가? 그대의 성벽과 참호는 어디 가고, 전선에서 보낸 겨울은 어디 갔는가? 들어라! 천국에서 전투 나팔 소리가 울리고, 우리의 장군이 완전무장을 하고 온 세상을 정복하러 구름 사이로 걸어오는 것을 보라. 우리 왕의 입에서 길 위의 모든 것을 베는 양날의 검이 나온다. 그대는 마침내 잠에서 깨어나 전장으로 오라! 그늘을 버리고 태양을 추구하라."

부인은 이게 무슨 책인지 확인하려고 앞을 보았다. 그것은 성 예로니모가 헬리오도로라는 사람에게 사막을 버린 일을 꾸짖는 편지였다. 각주에 보니 헬리오도로는 370년 아퀼레이아에서 예로니모 곁에 모인 유명한 집단의 일원이었다. 그는 은자의 삶을 살려고 예로니모를 따라 근동까지 갔다. 하지만 헬리오도로가 예루살렘까지 가면서 그들은 헤어졌다. 마침내 헬리오도로는 이탈리아로 돌아갔고, 나중에 알티노의 주교라는 높은 성직에 올랐다.

그는 이런 종류의 책을 읽었다. 지금 아무 의미도 없는 책이었다. 그때 부인은 불쾌한 충격 속에 입에 칼을 물고 전쟁을 하러 오는 장군이 예수라는 것을 깨달았다.

계시
Revelation

터핀 부부가 들어섰을 때 병원의 작은 대기실은 사람이 가득했고, 터핀 부인의 우람한 덩치 때문에 훨씬 더 좁아 보였다. 잡지가 놓인 중앙 테이블 옆에 우람하게 선 그녀의 모습은 그 방이 옹색하고 우스꽝스럽다는 생생한 실증이었다. 그녀의 작고 검은 눈은 환자들을 살펴보며 좌석을 파악했다. 빈 의자가 하나 있었고, 소파 위에는 더러운 청색 반바지 점프 슈트 차림의 금발 아이뿐이라서 또 한 자리를 만들 수 있었지만 그러려면 아이에게 옆으로 옮겨 앉아 달라고 부탁해야 했다. 아이는 대여섯 살 된 사내애였지만 터핀 부인은 누구도 아이에게 자리를 만들어 달라고 하지 않을 것을 알아차렸다. 아이는 팔을 양옆으로 늘어뜨린 채 구부정하게 앉아 있었고, 눈에도 초점이 없었다. 코에서는 콧물이 흘렀다.

터핀 부인은 클로드의 어깨에 손을 얹고 듣고 싶은 사람 누구에게나 말하는 목소리로 말했다. "클로드, 당신은 저기 의자에 앉아." 그리고 그를 빈 의자로 밀었다. 클로드는 붉은 얼굴에 머리가 벗어진 남자로, 키는 터핀 부인보다 약간 작았지만 체격은 다부졌다. 하지만 그는 아내에게 지시받는 데 익숙한 듯 의자에 가서 앉았다.

터핀 부인은 가만히 서 있었다. 대기실에 다른 남자라고는 양쪽 무릎에 붉은 손을 펼쳐 놓은, 말랐지만 강단 있어 보이는 노인뿐이었다. 노인은 자는 건지 죽은 건지 아니면 자리를 내주기 싫어서 그런 건지 눈을 감고 있었다. 그녀는 세련된 옷차림의 반백 머리 부인에게 호의적인 시선을 던졌고, 그 부인도 터핀 부인에게 저 아이가 내 아이라면 예의를 알고 옆으로 옮겨 앉을 거라는, 소파엔 두 사람이 충분히 앉을 수 있다고 말하는 표정을 보였다.

클로드는 한숨을 쉬며 아내를 올려다보고 일어나려고 했다.

"앉아 있어. 그 다리로 서 있으면 안 되니까." 그녀가 말하고 설명했다. "남편은 다리에 궤양이 생겼답니다."

클로드는 다리를 테이블에 올리고 바지를 걷어서 대리석처럼 하얗고 통통한 정강이의 자주색 환부를 보여 주었다.

"이런! 어쩌다 그렇게 됐나요?" 상냥한 부인이 물었다.

"소한테 발길질을 당했어요." 터핀 부인이 말했다.

"세상에!" 상냥한 부인이 말했다.

클로드는 바지 자락을 내렸다.

"저 꼬마가 옮겨 앉을 수 있을 것 같은데요." 상냥한 부인이 말했지만 아이는 움직이지 않았다.

"누가 금방 일어나겠죠." 터핀 부인이 말했다. 그녀는 왜 의사가—

병원에 고개를 들이밀고 환자 얼굴만 보아도 하루에 5달러를 청구해서 떼돈을 벌면서—멀쩡한 크기의 대기실을 마련하지 못하는지 이해가 되지 않았다. 대기실은 차고 정도 크기였다. 테이블에는 흐늘흐늘한 잡지들이 널려 있었고, 한쪽 끝에 있는 녹색 유리 재떨이에는 담배꽁초와 피 묻은 솜이 가득했다. 터핀 부인이 그 병원을 관리한다면 그 재떨이를 재깍재깍 비울 것이다. 대기실 앞쪽 벽에는 의자가 없었다. 거기에는 직사각형 구멍이 뚫려서 진료실 안에서 간호사가 왔다 갔다 하고 비서가 라디오를 듣는 모습이 들여다보였다. 금색 화분에 담긴 플라스틱 고사리가 그 구멍에 놓여 잎사귀를 바닥까지 떨구었다. 라디오에서는 부드러운 복음성가가 나왔다.

안쪽 문이 열리더니 노란 머리를 터핀 부인이 생전 처음 볼 만큼 높다랗게 쌓아 올린 간호사가 문틈으로 고개를 내밀고 다음 환자를 불렀다. 클로드 옆에 앉았던 여자가 의자 팔걸이를 잡고 몸을 일으킨 뒤 원피스 자락을 다리에서 떼고 간호사가 사라진 문으로 육중하게 들어갔다.

터핀 부인은 빈 의자에 앉았고, 의자는 코르셋처럼 그녀를 조였다. "체중을 좀 줄여야 하는데." 그녀는 눈을 굴리고는 우스꽝스럽게 한숨을 쉬었다.

"전혀 뚱뚱하시지 않은데요." 멋쟁이 부인이 말했다.

"아니에요, 뚱뚱해요." 터핀 부인이 말했다. "클로드는 먹고 싶은 걸 다 먹어도 80킬로그램을 안 넘는데 저는 맛있는 걸 보기만 해도 살이 쪄요." 그리고 배와 어깨를 출렁이며 웃었다. "클로드, 당신은 먹고 싶은 걸 다 먹지, 그렇지?" 그녀가 남편을 보며 말했다.

클로드는 웃기만 했다.

"성격이 좋으시니 몸매가 어떻건 상관없을 것 같네요. 중요한 건 성격이죠." 멋쟁이 부인이 말했다.

그 부인 옆에는 열여덟, 열아홉 정도 되는 뚱뚱한 처녀가 인상을 쓴 채 파란색의 두꺼운 책을 들여다보고 있었다. 터핀 부인은 그 책의 제목이 『인간 발달』인 것을 보았다. 처녀가 고개를 들더니 터핀 부인의 생김이 마음에 들지 않는다는 듯 인상을 써 보였다. 처녀는 자기가 책을 읽는데 사람들이 떠드는 게 짜증 나는 것 같았다. 불쌍한 처녀는 얼굴이 여드름으로 푸르뎅뎅했고, 터핀 부인은 저 나이에 얼굴이 저 지경인 게 딱하다고 생각했다. 그녀는 처녀에게 다정한 미소를 보냈지만, 처녀는 인상만 더 강하게 쓸 뿐이었다. 터핀 부인도 뚱뚱하긴 했지만 예전부터 피부는 좋았고, 지금 마흔일곱 살인데도 너무 많이 웃어서 생긴 눈가의 잔주름을 빼면 얼굴에 주름 하나 없었다.

못생긴 처녀 옆에는 그 사내아이가 아까와 똑같은 자세로 있었고, 아이 옆에는 날염 무늬의 면 원피스를 입은 마르고 꺼칠한 노파가 있었다. 터핀 부부의 집 펌프실에 있는 닭 사료 자루와 똑같은 무늬였다. 그녀는 처음부터 아이가 노파의 일행이라는 걸 알았다. 그들의 자세를 보면 알 수 있었다. 멍하고 또 백인 쓰레기 같았다. 누가 와서 일어나라고 하지 않으면 최후의 심판 날까지 그렇게 앉아 있을 것 같았다. 그리고 멋쟁이 부인의 직각 방향에는 사내아이의 어머니가 분명한 여윈 여자가 있었다. 노란 스웨터와 포도주 빛깔 바지를 입었는데, 둘 다 질감이 거칠었고, 입 가장자리에 씹는담배 자국이 묻어 있었다. 지저분한 노란 머리는 빨간색 종이 리본으로 묶었다. 검둥이만도 못해, 터핀 부인은 생각했다.

〈내가 하늘을 우러러보고 주님이 아래를 내려다볼 때〉라는 복음성가가 흘렀고, 그 노래를 아는 터핀 부인은 속으로 마지막 줄을 따라 불렀다. '머지않은 날 나는 왕관을 쓰리라.'

터핀 부인은 겉으로 내색하지 않고 언제나 사람들의 발을 살폈다. 멋쟁이 부인은 옷과 어울리는 붉은색과 회색의 스웨이드 구두를 신었다. 터핀 부인은 검은색 에나멜가죽 구두였다. 못생긴 처녀는 걸스카우트 구두와 두꺼운 양말을 신었다. 노파는 테니스화를 신었고, 백인 쓰레기 같은 엄마는 침실 슬리퍼 같은 것을 신었다. 검은 밀짚으로 만들고 금색 무늬가 들어간 그 신발은 딱 그 여자가 신을 만한 신발 같았다.

가끔 밤에 잠이 오지 않을 때면 터핀 부인은 놀이 삼아 머릿속으로 만약 자신이 지금의 자신이 아니면 누가 되는 게 좋을까 하는 질문을 던지곤 했다. 예수님이 그녀를 만들기 전에 자신에게 "너한테 남은 자리는 검둥이와 백인 쓰레기 두 가지뿐이다" 하고 물어본다면 어느 쪽을 택할까? 아마 그녀는 "아, 예수님, 제발 다른 자리가 생길 때까지 기다리게 해 주세요" 하고 말할 테고, 그러면 예수님은 말할 것이다. "아니, 지금 당장 골라야 하고, 두 가지 중 하나를 골라야 한다." 그녀는 꿈지락거리며 부탁하고 사정할 테지만, 그것이 아무 소용 없으면 결국 이렇게 말할 것이다. "좋아요, 그러면 검둥이로 하겠어요. 하지만 쓰레기 같은 검둥이는 아니에요." 그러면 예수님은 자신을 단정하고 품위 있는 깜둥이 여자로 만들어 줄 것이다. 그러니까 피부색만 검을 뿐 지금의 자신과 똑같은 여자로.

아이 엄마 옆에는 붉은 머리의 젊은 여자가 잡지를 읽으며, 클로드의 표현을 빌리자면 껌을 악착같이 씹고 있었다. 그 여자의 발은 보이지 않았다. 여자는 백인 쓰레기는 아니고 그냥 평범한 여자였다. 터핀 부인은 때로 밤에 사람들의 계층에 이름을 붙이는 놀이를 했다. 맨 밑은 대부분의 흑인이었다. 자신이 흑인이 된다면 되었을 그런 흑인이 아니라 다른 대부분의 흑인. 그다음에는—그 위라고는 할 수 없고 그냥 다른 곳에—백인 쓰레기가 있었다. 그들 위에는 주택 소유자가 있었고, 그 위에는 클로드가 속한 토지 소유자가 있었다. 그녀와 클로드 위에는 돈이 많고 집도 훨씬 크고 땅도 훨씬 넓은 사람들이 있었다. 하지만 여기서 문제는 복잡해졌다. 돈 많은 사람들 중 일부는 출신이 별로라서 터핀 부부 아래로 가야 했고, 혈통이 좋은 어떤 사람들은 재산을 잃고 셋집에서 살았으며, 또 집도 토지도 있는 흑인도 있었다. 시내의 흑인 치과 의사는 빨간색 링컨 자동차가 두 대고 집에 수영장이 있으며 농장에는 등록된 헤리퍼드종 소를 키웠다. 그녀가 잠에 들 무렵이면 대개 모든 계층이 머릿속에 뒤엉켰고, 그녀는 그 모두가 유개 화물차를 타고 가스 소각장으로 실려 가는 꿈을 꾸었다.

"아름다운 시계네요." 그녀가 말하고 고갯짓으로 오른쪽을 가리켰다. 방사형 무늬가 시계 문자반을 둘러싼 큰 놋쇠 벽시계였다.

"네, 아주 예쁘네요." 멋쟁이 부인이 다정하게 말하더니 손목시계를 보고 덧붙였다. "그리고 시간도 딱 맞네요."

부인의 옆에 앉은 못생긴 처녀는 고개를 들어 시계를 보더니 픽 웃었고 터핀 부인을 보고 다시 웃었다. 그런 뒤 다시 책으로 눈을 돌렸다. 처녀는 부인의 딸 같았다. 기질은 전혀 달라 보였지만 얼굴 모양과 파란 눈이 똑같았기 때문이다. 부인의 눈은 상냥하게 반짝였으나 처녀의 얽은 얼굴에서 그 눈은 부글거리거나 타오르거나 둘 중 하나 같았다.

예수님이 "그래, 너는 백인 쓰레기, 검둥이, 못생긴 여자 셋 중의 하나를 골라야 한다" 하고 말했다면 어땠을까?

터핀 부인은 얼굴이 못난 것과 행동이 못난 것은 별개라고 생각하면서도 처녀가 몹시 불쌍했다.

입술에 담뱃진이 묻은 여자가 의자에서 몸을 돌리고 시계를 올려다보았다. 그러더니 다시 고개를 돌려 터핀 부인 약간 옆쪽을 보는 것 같았다. 한쪽 눈이 사시였다. "저런 시계를 살 수 있는 곳을 알려 드릴까요?" 여자가 큰 소리로 말했다.

"아뇨, 저희 집에는 이미 좋은 시계가 있어요." 터핀 부인이 말했다. 저런 여자에게 상냥하게 응대해 주면 뒤를 감당할 수 없는 법이다.

"그린 스탬프*를 모아서 살 수 있어요." 여자가 말했다. "아마 의사 선생님도 그렇게 샀을 거예요. 그린 스탬프를 모으면 뭐든지 살 수 있어요. 나는 장신구를 좀 샀죠."

수건이랑 비누를 사는 게 더 좋았을 것 같은데, 터핀 부인은 생각했다.

"나는 그걸로 침대 시트를 사요." 상냥한 부인이 말했다.

그 딸이 책을 탁 덮었다. 그리고 앞을 보았다. 터핀 부인을 지나, 노란 커튼을 지나, 그 뒤에 벽을 이룬 유리창 너머를. 처녀의 눈에 갑자기 특이한 빛이 반짝였다. 야간 도로 표지판처럼 기이한 빛이었다. 터핀 부인은 고개를 돌려서 바깥에 무슨 일이 있나 살폈지만 아무것도 없었다. 지나가는 사람들이 커튼 안으로 희미한 그림자를 던질 뿐이었다. 처녀가 굳이 그녀를 선택해서 그 못난 얼굴을 보여 줄 필요는 없었다.

* 1930~1980년 무렵에 인기를 끈 다용도 쿠폰.

"핀리 양." 간호사가 문을 빼꼼 열고 말했다. 껌을 씹는 여자가 일어나서 터핀 부인과 클로드 앞을 지나 안으로 들어갔다. 여자는 빨간색 하이힐 구두였다.

테이블 맞은편의 못생긴 처녀는 터핀 부인을 싫어할 특별한 이유가 있는 것처럼 그녀를 빤히 바라보았다.

"날씨가 참 좋지요?" 처녀의 어머니가 말했다.

"검둥이들한테 시킬 수 있다면 목화 따기에 참 좋은 날씨예요." 터핀 부인이 말했다. "하지만 이제 검둥이들은 목화를 따지 않아요. 백인을 시킬 수도 없고 검둥이를 시킬 수도 없어요. 검둥이도 백인 같은 대접을 받으려고 하니까요."

"어쨌건 그러려고 시도는 하겠죠." 백인 쓰레기 여자가 몸을 숙이며 말했다.

"목화 따는 기계가 있으신가요?" 상냥한 부인이 말했다.

"아뇨." 터핀 부인이 말했다. "기계를 쓰면 목화의 반은 버려요. 우리 집 목화밭이 그렇게 넓지도 않고요. 요새 농사를 지으려면 모든 걸 조금씩 골고루 해야 돼요. 저희 집은 목화밭이 조금 있고, 돼지 몇 마리와 닭도 조금 있고, 헤리퍼드종 소도 남편이 직접 돌볼 만큼만 있답니다."

"내가 정말 싫은 건 돼지예요." 백인 쓰레기 여자가 손등으로 입을 닦으며 말했다. "냄새나고 더러워요. 사방에서 꿀꿀대면서 땅을 파요."

터핀 부인은 그 말에 아주 살짝만 반응했다. "우리 집 돼지는 더럽지도 않고 냄새도 안 나요. 길거리의 어떤 아이들보다는 우리 집 돼지가 더 깨끗할 거예요. 우리 돼지들은 땅에 발을 대지도 않아요. 콘크리트로 돈사를 지었으니까요." 그녀가 상냥한 부인에게 말했다. "그리고 남

편은 매일 오후에 호스로 돼지들을 내보내고 바닥을 청소해요." 거기
그 아이보다는 훨씬 더 깨끗하지, 그녀는 생각했다. 불쌍한 것. 아이는
더러운 엄지손가락을 입에 넣은 것 이외의 어떤 움직임도 보이지 않
았다.

여자가 터핀 부인에게서 고개를 돌리더니 벽에 대고 말했다. "나라
면 호스로 돼지를 내보내지 않을 거야."

내보낼 돼지도 없잖아, 터핀 부인이 속으로 말했다.

"꿀꿀거리고 땅을 파고." 여자가 중얼거렸다.

"우리는 조금씩 골고루 다 있어요." 터핀 부인이 상냥한 부인에게 말
했다. "요즘처럼 일손 구하기 힘들 때는 자기가 감당할 수 없을 만큼
소유해 봤자 소용없어요. 올해는 목화 딸 검둥이들을 구했지만 남편
이 데리고 와서 저녁에 집에 데려다 주어야 돼요. 그자들은 1킬로미터
도 못 걸어요. 절대로요." 그녀가 말하고 즐겁게 웃었다. "검둥이들 비
위 맞춰 주는 일이 아주 피곤하긴 하지만, 일을 시키려면 다정하게 대
해 줘야 하죠. 아침에 그자들이 오면 저는 달려 나가서 '안녕 어서들
와' 하고 인사해요. 그리고 남편이 밭으로 태우고 갈 때에도 열심히 손
을 흔들죠. 그러면 그자들은 그냥 손을 휙 흔들어서 답해요." 그리고
그녀는 빠르게 손을 흔들어 보였다.

"제가 겪는 일들하고 똑같네요." 상냥한 부인이 완벽한 이해를 보이
며 말했다.

"그래요." 터핀 부인이 말했다. "그리고 그자들이 밭에서 돌아오면,
저는 얼음물을 한 양동이 들고 나가요. 이제부터는 계속 그래야 돼요.
외면할 수 없는 현실이에요."

"내가 아는 한 가지는 내가 두 가지를 안 할 거라는 거예요." 백인 쓰

레기 여자가 말했다. "검둥이한테 다정하게 굴지도 않고 호스로 돼지를 내보내지도 않아요." 그리고 칵, 하고 경멸 어린 소리를 냈다.

터핀 부인과 상냥한 부인은 무언가를 '소유한' 사람만이 그걸 '알 수 있다'는 표정을 주고받았다. 하지만 터핀 부인은 자신이 상냥한 부인과 눈길을 주고받을 때마다 못생긴 처녀의 특이한 눈길이 자신에게 계속 머물러 있다는 것을 알았고, 다시 대화로 돌아가는 데 어려움을 느꼈다.

"사람이 무언가를 가지면 그걸 돌봐야 하죠." 터핀 부인이 말했다. 그리고 가진 게 아무것도 없으면 매일 아침 시내에 나가고 법원 난간에 앉아 침을 뱉을 수 있어, 하고 속으로 덧붙였다.

터핀 부인 등 너머의 커튼 뒤로 기이한 그림자가 빙글빙글 지나가면서 그 모습이 맞은편 벽에 희미하게 비쳤다. 그러더니 자전거가 건물 바깥에 덜거덕거리며 부딪쳤다. 이어 문이 열리고 약국 쟁반을 든 흑인 청년이 들어왔다. 쟁반에는 뚜껑을 덮은 빨간색과 흰색의 큼직한 종이컵 두 개가 놓여 있었다. 청년은 키가 크고 살빛이 아주 검었으며, 변색된 흰 바지와 녹색 나일론 셔츠를 입었다. 그는 음악에 맞추는 듯 천천히 껌을 씹으며 대기실 구멍 속 고사리 옆에 쟁반을 내려놓고 비서를 찾아 고개를 그리 들이밀었다. 비서는 없었다. 청년은 창턱에 팔을 얹고 기다렸다. 좁은 엉덩이가 뒤로 비죽 튀어나와 오른쪽 왼쪽으로 흔들렸다. 청년은 한 손을 들어 머리 아랫부분을 긁었다.

"거기 단추 보이지, 젊은이. 그걸 누르면 비서가 나와. 아마 안쪽 어딘가에 있을 거야." 터핀 부인이 말했다.

"저게 맞나요?" 청년이 전에는 단추를 본 적이 없는 듯 온순하게 물었다. 그리고 오른쪽으로 몸을 굽혀 거기 손가락을 올렸다. "그분은 가끔 외출하거든요." 청년이 말하더니 뒤로 돌아서서 창턱에 팔꿈치를 대고 터핀 부인을 보았다. 간호사가 왔고 청년은 다시 돌아섰다. 그리고 간호사가 건넨 1달러를 주머니에 받아 넣고 동전을 세어서 간호사에게 주었다. 간호사는 15센트를 팁으로 주었고 그는 빈 쟁반을 들고 나갔다. 무거운 문이 천천히 흔들리다 마침내 털썩 소리를 내며 닫혔다. 잠시 아무도 말이 없었다.

"검둥이는 모두 아프리카로 돌려보내야 돼요. 원래 거기서 왔잖아요." 백인 쓰레기 여자가 말했다.

"하지만 나는 내 좋은 흑인 친구들 없이는 살 수 없어요." 상냥한 부인이 말했다.

"세상에 검둥이보다 나쁜 게 얼마나 많은데요. 우리 중에도 온갖 사람이 다 있듯이 검둥이들도 온갖 사람이 다 있어요." 터핀 부인이 말했다.

"맞아요, 그리고 세상을 이루는 데는 온갖 사람이 필요한 법이죠." 상냥한 부인이 음악적인 목소리로 맞장구쳤다.

부인이 그 말을 할 때 피부가 나쁜 처녀가 이로 딱 소리를 냈다. 처녀의 아랫입술이 아래로 쭉 내려가서 연분홍색 입 안쪽이 드러났다. 잠시 후 입술은 도로 올라갔다. 터핀 부인은 그렇게 추악한 표정은 본 적이 없었다. 그리고 잠깐 동안 그 표정이 자신에게 지어 보인 거라는 것을 확신했다. 처녀는 그녀를 전부터 알았고 평생토록 싫어한 듯한 표정으로 그녀를 보고 있었다. 그리고 그 평생은 처녀의 평생뿐 아니라 터핀 부인의 평생도 포함하는 것 같았다. 왜 그래, 친구, 난 널 알지도 못해, 터핀 부인이 속으로 말했다.

그녀는 억지로 대화로 돌아갔다. "그 사람들을 아프리카로 돌려보내는 건 현실적이지 않아요. 그 사람들이 원하지 않아요. 여기가 너무 좋으니까요."

"예전에는 그걸 원하지 않았나요? 내가 알기로는 그랬는데요." 여자가 말했다.

"모든 검둥이를 돌려보내는 건 방법이 아니에요. 그 사람들은 숨고 도망치고 우리를 괴롭히고 울고불고 소리치고 난리를 피울 거예요. 그건 방법이 아니에요." 터핀 부인이 말했다.

"여기 왔잖아요. 왔을 때처럼 돌아가면 되죠." 쓰레기 여자가 말했다.

"그때는 이렇게 많지 않았어요." 터핀 부인이 말했다.

여자는 별 바보 천치 다 본다는 표정으로 터핀 부인을 보았지만, 그녀는 그 표정의 주인이 어떤 부류인지를 알았기에 신경 쓰지 않았다.

"그 사람들은 안 가요." 터핀 부인이 말했다. "여기 살면서 뉴욕에도 가고 백인 여자랑 결혼해서 색깔도 바꾸고 할 거예요. 그 사람들은 모두 그걸 원해요. 한 사람도 남김없이 다 색깔을 바꾸고 싶어 해요."

"그러면 뭐가 되는지 알아, 여보?" 클로드가 물었다.

"몰라, 뭐가 되는데?" 터핀 부인이 되물었다.

클로드가 눈을 반짝이며 웃음기 없이 말했다. "하얀 검둥이가 되는 거야."

백인 쓰레기와 못생긴 처녀를 빼고 대기실의 모든 사람이 웃었다. 처녀는 하얀 손으로 무릎 위의 책을 잡았다. 쓰레기 여자는 전부 바보라는 듯 주변 사람들 얼굴을 하나하나 둘러보았다. 닭 사료 자루 옷을 입은 노파는 표정 없는 얼굴로 맞은편 남자의 목 높은 구두를 바라보았다. 터핀 부부가 들어왔을 때 자는 척하던 남자였다. 남자는 여전히 무릎에 손을 편 채 유쾌하게 웃었다. 아이는 옆으로 누워서 노파의 무릎에 얼굴을 묻고 있었다.

웃음이 차츰 사그라질 때 라디오의 합창이 정적을 막아 주었다.

"너는 ○○○에 가고
나는 내 ○○○에 갈 거야
하지만 우리는 모두 함께
○○○할 거야
○○○할 거야
우리는 서로를 도울 거야
어떤 날씨에도
미소를 잃지 않고!"

터핀 부인은 가사를 다 알아들을 수 없었지만 들리는 것만으로도 노래의 정신에 공감할 수 있었고, 그것을 생각하니 마음이 더 진지해졌다. 도움이 필요한 사람을 돕는 것은 그녀 인생의 원칙이었다. 도움이 필요한 사람을 보면 백인이건 흑인이건, 쓰레기건 아니건 자신을 아끼지 않았다. 그녀는 자신이 감사하는 모든 일 가운데 이 점이 가장 감사했다. 예수님이 "너는 상류층이 되어서 돈을 원하는 만큼 가질 수 있고 몸매도 날씬해질 수 있지만 착한 여자는 될 수 없다"라고 말한다면 그녀는 이렇게 대답할 것이다. "그렇다면 저를 그렇게 만들지 말아 주세요. 저를 좋은 여자로 만들어 주시면 나머지는 아무래도 상관없어요. 아무리 뚱뚱해도 아무리 못생겨도 아무리 가난해도!" 그녀는 가슴이 부풀었다. 하지만 그분은 자신을 검둥이로도, 백인 쓰레기로도,

못생긴 여자로도 만들지 않았다! 그분은 자신을 지금의 자신으로 만들고 모든 것을 조금씩 골고루 주었다. 예수님, 고맙습니다! 그녀가 말했다. 고맙습니다, 고맙습니다! 자신의 축복을 헤아릴 때마다 그녀는 자신이 82킬로그램이 아니라 55킬로그램인 것처럼 가볍게 느껴졌다.

"이 아이는 어디가 아픈 거죠?" 상냥한 부인이 백인 쓰레기 여자한테 물었다.

"궤양이 있어요." 여자가 도도하게 말했다. "이 아이는 태어났을 때부터 나를 들들 볶았어요. 아이하고 저 양반하고 둘요." 여자가 고갯짓으로 노파를 가리켰다. 노파는 거친 손으로 아이의 금발 머리칼을 훑고 있었다. "저 두 사람한테는 코카콜라하고 사탕밖에 먹일 수 있는 게 없어요."

당신이 그것밖에 먹이려고 하지 않는 거겠지, 터핀 부인이 속으로 대꾸했다. 게을러서 요리할 불도 못 피워. 그런 사람들에 대해서라면 그녀는 모르는 게 없었다. 그 사람들이 가진 게 없어서만도 아니었다. 그들에게 필요한 걸 다 주어도 2주만 지나면 모든 게 부러지고 더러워지고 그들은 그걸 쪼개서 장작으로 쓸 것이다. 그녀는 경험을 통해 알았다. 그들을 도와야 하는 건 맞지만, 실제로 그 사람들을 돕기란 불가능했다.

못생긴 처녀가 다시 한 번 아랫입술을 아래로 쭉 내렸다. 그리고 그 눈길이 드릴처럼 터핀 부인을 꿰뚫었다. 그 시선에 강렬한 의미가 담겨 있다는 것을 이번에는 못 알아볼 수 없었다.

얘, 터핀 부인이 소리 없이 외쳤다. 나는 너한테 아무 일도 안 했어! 하지만 혹시 날 다른 사람하고 착각하는 게 아닐까. 이렇게 가만히 앉아서 당하고 있을 수는 없어. "아가씨는 대학생인가 봐. 책을 읽고 있으니 말이야." 그녀가 처녀를 똑바로 바라보며 과감하게 말했다.

처녀는 계속 노려보기만 할 뿐 대답하지 않았다.

처녀의 어머니가 딸의 무례에 얼굴을 붉히고 나직하게 말했다. "너한테 질문을 하시잖니, 메리 그레이스."

"저도 귀 있어요." 메리 그레이스가 말했다.

불쌍한 어머니는 다시 얼굴을 붉혔다. "메리 그레이스는 웰즐리 대학에 다녀요." 어머니가 설명하며 옷의 단추를 비틀더니 얼굴을 찌푸리며 덧붙였다. "매사추세츠 주에 있어요. 이 애는 여름에도 그저 공부만 해요. 책만 읽죠. 완전히 책벌레예요. 대학에서도 성적이 좋아요. 영어, 수학, 역사, 심리학, 사회과학을 공부하는데, 제가 볼 때는 조금 지나친 것 같아요. 나가서 놀기도 좀 해야 할 텐데 말이에요."

여학생은 그들 모두를 창밖으로 던져 버리고 싶은 듯한 표정이었다.

"북부의 학교로군요." 터핀 부인이 말하고 생각했다. 북부 생활도 예의를 심어 주지 못했어.

"그런데 나는 아이가 차라리 아픈 게 낫다 싶기도 해요." 백인 쓰레기 여자가 다시 자신에게 관심을 촉구하며 말했다. "안 아플 때는 정말 못되게 굴거든요. 어떤 애들은 심술을 달고 태어나는 것 같아요. 어떤 아이들은 아프면 못돼지지만 우리 아들은 반대예요. 아프면 착해져요. 지금도 저를 괴롭히지 않잖아요. 병원에 온 건 저 때문이에요."

내가 누구를 아프리카로 보낼 수 있다면 당신 같은 사람을 보낼 거야, 이 아줌마야. 터핀 부인이 생각했다. "그렇군요." 그녀가 소리 내서 말했지만, 눈은 천장을 보았다. "세상에는 검둥이보다 못한 게 많지요." 돼지보다도 더럽고, 그녀가 속으로 덧붙였다.

"세상에서 가장 불쌍한 건 성격이 나쁜 사람이라고 생각해요." 상냥한 부인이 가늘어진 목소리로 말했다.

"저는 하느님이 제게 좋은 성격을 주신 데 감사하고 살아요. 저는 어디서나 즐겁게 웃을 일을 찾는답니다." 터핀 부인이 말했다.

"어쨌건 결혼한 뒤로는 그렇지." 클로드가 우스꽝스럽게 정색한 표정으로 말했다.

여학생과 백인 쓰레기를 빼고 모두가 웃었다.

터핀 부인이 배를 출렁이며 말했다. "저이가 어쩌나 황당한 소리를 잘하는지 제가 웃지 않을 수 없다니까요."

여학생이 이를 다물고 크고 듣기 싫은 소리를 냈다.

여학생의 어머니가 입술을 옆으로 당겼다가 말했다. "세상에서 가장 나쁜 건 고마움을 모르는 사람인 것 같아요. 모든 걸 갖고도 감사할 줄 모르는 사람 말이에요. 제가 아는 여학생 한 명은 부모님이 모든 걸 다 대 주고, 사랑하는 남동생도 있고, 좋은 학교에 다니고 좋은 옷을 입는데도 사람들한테 친절한 말 한 마디 하지 않고 미소 한 번 짓지 않고 불평불만 속에 하루하루를 보낸답니다."

"때려서 가르칠 나이는 아닌가요?" 클로드가 물었다.

여학생의 얼굴이 자주색이 되었다.

"그럴 나이는 지났어요. 그저 그렇게 어리석게 살게 내버려 두는 수밖에 없는 것 같아요. 언젠가 눈을 뜨겠지만 그때는 너무 늦을 거예요." 상냥한 부인이 말했다.

"미소는 좋은 거죠. 누구라도 기분 좋게 해 주니까요." 터핀 부인이 말했다.

"그럼요. 하지만 말로 되지 않는 사람도 있답니다. 충고를 듣지 않아요." 상냥한 부인이 슬프게 말했다.

"제가 가진 성격 중에 한 가지를 꼽자면 모든 일에 감사한다는 거예요." 터핀 부인이 힘을 주어 말했다. "지금의 제가 아닌 다른 사람이 되었다면 어땠을까 하는 걸 생각하고, 또 지금 제가 모든 걸 조금씩 골고루 갖고 게다가 좋은 성격까지 가진 걸 생각해 보면 저는 '지금 제가 누리는 모든 것에 감사합니다, 예수님!' 하고 소리치고 싶어요. 이 모든 걸 못 누릴 수도 있었으니까요!" 우선, 클로드가 다른 여자의 남편이 됐을 수도 있다. 그 생각을 하면 그녀는 감사가 넘치고 짜릿한 기쁨이 온몸을 꿰뚫었다. "아, 고맙습니다, 예수님, 고맙습니다, 고맙습니다!" 그녀가 소리쳤다.

그때 터핀 부인은 책으로 왼쪽 눈 위를 맞았다. 책은 그녀가 여학생이 그걸 던지려고 한다는 걸 알아차린 순간 바로 날아왔다. 그리고 그녀가 무슨 소리를 낼 겨를도 없이 거친 얼굴이 고함을 지르며 그녀를 향해 테이블을 건너왔다. 여학생의 손가락이 그녀의 부드러운 목에 꺾쇠처럼 박혔다. 그녀는 여학생의 어머니가 지르는 비명 소리와 클로드가 "이봐!" 하고 외치는 소리를 들었다. 한순간 터핀 부인은 지진이 난 듯한 느낌을 받았다.

그녀의 시야가 갑자기 좁아져서 모든 일이 멀리 떨어진 방에서 벌어지는 것처럼, 아니면 망원경을 거꾸로 들고 보는 것처럼 보였다. 클로드의 얼굴이 구겨지며 시야를 벗어났다. 간호사가 뛰어왔다가 나갔다가 다시 왔다. 그런 뒤 의사의 홀쭉한 몸이 안에서 달려 나왔다. 잡지가 날고 테이블이 뒤집혔다. 여학생이 쿵 소리를 내며 떨어졌고, 터핀 부인은 갑자기 시야가 뒤집혀서 이번에는 모든 게 작지 않고 크게 보였다. 백인 쓰레기 여자가 휘둥그런 눈으로 바닥을 내려다보았다. 여학생은 한쪽은 간호사에게 다른 한쪽은 어머니에게 잡힌 채 바닥에 제압당해 버둥거렸다. 의사가 무릎을 벌리고 여학생의 몸에 걸터앉아서 팔을 잡아 내린 뒤 잠시 후 그 팔에 긴 바늘을 꽂는 데 성공했다.

터핀 부인은 온몸이 살로 만든 북처럼 안이 텅 비고 그 안에서 심장만 흥분해서 양옆으로 흔들리는 것 같았다.

"누구 안 바쁜 분 있으면 아무라도 구급차를 부르세요." 의사가 젊은 의사들이 긴급한 상황에서 흔히 쓰는 사나운 말투로 말했다.

터핀 부인은 손가락 하나 까딱할 수 없었다. 옆자리의 노인이 가볍게 진료실로 들어가 전화를 걸었다. 비서는 아직도 외출에서 돌아오지 않은 듯했다.

"클로드!" 터핀 부인이 불렀다.

그는 의자에 없었다. 그녀는 자리에서 일어나서 남편을 찾아야 했지만, 꿈속에서 기차를 잡으려는 사람처럼 모든 것이 느리게 움직였고, 빨리 달리려고 할수록 걸음은 더욱 느려졌다.

"여기 있어." 숨 막힌 목소리가 들렸는데, 전혀 클로드 같지가 않았다.

그는 종잇장처럼 하얀 얼굴로 다리를 붙들고 모퉁이 바닥을 뒹굴고 있었다. 그녀는 일어나서 그에게 가고 싶었지만 움직일 수가 없었다. 대신 그녀의 시선은 천천히 아래로, 바닥의 격렬한 얼굴을 향해 내려갔다. 그 얼굴은 의사의 어깨 너머 있었다.

바쁘게 돌아가던 여학생의 눈이 이제 터핀 부인에게 고정되었다. 눈동자의 파란색이 희미해진 것이 닫혔던 문이 열려서 빛과 공기를 받아들이는 것 같았다.

터핀 부인의 머리가 맑아졌고 힘이 돌아왔다. 그녀는 몸을 숙여 사납게 반짝이는 눈을 바라보았다. 여학생은 시간과 장소와 조건을 뛰어넘어 자신을 분명히, 아주 강렬하고 개인적인 방식으로 아는 것 같았다. "나한테 할 말이 있니?" 그녀가 갈라진 목소리로 묻고 계시를 기다리듯 가만히 기다렸다.

여학생이 고개를 들었다. 시선은 터핀 부인에게 고정되어 있었다. "아줌마 고향인 지옥으로 가요, 더러운 흑돼지." 여학생이 속삭였다. 목소리는 낮지만 또렷했다. 그녀의 눈은 자기 메시지가 과녁에 명중한 것이 기쁜 듯 한순간 빛났다.

터핀 부인은 의자에 주저앉았다.

잠시 후 여학생이 눈을 감고 지친 듯 머리를 옆으로 굴렸다.

의사가 일어나서 간호사에게 빈 주사기를 건넸다. 그리고 몸을 굽혀 두 손을 여학생 어머니의 떨리는 어깨에 잠시 얹었다. 어머니는 바닥에 앉아서 입을 꼭 다문 채 메리 그레이스의 손을 자기 무릎에 얹고 있었다. 여학생의 손은 아기 손처럼 부인의 엄지손가락을 꽉 잡고 있었다. 의사가 말했다. "큰 병원으로 가세요. 제가 연락해 놓겠습니다."

"이제 목을 보죠." 의사가 밝은 목소리로 터핀 부인에게 말하고 검지와 중지로 그녀의 목을 살폈다. 초승달 같은 작은 선 두 개가 생선 가시처럼 기도 위에 깊이 찍혀 있었다. 그녀의 눈 위쪽도 붉게 부풀어 올랐다. 의사의 손가락이 그곳도 만져 보았다.

"저는 그냥 두세요. 클로드를 봐 주세요. 여학생이 남편을 찼어요." 그녀가 멍하니 말하고 의사를 밀었다.

"금방 볼게요." 의사가 말하고 터핀 부인의 맥박을 짚었다. 의사는 백발 머리의 여윈 남자로 농담을 잘했다. "댁에 가서 오늘 하루는 푹 쉬십시오." 의사가 그녀의 어깨를 토닥였다.

손 치워요, 터핀 부인이 속으로 으르렁거렸다.

"그리고 눈에 얼음 팩을 대세요." 의사가 말하고 클로드 옆에 쪼그려 앉아 다리를 살폈다. 잠시 후 그가 클로드를 일으키자, 클로드는 의사를 따라 진료실로 들어갔다.

구급차가 올 때까지 대기실에 들리는 소리는 여학생 어머니의 신음 소리뿐이었다. 부인은 계속 바닥에 앉아 있었다. 백인 쓰레기 여자는 여학생에게서 눈길을 떼지 않았다. 터핀 부인은 멍하니 앞만 바라보았다. 곧 구급차의 길고 컴컴한 그림자가 커튼 뒤로 나타났다. 구급 요원들이 들어와서 들것을 내려놓고 거기 능숙하게 여학생을 올린 뒤 들고 나갔다. 간호사가 어머니와 함께 여학생의 물건을 챙겼다. 구급차 그림자가 조용히 사라졌고, 간호사는 다시 돌아왔다.

"저 여자애는 정신병자가 되겠죠?" 백인 쓰레기 여자가 간호사에게 물었지만 간호사는 계속 등을 돌린 채 대답하지 않았다.

"그래요, 정신병자가 될 거예요." 백인 쓰레기 여자가 다른 사람들에게 말했다.

"불쌍한 것." 노파가 중얼거렸다. 아이 얼굴은 여전히 노파의 무릎에 있었다. 아이의 눈은 한가롭게 노파의 무릎 너머를 보았다. 아이는 이런 소동이 벌어지는 동안 다리 하나를 위로 들어 올린 것 빼고는 전혀 움직이지 않았다.

"내가 정신병자가 안 된 걸 하느님께 감사해야지." 백인 쓰레기 여자가 열렬하게 말했다.

클로드가 절룩거리며 나왔고 터핀 부부는 집으로 갔다.

그들의 픽업트럭이 집으로 가는 비포장도로로 접어들어 언덕을 넘을 때, 터핀 부인은 창턱을 잡고 의심스러운 눈길로 바깥을 내다보았다. 길은 연보라색 들풀들이 박힌 들판 사이로 완만하게 내려갔고, 다시 오르막이 시작되는 곳에 작은 꽃밭을 앞치마처럼 두르고 거대한 히커리 나무 두 그루 사이에 그들의 노란 집이 새침하게 앉아 있었다. 그때 그녀는 그 집이 불타 없어지고 검게 그을린 굴뚝 두 개만 남아 있었어도 놀라지 않았을 것이다.

두 사람 다 식사 생각이 없어서 옷을 갈아입고 방에 차양을 내린 뒤 침대에 누웠다. 클로드는 베개에 한 다리를 얹었고 그녀는 눈에 젖은 수건을 댔다. 그런데 자리에 눕는 순간 등에 면도날이 솟고 귀 뒤에 뿔이 튀어나온 흑돼지가 그녀의 얼굴에 대고 코를 킁킁거렸다. 그녀는 나직하게 신음 소리를 냈다.

"나는 지옥에서 온 흑돼지가 아니야." 터핀 부인이 눈물을 흘리며 말했다. 하지만 그 부정에는 힘이 없었다. 여학생의 눈도 말도, 심지어 낮고 또렷하고 그녀 자신만을 겨냥했던 그 어조마저 부정을 허락하지 않았다. 대기실에는 그 말을 들어 마땅한 쓰레기 여자도 있었지만 그 메시지가 겨냥한 사람은 터핀 부인이었다. 그 사실의 깊은 의미가 이 제 비로소 그녀를 강타했다. 그 방에는 자기 아이도 제대로 돌보지 않는 여자가 있었지만 그 여자는 이런 일을 당하지 않았다. 그 메시지는 점잖고 성실하고 신앙심 깊은 루비 터핀을 겨냥했다. 눈물이 말랐다. 이제 그녀의 눈은 분노로 타올랐다.

그녀가 한쪽 팔꿈치로 몸을 일으키자 수건이 손으로 떨어졌다. 클로 드는 코를 골고 있었다. 그녀는 그에게 여학생의 말을 전해 주고 싶었 다. 하지만 한편으로 그에게 지옥에서 온 흑돼지라는 이미지를 새겨 주고 싶지 않았다.

"여보, 클로드." 그녀가 나직이 말하며 그의 어깨를 밀었다.

클로드는 파란 눈 한쪽을 떴다.

그녀는 조심스레 그 눈을 들여다보았다. 그는 아무 생각도 하지 않았다. 그저 자기 길을 갔다.

"왜?" 그가 말하고 다시 눈을 감았다.

"아무것도 아니야. 다리는 좀 어때?" 그녀가 말했다.

"미칠 듯이 아파." 클로드가 말했다.

"금방 괜찮아질 거야." 그녀가 말하고 몸을 누였다. 클로드는 금세 다시 코를 골았다. 그들은 오후 내내 침대에 있었다. 클로드는 잠을 잤고, 그녀는 찌푸린 얼굴로 천장을 보았다. 이따금 주먹으로 가슴을 찌르는 동작을 했는데, 그것은 마치 욥을 위로하러 온 친구들처럼 합리적인 것 같지만 결국 틀린 말을 하는 사람들에 맞서 자신의 무고함을 방어하려는 것 같았다.*

5시 30분에 클로드가 몸을 움직였다. "검둥이들을 데리고 와야 돼." 그는 한숨 쉬며 말했지만 움직이지 않았다.

그녀는 천장에 알아보기 힘든 글씨라도 적힌 듯 위쪽만 뚫어져라 바라보았다. 그녀 눈 위의 혹은 청록색이 되었다. "여보." 그녀가 말했다.

"왜?"

"키스해 줘."

클로드는 고개를 숙여 그녀의 입에 큰 소리로 키스했다. 그리고 그녀의 옆구리를 꼬집은 뒤 손을 잡았다. 하지만 그녀의 집중한 표정은 변하지 않았다. 클로드는 불평하며 일어나 절뚝거리면서 나갔다. 그녀는 계속 천장을 탐색했다.

---

* 구약성경 『욥기』 6장에서는 욥이 큰 고통에 빠졌을 때 친구들이 위로하러 와서 오히려 그를 훈계한다.

터핀 부인은 그렇게 계속 누워 있다가 픽업트럭이 깜둥이들을 데리고 온 뒤에야 일어나 갈색 옥스퍼드 구두에 발을 넣었지만 끈은 매지 않고 뒷문 툇마루로 나가서 빨간 플라스틱 양동이를 집어 들었다. 그리고 거기다 얼음을 부은 뒤 물을 절반가량 채워 뒷마당으로 나갔다. 클로드가 일꾼들을 데리고 오면 청년 한 명은 그와 함께 건초를 만들었고, 나머지는 클로드가 일을 마치고 집으로 데리고 갈 때까지 트럭 뒤 칸에 앉아 기다렸다. 트럭은 히커리 나무 그늘에 서 있었다.

"오늘 저녁은 어때?" 터핀 부인이 양동이와 국자를 가지고 나와서 우울하게 물었다. 트럭에는 여자 세 명과 청년 한 명이 있었다.

"좋아요, 사모님은 어떠세요?" 가장 나이 많은 여자가 말했다. 그러더니 여자의 눈길이 터핀 부인 이마의 거뭇거뭇한 혹에 가닿았다. "넘어지셨군요?" 노파가 걱정스럽게 물었다. 노파는 흑인이고 이가 거의 다 빠졌다. 머리에는 클로드의 낡은 펠트 모자를 쓰고 있었다. 다른 두 여자는 그보다는 젊고 피부색도 연했으며, 둘 다 연두색 챙 모자가 있었다. 한 사람은 모자를 썼지만, 다른 한 명은 벗고 있었는데 청년이 그 밑에서 웃고 있었다.

터핀 부인이 트럭 바닥에 양동이를 내려놓고 "마셔" 하고 말했다. 그리고 클로드가 떠났는지 둘러보았다. "아니, 넘어진 게 아니야. 그보다 더 고약한 일이 있었어." 그녀가 팔짱을 끼며 말했다.

"사모님한테 나쁜 일이 있을 리가!" 노파가 말했다. 터핀 부인이 하늘의 특별 보호를 받는 것은 모두가 아는 사실이라는 듯한 말투였다. "그냥 살짝 넘어진 거겠죠."

"남편이 소에게 차여서 그 상처를 치료하러 시내의 병원에 갔어." 터핀 부인이 바보 같은 소리 그만하라는 듯 단조로운 목소리로 말했다.

"거기 여학생이 한 명 있었어. 얼굴에 여드름이 가득한 뚱뚱한 대학생이었지. 딱 봐도 이상한 아이 같았는데 이유는 모르겠어. 어쨌건 그 여학생 어머니하고 이야기를 한참 하고 있는데 갑자기 그 여학생이 자기가 읽고 있던 두꺼운 책을 나한테 확! 던졌어……"

"말도 안 돼!" 노파가 소리쳤다.

"그런 다음 탁자를 넘어와서 내 목을 졸랐어."

"말도 안 돼! 어떻게 그런 일이!" 모두가 소리쳤다.

"왜 그랬대요? 뭐가 문제래요?" 노파가 물었다.

터핀 부인은 앞만 내다보았다.

"그 친구는 분명 문제가 있어요." 노파가 말했다.

"구급차가 와서 그 친구를 태워 갔어." 터핀 부인이 말했다. "하지만 그 전에 바닥을 굴러서 사람들이 붙잡아 눕히고 주사를 놓았어. 그런데 그 친구가 나한테 뭐라고 말했어." 그녀는 말을 멈추었다. "뭐라고 했는지 알아?"

"뭐라고 했는데요?" 사람들이 물었다.

"뭐라고 했느냐면……" 터핀 부인이 어둡고 무거운 얼굴로 말을 멈추었다. 점점 하얘지는 태양이 머리 위의 하늘을 표백해서 히커리 나뭇잎들이 컴컴해 보였다. 그녀는 차마 말을 꺼낼 수가 없었다. "아주 지독한 말이었어." 그녀가 중얼거렸다.

"사모님께 지독한 말을 하다니 말도 안 돼요. 사모님처럼 친절한 분한테. 사모님은 제가 아는 가장 친절한 분이에요." 노파가 말했다.

"또 아름다워요." 모자 쓴 여자가 말했다.

"그리고 튼튼해요. 사모님보다 친절한 백인 부인은 본 적 없어요." 다른 여자가 말했다.

"그건 예수님 앞의 진실이지. 아멘! 사모님은 누구보다 착하고 아름다운 분이에요." 노파가 말했다.

터핀 부인은 깜둥이들의 아부를 잘 알았고, 그것은 그녀를 더욱 분노시켰다. "뭐라고 했느냐면⋯⋯" 그녀는 다시 입을 열었다가 이번에는 숨을 확 몰아쉬며 문장을 맺었다. "나더러 지옥에서 온 늙은 흑돼지라고 했어."

경악의 침묵이 흘렀다.

"그 여자애 어딨어요?" 가장 젊은 여자가 날카롭게 외쳤다.

"어디 있는지 말해요. 내가 가서 죽일 거예요!"

"나도 같이 가서 죽일 거예요!" 다른 여자가 소리쳤다.

"그 여학생은 정신병원에 가야 돼요. 사모님은 내가 아는 가장 친절한 부인이에요." 노파가 열렬하게 말했다.

"거기다 아름다워요. 튼튼하고 친절해요. 예수님도 기뻐하실 분이에요!" 다른 두 여자가 말했다.

"정말이에요." 노파가 말했다.

바보들! 터핀 부인은 속으로 욕을 했다. 검둥이하고 지성적인 말을 할 수는 없어. 지시를 내릴 수는 있지만 대화는 불가능해. 그녀가 말했다. "물들 마셔. 그리고 다 마시면 양동이를 트럭에 둬. 할 일이 있어서 여기 계속 있을 수가 없네." 그리고 집으로 들어갔다.

터핀 부인은 잠시 부엌 가운데 서 있었다. 눈 위의 검은 혹은 이마의 지평선을 휩쓸고 갈 토네이도 구름 같았다. 아랫입술이 위험하게 튀어나왔다. 그녀는 넓적한 어깨를 펴고 집 앞쪽으로 간 뒤 옆문으로 나와 돈사 쪽으로 걸어갔다. 무기 없이 혼자 전장에 나가는 여자와도 같은 표정이었다.

추분 무렵의 달처럼 짙은 노란색을 띤 태양이 서쪽 먼 숲 위로 빠르게 달려갔다. 마치 터핀 부인보다 먼저 돼지들에게 가려는 것 같았다. 길에는 바큇자국이 있었고, 그녀는 길 위의 큼직한 돌멩이 몇 개를 밖으로 걷어찼다. 돈사는 창고 옆에서 뻗은 소로 끝의 작은 언덕에 있었다. 그것은 작은 방만 한 정사각형 콘크리트 구조물로, 1.2미터 높이의 나무 널 울타리를 둘렀다. 콘크리트 바닥은 돼지 오물이 아래쪽 도랑으로 흘러내리도록 약간 경사가 졌고, 그렇게 모인 오물은 비료로 밭에 썼다. 클로드가 돈사 꼭대기 널을 잡고 호스로 돈사 바닥을 청소하고 있었다. 호스는 근처의 수조에 연결되어 있었다.

터핀 부인은 그 옆에 올라서서 우리 안의 돼지들을 내려다보았다. 주둥이가 길쭉하고 털이 뻣뻣한 갈색 얼룩 새끼 돼지 일곱 마리와 몇 주 전에 새끼를 낳은 늙은 암퇘지 한 마리가 있었다. 암퇘지는 옆으로 누워 꿀꿀거리고 있었다. 새끼 돼지들은 멍청한 애들처럼 달리고 떨고 하면서 찢어진 작은 눈으로 바닥에 남은 먹을 것을 찾았다. 그녀는 돼지들이 아주 똑똑하다는 글을 읽은 적이 있지만 별로 믿지 않았다. 그 글은 돼지가 개보다 똑똑하다고 했다. 돼지 우주 비행사도 있다고 했다. 그 돼지는 맡은 임무는 완벽하게 수행했지만, 그 뒤로 사람들이 전기 옷을 입히고 검사하고 하는 동안 타고난 신체 구조와 달리 내내 허리를 세우고 앉아 있다가 심장마비로 죽었다.

꿀꿀거리고 땅을 파고 끙끙거리고.

"호스 이리 줘. 당신은 검둥이들을 데려다 주고 다리를 쉬게 해." 그녀가 클로드에게서 호스를 잡아채며 말했다.

"얼굴 표정이 배 속에 미친개라도 든 것 같군." 클로드는 말은 그렇게 했지만, 호스를 내려놓고 절뚝거리며 떠났다. 그는 아내의 기분에 신경을 쓰지 않았다.

그가 어느 정도 멀어지자, 터핀 부인은 돼지우리 옆에 서서 호스의 물줄기를 자리에 누우려는 것 같은 새끼 돼지의 엉덩이에 겨누었다. 그리고 클로드가 언덕을 넘어갔을 만한 시간이 지나자, 고개를 살짝 돌리고 격분한 눈길로 소로를 살폈다. 그는 보이지 않았다. 그녀는 다시 고개를 돌리고 자신을 추스르는 것 같았다. 그녀는 어깨를 들어 올리고 숨을 들이마셨다.

"왜 나한테 그런 메시지를 보내는 거죠?" 그녀가 낮고 사납게 말했다. 크기는 속삭임 정도였지만 응축된 분노는 고함 소리 같았다. "내가 어떻게 동시에 돼지이면서 나일 수 있나요? 또 내가 지옥에서 왔다면 어떻게 구원을 받았다는 건가요?" 호스를 들지 않은 손은 주먹을 쥐었고, 호스를 든 손은 물줄기를 늙은 암퇘지의 눈에다 마구 쏘았다. 성난 암퇘지의 비명 소리는 그녀에게 들리지 않았다.

돈사에서는 클로드와 청년이 내다 놓은 건초 주변에 스무 마리 육우가 모여 선 뒤편 목초지가 보였다. 새로 깎은 목초지가 비탈져 내려가서 간선도로에 닿았다. 그 너머에는 그들의 목화밭이 있고, 그 너머에는 역시 그들 소유인 시시한 암녹색 숲이 있었다. 빨간 태양이 농부가 돼지를 살펴보듯 나무들을 굽어보며 숲 뒤로 내려가고 있었다.

"왜 나예요?" 그녀가 외쳤다. "여기서 백인 쓰레기건 흑인 쓰레기건 내가 도와주지 않은 자는 하나도 없어요. 나는 또 날마다 허리가 부러질 정도로 일해요. 교회에도 가요."

그녀는 눈앞의 풍경을 지배할 만한 적당한 크기의 여자 같았다. "내가 어떻게 돼지예요? 내가 어떻게 저놈들하고 같아요?" 그녀가 말하고 물줄기로 새끼 돼지들을 찔렀다. "거긴 쓰레기가 많았어요. 굳이 내가 지목될 필요가 없었어요. 나보다 쓰레기가 더 좋다면, 쓰레기한테 가세요." 터핀 부인이 악을 썼다. "당신은 나를 쓰레기로 만들 수도 있었어요. 검둥이로 만들 수도 있었어요. 쓰레기를 원했다면 왜 나를 쓰레기로 만들지 않았나요?" 그녀가 호스를 꽉 쥔 주먹을 흔들자 공중에 순간적으로 물뱀이 나타났다. "나도 일하지 않고 뒹굴며 지저분하게 살 수 있어요. 하루 종일 길가에서 음료수나 마시며 빈둥거리고, 담배나 씹으며 아무 데나 침을 뱉고 얼굴에도 담뱃진을 묻힐 수 있어요. 나도 고약해질 수 있어요. 아니면 나를 검둥이로 만들 수도 있었잖아요. 이제 내가 검둥이가 되기엔 늦었지만 검둥이처럼 행동할 수는 있어요. 길가에 뻗치고 앉아 교통을 막고 땅바닥에 뒹굴 수 있어요." 그녀는 깊은 냉소를 담아 말했다.

노을이 진해지면서 모든 것이 신비로운 색조를 띠었다. 목초지는 기이한 유리 같은 진한 녹색이 되었고, 간선도로는 연보라색이 되었다. 그녀는 기운을 끌어모아 마지막 공격을 가했고, 이번에는 그 목소리가 목초지로 터져 나갔다. "그래요. 나를 돼지라고 불러요! 나를 다시 한 번 돼지라고 불러요. 지옥의 돼지, 지옥의 흑돼지라고 불러요. 밑바닥이 꼭대기가 되게 하세요. 그래도 세상에는 위와 아래가 있을 거예요!"

뒤틀린 메아리가 돌아왔다.

마지막 분노의 파도가 밀려오자 그녀는 부르짖었다. "당신이 대체 뭔데요?"

모든 것—들판과 진홍색 하늘—의 색깔이 잠시 투명하게 타올랐다. 질문은 목초지를 지나 간선도로와 목화밭으로 날아갔다가 숲 너머에서 보내는 대답처럼 똑똑하게 돌아왔다.

터핀 부인은 입을 벌렸지만 아무 소리도 내지 않았다.

클로드의 작은 트럭이 간선도로에 나타났다가 금세 조그맣게 사라져 갔다. 그것은 허약하게 도로를 달려갔다. 어린애 장난감 같았다. 언제 큰 트럭이 그것을 박살 내고 클로드와 검둥이들의 골을 도로에 흩뿌릴지 몰랐다.

터핀 부인이 거기 서서 간선도로를 내다보는데, 5~6분 후 트럭이 다시 돌아왔다. 그녀는 그것이 집 앞 도로에 들어설 때까지 기다렸다. 그러더니 거대한 조각상이 살아나는 듯 천천히 고개를 숙이고 수수께끼의 핵심을 바라보듯 돈사의 돼지들을 바라보았다. 돼지들은 구석에서 나직하게 꿀꿀거리는 어미 돼지를 둘러싸고 모여 있었다. 붉은빛이 그들을 물들였다. 그들은 비밀스러운 인생으로 숨을 헐떡이는 것 같았다.

태양이 마침내 숲 뒤로 떨어질 때까지 터핀 부인은 거기 가만히 서서 깊은 생명의 지식을 흡수하듯 돼지들을 내려다보았다. 마침내 그녀는 고개를 들었다. 하늘에 남은 자주색 선 한 줄기는 진홍색 들판을 뚫고 간선도로의 연장처럼 뻗어서 짙어지는 땅거미 속으로 들어갔다. 그녀는 두 손을 신성하고 심오한 동작으로 들어 올렸다. 그녀의 눈에 환상적인 빛이 내려앉았다. 그 자주색 선이 살아 있는 불의 들판을 뚫고 땅 위로 솟아오르는, 흔들리는 대형 교량으로 보였다. 그 교량 위에는 천국을 향해 덜커덩거리며 올라가는 영혼들의 무리가 있었다. 거기에는 평생 처음으로 깨끗해진 백인 쓰레기가 한가득이고, 흰옷을 입은 검둥이들이 떼로 있고, 소리 지르고 손뼉치고 개구리처럼 뛰는 미치광이, 정신병자들이 바글거렸다. 그리고 행렬의 끝에는 그녀와 클로드처럼 모든 것을 조금씩 골고루 갖고, 그것을 사용할 천부의 재치를 갖춘 사람들이 있었다. 그녀는 그들을 자세히 보려고 고개를 숙였다. 그들은 다른 사람들 뒤에서 위엄 있게 행진했다. 그들은 언제나 그렇듯 질서와 상식과 예의를 보였다. 그들만이 소음을 일으키지 않았다. 하지만 그녀는 충격과 변화에 휩싸인 그들의 얼굴에서 그들의 미덕마저 타 버리고 있다는 걸 알았다. 그녀는 손을 내려 우리 난간을 잡았다. 그녀의 작은 눈은 한 번도 깜박이지 않고 앞을 빤히 내다보았다. 환상은 순간적으로 사라졌지만, 그녀는 그 자리에 꼼짝 않고 서 있었다.

터핀 부인은 마침내 돈사에서 내려와 수도꼭지를 잠그고 어둠이 내리는 길을 걸어 천천히 집으로 돌아갔다. 숲에서는 보이지 않는 귀뚜라미의 합창이 시작되었지만, 그녀의 귀에 들리는 것은 별빛 가득한 들판으로 올라가며 할렐루야를 외치는 영혼들의 목소리였다.

파커의 등
Parker's Back

    파커의 아내는 현관 툇마루 바닥에 앉아 콩을 까고 있었다. 파커는 거기서 약간 떨어진 현관 계단에 앉아 아내를 부루퉁하게 바라보았다. 아내는 박색이었다. 얼굴 피부는 양파 껍질처럼 얇고 팽팽했으며, 회색 눈은 얼음송곳처럼 날카로웠다. 파커는 자신이 아내와 결혼한 이유는 알았지만—다른 방법으로는 그녀를 얻을 수 없었을 것이다—아내 곁에 남아 있는 이유는 알 수 없었다. 아내는 임신 중이었고, 그는 임신한 여자를 선호하지 않았다. 하지만 그는 아내가 마법이라도 쓴 것처럼 아내의 곁에 남아 있었다. 그는 의아하고 부끄러웠다.

    그들이 임대해 사는 집은 간선도로를 내려다보는 높은 제방에 홀로 서 있었고, 이웃이라고는 피칸 나무 한 그루뿐이었다. 자동차들이 이따금 도로를 달려 지나갔고, 아내의 눈은 그 소리를 의심스럽게 따라갔다가 다시 무릎에 펼쳐 놓은 신문지 위의 콩으로 돌아왔다. 그녀가 좋아하지 않는 물건들 중 하나가 자동차였다. 그녀의 여러 나쁜 점 가운데 하나가 사방에서 죄의 냄새를 맡는다는 것이었다. 그녀는 태우는 담배도 씹는담배도 하지 않고, 술도 마시지 않았으며, 나쁜 말도 하지 않고, 화장도 하지 않았다. 하지만 그 얼굴에 화장이라도 하면 좀 나았을 거라고 파커는 생각했다. 그녀가 그토록 화려함을 싫어하면서도 그와 결혼한 것은 정말로 특이한 일이었다. 그는 때로 그녀가 자신과 결혼한 건 자신을 구원하기 위해서인 것 같다고 생각했다. 또 때로는 그녀가 그 모든 것을 말로는 싫다고 하지만 사실은 좋아하는 게 아닌가 하는 의심도 들었다. 어쨌거나 아내에 대해서는 이렇게 저렇게 설명할 수 있었다. 이해가 안 되는 것은 파커 자신이었다.

아내가 그를 돌아보며 말했다. "남자가 주인인 농장도 얼마든지 있어. 꼭 여자 주인 밑에서 일할 필요는 없잖아."

"가끔은 입 좀 다물어 봐." 파커가 말했다.

아내가 자신이 일하는 농장의 주인 여자를 질투하는 거라면 기뻤겠지만, 아내는 그와 그 여자가 서로 좋아했을 때 생겨날 죄를 걱정하는 것에 더 가까웠다. 그는 아내에게 주인 여자가 살집 있는 금발의 젊은 여자라고 말했다. 실제로 주인 여자는 일흔 살이 다 됐고 메마른 성정이라 그를 최대한 부려 먹는 것 말고는 아무 일에도 관심이 없었다. 늙은 여자도 때로 젊은 남자에게 관심을 가질 수 있고, 특히 남자가 매력적인 경우에는 더욱 그렇다. 파커는 자신이 그런 매력적인 남자라고 생각했지만, 이 노부인이 그를 보는 눈길은 트랙터를 보는 눈길과 전혀 다르지 않았다. 나한테 있는 게 이것뿐이니 참고 써야 한다는 것 같았다. 트랙터는 파커가 운전한 이틀째 날 주저앉았고, 부인은 그를 당장 덤불 베는 일에 투입하고는 입 한구석으로 검둥이에게 "저자는 손 대는 것마다 망가뜨리네" 하고 말했다. 부인은 또 그에게 일할 때는 셔 츠를 입으라고 했다. 그는 날이 그리 덥지 않은데도 셔츠를 벗고 있었 다. 그는 어쩔 수 없이 옷을 다시 입었다.

파커가 결혼한 이 못생긴 여자는 그의 첫 번째 아내였다. 그에게는 다른 여자들이 있었지만 법적으로 묶이는 관계는 원하지 않았다. 그 가 그녀를 처음 본 것은 어느 날 아침 그의 트럭이 간선도로에서 고장 났을 때였다. 그는 간신히 트럭을 도로 밖으로 끌고 나와 말끔하게 청 소한 마당으로 들어갔는데, 그 마당에 페인트가 벗겨진 작은 집이 있 었다. 그는 차에서 내려 트럭 보닛을 열고 모터를 살펴보았다. 파커는 근처에서 여자가 자기를 보고 있으면 그것을 감지하는 특별한 감각이 있었다. 몇 분 동안 모터 위로 몸을 굽히고 있을 때 목이 따가워졌다. 그는 텅 빈 마당과 집의 툇마루로 눈을 돌렸다. 보이지 않는 어떤 여자 가 인동덩굴 덤불이나 집 창문 안쪽에서 그를 보고 있었다.

파커는 한 순간 기계에 손을 찧은 듯이 펄쩍펄쩍 뛰면서 손을 흔들 었다. 그리고 허리를 접고 손을 가슴에 댔다. "이런 젠장! 염병할! 얼어 죽을! 우라질 모터 같으니." 그는 소리소리 지르며 같은 욕을 반복했 다.

그러자 갑자기 가시 돋친 손이 그의 뺨을 탁 때려서 그를 트럭 보닛 에 쓰러뜨렸다. "이 집에서는 욕하면 안 돼요!" 바로 옆에서 날카로운 목소리가 말했다.

파커는 눈앞이 너무 흐려져서 잠시 어떤 하늘의 존재가 자신을 때 렸다고, 그러니까 매의 눈을 한 거인 천사의 해묵은 무기에 맞았다고 생각했다. 시력이 돌아와서 보니 눈앞에는 껑충하고 앙상한 여자가 빗자루를 들고 서 있었다.

"손을 다쳤어요. 손을 다쳤다고요." 그가 말했다. 너무 화가 나서 사실은 손을 다치지 않았다는 것도 잊었다. "부러졌을지도 몰라요." 그가 소리쳤지만 그 목소리는 여전히 흔들렸다.

"어디 봐요." 여자가 말했다.

파커가 손을 내밀자, 여자가 다가와서 들여다보았다. 손바닥에는 아무 상처가 없었고, 여자는 손을 잡아 뒤집어 보았다. 여자의 손은 건조하고 뜨겁고 거칠었는데, 파커는 그 손길에 움찔하는 생명력을 느꼈다. 그는 여자를 좀 더 자세히 보고는 이 여자하고는 얽히고 싶지 않다고 생각했다.

여자는 날카로운 눈으로 자신이 잡은 뭉툭하고 불그죽죽한 손의 등을 들여다보았다. 독수리가 대포에 올라앉은 문신이 적색과 청색 잉크로 새겨져 있었다. 파커는 소매를 팔꿈치까지 걷고 있었다. 독수리 위쪽에는 뱀이 방패를 감싸며 똬리를 틀었고, 독수리와 뱀 사이에는 하트들이 있었으며, 그 일부에는 화살이 꽂혀 있었다. 뱀 위에는 트럼프카드가 펼쳐져 있었다. 파커의 팔은 팔목에서 팔꿈치까지 요란한 그림으로 빼곡히 덮여 있었다. 여자는 실수로 독뱀을 잡기라도 한 듯 어리벙벙한 얼굴에 멍한 미소를 짓고 그것을 바라보다가 손을 탁 놓았다.

"다른 건 대부분 외국에서 했어요. 하지만 여기 이것들은 주로 미국에서 한 거예요. 첫 문신은 열다섯 살 때 했어요." 파커가 말했다.

"말하지 마세요. 저는 싫어요. 전 그런 거 싫어해요." 여자가 말했다.

"안 보이는 것들도 봐야 해요." 파커가 말하고 윙크를 했다.

여자의 두 뺨이 빨개지면서 엄격한 모습이 조금 누그러들었다. 파커는 흥미를 느꼈다. 그녀가 문신을 싫어한다고는 생각하지 않았다. 그

때까지 그는 문신에 끌리지 않는 여자를 만난 적이 없었다.

파커는 열네 살 때 박람회에서 머리에서 발끝까지 문신한 남자를 보았다. 남자의 피부는 표범 가죽을 두른 허리 부분을 빼고 남김없이 문신을 새기고 있었고 그것은 멀리 있는 파커에게는—그는 천막 뒤쪽 벤치에 서 있었다—화려한 색깔의 한 가지 복잡한 도안처럼 보였다. 작고 다부진 그 남자는 연단 위를 움직이며 근육을 구부려서 피부에 새겨진 사람과 짐승과 꽃들의 문양을 미묘하게 움직여 보였다. 어떤 사람들이 깃발을 보면 느끼는 뜨거운 감정이 파커의 가슴에 차올랐다. 그는 입이 자주 벌어지는 소년이었다. 그는 무겁고 열렬했지만, 길 가의 돌멩이처럼 평범했다. 쇼가 끝난 뒤에도 그는 벤치를 떠나지 않았고, 천막이 다 빌 때까지 문신한 남자가 있던 곳을 바라보며 서 있었다.

파커는 이전까지 마음속에 경이감을 느낀 적이 없었다. 박람회의 남자를 보기 전까지 자신의 존재가 평범함을 벗어날 수 있다는 생각은 해 본 적이 없었다. 심지어 그때도 그런 생각은 들지 않았지만 기이한 불안이 그의 내부에 자리를 잡았다. 눈먼 소년이 길을 걷다가 아주 살짝 방향이 틀어져서 자신도 모르는 새 종착지가 달라진 것 같았다.

그는 얼마 후 최초의 문신을 했다. 대포에 앉은 독수리였다. 그 지역 문신사가 했다. 별로 아프지 않았다. 파커에게는 할 만하다고 느껴질 만큼의 통증뿐이었다. 그것 또한 특이한 일이었다. 이전까지는 아프지 않은 일만이 할 만한 일이라고 생각했기 때문이다. 다음 해에 그는 학교를 그만두었는데, 이유는 열여섯 살이 되어 의무교육 기한이 끝났기 때문이다. 그는 잠시 직업학교에 다녔지만 그곳도 그만두고 자동차 정비소에서 6개월 동안 일했다. 그가 일을 한 유일한 이유는 문신할 돈을 벌기 위해서였다. 어머니는 세탁소에서 일해서 그를 먹여 살릴 수 있었지만 문신할 돈은 대 주지 않았다. 예외는 하트에 어머니 이름을 새긴 것이었고, 그는 투덜대며 그 문신을 했다. 하지만 어머니 이름이 베티 진이었기에 누구도 그것이 어머니 이름인지 몰랐다. 그는 자신이 좋아하지만 전에는 그를 좋아하지 않았던 유형의 여자들이 문신에 매력을 느낀다는 것을 알게 되었다. 그는 맥주를 마시고 싸움질을 하기 시작했다. 어머니는 도대체 네가 왜 이렇게 된 거냐고 울었다. 어느 날 어머니는 어디로 가는지 말하지 않은 채 그를 끌고 부흥회에 갔다. 하지만 그는 불을 밝힌 큰 교회를 보자 어머니의 손을 뿌리치고 달아났다. 그리고 다음 날 나이를 속이고 해군에 입대했다.

파커는 덩치가 커서 수병 바지가 꼭 끼었지만 멍청한 흰 모자가 이마 위로 낮게 내려와서 얼굴은 그와 대조적으로 심각하고 강렬해 보였다. 해군에서 한두 달을 보내자 이제 입이 자꾸 벌어지는 일이 없어졌다. 그의 이목구비는 단단한 남자의 이목구비가 되었다. 그는 해군에서 5년을 보냈고 회색 기계선의 일부가 된 것 같았지만 눈만은 예외였다. 그의 눈은 바다와 같은 청회색을 띠었고 또 신비로운 바다의 축소판처럼 그 광활한 공간을 비추었다. 기항지에 들면 파커는 자신이 발을 딛는 황폐한 도시들을 앨라배마 주의 버밍엄과 비교하며 거닐었다. 그리고 가는 곳마다 문신을 늘렸다.

그는 이제 닻 모양이나 엇갈린 권총 두 자루처럼 시시한 문신은 하지 않았다. 양쪽 어깨에는 호랑이와 표범을 새겼고, 가슴에는 횃불을 둘러싼 코브라를, 허벅지에는 매를 새겼다. 엘리자베스 2세와 필립 공이 각각 위와 간의 자리에 새겨졌다. 그는 색깔만 화려하다면 문신 주제에는 별로 상관하지 않았다. 복부에는 음란한 그림을 몇 개 새겼지만, 그저 그 자리가 그런 것에 어울리는 것 같아서였다. 파커는 한 달에 문신 한 개면 만족했고, 그 정도 시간이 지나면 거기에 느끼던 매력이 사그라졌다. 적당한 크기의 거울이 있으면 그는 늘 그 앞에 서서 자신의 몸 전체를 살펴보았다. 그의 문신은 정교한 색채의 아라베스크가 아니라 마구잡이로 그려 넣고 기우고 한 것 같은 모습이었다. 그러면 그는 거대한 불만에 사로잡혀서 다른 문신사를 찾아가 또 하나의 공간을 채우곤 했다. 파커의 몸 앞면은 문신으로 거의 완전히 덮였지만 그의 등에는 문신이 없었다. 그는 자신이 쉽게 볼 수 없는 곳에는 문신을 하고 싶지 않았다. 몸 앞쪽에 문신을 새길 공간이 줄어들면서 그의 불만은 전보다 더 크고 일상적이 되었다.

그러던 중 또 한 번의 휴가가 끝났을 때 그는 귀대하지 않고 모르는 도시의 쪽방에서 술에 취해 있었다. 만성적이고 잠재적이던 불만이 갑자기 급성이 되어 그의 내부에서 날뛰었다. 표범과 사자와 뱀과 독수리와 매가 피부를 뚫고 몸 안에 들어가 살며 전쟁을 벌이는 것 같았다. 해군이 그를 잡아다 9개월 동안 영창살이를 시키고 불명예 제대시켰다.

그 뒤로 파커는 시골 공기만이 숨 쉬기에 적합한 공기라는 결론을 내렸다. 그래서 제방 위의 집을 임대하고 낡은 트럭을 사서 여러 가지 잡다한 일을 싫증 나기 전까지 했다. 장래의 아내를 만났을 때 그는 사과를 사서 열 배 이상의 가격에 시골 오지의 고립된 농가들에 파는 일을 하고 있었다.

"그건 어리석은 인디언들이나 하는 짓이에요." 여자가 그의 팔을 가리키며 말했다. "허영덩어리예요. 허영 중의 허영이에요." 여자는 자신이 원하는 표현을 찾은 것 같았다.

당신이 어떻게 생각하건 나하고 무슨 상관이야? 파커는 생각했지만 그런 한편 역력히 당황했다. "하지만 한두 개 정도는 마음에 들 것 같은데요?" 그는 여자에게 깊은 인상을 심어 줄 방법이 떠오를 때까지 가볍게 장난을 치기로 했다. 그래서 팔을 다시 여자에게 내밀고 말했다. "어느 게 제일 좋아요?"

"하나도 없어요. 하지만 닭은 다른 것들보다 조금 낫네요." 여자가 말했다.

"닭이 어디 있어요?" 파커는 거의 소리를 지르다시피 말했다.

여자가 독수리를 가리켰다.

"이건 독수리예요. 어떤 바보가 몸에다 닭을 새긴답니까?" 파커가 말했다.

"문신하는 것 자체가 바보짓 아닌가요?" 여자가 말하고 돌아섰다. 그러더니 그를 그냥 두고 천천히 집으로 돌아갔다. 파커는 거의 5분 동안 입을 벌리고 서서 여자가 들어간 검은 문을 멍하니 바라보았다.

다음 날 그는 바구니에 사과를 담아서 다시 그 집에 갔다. 그는 그녀처럼 생긴 사람에게 당할 사람이 아니었다. 그는 살집 있는 여자를 좋아했다. 그래야 여자들의 뼈는 말할 것도 없고 근육도 느낄 수 없었다. 그가 갔을 때 여자는 현관 계단 꼭대기에 앉아 있었고, 마당에는 그녀처럼 여위고 초라한 아이들이 가득했다. 그러고 보니 그날이 토요일이었다. 그는 아이들 옆에서 여자한테 접근하는 일을 싫어했지만, 사과를 가지고 간 것은 행운이었다. 아이들이 그가 무얼 가져오는지 보러 다가오자 그는 아이들에게 사과를 하나씩 주며 다른 데로 가라고 일렀다. 그렇게 해서 그는 아이들을 모두 보냈다.

여자는 그가 온 것을 알아차린 어떤 내색도 하지 않았다. 그가 길을 잃고 헤매다가 들어온 돼지나 염소 정도 되고, 자신은 너무 피곤해서 빗자루를 들고 내쫓기도 귀찮다는 듯한 기색이었다. 그는 사과 바구니를 여자 옆에 내려놓고 그 아래쪽에 앉았다.

"먹어요." 그가 고갯짓으로 바구니를 가리키고 말했다. 그리고 침묵 속으로 빠져들었다.

여자는 서두르지 않으면 바구니가 사라지기라도 하는 듯 얼른 사과를 집어 들었다. 파커는 배고픈 사람을 보면 불안했다. 그 자신은 언제나 먹을 것이 많았다. 그는 불편해졌다. 그리고 할 말이 없으니 말할 필요도 없다고 생각했다. 자신이 온 이유도 또 아이들에게 다시 사과를 낭비하지 않도록 얼른 떠나지 않는 이유도 알 수 없었다. 아이들은 여자의 동생들 같았다.

여자는 사과를 천천히 집중해서 음미하듯 먹었고, 몸을 살짝 굽혔지만 시선은 앞을 똑바로 향해 있었다. 현관 전망은 베르노니아 풀이 총총 박힌 긴 내리막 비탈을 지나 간선도로를 건너 멀리 언덕들과 작은 산 하나까지 넓게 내다보였다. 파커는 넓은 전망을 보면 기분이 좋지 않았다. 그런 공간을 내다보면 해군이나 정부나 종교 같은 것이 자신을 따라오는 듯한 느낌이 들었다.

"누구 아이들인가요? 당신?" 그가 마침내 말했다.

"저는 아직 미혼이에요. 저 아이들은 제 동생들이고요." 여자는 자신이 결혼할 것은 시간문제일 뿐이라는 듯 말했다.

도대체 누가 이 여자와 결혼을 한다고? 파커는 생각했다.

앞니 사이가 크게 벌어진 덩치 큰 여자가 맨발로 파커 뒤쪽의 문 앞에 나타났다. 여자는 몇 분 전부터 거기 있던 것 같았다.

"안녕하세요." 파커가 말했다.

여자가 툇마루를 걸어오더니 사과 바구니에 남은 것을 집어 들고 "고맙소" 하고 말했다. 그런 뒤 바구니를 들고 집으로 들어갔다.

"어머니신가요?" 파커가 말했다.

젊은 여자가 고개를 끄덕였다. 파커는 "당신의 아픔을 이해합니다" 같은 여러 가지 낯선 말을 할 수 있었지만 우울한 침묵만 지켰다. 그리고 가만히 앉아서 전망을 내다보았다. 자신이 무슨 병에 걸리고 있는 것 같았다.

"내일은 복숭아를 좀 주워 가지고 올게요." 그가 말했다.

"고맙습니다." 여자가 말했다.

파커는 복숭아 바구니를 들고 거기 다시 갈 마음이 전혀 없었지만, 다음 날이 되니 그런 일을 하고 있었다. 그와 여자는 서로에게 할 말이 없었다. 그러다 그가 문득 이런 말을 했다. "나는 등에는 문신이 없어요."

"등에는 뭐가 있나요?" 여자가 물었다.

"셔츠죠, 뭐." 파커가 말했다.

"네에." 여자가 예의 바르게 말했다.

파커는 자기 머리가 이상해지는 것 같았다. 자신이 이런 여자한테 끌리고 있다는 걸 도무지 믿을 수 없었다. 여자는 그가 가져오는 물건 말고는 아무것에도 관심을 기울이지 않았지만, 세 번째로 멜론 두 개를 가지고 가자 마침내 물었다. "이름이 어떻게 되시나요?"

"O. E. 파커예요." 그가 말했다.

"O. E.는 무얼 나타내는 이니셜인가요?"

"그냥 O. E.라고 부르세요. 아니면 파커라고 부르셔도 됩니다. 제 친구들은 모두 둘 중 한 가지로 부릅니다." 파커가 말했다.

"그래도 무엇의 이니셜인지 궁금해요." 여자가 계속 물었다.

"신경 쓰실 거 없습니다. 당신 이름은 어떻게 되나요?" 파커가 물었다.

"그게 무슨 이니셜인지 알려 주면 말씀드릴게요." 여자가 말했다. 그 말투에 담긴 가벼운 유혹이 파커를 흥분시켰다. 그는 남자와 여자를 막론하고 누구에게도 그 이름을 알려 주지 않고, 오직 해군과 정부 서류에만 공개했다. 그것은 그가 생후 한 달이 되어 세례를 받을 때 기록된 이름이었다. 그의 어머니는 감리교도였다. 그 이름이 해군 서류에서 유출되었을 때 파커는 이름을 부른 사람을 거의 죽일 뻔했다.

"그러면 다른 사람들한테 웃으며 떠들 거예요." 그가 말했다.

"절대 누구한테도 말하지 않겠습니다. 하느님 앞에 맹세합니다." 여자가 말했다.

파커는 침묵 속에 잠시 앉아 있었다. 그런 뒤 여자의 목을 잡아 그 귀에 입을 바짝 대고 나직하게 이름을 밝혔다.

"오바디야." 여자가 속삭였다. 여자의 얼굴은 그 이름이 자신에게 어떤 신호라도 된 것처럼 천천히 밝아졌다. "오바디야." 여자가 다시 말했다.

파커는 아직도 그 이름이 역겨웠다.

"오바디야 엘리후."* 여자는 경건한 목소리로 말했다.

"나를 그 이름으로 부르면 가만두지 않을 거예요. 당신 이름은 어떻게 되나요?" 파커가 말했다.

"세라 루스 케이츠예요." 여자가 말했다.

---

* 오바디야와 엘리후는 모두 구약성경의 인물.

"만나서 반가워요, 세라 루스." 파커가 말했다.

세라 루스의 아버지는 '올바른 복음' 교단의 설교자였지만 집을 떠나 플로리다 주에서 활동했다. 여자의 어머니는 파커가 매번 바구니만 가져온다면 딸에게 집적거려도 상관하지 않는 것 같았다. 그리고 세라 루스는 세 번째 방문 이후 자신에게 홀딱 빠졌다고 그는 생각했다. 그녀는 그의 문신이 허영 중의 허영이라고 말했고, 그가 욕하는 소리를 들었고, 또 구원을 받았느냐는 질문에 자기는 구원받을 특별한 문제가 없다고 대답했는데도 그를 좋아했다. 그때 파커가 아이디어를 얻어서 말했다. "당신이 키스해 주면 그게 나의 구원이 될 거예요."

그녀는 인상을 썼다. "그건 구원이 아니에요."

오래지 않아 그녀는 함께 트럭에 타자는 제안을 수락했다. 파커는 인적 없는 도로에 차를 세우고 트럭 뒤 칸에 함께 눕자고 제안했다.

"결혼하기 전에는 안 돼요." 그녀가 말했다.

"뭘 꼭 그래야 하나요." 파커가 말하고 그녀에게 손을 뻗자 그녀가 그를 확 밀었는데 그 힘이 어찌나 셌는지 트럭 문이 떨어져 나가면서 그가 땅바닥으로 떨어졌다. 그는 그 자리에서 앞으로 그녀하고는 더 이상 아무것도 하지 않겠다고 마음먹었다.

그들은 지방법원 판사실에서 결혼했다. 세라 루스가 교회는 우상숭배적이라고 생각했기 때문이다. 파커는 그에 대해 아무런 견해가 없었다. 판사실에는 종이 서류함도 많고 쪽지들이 사방에 튀어나온 먼지 낀 등록부도 많았다. 붉은 머리의 판사는 40년 경력의 노부인으로 전체적으로 그곳을 가득 채운 등록부들처럼 우중충해 보였다. 판사는 철제 입식 책상 안쪽에 서서 그들을 성혼시켰고, 일이 끝나자 과장된 목소리로 말했다. "3달러 50센트. 그리고 죽음이 서로를 갈라놓을 때까지!"그리고 기계에서 서류를 획 잡아 뺐다.

세라 루스는 결혼 후에도 전혀 변하지 않았고, 파커는 더없이 우울해졌다. 아침마다 그는 이제 충분히 참았다고, 그날 밤 집에 돌아오지 않겠다고 결심했다. 하지만 그는 매일 밤 집에 돌아갔다. 견딜 수 없다는 느낌이 들 때마다 그는 문신을 새로 새기고 싶었다. 하지만 이제 그에게 남은 공간은 등뿐이었다. 등의 문신을 보려면 거울 두 개를 놓고 그 사이의 정확한 공간에 자리를 잡아야 하는데, 파커가 볼 때 그것은 바보 같은 짓이었다. 세라 루스가 분별력이 있다면 즐거이 등의 문신을 보아 주겠지만, 그녀는 다른 곳의 문신도 보고 싶어 하지 않았다. 그가 그것들을 자세히 보여 주려고 하면, 그녀는 눈을 꼭 감고 등까지 돌렸다. 그녀는 캄캄한 어둠 속이 아니면 파커가 옷을 다 입고 소매를 내리고 있는 걸 좋아했다.

"심판의 날에 예수님이 이렇게 물어보실 거야. '너는 평생토록 온몸에 그림을 새기는 것 말고 무슨 일을 했느냐?'"그녀가 말했다.

"헛소리하지 마. 당신은 내가 일하는 농장의 살집 좋은 주인 여자가 나를 좋아해서 '파커 씨, 우리가……' 하고 말할까 봐 겁을 내는 거야." 파커가 말했다.

"당신은 죄를 유혹하고 있어. 그리고 심판의 날에 당신은 그 일에 대해서도 질문을 받을 거야. 당신은 다시 과일 파는 일로 돌아가야 돼." 그녀가 말했다.

집에 있을 때 파커는 그가 변하지 않으면 심판의 날 어떤 말을 들을지 하는 이야기를 듣는 게 전부였다. 그는 틈을 보아서 살집 좋은 주인 여자 이야기를 끼워 넣었다. "'파커 씨. 나는 파커 씨 머리를 보고 고용했어.'"그는 주인 여자가 그렇게 말했다고 했다. (주인 여자는 그리고

"그런데 왜 머리를 사용하지 않는 거지?" 하고 덧붙였다.)

"그리고 내가 웃통 벗은 모습을 처음 봤을 때 주인 여자의 표정이란! '파커 씨, 움직이는 파노라마네!' 그렇게 말하더군." 주인 여자는 실제로 그렇게 말했지만 입 한쪽 끄트머리로 말한 것이었다.

파커의 불만이 너무 커져서 문신 말고는 담아낼 것이 없었다. 그것은 등에 새겨야 했다. 그 일을 피할 수 없었다. 그의 마음속에 모호한 아이디어가 천천히 생겨났다. 세라 루스가 거부할 수 없는 주제, 그러니까 종교적인 주제의 문신을 하는 일이 자꾸만 떠올랐다. 펼친 책을 새기고 그 밑에 '성경'이라고 쓰고 책장에는 실제 성경 구절을 쓰는 것을 생각했다. 한동안 그것은 묘안 같았다. 하지만 아내는 이렇게 말했다. "나한테 진짜 성경 책이 없어서? 성경 전체를 다 읽을 수 있는데 한 구절만 계속 볼 필요가 뭐가 있지?" 그는 심지어 성경보다도 더 좋은 것이 필요했다! 그는 그 생각에 너무 골몰한 나머지 잠도 제대로 자지 못했다. 살은 이미 빠지고 있었다. 세라 루스의 요리는 음식을 냄비에 넣고 끓이는 게 다였다. 자신이 왜 못생기고 임신한 데다 요리도 못하는 여자의 곁을 떠나지 않는지 불안하고 초조해서 그는 얼굴 한쪽에 경련까지 일었다.

한 번인가 두 번은 미행이라도 당하는 듯 길에서 문득 돌아서기도 했다. 그는 비록 일흔다섯 살 때지만 주립 정신병원에 간 할아버지가 있었고, 문신을 하는 것이 긴급한 만큼 세라 루스를 복종시킬 제대로 된 문신 소재를 찾는 것도 긴급했다. 그 문제를 고민하는 동안 그의 눈은 무언가에 깊이 몰두한 멍한 표정을 띠었다. 그가 일하는 농장 여주인은 정신 차리지 않으면 열네 살 흑인 소년을 구해 그의 자리를 주겠다고 말했다. 하지만 파커는 고민에 너무 깊이 빠져서 그런 말에도 기분이 상하지 않았다. 예전 같으면 그 자리에서 "그러면 그 아이를 데려다 쓰세요" 하고 말하고 떠났을 것이다.

　이틀인가 사흘이 지난 어느 날 아침, 그는 큰 들판에서 여주인의 형편없는 건초단 제조기와 망가진 트랙터로 건초단을 만들고 있었다. 들판은 이제 가운데 선 거대한 고목 말고는 싹 베어져 있었다. 여주인은 고목을 베기 싫어했고, 그 이유는 그게 고목이기 때문이었다. 여주인은 파커가 눈이 없기라도 한 것처럼 그에게 나무를 가리켜 보이며, 기계로 건초를 집어 올릴 때 그것을 건드리지 않도록 조심하라고 말했다. 파커는 들판 가장자리에서 일을 시작해서 원을 그리며 나무가 있는 안쪽으로 좁혀 들어갔다. 그리고 이따금 트랙터에서 내려 건초를 묶을 노끈을 풀고 트랙터 앞의 돌멩이를 차 냈다. 여주인은 돌멩이들을 들판 가장자리에 모아 놓으라고 했고, 그도 여주인이 보고 있을 때는 그렇게 했다. 상황이 허락할 것 같을 때는 그냥 돌멩이를 타고 넘어갔다. 들판을 빙글빙글 도는 동안 그의 정신은 적절한 등 문신 소재에 대한 생각에 바쳐져 있었다. 골프공만 한 태양은 규칙적으로 그의 앞에 있다 뒤에 있다 했지만, 그는 뒤통수에도 눈이 있는 것처럼 앞에서도 뒤에서도 다 보이는 것 같았다. 그러던 중 갑자기 나무가 그에게 가지를 뻗었다. 쿵 소리가 그를 공중으로 날려 보냈고, 그는 자신도 믿을 수 없을 만큼 큰 소리로 외쳤다. "아이고 하느님!"

　그는 바닥에 등을 대고 떨어졌고 뒤집힌 트랙터는 나무에 부딪쳐 불꽃 속에 폭발했다. 파커가 처음 본 것은 자신의 신발이 불길에 사로잡히는 모습이었다. 한 짝은 트랙터에 깔리고 다른 한 짝은 조금 떨어진 곳에서 저 혼자 타고 있었다. 그는 그 신발을 신고 있지 않았다. 불타는 나무의 뜨거운 입김이 얼굴에 느껴졌다. 그는 앉은 자세로 뒤로 주섬주섬 물러났다. 두 눈이 퀭했다. 그가 성호를 그을 줄 알았다면 그렇게 했을 것이다.

그의 트럭은 들판 가장자리의 비포장도로에 있었다. 그는 여전히 앉은 자세로 뒷걸음질을 쳤지만 속도가 점점 빨라졌다. 그러다가 중간에 벌떡 일어나서 고개를 숙이고 달려갔는데 두 번이나 무릎이 땅에 떨어졌다. 다리가 녹슨 빗물받이처럼 후들거렸다. 그는 마침내 트럭에 올라타서 비뚤배뚤 달아났다. 그리고 제방 위의 집도 지나쳐서 80킬로미터 밖에 있는 도시로 갔다.

도시까지 가는 동안 파커는 자신에게 생각을 허락하지 않았다. 그저 자기 인생에 큰 변화가 일어났다는 것, 알 수 없는 고약한 세계로 뛰어들었다는 것, 그건 자신이 어쩔 수 없는 일이라는 것만을 알았다. 그것은 확실했다.

문신 시술소는 어느 뒷길 족병 치료소 위층에 크고 복닥거리는 방 두 개를 쓰고 있었다. 오후 3시를 약간 지났을 때 파커는 여전히 맨발로 말없이 그곳에 들어갔다. 문신사는 나이는 파커 또래—스물여덟 살—로 보였지만 마른 체형에 머리가 벗어졌는데, 작은 작업 탁자에 앉아 녹색 잉크로 도안을 베끼고 있었다. 그가 귀찮은 듯한 눈길로 고개를 들었고, 자기 앞에 있는 퀭한 사내가 파커라는 것은 알아보지 못하는 듯했다.

"하느님의 그림이 전부 다 있는 책을 좀 보여 줘요. 종교적인 책요." 파커가 숨을 헐떡이며 말했다.

문신사는 지성과 우월함이 깃든 눈길로 그를 바라보았다. "저는 술 취한 사람에게는 문신을 시술하지 않습니다."

"날 몰라!" 파커가 분노해서 소리쳤다. "나 O. E. 파커야! 전에도 여기서 문신을 했고 나는 늘 돈을 줬어!"

문신사는 그래도 확신할 수 없다는 듯 그를 좀 더 바라보다가 말했다. "그동안 뜸했어요. 감옥에 다녀왔나요?"

"결혼했어요." 파커가 말했다.

"아." 문신사가 말했다. 그는 거울의 도움을 받아서 자신의 정수리에 아주 작은 부엉이 문신을 정교하게 새겨 놓았다. 큰 동전만 한 크기의 그 문신은 그의 솜씨의 견본 같은 역할을 했다. 시내에 더 싼 문신사도 있지만 파커는 항상 최고만을 원했다. 문신사는 방 뒤쪽 캐비닛으로 가서 책들을 살피며 물었다. "무얼 원하나요? 성인, 천사, 예수, 아니면 뭐요?"

"하느님요." 파커가 말했다.

"성부, 성자, 성령 중 뭐 말입니까?"

"그냥 하느님, 그리스도요. 상관없어요. 그냥 하느님이면 돼요." 파커가 짜증스럽게 대꾸했다.

문신사는 책을 한 권 들고 왔다. 그리고 다른 탁자의 종이들을 치운 뒤 책을 거기 올려놓고 파커에게 앉아서 마음에 드는 것을 찾아보라고 했다. "뒤쪽이 최신 디자인이에요."

파커는 책을 놓고 앉아서 엄지에 침을 묻혔다. 그는 최신 디자인이 있는 뒤쪽부터 보았다. 어떤 것은 알아볼 수 있었다. 선한 목자, 아이들을 맞는 예수, 미소 짓는 예수, 병자를 치료하는 예수, 하지만 그는 빠른 속도로 책장을 앞으로 넘겼고, 그림들은 점점 신뢰가 떨어졌다. 하나는 피를 흘리는 수척한 녹색 시체 얼굴이었다. 하나는 자주색 눈이 푹 꺼진 노란 얼굴이었다. 파커의 심장은 빨라지고 또 빨라져서 마침내 몸 안에서 거대한 발전기처럼 웅웅거렸다. 그는 운명의 도안이 나타나면 신호가 올 거라고 느끼며 얼른얼른 책장을 넘겼다. 어느덧 책의 맨 앞쪽이 가까워졌다. 어느 면에서 두 눈이 그를 바라보았다. 파커는 계속 책장을 넘기다가 멈추었다. 심장이 멈춘 것 같았다. 정적이 찾아왔다. 정적이 혀가 달린 것처럼 그에게 똑똑히 말했다. "돌아가."

파커는 그 그림으로 돌아갔다. 엄격한 눈빛에 머리에는 후광을 두른 비잔틴 그리스도의 평면적 얼굴이었다. 그는 덜덜 떨었다. 어떤 미묘한 힘이 생명을 불어넣어 준 듯 심장이 다시 천천히 뛰기 시작했다.

"원하는 걸 찾았나요?" 문신사가 물었다.

파커는 목이 바짝 말라서 말도 나오지 않았다. 그는 일어나서 그 그림이 있는 면을 문신사 앞에 내밀었다.

"그건 가격이 상당한데요. 하지만 안쪽의 작은 블록들을 빼고 외곽선과 큰 문양만 원하는 거겠지요?" 문신사가 말했다.

"이대로 해 줘요. 이것하고 똑같이 해 주지 않으면 안 해요." 파커가 말했다.

"파커 씨가 결정할 일이지만 이런 작업을 거저 해 드리지는 않습니다." 문신사가 말했다.

"얼마입니까?" 파커가 물었다.

"이틀 정도 작업해야 할 겁니다."

"얼마나 들어요?" 파커가 말했다.

"할부로 할 건가요, 일시불로 할 건가요?" 문신사가 물었다. 파커의 다른 문신은 할부로 했지만 어쨌건 그는 돈을 다 지불했다.

"10달러를 먼저 주고 올 때마다 하루에 10달러씩 주세요." 문신사가 말했다.

파커는 지갑에서 10달러를 꺼냈다. 지갑에는 3달러가 남았다.

"내일 오전에 오세요. 먼저 책에서 문양을 베껴야 합니다." 문신사가 지갑에 돈을 넣으며 말했다.

"안 돼요! 지금 베끼지 않을 거면 그 돈을 도로 줘요." 파커가 말하고 금방이라도 싸움을 걸 듯 눈을 부라렸다.

문신사는 그렇게 하기로 했다. 등에 예수 그리스도를 새길 만큼 정신 나간 사람은 다음 순간 마음을 바꿀 확률이 높지만 일단 작업이 시작되면 그렇게 할 수 없을 것이다.

문신사는 베끼기 작업을 하는 동안 파커에게 세면대에 가서 특수 비누로 등을 깨끗하게 씻으라고 말했다. 파커는 씻고 돌아와서 불안하게 어깨를 굽히고 방 안을 서성거렸다. 그 그림을 다시 보고 싶기도 하고 보고 싶지 않기도 했다. 문신사는 마침내 일어나서 파커를 탁자에 엎드리게 했다. 그리고 파커의 등을 염화에틸로 닦은 뒤 요오드 연필로 그 위에 머리의 외곽선을 그렸다. 그는 한 시간이 지난 뒤에야 전기 도구를 집어 들었다. 파커는 별로 아프지 않았다. 일본에서는 상아 바늘로 상박에 부처를 새겼다. 미얀마에서는 갈색 나무뿌리처럼 앙상하고 작은 남자가 길이가 60센티미터나 되는 가늘고 뾰족한 막대기로 양쪽 무릎에 공작을 새겼다. 아마추어들은 핀과 검댕으로 문신을 새겼다. 파커는 문신사에게 시술받을 때면 대개 아주 느긋해지고 잠이 들 때도 많았지만 이번에는 번쩍 깨어 있었고 모든 근육이 팽팽했다.

자정이 되자 문신사는 오늘은 그만하자고 말했다. 그리고 가로세로 120센티미터 거울을 벽 앞 탁자에 놓고, 욕실에서 작은 거울을 가져와 파커의 손에 쥐어 주었다. 파커는 등을 탁자 위 거울 쪽으로 돌리고 서서 작은 거울을 이리저리 움직였고, 마침내 등에서 터져 나오는 번쩍이는 빛깔들을 보았다. 등은 적색, 청색, 미색, 치자색의 조그만 네

모꼴로 완전히 덮여 있었다. 그리고 그 안에 얼굴의 윤곽선이 보였다. 입, 두꺼운 눈썹의 일부, 곧은 코, 하지만 얼굴은 비어 있었다. 눈이 아직 없었다. 처음 든 느낌은 문신사가 자신을 속이고 '치유하는 예수'를 그린 것 같다는 것이었다.

"눈이 없네요." 파커가 소리쳤다.

"때가 되면 그릴 거예요. 아직 하루가 남았어요." 문신사가 말했다.

파커는 그날 밤 '빛의 안식처 기독교 선교단'이 마련한 쉼터의 간이침대에서 잤다. 그는 시내에 나가면 거기서 자는 게 가장 좋았다. 그곳은 공짜인 데다 약간의 식사도 주었기 때문이다. 그는 거기 남은 마지막 침대를 구했고 아직도 맨발이었던 터라 헌 신발도 한 켤레 받았는데, 혼란한 정신에 그것을 신은 채 침대에 들었다. 그는 아직도 자신에게 일어난 일련의 사건들에서 충격을 떨치지 못한 상태였다. 그는 간이침대들이 저마다 사람 몸뚱이를 불룩하게 얹고 늘어선 공동 침실에서 밤새 잠을 이루지 못했다. 빛이라고는 방 끝에서 반짝이는 형광등 십자가가 전부였다. 그 고목이 다시 그를 잡으려고 가지를 뻗더니 불꽃에 휩싸였다. 떨어져 나온 신발 한 짝이 홀로 조용히 타올랐다. 그 책 속의 두 눈이 그에게 "돌아가" 하고 똑똑히 말했지만 동시에 아무 소리도 내지 않았다. 그는 이 도시에 있는 게 싫었고, 빛의 안식처 선교단에 있는 게 싫었고, 혼자 잠자리에 누운 게 싫었다. 세라 루스가 몸살 나게 그리웠다. 그녀의 냉혹한 혀와 얼음송곳 같은 눈이 그에게 떠오르는 유일한 위안이었다. 자신은 이제 그것을 잃을 거라는 생각이 들었다. 그녀의 눈은 책 속의 그 눈과 비교하면 부드럽고 느린 것 같았다. 이제 그 눈의 모습은 정확히 떠오르지 않았지만, 그 날카로움은 아직도 느껴졌다. 그 눈길 아래 자신은 파리의 날개처럼 투명해진 것 같았다.

문신사는 오전 10시 이후에 오라고 했지만, 그가 그 시간에 출근해 보니 파커가 어두운 복도에 앉아 기다리고 있었다. 그는 아침에 일어나면서 일단 문신이 완성되면 그것을 보지 않겠다고, 전날의 모든 감정은 광기였다고, 이제 다시 자신의 건전한 판단에 근거해서 살아가겠다고 결심했다.

문신사는 어제에 이어 일을 시작했다. 그러다 작업을 하면서 물었다. "한 가지 궁금한 게 있습니다. 왜 이 그림을 새기고 싶어 하죠? 종교가 생겼습니까? 구원받았나요?" 그것은 놀리는 목소리였다.

파커는 목에 메마른 소금기가 느껴졌다. "아뇨, 나는 그런 건 필요 없어요. 남자는 어떤 것에서도 자신을 구원할 수 없고 나는 그런 남자한테 공감 안 해요." 이 말들이 그의 입에서 연기처럼 빠져나가서 그가 말한 적도 없는 것처럼 증발해 버렸다.

"그러면 왜⋯⋯"

"구원받은 여자하고 결혼했어요. 그건 잘못이었어요. 여자를 떠나야 했어요. 그런데 결혼했고 임신 중이에요." 파커가 말했다.

"안타깝네요. 그러니까 아내분이 이 문신을 시키는 거로군요." 문신사가 말했다.

"아뇨. 아내는 이 일을 전혀 몰라요. 알면 놀랄 거예요." 파커가 말했다.

"아내분이 이걸 좋아해서 파커 씨를 좀 봐줄 거라는 건가요?"

"당연합니다. 하느님의 모습이 싫다고 말할 수는 없을 테니까요." 파커가 말했고, 그만하면 자기 이야기를 충분히 했다고 생각했다. 그는 문신사가 자기 일을 벗어나 단골손님의 일에 끼어드는 것은 좋아하지 않았다. 그가 말했다. "어젯밤에 잠을 못 잤어요. 이제 좀 자야겠습니다."

그 말에 문신사는 입을 다물었지만 그는 잠이 오지 않았다. 그는 작업대에 엎드려서 세라 루스가 그의 등에 새겨진 얼굴을 보고 얼마나 놀랄까를 상상했지만 불타는 나무와 불붙은 신발 한 짝의 환상이 그 상상을 자꾸 방해했다.

문신사는 4시가 다 될 때까지 점심도 먹지 않고 계속 일했다. 전기 도구를 쉴 때는 파커의 등에서 떨어지는 물감을 닦을 때뿐이었다. 마침내 그가 작업을 마치고 말했다. "이제 일어나서 확인해 보십시오."

파커는 일어나 앉았지만 탁자를 떠나지 않았다.

문신사는 작업에 만족해서 파커가 당장 그것을 보기를 원했다. 하지만 파커는 탁자 가장자리에 앉아서 텅 빈 표정으로 약간 고개를 숙이고 있기만 했다. "무슨 일 있나요? 거울 앞에 가서 보시죠." 문신사가 말했다.

"아무 일 없습니다. 문신이 어디 가겠습니까? 그건 제가 어딜 가건 따라다닙니다." 파커가 갑자기 호전적인 목소리로 대꾸하고, 셔츠를 집어 들어 입으려고 했다.

문신사는 그의 팔을 확 당겨서 그를 두 개의 거울 사이로 밀고 갔다. "이제 보세요." 문신사는 자기 작업이 무시당한 것에 화가 나서 말했다.

파커는 문신을 보았고 얼굴이 하얘져서 물러섰다. 거울에 비친 그 눈이 그를 바라보았다. 고요하고 또렷하고 엄격하고 침묵에 잠긴 눈이.

"파커 씨가 고른 겁니다. 다른 걸 권해 드릴 걸 그랬나 봅니다." 문신사가 말했다.

파커는 아무 말도 하지 않았다. 그가 셔츠를 입고 나가려고 하자 문신사가 소리쳤다. "나머지 돈을 다 주셔야 합니다!"

파커는 모퉁이의 주류 상점으로 갔다. 거기서 3홉들이 위스키 한 병을 사 들고 골목으로 들어가 5분 만에 다 마셨다. 그런 뒤 시내에서 자주 가는 당구장으로 갔다. 그곳은 불이 환한 창고 같은 곳으로 한쪽에 바가 있고 다른 쪽에는 도박 기계가, 뒤쪽에는 당구대가 있었다. 파커가 들어가자 적색과 검정색 체크 셔츠를 입은 덩치 큰 남자가 등을 탁치며 그를 반겨 맞았다. "어이 친구! O. E. 파커!"

파커는 아직 등을 맞을 준비가 되어 있지 않았다. "비켜. 등에 새 문신을 했어."

"이번엔 뭐야?" 남자가 묻고 기계에 앉은 몇 명에게 소리쳤다. "O. E.가 새 문신을 했대."

"별거 아냐." 파커가 말하고 사람 없는 기계 앞에 주저앉았다.

"그러지 말고 새 문신을 보여 줘." 덩치 큰 남자가 말했다. 그리고 사람들은 파커에게 달려들어서 버둥거리는 그의 셔츠를 들어 올렸다. 파커는 곧 모든 손이 그에게서 떨어지는 것을 느꼈고, 셔츠는 베일처럼 다시 내려왔다. 당구장에 침묵이 흘렀고, 파커에게 그 침묵은 부풀어 올라 아래로는 건물 토대까지, 위로는 지붕 들보에까지 닿는 것 같았다.

마침내 누가 말했다. "예수님이라니!" 그러자 그들은 일제히 떠들었다. 파커가 불안한 미소를 띠고 돌아보았다.

"O. E. 일에 상관하지 마! 이 친구는 진짜배기야!" 체크 셔츠의 남자가 말했다.

"종교가 생겼나 봐." 누군가 소리쳤다.

"그렇지 않아." 파커가 말했다.

"O. E.가 종교가 생겨서 예수님을 증언하고 있어, 그렇지, O. E.? 이렇게 독창적인 방식은 처음 보는 것 같군." 입에 시가를 문 키 작은 남자가 비꼬았다.

"파커의 새 문신에 참견하지 마!" 뚱뚱한 남자가 말했다.

"어어어어이 친구!" 누군가 소리치자 모두가 휘파람을 불며 애정 어린 욕을 했고, 마침내 파커가 말했다. "아, 입들 다물어."

"그걸 왜 한 거야?" 누가 물었다.

"웃으라고. 뭐겠어?" 파커가 말했다.

"그런데 자네는 왜 안 웃지?" 누가 소리쳤다. 파커는 그들 틈으로 뛰어들었고, 여름날 회오리바람처럼 탁자가 뒤집히고 주먹이 휘날리는 싸움이 시작되었다. 마침내 두 사람이 파커를 잡아서 밖으로 쫓아냈다. 그러자 크고 창고 같은 당구장에는 요나를 바다에 던진 배처럼 불안한 평화가 찾아왔다.*

파커는 오랫동안 당구장 뒷골목에 주저앉아서 자기 영혼을 살펴보았다. 그의 영혼은 사실과 거짓이 뒤얽힌 거미줄 같았다. 그것들은 자신에게 전혀 중요하지 않았지만 그런 생각에도 불구하고 필요해 보였다. 이제 그가 등에 새긴 눈은 복종을 바쳐야 하는 눈이었다. 그 점은 그 무엇 못지않게 분명했다. 파커는 평생토록 이런 본능이 찾아오면 투덜거리건 욕을 하건 두려움을 느끼건 열락을 느끼건 거기 복종했다. 열락을 느낀 것은 박람회에서 문신한 남자를 보고 영혼이 고양되

---

* 구약성경 『요나』에 따르면, 요나가 하느님을 피해 달아나자 하느님은 그를 태운 배를 폭풍에 휘말리게 했다. 겁먹은 선원들이 요나를 바다에 던지자 바다는 잔잔해졌다.

었을 때고, 두려움을 느낀 것은 해군에 입대했을 때였으며, 투덜거린 것은 세라 루스와 결혼했을 때였다.

그녀가 떠오르자 그는 천천히 일어섰다. 그녀는 자신이 무엇을 할지 알았을 것이다. 그녀가 이 일을 마무리해 줄 테고 어쨌건 적어도 기뻐할 것이다. 그가 원한 건 처음부터 그녀를 기쁘게 해 주는 것이었던 듯했다. 트럭은 아직 문신 시술소가 있는 건물 앞에 있었지만, 그곳은 멀지 않았다. 그는 트럭을 타고 도시를 벗어나 시골의 밤을 향해 달려갔다. 술은 거의 다 깼고 불만은 사라졌지만 무언가 어색했다. 정신은 멀쩡했지만 자신이 낯설게 느껴졌고, 밤인 데다 모든 게 익숙한 길인데도 주변 풍경이 아주 새로워 보였다.

그는 마침내 제방 위의 집에 도착해서 피칸 나무 아래 트럭을 세우고 내렸다. 그는 자신이 아직도 이 집의 주인이며 자신이 말없이 외박을 한 것은 그냥 생활 습성이 그래서일 뿐이라는 걸 강조하기 위해 최대한 큰 소리를 냈다. 그는 자동차 문을 쾅 닫고, 현관 계단을 오른 뒤 툇마루를 지나 문고리를 흔들었다. 문은 반응하지 않았다. "세라 루스! 문 열어." 그가 소리쳤다.

문에는 자물쇠가 없었기에 그녀가 문고리 밑에 의자 등받이를 끼워 넣은 게 틀림없었다. 그는 문을 쾅쾅 두드리고 고리를 덜컹거렸다.

침대 스프링 삐걱대는 소리가 나자 그는 고개를 숙여 열쇠 구멍에 얼굴을 댔지만 구멍은 종이로 막혀 있었다. "문 열어! 왜 문을 안 열어 주는 거야?" 그는 다시 문을 쾅쾅 두드리며 소리쳤다.

문 근처에서 날카로운 목소리가 말했다. "누구세요?"

"나야. O. E." 파커가 말했다.

그는 잠시 기다렸다.

"나야. O. E." 그는 짜증스럽게 다시 말했다.

그래도 안에서는 아무 소리가 없었다.

그는 다시 문을 두세 번 더 두드리며 말했다. "O. E. 파커야. 날 몰라?"

잠시 침묵이 더 이어지다가 느린 목소리가 들렸다. "나는 O. E.라는 사람은 몰라요."

"바보짓 그만해. 나한테 이러면 안 돼. 나야. 당신의 O. E.가 돌아왔어. 뭐가 겁나서 그래?" 파커가 말했다.

"누구세요?" 아까와 똑같이 감정 없는 목소리가 물었다.

파커는 자신에게 답을 줄 사람이 있기라도 한 것처럼 고개를 뒤로 돌렸다. 하늘이 약간 밝아져 있었고, 지평선 위에 노란 줄 두세 개가 지나갔다. 그때 그의 눈앞에서 하늘 위로 빛의 나무가 터져 올라갔다.

파커는 창에 맞아 문에 박힌 것처럼 탕 쓰러졌다.

"누구세요?" 집 안의 목소리가 물었고, 그 목소리에는 그것이 마지막이라는 느낌이 있었다. 문고리가 덜그럭거렸고, 그 목소리가 차갑게 말했다. "누구시냐고요?"

파커는 고개를 숙이고 종이로 막힌 열쇠 구멍에 입을 댔다. "오바디야." 그가 속삭였고, 그러자 갑자기 빛이 쏟아져 들어와서 거미줄 같은 그의 영혼이 완벽한 아라베스크로, 나무와 새와 동물의 정원으로 변하는 것 같았다.

"오바디야 엘리후!" 그가 속삭였다.

문이 열렸고, 그는 안으로 비틀비틀 들어갔다. 세라 루스가 손을 허리에 얹고 서서 말했다. "살집 좋은 금발 여주인은 없더군. 그리고 당신은 박살 낸 트랙터 값을 다 물어 줘야 해. 그 트랙터는 보험에 안 들었대. 주인이 여기 와서 나랑 한참 얘기했고 나는⋯⋯"

파커는 덜덜 떨며 등유 램프를 켜려고 했다.

"왜 그래, 아직 빛이 남아 있는데 왜 등유를 낭비해? 내가 당신을 봐야 하는 것도 아니잖아." 그녀가 말했다.

노란 불이 두 사람을 감쌌다. 파커가 성냥을 내려놓고 셔츠 단추를 풀었다.

"그리고 이런 대낮 같은 시간에 나를 어떻게 할 생각 하지 마." 그녀가 말했다.

"입 다물고 이걸 봐. 이제 당신 떠드는 소리는 그만 듣고 싶어." 그가 조용히 말하고 셔츠를 벗은 뒤 그녀에게 등을 돌렸다.

"또 그림을 새겼군. 그래, 당신이 자기 몸에 쓰레기를 더하려고 집에 안 왔다는 걸 알아야 했어." 세라 루스가 성난 목소리로 말했다.

파커의 무릎에 힘이 빠졌다. 그가 돌아서서 소리쳤다. "이걸 봐! 떠들지만 말고 그림을 봐!"

"봤어." 그녀가 말했다.

"누군지 몰라?" 그가 고통스럽게 소리쳤다.

"몰라. 누구야? 내가 아는 사람이 아니야." 세라 루스가 말했다.

"그분이야." 파커가 말했다.

"그분이라니?"

"하느님!" 파커가 소리쳤다.

"하느님? 하느님은 이렇게 안 생겼어!"

"그분이 어떻게 생겼는지 어찌 알아? 본 적도 없잖아." 파커가 따졌다.

"그분은 볼 수 없어. 그분은 영혼이야. 사람은 그분의 얼굴을 볼 수 없어." 세라 루스가 말했다.

"아 제발. 이건 그냥 하느님의 그림이야." 파커가 한숨 쉬며 말했다.

"이건 우상숭배야! 우상숭배!" 세라 루스가 소리쳤다. "모든 푸른 나무 아래서 우상을 탐하고 있어! 나는 거짓말과 허영은 참을 수 있지만 이 집에 우상숭배자는 원하지 않아!" 그러더니 빗자루를 들고 그의 어깨를 때리기 시작했다.

파커는 너무 놀라서 저항할 생각도 하지 못했다. 가만히 앉아서 빗자루를 맞았고, 마침내 정신이 혼미해지고 문신한 그리스도의 상 위로 흉터가 부풀어 올랐다. 그는 비틀거리며 일어나서 현관으로 걸어갔다.

세라 루스는 빗자루로 바닥을 두세 번 두드리고 창가에 가서 거기 묻은 그의 흔적을 털어 냈다. 그녀는 빗자루를 움켜쥔 채 피칸 나무를 바라보았고 그 눈은 더욱 차가워졌다. 거기 그가 있었다. 자신을 오바디야 엘리후라고 밝힌 그가 나무에 기대서 아이처럼 울고 있었다.

심판의 날
Judgement Day

태너는 집으로 돌아갈 힘을 끌어 모으고 있었다. 그는 일단 최대한 멀리까지 걸어간 뒤 전능하신 분이 남은 길을 인도하시게 할 생각이었다. 그날 아침과 전날 아침, 그는 딸의 손으로 옷을 입어서 그만큼의 에너지를 절약했다. 지금 그는 창가의 의자에 앉아서—청색 셔츠 단추를 목까지 잠그고 코트를 의자 등받이에 걸고 모자는 머리에 쓴 상태로—딸이 나가기를 기다렸다. 딸이 자리를 비키기 전에는 탈출할 수 없었다. 창밖은 벽돌담이고, 아래를 내려다보면 뉴욕 분위기 가득한 골목길이었다. 고양이와 쓰레기에 어울리는 분위기. 눈송이 몇 개가 창밖을 지나갔지만 가늘고 드문드문해서 그의 약한 시력으로는 볼 수 없었다.

딸은 부엌에서 설거지를 했다. 그녀는 모든 일을 꾸물거리며 했고 또 혼자 중얼거리며 했다. 처음 왔을 때 그는 그 말에 대답을 했지만, 그것은 딸이 원하는 바가 아니었다. 그녀는 아무리 바보 노인이라고 해도 여자의 혼잣말에 대답하지 않을 만큼의 분별력은 있어야 한다는 듯이 그를 노려보았다. 그녀는 한 목소리로 질문을 하고 다른 목소리로 거기 대답했다. 그는 어제 딸이 옷을 입혀 주어서 보존한 에너지로 쪽지를 써서 주머니에 핀으로 꽂아 두었다. '시신으로 발견되면 특급 착불 우편으로 조지아 주 코린스 카운티의 콜먼 파럼에게 보내 주시기 바랍니다.' 그 밑에는 이렇게 이어 썼다. '콜먼 파럼, 내 물건을 팔아서 우편료와 장례비를 대라. 남은 건 모두 네가 가져도 좋다. 너의 진실한 친구 T. C. 태너. 추신. 거기를 떠나지 마라. 누가 뭐라고 해도 여기 올라오지 마. 여기는 사람이 살 곳이 아니야.' 그는 거의 30분을 들여서 이 쪽지를 썼다. 비뚤배뚤한 필체였지만 잘 보면 읽을 수 있었다. 그는 떨리는 손을 다른 손으로 잡아서 다스렸다. 쪽지를 다 썼을 때, 딸이 장을 보고 아파트에 돌아왔다.

오늘 그는 준비되어 있었다. 그가 할 일은 그저 한 발 한 발 앞으로 내디뎌서 현관 밖으로 나가고 계단을 내려가는 것이었다. 일단 계단을 내려가면 그는 동네를 벗어날 것이다. 그리고 동네를 벗어나면 택시를 타고 화물열차 터미널까지 갈 것이다. 지나가는 행인이 그가 택시에 타는 걸 도와줄 것이다. 화물열차에 타면 누워서 쉴 것이다. 기차는 밤에 남쪽으로 출발할 테고, 그다음 날 내지 다음다음 날 아침이면 그는 죽어서건 살아서건 고향에 돌아갈 수 있을 것이다. 중요한 것은 거기 가는 것이었다. 죽고 사는 일은 중요하지 않았다.

분별력이 있었다면 그는 거기 도착한 날 바로 떠났을 것이다. 분별력이 더 있었다면 아예 거기 오지 않았을 것이다. 하지만 그가 정말로 절박하게 떠나야겠다고 느낀 것은 이틀 전 아침 식사 후 딸과 사위가 헤어지며 하는 말을 듣고서였다. 그들은 현관에 있었고, 딸은 남편의 사흘 일정 출장을 전송하고 있었다. 사위는 장거리 화물차를 운전했다. 딸이 그에게 가죽 방한모를 건넨 모양이었다. "당신 모자를 사야 돼. 진짜 모자를." 딸이 말했다.

"그리고 하루 종일 집 안에 앉아 있을까?" 사위가 말했다. "장인어른처럼 말이야. 장인어른이 하는 일은 하루 종일 모자를 쓰고 집 안에 앉아 있는 것뿐이니까. 그 검은 모자를 하루 종일 쓰고 앉아 있어!"

"당신은 모자도 없잖아." 딸이 말했다. "그 귀덮개가 있는 방한모뿐이지. 지체 높은 사람들은 점잖은 모자를 써. 그렇지 않은 사람들이 당신처럼 방한모를 쓰지."

"지체 높은 사람들이라니! 지체 높은 사람들이라! 어이가 없군! 정말 어이가 없어!" 사위가 소리쳤다. 사위는 어리석은 근육질 얼굴이었고 거기 잘 어울리는 양키 목소리였다.

"아버지는 여기 살러 오신 거야." 딸이 말했다. "하지만 그리 오래 남지는 않았어. 아버지는 예전에 지체 높은 분이셨어. 평생 자기 말고 남을 위해 일해 본 적 없고 늘 사람들을—남들을 부리셨어."

"그래 봐야 검둥이들뿐이잖아. 뭐가 더 있어? 나도 검둥이 한두 명은 부렸어." 사위가 말했다.

"당신이 부린 건 북부 검둥이지." 딸이 말했고, 갑자기 목소리가 작아져서 태너는 귀를 쫑긋 세우고 몸을 앞으로 내밀었다. "진짜 검둥이를 부리는 데는 머리가 필요해. 그자들을 다룰 방법을 알아야 해."

"그러니까 난 머리가 없다는 거야?" 사위가 대꾸했다.

이따금—아주 드물지만—찾아오는 딸에 대한 따뜻한 감정이 태너에게 밀려들었다. 가끔 보면 딸은 어딘가 따로 보관해 두는 분별력이 있는 것 같기도 했다.

"당신도 있어. 늘 사용하지를 않아서 그렇지." 딸이 말했다.

"장인어른은 우리 아파트에서 검둥이를 보면 정신을 잃고 쓰러지는 분이야. 그 여자가 그러는데……" 사위가 말했다.

"너무 큰 소리로 말하지 마. 아버지는 그래서 쓰러지신 게 아냐." 딸이 말했다.

침묵이 흘렀다. "어디다 묻을 거야?" 사위가 대화의 방향을 바꾸어서 물었다.

"누굴 묻어?"

"저기 저분."

"여기 뉴욕에 묻어 드리지 어디 묻겠어? 우리는 부지가 있어. 나는 다시는 누구하고도 거기 내려가지 않을 거야." 딸이 말했다.

"그래. 그냥 확인해 본 거야." 그가 말했다.

딸이 방으로 돌아왔을 때 태너는 두 손으로 의자 팔걸이를 꽉 붙잡고 있었다. 그리고 분노한 시체처럼 딸을 노려보며 말했다. "나를 거기 묻겠다고 약속했잖니. 네 약속은 거짓이구나. 다 거짓이야. 네 약속은 거짓이야." 그의 목소리는 너무 메말라서 거의 들리지 않았다. 그는 손과 머리와 발을 덜덜 떨었다. "나를 여기 묻고 지옥에서 불타게 하려무나!" 그가 소리치고 의자에 털썩 쓰러졌다.

딸이 깜짝 놀라 그를 보았다. "아버지는 아직 안 돌아가셨어요!" 그리고 무겁게 한숨을 쉬었다. "그런 걱정 하시려면 아직 멀었어요." 딸은 돌아서서 바닥에 흩어진 신문지를 주워 들었다. 흰머리가 어깨에 늘어지고, 둥근 얼굴은 어느새 시들기 시작했다. "아버지를 잘 모시려고 최선을 다하고 있는데 아버지는 이렇게 화를 내시는군요." 딸은 신문을 겨드랑이에 끼고 말했다. "저한테 지옥 어쩌고 하지 마세요. 저는 지옥을 안 믿어요. 그건 아버지가 믿는 침례교의 헛소리예요." 그런 뒤 딸은 부엌으로 들어갔다.

그는 위쪽 틀니를 혀로 입천장에 붙이고 입을 꽉 다물었다. 그래도 눈물이 뺨으로 흘러내렸다. 그는 양쪽 뺨을 몰래 어깨에 닦았다.

부엌에서 딸의 목소리가 들렸다. "아이 키우는 거나 똑같아. 오고 싶어 하셔서 모셔 왔더니 이제 여기가 싫대."

그는 오고 싶어 하지 않았다.

"안 그러셨던 척하지만 나는 알아. 아버지가 오고 싶지 않다면 억지로 모셔 올 수는 없다고 그때 내가 말했어. 예의를 모르는 사람한테 내가 해 줄 수 있는 일은 없어."

"내가 죽을 때가 되면 나는 어리광 따위 피우지 않을 거야." 딸이 아까보다 높은 목소리가 되어 말했다. "그냥 가까운 데 묻으면 돼. 이 세상을 떠날 때 뒤에 남을 사람들을 생각하겠어. 나만 생각하지 않을 거야."

"그야 당연하지. 넌 이기적으로 행동한 적이 없잖아. 언제나 다른 사람들을 생각하지." 딸의 다른 목소리가 말했다.

"늘 노력은 해, 늘." 그녀가 말했다.

그는 머리를 잠시 의자 등받이에 댔고 모자가 눈 위로 삐딱하게 내려왔다. 그는 아들 셋과 딸 하나를 키웠다. 아들 셋은 사라졌다. 둘은 전장으로 가고 하나는 악마에게 가서, 그에게 자식 된 도리를 느끼는 것은 결혼해서 빅 부인처럼 뉴욕에 사는 이 딸밖에 없었다. 아이가 없는 딸은 시골에 내려와서 그가 사는 모습을 보고는 자신이 모시고 살기로 결심했다. 그녀는 오두막 안으로 고개를 들이밀고 표정 없이 잠시 바라보았다. 그러더니 비명을 지르며 뒤로 펄쩍 물러섰다.

"바닥에 저거 뭐예요?"

"콜먼이다." 그가 말했다.

늙은 깜둥이는 태너 침대 발치의 간이 침상에서 웅크려 자고 있었다. 뼈만 앙상한 더러운 피부가 엉성한 인간의 형태를 이루었다. 젊었을 때 콜먼은 곰 같았다. 이제 늙은 그는 원숭이 같았다. 태너는 반대였다. 젊었을 때는 원숭이 같았지만 나이가 들면서 곰같이 되었다.

딸은 툇마루로 나갔다. 거기에는 고리버들 의자 두 개가 나무 벽 앞에 놓여 있었지만 그녀는 앉지 않았다. 그리고 집에서 나는 악취를 피하기 위해서인 듯 3미터 정도 떨어져 섰다. 그리고 자기 할 말을 했다.

"아버지가 자부심이 없다 해도 저는 있고, 저는 도리를 배우고 자랐어요. 아버지는 안 그러셨다 해도 어머니가 그렇게 키웠어요. 어머니는 평범한 집안 출신이지만 검둥이들과 섞이는 걸 좋아하시지 않았어요."

그 지점에서 늙은 깜둥이가 일어나서 밖으로 나왔다. 태너는 몸을 낮추고 조용히 미끄러져 나가는 그림자를 간신히 보았다.

딸이 그에게 창피를 주었다. 그래서 그는 두 사람이 다 듣도록 큰 소리로 말했다. "누가 내 밥을 해 주겠니? 누가 장작을 패고 오줌통을 비워 주겠니? 콜먼은 내 보호 아래 가석방됐어. 저 쓸모없는 악당은 30년 동안 내 손에 있었어. 콜먼은 나쁜 검둥이가 아니야."

그녀는 감동받지 않았다. 아까 딸은 물었다. "이 오두막은 누구 집인가요? 아버지 거예요 아니면 저 사람 거예요?"

"저 친구하고 내가 함께 지었다." 그가 말했다. "너는 북쪽으로 돌아

가. 나는 백만 달러를 준대도 또 소금을 얼마를 준대도 너와 함께 가지 않을 거다."

"둘이 같이 지은 것처럼 생겼어요. 땅은 누구 건가요?"

"플로리다에 사는 사람들이야." 그가 애매하게 대꾸했다. 그 땅이 매물로 나와 있다는 건 알았지만 그 땅을 살 사람이 나타날 거라고는 생각하지 않았다. 하지만 바로 그날 오후에 그 예상이 틀렸다는 것을 알게 되었고, 그 때문에 딸과 함께 떠나게 되었다. 하루만 늦게 알았더라도 그는 아직 그 박사의 땅에 쪼그리고 있었을 것이다.

그날 오후 갈색 돌고래처럼 생긴 사람이 성큼성큼 들판을 걸어오는 것을 보고 그는 즉시 사태를 파악했다. 다른 사람에게 들을 필요가 없었다. 그 검둥이가 좁고 바큇자국 가득한 그 콩밭만 빼고 온 세상을 소유했는데 이제 그 밭마저 매입했다면, 그런 식으로 굵은 목을 더 부풀리고 배 위에 금시계를 얹고 잡초를 옆으로 툭툭 쳐 가며 올 것이다. 폴리 박사. 그는 일부만 흑인 혈통이었다. 나머지는 인디언과 백인 피였다.

그는 검둥이들에게 모든 것이었다. 약사, 장의사, 상담사, 부동산 중개인, 안 하는 일이 없었다. 그러는 동안 그들에게 험악한 눈길을 받기도 했고, 때로는 그가 험악한 눈길이 되었다. 저자가 비록 검둥이에 지나지 않지만 어쨌건 내게서 무언가를 벗겨 먹으려고 이리 오고 있으니 조심해야 한다고 태너는 스스로에게 말했다. 너는 저자에게 내밀게 몸 껍질밖에 없고, 그 껍질은 이제 너 자신에게도 소용없기가 뱀 허물 같으니까. 정부의 미움을 사면 도움 될 게 하나도 없어.

태너는 툇마루 위, 오두막 벽 앞의 의자에 앉아 있었다. "안녕하신가, 폴리." 그가 말하고 가볍게 목 인사를 했다. 박사가 다가오더니 마당 끝에 우뚝 섰다. 들을 지나오는 동안 자신을 보았을 게 분명한데도 마치 그 순간 처음으로 그를 본 것처럼 행동했다.

"제 재산을 보려고 왔습니다. 안녕하십니까." 박사가 빠르고 높은 목소리로 말했다.

자네 재산이 된 지 얼마 안 됐잖아, 그는 생각했다. "자네가 오는 걸 봤어."

"제가 최근에 이 땅을 샀죠." 박사가 말하더니 태너를 두 번 보지도 않고 오두막 옆으로 돌아갔다. 그러고는 금세 돌아와서 그의 앞에 섰다가 오두막 문 앞으로 당당하게 가서 안을 들여다보았다. 콜먼은 그때도 거기서 자고 있었다. 박사가 말했다. "저 검둥이를 알아요. 콜먼 파럼이죠. 여기서 만드는 그 술을 먹고 저분이 잠드는 데 시간이 얼마나 걸리나요?"

태너는 의자 좌석에 튀어나온 혹을 꽉 잡고 말했다. "이 오두막은 자네 재산이 아니야. 실수로 자네 땅에 있게 된 것뿐이야."

박사는 입에서 잠시 시가를 뺐다. "어쨌건 제 실수는 아닙니다." 그가 빙긋 웃었다.

태너는 가만히 앉아 앞만 바라보았다.

"이런 실수는 아무 소득이 없어요." 박사가 말했다.

"이 세상에 소득 있는 게 뭐 있나?" 그가 대꾸했다.

"모든 게 다 소득 있죠. 그렇게 만들 줄 안다면요." 깜둥이가 말하고 웃음 띤 얼굴로 무단 점유자를 위아래로 훑어보았다. 그런 뒤 돌아서서 오두막 다른 쪽으로 돌아갔다. 정적이 이어졌다. 그는 양조 시설을 찾고 있었다.

그때가 박사를 죽일 기회였을 것이다. 오두막에는 총이 있었고 그는 그 일을 손쉽게 해낼 수 있었지만, 어린 시절부터 지옥에 대한 두려움 때문에 그런 종류의 폭력을 함부로 사용하지 못했다. 그는 사람을 죽인 적이 없고, 그가 사람들을 다룬 방식은 언제나 재치와 행운이었다. 그는 검둥이를 잘 다룬다고 알려졌다. 그들을 다루는 데는 상당한 기술이 필요했다. 검둥이를 다루는 비결은 그자의 머리가 자신에게 상대가 되지 않는다는 걸 보여 주는 것이었다. 그러면 검둥이는 우리 등에 업혀 사는 인생이 좋은 인생이라는 것을 깨닫는다. 그는 콜먼을 30년 동안 업고 살았다.

태너가 콜먼을 처음 만난 것은 25킬로미터 인근에 아무것도 없는 외딴 솔숲의 제재소에서 검둥이 여섯 명을 부릴 때였다. 그 일꾼들은 그가 부렸던 일꾼들 중에 가장 한심한, 그러니까 월요일에 나오지 않는 부류였다. 그들 사이에 떠도는 소문이 있었다. 링컨의 후예라고 할 새로운 사람이 뽑혀서 노동을 철폐할 거라는 것이었다. 그는 날카로운 주머니칼로 그들을 관리했다. 그는 그때 신장이 안 좋아서 손이 떨렸고 그 모습을 감추려고 나무를 깎았다. 그는 인부들이 자신의 수전증을 보는 게 싫었고, 그 자신도 그걸 보거나 묵인하고 싶지 않았다. 그의 떨리는 손에서 칼은 쉬지 않고 힘차게 움직였으며, 작고 조잡한 목공예품이—두 번 다시 보지도 않았고 보았다 해도 그게 무언지 말해 줄 수 없던—땅에 툭툭 떨어졌다. 깜둥이들은 그것을 주워서 집으로 가지고 갔다. 그들은 암흑의 아프리카 시절에서 그렇게 멀리 벗어나지 않았다. 칼은 그의 손에서 계속 반짝거렸다. 그러다 그는 중간중간 손을 멈추고, 반쯤 누워 고개를 돌리고 있는 깜둥이에게 가볍게 말했다. "검둥이, 지금 이 칼은 내 손에 있지만 네가 내 시간과 돈을 계속 낭비하면 조만간 네 창자에 들어갈 거야." 그러면 깜둥이는 문장을 마치기 전에 슬금슬금—느린 동작이지만 어쨌건—일어났다.

어느 날 덩치가 아주 크고—그의 두 배였다—동작이 날랜 깜둥이가 제재소 주변을 어슬렁거리며 남들이 일하는 것을 바라보았고, 그러지 않을 때면 사람들이 다 보이는 곳에 거대한 곰처럼 널브러져서 잤다. "저건 누구지? 일하고 싶으면 오고 일하기 싫으면 가야지. 여기는 게으름뱅이가 어슬렁거릴 곳이 아니야." 태너가 말했다.

아무도 그가 누군지 몰랐다. 아는 것은 그가 일하고 싶어 하지 않는다는 것뿐이었다. 나머지—어디 출신인지, 왜 거기 왔는지 그런 것은 전혀 몰랐다. 하지만 아마 누군가의 형제거나 모두의 친척이거나 할 것 같았다. 태너는 하루 동안 그를 무시했다. 그들은 여섯 명이었지만, 태너는 누런 얼굴에 수전증이 있는 여윈 백인 한 명일 뿐이었다. 일단 문제가 생길 때까지 기다리기로 했으나 하염없이 기다릴 생각은 아니었다. 다음 날 낯선 자는 다시 왔다. 태너가 부리는 여섯 명이 오전 중반까지 그 게으름뱅이를 보더니 일을 멈추고 정오가 되기 30분 전에 식사를 시작했다. 태너는 그들을 불러 모으는 모험을 감행하지 않았다. 대신 문제의 근원으로 갔다.

낯선 이는 빈터 가장자리 나무에 기대서 눈을 반쯤 감고 그들을 살펴보고 있었다. 무례한 표정도 경계심을 감추지 못했다. 그 표정은 말했다. 이 시시한 백인이 왜 이렇게 거만하게 구는 거지? 뭘 하려는 거지?

그는 이렇게 말하려고 했다. "검둥이, 이 칼은 지금 내 손에 있지만, 네가 눈앞에서 꺼지지 않으면……" 하지만 가까이 다가갔을 때 그는 마음을 바꾸었다. 깜둥이의 눈은 작고 충혈되어 있었다. 태너는 깜둥이의 몸 어딘가에 금방 꺼낼 수 있는 칼이 있을 거라고 추측했다. 그의 주머니칼은 그의 손에서 따로이 작동하는 개별적 지성의 지시에 따라 움직였다. 그는 자신이 무얼 깎는지도 몰랐지만 깜둥이에게 갔을 때 나무껍질에는 이미 큼직한 동전만 한 구멍 두 개가 뚫려 있었다.

깜둥이의 눈길이 태너의 손에 닿더니 거기 계속 머물렀다. 턱이 벌어졌다. 그의 눈은 나무껍질을 쓱쓱 깎는 칼을 떠나지 않았다. 어떤 보이지 않는 동력이 나무를 깎는 모습을 보는 것 같았다.

그러자 태너도 그것을 보았다가 안경알의 두 테두리가 연결된 것을 보고 깜짝 놀랐다.

깜둥이는 그것을 멀찌감치 들고 그 구멍을 통해 그가 깎아 낸 나무 부스러기를 보고, 이어 숲 속 한편의 노새 우리를 보았다.

"자네는 시력이 별로 좋지 않은 것 같군." 태너가 말하고 발로 땅바닥을 긁어 철사 한 토막을 캐냈다. 건초 다발을 묶는 철사였다. 잠시 후에는 더 작은 철사를 발견했다. 그는 철사들을 나무껍질에 달았다. 이제 자신이 무얼 만드는지 알았기 때문에 서두르지 않았다. 안경이 완성되자 그것을 깜둥이에게 내밀고 말했다. "이걸 써. 나는 시력이 나쁜 사람은 보기가 싫어."

그 깜둥이는 다른 일을 할 수도 있었다. 안경을 받아 들어 손으로 으스러뜨리거나 칼을 빼앗아서 그를 겨눌 수도 있었다. 그는 술기운이 담긴 눈에서 한 순간 백인의 창자에 칼을 꽂는 기쁨이 다른 어떤 것에 눌리는 것을 보았지만, 그 다른 것이 무엇인지는 몰랐다.

깜둥이는 손을 내밀어 안경을 받았다. 그리고 안경다리를 귀에 조심스레 걸치고 과장되게 근엄한 태도로 이쪽저쪽을 돌아보았다. 그러더니 태너를 보고 웃는지 찌푸리는지 했다. 태너는 어느 쪽인지 몰랐지만, 순간적으로 그 모습이 자기 자신의 부정적인 이미지라는 느낌이

들었다. 두 사람이 광대 짓과 포로 생활을 함께해 온 것 같았다. 하지만 그 환상은 해석할 겨를도 없이 사라졌다.

"설교자 선생, 여기서 뭘 하는 거야? 오늘은 일요일이 아니야." 태너는 나무껍질을 또 하나 집어 들어 그리 눈길을 돌리지도 않고 다시 칼을 놀리며 말했다.

"여기는 일요일이 아닌가요?" 깜둥이가 말했다.

"금요일이지." 그가 말했다. "설교자들은 항상 그래. 일주일 내내 술에 취해서 일요일이 언제인지도 몰라. 안경을 쓰니 뭐가 보이지?"

"남자가 보입니다."

"어떤 남자?"

"이 안경을 만든 남자요."

"백인? 흑인?"

"백인이네요!" 깜둥이는 그제야 비로소 눈이 좋아져서 그 사실을 알게 된 것처럼 말했다. "맞아요, 백인이에요!"

"그러면 백인처럼 대해. 이름이 뭐지?" 태너가 말했다.

"콜먼입니다." 깜둥이가 대답했다.

그 뒤로 콜먼은 그를 떠나지 않았다. 우리가 검둥이를 놀리면 그들은 우리 등에 업혀서 평생을 지내지만, 그들이 우리를 놀리면 우리는 그자를 죽이거나 사라지는 것밖에 할 수 있는 일이 없다. 그리고 그는 검둥이를 죽이고 지옥에 가기는 싫었다. 오두막 뒤에서 박사의 발에 양동이가 걸리는 소리가 들렸다. 그는 앉아서 기다렸다.

잠시 후 박사가 지팡이로 존슨그래스 풀을 때리며 반대편으로 돌아나왔다. 그리고 마당 중간, 그날 아침 딸이 최후통첩을 한 곳 부근에 섰다.

"태너 씨는 여기 살 권리가 없어요. 나는 태너 씨를 내쫓을 수 있어요." 박사가 말했다.

태너는 아무 말도 하지 않고 들판을 바라보았다.

"양조장은 어디 있나요?" 박사가 물었다.

"여기 양조장을 말하는 거라면 내 것이 아니야." 그가 말하고 입을 다물었다.

깜둥이는 부드럽게 웃고 말했다. "운이 다하셨어요. 강 건너 갖고 있던 작은 땅을 잃으셨죠?"

그는 계속 앞쪽의 숲만 바라보았다.

"태너 씨가 나를 위해 술을 만들어 주면 모르겠지만, 그러기 싫다면 당장 짐을 싸는 게 좋을 거예요." 박사가 말했다.

"나는 자네를 위해 일하지 않아. 우리 정부는 아직 백인이 흑인을 위해 일하도록 하지 않았어." 그가 말했다.

박사는 엄지손가락으로 반지의 알을 닦으며 말했다. "저도 태너 씨 못지않게 정부를 싫어합니다. 어디로 가실 생각입니까? 시내의 더러운 빌트모어 호텔에 방을 구하실 겁니까?"

태너는 아무 말도 하지 않았다.

"백인이 흑인을 위해 일할 날이 곧 올 거고, 태너 씨가 시대를 조금 앞서 가는 것도 좋을 겁니다."

"나에게 그런 날은 오지 않아." 태너가 바로 말했다.

"벌써 왔죠. 다른 사람들보다 먼저." 박사가 말했다.

태너의 시선이 숲 가장 먼 곳의 파란 선을 지나서 텅 빈 오후 하늘에 가닿았다. "나는 북부에 딸이 있고, 자네를 위해 일하지 않아." 그가 말했다.

박사는 주머니에서 회중시계를 꺼내서 보고 다시 넣었다. 그리고 잠시 자기 손등을 보았다. 마치 자신이 시간을 재 보고, 모든 것이 뒤집히는 데 얼마나 걸릴지 알아냈다는 것 같았다. 박사가 말했다. "태너 씨처럼 늙은 아버지를 모시고 싶지 않을걸요. 말로는 그렇다고 해도 속마음은 그렇지 않아요. 태너 씨가 부자라도요. 아무도 태너 씨를 원하지 않아요. 다 자기들 계획이 있죠. 흑인들은 계획이 별로 없고 즉흥적이에요. 하지만 내 계획은 그렇지 않습니다." 그는 다시 태너를 보았다. "다음 주에 다시 오겠습니다. 그리고 태너 씨가 아직 여기 있으면, 저를 위해 일해 주실 걸로 알겠어요." 그는 잠시 서서 발뒤꿈치로 몸을 흔들며 답을 기다렸다. 그러다 돌아서서 풀에 덮인 길로 올라섰다.

태너는 정신이 숲으로 빨려 들었고 의자에는 껍데기밖에 남지 않은 것처럼 들판 저편을 바라보았다. 문제가 이런 것인 줄 알았다면, 그러니까 이런 갑갑한 곳에서 하루 종일 창밖을 내다보며 앉아 있는 것과 검둥이를 위해 술을 만드는 것 중에 하나를 선택하는 것임을 알았다면 그는 깜둥이를 위해 술을 만들었을 것이다. 그는 언제라도 검둥이를 위해 일하는 하얀 검둥이가 될 수 있었다. 뒤쪽에서 딸이 부엌에서 나오는 소리가 들렸다. 그의 심장박동이 빨라졌지만 잠시 후 딸이 소파에 주저앉는 소리가 났다. 딸은 아직 나갈 자세가 아니었다. 그는 딸을 향해 고개를 돌리지 않았다.

그녀는 잠시 조용히 앉아 있었다. 그러더니 말을 시작했다. "아버지 문제는 날마다 바라볼 것도 없는 그 창가에 앉아 계신다는 거예요. 다른 것도 보면서 마음을 풀어야죠. 의자를 옮겨다 텔레비전만 좀 보셔도 죽음이니 지옥이니 심판이니 하는 병적인 생각을 하지 않으실 거예요."

"심판의 날은 다가오고 있어." 그가 말했다. "양과 염소가 구별되고, 약속을 지킨 자와 지키지 않은 자가 구별될 거야. 최선을 다한 자와 그러지 않은 자가, 부모를 명예롭게 한 자와 욕되게 한 자가, 또……"

그녀는 그를 익사시킬 듯 거대한 한숨을 쉬고 말했다. "애써 말해 봐야 아무 소용 없다니까." 그리고 일어나더니 부엌으로 다시 들어가서 물건들을 시끄럽게 덜그럭거렸다.

저렇게 오만한 딸이라니! 고향 집은 오두막이지만 거기에는 적어도 공기가 있었다. 땅바닥에 발을 붙일 수 있었다. 여기는 제대로 된 집도 아니었다. 건물을 비둘기장처럼 칸칸이 나눠 만든 집이었고, 온갖 외국인이 살았고, 온갖 이상한 영어를 썼다. 정신이 멀쩡한 사람이 살 곳이 아니었다. 여기 온 첫날 아침, 딸은 그를 시내 구경에 데리고 나갔는데 그는 15분 만에 그곳을 정확히 파악할 수 있었다. 그는 그 뒤로 아파트를 나서지 않았다. 지하 철도나 사람을 태우고 움직이는 계단이나 34층까지 가는 엘리베이터에 다시는 발을 들이고 싶지 않았다. 다시 무사히 아파트에 돌아왔을 때 그는 그 나들이를 콜먼과 함께했다고 상상했다. 그는 몇 초에 한 번씩 고개를 돌려서 콜먼이 뒤에 있는 걸 확인했다. 안쪽에 서, 안 그러면 밀려나. 뒤에 바짝 따라와, 안 그러면 나를 놓쳐. 모자를 써, 이 바보야, 하고 그가 말했고, 콜먼은 허겁지겁 따라오며 숨을 헐떡였다. 우리 지금 여기서 뭐 하는 거죠? 어쩌다가 여기 오겠다는 멍청한 생각을 하신 겁니까?

자네한테 여기는 사람 살 데가 아니라는 걸 보여 주려고 온 거야. 이제 알겠지, 거기가 얼마나 좋은 데인지.

전부터 알았습니다, 주인님만 몰랐습니다. 콜먼이 말했다.

그곳에 와서 일주일이 지났을 때 그는 콜먼의 엽서를 받았다. 기차역의 후튼이 대신 써 준 것이었다. 녹색 잉크로 '콜먼입니다. 안녕하세요, 주인님' 하고 적혀 있었다. 그 밑에는 후튼이 자기 말을 적었다. '도시의 환락에서 벗어나서 얼른 돌아와요, 바람난 영감님. W. P. 후튼.' 그는 후튼 앞으로 콜먼에게 보내는 답장을 썼다. '여기도 다 사람 사는 곳이야. W. T. 태너.' 딸이 엽서를 보내야 했기에 연금 수표가 오면 바로 떠날 거라는 내용은 적지 않았다. 그는 딸에게 아무 말도 하지 않고 쪽지만 남겨 둘 생각이었다. 수표가 오면, 택시를 타고 버스 터미널까지 가서 길에 오를 것이다. 그 일은 자신뿐 아니라 딸에게도 기쁜 일이 될 것이다. 그녀는 우울한 아버지가 불편했고, 자식 된 도리가 버거웠다. 그가 몰래 빠져나가면 딸은 어쨌건 노력했다는 홀가분함과 그런데 아버지가 배신했다는 만족감을 얻을 것이다.

그는 박사의 땅에 있는 오두막으로 돌아가서 10센트짜리 시가를 씹는 검둥이를 통해 그의 명령을 받을 것이다. 그리고 그런 일을 전처럼 크게 생각하지 않을 것이다. 여기서 그는 검둥이 배우, 아니면 자기가 배우라고 말하는 검둥이에게 당했다. 태너는 그 검둥이가 절대 배우라고 생각하지 않았다.

그 아파트는 한 층에 두 가구씩이었다. 그가 딸의 집에 온 지 석 주 되었을 때 옆집 사람들이 이사를 나갔다. 그는 복도에 서서 이삿짐이 나가는 모습을 보았고 다음 날은 이삿짐이 들어오는 모습을 보았다. 복도가 좁고 어두워서 그는 구석에 가만히 서서 짐꾼들에게 조언만 던져 주었다. 실제로 짐꾼들이 그 말을 들었다면 일이 훨씬 수월했을 것이다. 가구가 새것이지만 싸구려인 걸 보고 그는 이사 오는 사람들이 신혼부부일 거라 여기고, 그 사람들이 오는 것을 기다렸다가 덕담을 해 주기로 결심했다. 얼마 후에 청색 양복 차림의 덩치 큰 흑인이 여행 가방 두 개를 들고 그 무게 때문에 몸을 굽힌 채 계단을 올라왔다. 뒤에는 진갈색 피부에 적갈색 머리의 젊은 여자가 따라왔다. 깜둥이는 여행 가방을 옆집 앞에 털썩 내려놓았다.

"조심해, 자기. 내 화장품이 다 거기 있어." 여자가 말했다.

그때 그는 어떻게 된 일인지 깨달았다.

깜둥이가 웃고 여자의 엉덩이를 쓱 만졌다.

"그러지 마. 저기 어떤 할아버지가 보고 있어." 여자가 말했다.

그들은 돌아서서 그를 보았다.

"안녕하신가." 태너가 말하고 가볍게 목례한 뒤 자기 집으로 얼른 들어갔다.

딸은 부엌에 있었다. "너 옆집에 누가 이사 왔는지 아니?" 그가 빨갛게 달아오른 얼굴로 물었다.

그녀는 의심스러운 눈길로 그를 보았다. "누가 이사 왔는데요?"

"검둥이야!" 그가 유쾌하게 말했다. "앨라배마 남부 검둥이가 분명해. 거기다 노리끼리하고 건방진 붉은 머리 여자가 옆에 있었어. 둘이 옆집에 살 거야!" 그는 자기 무릎을 쳤다. "그래! 분명해!" 그가 거기 살기 시작한 뒤로 웃을 기회가 생긴 건 그때가 처음이었다.

딸이 얼굴이 딱딱해져서 말했다. "좋아요, 이제 제 말 들으세요. 그 사람들 곁에 가지 마세요. 그 사람들하고 친해지려고 하지 마세요. 여기 검둥이들은 거기하고 다르고 나는 검둥이들하고 말썽에 얽히기 싫어요. 그 사람들하고 이웃으로 산다고 해도 우리는 우리 일에만 신경 쓰고 그 사람들도 자기 일만 신경 쓰면 돼요. 이 세상에서 사람들하고 잘 지내는 방법이 바로 그거예요. 간섭하지 않고 각자 알아서 사는 거요." 그녀는 토끼처럼 코를 찌푸렸다. 그것은 딸의 바보 같은 습관 중

하나였다. "여기 북부에서는 각자 자기 일만 신경 쓰고 그렇게 해서 함께 잘 지내요. 그 이상은 필요 없어요."

"나는 네가 태어나기 전부터 검둥이들이랑 잘 지냈어." 그가 말했다. 그리고 다시 복도에 나가서 기다렸다. 그는 검둥이가 자신을 이해하는 사람과 이야기하고 싶어 할 거라고 확신했다. 기다리는 동안 그는 들뜬 마음에 깜박 잊고 두 번이나 담뱃진을 벽 밑에 뱉었다. 20분가량 지난 뒤 옆집 문이 다시 열리고 깜둥이가 나왔다. 그는 넥타이를 매고 뿔테 안경을 썼다. 태너는 그제야 그가 염소수염을 살짝 길렀다는 것을 알아보았다. 진짜 멋쟁이로군. 그는 복도에 사람이 있는 걸 보지 못한 듯했다.

"이봐, 존." 태너가 말하고 고개를 까딱였지만, 깜둥이는 듣지 못하고 지나쳐서 빠른 속도로 계단을 내려갔다.

귀머거리인지도 몰라, 태너는 생각했다. 그는 집으로 돌아갔지만 복도에 소리가 날 때마다 현관 밖으로 고개를 내밀고 그 깜둥이가 돌아왔는지 살펴보았다. 한번은 대낮에 계단 굽이를 도는 깜둥이와 딱 마주친 적도 있지만, 깜둥이는 그가 무슨 말을 꺼낼 겨를도 없이 자기 집으로 들어가서 문을 쾅 닫았다. 경찰에게 쫓기지 않으면서도 그렇게 빨리 걷는 사람은 그에게는 처음이었다.

그는 다음 날 아침 일찌감치 복도에 나가 서 있었다. 그런데 옆집 문이 열리더니 여자가 혼자 나와서 금색 하이힐을 신고 걸어갔다. 그는 여자에게 인사말을 하거나 고개라도 까딱여 주고 싶었지만 본능이 그를 조심시켰다. 그녀는 백인이건 흑인이건 그가 그때까지 본 어떤 여자들과도 달랐고, 무엇보다 그는 공포심 때문에 투명 인간처럼 벽에 납작 붙어 있었다.

여자는 그를 빤히 바라보다가 고개를 돌리고 뚜껑 열린 쓰레기통을 둘러 가듯 그를 비껴갔다. 그는 여자가 눈앞에서 사라질 때까지 가만히 숨을 죽였다. 그런 뒤 참을성 있게 남자를 기다렸다.

깜둥이는 8시쯤에 나왔다.

태너는 이번에는 그의 앞에 딱 나서서 말했다. "안녕하신가, 설교자 선생." 우울한 성향의 깜둥이들은 그런 직함으로 불러 주면 좋아한다는 것을 그는 경험을 통해 알았다.

깜둥이가 멈춰 섰다.

"이사 들어오는 걸 봤어." 태너가 말했다. "나도 여기 산 지 그리 오래되지 않아. 나한테 맞는 곳 같지는 않아. 선생도 남부 앨라배마로 돌아가고 싶어 하는 것 같아."

깜둥이는 앞으로 가지도 대답하지도 않았다. 그의 눈이 움직였다. 그 시선은 태너의 검은 모자 꼭대기에서 시작해서 목까지 단추를 채운 색 바랜 청색 셔츠로 내려갔다가 물 빠진 멜빵을 지나 회색 바지와 목 높은 구두까지 내려갔다가는 다시 천천히 올라왔고, 그러는 사이 측량할 수 없는 차가운 분노가 그의 몸을 경직되고 움츠러들게 하는 것 같았다.

"선생은 혹시 이 근처에 괜찮은 연못을 아는지?" 태너가 아까보다 가늘어졌지만 아직도 상당한 희망이 담긴 목소리로 말했다.

깜둥이는 분노가 들끓는 듯한 소리를 내더니 이어 씨근덕거리는 목소리로 말했다. "나는 남부 앨라배마 사람이 아니라 뉴욕 사람이에요. 그리고 설교자도 아니에요! 나는 배우예요."

태너는 웃었다. "설교자들은 어느 정도 연기도 하지." 그가 말하고 윙크했다. "설교가 주업은 아닌 것 같군."

"나는 설교를 안 해요!" 깜둥이가 소리치고 벌 떼라도 닥친 것처럼 그를 휙 지나가서 계단 아래로 사라졌다.

태너는 한동안 거기 서 있다가 집으로 돌아갔다. 그날 하루 그는 의자에 앉아서 깜둥이와 친분을 쌓으려는 시도를 다시 해야 하나 말아야 하나 고민했다. 계단에 소리가 날 때마다 그는 밖을 내다보았지만 깜둥이는 오후 늦게야 돌아왔다. 태너는 복도에 서서 그가 계단 꼭대기에 올 때까지 기다렸다. "안녕하신가, 설교자 선생." 그는 깜둥이가 배우라고 한 말을 잊고 말했다.

깜둥이는 자리에 서서 난간을 움켜잡았다. 머리에서 바지 앞섶까지 몸이 부르르 떨렸다. 그러더니 그가 천천히 다가왔다. 그리고 거리가 가까워지자 앞으로 휙 달려들어 태너의 양어깨를 잡았다. "나는 당신 같은 남부 깡촌의 가난뱅이 무식쟁이하고는 말을 섞고 싶지 않아요." 그는 잠시 숨을 참았다가 깊은 분노와 웃음의 경계에서 흔들리는 높고 날카로운 목소리로 덧붙였다. "나는 설교자가 아니에요! 심지어 기독교인도 아니에요. 나는 그런 헛소리 안 믿어요. 예수나 신 같은 건 세상에 없어요."

노인은 심장이 참나무 옹이처럼 딴딴해진 것을 느꼈다. "자네가 흑인이 아니고 내가 백인이 아닌가 보군!"

깜둥이는 그를 벽에다 대고 쾅 밀었다. 그리고 검은 모자를 눈 위로 당겨 내린 뒤 멱살을 잡고 그를 열려 있는 현관으로 밀고 가서 안에다 밀어 넣었다. 부엌에 있던 딸이 그가 문 안쪽 모서리에 부딪혀서 비틀거리다 거실에 쓰러지는 것을 보았다.

며칠 동안 그는 혀가 입안에서 얼어붙은 것 같았다. 마침내 그 얼음이 풀렸을 때, 그것은 크기가 평소의 배가 되었고, 그는 딸과 의사소통을 할 수 없었다. 그가 궁금한 것은 정부 수표가 왔는지 하는 것이었다. 그걸로 버스표를 사서 집에 돌아가려고 했기 때문이다. 며칠 후 그는 딸에게 말할 수 있었다. 딸이 대답했다. "왔어요. 그걸로는 2주 치 병원비를 하면 끝이에요. 그리고 말도 못하고 걷지도 못하고 정신도 온전치 않고 한쪽 눈이 사시인데 어떻게 집에 간다는 거예요?"

그때 그는 천천히 자신의 상황을 깨달았다. 적어도 그는 자신이 고향에 묻혀야 한다는 걸 딸에게 납득시켜야 했다. 냉장차에 실어 보내면 안전하게 도착할 것이다. 이곳의 장의사가 자기 몸에 손을 대는 것은 싫었다. 지금 그를 보내 주면 그는 새벽 기차로 내려갈 테고, 후튼에게 전보를 쳐서 콜먼을 부르라고 하면 콜먼이 다 알아서 할 것이다. 딸이 같이 갈 필요도 없다. 수많은 논쟁 끝에 그는 딸에게서 약속을 얻어 냈다. 딸은 그렇게 하겠다고 했다.

그런 뒤 그는 평화롭게 잠을 잤고 약간 나아졌다. 그는 꿈속에서 소나무 관 틈새로 차가운 고향의 새벽 공기를 느꼈다. 콜먼이 기차역 승강장에서 빨간 눈으로 자신을 기다리는 모습과 후튼이 녹색 선글라스를 끼고 검은 알파카 토시를 끼고 서 있는 모습이 보였다. 이 바보 노인이 집을 떠나지 않았다면, 관짝에 담겨 6시 3분 기차로 내려오는 일은 없었을 거라고 후튼은 생각할 것이다. 콜먼은 빌린 노새 수레를 뒤로 돌려서 관을 승강장에서 바로 수레로 옮겨 실을 수 있게 해 놓았다. 그렇게 준비가 다 되었고 두 사람은 입을 다물고 무거운 관을 수레로 밀고 갔다. 안에서 그가 나무를 긁었다. 그들은 불이라도 난 것처럼 관을 떨구었다.

그들은 서로를 보다가 관을 내려다보았다.

"그분이야. 안에 든 그분이야." 콜먼이 말했다.

"아니야. 같이 들어간 쥐일 거야." 후튼이 말했다.

"그분이야. 그분이 자주 하는 장난이야."

"쥐라면 가만두어도 좋을 텐데."

"그분이야. 쇠지레를 갖다 줘."

후튼은 툴툴거리며 쇠지레를 가지고 와서 관 뚜껑을 열기 시작했다. 그가 뚜껑을 열기도 전에, 콜먼은 안절부절못하고 숨을 씨근덕거렸다. 태너가 두 손을 위로 들고 관 속에 벌떡 일어나 앉았다. "심판의 날이야! 심판의 날! 너희 두 바보는 오늘이 심판의 날인 걸 모르는 것이냐?"

그는 이제 딸의 약속이 얼마나 알맹이 없는 것인지 알았다. 코트에 꽂아 둔 쪽지에 자신을 맡기든지 아니면 길거리 또는 화물차 또는 어디에서건 그의 시신을 발견하는 낯선 사람에게 자신을 맡겨도 그만 못하지 않을 것이다. 딸에게 기대할 수 있는 건 그녀가 자기 방식대로 일을 할 거라는 것뿐이었다. 그녀는 모자와 코트와 고무 부츠를 들고 다시 부엌에서 나왔다.

"아버지, 가게에 다녀와야겠어요." 딸이 말했다. "제가 나가 있는 동안에 일어나서 돌아다니지 마세요. 화장실에는 다녀오셨으니 다시 안 가셔도 돼요. 돌아와서 아버지가 바닥에 쓰러진 모습을 보고 싶지 않아요."

네가 돌아오면 나는 없을 거다, 그는 속으로 말했다. 딸의 무감각한 표정을 보는 것도 이번이 마지막이리라. 그는 죄책감이 느껴졌다. 딸은 자신에게 잘해 주었지만 자신은 딸에게 귀찮은 존재였을 뿐이다.

"나가기 전에 우유 한 잔 드릴까요?" 그녀가 물었다.

"아니." 그가 대답한 뒤 숨을 한 번 들이쉬고 다시 말했다. "네 집은 좋은 곳이야. 이 도시도 좋은 곳이고. 내가 병에 걸려서 너한테 큰 폐가 되고 있으니 미안하다. 그리고 그 검둥이하고 친해 보려고 한 건 내 잘못이야." 그리고 입에 침도 안 바르고 이런 말을 하다니 나도 대단한 거짓말쟁이야, 하고 속으로 생각했다.

그녀는 잠시 그가 노망이 드는 건가 생각하는 듯 가만히 그를 보았다. 그러더니 좋게 생각하는 것 같았다. "그렇게 이따금 좋은 말을 해주면 아버지 기분도 좋아지시잖아요." 그녀는 그렇게 말하고 소파에 앉았다.

그는 무릎을 펴고 싶어 몸이 근질거렸다. 일어나, 일어나, 어서 나가. 그가 속으로 간절하게 말했다.

"아버지가 여기 계셔서 좋아요. 절대 다른 데 보내지 않을 거예요." 딸은 그렇게 말하고 미소를 지어 보인 뒤 오른발에 부츠를 신었다. "이런 날은 개도 내보내고 싶지 않은 날이에요. 하지만 저는 나갔다 와야 돼요. 아버지는 여기 앉아서 제가 길에서 미끄러져서 목이 부러지지 않도록 기도해 주세요." 그녀는 부츠 신은 발을 바닥에 탕 내려놓고 남은 부츠 한 짝을 또 신었다.

그는 창가로 눈을 돌렸다. 유리창에 눈이 엉켜 붙어 얼기 시작했다. 다시 딸을 보니 딸은 모자를 쓰고 코트를 입은 큰 인형처럼 서 있었다. 그녀는 녹색 뜨개 장갑을 끼면서 말했다. "좋아요. 이제 나갈게요. 필요한 거 없는 거 맞아요?"

"없어. 어서 다녀오렴." 그가 말했다.

"그럼 다녀올게요." 그녀가 말했다.

그는 모자를 살짝 들어 머리가 다 빠지고 검버섯이 희미한 두피를 보였다. 현관문이 닫히고 딸은 나갔다. 그는 흥분으로 몸이 덜덜 떨렸다. 손을 뒤로 뻗어 코트를 무릎 위로 당겼다. 코트를 입은 뒤에는 숨이 가라앉을 때까지 기다렸다가 의자 팔걸이를 잡고 몸을 밀어 올렸다. 자신의 몸이 소리 내지 못하는 추가 달린 무거운 종 같았다. 그는 일어서서 중심을 잡을 때까지 잠시 흔들리며 서 있었다. 공포감과 절망감이 밀려왔다. 나는 못 갈 거야. 죽어서건 살아서건 못 갈 거야. 하지만 한 발을 앞으로 내밀었는데 쓰러지지 않자 자신감이 돌아왔다. "주님은 나의 목자, 아쉬울 것 없어라." 그가 중얼거렸다. 그리고 지지대로 삼을 수 있는 소파를 향해 다가갔다. 소파 앞에 갔고, 그는 계속 걸었다.

그가 현관까지 갔을 때 딸은 이미 4층 건물 밖에 나갔을 것이다. 그는 소파를 지나 한 손을 벽에 대고 걸었다. 누구도 나를 여기 묻지 못해. 그는 고향 숲이 계단 밑에 있는 듯 자신감이 솟았다. 현관에 다다르자 문을 열고 복도를 내다보았다. 배우가 그를 집 안으로 밀어 넣은 뒤 처음으로 내다보는 것이었다. 축축한 냄새가 났고 사람은 없었다. 곰팡이 슨 얇은 리놀륨 바닥재가 옆집 문 앞까지 뻗어 있었고, 그 문은 닫혀 있었다. "검둥이 배우." 그는 말했다.

계단은 그가 선 곳에서 3미터 정도 떨어져 있었고, 그는 그 거리를 벽을 짚으며 멀리 둘러 가지 않으려고 정신을 집중했다. 두 팔을 옆구리에서 살짝 떼어서 앞으로 내밀었다. 그런데 중간 정도 갔을 때 그의 다리가 없어졌다. 아니면 그렇게 느껴졌다. 아래를 내려다보니 어리둥절했다. 다리는 계속 있었기 때문이다. 그는 앞으로 넘어져서 두 손으로 난간 기둥을 잡았다. 그걸 꼭 잡고 그는 태어나서 그렇게 오랫동안 무언가를 바라본 적이 없다고 느껴지는 시간 동안 불 꺼진 가파른 계단을 내려다보았다. 그런 뒤 눈을 감고 앞으로 곤두박질쳤고 계단 중간에 위아래가 뒤집힌 채 멈춰 섰다.

그는 곧 사람들이 기차에서 관을 내려 짐수레에 싣느라 몸이 기울어진 것을 느꼈다. 그는 아직 소리를 내지 않았다. 기차는 요란한 소리를 내며 떠났다. 잠시 후 짐수레가 그를 싣고 덜커덩덜커덩 역 한쪽으로 갔다. 발소리들이 다가와서 그는 사람들이 모여든다고 생각했다. 사람들이 이 모습을 볼 때까지 기다리자, 그는 생각했다.

"그분이야. 그분이 잘 치는 장난이야."

"안에 쥐가 든 거야." 후튼이 말했다.

"그분이야. 쇠지레를 가져와."

잠시 후 푸르스름한 빛이 그에게 떨어졌다. 그는 그 빛을 뚫고 희미한 목소리로 외쳤다. "심판의 날! 심판의 날! 너희 바보들은 오늘이 심판의 날인 걸 몰랐지?"

"콜먼?" 그가 말했다.

그의 위로 몸을 굽힌 깜둥이는 크고 무뚝뚝한 입에 부루퉁한 눈이었다.

"석탄 상인도 아니에요."* 그가 말했다. 역을 잘못 내렸나 봐, 태너가 생각했다. 바보들이 나를 너무 일찍 내렸어. 이 검둥이는 누구지? 여긴 아직 동도 안 텄네.

깜둥이 옆에 다른 얼굴, 여자의 얼굴이 나타났다. 적갈색 머리에 둘러싸인 얼굴이 방금 똥이라도 밟은 것처럼 뒤틀려 있었다.

"아, 자네로군." 태너가 말했다.

배우가 몸을 더 바짝 숙이고 그의 먹살을 잡은 뒤 놀리는 목소리로

---

* 콜먼Coleman을 석탄 상인coal man으로 들었다.

738

말했다. "심판의 날, 그런 건 없어요, 영감님. 인정하세요. 어쩌면 오늘이 영감님 심판의 날인지 모르겠네요."

태너는 난간 살을 붙들고 몸을 일으키려고 했지만, 그의 손은 허공을 긁었다. 두 얼굴, 검은 얼굴과 조금 덜 검은 얼굴이 흔들리는 것 같았다. 그는 의지의 힘으로 두 얼굴에 초점을 맞춘 뒤 숨결처럼 가벼운 손을 들고 더없이 명랑한 목소리로 말했다. "나를 일으켜 줘, 설교자 선생. 나는 집으로 가는 길이야!"

딸은 장을 보고 돌아오는 길에 그를 발견했다. 모자가 얼굴 앞에 내려와 있고 머리와 팔은 난간 살 사이로 튀어나와 있었다. 그의 다리는 차꼬를 채운 것처럼 계단 위로 덜렁거렸다. 그녀는 정신없이 그를 끌어내다가 경찰서로 달려갔다. 그들은 톱으로 난간을 잘라 그를 빼내고 그가 죽은 지 한 시간쯤 됐다고 말했다.

그녀는 그를 뉴욕 시에 묻었지만 그러고 났더니 밤에 잠을 잘 수 없었다. 밤마다 뒤척거리며 잠을 못 자니 얼굴에 주름이 깊어졌다. 그래서 결국 그를 파내서 시신을 코린스로 보냈다. 그러자 밤에 잠을 잘 수 있게 되었고 아름다운 용모도 돌아왔다.

일상을 가르는 계시의 섬뜩한 빛

2009년에 전미도서상 주최 측은 이 상의 60주년(2010년)을 앞두고 그동안의 소설 부문 수상작 중에서 최고의 작품이 무엇인지에 대해 인터넷 설문 조사를 실시했다. 거기서 만 표 이상을 얻어 '최고 중의 최고'의 자리에 오른 것이 바로 이 책 플래너리 오코너의 『단편소설전집』이다.

이 사실은 몇 가지 점에서 약간 놀라움을 안겨 준다. 우선 단편소설이라는 장르가 장편소설에 비해서 대중성이 떨어지는데도 단편소설집이 대중의 가장 많은 선택을 받았다는 점이다. 그리고 또 하나는 오코너의 작품이 그리 편하게 읽히는 것이 아닌데도 몇십 년이 지나도록 많은 독자의 사랑을 받고 있다는 점이다.

실제로 오코너가 첫 장편소설 『현명한 피』를 작업할 때 작품의 일부를 읽은 편집자는 작품에 많은 불만을 느끼고 여러 가지 수정을 요구했다고 한다. 하지만 그에 대해 오코너는 이렇게 답을 했다.

제가 볼 때 이 소설이 가진 미덕은 선생님이 말씀하시는 그 한계들과 깊이 연관되어 있는 것 같습니다. 저는 관습적인 소설을 쓰고 있지 않고, 제가 쓰는 소설의 장점은 정확히 제 글의 바탕이 되는 경험의 특수성 또는 고립성에서 비롯된다고 봅니다.

작가의 길에 막 들어선 20대 중반의 나이에 그녀는 이미 자신이 어떤 글을 쓰는지 또 써 나갈지 정확히 파악하고 있었다. 그 이후 12년 만에 세상을 떠날 때까지 그런 정신은 잠시도 흔들리지 않았고, 그 확고한 작가 정신으로 오코너는 불과 네 권의 책으로 미국 문학사에 깊은 자취를 남기게 되었다.

플래너리 오코너의 인생을 지배한 키워드는 세 가지를 꼽을 수 있다. 하나는 그녀가 태어난 미국 남부 지방, 둘째는 그녀가 가졌던 가톨릭 신앙, 셋째는 그녀의 목숨을 앗아 간 루푸스병이다.

오코너는 1925년 3월 25일 미국 남부 조지아 주 서배너에서 태어났다. 외가와 친가 모두가 아일랜드계의 독실한 가톨릭 집안이었다. 오코너는 조지아 주에서 대학까지 마친 뒤 아이오와 대학의 작가 워크숍에 참석해서 여섯 편의 단편소설을 묶은 작품집(『제라늄 외』)을 발표했다. 이 작품이 1948년에 라인하트-아이오와 소설상을 수상하면서 라인하트 출판사에서 첫 책을 출판하게 되었고, 그 첫 작품이 바로 위에 언급한 『현명한 피』이다.

그 뒤로 오코너는 뉴욕 주와 코네티컷 주에서 작가들과 어울리며 작가 생활에 들어갔다. 아이오와 대학 시절부터 이때까지의 5년이 오코너의 유일한 북부 생활 시절이다. 하지만 1950년 12월에 루푸스병이 발병해서(오코너의 아버지도 오코너가 열다섯 살 때 이 병으로 사망했다) 오코너는 고향으로 돌아와 어머니와 함께 농장에서 지내며 글을 썼다. 몇 년 후부터는 루푸스로 인해 걷지도 못하는 지경이 되었지만, 작품 활동은 멈추지 않았고 1955년에 첫 번째 단편집 『좋은 사람은 드물다 외』를, 1960년에는 두 번째 장편소설 『힘쓰는 자들이 차지한다』를 발간했다. 오코너는 서른아홉 살이던 1964년에 결국 루푸스 합병증으로 죽었고, 그다음 해에 두 번째 단편소설집 『오르는 것은 모두 한데 모인다 외』가 유고로 출간되었다.

플래너리 오코너 인생의 세 가지 키워드 가운데 루푸스는 그녀의 작품 활동을 크게 방해했지만 실제로 작품들에는 그 그림자가 전혀 비치지 않는다. 사실 작품에는 그녀의 모습을 담았다고 추측할 만한 교육받은 젊은 여자가 거의 나오지 않는다(「좋은 시골 사람들」의 조이/헐가나 「깊은 오한」의 메리 조지는 사회적 위치로는 비슷하지만 정신적으로는 극과 극이다). 하지만 나머지 두 가지, 남부 지방과 가톨릭 신앙은 모든 작품에서 핵심적인 요소를 이룬다.

오코너의 작품은 거의 대부분 미국 남부를 배경으로 하고 있다. 이 남부는 남북전쟁에서 패배한 뒤 산업화한 북부에 뒤처진 지역이고, 노예제는 없어졌지만 흑백의 인종 분리가 엄연하게 실행되는 지역이고, '바이블 벨트'라고 불릴 만큼 프로테스탄트 신앙이 맹위를 떨치는 지역이다. 이런 사회적 상황은 오코너의 작품 곳곳에 박혀 있다. 젊은이들은 교육을 받으러 북부에 가고(「깊은 오한」「계시」), 사람들은 흑인의 새로운 지위를 납득하지 못하며(「제라늄」「추방자」「오르는 것은 모두 한데 모인다」), 곳곳에 열렬한 설교자와 기독교인이 넘쳐 난다(「감자 깎는 칼」「강」「죽은 사람보다 불쌍한 사람은 없다」).

오코너는 흑인과 백인이 건널 수 없는 장벽으로 나뉘고 백인 가운데에도 토지 소유자와 가난한 농장 일꾼이 나뉘는 남부의 상황을 예리하게 포착한다. 한발 더 나아가서 「계시」와 「심판의 날」에는 그 엄격한 사회적 구분이 어지럽게 뒤엉키는 상황까지 보여 준다.

거기다 오코너의 남부는 이런 사회적 배경뿐만 아니라 '남부 고딕 Southern Gothic'이라는 문학 장르와도 연관된다. 윌리엄 포크너, 테네시 윌리엄스 등을 주요 작가로 꼽는 남부 고딕 문학은 주로 심각한 결함이나 뒤틀린 성품을 지닌 인물들이 나와서 쇠락하고 기괴한 상황을 배경으로 격렬한 사건을 일으킨다. 여기에 남부의 복잡한 사회적 문제들이 결합된다. 오코너의 작품 역시 이런 남부 고딕 소설들의 특징을 공유한다.

그녀의 소설에는 평범하고 속물적인 사람들도 다수 등장하지만, 비현실적으로 여겨질 만큼 섬뜩한 기벽을 지닌 인물들이 더욱 핵심적인 역할을 한다. 그리고 양측의 갈등은 대체로 비극으로 마무리된다. 오코너의 소설이 여타의 남부 고딕 작품들과 다른 점은 초반에는 이렇다 할 비극적인 분위기 없이 평온하게 시작한다는 점이다. 비극은 대체로 느닷없는 '반전'처럼 찾아오고, 거기에 많은 독자들이 당혹감을 느끼게 된다.

이런 갈등은 대개 계급 갈등의 요소를 품고 있지만, 오코너가 집중한 것은 사회적인 측면이 아니라 그런 격렬한 사건의 형태로 드러나는 신비와 영성이다. 오코너는 리얼리즘에는 관심이 없었다. 그녀는 자신이 내서니얼 호손의 뒤를 이어 '로맨스'의 전통 아래서 글을 쓴다고 생각했고, 그래서 장편소설보다 단편소설에 주력했다. 장편소설이 인과관계와 합리성, 개연성을 토대로 삼는다면, 로맨스와 신비주의, 상징을 담는 데는 단편소설이 적합했기 때문이다.

그리고 오코너가 담고자 한 신비주의와 상징과 영성은 바로 가톨릭 신앙의 그것이다. 오코너는 가톨릭 신자'인' 작가가 아니라 가톨릭 신자'로서'의 작가였다. 오코너가 말한 경험의 특수성과 고립성에는 이 사실도 포함될 것이다. (거기다 프로테스탄트 지역의 가톨릭 자체도 고립적인 성격을 지녔다.)

오코너는 한 편지에서 "내가 가톨릭 신자라는 것은 작가의 자유를 제한하지 않고 오히려 그 반대"라고 말했고, 이어 또 한 편지에는 이렇게 썼다.

내가 시의 도덕적 토대가 하느님의 사물들에 정확한 이름을 붙이는 것이라고 말하는 것은 콘래드가 예술가로서 자신의 목적은 보이는 우주에 가장 적절한 표현을 찾아주는 것이라고 말했을 때와 같은 의미입니다. 내가 볼 때, 보이는 우주는 보이지 않는 우주의 반영입니다.

오코너의 작품에는 그렇게 보이지 않는 우주의 신비를 드러내는 계시의 순간이 가득하다. 그런 순간은 딱히 축복으로 보이지는 않지만, 등장인물의 가치관 또는 인생을 뒤흔들어 놓고 지나간다. 우리는 매우 특이한 형태의 예언자들을 본다(「좋은 사람은 드물다」의 부적응자, 「당신이 지키는 것은 어쩌면 당신의 생명」의 시프틀릿 씨, 「절름발이가 먼저 올 것이다」의 루퍼스 존슨 등). 이들은 대체로 평온한 일상 중에 찾아와서 자기만족에 빠져 있던 사람들의 인생을 뒤틀어 버린다. 눈앞에 보이는 이 세계, 우리가 '알고 있다'고 생각하는 이 세계가 다가 아니라는 것, 세상에는 우리가 통제할 수 없는 신비가 있다는 것을 오코너의 작품은 더할 수 없이 강렬한 방식으로 우리에게 보여 준다.

기만적인 평화를 뒤흔드는 섬뜩한 계시는 불편할 수밖에 없다. 개인적으로 합리주의자를 자처하는 나는 여러 '추한' 내지는 '얄팍한' 합리주의자들(「좋은 시골 사람들」의 조이/헐가, 「절름발이가 먼저 올 것이다」의 셰퍼드, 「오르는 것은 모두 한데 모인다」의 줄리언)에게서 내 모습을 상당히 보지 않을 수 없었고, 거기에는 당연히 움찔하는 순간들이 동반되었다.

세속화한 세계에서 특정 종교를 영감의 원천으로 삼은 작품이 일반 대중에게 널리 공감을 얻기란 쉽지 않다. 더군다나 분석적 지성이 가득한 문단과 학계를 매료시키기는 더욱 어렵다. 그럼에도 오코너는 그런 일에 성공했다. 그녀가 만들어 낸 이 그로테스크한 비극의 세계는 지난 몇십 년 동안 놀라울 만큼 무수한 논문과 평론을 낳았고, 대중적으로도 이 글의 서두에서 말한 열광을 얻었다(전미도서상을 받은 그 작품 『단편소설전집』이 바로 지금 현대문학 단편선으로 출간되는 이 책이다).

오코너는 자기 말대로 특수하고 고립된 경험 영역을 지닌 작가였다. 하지만 그 좁은 영역을 통해 펼쳐 보인 세계는 시간과 공간을 뛰어넘어 수많은 사람에게 충격과 같은 질문을 던지고 있다. 너는 지금 네가 알고 있는 세계가 전부라고 생각하는가? 오코너를 번역하는 과정은 나 또한 그 질문에 끊임없이 부딪치는 과정이었고 그것은 때로 몹시 힘들었다. 하지만 이제 마지막 교정지를 앞에 놓고 보니 이토록 치열한 질문을 전달하는 매개자가 되었다는 기쁨을 감출 수 없다. 물론 그 질문의 불꽃을 제대로 전달했을까 하는 두려움은 번역하는 자의 어쩔 수 없는 걱정이다.

1925   3월 25일 플래너리 오코너가 아버지 에드워드 오코너 2세와 어머니 레지나 클라인 오코너 사이의 외동 자녀로 조지아 주 서배너에서 출생. 출생 시 이름은 메리 플래너리 오코너.

1938   오코너의 아버지가 애틀랜타의 연방주택공사에 취직. 오코너와 어머니는 조지아 주 밀리지빌로 이사.

1941   오코너의 아버지가 루푸스로 사망.
오코너, 피바디 고등학교 졸업. 고등학교 재학 당시 교지《피바디 팰러디아》의 미술 편집자로 활동.

1945	조지아 여자 주립 대학 졸업(사회학 전공).
	대학 재학 시절 교지 《콜로네이드》의 미술 편집자 겸 학교 문예지 《코린시안》의 편집자로 활동.
	아이오와 대학 대학원 입학(저널리즘 전공).
	아이오와 대학 작가 워크숍에 참가해서 폴 잉글에게 지도받음.

1945　　조지아 여자 주립 대학 졸업(사회학 전공).

대학 재학 시절 교지 《콜로네이드》의 미술 편집자 겸 학교 문예지 《코린시안》의 편집자로 활동.

아이오와 대학 대학원 입학(저널리즘 전공).

아이오와 대학 작가 워크숍에 참가해서 폴 잉글에게 지도받음.

1946　　《액센트》지에 첫 단편소설 「제라늄」 발표.

1947　　「제라늄」 외 다섯 편의 단편소설을 실은 작품집(『제라늄 외』)으로 아이오와 대학에서 예술 석사 학위 받음.

1948　　라인하트–아이오와 소설상 수상.

뉴욕 주 콜로라도 스프링스에 있는 작가 마을 야도로 감.

1949　　번역가 로버트 피츠제럴드와 그 아내 샐리 피츠제럴드의 코네티컷 집에서 그들과 함께 지냄.

1950　　밀리지빌로 가는 도중 병에 걸리고 루푸스로 진단받음.

1951　　어머니와 함께 밀리지빌 근처의 농장 앤덜루시아로 이주.

1952　　첫 장편소설 『현명한 피*Wise Blood*』 출간.

1953　　문예지 《케니언 리뷰》 펠로십 선정.

1955	첫 단편소설집『좋은 사람은 드물다 외』출간.
1956~64	가톨릭 신문《불리튼》과《서던 크로스》에 100편 이상의 서평 게재.
1957	「그린리프」로 오헨리상 수상.
1958	어머니와 함께 프랑스의 루르드로 순례 여행을 가고, 로마에서 교황 비오 12세를 만남.
1959	포드 재단 지원금 받음.
1960	두 번째 장편소설『힘쓰는 자들이 차지한다_The Violent Bear It Away_』출간.
1963	「오르는 것은 모두 한데 모인다」로 오헨리상 수상.
1964	8월 3일 루푸스 합병증인 신장 질환으로 사망. 밀리지빌 메모리 힐 묘지의 아버지 곁에 묻힘.
1965	「계시」로 오헨리상 수상. 두 번째 단편소설집『오르는 것은 모두 한데 모인다 외』출간.
1969	에세이집『신비와 태도_Mystery and Manners: Occasional Prose_』출간.

1971   초기 단편과 두 단편집을 한데 모은 『단편소설전집*The Complete
        Stories*』 출간.

1972   『단편소설전집』 전미도서상 수상.

1974   조지아 주립 대학에 플래너리 오코너 기념실이 생김.

1979   서간집 『존재의 습관*The Habit of Being: Letters of Flannery O'Connor*』(샐리 피
        츠제럴드 편집) 출간.
        존 허스턴의 영화 〈현명한 피〉 개봉.

1983   서평집 『은총의 존재*The Presence of Grace: and Other Book Reviews*』 출간.
        조지아대학출판부, 플래너리오코너단편상 제정(초회 수상자 데
        이비드 월턴).

1986   『플래너리 오코너와 브레이나드 체니 부부의 편지』(랠프 스티븐
        스 편집) 출간.

1987   『플래너리 오코너와 나눈 대화』(로즈메리 매기 편집) 출간.

1988   라이브러리 오브 아메리카에서 『플래너리 오코너 전집*Flannery O'
        Connor: Collected Works*』 출간.

2002   전기 『플래너리 오코너』(진 캐시 지음) 출간.

2009   『단편소설전집』이 전미도서상(1950~2008) 최고의 소설상에 선
정.
전기 『플래너리』(브래드 구치 지음) 출간.

2012   전기 『자비의 무시무시한 속도 : 플래너리 오코너의 영적 전기』
(조너선 로저스 지음) 출간.

세계문학 단편선을 펴내며

세상의 모든 이야기는 단편으로 시작되었다. 성경과 그리스 신화를 비롯해 인류의 많은 신화와 설화는 단편의 형식으로 사물의 기원, 제도와 금기의 탄생, 운명이라는 이름의 삶의 보편적 형식을 설명했다.

〈세계문학 단편선〉은 모든 산문의 형식 중 가장 응축적이고 예술성이 높은 단편소설에 포커스를 맞추어 세계문학을 바라보는 새로운 관점을 제시하고자 한다. 단편소설을 언급할 때 빼놓을 수 없는 작가들의 작품들은 물론이고, 한두 편의 장편소설로만 우리에게 알려진 세계적 작가들이 남긴 주옥같은 단편들을 통해 대가의 진면모를 총체적으로 바라볼 수 있게 할 것이다. 또한 우리에게 문학의 변방으로 여겨져 왔던 나라들의 대표적 단편 작가들도 활발히 소개할 것이며 이미 순문학과의 경계가 불분명해진 장르문학의 형성과 발전에 크게 기여한 작가들의 작품 역시 새롭게 조명해 나갈 것이다.

에드거 앨런 포는 문학작품은 독자가 앉은자리에서 다 읽을 수 있을 정도로 짧아야 한다고 했다. 바쁜 일상의 삶을 사는 현대인들에게 〈세계문학 단편선〉은 삶과 사회, 나아가 세계를 바라볼 수 있게 하는 더할 나위 없이 좋은 친구가 될 것이라 확신한다.

21세기인 현재에 이르기까지 단편소설은 그리스 신화가 그러했듯이 삶의 불변하는 조건들을 응축된 예술적 형식으로 꾸준히 생산해 왔다. 그리고 새로운 문학적 기법과 실험적 시도를 통해 단편소설은 현재도 계속 진화, 확장되고 있다. 작가의 치열한 예술적 열정이 가장 뜨겁게 반영된 다양한 개성으로 빛나는 정교한 단편들을 통해 문학의 진정한 존재 이유를 독자들이 느낄 수 있기를 소망하며 이번 〈세계문학 단편선〉을 펴낸다.

현대문학 편집부

H 세계문학 단편선

※ 〈세계문학 단편선〉은 계속 출간됩니다.

플래너리 오코너

초판 1쇄 펴낸날 2014년 12월 12일
초판 13쇄 펴낸날 2023년 10월 20일

지은이 플래너리 오코너
옮긴이 고정아
펴낸이 김영정

펴낸곳 (주)**현대문학**
등록번호 제1-452호
주소 06532 서울시 서초구 신반포로 321(잠원동, 미래엔)
전화 02-2017-0280
팩스 02-516-5433
홈페이지 www.hdmh.co.kr

ⓒ 2014, 현대문학

ISBN 978-89-7275-710-8 04840
세트 978-89-7275-672-9

• 책값은 뒤표지에 있습니다.